NICCOLÒ AMMANITI
Fort von hier

Buch

Ein kleiner Ort an der italienischen Küste: Gloria und Pietro gehen in dieselbe Klasse. Sie ist ein wunderschönes Mädchen, wohlbehütet aufgewachsen und aus gutem Hause, selbstbewusst fast bis zur Arroganz. Er ein schüchterner, verträumter Junge, der unter dem aufbrausenden Temperament seines Vaters leidet und unter dem skrupellosesten Burschen der Gegend und dessen Freunden, die ihn schikanieren, wo immer sie können. Zwei Kinder, wie sie unterschiedlicher nicht sein könnten – und doch verbindet Gloria und Pietro eine zärtliche Freundschaft, eine frühe Liebe, die bald auf eine harte Probe gestellt werden soll ...

Graziano Biglia, ein Lebemann und Frauenheld, wie er im Buche steht, ist in seinen Heimatort zurückgekehrt, um seine neueste weibliche Errungenschaft zu ehelichen und mit ihr vor seinen alten Freunden anzugeben. Doch sein Plan scheitert so schnell, wie er ihn fasste: Seine Liebste lässt ihn sitzen und wirft sich einem viel versprechenden Filmproduzenten an den Hals. Graziano sitzt in der Klemme. Wie soll er seinen Freunden erklären, dass seine Verlobte ihm Hörner aufgesetzt hat? Er sitzt in der Dorfbar und sinnt auf Rache, als Pietros Lehrerin, die schöne Laura Palmieri, das Lokal betritt. Graziano fasst einen folgenschweren Entschluss ...

Pietro und Graziano sollen sich im Laufe ihres Lebens nur ein einziges Mal begegnen. Und doch sind ihre beiden Schicksale aufs Engste und Geheimnisvollste miteinander verbunden ...

Autor

Niccolò Ammaniti ist 1966 in Rom geboren. Nach ersten Veröffentlichungen gelang ihm mit seiner Erzählung *Die letzte Nacht auf den Inseln* der Durchbruch in Italien. *Fort von hier* ist sein erster Roman, der in Italien sogleich zum Bestseller wurde. Niccolò Ammaniti arbeitet als Architekt in Rom und schreibt derzeit an seinem nächsten Roman.

Niccolò Ammaniti

Fort von hier

Roman

Aus dem Italienischen
von Ulrich Hartmann

GOLDMANN

Die Originalausgabe erschien 1999 unter dem Titel
»Ti prendo e ti porto via«
bei Arnoldo Mondadori, Mailand

Umwelthinweis:
Alle bedruckten Materialien dieses Taschenbuches
sind chlorfrei und umweltschonend.

Deutsche Erstveröffentlichung August 2001
Copyright © 1999 by Niccolò Ammaniti
Copyright © der deutschsprachigen Ausgabe 2001
by Wilhelm Goldmann Verlag, München,
in der Verlagsgruppe Random House GmbH
Umschlaggestaltung: Design Team München
Umschlagfoto: Wolf Huber
Satz: deutsch-türkischer fotosatz, Berlin
Druck: Elsnerdruck, Berlin
Verlagsnummer: 44758
Lektorat: Julia Eisele
Herstellung: Heidrun Nawrot
Made in Germany
ISBN 3-442-44758-5
www.goldmann-verlag.de

1 3 5 7 9 10 8 6 4 2

Für Nora

Dieses Buch ist ein Werk der Fantasie. Namen, Personen, Orte und Ereignisse sind vom Autor frei erfunden. Jede Ähnlichkeit mit realen lebenden oder verstorbenen Personen, Ereignissen oder Orten ist rein zufällig.

e ripensavo ai primi tempi, quando ero innocente,
a quando avevo nei capelli la luce rossa dei coralli,
quando ambiziosa come nessuna, mi specchiavo
nella luna e l'obbligavo a dirmi sempre sei
bellissima.
> *Sei Bellissima,* Loredana Berté

Pecché nun va cchiù a tiempo 'o mandolino?
Pecché 'a chitarra nun se fa sentì?
> *Guapparia,* Rodolfo Falvo

Alegría es cosa buena
> *La macarena*

18. Juni 199...

1

Es ist vorbei.
 Ferien. Ferien. Ferien.
 Drei Monate Ferien. Also eigentlich ewig.
 Strand. Baden. Fahrradausflüge mit Gloria. Und im Schilf bis zu den Knien im warmen Brackwasser stehen und nach kleinen Fischen, Kaulquappen, Molchen und Insektenlarven suchen.
 Pietro Moroni stellt sein Fahrrad an die Mauer und sieht sich um.
 Er ist zwölf, wirkt aber zu klein für sein Alter.
 Er ist mager, braun gebrannt und hat einen dicken Mückenstich auf der Stirn. Seine Haare sind schwarz und von seiner Mutter mehr schlecht als recht kurz geschnitten. Er hat eine Stupsnase und zwei große, haselnussbraune Augen. Er trägt ein weißes T-Shirt von der Fußballweltmeisterschaft, ein Paar kurze ausgefranste Jeans und durchsichtige Gummisandalen, von denen man diese schwarze Schmiere zwischen den Zehen bekommt.
 Wo ist Gloria?, fragt er sich.
 Er schiebt sich zwischen den überfüllten Tischchen der Bar Segafredo durch.
 Alle seine Kameraden sind da.
 Und alle warten, essen Eis, suchen sich einen Platz im Schatten.
 Es ist sehr heiß.
 Seit einer Woche hat man das Gefühl, dass es überhaupt keinen Wind mehr gibt, dass er sich irgendwohin verzogen, alle Wolken mitgenommen und nur eine enorme Sonne zurückgelassen hat, die einem das Hirn im Kopf zum Kochen bringt.
 Es ist elf Uhr vormittags, und das Thermometer zeigt schon siebenunddreißig Grad.
 Auf den Pinien hinter dem Volleyballplatz zirpen die Zikaden

wie besessen. Und irgendwo in der Nähe muss ein Tier verendet sein, denn immer wieder kommt ein süßlicher Aasgeruch herüber.

Das Gittertor der Schule ist geschlossen.

Die Ergebnisse hängen noch nicht aus.

Ein leichtes Angstgefühl schleicht sich in seinen Bauch, drückt auf das Zwerchfell und macht ihm das Atmen schwer.

Er geht in die Bar.

Obwohl man vor Hitze fast umkommt, drängen sich eine Menge Jungen um das einzige Videospiel.

Er geht wieder raus.

Da ist sie!

Gloria sitzt auf dem Mäuerchen. Auf der anderen Straßenseite. Er geht zu ihr. Sie gibt ihm einen Klaps auf die Schulter und fragt: »Hast du Angst?«

»Ein bisschen.«

»Ich auch.«

»Hör auf«, sagt Pietro. »Du bist versetzt worden. Das weißt du doch.«

»Was machst du nachher?«

»Weiß nicht. Und du?«

»Weiß nicht. Machen wir was zusammen?«

»Okay.«

Sie sitzen still auf dem Mäuerchen. Pietro geht durch den Kopf, dass seine Freundin in diesem blauen Frottee-T-Shirt noch besser aussieht als sonst, und spürt gleichzeitig, wie seine Panik zunimmt.

Wenn er darüber nachdenkt, weiß er, dass er nichts zu befürchten hat, dass die Sache gut ausgegangen ist.

Doch sein Bauch ist anderer Meinung.

Er hat das Gefühl, dass er aufs Klo muss.

Vor der Bar gibt es Bewegung.

Alle werden wach, gehen über die Straße und drängen sich vor dem geschlossenen Gittertor.

Italo, der Hausmeister, kommt mit den Schlüsseln in der Hand über den Hof und schreit: »Sachte! Sachte! Sonst gibt's hier noch Verletzte.«

»Gehen wir.« Gloria macht sich auf den Weg zum Tor.
Pietro fühlt sich, als hätte er zwei Eiswürfel unter den Achseln. Er kann sich nicht rühren.
Inzwischen schieben und drücken alle, um hineinzukommen.
Du bist sitzen geblieben!, meldet sich eine leise Stimme.
(*Was?*)
Du bist sitzen geblieben!
Es ist so. Es ist keine Vorahnung. Es ist kein Verdacht. Es ist so.
(*Warum?*)
Weil es so ist.
Gewisse Dinge weiß man, und es hat keinen Sinn, nach dem Warum zu fragen.
Wie konnte er nur glauben, versetzt zu werden?
Geh nachsehen, worauf wartest du? Geh. Lauf.
Er schafft es endlich wieder, sich zu bewegen, und quetscht sich zwischen den anderen durch. Das Herz schlägt ihm wie wild in der Brust.
Er gebraucht seine Ellbogen. »Lasst mich durch … Ich muss durch, bitte.«
»Mal langsam! Bist du verrückt?«
»Ganz ruhig, du Idiot. Wo willst du denn hin?«
Er wird gestoßen und geschubst. Er versucht, durch das Tor zu kommen, doch weil er klein ist, drängen ihn die Größeren zurück. Er duckt sich und schlüpft auf allen vieren zwischen den Beinen der anderen durch, erreicht die andere Seite.
»Sachte! Sachte! Nicht drängeln … Langsam, verdam …« Italo steht neben dem Tor, und als er Pietro sieht, bringt er kein Wort mehr heraus.
Du bist sitzen geblieben …
Das steht dem Hausmeister ins Gesicht geschrieben.
Pietro starrt ihn einen Moment an und rast weiter, Hals über Kopf auf die Treppe zu.
Er nimmt immer drei Stufen auf einmal, dann ist er drinnen.
Hinten in der Eingangshalle, neben der Bronzebüste Michelangelos, hängt der Schaukasten mit den Ergebnissen.
Etwas Seltsames geschieht.
Da ist einer, ich glaube aus der 2 A, der hei …, sein Name fällt

mir jetzt nicht ein, und der wollte gerade gehen, da hat er mich gesehen und ist stehen geblieben, als wäre das nicht ich, sondern ich weiß auch nicht, ein Marsmensch, und jetzt sieht er mich an und gibt einem anderen einen Stoß mit dem Ellbogen, der heißt Giampaolo Rana, an den Namen kann ich mich erinnern, und sagt irgendwas zu ihm, und Giampaolo hat sich auch umgedreht und sieht mich an, dann die Listen, dann wieder mich, und redet mit einem anderen, der mich ansieht, und noch einer sieht mich an, und alle sehen mich an, und es ist still ...

Es ist still.

Die Gruppe hat sich geöffnet und lässt ihn zu den Listen durch. Seine Beine tragen ihn voran, die Kameraden bilden eine Gasse. Er geht nach vorn und steht wenige Zentimeter vor dem Schaukasten, wird geschubst von denen, die nach ihm kommen.

Lies.

Er sucht seinen Zweig.

B! Wo ist B? Der B-Zweig? 1 B, 2 B. Da ist er ja!

Es ist der Letzte rechts.

Abate. Altieri. Bart ...

Sein Blick wandert auf der Liste von oben nach unten.

Ein Name ist rot geschrieben.

Einer ist sitzen geblieben.

Ungefähr in der Mitte der Spalte. In der Gegend von M,N,O,P.

Sie haben Pierini sitzen lassen.

Moroni.

Er kneift die Augen zusammen, und als er sie wieder aufmacht, ist alles um ihn herum unscharf und schwankend.

Er liest den Namen noch einmal.

MORONI PIETRO NICHT VERSETZT

Er liest noch einmal.

MORONI PIETRO NICHT VERSETZT

Kannst du nicht lesen?

Er liest ein weiteres Mal.

M-o-r-o-n-i. Moroni. Moroni. Mor... M...
Eine Stimme dröhnt in seinem Kopf. *Und wie heißt du?*
(*Na, was ist los?*)
Wie heißt du?
(*Wer? Ich ...? Ich heiße ... Pietro. Moroni. Moroni Pietro.*)
Und da steht Moroni Pietro. Und gleich daneben, in Rot, in riesengroßer Blockschrift, Nicht versetzt.
Dann war das Gefühl also richtig.
Und er hatte gehofft, es wäre das übliche blöde Gefühl, das man hat, wenn man eine Klassenarbeit zurückbekommt und zu neunundneunzig Prozent sicher ist, sie in den Sand gesetzt zu haben. Ein Gefühl, das sich dann doch nie bewahrheitet, weil man weiß, dass dieses winzig kleine eine Prozent viel mehr wert ist als der Rest.
Die anderen! Sieh bei den anderen nach.

Pierini Federico   versetzt
Bacci Andrea   versetzt
Ronca Stefano   versetzt

Er sucht nach Rot auf irgendeinem anderen Blatt, aber es ist alles blau.
Ich kann nicht der Einzige in der ganzen Schule sein, der sitzen geblieben ist. Die Palmieri hat mir gesagt, dass ich versetzt würde. Dass sich alles regeln würde. Sie hat es mir verspro...
(*Nein.*)
Er darf jetzt nicht daran denken.
Er muss jetzt nur gehen.
Wieso haben sie Pierini, Ronca und Bacci versetzt und mich nicht?
Da ist er.
Der Kloß im Hals.
Ein Spion im Hirn informiert ihn: *Lieber Pietro, es ist besser, du läufst jetzt schnell weg, du fängst nämlich gleich an zu weinen. Und du willst doch nicht vor allen weinen, oder?*
»Pietro! Pietro! Und?!«
Er dreht sich um.

Gloria.

»Bin ich versetzt worden?«

Das Gesicht seiner Freundin taucht hinter den anderen auf. Pietro sucht Celani.

Blau.

Wie alle anderen.

Er möchte es ihr sagen, aber er schafft es nicht. Er hat einen komischen Geschmack im Mund. Kupfer. Säure. Er holt Luft und schluckt.

Ich muss kotzen.

»Und? Bin ich versetzt worden?«

Pietro nickt.

»Ah! Wie schön! Ich bin versetzt worden! Ich bin versetzt worden!«, schreit Gloria und fängt an, die Umstehenden zu umarmen.

Warum macht sie dieses ganze Theater?

»Und du? Und du?«

Antworte ihr, los!

Er fühlt sich schlecht. Ihm ist, als hätte er Hornissen in den Ohren. Seine Knie sind weich wie Butter, seine Wangen feuerrot.

»Pietro!? Was hast du denn? Pietro!«

Nichts. Sie haben mich nur sitzen lassen, möchte er antworten. Er lehnt sich an die Wand und sackt langsam zusammen.

Gloria kämpft sich durch das Gedränge zu ihm vor.

»Pietro, was hast du? Ist dir schlecht?«, fragt sie und sieht auf die Listen.

»Sie haben dich nicht ver …?«

»Nein …«

»Und die anderen?«

»J …«

Und Pietro Moroni wird bewusst, dass alle einen Kreis um ihn bilden und ihn anstarren, dass er dort in der Mitte der Trottel ist, das schwarze (rote) Schaf, und dass auch Gloria auf der anderen Seite steht, zusammen mit all den anderen, und es hilft nichts, absolut nichts, dass sie ihn jetzt mit diesen Bambi-Augen anschaut.

Sechs Monate vorher ...

9. DEZEMBER

2

Am 9. Dezember morgens um zwanzig nach sechs, gerade fegte ein Unwetter mit Sturm und Regen über das Land, bog ein schwarzer Uno Turbo GTI (Überrest einer anderen Zeit, als man sich für ein paar Lire Aufpreis einen motorisierten Sarg kaufen konnte, der losschoss wie ein Porsche, Benzin soff wie ein Cadillac und sich zusammendrücken ließ wie eine Coca-Cola-Dose) auf die Ausfahrt ein, die von der Aurelia nach Ischiano Scalo führte, und setzte seinen Weg auf der zweispurigen Straße durch die Äcker fort. Er passierte das Sportzentrum und den Sitz der landwirtschaftlichen Genossenschaft und fuhr in den Ort hinein.

Der kurze Corso Italia war von einer Schlammschicht bedeckt. Das Reklameschild des Schönheitssalons Ivana Zampetti war vom Wind umgeworfen und mitten auf die Straße geschleudert worden.

Keine Menschenseele war unterwegs, nur ein lahmer Straßenköter mit mehr Rasse im Blut als Zähnen im Mund wühlte in den Abfällen eines umgekippten Müllcontainers.

Der Uno fuhr an ihm vorbei, passierte die heruntergelassenen Rollläden der Metzgerei Marconi, des Tabakwaren- und Parfümgeschäfts und der Landwirtschaftsbank und erreichte schließlich die Piazza XXV Aprile im Ortskern.

Altpapier, Plastiktüten, Zeitungen und Regen wirbelten auf dem Bahnhofsplatz durcheinander. Die gelben Blätter der alten Palme in der Mitte des Parks waren alle nach einer Seite gebogen. Die Tür des kleinen Bahnhofs, eines rechteckigen, grauen Gebäudes, war geschlossen, doch das rote Licht der »Station Bar« brannte und zeigte an, dass sie schon geöffnet hatte.

Er stoppte vor dem Denkmal für die Gefallenen von Ischiano

Scalo und ließ den Motor laufen. Der Auspuff spuckte dicken schwarzen Rauch aus. Durch die getönten Scheiben konnte man nicht ins Innere sehen.

Schließlich öffnete sich die Fahrertür mit einem metallischen Knarren.

Zunächst war nur *Volare* in der Flamencoversion der Gipsy Kings zu hören, doch gleich darauf zeigte sich ein großer, kräftiger Mann mit einer langen blonden Mähne, Pilotenbrille und einer braunen Lederjacke mit einem aus Perlen gestickten Apachenadler auf dem Rücken.

Sein Name war Graziano Biglia.

Der Typ reckte und streckte sich. Gähnte. Vertrat sich die Beine. Zog ein Päckchen Camel heraus und zündete sich eine an.

Er war wieder zu Hause.

Der Albatros und das Go-go-Girl

Um zu verstehen, warum Graziano Biglia beschloss, ausgerechnet am 9. Dezember nach zweijähriger Abwesenheit in seinen Geburtsort Ischiano Scalo zurückzukehren, müssen wir eine kurze Rückschau halten

Wir müssen nicht weit zurückgehen. Nur sieben Monate. Und wir müssen einen Sprung machen, auf die andere Seite Italiens, an die Ostküste. Genauer gesagt an die sogenannte Riviera romagnola.

Der Sommer beginnt gerade.

Es ist ein Freitagabend, und wir sind im »Carillon del mare«, auch »Calzino del Mario« genannt, einem kleinen, billigen Restaurant am Strand, wenige Kilometer von Riccione entfernt, das auf Fischplatten und bakterielle Magendarmentzündungen spezialisiert ist.

Es ist heiß, doch vom Meer her weht ein kühles Lüftchen, das alles erträglicher macht.

Das Lokal ist überfüllt. Es sind vor allem Ausländer, deutsche und holländische Pärchen, Leute aus dem Norden.

Und da ist Graziano Biglia. Er lehnt an der Theke und trinkt gerade seinen dritten Margarita.

Pablo Gutierrez, ein dunkler Typ mit Fransenfrisur und einer Tätowierung auf dem Rücken, kommt ins Lokal und geht auf ihn zu.

»Fangen wir an?«, fragt der Spanier.

»Fangen wir an.« Graziano wirft dem Barkeeper einen Blick zu; der bückt sich, holt hinter der Theke eine Gitarre hervor und gibt sie ihm.

Heute Abend hat Graziano nach langer Zeit wieder einmal Lust zu spielen. Er fühlt sich inspiriert.

Es mögen die Margaritas sein, die er sich gerade genehmigt hat, oder der frische Wind oder die intime und freundliche Atmosphäre dieser Terrasse am Meer, wer kann das wissen?

Er setzt sich auf einen Hocker in die Mitte der von warmen roten Lichtern erleuchteten kleinen Tanzfläche und holt die Gitarre aus ihrer Lederhülle wie ein Samurai seine Katana.

Eine spanische Gitarre, die der berühmte Gitarrenbauer Xavier Martinez aus Barcelona eigens für Graziano hergestellt hat. Er stimmt sie und hat das Gefühl, dass zwischen ihm und dem Instrument ein magischer Strom fließt, der sie beide zu Komplizen macht, die gemeinsam wundervolle Akkorde hervorbringen.

Dann sieht er Pablo an. Er steht hinter den Congas.

Ein Funken der Verständigung blitzt in ihren Augen auf.

Und ohne weitere Zeit zu verlieren, fangen sie mit einem Stück von Paco de Lucia an, dann gehen sie zu Santana über, lassen ein paar Sachen von John McLaughlin hören und kommen schließlich zu den unsterblichen Gipsy Kings.

Grazianos Hände fliegen über die Saiten seiner Gitarre, als wäre er vom Geist des großen Andrés Segovia besessen.

Dem Publikum gefällt es. Applaus. Zurufe. Begeisterte Pfiffe.

Er hat sie in der Hand. Vor allem die Frauen. Sie geben Laute von sich wie paarungswillige Kaninchen.

Das hat wenig mit der Magie der spanischen Musik zu tun und viel mit Grazianos Aussehen.

Es ist schwer, bei einem wie Graziano nicht den Kopf zu verlieren.

Die blonde Löwenmähne, die ihm bis auf die Schultern fällt. Die kräftige Brust, die von einem kastanienbraunen weichen Flaum bedeckt ist. Arabische Augen wie Omar Sharif. Verwaschene und über den Knien zerrissene Jeans. Die Kette mit dem Türkis. Das Tribal-Tattoo auf dem geschwollenen Bizeps. Die nackten Füße. Alles spielt zusammen, um die Herzen seiner Zuhörerinnen zu brechen.

Als das Konzert zu Ende ist, nach der x-ten Zugabe von *Samba pa ti*, nach dem x-ten Küsschen für die sonnenverbrannte Deutsche, verabschiedet sich Graziano von Pablo und geht aufs Klo, um sich ein schönes Pfeifchen mit bolivianischem Tiramisù zu stopfen.

Er will die Toilette gerade verlassen, als eine Brünette, braun wie ein Schokokeks und nicht mehr ganz jung, aber mit Titten wie Luftballons, hereinkommt.

»Hier ist für Männer ...«, lässt Graziano sie wissen und zeigt auf die Tür.

Die Frau unterbricht ihn mit einer Handbewegung. »Ich möchte dir einen blasen, hast du Lust?«

Seit die Welt sich dreht, hat noch niemand dieses Angebot abgelehnt.

»Dann nichts wie rein«, sagt Graziano mit einer einladenden Geste.

»Zuerst will ich dir was zeigen«, sagt die Brünette. »Sieh mal da, in der Mitte des Lokals. Siehst du den mit dem Hawaiihemd? Das ist mein Mann. Wir kommen aus Mailand ...«

Ihr Mann ist ein schmächtiger, pomadisierter Typ, der sich gerade mit Muscheln vollstopft.

»Wink mal zu ihm rüber.«

Graziano macht ein Zeichen in seine Richtung. Der Typ hebt sein Sektglas und klatscht dann.

»Er findet dich sehr gut. Er sagt, dass du spielst wie ein Gott. Dass du Talent hast.«

Die Frau schiebt ihn ins Klo. Schließt die Tür. Setzt sich auf die Schüssel. Knöpft ihm die Jeans auf und sagt: »Aber jetzt setzen wir ihm Hörner auf.«

Graziano lehnt sich an die Wand, schließt die Augen.

Und die Zeit verschwindet.

So war damals das Leben von Graziano Biglia.

Außer Atem, wie im Film. Ein Leben, das aus Begegnungen, glücklichen Zufällen, positiven Energien und Schwingungen bestand. Ein Leben nach den Noten einer Merengue.

Was gibt es Schöneres als den bitteren Geschmack der Droge, von der man ein taubes Gefühl im Mund bekommt, während einem eine Milliarde kleiner Moleküle durchs Hirn wirbeln, wie ein Wind, der wütet, aber nichts Schlimmes anrichtet? Was gibt es Schöneres als eine fremde Zunge, die einem den Schwanz verwöhnt?

Was?

Die Brünette lädt ihn ein, mit ihnen zusammen zu essen.

Champagner. Gebackene Tintenfische. Muscheln.

Ihr Mann hat eine Fabrik für Tierfutter in Cinisello Balsamo und einen Ferrari Testarossa auf dem Parkplatz des Restaurants.

Ob sie wohl irgendwelchen Stoff nehmen?, fragt sich Graziano.

Wenn er es schafft, ihnen ein paar Gramm zu vertickern und damit ein paar Lire zu verdienen, kann aus dem guten Abend noch ein genialer werden.

»Du hast bestimmt ein irres Leben: immer nur Sex & Drugs & Rock 'n' Roll?«, fragt ihn die Brünette und knabbert dabei an einer Languste.

Es deprimiert Graziano, wenn die Leute so mit ihm reden.

Warum machen die Leute den Mund auf und spucken irgendwelche Wörter aus, überflüssige *palabras*?

Sex & Drugs & Rock 'n' Roll ... Immer dieselbe Geschichte.

Doch beim Essen denkt er weiter darüber nach.

Im Grunde ist was Wahres daran.

Sein Leben ist Sex und Drogen und ... nein, Rock 'n' Roll kann man nun wirklich nicht sagen ... und Flamenco.

Ja und ...?

Sicher, viele Leute fänden ein Leben wie meins furchtbar. Ohne Orientierung. Ohne Fixpunkte. Aber ich finde es okay so und scheiße darauf, was die anderen denken.

Auf einer Treppe in Benares hatte er einmal eine meditierende Belgierin sagen hören: »Ich fühle mich wie ein Albatros, der von den Luftströmungen getragen wird. Von positiven Strömungen, die ich mit einem leichten Flügelschlag kontrolliere.«

Auch Graziano fühlte sich wie ein Albatros.

Ein Albatros mit nur einer großen Verpflichtung: weder sich noch den anderen weh zu tun.

Es gibt Leute, die meinen, Dealen sei nicht okay.

Graziano meint, es hängt davon ab, wie man es macht.

Wenn du es machst, um dich durchzuschlagen, und du dich nicht dabei bereichern willst: in Ordnung. Wenn du an Freunde verkaufst: in Ordnung. Wenn du guten Stoff verkaufst und keine Scheiße: in Ordnung.

Wenn er allein von seiner Musik leben könnte, würde er augenblicklich mit dem Dealen aufhören.

Es gibt Leute, die meinen, Drogen nehmen sei nicht okay. Graziano meint, es hängt davon ab, wie man es macht. Wenn du übertreibst, wenn du dich von der Droge verarschen lässt, ist es nicht in Ordnung. Er braucht keine Ärzte und Pfarrer, die ihm erklären, dass Koks unangenehme Nebenwirkungen hat. Aber wenn du dir ab und zu mal was reinpfeifst, ist absolut nichts Schlimmes dabei.

Und Sex?

Sex? Stimmt, ich habe viel Sex, aber was kann ich dafür, wenn ich den Frauen gefalle und sie mir? (Mit Männern, das finde ich widerlich, damit's da kein Vertun gibt.) Sex macht man zu zweit. Sex ist die schönste Sache auf der Welt, wenn man sie richtig macht und man sich gut versteht. (Graziano hat nie viel darüber nachgedacht, wie selbstverständlich diese Feststellung ist.)

Und was gefiel Graziano noch?

Latino-Rock, in Lokalen Gitarre spielen (*wenn ich bezahlt werde!*), sich am Strand bräunen, mit Freunden herumhängen, wenn eine riesige blutrote Sonne im Meer versinkt und ...

... *und weiter nichts.*

Man darf diesen Leuten nicht glauben, die einem erzählen, dass man sich den Arsch aufreißen muss, um die Dinge des Lebens schätzen zu können. Das stimmt nicht. Die wollen dich nur drankriegen. Die Lust ist eine Religion, und der Körper ist ihr Tempel.

Und Graziano hatte es sich entsprechend eingerichtet.

Er wohnte von Juni bis Ende August in einer Einzimmerwohnung im Zentrum von Riccione, ging im September nach Ibiza und im November nach Jamaika, um zu überwintern.

Mit vierundvierzig Jahren nannte sich Graziano Biglia einen Berufszigeuner, einen Vagabunden des Dharma, eine wandernde Seele auf der Suche nach seinem Karma.

Jedenfalls bis zu jenem Abend, bis zu jenem verdammten Abend im Juni, als sein Leben sich mit dem des Go-go-Girls Erica Trettel verflocht.

Und hier sehen wir unseren Berufszigeuner zwei Stunden nach dem Großen Fressen im »Carillon del mare«.

Auf der Galerie des »Hangover« hängt er über einem Tisch, als hätte ihm irgendein Verbrecher die Wirbelsäule geklaut. Die Augen sind zu zwei Schlitzen verengt. Der Mund steht halb offen. In der Hand hält er einen Cubra libre, schafft es aber nicht zu trinken.

»Madonna, bin ich voll«, sagt er immer wieder.

Der Mix aus Koks, Ecstasy, Wein und gebratenem Fisch hat ihn umgehauen.

Der Futtermittelhersteller und seine Frau sitzen neben ihm.

Die Diskothek ist schlimmer vollgestopft als ein Regal im Supermarkt.

Er hat das Gefühl, auf einer Kreuzfahrt zu sein: Die Disko neigt sich nach links und neigt sich nach rechts. Sie haben einen Scheißplatz, da können sie lange behaupten, das wäre die VIP-Zone. Ein riesiger Lautsprecher hängt über seinem Kopf, das zerrt an den Nerven. Doch bevor er aufstehen und sich einen anderen Platz suchen würde, ließe er sich lieber den rechten Fuß amputieren.

Der Futtermittelhersteller schreit ihm unaufhörlich irgendwas ins Ohr. Graziano kapiert rein gar nichts davon.

Er schaut nach unten.

Die Tanzfläche sieht aus wie ein verdammter Ameisenhaufen.

In seinem Kopf sind nur noch einfache Wahrheiten.

Was für ein Chaos. Es ist Freitag. Und freitags ist Chaos.

Er bewegt seinen Kopf langsam, wie eine Schweizer Kuh auf der Weide.

Da sieht er sie.

Sie tanzt.

Sie tanzt nackt auf einem Podest mitten in dem Ameisenhaufen.

Er kennt die Go-go-Girls aus dem »Hangover« von vorne und von hinten. Doch die hat er noch nie gesehen.

Sie muss neu sein. Echt ein Klasseweib. Und wie sie tanzt.

Aus den Lautsprechern ergießt sich Drum 'n' Bass über die Masse aus schweißüberströmten Körpern und Köpfen und Armen, und sie ist da unten, allein und unerreichbar wie die Göttin Kalì.

Die Strobolights zeigen sie in einer endlosen Folge von plastischen geilen Posen.

Er beobachtet sie mit dieser typischen Starrheit, die sich einstellt, wenn man zu viele Drogen genommen hat.

Sie ist die schärfste Frau, die er je gesehen hat.

Stell dir vor, du wärst ihr Freund ... So eine neben sich zu haben. Stell dir vor, wie man dich beneiden würde. Wer ist sie bloß?

Er würde gern jemanden nach ihr fragen. Vielleicht den Typ an der Bar. Doch er schafft es nicht aufzustehen. Seine Beine sind wie gelähmt. Und außerdem kann er nicht aufhören, sie anzustarren.

Sie muss wirklich Spitze sein, denn normalerweise hat Graziano kein Interesse an Frischfleisch (wie er dazu sagt).

Ein Kommunikationsproblem.

Er macht Jagd auf etwas ältere Frauen. Er bevorzugt die reife, großzügige Frau, die einen Sonnenuntergang und eine Serenade im Mondschein zu schätzen weiß, die sich nicht tausend Probleme macht wie eine Zwanzigjährige und sich einen Fick genehmigt, ohne ihn mit Ängsten und Erwartungen zu belasten.

Doch in diesem Fall kann man jede Einteilung und Kategorie im Klo runterspülen.

Bei einer Frau wie dieser wird ja selbst ein Schwuler andersrum.

Stell dir vor, du vögelst sie.

Das blasse Bild einer Umarmung am weißen Strand eines Atolls taucht in seinem Kopf auf. Und wie durch Magie bekommt er langsam einen Ständer.

Aber wer ist sie? Woher kommt sie?

Gott, Buddha, Krishna, Höchstes Prinzip, wer immer du sein magst, du hast sie auf diesem Podest erscheinen lassen, um mir ein Zeichen deiner Existenz zu geben.

Sie ist perfekt.

Nicht dass die anderen Go-go-Girls am Rand der Piste nicht perfekt wären. Alle haben sie knackige Hintern und atemberaubende Beine, volle, üppige Busen und straffe Bäuche. Doch keine ist wie sie, sie hat etwas Besonderes, etwas, das Graziano mit seinen Worten nicht beschreiben kann, etwas Animalisches, das ihm vorher nur bei Kubanerinnen begegnet ist.

Der Körper dieser Frau reagiert nicht auf die Musik, er ist die Musik. Der physische Ausdruck der Musik. Ihre Bewegungen sind langsam und präzise, wie bei einem Tai-chi-Meister. Sie kann ganz ruhig auf einem Bein stehen und dabei das Becken kreisen lassen und mit den Armen wirbeln. Verglichen mit ihr sind die anderen spastisch.

Wahnsinn.

Und das Unglaubliche ist, dass es keinem in der Disko aufzufallen scheint. Diese Höhlenbewohner hampeln einfach weiter herum, reden weiter, während vor ihnen ein Wunder geschieht.

Mit einem Mal, als hätte Graziano ihr einen Schwung telepathischer Wellen geschickt, hört die Frau auf zu tanzen und wendet sich ihm zu. Graziano ist sich sicher, dass sie ihn ansieht. Regungslos steht sie da auf dem Podest und sieht ihn an. Ganz klar, in all dem Chaos, in diesem wahnsinnigen Gewimmel von Menschen, ihn und niemanden sonst.

Schließlich gelingt es ihm, ihr ins Gesicht zu sehen. Mit diesen kurzen Haaren, diesem Mund, diesen grünen Augen (er kann sogar die Farbe ihrer Augen erkennen!) und dieser perfekten ovalen Gesichtsform sieht sie einer Schauspielerin wahnsinnig ähnlich … einer Schauspielerin, deren Name Graziano auf der Zunge liegt …

Wie heißt sie gleich? Die aus Ghost?

Was wäre es schön, wenn ihn jemand auf den Namen brächte: Demi Moore.

Doch Graziano kann keinen danach fragen, er ist hypnotisiert, wie eine Kobra vor einem Schlangenbeschwörer. Er streckt seine Finger in ihre Richtung, und seine Fingerspitzen senden zehn feine orangefarbene Strahlen aus, die in einer Wellenbewegung wie eine elektrische Ladung durch die Diskothek fließen, über die ignorante Masse hinweg, bis sie schließlich bei ihr in der Mitte der Tanzfläche ankommen, in ihren Nabel eindringen und sie wie eine byzantinische Madonna erstrahlen lassen.

Graziano fängt an zu zittern.

Sie sind vereint durch einen Lichtbogen, der sie miteinander verschmelzen lässt, in unvollkommene Hälften eines vollständigen Wesens verwandelt. Nur zusammen werden sie glücklich sein, wie Engel mit nur einem Flügel, die durch ihre Umarmung fliegen und das Paradies erreichen.

Graziano möchte am liebsten weinen.

Er ist überwältigt von einer grenzenlosen Liebe, wie er sie nie zuvor erlebt hat, einer Liebe, die keine gewöhnliche Geilheit ist, sondern ein durch und durch reines Gefühl, eine Empfindung, die zur Fortpflanzung drängt, zur Verteidigung seiner Frau gegen äußere Gefahren, zum Bau eines Nests, um Kleine aufzuziehen.

Er streckt die Hände aus und sucht den Kontakt mit dieser Frau.

Die beiden aus Mailand starren ihn fassungslos an.

Doch Graziano kann sie nicht sehen.

Die Diskothek ist nicht mehr da. Die Stimmen, die Musik, das Chaos, alles ist von einem Nebel verschluckt worden.

Und dann lichtet sich das Grau langsam, und ein Jeans-Shop taucht auf.

Ja, ein Jeans-Shop.

Nicht so ein beschissener Jeans-Shop wie die in Riccione, sondern einer, der so ist wie die Stores, die er in Vermont gesehen hat: Da sind ordentliche Stapel Norwegerpullover, Reihen schwerer Bergschuhe aus Virginia und Schubladen voller handgestrickter Strümpfe aus Lipari und Gläser mit Marmelade aus Wales, und da sind er und das Go-go-Girl, seine Frau, unübersehbar in guter Hoffnung, hinter der Theke, die aber keine Theke ist, sondern ein Surfbrett. Und dieser Jeans-Shop befindet sich in Ischiano Scalo, dort, wo jetzt das Kurzwarengeschäft seiner Mutter ist.

Und alle, die vorbeikommen, bleiben stehen, treten ein und sehen seine Frau und beneiden ihn und kaufen teure Mokassins und Windjacken aus Goretex.

»Der Jeans-Shop«, flüstert Graziano verzückt mit geschlossenen Augen.

Das also hält die Zukunft für ihn bereit!

Er hat es gesehen.

Einen Jeans-Shop.

Diese Frau.

Eine Familie.

Er hat genug von seinem Streunerleben, von diesem freakigen Herumflippen, von Sex ohne Liebe, von Drogen.

Erlösung.

Jetzt hat er eine Mission im Leben: diese Frau kennen zu lernen und sie mit nach Hause zu nehmen, weil er sie liebt. Und sie liebt ihn.

»Geliiiebte«, seufzt Graziano, steht von seinem Stuhl auf, lehnt sich über das Geländer und streckt die Arme aus, um sie zu erreichen. Ein Glück, dass die Mailänderin da ist, ihn am Kragen packt und verhindert, dass er abstürzt und sich den Hals bricht.

»Tickst du nicht mehr richtig?«, fragt ihn die Frau.

»Ihm gefällt das Flittchen da unten in der Mitte.« Der Tierfutterhersteller kriegt sich kaum noch ein vor Lachen. »Er wollte sich ihretwegen umbringen. Hast du verstanden? Hast du verstanden?«

Graziano ist wieder auf den Beinen. Er steht mit offenem Mund da. Er ist sprachlos.

Wer sind diese beiden Ungeheuer? Und was erlauben sie sich? Vor allem: Worüber lachen sie? Warum machen sie sich über eine reine, zarte Liebe lustig, die trotz all des Hässlichen und Widerwärtigen in dieser heruntergekommenen Gesellschaft erblüht ist?

Es sieht so aus, als würde der Mailänder jeden Moment vor Lachen platzen.

Diesen Hurensohn mache ich alle. Graziano packt ihn am Kragen seines Hawaiihemds. Er hört augenblicklich auf zu lachen und zeigt ein Lächeln mit zu viel Zahnfleisch. »Entschuldige, tut mir Leid ... Wirklich, entschuldige. Ich wollte nicht ...«

Graziano ist kurz davor, ihm einen Faustschlag auf die Nase zu geben, doch dann lässt er es sein. Dies ist die Nacht der Erlösung, da ist kein Platz für Gewalt, und Graziano Biglia ist ein neuer Mensch.

Ein liebender Mensch.

»Was versteht ihr schon, ihr … ihr habt doch kein Herz«, sagt er leise und taumelt auf die Geliebte zu.

Die Liebesgeschichte mit Erica Trettel, dem Go-go-Girl aus dem »Hangover«, entpuppte sich als eines der katastrophalsten Unternehmen im Leben von Graziano Biglia. Wahrscheinlich war jener Mix aus Koks, Ecstasy und gebratenem Fisch, den er im »Carillon del mare« zu sich genommen hatte, der Anlass für den Blitz, der einen Kurzschluss in seinem Kopf auslöste, doch die tieferen Ursachen waren seine Halsstarrigkeit und angeborene Blindheit.

Wenn man nach einer Nacht mit einer Überdosis an Drogen und Alkohol wach wird, hat man meist Mühe, sich an seinen eigenen Namen zu erinnern. Und auch Graziano hatte alles aus seinem Gedächtnis getilgt: den erfolgreichen Auftritt im »Carillon«, die Futtermittelhersteller und …

Nein!

Das Go-go-Girl nicht.

Diese Frau hatte er nicht vergessen.

Als Graziano am nächsten Tag die Augen öffnete, hatte sich das Bild von ihm und ihr im Jeans-Shop wie eine Krake in seinen Nervenzellen festgesetzt, und wie Actarus in Goldrake steuerte es den ganzen Sommer über seinen Geist und seinen Körper.

Denn in diesem verdammten Sommer war Graziano blind und taub, er wollte nicht sehen und wollte nicht hören, dass Erica nicht zu ihm passte. Er wollte nicht begreifen, dass es unvernünftig war, sich auf sie zu fixieren, und dass es ihm nur Kummer und Unglück bringen würde.

Erica Trettel war einundzwanzig Jahre alt und von einer atemberaubenden Schönheit.

Sie kam aus Castello Tesino, einem Dorf in der Nähe von Trient, hatte einen von einer Wurstfabrik gesponserten Schönheitswettbewerb gewonnen und war mit einem der Juroren auf und davon. In der Motor Show in Bologna hatte sie als Opel Girl gearbeitet. Dann ein paar Fotos für den Katalog eines Bademodenherstellers in Castellammare di Stabia. Und ein Bauchtanzkurs.

Wenn sie auf dem Podest im »Hangover« tanzte, schaffte sie es, sich zu konzentrieren, ihr Bestes zu geben, mit der Musik zu verschmelzen, denn in ihrem Kopf leuchteten positive Bilder auf, wie Lichter am Weihnachtsbaum: Sie in der Tanzgruppe von »Domenica In« und Fotos in »Novella 2000«, wie sie gerade mit jemandem wie Matt Weyland aus einem Restaurant kommt, und das große Quiz und die Fernsehwerbung für die elektrische Reibe von Moulinex.

Fernsehen!

Dort lag ihre Zukunft.

Erica Trettels Wünsche waren einfach und konkret.

Und als sie Graziano Biglia kennen lernte, versuchte sie ihm diese Wünsche zu erklären.

Sie erklärte ihm, dass es nicht ihr Wunsch war, einen alten Freak und Fan der Gipsy Kings zu heiraten, der aussah wie Sandy Martin nach Paris–Dakar, und auch nicht, sich die Figur zu ruinieren, indem sie schreiende Bälger in die Welt setzte, und noch weniger, einen Jeans-Shop in Ischiano Scalo zu eröffnen.

Doch Graziano wollte nicht verstehen und erklärte ihr, wie ein Lehrer einer verstockten Schülerin, dass das Fernsehen die schlimmste Mafia sei. Er kannte sich da aus. Er hatte ein paarmal in der »Planet Bar« gespielt. Sie konnte ihm glauben, dass Erfolg im Fernsehen nicht von Dauer ist.

»Erica, du musst wachsen, du musst begreifen, dass die Menschen nicht dazu gemacht sind, sich zur Schau zu stellen, sondern dazu, einen Ort zu finden, wo sie in Harmonie mit dem Himmel und der Erde leben.«

Und dieser Ort war Ischiano Scalo.

Er hatte auch ein Rezept, sie »Domenica In« vergessen zu lassen: eine Reise nach Jamaika. Er meinte, dass eine Reise in die Karibik ihr gut tun werde, denn dort seien die Menschen froh und gelassen, all die Dummheiten dieser Scheißgesellschaft zählten nicht, Freundschaft sei noch etwas wert, und man könne sich einfach so am Strand aalen und nichts tun.

Er würde ihr beibringen, was man vom Leben wissen musste.

Dieses Gerede hätte vielleicht Eindruck auf eine Frau gemacht, die Bob-Marley-Fan und für die Legalisierung weicher Drogen war, nicht aber auf Erica Trettel.

Die beiden passten zusammen wie ein Skistiefel zu einer griechischen Insel.

Warum also machte Erica ihm dann Hoffnungen?

Das folgende kurze Gespräch zwischen Erica Trettel und Mariapia Mancuso, einem anderen Go-go-Girl aus dem »Hangover«, kann uns helfen zu verstehen. Die beiden machen sich gerade in der Garderobe zurecht.

»Stimmt das, was man hört, dass du mit Graziano gehst?«, fragt Mariapia und zupft sich dabei mit der Pinzette ein überflüssiges Härchen am Rand der rechten Brustwarze aus.

»Wer hat dir das gesagt?« Erica macht Stretching in der Mitte der engen Garderobe.

»Das sagen alle.«

»Ah ... sagen sie das?«

Mariapia kontrolliert im Spiegel ihre rechte Augenbraue und fängt an, mit der Pinzette daran herumzuzupfen. »Stimmt es?«

»Was?«

»Dass du mit ihm gehst?«

»Na ja ... Sagen wir mal, wir sind zusammen.«

»In was für einem Sinn?«

Erica stößt die Luft aus. »Du nervst vielleicht! Graziano hat mich gern. Ernsthaft. Nicht wie dieser Arsch von Tony.«

Tony Dawson, der englische DJ aus dem »Antrax«, hatte eine kurze Affäre mit Erica gehabt und sie dann wegen der Sängerin von Funeral Strike, einer Death Metal Band aus den Marken, sitzen lassen.

»Und du hast ihn auch gern?«

»Natürlich habe ich ihn auch gern. Er lügt einen nicht an. Er ist in Ordnung.«

»Das stimmt«, findet auch Mariapia.

»Weißt du, dass er mir einen kleinen Hund geschenkt hat? Wahnsinnig süß. Ein brasilianischer Rassehund.«

»Was ist das für einer?«

»Ein ganz seltener Hund. Eine spezielle Rasse. Sie haben ihn in Brasilien dazu benutzt, die Sklaven zu jagen, die von den Plantagen geflohen sind. Aber der Hund ist bei ihm, ich will ihn nicht. Ich habe ihn Antoine genannt.«

»Wie den Friseur?«

»Genau.«

»Und was ist mit dieser Geschichte, die er überall herumerzählt, dass ihr heiratet und in seinen Heimatort zieht und da ein Kleidergeschäft aufmacht?«

»Bist du verrückt?! Das war neulich abends am Strand, da fängt er mit dieser Geschichte an, von diesem Jeans-Shop und den Norwegerpullovern, von dem Kurzwarengeschäft seiner Mutter und dass er Kinder haben will und mich heiraten, weil er mich liebt. Ich habe ihm gesagt, als Idee ist das nett ...«

»Nett?!«

»Jetzt warte mal einen Moment. Du weißt ja, wie das ist, wenn man einfach so daherredet. Im ersten Moment schien mir das eine nette Idee. Doch bei ihm hat sie sich im Kopf festgesetzt. Ich muss ihm wirklich sagen, dass er diese Geschichte nicht überall herumerzählen kann. Ich blamiere mich ja. Da werde ich echt wütend, wenn er so weitermacht.«

»Sag es ihm.«

»Sicher sage ich es ihm.«

Mariapia geht zur anderen Augenbraue über. »Bist du denn in ihn verliebt?«

»Ach, ich weiß nicht ... Er ist nett, das habe ich dir ja schon gesagt. Er ist ein ganz lieber Kerl. Tausendmal besser als Tony, dieser Bastard. Aber er ist zu oberflächlich. Und dann diese Geschichte mit dem Jeans-Shop ... Wenn ich Weihnachten nicht arbeite, hat er gesagt, will er mit mir nach Jamaika. Das ist doch geil, findest du nicht?«

»Und ... machst du es mit ihm?«

Erica steht auf und streckt sich. »Was du für Fragen stellst ...

Nein. Normalerweise nicht. Aber er lässt nicht locker, und wenn er nicht locker lässt, ab und zu, zum Schluss, dann mache ich es mit ihm, aber ... Wie sagt man?«
»Was?«
»Wenn man was nicht so richtig macht, man macht es schon, aber man ist nicht so richtig dabei.«
»Was weiß ich ... Cool?«
»Doch nicht cool. Wie sagt man gleich ...?«
»Lustlos?«
»Nein!«
»Zurückhaltend?«
»Genau! Zurückhaltend. Wenn ich es mit ihm mache, dann zurückhaltend.«

Solange Graziano hinter Erica her war, erniedrigte er sich wie noch nie, blamierte sich bis auf die Knochen: Er wartete stundenlang irgendwo auf sie, wo sie, wie jeder wusste, niemals auftauchen würde, klebte am Handy, wenn er sie in Riccione und Umgebung suchte, wurde von Mariapia belogen, die ihre Freundin deckte, wenn sie mit diesem Bastard von DJ ausging, und verschuldete sich bis über beide Ohren, um ihr einen brasilianischen Rassehund, ein superleichtes Kanu, ein amerikanisches Fitnessgerät, bei dem man selbst nichts tun musste, ein Tattoo auf der rechten Pobacke, ein Schlauchboot mit 25-PS-Außenbordmotor, eine Hi-Fi-Anlage von Bang & Olufsen, einen Haufen Designerklamotten, Schuhe mit zwanzig Zentimeter hohen Absätzen und unzählige CDs zu kaufen.

Wer ihn auch nur ein bisschen mochte, sagte ihm, er solle sie aufgeben. Dass diese Frau ihn fertig machen würde.

Doch Graziano wollte nichts davon hören. Er vögelte keine älteren Frauen mehr, gab seine Musik auf und glaubte immer noch an den Jeans-Shop, ohne weiter darüber zu reden, weil Erica das nervte, und daran, dass er sie früher oder später ändern und dazu bringen würde, sich dieses Scheißfernsehen aus dem Kopf zu schlagen. Das alles war ja gar nicht seine Entscheidung gewesen, sondern das Schicksal hatte es so gewollt, in jener Nacht, als es Erica auf ein Podest im »Hangover« gestellt hatte.

Und dann kam ein Augenblick, wo all dies, wie durch ein Wunder, Wirklichkeit zu werden schien.

Im Oktober sind die beiden in Rom.

In einer Einzimmerwohnung in Rocca Verde. Ein Loch im achten Stock eines zwischen Umgehungsstraße und Autobahnring eingequetschten Mietshauses.

Erica hat Graziano überredet, mit ihr zu gehen. Ohne ihn fühlt sie sich in der Großstadt verloren. Er soll ihr helfen, Arbeit zu finden.

Es gibt eine Menge Dinge zu tun: einen guten Fotografen für die Präsentationsmappe suchen. Einen tüchtigen Agenten mit den richtigen Kontakten. Einen Sprachlehrer, der ihr den harten Trienter Akzent abgewöhnt, und einen Schauspiellehrer, der sie etwas lockert.

Und dann die Probeaufnahmen.

Sie gehen morgens früh aus dem Haus, verbringen den Tag zwischen Cinecittà, Casting-Büros und Filmproduktionen und kommen am Abend völlig erledigt zurück.

Manchmal, wenn Erica Unterricht hat, packt Graziano sich Antoine ins Auto und fährt zur Villa Borghese. Er geht durch den Hirschpark, weiter bis zur Piazza di Siena und dann hinunter zum Pincio. Er hat einen flotten Schritt und liebt Spaziergänge im Grünen.

Antoine schleppt sich hinter ihm her. Er hat Mühe mitzukommen. Graziano zerrt an der Leine. »Los, beweg dich, du Faulpelz. Mach schon!« Nichts. Also setzt er sich auf eine Bank und raucht eine Zigarette, während Antoine an seinen Schuhen knabbert.

Graziano hat nicht mehr viel Ähnlichkeit mit dem Latin Lover aus dem »Carillon del mare«, bei dem die deutschen Frauen in Ohnmacht fielen.

Er scheint um zehn Jahre gealtert. Er ist blass, hat Säcke unter den Augen, das Haar ist dunkel nachgewachsen, er trägt einen Trainingsanzug, hat einen weißen Stoppelbart, und er ist unglücklich.

Wahnsinnig unglücklich.

Alles läuft scheiße.

Erica liebt ihn nicht.

Sie ist nur mit ihm zusammen, weil er den Unterricht, die Miete, die Kleider, den Fotografen, alles zahlt. Weil er für sie den Chauffeur spielt. Weil er am Abend ein Hähnchen aus der Rosticceria holt.

Erica liebt ihn nicht und wird ihn nie lieben.

Sie macht sich einen Scheiß aus ihm, um die Wahrheit zu sagen.

Was mache ich denn bloß hier? Ich hasse diese Stadt. Ich hasse diesen Verkehr. Ich hasse Erica. Ich muss hier weg. Ich muss hier weg. Ich muss hier weg. Es ist eine Art Mantra, das er wie besessen wiederholt.

Und warum geht er dann nicht?

Im Grunde ist es kinderleicht, er muss nur ein Flugzeug nehmen. Und tschüs.

Aber das muss man erst mal schaffen!

Da gibt es nämlich ein Problem: Wenn er einen halben Tag von Erica getrennt ist, geht es ihm schlecht. Er meint, keine Luft zu bekommen. Muss aufstoßen.

Was wäre es schön, wenn man sich per Knopfdruck das Gehirn waschen könnte. Wenn man sie aus dem Kopf vertreiben könnte, diese weichen Lippen, schlanken Fesseln, perfiden und bezaubernden Augen. Eine schöne Gehirnwäsche. Wenn Erica im Gehirn wäre.

Aber da ist sie nicht.

Sie steckt wie ein Glassplitter im Bauch.

Er hat sich in ein verzogenes Kind verliebt.

Sie ist eine blöde Kuh. Und eine Schlampe. So klasse sie tanzt, so wenig Talent hat sie, zu spielen und vor einer Fernsehkamera zu stehen. Sie stammelt, bekommt kein Wort heraus.

In drei Monaten hat sie nur ein paar Statistenrollen in Fernsehfilmen bekommen.

Doch Graziano liebt sie, auch wenn sie kein Talent hat. Auch wenn sie die schlechteste Schauspielerin auf der ganzen Welt ist.

Verdammt ...

Und das Schlimme ist, dass er sie um so mehr liebt, je beschissener sie sich verhält.

Wenn sie keine Probeaufnahmen hat, verbringt Erica den Tag

vor dem Fernseher und isst Tiefkühlpizza und Viennetta-Eis. Sie will nichts tun. Sie will nicht ausgehen. Sie will niemanden sehen. Sie ist zu deprimiert, um auszugehen, sagt sie.

Die Wohnung ist total verkommen.

Berge schmutziger Kleider, irgendwo hingeworfen. Abfälle. Stapel von Tellern mit eingetrockneter Soße. Antoine, der auf den Teppichboden pisst und kackt. Erica scheint sich wohl zu fühlen, in der Scheiße. Graziano nicht, Graziano wird wütend, schreit, dass er die Nase voll davon hat, wie ein Penner zu leben, dass es ihm reicht, dass er nach Jamaika abhaut, doch stattdessen nimmt er den Hund und geht in den Park.

Wie kann man es nur mit ihr aushalten? Nicht mal ein Zen-Mönch würde sie ertragen. Sie heult wegen nichts und wieder nichts. Und sie wird wütend. Und wenn sie wütend wird, lässt sie furchtbare Sachen los. Geschosse, die in Grazianos Herz eindringen, als wäre es aus Butter. Sie ist voller Gift und verspritzt es bei jeder Gelegenheit.

Du bist ein Stück Scheiße. Du widerst mich an! Ich liebe dich nicht, kapierst du? Willst du wissen, warum ich immer noch bei dir bin? Willst du es wirklich wissen? Weil du mir Leid tust. Deshalb. Ich hasse dich. Und weißt du, warum ich dich hasse? Weil du nur darauf wartest, dass bei mir alles schief geht.

Das stimmt.

Jedes Mal, wenn eine Probeaufnahme schlecht läuft, freut Graziano sich heimlich. Es ist ein kleiner Schritt nach Ischiano. Doch dann fühlt er sich schuldig.

Sie schlafen nicht miteinander.

Er hält es ihr vor. Da macht sie Arme und Beine breit und sagt: »Bedien dich. Wenn du willst, kannst du mich so vögeln.« Und ein paarmal hat er es, verzweifelt wie er war, sogar getan; es ist, wie mit einer Leiche zu schlafen. Mit einer warmen Leiche, die ab und zu, wenn Werbung kommt, die Fernbedienung nimmt und umschaltet.

So geht es weiter bis zum 8. Dezember.

Am 8. Dezember stirbt Antoine.

Erica ist mit Antoine in einer Parfümerie. Die Verkäuferin sagt ihr, dass Hunde nicht mit ins Geschäft dürfen. Erica lässt ihn draußen, sie muss einen Lippenstift kaufen, das dauert einen Moment. Doch dieser Moment genügt Antoine, auf dem Gehweg gegenüber einen Schäferhund zu sehen, auf die Straße zu laufen und unter ein Auto zu geraten.

Weinend kommt Erica nach Hause. Sie sagt Graziano, sie habe nicht den Mut gehabt, es sich anzusehen. Der Hund liegt noch da. Graziano rennt nach draußen.

Er findet ihn am Straßenrand. In einer Blutlache. Er atmet noch schwach. Aus Nase und Mund rinnt in kleinen Bächlein schwarzes Blut. Graziano bringt ihn zum Tierarzt, der ihn mit einer Spritze einschläfert.

Graziano geht wieder nach Hause.

Er hat keine Lust zu reden. Er hat an diesem Hund gehangen. Es war ein lustiger Kerl. Und sie haben sich Gesellschaft geleistet.

Erica sagt, dass es nicht ihre Schuld sei. Dass sie einen Augenblick gebraucht habe, den Lippenstift zu kaufen. Und der Scheißkerl in dem Auto hat nicht gebremst.

Graziano verlässt die Wohnung wieder. Er nimmt den Uno, und um sich zu beruhigen, dreht er auf dem Autobahnring eine Runde mit hundertachtzig Sachen.

Es war falsch, nach Rom zu gehen.

Es war alles falsch.

Er hat einen wahnsinnigen Fehler gemacht. Das ist gar keine Frau, das ist eine Strafe, die Gott ihm gesandt hat, um sein Leben zu zerstören.

Letzten Monat haben sie praktisch jeden Tag gestritten.

Graziano kann nicht glauben, was ihr alles über die Lippen kommt. Tödliche Beleidigungen. Und manchmal greift sie ihn mit einer derartigen Wucht an, dass er nicht mal mehr in der Lage ist, sich zu verteidigen. Ihr gehörig Bescheid zu sagen. Ihr zu sagen, dass sie eine Versagerin ist.

Neulich zum Beispiel hat sie ihn beschuldigt, Unglück zu bringen, und gesagt, dass Madonna, wäre sie mit einem wie ihm zusammen gewesen, heute immer noch Veronica Luisa Ciccone wäre, und sonst gar nichts. Dann hat sie noch eins draufgesetzt und behauptet, in Riccione hätten alle gesagt, er sei ein jämmerlicher Gitarrenspieler und höchstens als Dealer zu gebrauchen. Und zum Schluss, als Kirsche auf der Torte, hat sie noch gemeint, die Gipsy Kings wären eine Bande Schwuler.

Es reicht! Ich verlasse sie.

Er muss es schaffen.

Es wird ihn nicht umbringen. Er wird es überleben. Auch Drogis überleben ohne Stoff. Du drehst fast durch, leidest wie ein Tier, denkst, dass du es niemals schaffst, aber zum Schluss schaffst du es und bist clean.

Durch Antoines Tod ist er wenigstens wieder zur Vernunft gekommen.

Er muss sie verlassen. Und die beste Art ist ein cooler Auftritt, distanziert, ohne sich gehen zu lassen, der Auftritt eines starken Mannes mit einem gebrochenen Herzen. So wie Robert De Niro in *Stanley und Iris*, als er Jane Fonda verlässt.

Ja, es reicht.

Er geht zurück in die Wohnung. Erica sieht sich Lupin III an und isst dazu ein Käsebrötchen.

»Kannst du den Fernseher ausmachen?«

Erica macht den Fernseher aus.

Graziano setzt sich hin, räuspert sich und fängt an. »Ich wollte dir etwas sagen. Ich glaube, es ist jetzt der Moment gekommen, Schluss zu machen. Du weißt es, und ich weiß es. Lass es uns offen aussprechen.«

Erica sieht ihn an.

Graziano redet weiter. »Ich gebe es auf mit uns beiden. Ich habe sehr daran geglaubt. Ernsthaft. Doch jetzt reicht es. Ich habe keine Lira mehr. Wir streiten uns jeden Tag. Und außerdem halte ich es in Rom nicht mehr aus. Ich finde es zum Kotzen, es deprimiert mich. Ich bin wie eine Möwe, wenn ich nicht weiterziehe, sterbe ich. Ich …«

»Hör mal, Möwen sind keine Zugvögel.«

»Bravo. Dann eben wie eine verdammte Schwalbe, bist du jetzt zufrieden? Ich sollte um diese Zeit in Jamaika sein. Morgen fahre ich nach Ischiano. Ich treibe ein bisschen Geld auf, und dann haue ich ab. Und wir werden uns nie wiedersehen. Es tut mir Leid, dass es sich so …« Hier enden die Worte De Niros.

Erica sagt nichts.

Was redet Graziano denn da?

Was hat er für einen komischen Tonfall? Normalerweise macht er ihr eine Szene, schreit herum, wird wütend. Diesmal nicht, er ist kalt, resigniert. Wirkt wie ein amerikanischer Schauspieler. Antoines Tod muss ihn erschüttert haben.

Mit einem Mal gibt es ihr zu denken, dass er ihr nicht die übliche pathetische Szene macht. Diesmal ist es ihm ernst.

Wenn er geht, was passiert dann?

Dann bricht alles zusammen.

Erica sieht absolut schwarz. Eine Zukunft ohne ihn kann sie sich nicht einmal vorstellen. Das Leben ist schon so scheußlich genug, doch ohne Graziano wäre es vollkommen scheiße. Wer soll die Miete bezahlen? Wer soll das Hähnchen in der Rosticceria holen? Wer soll den Schauspielunterricht finanzieren?

Und außerdem ist sie nicht mehr ganz so sicher, dass sie es schafft. Es sieht ganz so aus, als hätte sie keine Chance. Seit sie in Rom ist, hat sie eine Flut von Probeaufnahmen gemacht, und aus keiner ist etwas geworden. Vielleicht hat Graziano Recht. Sie ist nicht fürs Fernsehen geeignet. Sie hat kein Talent.

Sie kann ihre Tränen kaum noch zurückhalten.

Ohne eine Lira wäre sie gezwungen, nach Castello Tesino zurückzukehren, und bevor sie sich diese eisige Gegend und ihre Eltern wieder antut, geht sie lieber auf den Strich.

Sie versucht, einen Bissen von ihrem Brötchen herunterzubekommen, aber sie schafft es nicht, es ist bitter wie Galle. »Meinst du das im Ernst?«

»Ja.«

»Du willst gehen?«

»Ja.«

»Und was wird aus mir?«

»Was soll ich dazu sagen?«

Stille.

»Du bist fest entschlossen?«

»Ja.«

»Im Ernst?«

»Ja.«

Erica fängt an zu weinen. Ganz sachte. Das Brötchen zwischen den Zähnen. Die Schminke verläuft unter den Tränen.

Graziano spielt mit dem Feuerzeug. Macht es an und aus. »Tut mir Leid. Aber es ist viel besser so. Wenigstens haben wir so eine gute Erinner...«

»Ich ... Ich ... will mi...«, schluchzt Erica.

»Was?«

»Ich ... Ich will mit dir gehen.«

»Wohin?«

»Nach Ischiano.«

»Und was willst du da? Hast du nicht gesagt, es kotzt dich an?«

»Ich will deine Mama kennen lernen.«

»Du willst meine Mutter kennen lernen?«, wiederholt Graziano wie ein Papagei.

»Ja, ich will Gina kennen lernen. Und dann fahren wir nach Jamaika und machen Urlaub.«

Graziano sagt nichts.

»Willst du nicht, dass ich mitkomme?«

»Nein. Besser nicht.«

»Graziano, verlass mich nicht. Ich bitte dich.« Sie ergreift seine Hand.

»Es ist besser so ... Das weißt du auch ... Jetzt ...«

»Du kannst mich nicht in Rom zurücklassen, Grazi.«

Graziano spürt, dass sich tief innen in ihm etwas tut. *Was will sie?*

Das kann sie nicht machen. Das ist nicht fair. Jetzt will sie mit ihm gehen.

»Graziano, komm her«, sagt Erica mit einem tieftraurigen Stimmchen.

Graziano steht auf. Setzt sich neben sie. Sie küsst ihm die Hände und schmiegt sich an ihn. Legt ihr Gesicht an seine Brust. Und fängt wieder an zu weinen.

Graziano spürt jetzt, wie sein Inneres wieder lebendig wird. Er erwacht aus seiner Lethargie. Seine Luftröhre wird plötzlich wieder frei. Er atmet ein und atmet aus.

Er schließt sie in die Arme.

Sie wird von Schluchzern geschüttelt. »Es ... tut ... mir ... Leid. Es ... tut ... mir ... Leid.«

Sie ist so klein. Und wehrlos. Sie ist ein kleines Mädchen. Ein Mädchen, das ihn braucht. Das schönste Mädchen der Welt. Sein Mädchen. »Einverstanden. In Ordnung. Lass uns weggehen aus dieser Scheißstadt. Ich verlasse dich nicht. Mach dir keine Sorgen. Du kommst mit mir mit.«

»Jaaa, Graziano ... Nimm mich mit.«

Sie küssen sich. Speichel und Tränen. Er wischt ihr mit dem T-Shirt die verlaufene Wimperntusche ab.

»Ja, morgen früh fahren wir. Aber ich muss vorher meine Mutter anrufen. Damit sie ein Zimmer für uns herrichtet.«

Erica lächelt. »In Ordnung.« Dann verfinstert sich ihre Miene wieder. »Ja, wir gehen weg ... Nur dass ich übermorgen noch eine Sache erledigen muss, verdammte Scheiße.«

Graziano ist gleich misstrauisch. »Was?«

»Eine Probeaufnahme.«

»Erica, das ist doch die gleiche alte ...«

»Warte! Hör zu. Ich habe meinem Agenten versprochen, dass ich hingehe. Er braucht Mädchen aus seiner Agentur, die so tun, als kämen sie wegen der Probeaufnahmen. Der Regisseur hat schon entschieden, wen er nimmt, eine mit Beziehungen, aber die Sache muss echt aussehen. Das übliche Scheißspiel.«

»Geh einfach nicht hin. Lass das Arschloch seinen Scheiß doch alleine machen.«

»Ich muss auf jeden Fall hin. Ich habe es ihm versprochen. Nach allem, was er für mich getan hat.«

»Was hat er denn für dich getan? Nichts. Er hat uns nur abgezockt. Lass ihn seinen Scheiß alleine machen. Wir müssen weg von hier.«

Erica ergreift seine Hände. »Hör zu, wir machen es so: Du fährst morgen. Ich gehe zu der Probeaufnahme, regle hier alles, packe meine Koffer und bin am nächsten Tag bei dir.«

»Soll ich nicht auf dich warten?«

»Aber nein. Rom hat dich derart gestresst. Ich nehme den Zug. Und wenn ich ankomme, hast du schon alles vorbereitet. Kauf viel Fisch. Ich esse gerne Fisch.«

»Natürlich kaufe ich Fisch. Magst du Seeteufel?«
»Ich weiß nicht. Ist der gut?«
»Sehr gut. Soll ich auch Muscheln kaufen?«
»Ja, Muscheln, Grazi. Pasta mit Muscheln. Wunderbar.« Erica zaubert ein Lächeln auf ihr Gesicht, das die ganze Wohnung erstrahlen lässt.

»Pasta mit Muscheln ist die absolute Spezialität meiner Mutter. Du wirst schon sehen. Wir lassen es uns gut gehen.«

Erica wirft sich in seine Arme.

In dieser Nacht lieben sie sich.

Und zum ersten Mal überhaupt nimmt Erica ihn in den Mund.

Graziano liegt ausgestreckt auf diesem ungemachten Bett voller Pullover, stinkender T-Shirts, CD-Hüllen und Brotkrümel und betrachtet Erica zwischen seinen Beinen, wie sie ihm den Schwanz lutscht.

Wieso hat sie beschlossen, ihm einen zu blasen?

Sie hat immer gesagt, sie findet es eklig, es mit dem Mund zu machen.

Was will sie ihm zu verstehen geben?

Das ist einfach. Dass sie dich liebt.

Graziano wird von Gefühlen überwältigt, und es kommt ihm.

Erica schläft nackt in seinen Armen ein. Graziano rührt sich nicht, damit sie nicht wach wird, drückt sie und kann nicht glauben, dass dieses schöne Mädchen seine Frau ist.

Seine Augen werden nicht müde, sie anzusehen. Seine Hände nicht müde, sie zu streicheln, seine Nase nicht müde, ihren Duft einzuatmen.

Wie oft hat er sich gefragt, wie ein so vollkommenes Wesen aus einem so gottverlassenen Ort kommen kann. Es ist ein Wunder.

Und dieses Wunder gehört ihm. Auch wenn sie sich manchmal nicht verstehen, auch wenn sie launisch ist, auch wenn sie die Welt verschieden sehen, auch wenn Graziano viel falsch gemacht hat. Sie sind vereint. Verbunden durch ein Band, das niemals zerreißen wird.

Sicher, er hat Fehler gemacht, er ist schwach gewesen, entschlusslos, feige, er hat Erica bei all ihren Launen unterstützt, hat zugelassen, dass die Situation sich immer mehr zuspitzte, bis sie schließlich unerträglich wurde, doch dann hat er diesen großartigen Befreiungsschlag geschafft. Er hat sie von den Spinnweben befreit, unter denen sie zu ersticken drohten.

Erica hat gespürt, dass sie ihn für immer verloren hätte, dass er diesmal nicht nur so tat als ob. Und sie hat ihn nicht gehen lassen.

Grazianos Herz fließt über vor Liebe. Er küsst sie auf den Hals.

Erica murmelt: »Graziano, bringst du mir ein Glas Wasser?«

Er holt ihr das Wasser. Sie setzt sich mit geschlossenen Augen auf, hält das Glas mit beiden Händen, trinkt so gierig, dass es ihr am Kinn herunterläuft.

»Erica, sag mir eines, hast du mich wirklich gern?«, fragt er sie, als er wieder ins Bett schlüpft.

»Ja«, antwortet sie und schmiegt sich an ihn.

»Wirklich?«

»Wirklich.«

»Und ... willst du mich heiraten?«, hört er sich fragen. Als hätte ihm ein böser Geist diese schrecklichen Worte in den Mund gelegt. Ein Geist, der alles ruinieren will.

Erica kuschelt sich noch enger an ihn, zieht die Steppdecke ein Stückchen hoch und sagt: »Ja.«

Ja?!

Graziano ist einen Augenblick lang sprachlos, überwältigt, legt sich eine Hand auf den Mund und schließt die Augen.

Was hat sie gesagt? Hat sie gesagt, dass sie ihn heiraten will?

»Wirklich?«

»Ja«, flüstert Erica im Halbschlaf.

»Und wann?«

»In Jamaika.«

»Ja. In Jamaika. Am Strand. Wir heiraten auf den Klippen von Edward Beach. Ein wunderbarer Ort.«

Dies ist der Grund dafür, warum Graziano Biglia am 9. Dezember um fünf Uhr früh trotz des Unwetters aus Rom aufbrach, um nach Ischiano Scalo zu fahren.

Er hatte seinen ganzen Besitz dabei, und eine gute Nachricht für seine Mama.

3

Ein mit einem Fernglas ausgerüsteter Reisender in einem Heißluftballon könnte besser als jeder andere den Schauplatz unserer Geschichte überblicken.

Sofort würde ihm eine lange schwarze Narbe auffallen, die die Ebene durchschneidet. Das ist die Aurelia, die Staatsstraße, die in Rom anfängt und nach Genua und weiter führt. Fünfzehn Kilometer lang verläuft sie schnurgerade wie eine Landebahn, dann beschreibt sie ganz sachte einen Bogen nach links und erreicht das an der Lagune gelegene Städtchen Orbano.

Das Erste, was die Mütter ihren Kindern in dieser Gegend beibringen, ist nicht »Nimm keine Bonbons von fremden Männern an«, sondern »Gib an der Aurelia Acht«. Man muss mindestens ein paarmal nach rechts und nach links schauen, bevor man sie überquert. Zu Fuß genauso wie mit dem Auto (Gott bewahre, dass einem mitten auf der Fahrbahn der Motor ausgeht). Die Autos schießen wie Torpedos vorbei. Und in den letzten Jahren hat es zu viele tödliche Unfälle gegeben. Jetzt haben sie die Höchstgeschwindigkeit auf neunzig Kilometer festgesetzt und Radarkontrollen eingeführt, doch die Leute kümmern sich nicht darum.

Bei schönem Wetter am Wochenende und vor allem im Sommer kommt es auf dieser Straße zu kilometerlangen Staus. Das sind die Leute aus Rom auf ihrem Weg von oder zu den Ferienorten weiter im Norden.

Wenn unser Reisender nun mit dem Fernglas nach links blicken würde, könnte er den Strand von Castrone sehen. Die Wellen schlagen hier direkt an den Strand, und bei stürmischer See häuft sich der Sand an der Wasserlinie an, sodass man über Dünen klettern muss, um ins Meer zu kommen. Badeeinrichtungen gibt es keine. Das heißt: Eigentlich gibt es schon welche, ein paar Kilometer weiter südlich, aber da gehen die Einheimischen nicht hin, vielleicht weil es da voller schicker Römer ist, die Linguine

mit Hummer essen und Falanghina trinken. Keine Sonnenschirme. Keine Liegestühle. Keine Tretboote. Auch im August nicht.
Komisch, nicht?
Das hat seinen Grund darin, dass die Gegend ein Naturschutzgebiet ist, in dem bestimmte Zugvögel wieder angesiedelt werden sollen.
Auf zwanzig Kilometer Küste gibt es nur drei Zugänge zum Meer, in deren unmittelbarer Nähe sich im Sommer die Badenden drängen, während man nur dreihundert Meter weitergehen muss und wie durch ein Wunder plötzlich allein ist.
Direkt hinter dem Strand verläuft ein langer grüner Streifen. Brombeersträucher und sonstiges dorniges und stachliges Gewächs, Blumen, Hartgräser, all das wuchert hier wild durcheinander. Ein Durchkommen ist nicht möglich, wenn man nicht nachher wie der hl. Sebastian aussehen will. An diesen Streifen schließen sich bebaute Felder an (Korn, Mais, Sonnenblumen, jedes Jahr wieder anders).
Wenn unser Reisender mit dem Fernglas nach rechts blicken würde, könnte er eine lange, bohnenförmige Brackwasserlagune sehen, die durch einen schmalen Streifen Land vom Meer abgetrennt ist, die Laguna di Torcelli. Sie ist eingezäunt, und es besteht absolutes Jagdverbot: Im Frühjahr landen hier die Zugvögel aus Afrika. Es ist ein Sumpf voller teuflischer Schnaken und Malariamücken, Wasserschlangen, Fische, Reiher, Blässhühner, Nager, Molche, Frösche, Kröten und tausenderlei Kleingetier, das sich dem Leben zwischen Schilfrohr, Wasserpflanzen und Algen angepasst hat. Die Eisenbahnstrecke zwischen Genua und Rom verläuft hier parallel zur Aurelia. Tagsüber donnert praktisch jede Stunde der Eurostar vorbei.
Und da ist es endlich, gleich neben der Lagune: Ischiano Scalo.
Es ist klein, ich weiß.
Es hat sich in den letzten dreißig Jahren um den kleinen Bahnhof herum entwickelt, wo zweimal am Tag ein Regionalzug hält.
Eine Kirche. Eine Piazza. Ein Corso. Eine Apotheke (immer geschlossen). Ein Lebensmittelgeschäft. Eine Bank (sogar mit Geldautomat). Eine Metzgerei. Eine Kurzwarenhandlung. Ein Zeitungsladen. Die Genossenschaft. Eine Bar. Eine Schule. Ein

Sportclub. Und ein paar Dutzend zweistöckige Häuser mit Ziegeldächern, in denen vielleicht tausend Menschen wohnen.

Bis vor nicht allzu langer Zeit gab es hier nur Sümpfe und Malaria, unter dem Duce wurde das Land dann urbar gemacht.

Wenn sich unser unerschrockener Beobachter nun vom Wind auf die andere Seite der Aurelia wehen ließe, würde er noch mehr bebaute Felder, Olivenhaine und eine aus vier Häusern bestehende Siedlung entdecken, die Serra heißt. Hier beginnt eine Schotterstraße, die in die Hügel und den Wald von Acquasparta führt, der für seine Wildschweine, Kühe mit langen Hörnern und – in einem guten Jahr – für seine Steinpilze berühmt ist.

Das ist Ischiano Scalo.

Es ist ein seltsamer Ort, das Meer ist so nah und scheint doch tausend Meilen entfernt, weil die Felder es hinter jene Barriere aus Dornen zurückdrängen. Nur hin und wieder trägt der Wind den Geruch des Meeres und ein paar Sandkörner hierher.

Wohl deshalb hat sich der Tourismus von Ischiano Scalo immer fern gehalten.

Hier kann man sich nicht amüsieren, es gibt keine Häuser zu mieten und keine Hotels mit Swimmingpool und Klimaanlage, es gibt keine Strandpromenade, auf der man spazieren, keine Lokale, wo man abends etwas trinken könnte, hier wird das Land im Sommer so glühend heiß wie ein Grill, und im Winter weht ein so scharfer Wind, dass einem die Ohren abfrieren.

Jetzt jedoch sollte unser Reisender etwas tiefer fliegen, dann könnte er besser das moderne Gebäude hinter der Fabrikhalle sehen.

Es ist die Mittelschule Michelangelo Buonarroti. Im Hof macht eine Klasse Sport. Alle spielen Volleyball oder Basketball, außer einer Gruppe Mädchen, die schwatzend auf einem Mäuerchen sitzen, und einem Jungen, der abseits im Schneidersitz in einem kleinen Fleckchen Sonne hockt und ein Buch liest.

Das ist Pietro Moroni, die eigentliche Hauptperson dieser Geschichte.

4

Pietro mochte weder Basket- noch Volleyball und am allerwenigsten Fußball.

Nicht dass er es nie probiert hätte. Er hatte es probiert – und wie –, aber er und der Ball, sie verstanden sich einfach nicht. Er wollte, dass der Ball etwas Bestimmtes machte, aber der machte genau das Gegenteil.

Und Pietro fand, dass man eine Sache besser sein lässt, wenn man merkt, dass man sich einfach nicht versteht. Außerdem gab es andere Dinge, die ihm Spaß machten.

Zum Beispiel Rad fahren. Er liebte es, mit dem Fahrrad durch den Wald zu fahren.

Und er mochte Tiere. Nicht alle. Manche.

Solche, die allgemein als eklig galten, gefielen ihm ganz besonders. Schlangen, Frösche, Salamander, Insekten, diese Art Tiere eben. Und wenn sie im Wasser lebten – um so besser.

So wie die Queise. Zugegeben, es tut scheußlich weh, wenn sie einen sticht, sie hat ein hässliches Gesicht und gräbt sich in den Sand ein, aber dass sie einem mit diesem Stachel, der ein Gift enthält (von dem die Wissenschaftler noch nicht wissen, was genau es ist), einen Fuß lähmen kann, gefiel Pietro.

Wenn er es sich also hätte aussuchen können, ob er lieber ein Tiger oder eine Queise sein möchte, hätte er sich bestimmt für Letztere entschieden.

Und noch ein anderes Tier gefiel ihm: die Stechmücke.

Die Mücken waren überall. Man konnte sie nicht loswerden.

Deshalb hatte er sich entschlossen, mit Gloria zusammen als Sachkundethema »Die Stechmücke und die Malaria« zu bearbeiten. Am Nachmittag würde er mit seiner Freundin nach Orbano zu einem Arzt fahren, der mit ihrem Vater befreundet war, und ihm Fragen über Malaria stellen.

Jetzt las er ein Buch über Dinosaurier. Und auch darin ging es um Stechmücken. Dank ihrer würde man eines Tages die Dinosaurier wiedererschaffen. Man hatte fossile Stechmücken gefunden, ihnen das Blut entnommen, das sie aus den Dinosauriern gesaugt hatten, und so den genetischen Code der Dinosaurier entdeckt. Bis ins letzte Detail verstand er das alles nicht, aber Tatsache war: ohne Steckmücken kein *Jurassic Park*.

Pietro war zufrieden, weil der Sportlehrer ihn diesmal nicht gezwungen hatte, mit den anderen zu spielen.

»Na? Weißt du schon, was wir Colasanti fragen müssen?«

Pietro sah hoch.

Es war Gloria. Sie hielt den Ball in der Hand und schnaufte.

»Ich glaube ja. Mehr oder weniger.«

»Gut. Ich hab nämlich keine Ahnung.« Gloria versetzte dem Ball einen Schlag und rannte zurück auf das Volleyballfeld.

Gloria Celani war Pietros beste Freundin, und auch die Einzige.

Er hatte versucht, sich mit Jungen anzufreunden, aber ohne großen Erfolg. Ein paarmal hatte er sich mit Paolino Anselmi, dem Sohn des Tabakhändlers, getroffen. Sie waren auf dem Sportplatz gewesen, um mit ihren Rädern Cross zu fahren. Aber es war nicht gut gegangen.

Paolino wollte unbedingt einen Wettkampf daraus machen, doch das gefiel Pietro nicht. Sie hatten es ein paarmal getan, und Paolino hatte immer gewonnen. Dann hatten sie sich nicht mehr gesehen.

Was konnte er dafür? Wettkämpfe gehörten auch zu den Sachen, die er absolut nicht mochte.

Denn auch wenn er als Erster das letzte Stück der Piste erreichte, wenn er wie ein Pfeil dem Sieg entgegenflog, der ihm schon von Anfang an sicher gewesen war, konnte er nicht anders: Er musste sich einfach umdrehen. Und wenn er dann hinter sich einen sah, der ihn mit gefletschten Zähnen verfolgte, gaben seine Beine nach, und er ließ sich einholen, überholen und besiegen.

Mit Gloria musste er keine Wettkämpfe ausfechten. Er musste nicht den starken Mann spielen. Sie fühlten sich einfach wohl zusammen, und fertig.

Nach Pietros Meinung, die von vielen anderen geteilt wurde, war Gloria das schönste Mädchen der Schule. Sicher, es gab noch ein paar andere, die nicht schlecht aussahen, zum Beispiel die aus der 3 B mit den schwarzen Haaren bis auf den Hintern, oder die aus der 2 A, Amanda, die mit Fiamma ging.

Doch nach Pietros Ansicht waren diese beiden nicht würdig, ihr die Füße zu küssen. Verglichen mit Gloria waren sie Queisen. Er hätte ihr das nie gesagt, aber er war sich sicher, dass Gloria später einmal in diese Modezeitschriften kommen oder zur Miss Italia gewählt würde.

Und dabei tat sie noch alles, um weniger schön zu scheinen, als sie war. Sie schnitt sich die Haare so kurz wie ein Junge. Zog schmutzige und verwaschene Jeanslatzhosen an, dazu alte karierte Hemden und abgelaufene Adidas. Sie hatte immer aufgeschürfte Knie und ein Pflaster über irgendeiner Verletzung, weil sie wieder einmal auf einen Baum geklettert oder über eine Mauer gestiegen war. Sie hatte keine Angst, sich mit jemandem zu prügeln, nicht mal mit diesem Fettsack von Bacci.

Pietro hatte sie im Leben vielleicht ein- oder zweimal in Mädchenkleidern gesehen.

Die Großen, die aus der 3 (und manchmal auch die Älteren, die vor der Bar herumhingen), machten sie dumm an. Sie versuchten es eben. Sie wollten mit ihr gehen und machten ihr kleine Geschenke, aber sie beachtete diese Typen überhaupt nicht.

Für Gloria hatten sie weniger Bedeutung als ein Haufen Kuhscheiße.

Wie kam es, dass die Schönste im ganzen Land, die von allen hofierte Gloria, die die Jungen aus Ischiano zur Verzweiflung brachte und auf der Hitliste der Klassefrauen an der Tür des Jungenklos niemals tiefer als Platz drei gesunken war, die beste Freundin unseres Pietro war, des geborenen Verlierers, des Letzten in der Reihe, dieses Niemands ohne Freunde?

Dafür gab es einen Grund.

Sie hatten sich nicht erst auf der Schulbank angefreundet.

In dieser Schule gab es geschlossene Kasten, ein bisschen so wie in Indien. Die Deppenabteilung (*Hosenscheißer Windeier Arschlöcher Kacker Schwule Neger und so weiter*). Die Normalen. Und die Elite.

Die Normalen konnten abstürzen und in der Deppenabteilung landen oder aufsteigen und sich in Mitglieder der Elite verwandeln, das hing von ihnen ab. Doch wem man am ersten Schultag die Schultasche abnahm und aus dem Fenster warf, wem man die Kreide im Brötchen versteckte, der war ein Depp, da half gar nichts, und das blieb er für die nächsten drei Jahre auch (und wenn er nicht Acht gab für die nächsten sechzig). Er konnte es vergessen, ein Normaler zu werden.

So war das.

Pietro und Gloria kannten sich, seit sie fünf waren.

Pietros Mama ging dreimal die Woche in der Villa der Celani, Glorias Eltern, putzen und nahm ihren Sohn mit zur Arbeit. Sie gab ihm ein Blatt Papier und Filzstifte und schärfte ihm ein, am Küchentisch sitzen zu bleiben. »Sei brav, verstehst du? Lass mich arbeiten, dann können wir bald wieder nach Hause gehen.«

Und Pietro blieb auch schon mal zwei Stunden still auf seinem Stuhl sitzen und kritzelte auf seinem Blatt Papier. Die Köchin, eine alte Jungfer aus Livorno, die schon ewig im Haus war, konnte es nicht glauben. »Ein Engel aus dem Paradies, das bist du.«

Dieser kleine Kerl war einfach zu brav und niedlich, er nahm nicht mal ein Stück Mürbeteigkuchen an, wenn seine Mutter es ihm nicht erlaubt hatte.

Anders als die Tochter der Herrschaft. Ein verzogenes Balg, dem es ganz gut tun würde, wenn man ihm mal tüchtig den Hintern versohlte. Spielzeug hielt in diesem Haus durchschnittlich zwei Tage. Und um einem mitzuteilen, dass es keine Mousse au chocolat mehr wollte, warf dieses Biest sie einem vor die Füße.

Als die kleine Gloria entdeckt hatte, dass es in der Küche ein Spielzeug aus Fleisch und Blut gab, das Pietro hieß, war sie ganz entzückt gewesen. Sie hatte ihn bei der Hand genommen und mit in ihr Zimmer genommen. Zum Spielen. Am Anfang hatte sie ihn ein wenig gequält (MAMMAAA! MAMMAAA! Gloria hat mir einen Finger ins Auge gesteckt!), doch dann hatte sie gelernt, ihn als menschliches Wesen zu betrachten.

Signor Celani war froh. »Zum Glück gibt es Pietro. Gloria ist ruhiger geworden. Die Arme, sie braucht einen kleinen Bruder.«

Nur dass es da ein Problem gab. Signora Celani hatte keine Gebärmutter mehr, und deshalb … Adoption kam nicht in Frage, und außerdem war Pietro ja da, der Engel aus dem Paradies.

Kurz und gut, die beiden Kinder waren bald jeden Tag zusammen, wie Geschwister.

Und als es Mariagrazia Moroni, Pietros Mutter, schlecht zu gehen begann, als sie an einer seltsamen und unbegreiflichen Sache zu leiden begann, die sie kraft- und willenlos machte (»es ist … ich weiß nicht, als wären meine Batterien leer«), einer Sache, die der Kassenarzt als Depression und Signor Moroni als reine Lust am Nichtstun bezeichnete, und sie sich nicht mehr danach fühlte, in der Villa zu arbeiten, hatte Dottor Mauro Celani, Direktor des Banco di Roma in Orbano und Präsident des Segelclubs von Chiarenzano, rechtzeitig eingegriffen und die Sache mit seiner Frau Ada planmäßig in die Hand genommen.

1) Man musste der armen Mariagrazia helfen. Sie musste sich sofort von einem Spezialisten untersuchen lassen. »Morgen rufe ich Professor Candela an. Das ist der leitende Arzt der Klinik Villa dei Fiori in Civitavecchia, erinnerst du dich …? Er hat diese wunderbare Zwölf-Meter-Yacht.«

2) Pietro durfte nicht den ganzen Tag lang mit seiner Mutter zusammen sein. »Das tut weder ihm noch ihr gut. Nach der Schule bleibt er zusammen mit Gloria hier.«

3) Pietros Vater war ein Alkoholiker, ein Vorbestrafter, ein Gewaltmensch, der seine arme Frau und diesen wunderbaren Sohn zugrunde richtete. »Hoffen wir, dass er keine Probleme macht. Sonst kann er das Darlehen vergessen.«

Alles hatte perfekt funktioniert.

Die arme Mariagrazia hatte Professor Candela unter seine Fittiche genommen. Der renommierte Arzt hatte ihr einen feinen Cocktail aus Psychopharmaka verschrieben, die alle auf »il« endeten (Anafranil, Tofranil, Nardil usw.) und sie mitten in die magische Welt der MAO-Hemmer führten. Eine matte und behagliche Welt, bestehend aus Pastelltönen und ausgedehnten Graustrecken, aus gemurmelten und nicht beendeten Sätzen, aus einer Menge Zeit, die mit Wiederholungen verbracht wurde. »O Gott, ich kann mich nicht mehr erinnern, was ich heute Abend kochen wollte.«

Signora Celani hatte Pietro unter ihre mütterlichen Fittiche genommen, und er war weiterhin jeden Nachmittag in die Villa gegangen.

Sonderbar, auch Signor Moroni war unter schützende Fittiche gekommen, nämlich unter die riesigen Raubvogelschwingen des Banco di Roma.

Pietro und Gloria hatten die ersten Schuljahre in derselben Schule, doch nicht in derselben Klasse verbracht. Und alles war vollkommen glatt gegangen. Doch jetzt, in der Mittelschule, in derselben Klasse, hatten sich die Dinge kompliziert.

Sie gehörten zu unterschiedlichen Kasten.

Ihre Freundschaft hatte sich der Situation angepasst. Sie ähnelte einem unterirdischen Fluss, der unsichtbar und eingezwängt unter den Felsen verläuft, doch sobald er einen Spalt, eine Ritze findet, mit all seiner beeindruckenden Kraft herausschießt.

So mochte man diese beiden auf den ersten Blick für vollkommen Fremde halten, aber man musste Tomaten auf den Augen haben, wenn man nicht bemerkte, wie sie sich immer im Blickfeld behielten, wie sie die Nähe des anderen suchten und sich, als wären sie zwei Spione, in eine Ecke zurückzogen, um in der Pause miteinander zu tuscheln, und wie Pietro nach Schulschluss seltsamerweise dort am Ende der Straße wartete, bis er sah, wie Gloria aufs Fahrrad stieg und ihm folgte.

5

Signora Gina Biglia, Grazianos Mutter, litt unter Bluthochdruck. Sie hatte über hundertachtzig zu hundertzwanzig. Ein beunruhigender Gedanke, eine kleine Aufregung genügte, und schon stellten sich bei ihr Herzklopfen, Schwindel, kalter Schweiß und Übelkeit ein.

Wenn ihr Sohn nach Hause kam, nahm die Freude darüber Signora Biglia normalerweise derart mit, dass sie sich für ein paar Stunden ins Bett legen musste. Doch als Graziano in jenem Winter nach zwei Jahren, in denen er sich nicht hatte blicken und nichts von sich hatte hören lassen, aus Rom ankam und ihr erzählte, dass er ein Mädchen aus dem Norden kennen gelernt habe, es heiraten und nach Ischiano zurückkehren wolle, da hüpfte ihr Herz wie eine Sprungfeder in der Brust herum, und die arme Frau, die gerade dabei war, Fettuccine zu machen, brach ohnmächtig zusammen und riss Tisch, Mehl und Nudelholz mit sich.

Als sie wieder zu sich kam, sprach sie nicht mehr.

Wie eine Schildkröte, die sich überschlagen hat, saß sie zwischen ihren Fettuccine auf dem Boden und gab unverständliche Laute von sich, als wäre sie taubstumm geworden oder Schlimmeres.

Ein Schlaganfall, dachte Graziano verzweifelt. Das Herz hatte einen Augenblick aufgehört zu schlagen, und das Gehirn war geschädigt.

Graziano lief ins Wohnzimmer, um einen Krankenwagen zu rufen, doch als er zurückkam, schien es seiner Mutter wieder bestens zu gehen. Sie war dabei, den Küchenfußboden zu schrubben. Als sie ihn sah, hielt sie ihm einen Zettel hin, auf den sie etwas geschrieben hatte:

Es geht mir gut. Ich habe der Madonnina von Civitavecchia gelobt, einen Monat lang nicht zu sprechen, wenn du heiratest. Die Madonnina hat in ihrer unendlichen Barmherzigkeit meine Gebete erhört, und nun muss ich mein Gelübde erfüllen.

Graziano las die Mitteilung und ließ sich deprimiert auf einen Stuhl fallen. »Mama, das ist doch absurd. Machst du dir das klar? Wie willst du denn arbeiten? Und was soll ich Erica sagen? Soll sie denken, dass du vollkommen verrückt bist? Hör auf damit, ich bitte dich.«

Signora Gina schrieb:

Mach du dir keine Sorgen. Ich erkläre es deiner Verlobten. Wann kommt sie?

»Morgen. Aber jetzt hör auf damit, Mama, ich beschwöre dich. Es ist noch nicht klar, wann wir heiraten. Hör auf, bitte.«

Signora Gina begann wie ein aufgedrehter Kobold durch die Küche zu springen, stieß dabei eine Art Gewinsel aus und fuhr sich mit den Händen durch ihre voluminöse Dauerwelle. Sie war eine kleine rundliche Frau mit lebhaften Augen und einem Mund, der aussah wie ein Hühnchenpopo.

Graziano lief hinter ihr her und versuchte sie festzuhalten. »Mama! Mama! Bleib bitte stehen. Was zum Teufel ist denn in dich gefahren?«

Signora Gina setzte sich wieder an den Tisch und schrieb:

Die Wohnung sieht furchtbar aus. Ich muss alles sauber machen. Ich muss die Gardinen in die Wäscherei bringen. Den Boden im Wohnzimmer einwachsen. Und dann muss ich einkaufen. Geh. Lass mich arbeiten.

Sie zog ihren Nerz an, lud sich die Tasche mit den Gardinen auf die Schultern und verließ das Haus.

Damit wir uns verstehen: Ein Operationssaal der Poliklinik war nicht so sauber wie die Küche von Signora Gina. Nicht einmal mit einem Elektronenmikroskop hätte man eine Milbe oder ein Staubkorn finden können. Im Hause Biglia konnte man vom Fußboden essen und ruhigen Gewissens aus dem Klosett trinken. Jede Nippfigur hatte ihr Deckchen, jede Nudelsorte ihre Dose, jeder Winkel der Wohnung wurde täglich kontrolliert und staubgesaugt. Als Graziano klein war, durfte er nicht auf dem Sofa sitzen, weil es sonst abgenutzt würde, er musste Schondecken unterlegen und sich zum Fernsehen auf einen Stuhl setzen.

Sauberkeit war Signora Biglias erste Obsession. Religion die Zweite. Die Dritte und schlimmste von allen aber war Kochen.

Sie bereitete Delikatessen in industriellen Mengen zu. Makkaroniaufläufe. Ragout, das drei Tage gezogen hatte. Wild. Überbackene Auberginen, Sartù so hoch wie Hefekuchen. Pizza mit Broccoli, Käse und Mortadella. Mit Artischocken und Béchamel gefüllte Gemüsetörtchen. Gedünsteten Fisch. Calamari in Soße. Und Fischsuppe auf Livorneser Art. Da sie allein lebte (ihr Mann war vor fünf Jahren gestorben), landeten all diese guten Sachen in den Tiefkühltruhen (sie hatte drei, bis obenhin vollgestopft) oder wurden an Kunden verschenkt.

An Weihnachten, Neujahr, Ostern oder jedem anderen Fest, das ein besonderes Essen verlangte, drehte sie vollkommen durch und blieb auch schon einmal dreizehn Stunden am Tag in der Küche, um etwas vorzubereiten, Backformen einzufetten und Erbsen zu enthülsen. Mit hochrotem Kopf, einem irren Blick und einer Haube auf dem Kopf, damit das Haar nicht fettig wurde, stand sie, Lieder aus dem Radio trällernd, da und schlug wie eine Wahnsinnige Eier auf. Während des Essens setzte sie sich niemals hin, sondern flitzte wie ein birmanischer Tapir zwischen Esszimmer und Küche schwitzend hin und her, schnaufte und spülte die Teller ab und machte alle nervös, denn es ist nicht angenehm, mit einer Besessenen zu essen, die jede kleinste Regung auf deinem Gesicht beobachtet, um daraus abzuleiten, ob die Lasagne gut ist, und die dir den Teller schon wieder gefüllt hat, bevor du ihn leergegessen hast, während du weißt, dass sie in ihrem Zustand jeden Augenblick einen Schlaganfall bekommen könnte.

Nein, das ist nicht angenehm.

Und es war schwer zu verstehen, warum sie sich so verhielt, was das für eine kulinarische Raserei war, die sie quälte. Die Gäste fragten sich beim zwölften Gang leise, was sie bezweckte. Wollte sie sie umbringen? Wollte sie für die ganze Welt kochen? Dem Hunger ein Ende machen mit Risotto ai quattro formaggi und Trüffelsplittern, Linguine al pesto und Ossobuco mit Püree?

Nein, das interessierte Signora Biglia nicht.

Für die Dritte Welt, die Kinder in Biafra, die Armen der Gemeinde hatte Signora Biglia gar nichts übrig. Sie wollte, dass jemand zu ihr sagte: »Gina, meine Liebe, die Gnocchi auf Sorrentiner Art, wie du sie machst, sind nicht mal in Sorrent so gut.«

Dann war sie verlegen wie ein kleines Mädchen, stammelte Dankesworte, verneigte sich wie ein großer Dirigent nach einem triumphalen Konzert, holte aus der Tiefkühltruhe eine Schüssel voller Gnocchi und sagte: »Hier bitte, aber wirf sie auf keinen Fall einfach so ins Wasser, dann sind sie verdorben. Nimm sie mindestens ein paar Stunden vorher heraus.«

Diese Frau stopfte einen erbarmungslos voll, und wenn man sie anflehte aufzuhören, entgegnete sie, man solle sich doch nicht so anstellen. Taumelnd, halb betrunken, die obersten Knöpfe der

Hose geöffnet, verließ man ihr Haus mit dem festen Vorsatz, eine Entschlackungskur in Chianciano anzutreten.

Wenn Graziano nach Haus kam, nahm er in einer Woche mindestens fünf Kilo zu. Die Mama kochte ihm saure Nierchen (sein Lieblingsgericht!), und da er ein guter Esser war, setzte sie sich hin und sah ihm verzückt beim Essen zu. Doch irgendwann hielt sie es nicht mehr aus, sie musste ihn fragen, sonst würde sie sterben: »Graziano, sag mir, wie sind die Nierchen?«

Und Graziano sagte: »Köstlich, Mama.«

»Macht irgendjemand sie besser als ich?«

»Nein, Mama, das weißt du doch. Deine Nierchen sind die besten auf der ganzen Welt.«

Überglücklich ging sie dann in ihre Küche zurück und begann die Teller abzuspülen, denn sie hatte kein Vertrauen zu Geschirrspülmaschinen.

Versuchen wir uns einen Moment lang vorzustellen, was für eine Art Festessen sie für ihre zukünftige Schwiegertochter plante.

Für Erica Trettel, diese Bohnenstange, die sechsundvierzig Kilo wog und sagte, sie sei schrecklich fett, und die sich, wenn sie guter Laune war, von Jocca, Weizenschrot und Müsliriegeln ernährte, und wenn sie deprimiert war, Vienetta Eis und Brathähnchen in sich hineinschlang.

6

Graziano verbrachte einen Vormittag in Frieden mit sich selbst und mit der Welt.

Er verließ das Haus, um einen Spaziergang zu machen.

Das Wetter war unbeständig und kalt. Zwar hatte es aufgehört zu regnen, doch die dicken Wolken versprachen für den Nachmittag nichts Gutes. Graziano war das egal. Er war glücklich, endlich zu Hause zu sein.

Ischiano Scalo erschien ihm schöner und freundlicher als je zuvor.

Eine kleine, altmodische Welt. Eine ländliche, noch unverdorbene Gemeinde.

Es war Markttag. Die Händler hatten ihre Stände auf dem Parkplatz vor der Landwirtschaftsbank aufgestellt. Bewaffnet mit Taschen und Schirmen waren die Frauen unterwegs, um Einkäufe zu machen. Mütter schoben Kinderwagen. Beim Zeitungshändler wurden stapelweise Illustrierte aus einem Lieferwagen geladen. Giovanna, die Frau aus dem Tabakladen, fütterte eine Bande fetter, verwöhnter Katzen. Eine Gruppe Jäger sammelte sich vor dem Gefallenendenkmal. Die Bracken zogen unruhig an ihren Leinen. Die Alten, die an den Tischchen vor der Station Bar saßen, versuchten wie arthritische Reptilien, einen Sonnenstrahl aufzufangen; doch die Sonne mochte sich nicht zeigen. Von der Schule her hörte man den Lärm der Kinder, die im Hof spielten. In der Luft lag ein angenehmer Geruch nach Rauch und Dorsch, den der Fischhändler fangfrisch an seinem Stand anbot.

Hier war er geboren.

Ein einfacher Ort.

Ungebildete Menschen, vielleicht.

Aber ehrlich.

Er war stolz darauf, zu dieser kleinen gottesfürchtigen Gemeinde zu gehören, wo die Leute rechtschaffen von ihrer Hände Arbeit lebten. Kaum vorstellbar, dass er sich noch bis vor kurzem dafür geschämt hatte. Wenn ihn jemand fragte, woher er komme, antwortete er: »Aus der Maremma. Nicht weit von Siena.« Das schien ihm besser zu klingen. Edler. Eleganter.

Wie dumm. Ischiano Scalo ist ein wunderbarer Ort. Man kann sich freuen, hier geboren zu sein. Und er begann es im Alter von vierundvierzig Jahren zu begreifen. Vielleicht hatte ihm dieses Vagabundieren durch die ganze Welt, hatten ihm all diese Diskotheken, all diese Nächte, in denen er in irgendwelchen Lokalen Gitarre spielte, geholfen es zu verstehen und ihm wieder Lust darauf gemacht, ein überzeugter Einwohner von Ischiano zu sein. Man muss erst einmal fliehen, um etwas wiederfinden zu können. In seinen Adern floss bäuerliches Blut. Seine Großeltern hatten sich ihr ganzes Leben lang auf diesem unfruchtbaren, kargen Land abgearbeitet.

Er kam an dem Kurzwarengeschäft seiner Mutter vorbei.

Ein bescheidenes Lädchen. Im Schaufenster waren ordentlich

Strumpfhosen und Schlüpfer ausgestellt. Eine Glastür. Ein Schild.

Dort würde sein Jeans-Shop entstehen.

Er sah ihn schon vor sich.

Der Stolz des ganzen Orts.

Er musste langsam darüber nachdenken, wie er ihn einrichten wollte. Vielleicht brauchte er einen Innenarchitekten, einen Architekten aus Mailand, oder sogar einen amerikanischen, der ihm helfen könnte, ihn perfekt auszustatten. Geld sollte keine Rolle spielen. Er musste mit seiner Mutter reden und sie überzeugen, einen Kredit aufzunehmen.

Auch Erica würde ihm helfen. Sie hatte einen tollen Geschmack.

Mit diesen positiven Gedanken stieg er in seinen Uno und fuhr in die Waschanlage. Er ließ das Auto zwischen den Bürsten durchgleiten und säuberte dann mit dem Staubsauger den Innenraum von Kippen, Kassenzetteln, Chipsresten und einer Menge anderem Müll, der unter den Sitzen gelandet war.

Er betrachtete sich einen Moment im Rückspiegel und erkannte, dass er das oberste Gebot missachtet hatte: »Behandle deinen Körper wie einen Tempel.«

Äußerlich war er ziemlich am Ende.

Der Aufenthalt in Rom hatte ihn mitgenommen. Er hatte sich nicht mehr um sein Äußeres gekümmert, und jetzt sah er aus wie ein Höhlenmensch, mit diesem Bart und diesem borstigen Haar. Er musste sich unbedingt wieder in Form bringen, bevor Erica ankam.

Graziano stieg erneut ins Auto, fuhr auf die Aurelia und hielt nach sieben Kilometern vor dem Schönheitssalon von Ivana Zampetti, einem großen Flachbau, der an der Staatsstraße zwischen einer Baumschule und der Werkstatt der Möbelschreiner aus Brianza stand.

7

Ivana Zampetti, die Inhaberin, war eine imposante Frau, ganz Kurven und Titten, schwarze Haare à la Liz Taylor, ein Fischmündchen, zwei leicht auseinanderstehende Schneidezähne, eine korrigierte Nase und zwei gierige Äuglein. Sie trug eine weiße Bluse, die festes Fleisch und Spitze sehen ließ, dazu ein Paar Dr.-Hermann-Sandalen, und war eingehüllt in eine Wolke von Schweiß und Deodorant.

Ivana war Mitte der siebziger Jahre aus Fiano Romano nach Orbano gekommen und hatte dort Arbeit als Maniküre bei einem Friseur gefunden. Innerhalb eines Jahres hatte sie es geschafft, den alten Friseur zu heiraten und die Leitung des Geschäfts zu übernehmen. Sie hatte es in einen eleganten Salon verwandelt, hatte es neu eingerichtet, die hässliche Tapete von den Wänden entfernt, sie durch Spiegel und Marmor ersetzt und neue Spülbecken und Trockenhauben installiert. Zwei Jahre später war ihr Mann mitten auf dem Corso von Orbano einem Infarkt erlegen. Ivana hatte die Häuser in San Folco, die er ihr vererbt hatte, verkauft und zwei weitere Salons in der Gegend eröffnet, einen in Casale del Bra und einen in Borgo Carini. Als sie dann Ende der achtziger Jahre entfernte Verwandte besuchte, die nach Orlando ausgewandert waren, entdeckte sie dort die amerikanischen Fitnesscenter. Wohlfühl- und Gesundheitstempel. Voll ausgerüstete Kliniken, wo man sich um den Körper kümmert, und zwar tatsächlich von Kopf bis Fuß. Fangobäder. Solarien. Massagen. Hydrotherapie. Lymphdrainage. Peeling. Gymnastik. Stretching und Gewichte.

Sie war mit großen Ideen zurückgekommen und hatte diese Ideen gleich verwirklicht. Sie hatte die drei Friseursalons geschlossen und sich eine Halle an der Aurelia gekauft, wo bis dahin Landmaschinen angeboten wurden, und sie in ein Wellness-Center umgewandelt. Inzwischen hatte sie zehn Angestellte, darunter Sportlehrer, Kosmetikerinnen und Körpertherapeuten. Sie war sehr wohlhabend geworden und bei den Junggesellen der Gegend ungemein begehrt. Doch sie sagte, sie bleibe der Erinnerung an ihren alten Friseur treu.

8

Als Graziano den Salon betrat, begrüßte Ivana ihn herzlich, zog ihn an ihren duftenden Riesenbusen und sagte ihm, er sehe aus wie eine Leiche, doch sie werde ihn schon wieder hinbekommen. Sie stellte ein kleines Programm für ihn zusammen. Zunächst ein paar Massagen, Bäder in körperstraffenden Algen, Solarium, Haarfärben, Maniküre und Pediküre und schließlich, als Sahnehäubchen, das, was sie revitalisierende Rekreationstherapie nannte.

Wenn Graziano nach Ischiano zurückkehrte, unterzog er sich immer gerne Ivanas Therapie.

Es waren von ihr selbst entwickelte Massagen, die sie ausschließlich außerhalb der normalen Öffnungszeiten verabreichte, und nur Männern, die sie eines solchen Privilegs für würdig erachtete. Massagen, die ganz bestimmte Körperteile erwecken und beleben sollten und nach denen man sich einige Tage lang wie Lazarus nach seiner Auferstehung fühlte.

Diesmal jedoch lehnte Graziano das Angebot ab. »Ich werde nämlich heiraten, Ivana, weißt du.«

Ivana umarmte ihn und wünschte ihm alles Gute und einen Stall voll Kinder.

Drei Stunden später verließ Graziano den Schönheitssalon und fuhr auf einen Sprung beim Scottish House in Orbano vorbei, um sich ein paar Kleidungsstücke zu kaufen, die seinem Gefühl nach besser zu dem Landleben passten, das nun vor ihm lag.

Er gab neunhundertdreißigtausend Lire aus.

Und da stand er endlich, unser Held, vor den Toren der Station Bar.

Er war bereit.

Das Haar im Farbton Savanne, voller Glanz, locker-füllig und Balsamduft verströmend. Das frisch rasierte Kinn mit Egoïste parfümiert. Die dunklen Augen schauten unternehmungslustig. Das Melanin in der Haut war aktiviert, und er hatte endlich wieder diesen Teint zwischen Nussbraun und Bronze, bei dem die Skandinavierinnen den Kopf verloren.

Er wirkte wie ein Gentleman aus Devon nach einem Urlaub auf den Malediven. Grünes Flanellhemd, braune Breitcordhose, schottische Weste in den Farben des Dundee Clans (hatte ihm der Verkäufer gesagt), Tweedjacke mit Ellbogenflicken und ein Paar Boots von Timberland.

Graziano schob die Tür auf und steuerte langsam und gemessen mit zwei John-Wayne-Schritten die Theke an.

Die zwanzigjährige Barbara hinter der Theke wäre um ein Haar zusammengeklappt, als sie ihn auftauchen sah. Einfach so, an einem ganz gewöhnlichen Tag. Ohne Trompeten und Fanfaren, die ihn angekündigt, ohne Herolde, die sein baldiges Kommen verkündet hätten.

Der Biglia!

Er war wieder da.

Der Frauenaufreißer war zurück.

Das Sexsymbol von Ischiano war hier. Er war hier, um nie erloschene erotische Obsessionen neu zu entfachen, Neid wieder aufflammen zu lassen, von sich reden zu machen.

Nach seinen Auftritten in Riccione, Goa, Port France, Battipaglia und Ibiza war er wieder da.

Der Mann, den man in die Maurizio-Costanzo-Show eingeladen hatte, damit er von seinen Erfahrungen als Latin Lover erzählte, der Mann, der die Coppa Trombadur gewonnen, der in der Planet Bar zusammen mit den Gebrüdern Rodriguez gespielt und der eine Affäre mit der Schauspielerin Marina Delia gehabt hatte, war zurückgekehrt (die Seite aus »Novella 2000« mit den Fotos von Graziano, wie er am Strand von Riccione Marina Delias Rücken massierte und ihr einen Kuss auf den Hals gab, hatte ein halbes Jahr lang neben dem Flipper gehangen und bis heute unangefochten den Ehrenplatz in Roscios Werkstatt zwischen den Kalendern mit Nacktmodellen behalten), der Mann, der den Abschlepprekord des berühmten Peppone gebrochen hatte (dreihundert Frauen in einem Sommer, hieß es in der Zeitung), er war wieder da. Strahlender und besser in Form als je.

Seine Altersgenossen, inzwischen Familienväter, ausgelaugt von einem eintönigen, ereignislosen Leben, wirkten wie räudige, grau gewordene Bulldoggen, während Graziano ...

(*Was mag bloß sein Geheimnis sein?*)

... mit den Jahren noch schöner und faszinierender wurde. Dieses kleine Bäuchlein stand ihm wirklich gut. Und diese Krähenfüße um die Augen herum, diese Fältchen an den Mundwinkeln, die Geheimratsecken, all das gab ihm ein gewisses Etwas ...

»Graziano! Seit wann bist du ...«, sagte Barbara, rot wie eine Tomate.

Graziano legte einen Finger auf den Mund, nahm eine Tasse, setzte sie geräuschvoll auf die Theke und polterte: »Was ist denn das für eine Scheißkneipe? Wird ein alter Freund, der heimkehrt, hier nicht mehr begrüßt? Barbara! Eine Lokalrunde!«

Die Alten, die beim Kartenspiel saßen, die Kids an den Videospielen, die Jäger und die Carabinieri drehten sich alle gleichzeitig um.

Auch seine Freunde waren da. Seine Busenfreunde. Die alten Kumpane, mit denen er früher die Gegend unsicher gemacht hatte. Roscio, die Brüder Franceschini und Ottavio Battilocchi saßen an einem Tisch, füllten Tippzettel aus und lasen den »Corriere dello Sport«. Als sie ihn sahen, sprangen sie auf, umarmten, küssten ihn und wuschelten ihm über den Kopf, sangen dazu Lieder wie »Denn er ist ein prächtiger Bursche, denn er ist ein prächtiger Bursche ...« und andere, derbere und eindeutigere Gesänge.

So feierte man hier die Rückkehr des verlorenen Sohnes.

Und da ist er immer noch, eine halbe Stunde später, im Restaurantbereich der Station Bar.

Der Restaurantbereich war ein quadratischer Raum im hinteren Teil des Lokals. Mit niedriger Decke. Einer gelben Neonröhre. Wenigen Tischen. Einem Fenster zu den Bahngleisen. An den Wänden Reproduktionen alter Züge.

Er saß am Tisch mit Roscio, den Brüdern Franceschini und dem jungen Bruno Miele, der eigens gekommen war. Es fehlte nur Battilocchi, der die Tochter des Zahnarztes nach Civitavecchia bringen musste.

Vor sich hatten sie fünf überquellende Teller Tagliatelle mit Hasenragout. Eine Karaffe Rotwein. Eine Platte mit Aufschnitt und Oliven.

»Das hier nenne ich Leben, Jungs. Ihr wisst gar nicht, wie sehr mir dieses Zeug gefehlt hat«, sagte Graziano und zeigte mit der Gabel auf die Pasta.

»Na, und was hast du diesmal vor? Das übliche kurze Gastspiel? Wann verlässt du uns wieder?«, fragte Roscio und goss sich sein Glas voll.

Von klein auf war Roscio Grazianos Busenfreund gewesen. Damals war er ein magerer kleiner Kerl mit einem leuchtend roten Lockenkopf gewesen, der schwerfällig redete, aber mit den Händen schnell wie ein Frettchen war. Sein Vater hatte einen Autoschrotthandel an der Via Aurelia und verschob geklaute Ersatzteile. Roscio lebte zwischen den Schrotthaufen, nahm Motoren auseinander und baute sie wieder zusammen. Mit dreizehn Jahren saß er auf einer Guzzi 1000, und mit sechzehn fuhr er Rennen auf dem Viadotto dei Pratoni. Mit siebzehn hatte er eines Nachts einen grauenvollen Unfall. Sein Motorrad war heiß gelaufen und hatte bei hundertsechzig Stundenkilometern blockiert, und Roscio war wie eine Rakete vom Viadukt geschleudert worden. Ohne Helm. Man hatte ihn am nächsten Tag gefunden, in einem Abzugsgraben fünf Meter unter der Straße, halb tot, zerquetscht wie eine Ameise, der man ein Wörterbuch auf den Kopf gedonnert hat. Er blieb acht Monate im Streckverband, mit dreiundzwanzig Brüchen und Verrenkungen und mehr als vierhundert, über den ganzen Körper verteilten Stichen. Ein halbes Jahr im Rollstuhl und ein halbes Jahr auf Krücken. Mit zwanzig hinkte er unübersehbar und konnte einen Arm nicht mehr richtig beugen. Mit einundzwanzig schwängerte er ein Mädchen aus Pitigliano und heiratete. Inzwischen hatte er drei Kinder. Nach dem Tod seines Vaters hatte er den Schrotthandel übernommen und zusätzlich eine Werkstatt eingerichtet. Und vermutlich war er genauso wie sein Vater in unsaubere Geschäfte verwickelt. Graziano kam nach dem Unfall nicht mehr mit ihm zurecht. Er hatte sich verändert, war argwöhnisch geworden, neigte zu plötzlichen Wutanfällen und stand in dem Ruf, seine Frau zu schlagen.

»Mit wem treibst du es denn gerade, Alter? Bist du noch mit dieser einen zusammen, dieser scharfen Braut, der Schauspielerin …?« Bruno Miele sprach mit vollem Mund. »Wie heißt sie gleich? Marina Delia? Hat sie nicht einen neuen Film gemacht?«

Bruno Miele war in der zweijährigen Abwesenheit Grazianos erwachsen geworden. Er war jetzt Polizist. Wer hätte das für möglich gehalten? Dass einer wie Miele, den jeder als einen schrägen Typ kannte, Vernunft annahm und ein Hüter des Gesetzes wurde? Das Leben in Ischiano Scalo nahm seinen Lauf, langsam, aber unaufhaltsam, auch ohne Graziano.

Miele verehrte ihn wie einen Gott, seit er von der Affäre seines Freundes mit einer bekannten Schauspielerin gehört hatte.

Doch diese Geschichte war ein wunder Punkt für den armen Graziano. Den Fotos in »Novella 2000« hatte er viel zu verdanken; er war zu einem lokalen Mythos geworden, aber gleichzeitig fühlte er sich deswegen ein bisschen schuldig. Es fing damit an, dass er niemals mit der Delia zusammen gewesen war. Die Delia nahm gerade ein Sonnenbad in der Aurora-Anlage in Riccione, als sie einen Paparazzo von »Novella 2000« bemerkte, der gierig den Strand absuchte. Sie wurde gleich ganz fickrig, riss sich das Oberteil vom Leib und führte sich wie wild auf. Der zweitklassige französische Schauspieler, mit dem sie damals zusammen war, lag mit einer Lebensmittelvergiftung und neununddreißig Fieber im Hotel. Nur wenn man ein junger Franzose und ein Idiot ist, kommt man auf die Idee, Muscheln von den Ankertauen im Hafen von Riccione zu sammeln und roh zu essen, weil der Vater ja schließlich ein bretonischer Fischer war. Geschah ihm recht. Doch jetzt saß Marina in der Scheiße. Sie musste augenblicklich einen Mann finden, der ihren Partner spielte. Sie lief am Strand auf und ab, um einen gut aussehenden jungen Kerl aufzutreiben, mit dem sie posieren könnte. Sie hatte schnell all die kräftigen Jungs, athletischen Typen und Strandwächter gemustert, sich schließlich für Graziano entschieden und ihn gefragt, ob es ihm etwas ausmachen würde, ihr den Busen einzucremen und sie zu küssen, sobald dieser kleine Mann mit dem Fotoapparat an ihnen vorbeikam.

Das war die Geschichte der berühmten Fotos.

Und vielleicht hätte sie hier geendet, wenn Marina Delia nicht nach einem Film mit einem Komiker aus der Toskana eine der beliebtesten Schauspielerinnen Italiens geworden wäre und beschlossen hätte, nie mehr auch nur ein winziges Stück Haut zu zeigen, nicht mal für eine Million Dollar. So waren dies die einzigen verfügbaren Fotos der barbusigen Delia. Graziano hatte die Sache einige Jahre ausgeschlachtet und erzählt, dass er es ihr von vorne und von hinten besorgt habe, im Aufzug und im Whirlpool, bei gutem und bei schlechtem Wetter. Aber jetzt musste er damit aufhören. Es waren fünf Jahre vergangen. Doch jedes Mal, wenn er nach Ischiano Scalo zurückkam, fingen alle wieder mit dieser Geschichte von Marina Delia an und davon, was für eine scharfe Nummer sie sei.

»Ich habe irgendwo gelesen, dass sie jetzt mit so einem Arsch von Fußballer zusammen ist«, fuhr Miele fort, den Kopf in den Fettucine.

»Sie hat dir wegen einem Mittelfeldspieler von Sampdoria den Laufpass gegeben. Von Sampdoria! Ist dir das klar?«, lachte Giovanni, der ältere der Brüder Franceschini, hämisch.

»Wenn es wenigstens einer von Lazio gewesen wäre«, setzte Elio, der jüngere, nach.

Die Brüder Franceschini betrieben eine Barschzucht an der Lagune von Orbano. Die Barsche der Franceschini erkannte man daran, dass sie alle zwanzig Zentimeter lang waren, sechshundert Gramm wogen, einen trüben Blick hatten und nach Zuchtforellen schmeckten.

Die beiden waren unzertrennlich, lebten neben ihren Fischbassins in einem Bauernhaus voller Mücken, zusammen mit ihren Frauen und Kindern, und niemand wusste je, welche die Frau und die Kinder des einen und welche die des anderen waren. Mit den Barschen bestritten sie ihren Lebensunterhalt, aber sie waren sicher nicht reich, denn sie mussten sich um den Lieferwagen streiten, um abends auf ein Bier rauszufahren.

Graziano beschloss, dass der Moment gekommen sei, die Delia loszuwerden.

Er war unschlüssig, ob er seinen Freunden die Neuigkeiten über seine Zukunft erzählen sollte. Es war besser, er sprach nicht über den Jeans-Shop. Ideen werden einem im Handumdrehen geklaut. In einem kleinen Ort verbreiten sich Neuigkeiten in Windeseile, und man kann nie wissen, ob nicht irgendein Hurensohn schneller ist. Zuerst musste er wieder richtig Fuß fassen und den Mailänder Architekten holen, dann würde er darüber reden. Doch die andere Neuigkeit, die schönere, warum sollte er die nicht erzählen? Waren das hier nicht seine Freunde? »Hört zu, ich habe euch etwas zu sa...«

»Lass hören. Wen hast du noch durchgezogen? Sagst du es uns, oder müssen wir es aus der Zeitung erfahren?«, unterbrach ihn Roscio und goss sein Glas bis zum Rand voll mit diesem trügerischen Wein, der sich wie Sprudel trinken ließ, einem aber dann in den Kopf stieg und ihn wie eine Zitrone auspresste.

»Er hat bestimmt Simona Raggi gevögelt. Oder wem hat er es besorgt?«, fragte sich Franceschini junior. »Nein, ich glaube, vielleicht doch Andrea Mantovani. Schwule sind heutzutage in Mode«, schloss Franceschini senior und wedelte mit der Hand.

Alle lachten wie blöd.

»Seid bitte mal einen Moment still.« Graziano, der langsam nervös wurde, schlug mit der Gabel ans Glas. »Schluss mit dem Unsinn. Hört mir mal zu. Die Zeit der kleinen Schauspielerinnen und der Rekorde ist vorbei. Endgültig vorbei.«

Furzgeräusche. Gelächter. Ellbogenstöße.

»Ich bin jetzt vierundvierzig, ich bin kein junger Kerl mehr. Stimmt, ich habe mich amüsiert, ich bin in der Welt herumgekommen, ich bin mit so vielen Frauen ins Bett gegangen, dass ich mich bei vielen nicht mal mehr an die Gesichter erinnere.«

»Aber an den Arsch, da könnte ich wetten«, sagte Miele und freute sich wie ein Kind, dass ihm eine so wahnsinnig witzige Bemerkung gelungen war.

Noch mehr Furzgeräusche. Noch mehr Gelächter. Noch mehr Ellbogenstöße.

Graziano ging es langsam auf die Eier. Mit diesen Wichsern konnte man kein ernsthaftes Gespräch führen. Es reichte. Er musste es ihnen sagen. Ohne großes Drumherum. »Jungs, ich heirate.«

Klatschen. Chöre. Pfiffe. Aus der Bar kamen andere Leute herein, die sofort informiert wurden. Eine gute Viertelstunde lang konnte man nichts mehr verstehen.

Graziano wollte heiraten? Unmöglich! Absurd!

Die Neuigkeit wurde aus der Bar herausgetragen und verbreitete sich wie ein Virus. Nach wenigen Stunden wusste der ganze Ort, dass der Biglia heiraten wollte.

Schließlich, nach den Küssen, den Umarmungen und den Trinksprüchen beruhigte sich die Situation wieder.

Sie waren wieder zu fünft, und Graziano konnte dort weitermachen, wo er aufgehört hatte. »Sie heißt Erica. Erica Trettel. Keine Angst, sie ist keine Deutsche, sie stammt aus der Nähe von Trient. Sie ist Tänzerin. Morgen kommt sie her. Sie hat gesagt, dass sie Dörfer nicht mag, aber sie kennt Ischiano Scalo nicht. Ich bin sicher, dass es ihr gefällt. Ich will, dass sie sich wohl fühlt, dass es ihr hier gut geht. Deshalb bitte ich euch, mir zu helfen ...«

»Und was sollen wir tun?«, fragten die Brüder Franceschini im Chor.

»Nichts ... Zum Beispiel könnten wir morgen Abend irgendwas unternehmen.«

»Was denn?«, fragte Roscio verlegen.

Das war eines der Probleme hier in der Gegend. Wenn man anfing zu überlegen, was man denn einmal unternehmen könnte, überkam einen eine Art Lähmung: Nichts fiel einem ein, das Hirn wurde leer, und der IQ ging ein paar Punkte runter. Die Wahrheit war, dass es in Ischiano Scalo verdammt gar nichts zu tun gab.

Eine Besorgnis erregende Stille senkte sich auf die Gruppe. Jeder versank in seiner eigenen Leere.

Was zum Teufel könnten wir tun? Etwas, das Spaß macht, überlegte Graziano, *etwas, das Erica gefallen könnte*.

Er wollte gerade sagen: Wir könnten wie immer in die beschissene Pizzeria del Carro gehen – als ihn eine Vision durchzuckte, eine einfach berauschende Vision.

Es ist Nacht.

Erica und er steigen aus dem Uno aus. Er im Windsurferoutfit von Sandek, sie trägt einen winzigen orangefarbenen Bikini. Beide sind sie groß, beide sind sie braun, beide sind sie schön wie griechische Götter. Besser als die Strandclique in Bay-Watch. Sie überqueren den staubigen Platz. Hand in Hand. Es ist kalt, aber das macht nichts. Dämpfe. Geruch nach Schwefel. Sie gleiten in die Becken und tauchen ins warme Wasser ein. Sie küssen sich. Berühren sich. Er streift ihr Oberteil ab. Sie zieht sein Windsurfertrikot herunter.

Alle sehen ihnen zu. Das macht nichts.
Im Gegenteil.
Und dann treiben sie es. Vor aller Augen.
Vollkommen schamlos.
Das mussten sie machen.
Saturnia.
Genau.

In den Becken mit Schwefelwasser. Erica war noch nie dagewesen. *Sie flippt aus, wenn sie nachts in diesem heißen Wasserfall badet, außerdem ist es ja auch noch gut für die Haut.* Und dann geht er ihr vor allen Leuten an den Hintern.

Wenn sie Ericas Pin-up-Figur sehen, wenn sie die Zellulitis-Hüften ihrer Frauen mit dem glatten und festen Hintern Ericas vergleichen, die Hängebusen ihrer Frauen mit den Marmortitten Ericas, die plumpen Stampfer ihrer Hausdrachen mit den Gazellenbeinen Ericas, wenn sie ihn vor aller Augen dieses junge Fohlen besteigen sehen, dann werden sie sich echt beschissen fühlen und ein für allemal kapieren, aus welchem verdammten Grund Graziano Biglia beschlossen hatte zu heiraten.

Klar?

»Jungs, mir ist eine geniale Idee gekommen. Wir könnten bei Saturnia in den Tre Galletti essen und dann in den Wasserfällen ein Bad nehmen. Was haltet ihr davon?«, schlug er begeistert vor, als hätte er ihnen einen Gratisurlaub in den Tropen angeboten. »Das ist doch geil, oder?«

Doch die Reaktion war nicht entsprechend.

Die Brüder Franceschini verzogen den Mund. Miele brachte nur ein skeptisches »Bah!« heraus, und Roscio sagte, nachdem er die anderen angeschaut hatte: »Das kommt mir aber nicht sehr genial vor. Es ist kalt.«

»Und es regnet«, fügte Miele hinzu und schälte sich einen Apfel.

»Was seid ihr denn für Schlappschwänze geworden, verdammt!

Ihr esst und trinkt und arbeitet! Ist das alles, was ihr tut? Ihr seid ja so gut wie tot. Lebende Leichen. Könnt ihr euch nicht an die sagenhaften Abende erinnern, als wir nachts zusammen durch die Gegend gezogen sind, um uns zu betrinken, und dann in Pitigliano Knallfrösche in die Bassins geworfen und uns zum Schluss unter den heißen Wasserfall gestellt haben …«

»Das war klasse …«, sagte Giovanni Franceschini und wandte den Blick zur Decke. Sein Gesicht war weicher geworden, und seine Augen hatten einen träumerischen Ausdruck angenommen. »Erinnert ihr euch, wie Lambertelli sich den Kopf angeschlagen hat, als er in ein Becken gesprungen ist? Was haben wir gelacht. Und ich habe eine aus Florenz abgeschleppt.«

»Das war nicht eine, sondern einer«, fuhr sein Bruder ihn an. »Er hieß Saverio.«

»Und weißt du noch, wie wir den Bus dieser Deutschen mit Steinen beworfen und ihn dann vom Felsen runterbefördert haben?«, erinnerte Miele begeistert.

Alle lachten, ganz hin und weg von diesen schönen Jugenderinnerungen.

Graziano wusste, dass dies der richtige Moment war, um an der Sache dranzubleiben und nachzuhaken. »Also los, lasst uns was Irres tun. Morgen Abend nehmen wir die Autos und fahren nach Saturnia. Wir lassen uns in den Tre Galletti volllaufen, und dann gehen wir alle baden.«

»Das ist doch scheißteuer da«, wandte Miele ein.

»Aber echt, heirate ich jetzt oder nicht? Mal nicht so knausrig!«

»In Ordnung, dann wollen wir mal ein bisschen auf die Pauke hauen«, meinten die Brüder Franceschini.

»Aber ihr müsst auch eure Frauen und Freundinnen mitbringen, klar? Wir können nicht wie eine Bande Schwuler losziehen, sonst kriegt Erica ja Angst.«

»Aber meine hat Ischias«, sagte Roscio. »Die ertrinkt uns nachher noch.«

»Und Giuditta ist gerade am Bruch operiert worden«, fügte Elio Franceschini besorgt hinzu.

»Schluss! Schnappt euch eure Alten und zwingt sie mitzukommen. Wer hat denn bei euch zu Hause die Hosen an, sie oder ihr?«

Es wurde beschlossen, dass die Gesellschaft am nächsten Abend um acht Uhr von der Piazza aus aufbrechen würde. Und niemand sollte im letzten Moment kneifen, denn wie sagte doch Miele so schön: »Wer sich drückt, ist ein Hurensohn.«

Glücklich und zufrieden wie ein Kind in Disneyland machte Graziano sich auf den Heimweg.

»Gott sei Dank, dass ich aus dieser Scheißstadt weggegangen bin, Gott sei Dank. Ich hasse dich, Rom. Ich finde dich zum Kotzen«, sagte er immer wieder mit lauter Stimme.

Wie schön war es doch in Ischiano Scalo, und was hatte er für wunderbare Freunde. Wie dumm er gewesen war, sich all die Jahre nicht mehr um sie zu kümmern. Er spürte, wie ein Gefühl der Zuneigung in ihm wuchs. Mag sein, dass sie ein bisschen gealtert waren, aber er würde sie schon wieder auf Vordermann bringen. In diesem Augenblick hatte er das Gefühl, alles für diesen Ort tun zu können. Nach dem Jeans-Shop könnte er einen englischen Pub aufmachen, und dann ... Und dann gab es da noch einen Haufen Sachen zu tun.

Er zog sich am Geländer die Treppe hoch und ging ins Haus.

Es roch so beißend nach Zwiebeln, dass einem die Haare zu Berge standen.

»Scheiße, was stinkt das hier, Mama. Was treibst du denn da drinnen?«, sagte er und wandte sich zur Küche.

Signora Biglia zerteilte auf dem Marmortisch mit einem Hackmesser ein Gnu oder einen Esel; von dem Skelett war nicht mehr viel zu sehen.

Sie stieß irgendwelche unverständlichen Laute aus.

»Was sagst du? Ich verstehe dich nicht, Mama. Ich verstehe dich wirklich nicht«, sagte Graziano, der in der Tür lehnte. Dann erinnerte er sich: »Stimmt ja. Das Gelübde.« Er drehte sich um und schleppte sich in sein Zimmer, fiel aufs Bett und beschloss, bevor er einschlief, am nächsten Morgen Padre Costanzo aufzusuchen *(wer weiß, ob es ihn noch gibt, Padre Costanzo? Vielleicht ist er schon tot)*, um über das Gelübde seiner Mutter mit ihm zu sprechen. Vielleicht konnte er es lösen. Erica sollte seine Mutter nicht in diesem Zustand sehen. Dann sagte er sich, dass im Grunde nichts dabei sei, seine Mutter war eine gläubige Katholikin, und als Kind war er auch ziemlich religiös gewesen.

Erica würde es verstehen.

Er schlief ein.

Und er schlief den Schlaf der Gerechten unter einem Poster von John Travolta aus den Zeiten von *Saturday Night Fever*. Seine Füße ragten unter dem Federbett heraus, und sein Mund stand offen.

9

Schnell. Schnell. Schnell.

Schnell, es ist spät.

Schnell und nicht anhalten.

Und Pietro raste. Den Abhang hinunter. Er sah nichts, es war stockdunkel, *doch das macht mir gar nichts,* er radelte im Finstern, den Mund aufgesperrt. Das schwache Fahrradlicht half nicht viel. Der Wind pfiff ihm um die Ohren, und seine Augen tränten.

Den Weg kannte er in- und auswendig. Jede Kurve. Jedes Loch. Er hätte auch ohne Licht fahren können, mit geschlossenen Augen.

Es galt einen Rekord zu brechen, den er drei Monate vorher aufgestellt und dann nie wieder erreicht hatte. Was war denn an dem Tag los gewesen? Wer weiß.

Schnell wie der Blitz. Achtzehn Minuten und achtundzwanzig Sekunden von der Villa, wo Gloria wohnte, zu sich nach Hause.

Vielleicht weil ich den Mantel vom Hinterrad gewechselt hatte?

Damals hatte er sich so abgehetzt, dass ihm bei der Ankunft übel wurde und er mitten auf den Hof kotzen musste.

Heute Abend aber wollte er den Rekord nicht aus sportlichem Ehrgeiz brechen oder weil er Lust dazu hatte, sondern weil es zehn nach acht war, und das war sehr spät. Er hatte Zagor nicht in den Zwinger gesperrt, den Müll nicht zum Container gebracht und die Pumpe im Gemüsegarten nicht abgestellt …

... mein Vater bringt mich um.
Schnell. Schnell. Schnell.
Und wie üblich ist alles Glorias Schuld.
Sie ließ ihn nie gehen. »Du siehst doch, dass es so nicht gut ist. Hilf mir wenigstens, die Buchstaben auszumalen ... Das dauert nur einen Moment. Jetzt sei nicht so blöd ...« Sie hatte nicht lockergelassen.

Und so hatte Pietro angefangen, die Buchstaben zu malen, und dann noch einen Rahmen um das Foto der Blut saugenden Mücke – und nicht gemerkt, wie die Zeit verging.

Natürlich war das Schaubild über die Malaria richtig gut geworden.

Signora Rovi, ihre Lehrerin, würde es sicher im Gang aufhängen.

Es war ein toller Tag gewesen.
Nach der Schule war Pietro mit Gloria zu ihr nach Hause zum Essen gegangen.
In die rote Villa am Hügel.
Pasta mit Zucchini und Ei. Wiener Schnitzel. Und Pommes frites. Ah ja, und Sahnepudding.
Alles dort gefiel ihm: Das Esszimmer mit den großen Fenstern, von denen aus man den englischen Rasen und weiter hinten die Kornfelder und ganz in der Ferne das Meer sehen konnte, und die großen Möbel und das Bild von der Schlacht bei Lepanto mit den brennenden Schiffen. Und dann gab es ein Hausmädchen, das servierte.

Doch am besten gefiel ihm der gedeckte Tisch. Wie im Restaurant. Das blütenweiße Tischtuch, frisch gewaschen. Der Korb mit Brötchen, Fladen, Schwarzbrot. Die Karaffe mit Mineralwasser.
Alles perfekt.
Und es kam von ganz alleine, dass man gut aß, wohlerzogen, mit geschlossenem Mund. Keine Ellbogen auf dem Tisch. Kein Auftunken der Soße mit Brot.

Bei sich daheim musste Pietro sich das Essen aus dem Kühlschrank holen oder die übrig gebliebene Pasta vom Herd.

Du nimmst dir einen Teller und ein Glas, setzt dich an den Küchentisch vor den Fernseher und isst.

Und wenn sein Bruder Mimmo da war, konnte er nicht mal Zeichentrickfilme sehen, weil der sich die Fernbedienung griff und Seifenopern einschaltete, die Pietro grauenhaft fand.

»Sei still und iss«, sagte Mimmo immer nur.

»Bei Gloria zu Hause essen sie alle zusammen«, hatte Pietro einmal erzählt, als er gesprächiger als üblich war. »Sie sitzen am Tisch. Wie die Familie Bradford im Fernsehen. Sie warten, dass Glorias Papa von der Arbeit heimkommt, bis sie anfangen. Man muss sich immer die Hände waschen. Jeder hat seinen Platz, und Glorias Mama fragt mich immer, wie es in der Schule geht, und sagt, dass ich zu ängstlich bin, und schimpft mit Gloria, weil sie so viel redet und mich nicht zu Wort kommen lässt. Einmal hat Gloria erzählt, dass Bacci, dieser Blödmann, Rotz ins Heft von Tregiani geschmiert hat, und da ist ihr Vater wütend geworden, weil man keine ekligen Sachen bei Tisch erzählen darf.«

»Na klar, die haben den ganzen Tag nichts zu tun«, hatte Pietros Vater gesagt und weiter das Essen in sich reingestopft. »Meinst du, wir hätten nicht auch gerne ein Hausmädchen? Vergiss nicht, dass deine Mutter bei denen geputzt hat. Du hast mehr mit dem Hausmädchen zu tun als mit denen.«

»Warum haust du nicht ab und lebst bei denen, wenn es dir da so gut gefällt?«, hatte Mimmo hinzugefügt.

Und Pietro hatte verstanden, dass er bei sich zu Hause besser nicht über Glorias Familie sprach.

Doch heute war ein besonderer Tag gewesen, weil sie nach dem Essen mit Glorias Papa nach Orbano gefahren waren.

Mit dem Range Rover!

Mit Stereo und dem Geruch von Ledersitzen. Und Gloria sang laut bei Pavarotti mit.

Pietro saß hinten. Die Hände im Schoß. Den Kopf an die Scheibe gelehnt, blickte er auf die Aurelia, sah die Zapfsäulen, die Fischteiche, die Lagune vorbeiziehen.

Er wäre gerne so weitergefahren, ohne anzuhalten, bis nach

Genua. Dort, so hatte er gehört, gab es das größte Aquarium Europas (sogar Delfine waren da). Doch Signor Celani hatte geblinkt und war nach Orbano abgebogen. Auf der Piazza Risorgimento hatte er den Geländewagen in der zweiten Reihe stehen lassen, ganz cool, als gehörte der Platz ihm, direkt vor der Bank.

»Lass mich rufen, wenn er im Weg ist, Maria«, hatte er zu der Politesse gesagt, und die hatte genickt.

Pietros Vater hielt den Dottor Celani für ein Riesenarschloch. »So höflich. So freundlich. Ein Herr. Nehmen Sie doch Platz ... Wie geht es Ihnen? Möchten Sie einen Kaffee? Was für ein lieber Junge Ihr Sohn Pietro ist. Er und Gloria haben sich so nett angefreundet. Aber sicher. Gewiss doch ... Natürlich. Dieser Bastard! Mit dem Darlehen hat er mir die Luft abgedrückt! Da lebe ich ja nicht mehr, bis das zurückgezahlt ist. Leute wie der würden einem noch die Scheiße aus dem Arsch saugen, wenn sie könnten ...«

Pietro konnte sich wirklich nicht vorstellen, wie Signor Celani seinem Vater die Scheiße aus dem Arsch saugte. Er mochte Glorias Vater gern.

Er ist nett. Und er gibt mir Geld, damit ich mir eine Pizza kaufen kann. Und er hat gesagt, dass er mich mal mit nach Rom nimmt ...

Pietro und Gloria waren im Krankenhaus zu Dr. Colasanti gegangen.

Das Krankenhaus war ein dreistöckiges Gebäude aus rotem Backstein und lag direkt an der Lagune. Es hatte einen kleinen Park und zwei große Palmen links und rechts vom Eingang.

Pietro war schon einmal hier gewesen, in der Notaufnahme. Als Mimmo beim Cross mit dem Motorrad hinter dem Fontanile del Marchi gestürzt war. In der Ambulanz hatte er angefangen zu fluchen, weil die Gabel von seinem Motorrad hin war.

Dr. Colasanti war ein stattlicher Mann mit grauem Bart und dichten schwarzen Augenbrauen.

Er saß am Schreibtisch in der Ambulanz. »Und ihr beide wollt also wissen, was es mit der berüchtigten Anophelesmücke auf sich hat?«, hatte er gefragt und sich eine Pfeife angesteckt.

Er hatte lange geredet, und Gloria hatte alles aufgenommen.

Pietro hatte gelernt, dass einem nicht die Mücken die Malaria bringen, sondern Mikroorganismen, die in ihrem Speichel leben und die sie übertragen, wenn sie Blut saugen. Mikroben, die einem in die roten Blutkörperchen gehen und sich darin vermehren. Seltsamer Gedanke, dass auch die Mücken malariakrank waren.

Mit all diesen Informationen mussten sie einfach eine gute Note bekommen.

Es war kalt und dunkel.

Der Wind fegte über die Felder und brachte das Fahrrad fast vom Weg ab. Pietro hatte Mühe, nicht umzukippen. Als der Himmel einen Spalt breit aufriss, überflutete gelbes Mondlicht die Felder, die sich weit in die Ferne, bis hinunter zur Aurelia erstreckten.

Pietro radelte, holte keuchend Luft und presste zwischen den Zähnen ein Lied heraus: »Blei-be hier, Vo-gel, bleib hier ...«

Er bog nach rechts auf einen Pfad ab, nahm eine Abkürzung, die mitten durch die Felder führte, und erreichte Serra, das nur aus ein paar Häusern bestand.

Wie der Blitz raste er durch den Weiler.

Nachts gefiel ihm dieser Ort ganz und gar nicht. Er machte ihm Angst.

Serra: sechs heruntergekommene alte Häuser. Ein Schuppen, der vor ein paar Jahren in ein Clubhaus umgewandelt worden ist. Die Bauern und Hirten aus der Gegend gehen dorthin, spielen Karten und ruinieren sich die Leber. Es gibt sogar einen Genossenschaftsladen, aber der ist immer leer. Und eine Kirche aus den siebziger Jahren. Ein Monstrum aus Stahlbeton mit Schießscharten statt Fenstern und einem Turm, der wie ein Silo aussieht. Das Mosaik der Auferstehung Christi an der Fassade zerfällt in seine Einzelteile, die Stufen zum Portal sind von goldenen Steinchen übersät. Die Kinder nehmen sie für ihre Schleudern. Eine funzlige Straßenlampe mitten auf dem Platz, eine weitere an der Straße und die beiden Fenster des Clubhauses: Das ist die Beleuchtung von Serra.

»Blei-be hier, Fa-san, bleib hier ...«

Wie eine Geisterstadt in einem Western.

Enge Gassen und die Schatten der Häuser, die sich bedrohlich auf die Straße verlängerten, ein Tor, das der Wind auf- und zuschlug, und ein Hund, der sich in einem Zwinger heiser bellte.

Pietro nahm die Abkürzung über den Platz und erreichte danach wieder die Straße. Schaltete in einen anderen Gang, trat fester in die Pedale und atmete rhythmisch ein und aus. Das Fahrradlicht erleuchtete nur wenige Meter Straße, dann waren da nur das Dunkel, der Wind, der in den Olivenbäumen rauschte, sein Atmen und das Geräusch der Fahrradreifen auf dem nassen Asphalt.

Es war nicht mehr weit bis nach Hause.

Er konnte es schaffen, vor seinem Vater anzukommen, und es sich ersparen, ausgeschimpft zu werden. Er hoffte nur, ihm nicht zu begegnen, wenn er gerade mit dem Traktor auf der Rückfahrt war. Wenn er zu blau war, blieb er im Clubhaus, bis es zumachte, schnarchte auf seinem Plastikstuhl neben dem Flipper, schleppte sich dann zum Traktor und fuhr nach Hause.

In ein paar hundert Metern Entfernung näherten sich ihm im Zickzack ein paar matte Lichter. Verschwanden und tauchten wieder auf.

Gelächter.

Fahrräder.

»Blei-be hier ...«

Wer kann das um diese Zeit sein?

Er fuhr langsamer.

»... Wild-schwein ...«

Um diese Zeit fuhr niemand mehr auf dem Fahrrad, außer ...

»... bleib hier ...«

... ihnen.

Den Rekord konnte er vergessen.

Nein. Sie sind es nicht ...

Sie kamen langsam näher. Ruhig.

»He he hehehehe he he he.«

Sie sind es.

Dieses ekelhafte Lachen, das einem durch und durch ging wie Quietschen auf der Tafel, keckernd wie Eselsgeschrei, widerwärtig, unecht und völlig fehl am Platz ...

Bacci ...
Ihm blieb fast die Luft weg.
... Bacci.
Nur dieser Idiot von Bacci lachte so. Denn um so zu lachen, musste man ein solcher Idiot wie Bacci sein.
Sie sind es. Verdammte Scheiße ...
Pierini.
Bacci.
Ronca.
Denen zu begegnen war das Allerletzte, was er in diesem Moment gebrauchen konnte.
Die drei waren seine Todfeinde. Und das Absurdeste war, dass Pietro nicht wusste, warum.
Warum hassen sie mich? Ich habe ihnen nichts getan.
Wenn er gewusst hätte, was Reinkarnation ist, hätte er glauben können, dass diese drei böse Geister waren, die ihn für etwas bestraften, das er in einem anderen Leben begangen hatte. Doch Pietro hatte gelernt, sich nicht allzu lange den Kopf darüber zu zerbrechen, warum das Unglück ihn mit einer derartigen Ausdauer verfolgte.
Denn zum Schluss führt es zu nichts. Wenn du Prügel einstecken musst, dann steck sie ein, und damit hat es sich.
Mit zwölf Jahren hatte Pietro beschlossen, keine Zeit damit zu vergeuden, über das Warum nachzugrübeln. Das machte es nur noch schlimmer. Die Wildschweine fragen sich nicht, warum der Wald brennt, und die Fasane fragen sich nicht, warum die Jäger schießen.
Sie hauen einfach nur ab.
Das ist das Einzige, was man tun kann. In solchen Fällen musst du dich blitzschnell aus dem Staub machen, und wenn du das nicht schaffst, wenn sie dich in die Enge treiben, dann musst du dich zusammenrollen wie ein Igel und sie wüten lassen, bis sie genug haben, musst es hinnehmen wie einen Hagelschauer, der dich bei einem Spaziergang überrascht.
Was mache ich jetzt?
Er ging schnell die verschiedenen Möglichkeiten durch.
Sich verstecken, bis sie vorüber waren, und warten.

Wie schön es wäre, unsichtbar zu sein. Wie die Frau bei den Fantastischen Vier. Sie gehen an dir vorbei, und sie sehen dich nicht. Du bist da, und sie sehen dich nicht. Das ist Spitze. Oder, noch besser, gar nicht existieren. Gar nicht da sein. Nicht mal geboren sein.
(Hör auf damit. Denk nach!)
Ich verstecke mich im Feld.
Nein, das war eine Dummheit. Sie würden ihn sehen. *Und wenn sie dich dabei erwischen, sitzt du erst recht in der Scheiße. Wenn du ihnen zeigst, dass du Angst hast, dann ist es wirklich das Ende.*
Vielleicht war es das Beste umzukehren. Zurück bis zum Clubhaus. Nein. Sie würden ihn verfolgen. Sie hatten sein Fahrradlicht genauso gesehen wie er das ihre. Und für diese Minderbemittelten gab es nichts Spaßigeres als eine schöne nächtliche Verfolgungsjagd auf den Eumel.
Darüber freuten sie sich richtig.
Ein Wettrennen?
Er wusste, dass er schnell war. Schneller als jeder andere aus seiner Schule, doch wenn es um Wettkampf ging, verlor er. Und jetzt war er außerdem erschöpft.
Er hätte es nicht lange durchgehalten. Er hätte aufgegeben, und dann ...
Die einzige Möglichkeit war, einfach weiterzufahren, (äußerlich) ruhig, an ihnen vorbei, sie grüßen und hoffen, dass sie ihn in Frieden ließen.
Ja, genau das muss ich tun.
Sie waren inzwischen auf fünfzig Meter herangekommen, bewegten sich ohne Eile in seine Richtung, redeten und lachten und fragten sich vielleicht, wer da mit dem Fahrrad auf sie zukam. Jetzt hörte er die tiefe Stimme Pierinis, dann die hohe Roncas und das Lachen Baccis.
Alle drei.
In Kampfformation.
Wohin waren sie unterwegs?
Sicher nach Ischiano Scalo, in die Bar, wo konnten sie sonst hinwollen?

10

Er hatte es erfasst. Genau dahin wollten die drei.

Was sollten sie sonst tun? Sich zu Tode kneifen, die Köpfe aneinanderstoßen, Rühr-mich-nicht-an spielen? Sie konnten doch nur in der Bar herumhängen, den Älteren beim Billardspielen zusehen und versuchen, hinter der Theke ein paar Chips zu organisieren, um die eine oder andere Runde Mortal Kombat abzufeuern.

Das Problem bestand darin, dass nur Federico Pierini es sich erlauben konnte, einfach zu tun, was er wollte, sich einen Scheißdreck um seinen Vater zu kümmern, nicht nach Hause zu kommen und bis spät nachts unterwegs zu sein. Bei Andrea Bacci und Stefano Ronca dagegen war es schwieriger, die Sache mit den Eltern zu regeln, doch sie bissen die Zähne zusammen und steckten Schimpfe und Tritte in den Hintern weg, um ihrem Anführer zu folgen.

Sie radelten langsam weiter durch das Dunkel, nebeneinander und mitten auf der Straße.

Ruhig wie ein Rudel junger Hyänenhunde auf der Jagd.

Die Hyänenhunde der afrikanischen Steppen leben in Rudeln. Die Jungen jedoch bilden eigene Meuten, außerhalb des Familienverbands. Sie gehen gemeinsam auf die Jagd und helfen sich gegenseitig, doch sie haben eine strenge Rangordnung, die durch rituelle Kämpfe bestimmt wird: Der Rudelführer ist der Stärkste und Mutigste, das Alpha-Tier, und die anderen folgen ihm. Raubgierig durchstreifen sie die Savanne auf der Suche nach Nahrung. Sie greifen niemals gesunde Tiere an, nur kranke, alte und junge. Sie umzingeln das Gnu, versetzen es durch ihr Gebell in Panik, packen es dann alle gleichzeitig mit ihren kräftigen Kiefern und spitzen Zähnen und beißen zu, bis es zusammenbricht. Anders als die Raubkatzen, die ihrem Opfer zuerst die Wirbelsäule brechen, fressen die Hyänenhunde es lebend.

Federico Pierini, der Alpha-Hyänenhund, war vierzehn Jahre alt.

In der Schule war er schon zweimal sitzen geblieben.

Amerikanische Neurophysiologen haben sich einmal in einer Untersuchung mit Insassen von US-Gefängnissen beschäftigt. Analysiert wurden die gewalttätigsten und rücksichtslosesten Täter (Schläger, Vergewaltiger, Mörder usw.) auf die Merkmale ihres EEG hin. Dabei wurde kein Standardelektroenzephalograph benutzt (der die durchschnittlichen Gehirnströme aufzeichnet), sondern ein empfindlicheres Gerät, mit dem sich die spezifischen Abläufe in jedem Teil der Hirnrinde festhalten lassen. Diesen Versuchspersonen, denen man den Kopf mit Elektroden gespickt hatte, wurde nun ein Dokumentarfilm über die industrielle Produktion von Turnschuhen gezeigt.

Die Neurophysiologen stellten fest, dass die Aktivität der vorderen Hirnzone bei den meisten Versuchspersonen schwächer als bei nicht kriminellen Menschen war.

Der vordere Teil des Hirns hat die Aufgabe, Nachrichten von außen aufzunehmen. Mit anderen Worten: Dort ist die Fähigkeit angesiedelt, sich zu konzentrieren, sich etwa einen Film anzusehen, auch wenn er tödlich langweilig ist, von Anfang bis Ende dabeizubleiben, ohne sich ablenken zu lassen, unruhig zu werden und anzufangen, den Nachbarn zu stören, sondern höchstens einmal tief Luft zu holen und hin und wieder auf die Uhr zu sehen.

Als Ergebnis dieser Untersuchung wurde die Hypothese aufgestellt, dass gewalttätige Menschen eine geringer entwickelte Konzentrationsfähigkeit haben und dass dies auf gewisse Weise mit ihren Ausbrüchen von Aggressivität korreliert. Es ist, als würden zur Gewalt neigende Menschen von einer Erregung beherrscht, die sie nicht zu dämpfen vermögen, und als wären die aggressiven Schübe eine Art Sicherheitsventil.

Wenn man also versehentlich ein Auto gerammt hat und der Fahrer mit dem Wagenheber in der Hand aussteigt, um einem den Schädel einzuschlagen, hat es keinen Sinn, ihn damit besänftigen zu wollen, dass man ihm ein Buch über Kometen oder ein Abo vom Filmklub schenkt. In einem solchen Fall ist es besser, die Platte zu putzen, wie Pietro Moroni sagen würde.

All dies als Einleitung, um zwei Dinge zu erklären.

1) Federico Pierini war der gewalttätigste Junge der Gegend.
2) Federico Pierini war in der Schule eine absolute Null. Die Lehrer sagten, er könne sich nicht konzentrieren, und gaben damit implizit den amerikanischen Neurophysiologen Recht.

Er war groß, schlank und kräftig. Er hatte sich ein Schnurrbärtchen stehen lassen und trug einen Ohrring. Seine Hakennase trennte zwei kleine, kohlrabenschwarze Augen, die immer halb geschlossen waren, und pechschwarzes Haar mit einer weißen Strähne fiel ihm in die Stirn.

Er hatte alle notwendigen Eigenschaften eines Rudelführers.

Er wusste, wo es langging.

Überheblich und mit sicheren Gesten entschied er alles, vermittelte den anderen jedoch das Gefühl, dass sie die Entscheidungen träfen. Er hatte niemals Zweifel an irgendwas. Alle Dinge, auch die schrecklichsten, schienen ihn kaum zu berühren, als wäre er gegen Leiden immun.

»Ich scheiße auf die Welt«, sagte er immer wieder.

Und das stimmte. Ihm war sein Vater, den er einen bescheuerten Versager ohne Mumm in den Knochen nannte, scheißegal. Ihm war seine Großmutter, eine geistesschwache arme Alte, scheißegal. Genauso scheißegal wie die Schule und diese vertrottelte Bande von Lehrern.

»Sie sollen mir nicht auf den Sack gehen«, war sein Lieblingssatz.

Stefano Ronca war schmächtig und dunkel, hatte einen Lockenkopf und einen immer feuchten Mund. Er war quirlig wie ein mit Amphetamin aufgepumpter Floh, wankelmütig und stets bereit, sich zu unterwerfen, sobald ihn jemand angriff, und ihm in den Rücken zu fallen, sobald der andere sich umdrehte. Er hatte eine durchdringende Stimme, wie ein neunmalkluger Kastrat, einen aufdringlichen und überdrehten Ton, der einem auf die Nerven ging, und das loseste und böseste Mundwerk in der ganzen Schule.

Andrea Bacci, wegen seiner Leidenschaft für Pizza aus der Hand der Schnellfress genannt, hatte zwei Probleme.

1) Er war Sohn eines Polizisten. »Und alle Polizisten müssen sterben«, meinte Pierini.

2) Er war rund wie eine Kugel. Das Gesicht voller Sommersprossen. Die irgendwie blonden Haare millimeterkurz geschoren. Seine kleinen und auseinander stehenden Zähne waren mit einem riesigen silbernen Apparat befestigt. Wenn er sprach, kapierte man absolut nichts. Worte und Speichel vermischten sich mit rollenden R und zischenden Z.

Wenn man diesen blassen fetten Jungen sah, hatte man Lust, ihn zu verarschen, aber das war eine verdammte Dummheit.

Ein paar Ahnungslose hatten es probiert, hatten ihn einen sommersprossigen Fettkloß genannt, doch sich schnell mit ihm auf dem Boden wiedergefunden, wie er sie mit Faustschlägen im Gesicht traktierte, und man hatte vier Leute gebraucht, um ihn wegzureißen. Noch eine Viertelstunde lang hatte dieser Dickwanst weiter gespuckt, unverständliche Beschimpfungen geschrien und gegen die Tür der Toilette getreten, wo man ihn eingesperrt hatte.

Nur Pierini durfte es sich erlauben, ihn aufzuziehen, denn einer Beleidigung wie »Man kann wirklich kaum zusehen, wie du frisst« ließ er ein um so freundlicheres und gezieltes Lob folgen. »Du bist bestimmt der Stärkste in der Schule, und ich glaube, wenn du wütend wirst, könntest du sogar Fiamma böse plattmachen.« Er hielt ihn in einem Zustand ständiger Unsicherheit und Unzufriedenheit. Manchmal sagte er ihm, er sei sein bester Freund, und dann zog er ihm plötzlich Ronca vor.

Jeden Tag änderte er die Rangfolge seiner besten Freunde. Manchmal verschwand er auch und ließ sie beide stehen, um etwas mit Älteren zu unternehmen.

Pierini war insgesamt launisch wie ein Novembertag und so wenig zu fassen wie ein Raubvogel, und Ronca und Bacci kämpften wie zwei rivalisierende Liebhaber um die Zuneigung ihres Anführers.

»Und wie wollen wir das jetzt machen? Was sagen wir der Rovi morgen?«, wandte Bacci sich an Pierini.

Sie hatten sich von der Sachkundelehrerin eine Hausarbeit über die Ameisen und ihre Bauten geben lassen. Eigentlich wollten sie ja Fotos von den großen Ameisenhaufen im Wald von Acquasparta machen, nur dass sie das Geld für den Film für Zigaretten und einen Pornocomic ausgegeben und dann einen Kondomautomaten hinter der Apotheke von Borgo Carini aufgebrochen hatten.

Sie hatten ihn aus der Wand gerissen und auf die Bahngleise gelegt. Als der Intercity darüber donnerte, war der Automat wie eine Bodenluftrakete weggeschleudert worden und fünfzig Meter weit geflogen.

Mit dem einzigen Resultat, dass sie jetzt genug Pariser besaßen, um es mit jedem Mädchen in der Gegend dreimal treiben zu können. Die Geldschublade war immer noch verschlossen, ebenso wenig zu knacken wie ein Schweizer Tresor.

Sie hatten sich hinter einem Baum versteckt und angefangen, die Gummis zu probieren.

Ronca hatte sich einen Pariser über den Pimmel gezogen, hatte hastig zu wichsen angefangen und war dabei laut rufend herumgehüpft: »Kann ich mit dem Dödel hier Negerinnen ficken?«

Pierini behauptete nämlich, dass er an der Aurelia schwarze Frauen vögelte. Er erzählte, dass er mit Riccardo, dem Kellner aus dem Vecchio Carro, und mit Giacanelli und Fiamma zu den schwarzen Nutten ging. Dass er es auf einer Couch an der Straße getrieben und dass die Frau auf afrikanisch geschrien hätte.

Und wer weiß, vielleicht war es sogar wahr.

»Die Negerinnen spüren nicht mal einen Baumstamm, so ausgeleiert wie die sind. Die kriegen einen Lachanfall, wenn sie deinen Dödel sehen«, hatte Pierini gesagt, als er sich Roncas Pimmel beschaute.

Ronca hatte ihn auf Knien angefleht, ihm seinen zu zeigen.

Und Pierini hatte sich eine Zigarette angesteckt, die Augen zusammengekniffen und sein Ding rausgeholt.

Ronca und Bacci waren beeindruckt gewesen. Jetzt war ihnen endlich klar, warum die Negerinnen mit ihrem Anführer gingen.

Als Bacci an der Reihe war, hatte er behauptet, er hätte keine Lust. »Du Schwuler! Du schwule Sau!«, geiferte Ronca. Und Pierini meinte: »Entweder du zeigst ihn uns, oder du ziehst Leine.«

Und der arme Bacci war gezwungen gewesen, ihn rauszuholen.

»Der ist ja vielleicht klein ... Sieh mal ...«, machte Ronca sich über ihn lustig.

»Das ist, weil du so fett bist«, hatte ihm Pierini erklärt. »Wenn du abnimmst, wird er größer.«

»Ich mache schon Diät«, sagte Bacci zuversichtlich.

»Das hab ich gesehen, wie du Diät machst. Gestern hast du dir für fünftausend Lire Pizza reingestopft«, wischte Ronca ihm noch eins aus.

Das Spiel mit den Parisern war ausgeartet, als Ronca reingepisst und ganz stolz mit der an seinem Schwanz baumelnden gelben Kugel rumgelaufen war. Pierini hatte sie mit seiner Zigarette zum Platzen gebracht, Roncas ganze Hose war nass geworden, und er hätte um ein Haar angefangen zu heulen.

Danach waren sie immerhin in den Wald gegangen, um nach Ameisenhaufen zu suchen, hatten aber nur riesige Wanzen mit Benzin besprengt und sie wie Brandbomben auf die Ameisenhaufen geworfen.

Aber den guten Willen hatten sie gehabt.

»Wir können der Rovi sagen, dass wir keine Ameisenhaufen gefunden haben. Oder dass die Fotos nichts geworden sind«, keuchte Bacci.

Obwohl sie langsam radelten und es schweinekalt war, schwitzte Bacci trotzdem.

»Das schluckt sie doch niemals …«, wandte Ronca ein. »Vielleicht können wir was kopieren. Fotos aus dem Buch ausschneiden.«

»Nein. Morgen gehen wir nicht zur Schule«, erklärte Pierini, nachdem er einen Zug aus der Zigarette genommen hatte, die ihm an den Lippen klebte.

Eine Sekunde lang war es still.

Ronca und Bacci ließen sich die Idee durch den Kopf gehen.

Eigentlich war es die einfachste und beste Lösung.

Jedoch: »Nein. Das geht wirklich nicht. Morgen will mein Vater mich von der Schule abholen. Und wenn ich dann nicht da bin … Und außerdem: Neulich, als wir ans Meer gegangen sind, habe ich sie nachher gekriegt«, sagte Bacci ängstlich.

»Ich kann auch nicht mitmachen«, erklärte Ronca und wurde mit einem Mal ernst.

»Ihr scheißt euch wie üblich in die Hosen …« Er machte eine

Sekunde Pause, um es wirken zu lassen, fügte dann hinzu: »Ihr müsst gar nicht schwänzen. Morgen ist frei, keiner geht zur Schule. Mir ist nämlich eine Idee gekommen.«

Es war eine Idee, die ihm schon eine ganze Weile im Kopf herumging. Und jetzt war es Zeit, sie in die Praxis umzusetzen. Pierini hatte oft geniale Ideen. Und sie hatten immer etwas Kriminelles. Hier eine kleine Auswahl: An Neujahr hatte er einen Knallfrosch in den Briefkasten geworfen, ein anderes Mal hatte er die Tür der Station Bar aufgebrochen und Zigaretten und Bonbons geklaut. Er hatte auch der Lehrerin Palmieri die Autoreifen aufgeschlitzt.

»Wie? Wieso ist frei?« Ronca verstand nichts. Der nächste Tag war ein ganz normaler Mittwoch. Kein Streik. Kein Fest. Kein gar nichts.

Pierini nahm sich Zeit, rauchte seine Zigarette zu Ende, warf die Kippe in weitem Bogen weg und ließ seine Kumpane in gespannter Erwartung.

»Also, hört mir gut zu. Jetzt gehen wir zur Schule. Dann nehmen wir deine Kette und legen sie um das Gitter«, er zeigte auf die Kette, die unter dem Sattel von Baccis Fahrrad baumelte. »So kann morgen keiner rein, und sie schicken uns nach Hause.«

»Klasse! Genial!« Ronca war begeistert. Woher nahm Pierini nur diese Ideen?

»Kapiert? Keiner geht zur Schule ...«

»Ja, klar. Aber ...« Bacci schien nicht ganz glücklich bei der Vorstellung. Er hing sehr an dieser Kette. Er hatte ein kleines kaputtes Graziella-Rad ohne Vorderschutzblech, und wenn er radelte, stieß er mit den Knien fast ans Kinn. Diese Kette, die ihm sein Vater geschenkt hatte, war das einzig Schöne an dem Fahrrad. » ... Ich hab keine Lust, sie einfach so wegzuwerfen. Sie kostet einen Haufen Geld. Und außerdem könnten sie mir das Rad stehlen.«

»Bist du voll durchgeknallt? Vor deinem Rad ekeln sich die Diebe. Wenn ein Dieb es sieht, fängt er an zu kotzen. Die Polizei könnte es wirklich nehmen, um Diebe festzunageln. Wenn sie einen schnappen, zeigen sie ihm deine Graziella, und wenn er darauf kotzt, ist er ein Dieb«, höhnte Ronca.

Bacci zeigt ihm die Faust. »Du Arschloch, Ronca! Nimm doch deine eigene Kette!«

»Hör mir zu, Andrea«, griff Pierini ein, »meine Kette und die von Stefano sind nicht stark genug. Morgen früh holt der Direktor den Schlosser, und der kriegt sie gleich auf, und wir kommen sofort rein. Aber bei deiner Kette reißt er sich den Arsch auf. Kannst du dir das vorstellen, wie wir alle ganz cool in der Bar sitzen, und er weiß nicht, was er machen soll, und die Lehrer fluchen wie wahnsinnig. Sie müssen die Feuerwehr aus Orbano holen. Und all das wegen deiner Kette. Verstanden?«

»Und dann brauchen wir uns auch keine Sorgen wegen der verdammten Hausarbeit über die Ameisen zu machen«, ergänzte Ronca.

Bacci gab sich geschlagen.

Sicher, der Gedanke, dass seine Kette die ganze Schule blockierte und die Feuerwehr aus Orbano kommen müsste, war schön. »Na gut. Wir nehmen sie. Ist ja scheißegal. Ich mache die alte an mein Fahrrad.«

»In Ordnung! Gehen wir!« Pierini war zufrieden.

Jetzt hatten sie zu tun.

Doch da fing Ronca plötzlich an zu lachen und sagte immer wieder: »Was seid ihr für Idioten! Was seid ihr für Idioten! Ihr seid vielleicht Trottel! Das funktioniert doch nicht ...«

»Was ist jetzt? Was lachst du denn, verdammt noch mal, du Wichser?«, fuhr Pierini ihn an. Früher oder später würde er ihm alle Zähne einschlagen.

»Ihr habt eine Sache vergessen ... ha ha ha.«

»Was?«

»Eine verdammt doofe Sache. Ha ha ha.«

»Was denn?«

»Italo. Er sieht uns, wenn wir die Kette dranmachen ... Aus dem Fenster von seinem Haus kann er das Gitter sehr gut sehen. Und der schießt ...«

»Ja und was lachst du dann, verdammt, hä? Da gibt's doch nichts zu lachen. Eine blöde Scheiße ist das. Kapierst du nicht, dass wir morgen die Hausarbeit abliefern müssen, wenn wir die Kette nicht drankriegen? Nur ein Idiot wie du kann über so was lachen.« Pierini versetzte ihm einen heftigen Stoß, und Ronca wäre um ein Haar vom Fahrrad gefallen.

»Tut mir Leid ...«, murmelte er niedergeschlagen.

Aber Ronca hatte Recht.

Das war wirklich ein Problem.

Die ganze Aktion konnte am Hausmeister scheitern, an diesem Obernerver. Seine Wohnung war neben dem Gittertor. Und seit einmal in die Schule eingebrochen worden war, bewachte er sie wie ein neapolitanischer Bluthund.

Pierini war ziemlich fertig.

Die Sache wurde gefährlich. Italo konnte sie sehen und es dem Direktor erzählen, und außerdem war er vollkommen durchgedreht. Es hieß, er hätte eine geladene Doppelflinte neben seinem Bett liegen.

Wie können wir es machen? Sollen wir es aufgeben? ... Nein, kommt nicht in Frage.

Man konnte so eine geniale Idee wegen diesem blöden Arschloch nicht den Bach runtergehen lassen. Und wenn sie sich wie Würmer durch die Scheiße graben müssten, sie würden die Kette an diesem Gitter festmachen.

Ich kann es nicht tun, überlegte er. *Ich hab erst vor einem Monat einen Verweis gekriegt. Ronca muss es machen. Nur dass er so blöd ist, dass er sich hundert Prozent erwischen lässt.*

Warum bloß hatte er sich die absoluten Dorfdeppen als Freunde ausgesucht?

Doch in diesem Augenblick tauchte in der Ferne das Licht eines Fahrrads auf.

11

Bleib ganz ruhig. Du musst normal wirken. Darfst nicht zeigen, dass du Angst hast. Und auch nicht, dass du es eilig hast, wiederholte Pietro wie eine Beschwörung.

Zwar hatte er sich vorgenommen, sich diese quälende Frage nicht mehr zu stellen, aber er tat es doch immer wieder: Warum bloß hatten sie es auf ihn abgesehen?

Er war ihr Lieblingsspielzeug. Das Mäuschen, an dem man lernt, wie man seine Krallen gebraucht.

Was habe ich ihnen denn getan?

Er mischte sich nicht ein. Blieb für sich. Sprach mit keinem. Ließ sie machen.

Ihr wollt die Anführer sein, in Ordnung. Ihr seid die Cracks, in Ordnung.

Also warum ließen sie ihn nicht in Frieden?

Und Gloria, die sie noch mehr verabscheute als er, hatte ihm tausendmal gesagt, er solle sich von ihnen fernhalten, dass sie ihn früher oder später erwischen würden.

Da waren sie. Wenige Meter entfernt.

Jetzt konnte er ihnen nicht mehr ausweichen, sich verstecken, nichts.

Er fuhr langsamer. Begann die Silhouetten hinter den Fahrradlichtern wahrzunehmen. Er wich zur Seite aus, um sie vorbeizulassen. Sein Herz schlug heftig, der Speichel blieb ihm weg, und seine Zunge war trocken und dick wie ein Stück Schaumgummi.

Bleib ruhig.

Sie hatten aufgehört zu sprechen. Standen mitten auf der Straße. Sie mussten ihn erkannt haben. Und bereiteten sich vor.

Er fuhr weiter auf sie zu.

Es waren noch zehn acht fünf Meter ...

Bleib ruhig.

Er holte tief Luft, zwang sich, die Augen nicht niederzuschlagen, sondern ihnen ins Gesicht zu sehen.

Er war bereit.

Wenn sie vorhatten, ihn zu umzingeln, musste er sie überraschen und mitten zwischen ihnen durchfahren. Wenn sie ihn dann nicht festhielten, waren sie gezwungen zu wenden, und er hätte einen kleinen Vorsprung. Vielleicht würde das reichen, um heil und gesund nach Hause zu kommen.

Doch stattdessen geschah etwas Unglaubliches.

Etwas Absurdes – absurder, als einem Marsmenschen zu begegnen, der auf einer Kuh reitet und *O sole mio* singt. Etwas, das Pietro niemals erwartet hätte.

Und das ihn vollkommen verblüffte.

»Ach, Moroni, ciao, du bist es. Wohin bist du denn unterwegs?«, fragte ihn Pierini.
Das war aus verschiedenen Gründen unglaublich.
1) Pierini hatte ihn nicht »Eumel« genannt.
2) Pierini sprach in einem freundlichen Ton mit ihm. Einem Ton, den die Stimmbänder dieses Bastards bis zu jenem Abend noch nie hinbekommen hatten.
3) Bacci und Ponca begrüßten ihn: Sie wedelten mit der Hand wie brave, wohlerzogene Kinder, die ihre Tante treffen.
Pietro war sprachlos.
Sei vorsichtig. Das ist eine Falle.
Er blieb mitten auf der Straße stehen, wie ein Idiot. Jetzt trennten ihn nur noch wenige Meter von den anderen.
»Ciao!«, sagten Ronca und Bacci im Chor.
»Cia ... o«, hörte er sich antworten.
Das war wahrscheinlich das erste Mal, dass Bacci ihn grüßte.
»Na, und wohin bist du denn nun unterwegs?«, fragte Pierini noch einmal.
»... nach Hause.«
»Ah. Nach Hause ...«
Pietro, den Fuß auf dem Pedal, war bereit, wie der Blitz loszurasen. Wenn es eine Falle war, würden sie sich früher oder später auf ihn stürzen.
»Hast du die Hausarbeit für Sachkunde gemacht?«
»Ja ...«
»Und worüber?«
»Über die Malaria.«
»Ah, schön, die Malaria.«
Obwohl es finster war, sah Pietro, wie Bacci und Ronca hinter Pierini nickten. Als wären sie plötzlich drei Mikrobiologen und Experten für Tropenkrankheiten geworden.
»Hast du sie zusammen mit Gloria gemacht?«
»Ja.«
»Ah, gut. Sie ist tüchtig, nicht?« Pierini erwartete keine Antwort und fuhr fort. »Wir haben eine Arbeit über Ameisen gemacht. Sehr viel schlimmer als die Malaria. Hör mal, musst du denn unbedingt nach Hause?«

Muss ich unbedingt nach Hause? Was für eine Art Frage ist das denn?

Was sollte er darauf antworten?

Die Wahrheit.

»Ja.«

»Ah, wie schade! Wir haben gerade darüber nachgedacht, etwas zu machen ... etwas Schönes. Du könntest mitkommen, denn es geht dich auch an. Schade, wir hätten noch mehr Spaß, wenn du dabei wärst.«

»Das stimmt, wir hätten noch mehr Spaß«, bekräftigte Ronca.

»Sehr viel mehr«, wiederholte Bacci.

Eine tolle Komödie. Drei schlechte Schauspieler in einem schlechten Film. Das war Pietro gleich klar. Und wenn sie meinten, sie könnten ihn neugierig machen, irrten sie sich. Ihm war es scheißegal, was sie Schönes vorhatten.

»Tut mir Leid, aber ich muss nach Hause.«

»Es ist nur so, dass wir es allein nicht machen können, wir brauchen einen vierten Mann, und da dachten wir, dass du ... also, dass du uns helfen könntest ...«

Pierinis Gesicht war im Dunkeln nicht zu sehen. Pietro hörte nur seine Stimme und das Rauschen des Winds in den Bäumen.

»Ach komm, wir brauchen nicht lange ...«

»Wofür?« Pietro spuckte es endlich aus, doch so leise, dass es niemand verstand. Er musste es wiederholen. »Wofür?« Pierini verblüffte ihn noch einmal. Mit einem Sprung war er von seinem Fahrrad und packte Pietros Lenker.

Bravo. Jetzt ist es raus. Er hat dich verarscht.

Doch statt ihn zu schlagen, sah er sich um und legte ihm einen Arm um den Hals. Irgendetwas zwischen einem Würgegriff beim Wrestling und einer brüderlichen Umarmung.

Auch Bacci und Ronca kamen näher. Pietro hatte nicht mal die Zeit zu reagieren, als sie schon im Kreis um ihn herumstanden, und ihm wurde klar, dass sie ihn jetzt fertigmachen könnten, wenn sie wollten.

»Hör zu. Wir wollen das Gitter vor der Schule mit einer Kette zumachen«, flüsterte Pierini ihm ins Ohr, als verriete er ihm die Lage eines Schatzes.

Ronca wiegte zufrieden den Kopf. »Genial, hä?«

Bacci zeigte ihm die Kette. »Mit der hier. Die kriegen sie nie durch. Es ist meine.«

»Und warum?«, fragte Pietro.

»Dann haben wir morgen keine Schule, verstehst du? Wir vier machen die Schule dicht und gehen fröhlich nach Hause. Alle werden sich fragen: Wer war das? Und wir sind es gewesen. Dann sind wir eine ganze Weile die Helden. Stell dir nur mal vor, wie wütend der Direktor und die stellvertretende Direktorin und all die anderen werden.«

»Stell dir nur mal vor, wie wütend der Direktor und die stellvertretende Direktorin und all die anderen werden«, wiederholte Ronca wie ein Papagei.

»Was meinst du?«, fragte ihn Pierini.

Pietro wusste nicht, was antworten.

Die Sache gefiel ihm ganz und gar nicht. Er wollte zur Schule gehen. Er hatte die Hausarbeit gemacht und wollte der Rovi das Schaubild zeigen.

Und stell dir vor, du wirst erwischt ... Wenn sie wollen, dass du mitgehst, wollen sie dich sicher irgendwie reinlegen.

»Also, hast du Lust mitzukommen?« Pierini zog ein Päckchen Zigaretten aus der Tasche und bot ihm eine an.

Pietro schüttelte den Kopf. »Ich kann nicht, tut mir Leid.«

»Warum nicht?«

»Mein Vater ... wartet ... auf mich.« Dann nahm er seinen ganzen Mut zusammen und fragte: »Aber warum wollt ihr denn, dass ich mitkomme?«

»Einfach so. Weil das eine geile Sache ist ... Wir können das zusammen machen. Zu viert ist es einfacher.«

Die Sache stank vielleicht zum Himmel!

»Tut mir Leid, aber ich muss nach Hause. Ich kann wirklich nicht.«

»Es dauert nicht lange. Und denk an morgen, stell dir vor, was die anderen sagen.«

»Wirklich ... ich kann nicht.«

»Was hast du denn? Kackst du dir ins Hemd, wie üblich? Hast du Angst, hä? Musst du heim zu Papa und Zwieback essen und aufs Töpfchen gehen?«, mischte sich Ronca mit seiner unangenehmen Stimme ein, die wie das Summen einer Schmeißfliege klang.

Na also, jetzt verarschen sie dich, und gleich schlagen sie dich zusammen. So endet es doch immer.

Pierini warf Ronca einen blitzenden Blick zu. »Du halt die Klappe! Er hat keine Angst. Er muss nur nach Hause. Ich muss auch bald nach Hause.« Und beschwichtigend: »Meine Oma macht sich sonst auch Sorgen.«

»Was muss er denn so Wichtiges zu Hause tun?«, beharrte Ronca dumpf.

»Das geht dich doch einen Scheiß an, oder? Er muss eben tun, was er tun muss.«

»Ronca kümmert sich immer um den Scheiß von anderen«, setzte Bacci noch drauf.

»Schluss jetzt. Lasst ihn ganz in Ruhe überlegen ...«

Die Situation sah wie folgt aus: Pierini bot ihm ein paar Möglichkeiten an.

1) Nein zu sagen, und er hätte eins zu einer Million wetten können, dass sie ihn dann auf den Boden geworfen und mit Fußtritten bearbeitet hätten.

2) Mit ihnen zur Schule zu gehen und abzuwarten, was geschah. Dort konnte alles passieren: Sie könnten ihn verprügeln, oder er könnte fliehen, oder ...

Ehrlich gesagt zog er all diese »Oder« der Möglichkeit vor, sofort von ihnen zusammengeschlagen zu werden.

Der gute Pierini verflüchtigte sich langsam. »Nun?«, fragte er in einem härteren Ton.

»Na gut. Aber lasst uns schnell machen.«

»Es geht blitzschnell«, antwortete Pierini.

12

Pierini war zufrieden. Hochzufrieden.

Der Eumel hatte angebissen. Er ging mit.

Er hat es geschluckt.

Der musste doch vollkommen bescheuert sein, wenn er dachte, dass sie einen wie ihn brauchten.

Das war einfach. Den hab ich wirklich klasse verarscht. Los, komm mit! Dann sind wir Helden. Scheißhelden!

Den würde er mit Arschtritten ans Gitter treiben, um die Kette festzumachen. Er musste lachen. Das wäre nicht schlecht, wenn Italo den Eumel erwischte, wie er da herumwerkte.

Das würde ein oder zwei Wochen Schulverweis bringen.

Am liebsten würde er einen so lauten Schrei loslassen, dass der alte Idiot aus dem Bett sprang. Nur dass dann die ganze Sache in den Arsch ging.

Dieser Dünnbrettbohrer von Bacci tauchte neben ihm auf und machte irgendwelche Zeichen, um sich mit ihm zu verständigen.

Pierini bedachte ihn mit einem wütenden Blick.

Und wenn er die Kette nicht festmachen will?

Er lächelte.

Na hoffentlich. Gott, bitte erhöre mich, mach, dass er es nicht tun will. Dann werden wir nämlich viel Spaß haben.

Er wandte sich an den Eumel: »Das wird ein schöner Streich.«

Und der Eumel nickte mit seinem blöden Arschgesicht.

Wie er ihn verachtete.

Wegen dieser schlappen Art zu nicken.

Der brachte ihn auf komische Gedanken. Gewaltfantasien. Ja, er bekam Lust, ihm weh zu tun, seinen Kopf zu packen und auf die Tischkante zu knallen.

Denn für den war immer alles gut.

Wenn du ihm gesagt hättest, dass seine Mutter eine versaute Nutte ist, die sich Tag und Nacht von Lastwagenfahrern in den Arsch ficken lässt, dann hätte der genickt. Stimmt. Ja, stimmt. *Meine Mutter ist eine große Ficksau.* Moroni war alles egal. Er reagierte auf nichts. Er war schlimmer als die beiden Flachwichser, mit denen er selbst rumzog. Diese Schweinebacke von Bacci ließ sich wenigstens nicht auf den Kopf machen, und Ronca brachte ihn manchmal zum Lachen (und Pierini hatte keinen besonderen Sinn für Humor).

Es war dieses eingebildete Getue, bei dem es ihm in den Fingern juckte.

Moroni ist einer, der in der Klasse nie was sagt, der beim Sport nicht mit den anderen spielt und der drei Meter über dem Boden schwebt – und dabei ist er niemand. Du bist absolut niemand, du bist sogar das Allerletzte, hast du kapiert, mein Lieber?

Nur so ein geiles Flittchen wie das Fräulein Zierfisch Gloria Celani konnte mit so einem Windei wie dem befreundet sein. Die beiden taten alles, damit es nicht auffiel, aber Pierini hatte kapiert, dass sie zusammen waren oder irgendwas in der Art, also dass sie sich verstanden, und es konnte sogar sein, dass sie zusammen rummachten.

Die Geschichte mit diesem Fräulein Gloria Zierfisch saß ihm wie ein Stachel im Fleisch.

Manchmal passierte es ihm, dass er mitten in der Nacht wach wurde und nicht mehr einschlafen konnte, weil er an dieses Flittchen dachte. Das nagte an ihm und ließ ihn fast durchdrehen, und wenn er fast durchdrehte, war er zu Sachen fähig, die ihm später Leid tun würden.

Ein paar Monate war es her, da hatte Caterina Marrese, diese Plunze aus der 3 A, am Samstagnachmittag bei sich zu Hause ihren Geburtstag gefeiert. Weder Pierini noch Bacci und genauso wenig Ronca waren eingeladen gewesen (nicht mal Pietro, um die Wahrheit zu sagen). Aber unsere Helden hatten noch nie eine Einladung gebraucht, um zu einem Fest zu gehen.

Bei dieser Gelegenheit hatte sich auch Fiamma die Ehre gegeben mitzukommen, ein sechzehnjähriger Schwachsinniger mit dem Charakter und dem IQ eines überzüchteten Pit Bulls. Ein armer gestörter Kerl, der im Coop von Orbano Kisten ablud und wie ein Hirnloser lachte, wenn er mit seiner Pistole auf Schafe oder irgendetwas Lebendiges zielte, das das Pech gehabt hatte, ihm über den Weg zu laufen. Eines Nachts war er in den Pferch der Moronis geklettert und hatte vor dem Esel einen Schuss abgefeuert, weil er am Tag vorher *Schindlers Liste* im Fernsehen gesehen und der blonde Nazi ihm so gut gefallen hatte.

Um sich dafür zu entschuldigen, dass sie ohne Einladung bei der Party auftauchten, hatten sie ein Geschenk mitgebracht.

Eine tote Katze. Eine schöne fette getigerte Katze, die auf der Aurelia zu Brei gefahren worden war.

»Wenn sie nicht so stinken würde, könnte sich die Marrese vielleicht einen Pelz daraus machen. Der würde ihr gut stehen. Aber auch so könnte es gehen, der Gestank der Katze könnte sich mit dem der Marrese vermischen, und es würde ein neuer Gestank dabei rauskommen«, hatte Ronca gesagt, als er sich die tote Katze aufmerksam ansah.

Als die vier reingekommen waren, hatte da eine Stimmung geherrscht, die einem die Eier runterzog, um das mindeste zu sagen. Schummriges Licht. Stühle an die Wand gestellt. Schwuchtelmusik. Und unbeholfene Pärchen, die tanzten und schmusten.

Als Erstes hatte Fiamma für andere Musik gesorgt und eine Kassette von Vasco Rossi reingeschoben. Dann hatte er angefangen zu tanzen, solo, mitten im Wohnzimmer, und das wäre vielleicht noch gegangen, wenn er nicht den Katzenkadaver wie eine Keule geschwungen und jeden damit geschlagen hätte, der in seine Reichweite kam.

Damit nicht zufrieden, hatte er angefangen, alle Jungs zu ohrfeigen, während Bacci und Ronca über die Chips, Snacks und Getränke herfielen.

Pierini saß in einem Sessel, rauchte und beobachtete zufrieden, wie seine Freunde für Unterhaltung sorgten.

»Kompliment, du bist ja mit der ganzen Schwachkopfbande angerückt.«

Pierini hatte sich umgedreht. Gloria saß auf der Lehne. Sie trug nicht wie üblich Jeans und T-Shirt, sondern ein kurzes rotes Kleid, das ihr irre gut stand.

»Du bist nicht in der Lage, dich allein zu bewegen, oder?«

Pierini hatte wie ein Trottel ausgesehen. »Natürlich bin ich dazu in der Lage ...«

»Glaube ich dir nicht.« Ihr Lächeln hatte so was Anmacherisches, dass es ihm durch und durch ging. »Du fühlst dich verloren ohne die Idioten im Gefolge.«

Pierini wusste nicht, was antworten.

»Kannst du wenigstens tanzen?«

»Nein, Tanzen finde ich beknackt«, hatte er gesagt und eine Dose Bier aus der Lederjacke gezogen. »Willst du?«

»Danke«, hatte sie gesagt.

Pierini wusste, dass Gloria ein cooles Mädchen war. Sie war anders als all diese blöden Tussis, die wie die Gänse schnatterten, sobald er auftauchte. Eine, die ein Bier vertrug. Eine, die einem in die Augen sah. Aber sie war auch das verwöhnteste Töchterchen der ganzen Gegend. Und diese Sorte, die wollte er alle hängen sehen. Er hatte ihr das Bier hingehalten.

Gloria hatte den Mund verzogen. »Ekelhaft, das ist ja warm«, und hatte ihn gefragt: »Willst du jetzt tanzen?«

Genau deshalb gefiel sie ihm.

Ihr war nichts peinlich. Ein Mädchen, das einen Jungen zum Tanzen auffordert, das kannte man in Ischiano Scalo nicht. »Ich habe dir doch schon gesagt, dass ich Tanzen beknackt finde ...«

In Wirklichkeit hätte er ganz gerne was Langsames mit ihr getanzt und sich ein bisschen an ihr gerieben. Aber er hatte keinen Scheiß geredet, als Tänzer war er eine Null und blamierte sich nur.

Es kam also nicht in Frage. Fertig aus.

»Hast du Angst?«, hatte sie erbarmungslos nachgehakt. »Hast du Angst, dass sie sich über dich lustig machen, weil du tanzt?«

Pierini hatte einen Blick in die Runde geworfen.

Fiamma war im oberen Stockwerk, Bacci und Ronca hingen in einer Ecke und lachten sich über irgendwas schlapp, es war schummrig, und dann dieses klasse Lied, *Alba chiara*, absolut das Richtige für eine langsame Nummer.

Er hatte sich die Zigarette zwischen die Lippen gesteckt, war aufgestanden und hatte Gloria, als hätte er das schon immer getan, mit einer Hand um die Taille gefasst, sich die andere in die Tasche seiner Jeans geschoben und angefangen, mit wiegenden Hüften zu tanzen. Er hatte sie an sich gezogen und ihren guten Duft gerochen. Ein reinlicher Duft, nach Schaumbad.

Verdammt, wie es ihm gefiel, mit Gloria zu tanzen.

»Siehst du, dass du es kannst?«, hatte sie ihm ins Ohr geflüstert, und ihm stellten sich die Härchen im Nacken auf. Er hatte keinen Ton rausgebracht. Sein Herz schlug ihm bis zum Hals.

»Gefällt dir das Lied?«

»Sehr.« Er musste absolut mit ihr gehen, hatte er überlegt. Sie war für ihn gemacht.

»Es geht darin um ein Mädchen, das immer einsam ist ...«

»Ich weiß«, hatte Pierini gemurmelt, und mit einem Mal hatte sie begonnen, ihre Nase an seinem Hals zu reiben, und er wäre fast umgekippt. Der Ständer in seiner Jeans tat weh und wurde immer größer, genauso wie seine unwiderstehliche Lust, sie zu küssen.

Und er hätte es getan, wenn die Lichter nicht angegangen wären.

Die Polizei!

Fiamma hatte mit der toten Katze nach dem Vater der Marrese geschlagen, und jetzt musste man sehen, dass man Leine zog. Pierini hatte Gloria stehen lassen und war abgehauen, ohne ihr »ciao« oder »wir sehen uns« oder sonst irgendwas sagen zu können.

Später in der Bar war er wirklich schlecht drauf gewesen. Er hatte dieses Arschloch von Fiamma dafür gehasst, dass er alles ruiniert hatte. Er war heimgegangen, hatte sich in sein Zimmer eingeschlossen und immer wieder die Erinnerung an den Tanz in seinem Kopf hin und her gewendet, wie einen wertvollen Stein.

Am nächsten Tag vor der Schule war er entschlossen zu Gloria gegangen und hatte sie gefragt: »Hat du Lust, mit mir auszugehen?«

Und sie hatte ihn zuerst angestarrt, als hätte sie ihn noch nie gesehen, und dann angefangen zu lachen. »Bist du blöd? Bevor ich mit dir ausgehe, würde ich noch eher mit Alatri ausgehen (dem Priester, der bei ihnen Religionsunterricht gab). Du bist doch mit deinen Freunden gut versorgt.«

Er hatte sie fest am Arm gepackt *(warum wolltest du dann mit mir tanzen?)*, doch sie hatte sich von seinem Griff befreit: »Untersteh dich, mich anzufassen!«

Sie hatte ihn stehen lassen, und er hatte es nicht mal geschafft, ihr eine Ohrfeige zu verpassen.

Deshalb ging ihm Moroni auf die Eier, der Busenfreund von Fräulein Zierfisch.

Doch warum gefiel einer so schönen Frau (was war sie schön! Nachts träumte er von ihr. Stellte sich vor, ihr dieses rote Kleidchen auszuziehen, dann den Slip, und sie endlich nackt zu sehen. Und er hätte sie wie eine Puppe angefasst. Er wäre es nie müde geworden, sie anzusehen, sie überall zu betrachten, denn sie war perfekt, da war er sich sicher. Überall. *Dieser kleine Busen und diese Brustwarzen, die man unter dem T-Shirt ahnte, und der Nabel und die wenigen blonden Haare unter den Achseln und die langen Beine und ihre Möse mit den lockigen, feinen, hellen Härchen wie ein Kaninchenfell*) ein so jämmerlicher Typ?

Er konnte nicht aufhören, daran zu denken, ohne einen Krampf im Magen zu spüren, ohne sich zu wünschen, ihr ins Gesicht zu schlagen, weil sie ihn so behandelt hatte: schlimmer als Scheiße.

Und dieser kleinen Hure gefiel einer, der nichts sagt, wenn man ihn schlägt, der sich nicht mal beklagt, nicht um Erbarmen fleht und weint, wie all die anderen, sondern ruhig bleibt, regungslos, und einen mit diesen Augen ansieht ... diesen Augen eines unglücklichen Tierjungen, eines Jesus von Nazareth, mit diesem widerwärtigen, vorwurfsvollen Blick.

Einer von denen, die an diesen dummen Dreck glauben, den die Priester erzählen: Wenn man dir eine Ohrfeige gibt, halte die andere Backe hin.

Wenn du mir eine Ohrfeige gibst, verpasse ich dir einen Schlag, dass sich deine Nase nach innen stülpt.

Ihm stieg das Blut in den Kopf, wenn er den da so lammfromm in seiner Bank sitzen und irgendeinen Scheiß zeichnen sah, während alle anderen in der Klasse herumschrien und sich mit dem Tafellappen bewarfen.

Wenn es möglich wäre, hätte er sich in einen blutdürstigen Bastard verwandelt, um ihn über Berg und Tal zu verfolgen, ihn wie einen Hasen aufzustöbern und ihn vor sich zu sehen, wie er durch den Dreck kroch, sich vorwärts schleppte, ihn dann mit Fußtritten bearbeitet und ihm die Rippen gebrochen, um zu sehen, ob er nicht um Mitleid und Erbarmen flehte und endlich wie all die anderen war, und nicht so eine Art verdammter ET.

Irgendwann in einem Sommer, als Pierini noch ein kleiner Junge war, hatte er einmal im Gemüsegarten eine Schildkröte gefunden. Sie fraß in aller Ruhe Salat und Möhren, als wäre sie bei sich zu Hause. Er hatte sie genommen und in die Garage getragen, wo die Werkbank seines Vaters stand, und hatte sie im Schraubstock festgeklemmt. Er hatte geduldig gewartet, bis das Tier Kopf und Beine herausstreckte und sich zu bewegen begann, und es dann mit dem schweren Vorschlaghammer, mit dem man Steine zertrümmert, mitten auf den Panzer geschlagen.

Wumm.

Es war wie ein Osterei aufhauen, doch sehr viel härter. Zwischen den Platten des Rückschilds klaffte ein langer Spalt auf. Ein rötlicher, wabbliger Brei sickerte heraus. Die Schildkröte aber schien das nicht zu bemerken, bewegte weiter Kopf und Beine und hing still zwischen den Backen des Schraubstocks.

Pierini war näher herangegangen und hatte nach irgendetwas in ihren Augen gesucht. Doch er hatte nichts gefunden. Nichts. Weder Schmerz noch Verwunderung, noch Hass.

Rein gar nichts.

Zwei schwarze blöde kleine Kugeln.

Er hatte noch einmal zugeschlagen und noch einmal und noch einmal, bis ihm der Arm zu weh tat, um weiterzumachen. Die Schildkröte hing in ihrem Panzer, der in einen Knochenhaufen verwandelt war und aus dem das Blut floss, doch ihre Augen waren die Gleichen geblieben. Starr. Idiotisch. Geheimnislos. Er hatte sie aus dem Schraubstock genommen und in der Garage auf den Boden gesetzt. Sie hatte angefangen zu gehen, ließ dabei eine Blutspur hinter sich, und er hatte angefangen zu schreien.

Und der Eumel war dieser Schildkröte verdammt ähnlich.

13

Graziano Biglia wurde gegen sieben Uhr am Abend wach und fühlte sich immer noch beschwert von der großen Fresserei. Er nahm ein paar Alka Seltzer und beschloss, den Rest des Tages zu Hause zu verbringen. Das süße Nichtstun zu genießen.

Seine Mutter brachte ihm Tee mit Gebäck ins Wohnzimmer.

Graziano griff zur Fernbedienung, doch dann sagte er sich, er könne etwas Besseres tun, etwas, das er von nun an regelmäßig tun sollte, denn das Leben auf dem Land bot einem viel freie Zeit, und man durfte nicht vor der verdammten Glotze verblöden. Er konnte ein Buch lesen.

Die Bibliothek im Haus Biglia bot keine besonders reichhaltige Auswahl.

Ein Tierlexikon. Die Mussolini-Biographie von Mack Smith. Ein Buch von Enzo Biagi. Drei Kochbücher. Eine *Geschichte der griechischen Philosophie* von Luciano De Crescenzo.

Er entschied sich für De Crescenzo.

Er setzte sich auf die Couch, las ein paar Seiten und dachte dann darüber nach, warum Erica ihn noch nicht angerufen hatte.

Er sah auf die Uhr.

Komisch.

Als er aus Rom weggefahren war, hatte Erica noch im Halbschlaf zu ihm gesagt, dass sie ihn gleich nach den Probeaufnahmen anrufen würde.

Und die Probeaufnahmen waren um zehn Uhr.

Die mussten inzwischen längst zu Ende sein.

Er versuchte es mit dem Handy.

Der Teilnehmer war im Moment nicht zu erreichen.

Wieso das denn? Sie ließ es doch immer eingeschaltet.

Er versuchte sie zu Hause anzurufen, aber auch dort meldete sich niemand.

Wo mag sie abgeblieben sein?

Er versuchte sich auf die griechische Philosophie zu konzentrieren.

14

Sie waren fünfzig Meter vor der Schule.

Die Räder hatten sie in den Graben geworfen und hockten hinter einer Lorbeerhecke.

Es war kalt. Der Wind war stärker geworden und schüttelte die schwarzen Bäume. Pietro verkroch sich noch mehr in seine Jeansjacke und versuchte sich die Finger durch seinen Atem zu wärmen.

»Also, wie gehen wir vor? Wer macht die Kette ans Gitter?«, fragte Ronca leise.

»Wir könnten abzählen«, schlug Bacci vor.

»Abgezählt wird nicht.« Pierini steckte sich eine Zigarette an und wandte sich dann Pietro zu. »Wofür haben wir denn den Eumel mitgenommen?«

Den Eumel ...

»Genau. Der Eumel muss die Kette festmachen. Ein klasse Eumel voller Scheiße und Kotze, der keinen Mumm hat und zu seinem lieben Mamilein zurückmuss«, kommentierte Ronca zufrieden.

Das war also die verdammte Wahrheit.

Deshalb hatten sie ihn mitgenommen.

Dieses ganze Theater, nur weil sie Angst hatten, zum Gitter zu gehen und die Kette festzumachen.

Im Kino sind die Bösen normalerweise außergewöhnliche Menschen. Sie kämpfen gegen den Helden, fordern ihn zum Duell heraus und machen unglaubliche Sachen wie Brücken in die Luft sprengen, Familien braver Leute entführen, Banken ausrauben. Sylvester Stallone musste sich noch nie mit irgendwelchen Bösen herumschlagen, die so ein Theater spielten wie diese Angsthasen.

Dadurch fühlte Pietro sich besser.

Er würde es ihnen zeigen. »Gebt mir die Kette.«

»Nimm dich vor Italo in Acht. Der ist verrückt. Er schießt. Er schießt dir Löcher in den Arsch, und dann hast du sechs Arschlöcher, aus denen der Dünnpfiff rausspritzt«, lachte Ronca überdreht.

Pietro hörte nicht mal, was er sagte, stieg über die Hecke und ging auf die Schule zu.

Sie haben Angst vor Italo. Sie spielen die harten Typen und sind nicht mal fähig, ein Vorhängeschloss an ein Gitter zu machen. Ich habe keine Angst.

Er konzentrierte sich darauf, was zu tun war.

Die schwarze, bedrohliche Silhouette der Schule schien im Nebel zu schweben. Die Via Righi war nachts wie ausgestorben, da hier niemand wohnte. Es gab nur einen heruntergekommenen

Park mit rostigen Schaukeln und einem Brunnen voller Schlamm und Schilf, die Bar Segafredo mit Kritzeleien auf den Rolläden und eine flackernde Laterne, die ein nerviges Brummen von sich gab. Autos kamen keine vorbei.

Das einzige Risiko war dieser verrückte Italo. Das kleine Haus, in dem er wohnte, stand direkt neben dem Gittertor.

Pietro blieb mit dem Rücken zur Wand stehen. Er machte das Vorhängeschloss auf. Jetzt musste er nur noch bis zum Gitter kriechen, es verschließen – und dann zurück. Das war keine große Sache, das wusste er, doch sein Herz war anderer Meinung: Er hatte das Gefühl, eine Dampflokomotive in der Brust zu haben.

Ein Geräusch, hinter ihm.

Er wandte sich um. Die drei Idioten waren näher gekommen und beobachteten ihn von der Hecke aus. Ronca fuchtelte mit den Armen herum, machte ihm Zeichen, sich zu bewegen.

Er warf sich auf den Boden und begann zu kriechen, stützte sich auf Knie und Ellbogen. Er nahm den Schlüssel zwischen die Zähne und die Kette in die Hand. Der Boden war eklig, schlammig, übersät mit verfaulten Blättern und nassem Papier. Er machte sich Jacke und Hose schmutzig.

Von da, wo er sich befand, war nicht leicht zu erkennen, ob Italo hinter dem Fenster stand. Doch er sah kein Licht, und auch nicht den bläulichen Schimmer des Fernsehers. Er hielt den Atem an.

Es herrschte vollkommene Stille.

Er machte weiter, zog sich hoch, bekam mit einem gewandten Sprung das Gitter zu fassen und kletterte nach oben. Er sah hinter das Haus, wo Italo seinen 131 Mirafiori parkte und …

Er ist nicht da. Der 131 ist nicht da.
Italo ist nicht da! Er ist nicht da!

Er musste in Orbano sein, oder noch wahrscheinlicher: Er war nach Hause zu seiner Frau gefahren.

Mit einem Sprung war er wieder unten, zog in aller Ruhe die Kette durchs Gitter und machte das Vorhängeschloss zu.

Geschafft!

Er drehte sich um, lief entspannter, fast wie auf Wolken, und hätte am liebsten gepfiffen. Doch stattdessen schob er sich durch das Gesträuch in den Park und suchte die drei Angsthasen.

15

Der Panda hat, was das Essen betrifft, keine großen Ansprüche: Zum Frühstück frisst er Bambusblätter, zu Mittag frisst er Bambusblätter und zu Abend frisst er Bambusblätter. Doch wenn er keine bekommt, ist er verloren, nach einem Monat ist er verhungert. Da Bambus nicht leicht zu beschaffen ist, können es sich nur die reichsten Zoos erlauben, einen dieser großen schwarzweißen Bären hinter Gittern zu halten.

Spezialisierte Wesen sind von der Evolution in kleine ökologische Nischen gedrängt worden; ihr Leben steht in einer prekären, empfindlichen Beziehung zu ihrer Umwelt. Es genügt, ein Element wegzunehmen (Bambusblätter beim Panda, Eukalyptusblätter beim Koala, Algen bei der Galapagosechse), und diese Tiere sterben mit Sicherheit aus.

Der Panda passt sich nicht an, der Panda stirbt.

Auch Italo Miele, der Vater des mit Graziano befreundeten Polizisten Bruno Miele, war in gewisser Weise ein spezialisiertes Wesen. Der Hausmeister der Schule Michelangelo Buonarroti würde eingehen wie eine Primel, wenn man ihm nicht einen Teller lecker zubereiteter Bucatini vorsetzte und ihn zu den Huren gehen ließ.

Auch an jenem Abend versuchte er seine vitalen Bedürfnisse zu befriedigen.

Er saß, die Serviette um den Hals gebunden, an einem Tisch im Vecchio Carro und schlang die Spezialität des Hauses in sich hinein: Pappardelle mare & monti, ein Nudelgericht mit Wildschweinragout, Erbsen, Sahne und Muscheln.

Zufrieden wie eine Perle in der Auster. Oder besser: wie ein Fleischklößchen in Tomatensoße.

Gewicht von Italo Miele: einhundertzwanzig Kilo.

Größe: ein Meter fünfundsechzig.

Um der Wahrheit die Ehre zu geben, muss jedoch gesagt werden, dass sein Fett nicht schwabbelig war, eher fest wie ein hartgekochtes Ei. Er hatte plumpe Hände mit kurzen Fingern. Und sein kahler Kopf, der rund und dick wie eine Wassermelone war, lag tief zwischen den hängenden Schultern, was ihn wie ein Monster aussehen ließ.

Er hatte Diabetes, doch er wollte nichts davon hören. Der Arzt hatte ihm gesagt, er müsse Diät halten, aber er kümmerte sich nicht darum. Und gehbehindert war er auch noch. Seine rechte Wade war dick und hart wie ein Brotlaib, und unter der Haut wanden sich geschwollene Adern wie ein Knäuel blauer Würmer.

Es gab Tage, und dieser war einer davon, an denen es so schlimm war, dass sein Fuß taub und das ganze Bein bis zur Leiste gefühllos wurde und Italo nur den einzigen Wunsch hatte, sich dieses verdammte Bein amputieren zu lassen.

Doch die Pappardelle im Vecchio Carro versöhnten ihn wieder mit der Welt.

Der Vecchio Carro war ein an der Aurelia, wenige Kilometer hinter Antiano gelegenes riesiges Lokal im rustikal-mexikanischen Stil, eingefasst von Feigenkakteen und Rinderschädeln, zu dem außerdem ein Stundenhotel, eine Disco-Pub-Imbissbude, ein Billardsaal, eine Tankstelle, eine Autowerkstatt und ein Supermarkt gehörten. Was auch immer man suchte, hier konnte man es finden; und wenn man es nicht fand, dann doch etwas, das so ähnlich war.

Es kamen hauptsächlich LKW-Fahrer und Durchreisende hierher. Das war einer der Gründe dafür, dass Italo es zu seinem Lieblingsrestaurant erkoren hatte.

Hier muss man nicht irgendwelche Arschlöcher grüßen. Man isst gut und gibt nicht viel aus.

Ein weiterer Grund war, dass sich der Vecchio Carro in unmittelbarer Nähe zur Nuttenstrecke befand.

Die Nuttenstrecke, wie die Leute in der Gegend sie nannten, war eine fünfhundert Meter lange Teerstraße, die von der Aurelia abging und mitten in den Feldern endete. Nach der Planung irgendeines größenwahnsinnigen Ingenieurs sollte daraus eigentlich die neue Ausfahrt nach Orvieto werden. Doch im Augenblick war sie nur die Nuttenstrecke.

Geöffnet rund um die Uhr und an dreihundertfünfundsechzig Tagen im Jahr, keine Feier- und Ruhetage. Die Preise waren moderat. Schecks oder Kreditkarten wurden nicht akzeptiert.

Die Nutten, alles Nigerianerinnen, warteten am Straßenrand auf kleinen Hockern.

Hundert Meter weiter an der Staatsstraße gab es einen Kastenwagen, wo die berühmten Bomberbrötchen verkauft wurden: mit gebratener Hähnchenbrust, Käse, eingelegten Auberginen und Peperoncino.

Doch Italo gab sich mit einem Bomber nicht zufrieden, einmal in der Woche erlaubte er sich den Höchstgenuss, seinen absoluten Luxus.

Zuerst auf die Nuttenstrecke und dann in den Vecchio Carro. Eine unschlagbare Kombination. Einmal hatte er es umgekehrt gemacht. Zuerst in den Vecchio Carro und dann auf die Nuttenstrecke.

Eine dumme Idee. Ihm war schlecht geworden. Beim Sex waren ihm die Pappardelle mare & monti hochgekommen, und er hatte eine Sauerei auf dem Armaturenbrett angerichtet.

Seit ungefähr einem Jahr ging Italo immer zu derselben Frau, er war ein Stammkunde von Alima geworden. Er kam pünktlich um halb acht, und sie erwartete ihn schon am gewohnten Platz. Er lud sie in seinen 131, und sie parkten hinter einer großen Werbetafel in der Nähe. Das Ganze dauerte ungefähr zehn Minuten, sodass sie Punkt acht bei Tisch saßen.

Alima, das darf wohl gesagt werden, war nicht Miss Africa. Sie war ziemlich beleibt, hatte einen Hintern wie eine Vertäuboje, Orangenhaut und zwei flache, schlappe Brüste. Auf dem Kopf trug sie eine strohige Blondhaarperücke. Italo hatte schon schönere Frauen gesehen, doch Alima war, um es mit seinen Worten zu sagen, eine *professionelle Schwanzlutscherin*. Wenn sie ihn in den Mund nahm, kümmerte sie sich mit höchster Konzentration darum. Er hätte nicht seine Hand dafür ins Feuer gelegt, war sich aber doch ziemlich sicher, dass es ihr auch Spaß machte.

Ein paarmal hatten sie auch gevögelt, doch da sie beide etwas beleibt waren (und dann auch noch das lahme Bein dazwischenkam), wurde es in dem 131 eng und eher eine Qual als ein Vergnügen. Und außerdem kostete es fünfzigtausend.

So dagegen war es perfekt.

Dreißigtausend fürs Blasen und dreißigtausend fürs Essen. Zweihundertvierzigtausend im Monat, die gut angelegt waren.

Wenigstens einmal in der Woche muss man leben wie die Herren, was soll das sonst alles?

Italo hatte außerdem eine Entdeckung gemacht. Alima war eine gute Esserin. Sie liebte die italienische Küche. Und sie war wirklich nett. Er konnte besser mit ihr reden als mit seiner Alten, der er seit mehr oder weniger zwanzig Jahren nichts mehr zu sagen hatte. Also nahm er Alima mit in den Vecchio Carro und bot damit allen Klatschmäulern die Stirn.

An jenem Abend saßen sie ausnahmsweise an einem anderen Tisch als sonst, am Fenster mit Blick auf die Aurelia. Die Scheinwerfer der Autos leuchteten für einen Augenblick im Restaurant auf, bevor sie wieder vom Dunkel verschluckt wurden.

Aus Italos Teller quollen die Pappardelle über, auf Alimas die Orecchiette mit Ragout.

»Du musst mir mal erklären, wieso dein Allah nicht will, dass du Schweinefleisch isst und Wein trinkst, es dir dann aber erlaubt, auf den Strich zu gehen«, fragte Italo und kaute dabei weiter. »Meiner Ansicht nach ist das doch dumm, ich meine, du sollst nicht aufhören, auf den Strich zu gehen, aber wenn du sowieso nicht gerade wie eine Heilige lebst, kannst du dir doch wenigstens ein schönes Schnitzel und ein paar Würstchen gönnen, hä?«

Alima antwortete inzwischen nicht einmal mehr darauf.

Er hatte ihr diese Frage schon unzählige Male gestellt. Am Anfang hatte sie noch versucht, ihm zu erklären, dass Allah alles verstand und dass es für sie kein Problem war, auf Wein und Schweinefleisch zu verzichten, doch dass sie sich prostituieren musste, weil sie das Geld ihren Kindern nach Afrika schickte. Italo nickte dann und stellte ihr beim nächsten Mal die gleiche Frage wieder. Alima hatte begriffen, dass er eigentlich keine Antworten erwartete und dass die Frage so etwas wie eine Formel war, ungefähr so wie »Guten Appetit«.

Doch an jenem Abend sollte es eine Überraschung geben.

»Wie ist das Ragout? Ist es gut?«, frage Italo zufrieden. Er hatte schon fast eine ganze Flasche Morellino di Scansano ausgetrunken.

»Gut, gut!«, sagte Alima mit einem schönen breiten Lächeln, bei dem ihre weißen, ebenmäßigen Zähne zum Vorschein kamen.

»Gut, hä? Weißt du, dass das nicht vom Kalb ist, sondern Schweinehack?«

»Hab nicht verstanden.«

»Da ist Schwein drin ... Schweinefleisch.« Italo sprach mit vollem Mund und zeigte dabei mit der Gabel auf Alimas Teller.

»Schwein?« Alima verstand nicht.

»Schwei-hein. Ferkel.« Italo begann zu grunzen, um es klarer zu machen.

Alima verstand endlich. »Du hast mir Schwein zu essen gegeben?«

»Du sagst es.«

Alima sprang auf. Ihre Augen funkelten plötzlich. Sie begann zu schreien. »Du Arschloch. Blödes Arschloch. Ich will dich nicht mehr sehen. Du kotzt mich an.«

Die Gäste um sie herum hörten auf zu essen und sahen sie an wie Fische im Aquarium.

»Mach nicht so einen Aufstand. Die Leute gucken schon. Setz dich hin. Es ist ein Scherz, komm.« Italo sprach leise und duckte sich über den Tisch.

Alima zitterte und stammelte, konnte nur mit Mühe ihre Tränen zurückhalten. »Ich wusste, dass du ein Arschloch bist ... aber ich dachte ... FAHR ZUR HÖLLE!« Sie spuckte auf den Teller, nahm ihre Tasche und die Pelzjacke und wandte sich wie ein verletzter Dickhäuter zum Ausgang.

Italo lief hinter ihr her und hielt sie am Arm fest. »Los, komm her. Ich schenke dir dreißigtausend Lire.«

»Lass mich los, du Arschloch.«

»Es war ein Scherz ...«

»LASS MICH LOS.« Alima befreite sich.

Jetzt war es im ganzen Restaurant mucksmäuschenstill.

»Na gut, entschuldige bitte. Entschuldige. In Ordnung. Du hast Recht. Ich esse das Schweinefleisch. Nimm du meine Pappardelle. Die sind nur mit Muscheln und Wildschw ... also das ist kein richtiges Schwein ...«

»Leck mich am Arsch.« Alima lief weg, und Italo sah hinter ihr her. Als er merkte, dass ihn alle beobachteten, versuchte er Haltung zu wahren, warf sich in die Brust, streckte eine Hand aus und wetterte Richtung Tür. »Jetzt hör mal, was ich dir sage: Leck *du* mich doch am Arsch!« Er wandte sich um und ging zum Tisch zurück, um zu Ende zu essen.

16

»Hier«, Pietro hielt ihm den Schlüssel hin.
Die drei saßen auf den Schaukeln.
»Ist erledigt. Hier ist der Schlüssel.« Doch keiner stand auf.
»Italo hat dich nicht gesehen?«, fragte Bacci.
»Nein. Er ist nicht da.« Pietro empfand eine tiefe Befriedigung, als er das sagte.

Habt ihr kapiert, was für Feiglinge ihr seid? Dieses ganze Getue, und dann ist er nicht mal da. Ihr seid echt toll. Das hätte er ihnen allzugern gesagt.

»Was heißt das? Wieso ist er nicht da? Du redest Scheiße«, fuhr Pierini ihn an.

»Er ist nicht da, ich schwör's dir! Der 131 ist nicht da. Ich habe nachgeschaut. Kann ich jetzt nach Hause geh …?«

Bevor er den Satz zu Ende sprechen konnte, wurde er nach hinten geschleudert und schlug hart auf den Boden auf.

Er bekam keine Luft. Lag da, im Dreck, und zuckte. Pietro riss den Mund auf, die Augen traten ihm aus den Höhlen, er versuchte zu atmen, doch es ging nicht. Als wäre er mit einem Mal auf dem Mars.

Es war ganz schnell gegangen.

Pietro hatte nicht einmal die Zeit gehabt zu reagieren, da war Pierini schon von der Schaukel gesprungen und hatte sich mit seinem ganzen Gewicht auf ihn geworfen, ihn umgestoßen, als wollte er eine Tür einrennen.

»Wohin musst du gehen? Nach Hause? Du gehst nirgendwo hin.«

Pietro hatte das Gefühl zu sterben. Wenn er nicht innerhalb von drei Sekunden wieder anfangen würde zu atmen, wäre er tot.

Er versuchte es mit aller Kraft. Schnappte nach Luft, stieß ein dumpfes Röcheln aus. Und schließlich begann er wieder zu atmen. Nur schwach. Gerade genug, um nicht zu sterben. Bacci und Ronca lachten.

Pietro fragte sich, ob auch er eines Tages so wie Pierini sein könnte. Gemein genug, jemanden so zu Boden zu werfen.

Oft träumte er, wie er auf den Kellner der Station Bar einschlug. Doch obwohl er alle Kraft und alle Wut hineinlegte und ihn mit harten Faustschlägen ins Gesicht traf, machte es ihm nichts.

Werde ich je den Mut dazu haben? Denn um jemanden zu Boden zu werfen oder ihm einen Schlag ins Gesicht zu verpassen, braucht man viel Mut.

»Bist du sicher, Eumel?« Pierini saß wieder auf der Schaukel. Er schien nicht mal bemerkt zu haben, dass er beinahe krepiert wäre.

»Bist du sicher?«, fragte Pierini noch einmal.

»Was meinst du?«

»Bist du sicher, dass der 131 nicht da ist?«

»Ja. Ich schwöre es dir.«

Pietro versuchte sich hochzuziehen, doch Bacci stürzte sich auf ihn. Er setzte sich auf seinen Magen, mit seinen ganzen sechzig Kilo.

»Was sitzt man so doch bequem…« Bacci tat so, als säße er in einem Sessel. Er schlug die Beine übereinander, streckte sich aus, gebrauchte Pietros Knie als Lehnen. Und Ronca kam freudig auf ihn zugesprungen. »Furz auf ihn! Los, Bacci, furz auf ihn!«

»Ich ver-such's! Ich ver-such's!«, presste Bacci heraus. Sein großes Gesicht, das aussah wie ein Vollmond, wurde dunkelrot vor Anstrengung.

»Furz ihm in die Fresse! Furz ihm in die Fresse!«

Pietro wand sich, ohne Erfolg. Bacci wich keinen Millimeter, und Pietro atmete mühsam, und der scharfe Schweißgeruch dieses Fettsacks ekelte ihn an.

Bleib ruhig. Je mehr du dich bewegst, um so schlimmer ist es. Ruhig.

In was für eine beschissene Situation war er bloß hineingeraten?

Er sollte längst zu Hause sein. Im Bett. Im wohlig warmen Bett. Das Buch über die Dinosaurier lesen, das ihm Gloria geliehen hatte.

»Dann gehen wir rein.« Pierini stand von der Schaukel auf.

»Wo rein?«, fragte Bacci.

»In die Schule.«

»Was?«

»Ist doch keine große Sache. Wir klettern übers Tor und steigen dann durch die Mädchenklos neben dem Volleyballfeld ein. Das Fenster schließt nicht richtig. Muss man nur aufdrücken«, erklärte Pierini.

»Stimmt«, bestätigte Ronca. »Einmal hab ich der Alberti von da aus beim Kacken zugesehen. Das hat vielleicht gestunken ... Ja, wir gehen rein. Wir gehen rein. Supergeil!«

»Und wenn sie uns schnappen? Wenn Italo zurückkommt?«, sorgte sich Bacci.

»Er kommt nicht zurück. Du nervst, du Angsthase.«

»Und was machen wir mit dem Eumel? Machen wir ihn fertig?«

»Er kommt mit.« Er ließ Pietro aufstehen.

Ihm taten das Brustbein und die Rippen weh, und er war voller Dreck.

Er versuchte erst gar nicht wegzulaufen. Es hatte keinen Sinn. Pierini hatte entschieden.

Besser tun, was er sagte, und still sein.

17

Graziano Biglia hatte die Philosophiegeschichte von De Crescenzo aufgegeben und sah sich auf Video das Spiel Italien–Brasilien von 82 an. Doch er schaffte es nicht, sich dafür zu begeistern, weil er immer wieder überlegte, wo Erica stecken mochte.

Zum x-ten Mal versuchte er, sie anzurufen.

Nichts.

Wieder diese hassenswerte Stimme vom Band.

Eine angstvolle Unruhe begann ihn zu kitzeln wie eine Gänsefeder; er spürte die halbverdauten Reste der Fettucine mit Hasenragout, des Salami-Aufschnitts und der Crème caramel, die ihm noch im Magen lagen.

Angst ist eine schlimme Sache.

Die Angst wirft dich zu Boden, macht dich leer, lässt dich unruhig werden, ist wie ein Sog. Die Angst nimmt dir die Luft, nach der du verzweifelt schnappst. Das Wort Angst kommt von »Enge«, und genau das ist es, was passiert: Dir wird eng, du spürst, wie sich dein Magen vor Angst zusammenzieht, wie sie dir die Kehle zuschnürt und du wie gelähmt bist. Und oft wird sie von schlimmen Vorahnungen begleitet.

Graziano hatte ein dickes Fell, war unempfindlich gegen viele der häufigsten Ängste des modernen Lebens, er hatte einen Magen, der Steine verdauen konnte, doch jetzt wurde die Angst mit jeder Minute, die verging, größer und verwandelte sich in Panik.

Er spürte, dass Ericas Schweigen ein sehr schlechtes Zeichen war.

Er fing an, sich einen Film mit Lee Marvin anzusehen. Schlimmer als das Fußballspiel.

Er versuchte noch einmal, sie anzurufen. Nichts.

Er musste sich beruhigen. Was war das bloß für eine Angst?

Sie hat dich noch nicht angerufen? Du hast Angst, dass ...

Er verscheuchte diesen grässlichen Gedanken.

Erica ist eine Träumerin. Sie denkt an nichts. Bestimmt ist sie einkaufen gegangen und hat das Handy nicht mitgenommen.

Sobald sie wieder zu Hause war, würde sie ihn sicher anrufen.

18

»Scheiße, was für ein Mist. Was erlaubt die sich eigentlich? Die hat mich vielleicht blamiert. Und dann das Geglotze der Leute. Die sollen sich um ihren eigenen Kram kümmern. Außerdem war das doch nur ein Spaß. Halb so schlimm! Wenn sie mir, was weiß ich, statt der Hostie weißen Nougat geben, ist mir das doch ganz egal. Sie ist echt eine Nutte. Und außerdem total empfindlich. In Ordnung, in Ordnung, es war falsch. Ich hab's ja zugegeben. Es war falsch von mir. Es tut mir verdammt noch mal Leid!« Italo Miele saß am Steuer und redete beim Fahren laut vor sich hin.

Diese Schlampe hatte ihm das Abendessen versaut. Nachdem sie gegangen war, hatte er keinen Hunger mehr gehabt. Er hatte den Seebarsch nur halb aufgegessen. Als Entschädigung dafür hatte er sich noch einen Liter Morellino genehmigt und war nun betrunken. Er hing beim Fahren mit der Nase an der Windschutzscheibe und musste sie ab und zu mit der Hand sauber machen.

»Wer weiß, wo sie abgeblieben ist. Die hat vielleicht Launen ...«

Er suchte sie, ohne zu wissen, was genau er ihr sagen wollte. Einerseits wollte er sich entschuldigen, andererseits wollte er sie wieder auf ihren Platz verweisen.

Er war zurück zur Nuttenstrecke gefahren. Hatte die anderen gefragt, aber niemand hatte sie gesehen.

Italo bog auf die Küstenstraße ein, die parallel zu den Bahngleisen verlief. Mit der Dunkelheit war ein kalter Nordwind aufgekommen. Am Himmel waren die Wolken aufgerissen und jagten einander, und die Wellen am Strand hatten Federbüsche aus weißem Schaum.

Er machte die Heizung an.

»... was soll's? Scheiß drauf. Ich habe meine Pflicht getan. Und jetzt? Fahr ich jetzt zur Schule oder nach Hause?«

Plötzlich fiel ihm ein, dass er seiner Frau versprochen hatte, das Türschloss auszuwechseln, und dass er es nicht getan hatte. Er musste es alle sechs Monate erneuern, sonst konnte die Alte nicht schlafen.

»Da muss ich mir jetzt vielleicht was anhören. Die macht mir heute Nacht die Hölle heiß ... Morgen. Morgen wechsle ich das Schloss aus. Jetzt fahre ich besser zur Schule.«

Ida Miele lebte seit zwei Jahren in ständiger Angst vor Einbrechern.

Eines Nachts, als Italo in der Schule war, hatte ein Lieferwagen vor ihrem Haus gehalten. Drei Männer waren ausgestiegen, hatten das Küchenfenster eingeschlagen und waren ins Haus eingedrungen. Sie hatten angefangen, alle Elektrogeräte und Möbel einzuladen. Ida, die im Stockwerk darüber schlief, war von dem Lärm wach geworden.

Wer konnte das sein?

Es war sonst niemand im Haus. Ihr Sohn war in Brindisi beim Militär, ihre Tochter arbeitete als Kellnerin in Forte dei Marmi. Es musste Italo sein, der zum Schlafen nach Hause gekommen war.

Aber was trieb er denn bloß?

Hatte er um drei Uhr nachts beschlossen, die Möbel in der Küche umzustellen? War er verrückt geworden?

In Nachthemd und Pantoffeln, ohne Gebiss und zitternd wie Espenlaub war sie nach unten gegangen. »Italo? Italo, bist du das? Was machst du denn?« Sie war in die Küche gegangen und ...

Es war alles weg. Der Kühlschrank. Der Marmortisch. Sogar der alte kaputte Gasherd.

Und plötzlich, wie eine Puppe im Kasperletheater, hatte hinter der Tür ein Mann mit Strumpfmaske hervorgelugt und ihr »Kuckuck!« ins Ohr geschrien.

Die arme Ida war mit einem regelrechten Herzinfarkt zusammengebrochen. Italo hatte sie am nächsten Morgen gefunden: Sie lag immer noch am Boden, neben der Tür, mehr tot als lebendig und halb erfroren.

Seit jener Nacht war sie nicht mehr ganz richtig im Kopf.

Sie war mit einem Mal um zwanzig Jahre gealtert. Die Haare waren ihr ausgefallen. Sie wollte nicht mehr allein zu Hause bleiben. Sie sah überall schwarze Männer. Und sie weigerte sich, nach Sonnenuntergang noch das Haus zu verlassen. Doch das war noch das Wenigste. Schlimmer war, dass sie nur noch über Alarmanlagen, Ultraschall und Infrarotstrahlen, Gefahrenmeldesysteme, die automatisch die Polizei rufen, und Panzertüren redete (»Entschuldige, aber warum arbeitest du nicht bei Antonio Ritucci, der nimmt dich sofort?«, hatte Italo einmal zu ihr gesagt, als er es nicht mehr aushielt. Antonio Ritucci hatte in Orbano eine Firma für Sicherheitstechnik).

Italo wusste sehr gut, wer die drei waren, die seine Frau im Kopf wirr gemacht und ihn um seinen Frieden gebracht hatten.

Sie.
Die Sarden.
Nur die Sarden sind dazu fähig, so in dein Haus einzudringen, ohne sich darum zu kümmern, wer drin ist, und dir alles zu stehlen. Nicht mal die Zigeuner hätten sich an einem kaputten Herd vergriffen. Ich wette den Kopf meiner Tochter darauf, dass sie es gewesen sind.

Wenn man in Ischiano Scalo heutzutage in Angst und Schrecken lebte, mit Gittern vor den Fenstern, wenn man sich fürchtete, nachts auszugehen und entführt oder vergewaltigt zu werden, dann war dies nach der bescheidenen Meinung von Italo Miele alles Schuld der Sarden.

»Sie sind ohne Erlaubnis hierhergekommen. Haben ihre schmutzigen Hände nach unserem Land ausgestreckt. Ihre kranken Schafe weiden auf unseren Wiesen und machen diesen Scheißschafskäse. Wilde ohne Religion. Diebe, Banditen und Rauschgifthändler. Sie stehlen. Sie glauben, dass dies hier ihr Land ist. Und die Schulen sind voll mit ihren kleinen Bastarden. Sie müssen weg.« Wie oft hatte er das denen in der Bar gesagt?

Und diese Schlappschwänze, die um die Tischchen herum versammelt waren, gaben ihm Recht, ließen ihn reden, sahen zu, wie er sich aufregte, aber dann taten sie am Ende nichts. Und er hatte gemerkt, dass sie sich gegenseitig anstießen und lachten, wenn er ging.

Er hatte auch mit seinem Sohn darüber gesprochen.

Dieser Polizist!

Der war zu nichts anderem nütze, als seine Pistole zu wienern und wie ein auf Erden herabgestiegener Christus durch den Ort zu laufen, doch er hatte es nicht geschafft, auch nur einen einzigen Sarden zu fassen.

Italo wusste nicht, wer schlimmer war: diese alten Feiglinge, dieser Idiot von seinem Sohn, seine Frau oder die Sarden.

Mit Ida hielt er es wirklich nicht mehr aus.

Er hoffte, dass sie noch so weit durchdrehen würde, dass er sie ins Auto laden und ins Irrenhaus bringen könnte, dann hätte diese Geschichte ein Ende und er könnte wieder wie ein normaler Mensch leben. Er hatte keinerlei Gewissensbisse wegen seiner

Seitensprünge. Diese Halbirre war ja zu nichts mehr zu gebrauchen, und er, obwohl er schon über sechzig war und ein schlimmes Bein hatte, hatte noch so viel Energie im Leib, dass selbst die Jüngeren ihn beneideten.

Italo hielt am Übergang auf der Höhe von Ischiano Scalo an.
Die Schranke war natürlich wieder unten!
Er machte den Motor aus, steckte sich eine Zigarette an, warf den Kopf zurück, schloss die Augen und wartete auf den Zug.
»Verdammte Sarden ... Wie ich euch hasse ... Himmel, bin ich betrunken ...«, brummte er, und er wäre eingeschlafen, wenn der Pendolino Richtung Norden nicht an ihm vorbeigerast wäre. Die Schranken hoben sich. Italo ließ den Motor an und fuhr in den Ort hinein.
Nur ein paar finstere Straßen. Stille. Wenige Lichter. Niemand unterwegs. In der Bar Tabacchi und im Clubhaus spielte sich das ganze Leben von Ischiano ab.
Er hielt nicht an.
Sein Zigarettenpäckchen war noch halb voll. Und er hatte keine Lust, Karten zu spielen, über den Hund von Persichetti oder den nächsten Tippschein zu reden. Nein, er war müde und wollte nur noch ins Bett, höchstens ein heißes Bad nehmen, die Maurizio-Costanzo-Show sehen und sich eine Wärmflasche machen.
Diese beiden kleinen Zimmer neben der Schule waren ein Segen.
In diesem Moment sah er sie.
»Alima!«
Sie ging mit großen Schritten auf der Aurelia in Richtung Süden.
»Da bist du ja. Jetzt hab ich dich doch noch erwischt.«

19

Es stimmte.
Pierini hatte Recht, wie üblich. Das Klofenster schloss nicht richtig. Man musste es nur aufstoßen.

Zuerst stieg Pierini ein, dann folgten Ronca und Pietro, schließlich Bacci, der nur mit Mühe durchpasste und den sie zu zweit nach drinnen ziehen mussten.

In der Toilette sah man rein gar nichts. Es war kalt und roch nach Desinfektionsmittel.

Pietro stand an der Seite, an die feuchten Kacheln gelehnt.

»Kein Licht machen! Sie könnten uns sehen.« Die flackernde Flamme des Feuerzeugs zeichnete einen Halbmond auf Pierinis Gesicht. In der Dunkelheit leuchteten seine Augen wie die eines Wolfs. »Folgt mir. Und seid verdammt noch mal still.«

Sagte vielleicht einer was?

Keiner traute sich, ihn zu fragen, wohin sie gingen.

Der Gang im Zweig B war so finster, als hätte ihn jemand schwarz angestrichen. Sie gingen im Gänsemarsch. Pietro streifte mit einer Hand an der Mauer entlang.

Alle Türen waren geschlossen.

Pierini öffnete die Tür zu ihrem Klassenzimmer.

Der ganze Raum war in ein fahles Mondlicht getaucht, das matt durch die großen Fenster fiel. Die Stühle standen ordentlich auf den Tischen. Das Kruzifix. Hinten auf der Konsole ein Käfig mit aneinander geschmiegten Hamstern, ein Ficus und das Schaubild vom menschlichen Skelett.

Sie blieben alle wie angewurzelt auf der Türschwelle stehen. So leer und still, wie der Raum war, schien er gar nicht ihre Klasse zu sein.

Sie setzten ihren Marsch fort.

Still und ängstlich, als würden sie einen heiligen Ort schänden.

Pierini ging mit dem Feuerzeug voran.

Dumpf hallten ihre Schritte wider, doch wenn die vier still standen, sich nicht regten und nichts sagten, waren hinter diesem scheinbaren Frieden die unterschiedlichsten Geräusche zu hören.

Der Wasserkasten im Jungenklo tropfte. *Plitsch ... plitsch ... plitsch ...* Die Uhr am Ende des Gangs tickte. Der Wind drückte gegen die Fenster. Das Holz der Schränke knarrte. Die Heizungen gluckerten. Die Holzwürmer fraßen sich durch die Pulte. Geräusche, die es am Tag nicht gab.

In Pietros Vorstellung hatten dieser Ort und die Menschen, die sich hier aufhielten, immer ein Ganzes gebildet. Eine große Einheit, bestehend aus Schülern, Lehrern und diesen Räumen. Aber das stimmte nicht, denn wenn alle gegangen waren und Italo das Schultor abgeschlossen hatte, lebte die Schule weiter. Und die Dinge wurden lebendig und traten miteinander in Kontakt.

Wie in dem Märchen, in dem das Spielzeug lebendig wird, wo die Soldaten in Reih und Glied marschieren, die kleinen Autos über den Teppich flitzen und der Plüschteddy lustige Sachen macht, sobald die Kinder das Zimmer verlassen.

Sie erreichten die Treppe. Gegenüber, hinter der Glastür, lagen das Direktorzimmer, das Sekretariat und der Eingang.

Pierini erleuchtete die Treppe, die hinunter ins Dunkel des Kellergeschosses führte. »Wir gehen runter.«

20

»Alima! Wohin gehst du?«

Die Frau lief am Straßenrand entlang und sah ihn nicht an. »Lass mich in Ruhe.«

»Komm, bleib einen Moment stehen.« Italo fuhr jetzt neben ihr her und streckte den Kopf aus dem Fenster.

»Hau ab.«

»Nur einen Moment. Bitte.«

»Was willst du?«

»Wohin gehst du?«

»Nach Civitavecchia.«

»Bist du verrückt? Was willst du denn da um diese Zeit?«

»Ich gehe, wohin ich will.«

»In Ordnung. Aber warum nach Civitavecchia?«

Sie ging langsamer und sah ihn an. »Da wohnen Freunde von mir, kapiert? Ich brauche einen, der mich zur Agip fährt.«

»Bleib stehen. Lass mich aussteigen.«

Alima ging nicht mehr weiter und stützte ihre Hände in die Hüfte. »Und jetzt? Ich bin stehen geblieben.«

»Also ... ich ... ich ... verdammt! Es tut mir Leid. Hier. Das ist für dich.« Er hielt ihr ein Päckchen in Alufolie hin.

»Was ist denn das?«
»Tiramisù. Hab ich mir extra für dich im Restaurant geben lassen. Du hast ja nichts gegessen. Du magst doch Tiramisù, stimmt's? Und es ist auch kein Alkohol drin. Es ist gut.«
»Ich hab keinen Hunger.« Aber sie nahm es doch.
»Probier mal ein bisschen, dann isst du nämlich gleich alles auf. Aber wenn du nicht willst, dann iss es morgen zum Frühstück.«
Alima steckte einen Finger rein und leckte ihn ab.
»Wie ist es?«
»Gut.«
»Hör mal. Warum schläfst du heute Nacht nicht bei mir? In dem Häuschen. Das ist wirklich gemütlich. Es gibt ein bequemes Bettsofa. Es ist warm. Und ich habe sogar eingemachte Pfirsiche.«
»Bei dir zu Hause?«
»Ja. Komm, wir gucken Fernsehen, die Maurizio-Costanzo-Show. Wir beide zusammen ...«
»Aber ich bumse nicht mit dir. Ist mir zu eklig.«
»Wer redet denn von Bumsen? Ich nicht. Ich schwöre es dir. Habe gar keine Lust dazu. Wir schlafen einfach nur.«
»Und morgen früh?«
»Morgen früh bringe ich dich nach Antiano. Aber sehr früh. Wenn sie mich erwischen, bin ich erledigt.«
»Um wie viel Uhr?«
»Um fünf?«
»Abgemacht«, stieß Alima aus.

21

Pierini wusste genau, wohin.

In den Medienraum. Wo ein schöner Philips-Fernseher mit 28-Zoll-Bildschirm und ein Sony-Videorecorder standen.

Dort hatte er hingewollt, seit er wusste, dass Italo nicht da war.

Der Raum für multimedialen Unterricht (wie er offiziell hieß) wurde normalerweise in naturwissenschaftlichen Fächern benutzt, um den Schülern Dokumentarfilme zu zeigen.

Über die Savanne. Die Wunder des Korallenriffs. Die Geheimnisse des Wassers und so weiter.

Doch manchmal wurde er auch von der Italienischlehrerin in Anspruch genommen.

Die Palmieri hatte eine Videoserie über das Mittelalter anschaffen lassen, die sie jedes Jahr den Schülern der zweiten Klasse zeigte.

Im Oktober war die 2 B an der Reihe gewesen.

Die Palmieri hatte die Schüler vor den Bildschirm gesetzt, und Italo hatte sich darum gekümmert, das Video zu starten.

Federico Pierini interessierte sich einen Scheiß fürs Mittelalter. Als das Licht aus war, hatte er sich deshalb nach draußen geschlichen und mit denen aus der 3 Volleyball gespielt. Zum Schluss der Stunde war er wieder hereingekommen, hatte Acht gegeben, dass man ihn nicht sah, und sich ganz erhitzt und verschwitzt zurück auf seinen Platz gesetzt.

In der Woche darauf stand die zweite Folge auf dem Programm, und Pierini hatte sich schon die nächste Partie Volleyball organisiert. Doch diesmal war er erwischt worden.

»Ich möchte, dass ihr alles aufmerksam anseht und euch Notizen macht, Kinder. Du, Pierini, schreibst mir zu Hause eine Zusammenfassung von ... von fünf Seiten darüber, weil du letztes Mal ja lieber Ball gespielt hast. Und wenn du mir den Bericht nicht morgen bringst, gibt es einen Verweis«, hatte die Palmieri gesagt.

»Aber ...«, hatte Pierini angesetzt.

»Kein Aber. Diesmal meine ich es ernst.«

»Ich kann heute nicht. Ich muss ins Krankenhaus.«

»Ach, du Armer! Würde es dir etwas ausmachen, mir zu sagen, unter welcher schweren gesundheitlichen Störung du leidest? Was hast du letztes Mal noch gleich gesagt? Dass du zum Augenarzt musst? Und dann habe ich dich auf der Piazza Ball spielen sehen. Und das andere Mal, als du erzählt hast, du hättest die Aufgaben wegen einer Nierenkolik nicht machen können. Du weißt doch überhaupt nicht, was eine Nierenkolik ist. Gib dir wenigstens ein bisschen mehr Mühe, wenn du lügst.«

Doch an jenem Tag hatte Pierini die Wahrheit gesagt.

Am Nachmittag musste er ins Krankenhaus nach Civitavecchia, zu seiner Mutter, die dort mit Magenkrebs lag. Sie hatte ihn angerufen und sich darüber beklagt, dass er sie nie besuchte. Und er hatte ihr versprochen zu kommen.

Und jetzt erlaubte sich die Palmieri, diese Hure mit den roten Haaren, ihn einen Lügner zu nennen, und machte ihn vor der ganzen Klasse lächerlich. Das war etwas, das er nicht ertrug.

»Nun, warum musst du ins Krankenhaus?«

Pierini hatte ein trauriges Gesicht gemacht und geantwortet: »Wissen Sie ... also ich ... Also wenn ich Dokumentarfilme übers Mittelalter sehe, kriege ich irren Dünnpfiff.«

Die ganze Klasse war in lautes Gelächter ausgebrochen (Ronca hatte sich auf dem Boden gekugelt und sich den Bauch gehalten), und Pierini war zum Direktor geschickt worden. Dann musste er den ganzen Nachmittag zu Hause bleiben und den Bericht schreiben.

Und als sein Vater heimgekommen war, hatte er ihm eine Tracht Prügel verabreicht, weil er nicht im Krankenhaus gewesen war.

Die Prügel waren ihm scheißegal. Die spürte er nicht mal. Aber dass er sein Versprechen nicht gehalten hatte, das machte ihm was aus.

Und dann, im November, war seine Mutter gestorben, und die Palmieri hatte ihm gesagt, dass es ihr Leid tue und dass sie nicht gewusst habe, dass seine Mutter krank war.

Das Mitleid konnte sie sich sonstwo hinstecken.

Von jenem Tag an hatte Pierini aufgehört, für Italienisch zu lernen oder Hausaufgaben zu machen. Wenn die Palmieri in der Klasse war, setzte er sich Kopfhörer auf und legte seine Beine auf den Tisch.

Sie sagte nichts, tat so, als sähe sie ihn nicht, nahm ihn auch nicht dran. Und wenn er sie fixierte, senkte sie den Blick.

Damit nicht zufrieden, hatte Pierini ihr eine Reihe lustiger Streiche gespielt. Die Räder ihres Y10 aufgeschlitzt. Das Klassenbuch verbrannt. Ihr zu Hause mit einem Stein ein Fenster eingeworfen.

Er hätte seine Hand dafür ins Feuer legen können, dass sie sehr gut wusste, wer hinter alldem steckte. Doch sie sagte nichts. Sie hatte eine Scheißangst.

Pierini forderte sie ständig heraus, und er war immer der Gewinner. Sie in der Hand zu haben bereitete ihm eine komische Lust. Eine starke, schmutzige, körperliche Erregung. Er fand es geil.

Er legte sich in die Badewanne, stellte sich vor, die Rothaarige zu vögeln, und holte sich darauf einen runter. Er riss ihr die Kleider vom Leib. Knallte ihr seinen Schwanz ins Gesicht. Und schob ihr riesige Vibratoren in die Möse. Er schlug sie, und ihr ging dabei einer ab.

Sie tat so zimperlich, aber sie war eine Nutte. Das wusste er.

Er hatte sie nie ausstehen können, doch nach der Geschichte mit dem Video hatten sich in Federico Pierinis Kopf schmutziggeile Phantasien eingenistet, die ihn frustriert und unbefriedigt zurückließen.

Jetzt wollte er zum entscheidenden Schlag ausholen.

Und sehen, wie die Rothaarige reagierte.

22

Der 131 hielt vor dem Gittertor der Schule.

»Hier ist es. Wir sind da.« Italo stellte den Motor ab und zeigte auf das Häuschen. »Ich weiß, von außen macht es nichts her. Aber innen ist es gemütlich.«

»Und du hast wirklich eingemachtes Obst da?«, fragte Alima, die ihren leeren Magen spürte.

»Natürlich. Meine Frau hat die Pfirsiche von unserem Baum eingekocht.«

Italo zog sich den Schal fest um den Hals und stieg aus. Er zog den Schlüssel aus dem Mantel und steckte ihn ins Schloss.

»Wer hat das Ding denn da drangemacht?«

Um das Gittertor lag eine Kette.

23

»Und eins!«

Als er auf den Fußboden aufschlug, zerschellte der Bildschirm des Fernsehers mit einem ohrenbetäubenden Getöse. Millionen von Splittern schossen überallhin, unter die Bänke, unter die Stühle, in die Ecke.

Pierini packte den Videorecorder, hob ihn hoch über seinen Kopf und schleuderte ihn gegen die Wand. Nur ein Haufen aus Metall und Platinen blieb davon übrig.

»Und zwei!«

Pietro war wie gelähmt.

Was war in Pierini gefahren? Warum zerstörte er alles?

Ronca und Bacci standen abseits und sahen dem Ausbruch zu.

»Jetzt wollen wir doch mal sehen ... wie ... du uns noch mal so eine bekackte Kassette übers verfluchte Scheißmittelalter zeigen kannst ...«, keuchte Pierini und bearbeitete den Apparat mit Fußtritten.

Er ist verrückt. Er ist sich nicht darüber klar, was er da macht. Wenn das rauskommt, bleibt er hängen.

(Wenn sie entdecken, dass du dabei bist ...)

Er zertrümmerte gerade auch noch die Stereoanlage.

(Du musst irgendwas tun, und zwar gleich.)

Sicher. Aber was?

(DU MUSST IHN DAZU KRIEGEN, DASS ER AUFHÖRT.)

Wäre er doch nur ...

(Chuck Norris Bruce Lee Schwarzenegger Sylvester Stallone)

... größer und stärker ... Dann wäre es einfach.

In seinem ganzen Leben hatte er sich noch nie so ohnmächtig gefühlt. Er sah das Ende seiner glücklichen Schuljahre vor sich und konnte nichts dagegen tun. In seinem Kopf ging alles durcheinander: Schulverweis, Anzeige bei der Polizei und keine Versetzung am Ende des Jahres. Er hatte das Gefühl, ein Brötchen in der Kehle stecken zu haben.

Er ging zu Bacci: »Sag irgendwas zu ihm. Mach, dass er aufhört, ich bitte dich.«

»Was soll ich denn sagen?«, fragte Bacci ratlos.

Pierini wütete in der Zwischenzeit weiter gegen das, was von den Lautsprechern noch übrig war. Dann drehte er sich um und sah etwas. Ein boshaftes Lächeln spielte um seinen Mund. Er wandte sich einem großen Metallschrank zu, der Bücher, elektrische Geräte und anderes Material enthielt.

Und was hat er jetzt vor?

»Ronca, komm her. Hilf mir. Mach mir eine Leiter.«

Ronca ging zu ihm hin, verschlang die Finger, und Pierini stieg mit dem rechten Fuß in seine Hand, um eine Schachtel zu erreichen, die oben auf dem Schrank stand. Mit einer Handbewegung schob er sie runter. Sie fiel auf den Boden, ging auf, und ein Dutzend Farbspraydosen rollten heraus.

»Und jetzt amüsieren wir uns.«

24

Welches Arschloch hatte bloß eine Kette um das Gittertor gemacht?

Ein armer Idiot, der unbedingt das Schuljahr wiederholen wollte.

Italo war unschlüssig, was er tun sollte. Er hatte langsam die Schnauze voll von diesen dämlichen Streichen.

Was war bloß in diese Kinder gefahren?

Wenn man ihnen irgendetwas sagte, antworteten sie mit einem Schwall von Schimpfwörtern und lachten einem ins Gesicht. Sie hatten weder vor den Lehrern Respekt noch vor der Schule, noch vor sonst irgendetwas. Mit dreizehn Jahren waren sie schon halbe Verbrecher und Drogensüchtige.

Alles Schuld der Eltern.

Alima streckte den Kopf aus dem Autofenster. »Was ist los, Italo? Warum machst du nicht auf? Es ist kalt.«

»Nur die Ruhe. Ich muss nachdenken.«

Das lasse ich ihnen nicht durchgehen, das schwöre ich.

Man musste sie fassen und bestrafen, sonst würden sie beim nächsten Mal die Schule in Brand stecken.

Aber wie komme ich jetzt rein?

Er kochte vor Wut, die Galle kam ihm hoch, und er merkte, dass er verdammte Lust hatte, alles kurz und klein zu schlagen.

»Italo?!«

»Was denn?! Nerv mich nicht! Siehst du denn nicht, dass ich versuche nachzudenken. Jetzt gib Ruh ...«

»Verdammte Scheiße! Bring mich zurück nach ...«

SBAM.

Eine Explosion.

In der Schule.

Dumpf, aber heftig.

»Was war das, verdammt noch mal? Hast du das auch gehört?«, stammelte Italo.

»Was?«

»Den Knall natürlich!«

Alima zeigte auf die Schule. »Ja, der kam von da.«

Italo Miele verstand. Er verstand alles.

Alles wurde ihm plötzlich absolut, vollkommen und unmissverständlich klar.

»Die Sarden!« Er fing an zu toben. »Die verdammten Sarden!«

Als er merkte, dass er wie ein Idiot herumschrie, legte er sich einen Finger auf den Mund, wankte wie ein Orang-Utan auf Alima zu und fuhr mit leiser Stimme fort: »Verfluchte Scheiße, es sind die Sarden. Das mit der Kette, das waren nicht die Kinder. Die Sarden sind in der Schule.«

Alima sah ihn verdutzt an. »Die Sarden?«

»Sprich leise! Die Sarden. Ja, die Sarden. Sie haben die Kette drangemacht, verstehst du? So können sie in aller Ruhe klauen.«

»Ich weiß nicht ...« Alima saß immer noch im Auto und aß ihr Tiramisù auf. »Wer sind denn die Sarden, Italo?«

»Was ist das für eine Frage? Die Sarden sind die Sarden. Aber sie haben sich schwer getäuscht. Diesmal zeige ich es ihnen. Du wartest hier auf mich. Beweg dich nicht von der Stelle.«

»Italo?«

»Ruhig! Ich hab dir doch gesagt, du sollst nicht sprechen. Warte.« Italo hinkte mit seinem lahmen Bein um die Schule herum.

In der Schule brannte kein einziges Licht.
Ich habe mich nicht geirrt. Alima hat den Knall auch gehört.
Er ging noch ein bisschen weiter.
Die Kälte kroch ihm schon in den Kragen, und er klapperte mit den Zähnen.
Vielleicht ist nur was runtergefallen. Es hat Zug gegeben, und eine Tür ist zugeschlagen ... Und die Kette?
Plötzlich sah er einen schwachen Schimmer an der Rückwand des Gebäudes. Er drang durch die Gitter vor dem Medienraum.
Da waren sie ... die Sarden.
Was sollte er tun? Die Polizei rufen?
Er schätzte, dass er wenigstens zehn Minuten bis zum Revier brauchen würde, weitere zehn Minuten, um diesen Deppen zu erklären, dass Diebe in der Schule waren, und noch einmal zehn, bis er wieder zurück war. Dreißig Minuten.
Zu lang. In dreißig Minuten würden die längst über alle Berge sein.
Nein! Er musste sie selbst stellen. Er musste sie auf frischer Tat ertappen.
Dann würde er es diesen Arschlöchern in der Station Bar, die sich über ihn lustig machten, endlich zeigen können.
Italo Miele hat vor niemandem Angst.
Das Problem war, über das Gittertor zu kommen.
Er lief zurück zum Auto und schnaufte, als hätte er ein Schlauchboot aufgeblasen. Dann packte er Alimas Arm und zog sie aus dem Wagen. »Los, du musst mir helfen.«
»Lass mich in Ruhe. Bring mich zurück zur Aurelia.«
»Ach was. Du musst mir helfen und fertig.« Italo zog sie mit ans Tor. »Du bückst dich, ich klettere auf deine Schultern. Dann ziehst du dich hoch. Auf die Art kann ich übers Tor steigen. Also los, geh in die Hocke.«
Alima schüttelte den Kopf und sträubte sich. Das war doch eine absurde Idee. Bei der Aktion würde sie sich mindestens einen Bruch einhandeln.
»Runter mit dir!« Italo hatte ihr die Hände auf die Schultern gelegt und drückte sie nach unten, versuchte sie in die Hocke zu zwingen.

»Nein nein nein – ich will nicht!« Alima stand vollkommen starr da.

»Ruhig! Ruhig und runter!« Italo ließ nicht locker, versuchte auf ihre Schultern zu klettern und sie gleichzeitig nach unten zu drücken.

»Geh runter!« Als er sah, dass es nicht funktionierte, verlegte er sich aufs Bitten. »Ich bitte dich, Alima, ich bitte dich. Du musst mir helfen. Sonst bin ich erledigt. Es ist doch meine Aufgabe, auf die Schule aufzupassen. Sie entlassen mich. Die jagen mich davon. Ich bitte dich, hilf mir ...«

Alima schnaubte und entspannte sich für einen Moment – und Italo war schnell genug, das auszunutzen, drückte sie nach unten und stieg mit einer Gewandtheit, die man ihm bei seiner Körperfülle nicht zugetraut hätte, auf ihre Schultern.

Die beiden hatten sich in einen unförmigen Riesen mit zwei krummen, kurzen schwarzen Beinen verwandelt. Ein Rumpf wie eine Zwei-Liter-Coca-Cola-Flasche. Vier Arme und ein kleiner runder Kahlkopf, der wie eine Bowlingkugel aussah.

Unter diesen hundert und mehr Kilo schaffte Alima es nicht, ihre Bewegungen zu kontrollieren, sie schwankte nach rechts und schwankte nach links, und Italo auf ihren Schultern ruckte vor und zurück wie ein Cowboy beim Rodeo.

»Ohhhh?! Ohhhhohh!? Was machst du denn?! Wir fallen gleich um. Das Tor ist da. Geh geradeaus. Umdrehen! Umdrehen!« Italo versuchte ihr Anweisungen zu geben.

»Ich schaffe ... es nicht ...«

»So fallen wir hin. Geh! Geh! Verflixt, so geh doch!«

»Ich schaffe es nicht ... Geh runter. Runter ...«

Alima geriet mit einem Fuß in ein Loch, und der Absatz ihres Schuhs brach ab. Sie hielt noch einen Augenblick das Gleichgewicht, machte zwei weitere Schritte, verlor es dann endgültig und knickte ein. Italo wurde nach vorne geworfen und hielt sich, um nicht herunterzufallen, mit beiden Händen an Alimas Schopf fest, als wäre es die Mähne eines scheuenden Hengstes.

Das war nicht klug.

Italo fiel mit dem Gesicht in den Dreck und hielt Alimas Perücke in den Händen.

Alima sprang kreischend auf dem Platz herum und betastete ihre Kopfhaut. Italo hatte nicht nur die Perücke mitgerissen, sondern ihr auch noch büschelweise Haare ausgezogen. Doch als sie ihn dann mit dem Gesicht nach unten im Dreck liegen sah, ging sie zu ihm hin. »Italo?! Italo?!« Sie rollte ihn herum. »Was hast du? Bist du tot!?«

Italo sah aus, als hätte er eine Gesichtsmaske aus Fango. Er machte den Mund auf und fing an zu spucken, riss die Augen auf, sprang dann plötzlich hoch und rannte zum Auto.

»Nein, ich bin nicht tot. Die Sarden sind tot.«

Er öffnete die Wagentür, löste die Handbremse und schob das Auto ans Gittertor. Dann stieg er auf die Motorhaube und kletterte aufs Wagendach. Er klammerte sich an die Spitzen des Eisengitters und versuchte darüberzusteigen.

Nichts. Er schaffte es nicht. Er hatte nicht genug Kraft in den Armen, um sich hochzuziehen.

Er biss die Zähne zusammen und versuchte es noch einmal.

Unmöglich.

Er war dunkelrot angelaufen, und das Herz hämmerte ihm in den Ohren.

Jetzt kriegst du einen schönen Infarkt, brichst zusammen und stirbst wie ein Vollidiot, weil du den Helden spielen wolltest.

Vernunft und Vorsicht rieten ihm, es sein zu lassen, ins Auto zu steigen und zur Polizei zu fahren, doch sein Dickkopf sagte ihm, nicht aufzugeben und es noch einmal zu versuchen.

Diesmal zog er sich nicht mit den Händen hoch, sondern streckte das kranke Bein aus und setzte es auf den Rand der Mauer. Jetzt war es leichter. Mit einer Kraft, die er sich selbst nie zugetraut hätte, kam er hoch, gestützt auf dieses lahme Bein, und schaffte es schließlich, flach auf dem Bauch liegend, auf das Dach seines Häuschens.

Er blieb ein paar Minuten dort oben, um wieder zu Atem zu kommen, und hoffte, dass sein wie wild pochendes Herz sich beruhigen würde.

Nach unten zu gelangen war leichter, weil die alte Holzleiter, die er gebraucht hatte, um den Kirschbaum zu beschneiden, an der Mauer lehnte.

Auf der anderen Seite des Gittertors saß Alima mit verschränkten Armen auf der Motorhaube und atmete schwer.

»Setz dich ins Auto. Ich bin gleich zurück.« Italo ging ins Haus, machte aber kein Licht. Mit ausgestreckten Armen durchquerte er das Wohnzimmer und sah den großen Koffer nicht, auf den er sein Essen stellte, wenn er vor dem Fernseher saß. Er schlug mit dem gesunden Knie voll gegen die Kante. Er sah Sterne, schluckte den Schmerz hinunter, fluchte mit zusammengebissenen Zähnen, wandte sich dann stoisch dem alten Schrank zu, öffnete ihn und begann zwischen der sauberen Wäsche zu wühlen, bis er die beruhigende Kühle des Stahls unter seinen Fingerspitzen spürte.

Der harte Stahl seiner Beretta Doppelflinte.

»Und jetzt wollen wir doch mal sehen ... Ihr verdammten Sarden. Jetzt wollen wir mal sehen. Ich jage euch mit einem Tritt in die Fresse auf eure Insel zurück. Darauf könnt ihr Gift nehmen.« Mit diesen Worten hinkte er auf die Schule zu.

25

Palmieri stegg dir die Videos in den Arsch

Dieser Satz prangte in riesigen roten Buchstaben auf der hinteren Wand im Medienraum. Die Buchstaben waren schief und standen kreuz und quer, und die Rechtschreibung stimmte auch nicht ganz, aber die Botschaft war klar und unmissverständlich.

Pierini hatte seinen Satz geschrieben, und jetzt waren die anderen an der Reihe, sich auszudrücken. »Los! Wartet ihr drauf, dass es hell wird? Schreibt auch was!« Er schubste Bacci herum. »Was hast du, Dicker? Was seid ihr für Arschlöcher, habt ihr Angst?«

Bacci machte das gleiche verzweifelte Gesicht, wie wenn seine Mutter mit ihm zum Zahnarzt ging.

»Was ist denn mit euch allen los?! Schreibt irgendwas! Seid ihr Schwuchteln oder was?« Pierini stieß Bacci gegen die Wand.

Bacci zögerte einen Moment, vielleicht hätte er gerne etwas gesagt, doch dann sprühte er ein dickes Hakenkreuz.

»Krass. Und du Ronca, worauf wartest du?«

Ronca ließ sich nicht lange bitten und machte sich mit seiner Spraydose gleich ans Werk.

Der Direktor lutscht der Gatta den Schwantz

Das gefiel Pierini. »Klasse, Ronca. Jetzt bist du dran.« Er ging auf Pietro zu.

Pietro sah auf seine Schuhspitzen. Aus dem Brötchen, das ihm im Hals steckte, war inzwischen ein Stangenbrot geworden. Er nahm die Spraydose von einer Hand in die andere, als sei sie glühend heiß.

Pierini verpasste ihm einen Schlag auf den Kopf.

»Na, Eumel?«

Nichts.

Noch ein Schlag.

»Na?«

Ich will nicht.

»Na?«

Ein kräftigerer Schlag.

»Nein ... ich will nicht ...«, brachte er schließlich heraus.

»Ach nee.« Pierini schien sich nicht zu wundern.

»Nein ...«

»Warum nicht?«

»Ich will nicht, das ist alles. Ich habe keine Lust dazu ...«

Was konnte Pierini ihm schon anhaben? Höchstens ein Bein brechen oder die Nase oder eine Hand. Er würde ihn nicht umbringen.

Bist du sicher?

Es würde nicht schlimmer werden als damals, als er noch klein gewesen und vom Traktor gefallen war und sich das Schienbein und das Wadenbein gebrochen hatte. Oder das andere Mal, als sein Vater ihn verprügelt hatte, weil er seinen Schraubenzieher kaputtgemacht hatte. *Wer hat dir das erlaubt, hä? Wer hat dir das erlaubt? Kannst du mir das sagen? Ich werde dir beibringen, dir Sachen zu nehmen, die dir nicht gehören.* Er hatte ihn mit dem Teppichklopfer verprügelt. Und eine Woche lang hatte er sich nicht setzen können. Doch es war vorbeigegangen ...

Los, schlagt mich, dann hat es ein Ende.
Er würde sich zusammenrollen. Wie ein Igel. *Ich bin bereit.* Sie konnten auf ihn eindreschen, dass er anschwoll wie ein Dudelsack, oder ihn zusammentreten, aber er würde rein gar nichts auf diese Wand schreiben.

Pierini ging weg und setzte sich aufs Pult. »Was wollen wir wetten, mein lieber Eumel, dass du auch was schreibst? Was wollen wir wetten?«

»Ich ... schreibe ... nicht. Das habe ich dir gesagt. Schlag mich doch, wenn du willst.«

Pierini ging mit der Spraydose zur Wand. »Und wenn ich direkt hier drunter deinen Namen schreibe?« Er zeigte auf den Satz, den er gesprüht hatte. »Ich schreibe in riesengroßen Buchstaben Pietro Moroni dahin. Hä? Hä? Was machst du dann?«

Das ist zu viel ...

Wie konnte man so gemein sein? Wie? Wer hatte ihm das beigebracht? So einer wie der legt dich immer rein. Du kannst tun, was du willst, er macht dich sowieso fertig.

»Also? Was soll ich tun?« Pierini ließ nicht locker.

»Schreib doch meinen Namen drunter. Ist mir egal. Ich schreibe jedenfalls nichts.«

»Na gut. Dann geben sie dir die ganze Schuld. Dann sagen sie, dass du alles geschrieben hast. Die schmeißen dich von der Schule. Sagen, dass du alles kaputtgemacht hast.«

Man hatte das Gefühl, keine Luft mehr zu bekommen. Als wäre da ein Ofen, der auf Höchststufe heizte. Pietro spürte, dass seine Hände eiskalt und seine Wangen glühend heiß waren.

Er sah sich um.

Die Gemeinheit Pierinis schien überall runterzutropfen. Von den mit Farbe beschmierten Wänden. Von den gelben Neonleuchten. Von den Resten des zertrümmerten Fernsehers.

Pietro ging zur Wand.

Was soll ich schreiben?

Er versuchte, an irgendetwas Schlimmes zu denken, eine Zeichnung oder einen Satz, aber ihm fiel nichts ein. Er hatte nur ein dummes Bild vor Augen.

Einen Fisch.

Einen Fisch, den er auf dem Markt in Orbano gesehen hatte.
Er lag dort auf der Theke, zwischen den Kästen mit Tintenfischen und Sardinen, noch lebendig und nach Luft schnappend, ein großer Fisch mit einem riesigen Maul und blutroten Kiemen. Eine Frau wollte ihn kaufen und hatte den Jungen vom Fischstand gebeten, ihn auszunehmen. Pietro hatte sich an die Waschbecken gestellt. Er wollte sehen, wie man das machte. Der Junge hatte den Fisch hingelegt und seinen aufgeblähten Bauch mit einem langen Schnitt aufgeschlitzt. Dann war er weggegangen.
Pietro war dageblieben und hatte den Fisch sterben sehen.
Aus der Wunde war eine Schere hervorgekommen, und dann noch eine, und dann der Rest einer Krabbe. Eine schöne grüne muntere Krabbe, die sich davongemacht hatte.
Doch das war noch nicht alles; aus dem Bauch des Fischs war noch eine Krabbe gekrochen, die genauso aussah wie die Erste, und dann noch eine und noch eine. Immer mehr. Sie liefen quer über die Stahlplatte, suchten ein Versteck und fielen herunter. Pietro wollte es dem Jungen sagen (*Der Fisch ist voller lebendiger Krabben, die abhauen!*), doch der war an der Theke und verkaufte Muscheln, und da hatte er einen Arm ausgestreckt und die Wunde des Fischs mit der Hand zugehalten, damit sie nicht herauskrabbelten. Und der aufgedunsene Bauch des Fischs wimmelte von Leben, war voller Bewegung, voller grüner Beinchen.
»Wenn du in genau zehn Sekunden nicht irgendwas geschrieben hast, dann tu ich's. Zehn, neun ...«
Pietro versuchte, das Bild zu verscheuchen.
»... sieben, sechs ...«
Er holte Luft, setzte die Spraydose an, drückte den Sprühkopf herunter und schrieb:

Italos Füsse stinken nach Fisch

Der Satz war ihm irgendwie eingefallen.
Und Pietro schrieb ihn an die Mauer, ohne einen Augenblick darüber nachzudenken.

26

Wenn jemand mit einer Infrarotbrille beobachtet hätte, wie Italo Miele sich durch das Dunkel vorarbeitete, hätte er ihn für einen Terminator halten können.

Die Flinte in der Hand, der starre Blick und das steife Bein, all das verlieh dem Hausmeister den Gang eines Androiden.

Italo brachte das Sekretariat und das Lehrerzimmer hinter sich.

Sein Geist war von Wut und Hass vernebelt.

Hass auf die Sarden.

Was wollte er mit ihnen tun?

Sie töten, sie jagen, sie in ein Klassenzimmer einschließen oder was?

Er wusste es nicht genau.

Aber das machte nichts.

In diesem Augenblick hatte er nur ein einziges Ziel: Sie auf frischer Tat zu ertappen.

Der Rest käme später.

Erfahrene Jäger sagen, dass Kaffernbüffel schreckliche Tiere sind. Man braucht verdammt viel Mumm, sich einem rasenden Kaffernbüffel entgegenzustellen. Es ist keine Kunst, ihn zu treffen, das würde selbst ein Kind schaffen. Er ist ein riesiger Wiederkäuer, der still in der Savanne steht. Doch wenn man auf ihn schießt und ihn nicht mit dem ersten Schuss tötet, sorgt man besser für eine Höhle, in der man sich verkriechen, einen Baum, auf den man klettern, einen Panzerschrank, in dem man sich einschließen, eine Grube auf dem Friedhof, wo man sich begraben lassen kann.

Ein verwundeter Kaffernbüffel ist dazu fähig, mit den Stößen seiner Hörner einen Range Rover zu zerlegen. Er ist blind vor Wut und will nur eines: dich vernichten.

Und Italo war genauso wütend wie ein Kaffernbüffel.

Durch die Wut war sein Hirn auf ein früheres Entwicklungsstadium regriediert (eben auf das des Büffels) und konnte sich nur noch auf ein einziges Ziel konzentrieren. Der Rest, die Einzelheiten, der Zusammenhang, all das war in einer Unterabteilung seines Hirns abgelegt, und deshalb war es kein Wunder, dass er vergessen hatte, dass Graziella, die Schuldienerin, die für den zweiten Stock zuständig war, die Angewohnheit hatte, bevor sie nach Hause ging, die Glastür zwischen Treppe und Korridor zu schließen.

Wie eine baskische Pelota raste Italo mit voller Wucht dagegen und endete rücklings auf dem Boden.

Jeder andere wäre nach einem solchen frontalen Aufprall ohnmächtig oder tot gewesen oder hätte vor Schmerz geschrien, doch nicht Italo. Italo wetterte ins Dunkel hinein: »Wo seid ihr? Kommt raus! Kommt raus!«

Mit wem schimpfte er herum?

Der Aufprall war so heftig gewesen, dass er davon überzeugt war, irgendein im Dunkeln lauernder Sarde hätte ihm mit einer Stange ins Gesicht geschlagen.

Dann wurde ihm plötzlich bewusst, dass er gegen die Tür gelaufen war. Er fluchte und stand benommen auf. Er verstand gar nichts mehr. Wo war die Doppelflinte? Seine Nase tat verdammt weh. Er betastete sie und spürte, wie sie unter seinen Fingern anschwoll wie eine gefüllte Nudel in kochendem Öl. Sein Gesicht war blutüberströmt.

»Verdammte Scheiße, ich habe mir die Nase gebrochen.«

Er suchte im Dunkeln nach seiner Flinte. Sie war in einer Ecke gelandet. Er packte sie und ging noch wütender als vorher weiter.

Was bin ich für ein Schwachkopf! Er machte sich Vorwürfe. *Sie hätten mich hören können.*

27

Und ob sie ihn gehört hatten.

Sie waren alle vier wie Sektkorken in die Luft gegangen.

»Was ist da los?«, fragte Ronca.

»Habt ihr das gehört? Was war das?«, wollte Bacci wissen.

Auch Pierini war durcheinander »Was könnte das sein?«

Ronca fasste sich als Erster wieder und warf die Spraydose weg. »Keine Ahnung. Lasst uns abhauen.«

Sich gegenseitig schiebend und stoßend, rannten sie aus dem Zimmer.

Im finsteren Gang blieben sie stehen und lauschten.

Aus dem Stockwerk über ihnen waren Flüche zu hören.

»Es ist Italo. Es ist Italo. Ist er denn nicht zu sich nach Hause gegangen?«, jammerte Bacci, an Pierini gewandt.

Niemand würdigte ihn einer Antwort.

Sie mussten weg. Raus aus der Schule. Sofort. Aber wie? Auf welchem Weg? Im Medienraum war nur ein kleines Oberlicht. Links die Turnhalle. Rechts auf der Treppe Italo.

Die Turnhalle, sagte sich Pietro.

Doch das war eine verdammte Sackgasse. Die Tür zum Hof war verschlossen, und die großen Fenster hatten Eisengitter.

28

Mit angehaltenem Atem ging Italo die Treppe hinunter.

Seine Nase war dick und geschwollen. Ein Rinnsal von Blut floss ihm auf die Lippen, und er leckte es mit der Zungenspitze auf.

Wie ein alter Bär, der verwundet, doch nicht gezähmt ist, setzte er vorsichtig und leise seinen Weg fort, immer dicht an die Wand gedrückt. Die Doppelflinte rutschte ihm in den schweißigen Händen hin und her. Hinter dem Treppenabsatz breitete sich ein goldener Lichtfleck auf dem dunklen Boden aus.

Die Tür stand offen.

Die Sarden waren im Medienraum.

Er musste sie überraschen.

Er entsicherte das Gewehr und holte tief Luft.

Los! Rein!

Er vollführte so etwas Ähnliches wie einen Sprung und landete im Medienraum. Das Neonlicht blendete ihn.

Mit geschlossenen Augen zielte er in die Mitte des Zimmers. »Hände hoch!«

Langsam öffnete er die Augen wieder.

Der Medienraum war leer.

Hier ist niemand ...

Er sah, dass die Wände mit Farbe beschmiert waren. Da stand irgendwas. Und da waren obszöne Zeichnungen. Er versuchte zu lesen. Langsam gewöhnten sich seine Augen wieder an das Licht.

Der ... Direktor rutscht ... der ... Gatta.

Er war einen Moment ratlos.

Was soll das heißen?

Er verstand nicht.

Wieso rutscht der Direktor? Er rutscht auf die stellvertretende Direktorin? Er holte seine Brille aus der Tasche und las noch einmal. *Ah, so ist das. Der Direktor lutscht der Gatta den Schwanz.* Er ging zum nächsten Spruch. *Italos Füße stinken nach Fisch.*

»Verdammte Scheißkerle, euch werde ich zeigen, wem seine Füße nach Fisch stinken!«, schrie er.

Dann sah er, was sonst noch an der Wand stand, und entdeckte die Reste vom Fernseher und vom Videorecorder auf dem Boden.

Das konnten nicht die Sarden gewesen sein.

Die scherten sich nicht um den Direktor oder die Palmieri, und noch weniger darum, ob seine Füße stanken.

Denen ging es nur ums Klauen. Es mussten Schüler gewesen sein, die diese Sauerei angerichtet hatten.

Sich das bewusst zu machen und zu erkennen, dass seine Ruhmesträume geplatzt waren, war eins.

Er hatte sich alles so schön vorgestellt. Bis die Polizei kam, würden die Sarden schon wie Pakete verschnürt und zum Abtransport bereit sein, während er mit seiner verlässlichen, noch rauchenden Doppelflinte daneben stand und erklärte, dass er nur seine Pflicht getan habe. Der Direktor würde ihn offiziell belobigen, die Kollegen ihm auf die Schulter klopfen, in der Station Bar würde man ihm einen Wein ausgeben, und seine Rente würde zum Dank für seinen mutigen und die Gefahr missachtenden Einsatz erhöht. Und nun stattdessen nichts.

Absolut gar nichts.

Das brachte ihn noch viel mehr in Rage.

Er hatte sich das Knie angeschlagen, die Nase war wahrscheinlich gebrochen, und alles wegen ein paar kleinen Rowdys.

Diese Heldentat würden sie verdammt teuer bezahlen. So verdammt teuer, dass sie davon noch ihren Enkeln erzählen könnten: von der schlimmsten Erfahrung ihres Lebens.

Aber wo waren sie jetzt?

Er drehte sich um. Machte die Lichter auf dem Gang an.

Die Tür zur Turnhalle stand halb offen.

Er verzog seine Lippen zu einem boshaften Lächeln, dann lachte er, zuerst laut und schließlich schallend. »Sehr schlau! Das habt ihr gut gemacht, euch in der Turnhalle zu verkriechen. Wollen wir Verstecken spielen? Na gut, spielen wir eben Verstecken!«, schrie er aus Leibeskräften.

29

Die grünen Sprungmatratzen standen aneinander gelehnt und zusammengebunden an der Sprossenwand.

Pietro hatte sich zwischen die Matratzen geschoben und harrte dort regungslos und mit geschlossenen Augen aus. Er versuchte, nicht zu atmen.

Italo drehte hinkend eine Runde durch die Turnhalle.

Tum sssssssssss tum ssssssssss tum sssssssss.

Ein Auftreten, ein Schleifen, ein Auftreten, ein Schleifen.

Wer weiß, wo sich die anderen versteckt haben.

Als sie in die Turnhalle gerannt waren, hatte er sich ins erstbeste Versteck geflüchtet.

»Kommt raus! Los! Ich tu euch nichts. Ihr könnt ganz beruhigt sein.«

Niemals. Niemals darf man Italo vertrauen.

Er war der größte Lügner auf der Welt.

Er war ein Arschloch. Einmal, als Pietro in der ersten Klasse gewesen war, hatte er sich zusammen mit Gloria heimlich aus der Schule geschlichen, um sich in der Bar gegenüber Hörnchen zu kaufen. Sie hatten höchstens eine Minute dazu gebraucht. Als sie zurückgekommen waren, mit ihrer Tüte in der Hand, hatte Italo sie erwischt. Er hatte die Hörnchen beschlagnahmt und sie beide an den Ohren in ihre Klasse geschleift. Zwei Stunden lang hatte sein Ohr gebrannt. Und er war sich sicher, dass Italo die Hörnchen nachher in seiner Hausmeisterloge selbst gegessen hatte.

»Ich schwöre, ich tu euch nichts. Kommt raus. Wenn ihr von alleine rauskommt, sage ich dem Direktor nichts. Wir vergessen alles.«

Und wenn er Pierini und die anderen fand?

Bestimmt würden sie verraten, dass er auch da war, und hoch und heilig schwören, dass er sie dazu gebracht habe, in die Schule einzubrechen, und dass er den Fernseher zertrümmert und die Wände beschmiert habe ...

Eine Menge angstvoller Gedanken wirbelten ihm durch den Kopf und machten ihm Angst; nicht zuletzt der Gedanke an seinen Vater, der ihn bestrafen würde, sobald er nach Hause kam (*ja kommst du denn nie nach Hause?*), weil er Zagor nicht in den Zwinger gesperrt und den Müll nicht zum Container gebracht hatte.

Er war müde. Er musste sich ausruhen.

(*Schlaf...*)

Nein!

(*Nur ein bisschen ... ein bisschen nur.*)

Wie schön wäre es, jetzt einzuschlafen. Er lehnte seinen Kopf gegen die Matratze. Sie war weich und muffelte ein bisschen, aber das machte nichts. Seine Beine knickten weg. Er hätte im Stehen schlafen können, wie die Pferde, da war er sich ganz sicher, eingeklemmt zwischen zwei Matratzen. Die Lider wurden ihm schwer. Er leistete keinen Widerstand mehr. Er sackte gerade weg, als er merkte, dass die Matratzen geschüttelt wurden.

Das Herz schlug ihm bis zum Hals.

»Raus! Raus! Kommt raus da!«

Er presste seinen Mund in den schmutzigen Stoff und erstickte einen Schrei.

30

Er kapierte nichts mehr.
Die Turnhalle war leer.
Wo waren sie geblieben?
Auf jeden Fall versteckten sie sich irgendwo hier drinnen.
Italo fing an, die Matratzen zu schütteln, und benutzte die Doppelflinte als Teppichklopfer. »Kommt raus!«
Sie konnten nicht entkommen. Die Tür, die nach draußen zum Volleyballfeld führte, war abgeschlossen, und auch die zum Geräteraum war verschlos …
lass mich mal eben nachsehen
… sen.
Das Holz neben dem Schloss war gesplittert. Sie hatten es aufgebrochen.
Er lächelte.
Er öffnete die Tür, blieb auf der Schwelle stehen und tastete mit einer Hand nach dem Lichtschalter. Er drückte ihn. Nichts. Das Licht funktionierte nicht.
Einen Moment war er unentschlossen, dann ging er hinein, tauchte ein ins Dunkel. Er hörte die Splitter der Neonröhren unter seinen Schuhen knirschen.
Der Raum war fensterlos und vollgestopft mit Schränken und Kästen.
»Ich bin bewaffnet. Macht keine Dummhei …«
Er wurde von einem Medizinball in den Nacken getroffen. Einer von dieser Sorte mit einer Füllung von zehn Kilo Sägemehl. Ihm blieb nicht einmal genug Zeit, sich von dem Schrecken zu erholen, als ihn ein zweiter Medizinball auf der rechten Schulter traf und schließlich ein mit mörderischer Wucht geworfener Basketball mitten auf seine geschwollene Nase prallte.
Er schrie wie am Spieß. Heftige Schmerzen breiteten sich über sein ganzes Gesicht aus, schnürten ihm fast die Kehle zu und stachen ihm schließlich in den Magen. Er ging in die Knie und kotzte die Pappardelle mari & monti, die Crème caramel und den ganzen Rest aus.

Sie rannten an ihm vorbei, stiegen über ihn, schwarze Schatten, in einer Affengeschwindigkeit, und er versuchte es, verdammt, ja, er versuchte es wirklich, noch beim Kotzen einen Arm auszustrecken und einen von diesen kleinen Bastarden zu packen, doch er bekam nur kurz einmal ein Stück Jeans zu fassen.

Dann fiel er mit dem Gesicht in Erbrochenes und Glassplitter.

31

Er hörte sie laufen, gegen die Tür stoßen und aus der Turnhalle rasen.

Pietro wischte zwischen den Matratzen heraus und rannte ebenfalls auf den Gang zu.

Er war praktisch in Sicherheit, als plötzlich das große Fenster neben der Tür in tausend Stücke zersprang.

Glassplitter flogen durch die Luft und fielen klirrend um ihn herum auf den Boden.

Pietro blieb stehen, und als er begriff, dass man auf ihn geschossen hatte, machte er sich in die Hose.

Sein Mund war halb geöffnet, er wurde im Rücken ganz weich, die Glieder entspannten sich, und dann spürte er am Oberschenkel, am Bein und in seinen Schuhen diese plötzliche milde Wärme.

Er hat auf mich geschossen.

Die Splitter, die in den Gittern hängen geblieben waren, fielen jetzt nach und nach herunter.

Er wandte sich sehr langsam um.

Auf der anderen Seite der Turnhalle sah er eine auf dem Boden ausgestreckte Gestalt, die, auf die Ellbogen gestützt, aus dem Abstellraum herauskroch. Das Gesicht war rot angemalt. Und dieser Mensch zielte mit einem Gewehr auf ihn.

»Bleib schdehn, bleib schdehn, sonsd schieße ich. Ich schwöre beim Kopf meiner Kinder, dass ich schieße.«

Italo.

Er erkannte die tiefe Stimme des Hausmeisters, auch wenn sie anders klang als sonst. Als hätte er starken Schnupfen.

Was war mit ihm passiert?

Ihm wurde klar, dass das Rot auf Italos Gesicht keine Farbe, sondern Blut war.

»Bleib da, mein Junge. Nichd bewegen. Hasd du verschdanden? Gar nichd ersd versuchen.«

Pietro rührte sich nicht vom Fleck, drehte nur seinen Kopf.

Da war die Tür. Fünf Meter entfernt. Weniger als fünf Meter.

Das schaffst du. Ein Sprung, und du bist draußen. Los! Er durfte sich nicht schnappen lassen, ausgeschlossen, er musste auf jeden Fall fliehen, auch wenn er eine Ladung in den Rücken riskierte.

Pietro kämpfte mit sich: Er würde gern losrennen, doch er fürchtete, sich nicht bewegen zu können. Er war sich dessen sogar sicher. Er spürte, dass seine Schuhsohlen auf dem Boden festgeklebt waren und dass er Puddingknie hatte. Er sah nach unten: Zwischen seinen Füßen hatte sich eine Urinlache gebildet.

Hau ab!

Italo versuchte mühsam, wieder auf die Beine zu kommen.

Hau ab! Jetzt oder nie!

Und dann war er plötzlich auf dem Gang und rannte wie ein Besessener um sein Leben und rutschte aus und stand wieder auf und stolperte auf der Treppe und stand wieder auf und rannte Richtung Mädchenklo und auf die Freiheit zu.

Und die ganze Zeit schrie der Hausmeister. »Lauf du nur! Lauf! Lauf! Ich hab dich nämlich ergannt ... Ich hab dich ergannt. Was meinsd du denn?«

32

Wen konnte er anrufen, um zu erfahren, was mit Erica los war?

Natürlich, den Agenten!

Graziano Biglia nahm das Telefonbuch und rief Ericas Agenten an, dieses Arschgesicht, das sie dazu gezwungen hatte, bei dieser überflüssigen Komödie mitzumachen. Natürlich war er nicht da, aber es gelang Graziano, mit seiner Sekretärin zu sprechen. »Erica? Ja, die war heute morgen hier. Sie hat die Probeaufnahme gemacht und ist dann weggefahren«, sagte sie mit teilnahmsloser Stimme.

»Ah, sie ist weggefahren...«, stieß Graziano hervor und spürte, wie ihn ein freudiger Schauer durchrieselte. Die Kanonenkugel, die ihm im Magen gelegen hatte, war mit einem Mal weg.

»Sie ist mit Mantovani weggefahren.«

»Mantovani?«

»Genau.«

»Mantovani? Andrea Mantovani?«

»Genau.«

»Der Showmaster?«

»Wer denn sonst?«

Die Kanonenkugel in seinem Magen hatte einer Meute von Hooligans Platz gemacht, die in seine Speiseröhre einzudringen versuchten. »Und wohin sind sie gefahren?«

»Nach Riccione.«

»Nach Riccione?«

»Zur Großen Gala von Canale Cinque.«

»Zur Großen Gala von Canale Cinque?«

»Genau.«

»Genau?«

Er hätte die ganze Nacht damit verbringen können, das, was die Sekretärin sagte, als Frage zu wiederholen.

»Entschuldigung, aber ich muss auflegen... Ich habe ein Gespräch auf der anderen Leitung«, versuchte die Sekretärin ihn loszuwerden.

»Und was will sie bei der Großen Gala von Canale Cinque?«

»Ich habe nicht die leiseste Ahnung... Entschuldigung, aber...«

»Okay, ich lege gleich auf. Aber geben Sie mir vorher bitte die Nummer von Mantovanis Handy.«

»Tut mir Leid. Dazu bin ich nicht befugt. Aber jetzt entschuldigen Sie bitte, ich muss...«

»Warten Sie bitte einen Augen...«

Sie hatte aufgelegt.

Graziano hielt immer noch den Hörer in der Hand.

In den ersten zwanzig Sekunden fühlte er komischerweise nichts. Doch dann bemerkte er dieses Sausen in seinen Ohren.

33

Die anderen waren verschwunden.
Er sprang auf sein Fahrrad und raste davon.
Zurück auf die Straße.
Und weiter auf den Weg nach Hause, durch das verlassene Dorf, dann die Abkürzung hinter der Kirche lang, eine schmale Staubstraße, die durch die Felder führte.
Es goss in Strömen. Und man konnte nichts sehen. Die Reifen glitten und rutschten durch den Schlamm. *Langsam, sonst fällst du.* Seine nassen Hosen und Unterhosen wurden im Wind eiskalt. Er hatte das Gefühl, dass sich sein Pimmel zwischen den Beinen verkrochen hatte wie der Kopf einer Schildkröte.
Schnell! Es ist unheimlich spät.
Er sah auf die Uhr.
Zwanzig nach neun. Lieber Himmel, ist es spät! Schnell! Schnell! Schnell! (Ich hab dich nämlich erkannt ... ich hab dich erkannt. Was meinst du denn?)
Schnell! Schnell!
Er konnte ihn nicht erkannt haben. Das war unmöglich. Es war zu weit weg. Wie sollte er das schaffen? Er hatte nicht mal seine Brille auf.
Pietro spürte seine Fingerspitzen nicht mehr, auch die Ohren nicht, und seine Waden waren hart wie Stein, doch er hatte absolut nicht die Absicht, langsamer zu fahren. Schlamm spritzte ihm ins Gesicht und auf die Kleider, doch Pietro gab nicht auf.
Schnell! Schn ... erkannt.
Er hatte das einfach so gesagt, um ihm Angst zu machen. Damit er stehen blieb und Italo ihn zum Direktor bringen konnte. Aber er war nicht darauf reingefallen. Er war ja nicht blöd.
Der Wind blies seine Jacke auf. Seine Augen tränten.
Es war nicht mehr weit bis nach Hause.

34

Graziano Biglia hatte das Gefühl, in einem dieser Horrorfilme gelandet zu sein, in denen sich die Gegenstände durch die Schuld irgendeines Poltergeists in die Luft erheben und sich zu drehen beginnen. Nur dass sich in seinem Wohnzimmer nichts drehte, einmal abgesehen von seinem Kopf.

»Mantovani ... Mantovani ... Mantovani ...«, knurrte er immer wieder, ohne sich von der Couch zu erheben.

Warum?

Nicht darüber nachdenken. Nicht darüber nachdenken, was all das bedeutete. Er war wie ein Bergsteiger, der über einem Abgrund hängt.

Er nahm den Hörer in die Hand und wählte noch einmal Ericas Nummer.

Mit aller telepathischen Kraft, die er besaß, wünschte er, dass Erica sich an diesem Dreckshandy meldete. Vielleicht hatte er sich in seinem ganzen Leben noch nie etwas mit solcher Intensität gewünscht. Und ...

Tuuut. Tuuut. Tuuut.

Nein?! Frei! Eingeschaltet!

Tuuut. Tuuut. Tuuut.

Melde dich! Verdammte Hacke! Melde dich!

»Hier ist die Mailbox von Erica Trettel. Sie können eine Nachricht hinterlassen.«

Die Mailbox?!

Er versuchte, in einem normalen Tonfall zu reden, ohne dass es ihm gelungen wäre, als er sagte: »Erica?! Hier ist Graziano. Ich bin in Ischiano. Rufst du mich bitte an? Die Handynummer. Bitte gleich.« Er legte auf.

Graziano holte Luft.

Hatte er das Richtige gesagt? Sollte er ihr sagen, dass er über Mantovani Bescheid wusste? Sollte er noch einmal anrufen und mit resoluterer Stimme etwas aufs Band sprechen?

Nein. Das sollte er nicht. Absolut nicht.

Er griff nach dem Hörer und rief sie noch einmal an.

»Telecom Italia Mobile. Der von Ihnen gewünschte Teilnehmer ist im Moment nicht zu erreichen.«

Wieso war jetzt die Mailbox nicht mehr dran? Machte sich da irgendwer über ihn lustig?

Vor Wut begann er gegen die flämische Stilkommode zu treten, sank dann völlig erledigt in den Sessel und nahm seinen Kopf in beide Hände.

In diesem Moment betrat Signora Biglia das Wohnzimmer. Sie schob einen Servierwagen, auf den sie eine Suppenschüssel mit Tortellini in brodo, eine Platte mit zehn verschiedenen Käsesorten, Chicoréesalat, Salzkartoffeln, saure Nierchen und einen mit Sahne gefüllten Saint-Honoré geladen hatte.

Bei diesem Anblick hätte Graziano um ein Haar gekotzt.

»Ääähsääähn«, verkündete Signora Biglia in einem jaulenden Ton und schaltete den Fernseher ein. Graziano achtete nicht auf sie.

»Ääähsääähn«, wiederholte sie.

»Ich habe keinen Hunger. Und du hast doch ein Schweigegelübde abgelegt, oder? Dann musst du auch schweigen, verdammt. Es gilt nicht, wenn du so herumwinselst, dann kommst du in die Hölle«, explodierte Graziano und ließ sich erschöpft wieder in den Sessel fallen. Die Haare hingen ihm wirr ins Gesicht.

Diese Schlampe ist mit Mantovani abgehauen.

Dann meldete sich eine andere Stimme, die Stimme der Vernunft.

Warte. Nichts überstürzen. Sie hat sich bestimmt nur von ihm im Auto mitnehmen lassen. Oder es hatte mit Arbeit zu tun. Sie wird dich schon noch anrufen, und dann siehst du, dass alles ein Missverständnis ist. Bleib ganz locker.

Er atmete tief ein und aus und versuchte sich zu beruhigen.

»Einen schönen guten Abend wünschen wir allen Zuschauern aus dem Theater Vigevani in Riccione. Willkommen zur 8. Großen Gala von Canale Cinque! Es ist der Abend der Stars, es ist der Abend der Premi ...«

Graziano sah hoch.

Im Fernsehen zeigten sie die Große Gala.

»Am heutigen Abend steht die Verleihung der TV-Oscars auf

unserem Programm«, sagte die Moderatorin, eine Blondine, die beim Lächeln vierundzwanzigtausend blitzende Zähne zeigte. Neben ihr stand ein dicklicher Typ im Smoking, der ebenfalls zufrieden grinste.

Der Dolly macht eine ausgedehnte Kamerafahrt über die ersten Sitzreihen. Die Männer im Smoking, die Frauen aufgedonnert. Eine ganze Reihe mehr oder weniger bekannter Stars waren da. Auch ein paar Hollywoodschauspieler und ausländische Sänger.

»Diese Sendung wird Ihnen präsentiert von Syntesis«, fuhr die Moderatorin fort. Applaus. »Syntesis! Die Uhr auf der Höhe der Zeit.«

Der Dolly ging hoch, über die Blonde und den kleinen Dicken hinweg, und die Kamera glitt in einem Schwenk über die Köpfe der Vips und zeigte schließlich ein Handgelenk, an dem eine prachtvolle Sportuhr von Syntesis prangte. Die dazugehörige Hand lag auf einem schwarzen Strumpf, und dieser wiederum hüllte ein Frauenbein ein. Dann fuhr die Kamera wieder hoch und zeigte, wem all dies gehörte.

»Erica! Mantovani!«, stammelte Graziano.

Erica trug ein dekolletiertes Kleid aus blauer Atlasseide. Aus dem lässig hochgesteckten Haar lösten sich absichtsvoll ein paar Strähnen, wodurch ihr schlanker Hals betont wurde. Neben ihr saß Andrea Mantovani, im Smoking. Flachsblond, eine große Nase, eine runde Brille und das Lächeln eines zufriedenen Schweins auf dem Gesicht. Mit seiner Klaue umklammerte er immer noch Ericas Oberschenkel. Wie einen Besitz. Er hatte die klassische Haltung eines Mannes, der gerade gebumst hat und jetzt in der Pranke hält, was ihm gehört.

»Und nun eine kurze Werbepause«, kündigte die Moderatorin an.

Werbung für Pampers Windeln.

»Deine Hand da, deine Hand, die schieb ich dir noch in den Arsch, du Kotzbrocken«, tobte Graziano und bleckte die Zähne.

»Eeeeeeica?«, fragte Signora Biglia.

Graziano machte sich nicht die Mühe, ihr zu antworten, nahm das Telefon, ging ins Schlafzimmer und schloss die Tür.

Mit Lichtgeschwindigkeit tippte er die Handynummer ein. Er wollte ihr eine einfache und klare Nachricht hinterlassen. »Ich bringe dich um, du miese Nutte, denn was anderes bist du nicht!«

»Hallo, Mariapia! Hast du mich gesehen? Gefällt dir das Kleid?« Das war Ericas Stimme.

Graziano verschlug es die Sprache.

»Hallo?! Hallo?! Mariapia, bist du dran?«

Graziano fasste sich wieder. »Hier ist nicht Mariapia. Hier ist Graziano. Ich habe dich …« Dann beschloss er, es sei besser, so zu tun, als wüsste er nichts. »Wo bist du?«, fragte er und versuchte unbefangen zu klingen.

»Graziano …?« Erica war überrascht, doch dann schien sie begeistert. »Graziano! Wie schön, dass du anrufst!«

»Wo bist du?«, wiederholte er kalt.

»Ich habe tolle Neuigkeiten für dich. Kann ich dich später zurückrufen?«

»Nein, das kannst du nicht. Ich bin unterwegs, und der Akku von meinem Handy ist leer.«

»Morgen Vormittag?«

»Nein, erzähl mir die Neuigkeiten jetzt.«

»Okay. Aber ich kann nur kurz sprechen.« Ihr Ton war plötzlich umgeschlagen, von begeistert zu genervt, hochgradig genervt, doch gleich darauf klang sie wieder begeistert. »Sie haben mich genommen! Ich kann es selbst noch nicht glauben. Sie haben mich bei den Probeaufnahmen genommen. Ich war eigentlich schon fertig und wollte gerade nach Hause gehen, als Andrea gekommen ist …«

»Was für ein Andrea?«

»Andrea Mantovani! Andrea sieht mich und sagt: ›Von diesem Mädchen müssen wir mehr Aufnahmen machen. Sie scheint mir genau die Richtige für uns.‹ Das hat er gesagt. Na jedenfalls haben sie eine zweite Probeaufnahme von mir gemacht. Ich habe was vorgelesen und habe getanzt, und sie haben mich genommen. Graziano, ich kann es selbst noch gar nicht fassen! Sie haben mich genommen! Verstehst du? Ich werde die Assistentin in ›Wie du mir so ich dir!‹.«

»Ah.« Graziano war so eiskalt wie ein tiefgekühlter Seehecht.

»Freust du dich nicht?!«
»Doch sehr. Und wann kommst du?«
»Ich weiß nicht ... Morgen fangen die Proben an ... Bald ... Hoffe ich.«
»Ich habe hier alles vorbereitet. Wir warten auf dich. Meine Mutter richtet schon das Essen, und ich habe meinen Freunden die Neuigkeit gesagt ...«
»Welche Neuigkeit ...?«
»Dass wir heiraten.«
»Hör mal, können wir morgen darüber reden? Die Werbung ist gleich zu Ende. Ich muss Schluss machen.«
»Willst du mich nicht mehr heiraten?« Er hatte sich soeben das Messer selbst in den Leib gestoßen.
»Können wir morgen darüber reden?«
Und endlich war Grazianos Wut auf dem Gipfel angekommen, sie hatte den Siedepunkt erreicht. Er hätte mit dieser Wut ein Olympiaschwimmbecken füllen können. Er war wütender als ein Hengst beim Rodeo, ein Rennfahrer, der drauf und dran ist, Weltmeister zu werden, und dem in der letzten Kurve der Motor verreckt, ein Student, dessen Freundin ihm aus Versehen die Doktorarbeit auf dem Computer löscht, ein Kranker, dem sie irrtümlich die Niere rausgenommen haben.
Er flippte vollkommen aus.
»Du Schlampe! Du Hure! Was glaubst du denn? Ich habe dich im Fernsehen gesehen! Mit Mantovani, dieser Schwuchtel, zwischen all den anderen Arschgesichtern. Du hattest mir versprochen herzukommen. Und dann lässt du dich von diesem Schwulen ficken. Du Nutte! Nur deshalb hat er dich genommen, du dumme Kuh! Du kapierst doch absolut nichts. Du bist doch eine absolute Null vor der Kamera. Schwanzlutschen, das ist dein einziges Talent.«
Einen Augenblick lang war es still.
Graziano gestattete sich ein Lächeln. Er hatte sie plattgemacht.
Doch die Antwort war so heftig wie ein Wirbelsturm in der Karibik. »Du bist doch nur ein blödes Arschloch. Ich weiß nicht, wieso ich mich mit dir eingelassen habe. Ich muss völlig bescheuert gewesen sein. Bevor ich dich heirate, werfe ich mich vor den

Zug. Weißt du was? Du bringst Unglück! Kaum warst du weg, habe ich Arbeit gefunden. Du bringst tierisch Unglück. Du wolltest mich nur runterziehen, du wolltest, dass ich mit dir in dieses Scheißkaff gehe. Niemals. Ich verachte dich für alles, was du darstellst. Für deine Art, wie du dich anziehst. Für dein saudummes Gelaber, das du so großkotzig rausdröhnst. Du hast einen Scheiß kapiert. Du bist nur ein abgewichster alter Dealer. Verpiss dich! Wenn du noch mal versuchst, mich anzurufen, wenn du versuchst, mich zu sehen, dann kauf ich mir einen, der dir die Fresse einschlägt, das schwöre ich dir – die Gala geht gleich weiter. Tschüs. Und noch was: Mantovani, diese Schwuchtel, hat einen Größeren als du.«

Sie beendete die Verbindung.

35

Auf den ersten Blick konnte man die Casa del Fico für einen Schrott- oder Altwarenhandel halten. Dieser Eindruck entstand durch den ganzen Trödel, der sich um das Haus herum angesammelt hatte.

Ein alter Traktor, eine blaue Giulietta, ein Philipps-Kühlschrank und ein Fiat 600 ohne Türen rosteten zwischen Disteln, Chicorée und wildem Fenchel neben dem Tor mit Doppeldraht vor sich hin.

Dahinter erstreckte sich ein schlammiger Platz voller Löcher und Pfützen. Rechts lag ein Haufen Kies, den Signor Moroni als Geschenk von einem Nachbarn bekommen hatte. Niemand hatte sich je die Mühe gemacht, ihn zu verteilen. Zur Linken ein langer offener Schuppen, wo der neue Traktor, der Panda und Mimmos Moto-Cross-Rad unterstanden. Ende des Sommers, wenn sie den Schuppen mit Heuballen füllten, kletterte Pietro ins Dachgebälk und suchte nach Schwalbennestern.

Das Haus war ein zweistöckiger Bauernhof mit roten Dachziegeln und Türen und Fenstern, von denen die Farbe durch Hitze und Frost abgeblättert war. An vielen Stellen war der Putz abgefallen, und man sah die grün bemoosten Ziegel.

Die Nordmauer war von Efeu überwachsen.

Die Moronis wohnten im ersten Stock. Im Dachgeschoss hatten sie zwei weitere Zimmer und ein Bad ausgebaut. Eins für die Eltern und eins für Pietro und seinen Bruder Mimmo. Im ersten Stock befand sich eine große Küche mit Kamin, die auch als Esszimmer diente. Hinter der Küche eine Speisekammer. Darunter die Wirtschaftsräume mit landwirtschaftlichem Gerät und Tischlerwerkzeug, ein paar Fässern und Kanistern für das Öl, wenn die wenigen Olivenbäume nicht gerade irgendeine Krankheit hatten.

Der Hof wurde allgemein Casa del Fico genannt, wegen des riesigen Feigenbaums, der seine krummen Äste über das Dach ausbreitete. Hinter zwei Korkeichen versteckt lagen der Hühnerstall, der Schafspferch und der Hundezwinger: eine lange unförmige Baracke aus Holz, Draht, Planen und Blech.

Zwischen dem Unkraut sah man einen vernachlässigten Gemüsegarten und einen langen Brunnentrog aus Zement, gefüllt mit stehendem Wasser, Papyrus, Mückenlarven und Kaulquappen. Pietro hatte ein paar kleine Fische dazugetan, die er in der Lagune gefangen hatte.

Im Sommer vermehrten sie sich wie verrückt, und Pietro schenkte sie dann Gloria, die sie ins Schwimmbecken warf.

Pietro stellte sein Fahrrad neben das Motorrad seines Bruders, rannte zum Hundezwinger und stieß den ersten erleichterten Seufzer dieses Abends aus.

Zagor war in einer Ecke, lag im Regen auf dem Boden. Als er Pietro sah, hob er lustlos den Kopf, wedelte kurz mit dem Schwanz und ließ ihn dann wieder schlapp herunterhängen.

Er war ein großer Hund, mit einem dicken eckigen Kopf, die Augen schwarz und traurig, und die Hinterbeine halb rachitisch. Mimmo zufolge war er eine Kreuzung aus Hirtenhund und Schäferhund. Doch wie sollte man das wissen? Sicher, er war so groß wie ein Hirtenhund und hatte das fuchsrote Fell eines Wolfshunds. Jedenfalls stank er, dass einem schlecht wurde, und war voller Zecken. Und er war vollkommen verrückt. Irgendwas im Gehirn dieses haarigen Viehs tickte nicht richtig. Vielleicht waren all die Stockschläge und Tritte, die er bekommen hatte, daran schuld, vielleicht die Kette, vielleicht irgendein Erbfehler. Er hatte so viel Prügel mit dem Stock bekommen, dass Pietro sich fragte, wie er sich noch auf den Beinen halten und mit dem Schwanz wedeln konnte.

Was hast du denn bloß zu wedeln?

Und er lernte nichts. Absolut nichts. Wenn man den Hundezwinger nachts nicht zumachte, rannte er weg und kam am Morgen wie ein Wurm angekrochen, den Schwanz zwischen die Beine geklemmt, das Fell blutbeschmiert und zwischen den Zähnen büschelweise Fell.

Töten war für ihn eine Lust. Der Geruch von Blut ließ ihn durchdrehen und machte ihn glücklich. Nachts trieb er sich jaulend in den Hügeln herum und griff jedes Tier an, das die richtige Größe hatte: Schafe, Hühner, Kaninchen, Kälber, Katzen und sogar Wildschweine.

Pietro hatte im Fernsehen den Film von Dr. Jeckyll und Mr. Hyde gesehen und war davon ganz durcheinander gewesen. Zagor war genauso. Er litt an der gleichen Krankheit. Tagsüber der netteste Kerl und nachts ein Monster.

»Die Tiere töten sich eben gegenseitig. Wenn sie Blut lecken, ist das wie eine Sucht, und du kannst sie prügeln, soviel du willst, sie hauen wieder ab, sobald sie können, und tun es wieder, kapierst du? Du darfst dich von seinen Augen nicht täuschen lassen. Er ist falsch. Jetzt scheint er gutmütig, doch dann ... Und er taugt nicht mal als Wachhund. Er gehört erschossen. Zu viel Ärger. Ich werde ihn nicht leiden lassen«, hatte Signor Moroni gesagt und die Doppelflinte auf den Hund angelegt, der nach einer blutigen Nacht erschöpft in einer Ecke lag. »Jetzt sieh dir mal an, was er angerichtet hat ...«

Überall auf dem Hof verstreut lagen Teile eines zerfetzten Schafs. Zagor hatte es gerissen, hergeschleppt und halb aufgefressen. Kopf, Hals und Hinterbeine lagen neben dem Heuschober; Magen, Därme, Eingeweide in einer klumpigen, von einem Schwarm Fliegen umkreisten Blutlache mitten auf dem Hof. Und das Schaf war trächtig gewesen, das war das Allerschlimmste: Den kleinen Fötus mit der Plazenta hatte er auf eine Seite geschleudert, das hintere Viertel mit der halben Wirbelsäule schaute aus Zagors Hütte heraus.

»Ich habe diesem Bastard von Contarello schon zwei Schafe bezahlen müssen. Jetzt reicht es. Ich habe keinen Geldscheißer. Ich muss es tun.«

Pietro hatte zu weinen angefangen, hatte sich an die Beine seines Vaters geklammert und ihn verzweifelt angefleht, Zagor nicht zu erschießen: Er habe Zagor gern, er sei ein guter Hund, nur ein bisschen verrückt, man müsse ihn doch nur im Zwinger halten, und er werde sich darum kümmern, ihn nachts einzuschließen.

Mario Moroni hatte seinen Sohn angesehen, der wie eine Krake seine Beine umschlang, und irgendetwas, etwas Schwaches und Weiches in seinem Charakter, das er nicht verstand, hatte ihn zögern lassen.

Er hatte Pietro hochgezogen und ihn mit einem seiner Blicke angeschaut, die bis ins Innerste zu dringen schienen. »In Ordnung. Du übernimmst eine Verpflichtung. Ich erschieße ihn nicht. Doch Zagors Leben hängt von dir ab ...«

Pietro nickte.

»Ob er lebt oder stirbt, das hängt von dir ab, verstanden?«

»Verstanden.«

»Wenn du ihn ein einziges Mal nicht einschließt und er haut ab und tötet auch nur einen Spatz, stirbt er.«

»Ja.«

»Aber dann musst du es tun. Ich bringe dir das Schießen bei, und du tötest ihn. Bist du damit einverstanden?«

»Ja.« Und als Pietro dieses entschlossene, erwachsene Ja sagte, hatte er eine grauenvolle Szene vor Augen, die sich ihm fest einprägen sollte: Er, mit dem Gewehr in der Hand, geht auf Zagor zu, der mit dem Schwanz wedelt und ihn anbellt, weil er will, dass er ihm einen Stein wirft, und er ...

Pietro hatte seine Pflicht immer erfüllt und war zeitig nach Hause gekommen, bevor es dunkel wurde, wenn Zagor noch frei war.

Jedenfalls bis zu jenem Abend.

Deshalb fühlte er sich sehr viel besser, als er ihn im Zwinger sah.

Mimmo muss ihn eingesperrt haben.
Pietro stieg die Treppe hoch, machte die Haustür auf und ging in den kleinen Vorraum, der zwischen Eingang und Küche lag.
Er musterte sich im Spiegel neben der Tür.
Jämmerlich sah er aus.
Die Haare wirr, schlammverkrustet. Die Hose dreckig von Erde und Pisse. Die Schuhe kaputt. Und er hatte die Tasche seiner Jacke abgerissen, als er aus dem Klofenster geklettert war.
Wenn Papa entdeckt, dass ich die neue Jacke zerrissen habe ...
Besser nicht daran denken. Er hängte sie an den Kleiderhaken, stellte die Schuhe unter die Konsole und schlüpfte in die Pantoffeln.
Er musste hoch in sein Zimmer und sich schnell die Hosen ausziehen. Er würde sie selbst auswaschen, im Spülbecken des Schuppens.
Sachte, ohne Lärm zu machen, ging er nach drinnen.
Wie gemütlich warm es war.
Die Küche lag im Halbdunkel, sie war durch den Fernseher und die glimmende Kohle im Kamin nur wenig erhellt. Es roch nach Tomatensoße, nach Fleisch in der Pfanne und nach etwas Undefinierbarem, nicht genau Fassbarem: den feuchten Wänden und den Würsten, die neben dem Kühlschrank hingen.
Seine Mutter döste auf der Couch, in eine Decke eingehüllt. Den Kopf in den Schoß ihres Mannes gelegt, der in einen tiefen, alkoholisierten Schlaf versunken war und aufrecht neben ihr saß, mit der Fernbedienung in der Hand. Den Kopf nach hinten gelehnt, an die Rückenlehne, den Mund aufgesperrt. Seine Stirn reflektierte das blaue Fernsehlicht. Er schnarchte, stoßweise, Pausen wechselten mit tiefem Schnaufen und Grunzen.
Mario Moroni, dreiundfünfzig Jahre alt, war ein schlanker, kleiner Mann. Obwohl er Alkoholiker war und wie ein Scheunendrescher aß, setzte er kein Gramm Fett an. Er war ein drahtiger, nervöser Typ, mit so kräftigen Armen, dass er allein die große Pflugschar hochheben konnte. Sein Gesicht hatte etwas Undefinierbares, Beunruhigendes. Vielleicht waren es die stahlblauen Augen (die Pietro nicht geerbt hatte) oder die sonnengegerbte Haut oder dieser versteinerte Ausdruck, der sehr wenig Gefühl

durchließ. Sein Haar war dünn und schwarz, fast blauschwarz, und er kämmte es mit Brillantine nach hinten. Seltsamerweise hatte er kein einziges graues Haar, während sein Bart, den er sich zweimal in der Woche rasierte, vollkommen weiß war.

Pietro blieb in einer Ecke, um sich aufzuwärmen.

Seine Mutter hatte nicht bemerkt, dass er ins Zimmer gekommen war.

Vielleicht schläft sie.

Sollte er sie wecken?

Nein, besser nicht. Ich gehe ins Bett ...

Erzählen, was er Schreckliches erlebt hatte?

Er dachte darüber nach und entschied, dass es besser war, nichts zu sagen.

Vielleicht morgen.

Er wollte gerade nach oben in sein Zimmer gehen, als er zögerte, weil ihm etwas auffiel, das er zuerst nicht bemerkt hatte.

Sie schliefen nebeneinander.

Sonderbar. Die beiden waren sich nie besonders nah. Sie waren wie zwei Drähte in einem Kabel. Wenn sie sich berührten, gab es bei ihnen Kurzschluss. In ihrem Schlafzimmer stand zwischen ihren Betten ein Nachtschränkchen, und tagsüber, während der kurzen Zeit, in der sein Vater sich im Haus aufhielt, wirkten sie wie zwei Wesen von unterschiedlichen Planeten, die eine unergründliche Notwendigkeit gezwungen hatte, Leben, Kinder und Haus zu teilen.

Pietro fühlte sich unbehaglich, als er sie so sah. Es war ihm peinlich.

Glorias Eltern fassten sich an, aber damit hatte er keine Probleme, und es machte ihn auch nicht verlegen. Wenn Glorias Vater von der Arbeit kam, legte er einen Arm um die Taille seiner Frau, küsste sie auf den Hals und lächelte. Einmal war Pietro ins Wohnzimmer gekommen, um seine Schultasche zu holen, und hatte gesehen, wie sie neben dem Kamin saßen und sich auf den Mund küssten. Ihre Augen waren zum Glück geschlossen, und Pietro hatte sich umgedreht und war wie ein Mäuschen in die Küche geschlüpft.

Seine Mutter wurde plötzlich wach und sah ihn. »Ah, da bist

du ja. Gott sei Dank. Wo bist du denn so lange gewesen?« Sie rieb sich die Augen.

»Bei Gloria. Ich habe mich verspätet.«

»Dein Vater hat sich aufgeregt. Er will, dass du früher heimkommst. Das weißt du doch.« Sie sprach mit monotoner Stimme.

»Ich bin so spät dran …

(sage ich es ihr?)

… weil wir die Hausarbeit fertigmachen mussten.«

»Hast du gegessen?«

»Ja.«

»Komm her.«

Tropfnass ging Pietro näher.

»Jetzt sieh dir mal an, wie du aussiehst. Geh dich waschen und leg dich ins Bett.«

»Ja, Mama.«

»Gib mir einen Kuss.«

Pietro ging noch näher, und seine Mutter nahm ihn in den Arm. Er hätte ihr gerne erzählt, was ihm passiert war, doch er drückte sie nur fest; fast hätte er geweint, und schließlich küsste er sie auf den Hals.

»Was ist los? Was sollen all die Küsse?«

»Nichts …«

»Du bist ja ganz nass. Lauf, sonst wirst du noch krank.«

»Ja.«

»Los.« Sie gab ihm einen Nasenstüber.

»Gute Nacht, Mama.«

»Gute Nacht. Schlaf gut.«

Pietro wusch sich und ging in Unterhosen und auf den Zehenspitzen ins Schlafzimmer, ohne Licht zu machen.

Mimmo schlief schon.

Das Zimmer war winzig. Außer dem Hochbett gab es einen kleinen Tisch, einen Sperrholzkleiderschrank, den Pietro sich mit Mimmo teilte, und ein kleines Eisenregal, in dem er außer seinen Schulbüchern seine Fossiliensammlung, Seeigelskelette, in der Sonne getrocknete Seesterne, einen Maulwurfsschädel, eine Gottesanbeterin in einem Glas mit Formalin, ein ausgestopftes

Käuzchen, das ihm sein Onkel Franco zum Geburtstag geschenkt hatte, und eine Menge anderer schöner Sachen, die er bei seinen Streifzügen durch den Wald gefunden hatte, aufbewahrte. In Mimmos Regal dagegen stand ein Radiokassettenrecorder, Kassetten, eine Sammlung von »Diabolik«-Heftchen, ein paar Nummern von »Motociclismo« und eine elektrische Gitarre mit Verstärker. An den Wänden zwei Poster: eins mit einem Moto-Cross-Rad, das durch die Luft flog, und eins von den Iron Maiden, mit einer Art von Dämon, der aus einem Grab herausfährt und eine blutige Sense schwenkt.

Pietro kletterte die Leiter zu seinem Bett hoch, hielt dabei den Atem an und versuchte jedes Knarren zu vermeiden. Er zog den Schlafanzug an und schlüpfte unter die Decken.

Was für ein gutes Gefühl.

Unter den Decken kam ihm das grässliche Abenteuer, das er soeben erlebt hatte, weit weg vor. Jetzt, wo er eine ganze Nacht hatte, um darüber zu schlafen, erschien ihm diese Geschichte klein, weniger wichtig, nicht so schlimm.

Sicher, wenn der Hausmeister ihn erkannt hätte, dann schon ...

Aber das war nicht passiert.

Er hatte es geschafft abzuhauen, und Italo konnte ihn nicht erkannt haben. Erstens hatte er seine Brille nicht auf. Zweitens war er zu weit weg gewesen.

Niemand würde je dahinterkommen.

Und ein Gedanke, der ein Gedanke eines Erwachsenen, eines Menschen mit Erfahrung, und nicht der eines kleinen Jungen war, ging ihm durch den Kopf.

Das Ganze, sagte er sich, würde vorbeigehen, weil im Leben alles vorbeigeht, weil alles fließt. Auch die schwierigsten Dinge. Du glaubst, du überlebst es nicht, doch plötzlich liegt alles hinter dir, und du musst nach vorn sehen.

Neue Dinge erwarten dich.

Er kuschelte sich unter die Decken. Er war hundemüde, spürte seine bleiernen Lider und war gerade dabei einzuschlafen, als die Stimme seines Bruders ihn zurückrief. »Pietro, ich muss dir was sagen ...«

»Ich dachte, du schläfst.«

»Nein, ich habe nachgedacht.«
»Ah ...«
»Ich habe eine gute Neuigkeit, was Alaska angeht ...«

36

An dieser Stelle wollen wir unterbrechen und über Domenico Moroni reden, den alle Mimmo nannten.

Mimmo war zum Zeitpunkt dieser Geschichte zwanzig und damit acht Jahre älter als Pietro. Von Beruf war er Hirte. Er kümmerte sich um die kleine Herde der Familie. Insgesamt zweiunddreißig Schafe. Wenn ihm noch Zeit blieb, arbeitete er zusätzlich für einen Tapezierer in Casale del Bra. Doch er war am liebsten draußen bei den Schafen und bezeichnete sich selbst als den einzigen Heavy-Metal-Hirten von Ischiano Scalo. Und das war er tatsächlich.

Auf der Weide trug er eine Nietenlederjacke, Jeans, die so hauteng wie Strumpfhosen waren, einen Gürtel mit einer Menge silberner Beschläge, klobige Springerstiefel und eine lange Kette, die ihm zwischen den Beinen baumelte. Die Kopfhörer auf dem Kopf und den Stock in der Hand.

Mimmo hatte äußerlich viel Ähnlichkeit mit seinem Vater. Er war ebenso schlank wie dieser, allerdings größer, hatte die gleichen hellen Augen, wenn auch mit einem weniger starren und mürrischen Ausdruck, und die gleichen rabenschwarzen Haare, die ihm jedoch bis auf den Rücken fielen. Von seiner Mutter hatte er den großen Mund mit den wulstigen Lippen und das kleine Kinn. Schön war Mimmo nicht, und wenn er sich als Heavy-Metal-Fan zurechtmachte, sah er auch nicht gerade besser aus, aber daran konnte man nichts ändern, das war eine seiner Marotten.

Ja, Mimmo hatte Marotten.

Sie verkrusteten seine Nervenzellen wie Kalk die Wasserleitungen, machten ihn monomanisch und schließlich langweilig. Deshalb hatte er nicht viele Freunde. Nach einer Weile hatten auch die Geduldigsten genug davon.

Seine erste Marotte war Heavy Metal.

»Aber nur die alten Sachen.«

Für ihn war es eine Religion, eine Lebensphilosophie, alles. Sein Gott war Ozzy Osbourne, ein Besessener mit Lockenkopf und dem Hirn eines kindlichen Psychopathen. Mimmo verehrte ihn, weil ihn seine Fans bei Konzerten mit Kadavern bewarfen und er sie aß; einmal hatte er eine Fledermaus verschlungen und Tollwut bekommen. Man musste ihm die Impfung in den Bauch geben. »Und weißt du, was der alte Ozzy gesagt hat? Dass diese Spritzen schlimmer waren als sich zwanzig Golfbälle in den Arsch zu schieben …«, erzählte Mimmo gern.

Was er an alledem so großartig fand, weiß man nicht. Aber sicher ist, dass er den alten Ozzy klasse fand. Genauso wie Iron Maiden und Black Sabbath, von denen er alle T-Shirts kaufte, die er auftreiben konnte. Platten hatte er dagegen nur wenige. Höchstens sieben oder acht, und die hörte er selten.

Manchmal, wenn sein Vater nicht da war, legte er eine Platte von AC/DC auf und tobte zusammen mit Pietro wie ein Irrer durchs Zimmer. »Metal! Metal! Wir tanzen den Pogo. Wir schlagen alles kaputt«, schrien sie wie die Besengten, rempelten sich gegenseitig an und rauften herum, bis sie beide ausgepowert aufs Bett fielen.

In Wirklichkeit fand Mimmo die Musik grauenhaft.

Zu laut (er mochte Amedeo Minghi ganz gern). Was ihn an den Heavy-Metal-Sängern begeisterte, war ihr Look, ihre Art zu leben und der Umstand, dass »die außen vor sind, die scheißen auf alles, die können nicht mal spielen und haben doch einen Haufen Weiber, fahren Motorräder, machen Kohle wie Heu und keulen alles nieder. Scheiße, sind die cool.«

Seine zweite Marotte war Moto-Cross.

Er kannte das Motorradjahrbuch in- und auswendig. Marken, Modelle, Hubraum, Preise. Mit enormer Anstrengung und einer Sparsamkeit, durch die er für zwei Jahre praktisch zum Asketen geworden war, hatte er eine 300er KTM-Maschine aus zweiter Hand gekauft. Ein kaputter Zweitakter, der ohne Ende Benzin soff und jeden Tag eine neue Macke hatte. Mit all dem Geld, das er für Ersatzteile ausgegeben hatte, hätte er sich drei neue Maschinen kaufen können. Er hatte auch an ein paar Rennen teilgenommen. Eine Katastrophe. Beim Ersten war die Gabel gebrochen, beim Zweiten sein Schienbein.

Seine dritte Marotte war Patrizia Loria. Patti. Seine Freundin. »Ganz bestimmt das schönste Mädchen in Ischiano Scalo.« In gewisser Hinsicht musste man ihm Recht geben: Patti war klasse gebaut. Sie war groß, kurvenreich und hatte vor allem »einen Hintern, der spricht, ja sogar singt«. Das stimmte absolut.

Das einzige Problem war ihr schlimmes Gesicht. Das dichte Pickelfeld auf der Stirn. Mit all diesen Kratern sah ihre Haut aus wie ein Foto der Mondoberfläche. Patrizia tat Topexan drauf, homöopathische Produkte, Umschläge mit Heilpflanzen, alles Mögliche, doch es war nichts zu machen, ihre Akne fraß alles auf. Nach einer Behandlung war sie noch seborrhöischer und pustulöser als vorher. Patrizias Augen waren klein und standen schrecklich nah zusammen, und auf der Nase hatte sie eine ganze Menge Mitesser.

Doch Mimmo schien das nicht zu bemerken. Er war in sie verknallt. Für ihn sah sie klasse aus, und das war, was zählte. Er schwor darauf, dass sie eines Tages, wenn sie die Akne endlich los wäre, sogar Kim Basinger »den Rang ablaufen« würde.

Patrizia war zweiundzwanzig und arbeitete als Verkäuferin, doch sie wollte gerne Kindergärtnerin werden. Sie hatte eine energische und entschlossene Art. Der arme Mimmo musste bei ihr spuren wie ein Soldat.

Doch gehen wir zur vierten Marotte über, zur schlimmsten: Alaska.

Ein gewisser Fabio Lo Turco, ein Freak, der behauptete, ganz allein eine Weltumsegelung gemacht zu haben, doch in Wirklichkeit in Porto Ercole aufgebrochen und bis nach Stromboli gekommen war, wo er einen Stand mit Indienkram und Jim-Morrison-T-Shirts betrieb, hatte Mimmo eines Tages in der Kneipe am Leuchtturm von Orbano angesprochen, sich von ihm zu Drinks und Zigaretten einladen lassen und ihm von Alaska erzählt.

»Alaska, das ist die Wende, verstehst du. Du gehst da hoch in diese bestialische Kälte, und du veränderst dich. Du steigst in Anchorage auf ein großes Findus-Fangschiff und fährst zum Fischfang Richtung Nordpol. Du bleibst sieben, acht Monate, bei minus zwanzig Grad, gehst nie runter vom Schiff. Hauptsächlich fängt man da oben Kabeljau. Auf dem Schiff sind japanische Vorarbeiter, Experten, wenn's darum geht, lebenden Fisch zu schneiden. Die bringen dir bei, die Fischstäbchen zu machen, denn die Findus-Fischstäbchen werden alle von Hand geschnitten. Dann steckst du sie in die Packung und schiebst sie in die Kühlkammern ...«

»Und wann werden sie paniert?«, hatte Mimmo ihn unterbrochen.

»Nachher, an Land, das ist doch uninteressant«, hatte der Freak ärgerlich geantwortet, um dann wie ein Guru weiterzufaseln: »Die Mannschaft auf den Schiffen stammt aus der ganzen Welt, es sind Eskimos, Finnen, Russen, ein paar Koreaner. Du machst eine Menge Moos. Du verdienst dir eine goldene Nase. Ein paar Jahre da oben, und du kannst dir einen Pfahlbau auf den Osterinseln kaufen.«

Naiv hatte Mimmo gefragt, warum sie so gut zahlten.

»Warum? Weil es eine Arbeit ist, die dich fertig macht. Du musst schon ein echter Kerl sein, um bei minus dreißig Grad schaffen zu können. Bei der Temperatur frieren dir die Augäpfel ein. Auf der Welt gibt es wahrscheinlich, mal abgesehen von den Eskimos und Japanern, höchstens drei- bis viertausend Leute, die bei diesen Scheißbedingungen arbeiten können. Das wissen die Eigner der Fangschiffe. In dem Vertrag, den du unterschreibst, steht, dass sie dir nullkommanichts bezahlen, wenn du nicht die ganzen sechs Monate durchhältst. Weißt du, wie viele an Bord gegangen sind und sich nach drei Tagen vom Hubschrauber haben wegbringen lassen? Unheimlich viele. Da oben dreht man durch. Man muss hart sein, eine Haut wie ein Walross haben ... Klar, wenn du es durchstehst, ist es große Klasse. Da siehst du Farben, die es sonst nirgendwo auf der Welt gibt ...«

Mimmo hatte die Sache sehr ernst genommen. Da gab es nichts zu lachen.

Lo Turco hatte Recht: Das konnte wirklich die Wende in seinem Leben sein. Und Mimmo hatte keine Zweifel daran, eine Walrosshaut zu besitzen, das wusste er von manchen eiskalten Morgen mit den Schafen.

Er musste es nur beweisen.

Ja, er wusste, dass er das Zeug für die Hochseefischerei, die arktischen Meere und die taghellen Nächte hatte.

Und er konnte es nicht mehr ertragen, bei seiner Familie zu leben. Jedes Mal, wenn er das Haus betrat, hatte er das Gefühl, dass er gleich überschnappte. Er verbarrikadierte sich in seinem Zimmer, um nicht in der Nähe seines Vaters zu sein, doch er konnte diesen Bastard durch die Wände spüren, wie ein tödliches, durchdringendes Gift.

Wie er ihn hasste! Es war ein schmerzhafter Hass, ein Hass, der ihm weh tat, eine Wut, die ihm jede Sekunde vergiftete und ihn nie verließ, mit der er gelernt hatte zu leben, doch von der er hoffte, dass sie an jenem Tag aufhören würde, an dem er fortging.

Fort.

Ja, weit fort.

Zwischen sich und seinen Vater musste er wenigstens einen Ozean bringen, um sich endlich frei zu fühlen.

Er konnte ihn nur herumkommandieren und ihn beschimpfen, dass er zu nichts tauge, ein Idiot ohne Rückgrat sei, sogar unfähig, ein paar Schafe zu hüten, dass er sich anziehe wie ein Irrer, dass er weggehen könne, wenn er wollte, keiner würde ihn zurückhalten.

Nie ein freundliches Wort, nie ein Lächeln.

Und warum blieb er dann, ruinierte sich das Leben neben diesem Mann, den er hasste?

Weil er auf die große Chance wartete.

Und die große Chance war Alaska.

Wie oft hatte er auf der Weide davon geträumt, es seinem Vater zu sagen: »Ich gehe nach Alaska. Hier gefällt es mir nicht mehr. Entschuldige, wenn ich nicht der Sohn bin, den du wolltest, aber du bist auch nicht der Vater, den ich wollte. Lebe wohl.« Was für ein Genuss! Ja, genau so würde er es ihm sagen. Er würde seiner Mutter und seinem Bruder einen Kuss geben und weggehen.

Das einzige Problem war das Ticket. Es kostete einen Haufen Geld. Auf seine Frage hin hatte die Frau im Reisebüro ihn angeschaut, als wäre er nicht ganz dicht, doch nachdem sie eine Viertelstunde auf ihrem Terminal herumgehackt hatte, war herausgekommen, was es kostete.

Drei Millionen zweihunderttausend Lire.

Was für eine Summe!

Und genau daran dachte er, als er seinen Bruder ins Zimmer kommen hörte.

»Pietro, ich muss dir was sagen ...«

»Ich dachte, du schläfst.«

»Nein, ich habe nachgedacht.«

»Ah ...«

»Ich habe eine gute Neuigkeit, was Alaska angeht. Ich habe eine Idee, wie ich das Geld auftreiben könnte.«

»Was für eine Idee?«

»Hör zu. Du könntest Glorias Eltern darum bitten. Ihr Vater ist Bankdirektor, und ihre Mutter hat eine Menge Land geerbt. Ihnen würde es nichts ausmachen, mir das Geld zu leihen, und dann könnte ich abreisen. Sobald ich den ersten Lohn bekommen habe, schicke ich es ihnen zurück, sofort, verstehst du?«

»Ja.« Pietro hatte sich zusammengekauert, das Bett war eiskalt. Die Hände zwischen die Schenkel gesteckt.

»Es wäre ein kurzfristiger Kredit. Es ist nur so, dass ich sie nicht gut genug kenne, du müsstest Signor Celani darum bitten ... Du kennst ihn gut. Das ist besser. Dich haben die Celani so gern wie einen eigenen Sohn. Was meinst du, he?«

37

Die Sache überzeugte ihn nicht.

Vor allem schämte er sich.

Ich möchte Sie um einen Gefallen bitten, mein Bruder ...

Nein.

Es war nicht schön, auf so eine Art um einen Kredit zu bitten, es war ein bisschen, wie um ein Almosen zu betteln. Außerdem hatte sich sein Vater schon ein Darlehen von Signor Celanis Bank geben lassen. Und dann war er sich auch nicht sicher (aber das hätte er nicht mal unter Folter gestanden), ob Mimmo das Geld zurückzahlen würde. Es schien ihm nicht richtig, dass sein Bruder immer versuchte, andere Leute einzuspannen, um seine Probleme zu lösen. Das war zu einfach; so, als hätte der Graf von Montecristo, statt die ganze Mühe auf sich zu nehmen, mit dem Teelöffel einen Fluchtweg aus seiner Zelle zu graben, den Gefängnisschlüssel unter seinem Bett gefunden, während alle Wächter schliefen. Er sollte sich das Geld verdienen, und dann wäre es auch wirklich schön, wie Mimmo immer sagte, *Papa den ganzen Scheiß hinzuschmeißen.*

Dazu kam noch, dass es ihm eigentlich überhaupt nicht passte, dass Mimmo nach Alaska ging.

Er würde dann ganz allein zurückbleiben.

»Also, was meinst du?«

»Ich weiß nicht«, zögerte Pietro. »Vielleicht könnte ich mit Gloria reden ...«

Mimmo, der unten lag, war einen Moment lang still. »Na gut, ist nicht wichtig. Ich überlege mir was anderes. Ich könnte das Motorrad verkaufen. Viel bekomme ich natürlich nicht dafür ...«

Pietro hörte ihm nicht mehr zu.

Er fragte sich, ob er Mimmo die Geschichte mit der Schule erzählen sollte.

Vielleicht ja, doch er fühlte sich todmüde. Die Geschichte war zu lang. Und außerdem mochte er nicht erzählen, dass diese drei Mistkerle ihn reingelegt und ihn gezwungen hatten ... Sein Bruder würde sagen, dass er ein Schlappschwanz sei, ein Weichei, dass er sich habe unterkriegen lassen, und das war im Augenblick das Letzte, was er vertragen konnte.

Das weiß ich auch allein.

» ... ein Flugzeug und kommst zu mir. Wir könnten im Winter in Alaska leben, und mit dem ganzen Geld, das ich verdiene, verbringen wir den Sommer auf einer Karibikinsel. Patti würde auch kommen. Stell dir mal die Strände mit den Palmen vor, das Korallenriff, all die Fische ... Es wäre schö ...«

Ja, es wäre wirklich schön. Pietro ließ sich hinreißen.

In Alaska leben, einen Hundeschlitten haben, eine warme Hütte. Er würde sich um die Hunde kümmern. Und er würde lange Spaziergänge auf dem Eis machen, eingemummelt in eine

Windjacke und mit Schneeschuhen an den Füßen. Und dann im Sommer mit Gloria zusammen im Korallenmeer tauchen (Gloria würde zusammen mit Patti zu ihnen kommen).

Wie oft hatten Mimmo und er darüber gesprochen, wenn sie oben am Hügel bei den Schafen saßen. Hatten absurde Geschichten erfunden, jedes Mal eine neue Kleinigkeit hinzugefügt. Der Hubschrauber (Mimmo würde so schnell wie möglich den Flugschein machen), der auf einem Eisberg landet, die Wale, die kleine Hütte mit den Hängematten, der Kühlschrank voller kalter Getränke, der Strand gleich vor der Tür, die Schildkröten, die ihre Eier in den Sand legen.

An diesem Abend hoffte Pietro es zum ersten Mal in seinem Leben wirklich, mit aller Kraft, verzweifelt.

»Mimmo, im Ernst, darf ich auch kommen? Sag mir die Wahrheit, ich bitte dich.« Er brachte es mit brüchiger Stimme und einer solchen Intensität heraus, dass Mimmo nicht sofort antwortete.

Im Dunkeln hörte man einen verhaltenen Seufzer.

»Aber natürlich. Wenn ich es schaffe hinzukommen ... Du weißt ja, es ist schwierig ...«

»Gute Nacht, Mimmo.«

»Gute Nacht, Pietro.«

Eine Beretta Kaliber 9 für den Polizisten Miele

Auf der Aurelia gibt es ungefähr zwanzig Kilometer südlich von Ischiano Scalo eine zweispurige Gefällestrecke, die in einer weiten, sanften Kurve endet. Links und rechts davon ist nur Landschaft. Nirgendwo eine gefährliche Kreuzung. Auf diesem Straßenabschnitt werden selbst die alten Fiat Panda und Ritmo Diesel wieder jung und zeigen ungeahnte Leistungen.

Autofahrer, die zum ersten Mal auf der Aurelia unterwegs sind, packt an diesem herrlichen Hang die Lust, ein bisschen aufs Gaspedal zu treten und sich dem Rausch der Geschwindigkeit hinzugeben. Wer dagegen die Straße gut kennt, lässt das lieber bleiben, weil er weiß, dass mit neunzigprozentiger Wahrscheinlichkeit unten ein Wagen der Polizei steht, die nur darauf wartet, die Lust am Fahren mit Verwarnungen und Führerscheinentzug zu dämpfen.

Hier draußen sind die Polizisten nicht so freundlich wie in der Stadt; sie ähneln in gewisser Weise denen an amerikanischen Freeways. Harte Kerle, die ihren Job tun und die nicht mit sich reden und schon gar nicht mit sich handeln lassen.

Stattdessen ziehen sie dir eins über.

Fahren ohne Sicherheitsgurt? Dreihunderttausend Lire. Ein Bremslicht funktioniert nicht? Zweihunderttausend. Nicht bei der technischen Überwachung gewesen? Das Auto wird beschlagnahmt.

Max (Massimiliano) Franzini wusste all das sehr gut, er fuhr diese Strecke zusammen mit seinen Eltern mindestens zehnmal im Jahr, um ans Meer nach San Folco zu gelangen (die Franzinis besaßen dort eine Villa in der Siedlung »Le Agavi« direkt vor der Isola Rossa, und sein Vater, Professor Mariano Franzini, Chefarzt der orthopädischen Abteilung im römischen Gemelli-Krankenhaus und Eigentümer einiger Kliniken am Stadtrand, war ein paarmal angehalten worden und hatte sich hohe Bußgelder wegen Geschwindigkeitsüberschreitung eingehandelt).

Nur dass Max Franzini in jener Regennacht erst seit zwei Wochen zwanzig Jahre alt war, den Führerschein seit kaum drei Monaten hatte und am Steuer eines Mercedes saß, der eine Höchstgeschwindigkeit von zweihundertzwanzig Kilometern erreichte, und neben sich Martina Trevisan sitzen hatte, eine Frau, die ihm sehr gut gefiel, und dass sie sich drei Joints reingezogen hatten und ...

Bei einem derartigen Wolkenbruch stellt sich die Polizei nicht hin und hält Autos an. Das weiß doch jeder.

... dass die Straße leer war, Wochentag, die Römer nicht in die Ferien fuhren, es keinen Grund gab, nicht schnell zu fahren, und Max so bald wie möglich in der Villa ankommen wollte und das Auto seines Vaters ihn nicht gerade daran hinderte, diesen Wunsch zu realisieren.

Er überlegte, wie er diese Nacht mit Martina angehen sollte.

Ich richte mich im Schlafzimmer von Papa und Mama ein, und dann frage ich sie, ob sie lieber allein im Gästezimmer schlafen will oder mit mir im Doppelbett. Wenn sie ja zum Doppelbett sagt, ist es klar. Das heißt, dass sie will. Dann muss ich praktisch nichts tun. Wir legen uns ins Bett und ... Wenn sie dagegen sagen sollte, dass sie lieber das Gästezimmer nimmt, ist es schlechter. Auch wenn es nicht unbedingt heißt, dass sie nicht will, sie ist vielleicht einfach nur schüchtern. In dem Fall könnte ich sie fragen, ob sie Lust hat, sich im Wohnzimmer ein Video reinzuziehen, wir setzen uns mit den Decken auf die Couch, und dann muss ich mal sehen, wie ich ...

Max hatte Probleme, bei Frauen zum Zug zu kommen.

Flirten, Reden, Lachen, Kino, Telefongespräche und all das Zeug lief großartig, doch wenn der furchtbare Moment der Wahrheit kam, also wenn es zum Beispiel darum ging, sie zu küssen, verlor er allen Mut, und die Angst, zurückgewiesen zu werden, übermannte ihn und lähmte ihn wie einen blutigen Anfänger. (Im Tennis passierte ihm etwas Ähnliches. Er antwortete über Stunden mit Vorhand und Rückhand, doch wenn es dann galt, den Punkt zu machen, ergriff ihn Panik, und er schlug den Ball regelmäßig ins Netz oder ins Aus. Um zu gewinnen, musste er auf Fehler des Gegners warten.)

Für Max waren solche Situationen wie ein Kopfsprung von einem hohen Felsen. Man tritt an den Rand, sieht nach unten, dreht sich um und fragt sich, warum man das tun sollte; dann versucht man es noch einmal, zögert, schüttelt den Kopf, und wenn alle schon gesprungen sind und es langsam satt haben, auf einen zu warten, macht man ein Kreuzzeichen, schließt die Augen und stürzt sich mit einem Schrei in die Tiefe.

Was für eine Katastrophe.

Die Joints halfen ihm auch nicht gerade, seine Gedanken wieder auf die Reihe zu bringen.

Und Martina rollte schon wieder einen.

Ganz schön auf Drogen, die Frau.

Max fiel auf, dass sie seit Civitavecchia nichts mehr gesagt hatten. Diese ganze Raucherei hatte sie ein bisschen träge gemacht. *Und das ist nicht gut.* Martina könnte denken, dass er nichts zu sagen hatte, aber das stimmte nicht. *Wenigstens läuft ja Musik.* Sie hörten die letzte CD von REM.

Okay, jetzt stelle ich ihr eine Frage.
Er konzentrierte sich, drehte die Anlage leiser und fragte mit schläfriger Stimme: »Welche Literatur gefällt dir besser: die russische oder die französische?«

Martina nahm einen Zug und behielt den Rauch im Mund. »Wie meinst du das?«, röchelte sie.

Sie war so mager, dass es an Anorexie grenzte, ihr Stoppelhaar neonblau gefärbt, in der Lippe und einer Augenbraue gepierct und die Nägel schwarz lackiert. Sie trug ein blau-orange gestreiftes Kleidchen von Benetton, ein schwarzes, vorne offenes Strickteil, eine Wildlederjacke und mit grünem Spray besprühte Plateauschuhe, die sie gegen die Windschutzscheibe presste.

»Welche magst du lieber? Magst du die russischen oder die französischen Schriftsteller lieber?«

Martina atmete tief aus. »Das ist eine, entschuldige, wenn ich dir das sage, ziemlich doofe Frage. Sie ist zu allgemein. Wenn du mich fragst, ob ich das eine oder das andere Buch besser finde, dann kann ich dir antworten. Wenn du mich fragst, ob Schwarzenegger besser ist als Stallone, dann kann ich dir antworten. Aber wenn du mich fragst, ob mir die russische oder die französische Literatur besser gefällt, dann weiß ich es nicht ... Das ist zu allgemein.«

»Und wer ist besser?«

»Was meinst du?«

»Schwarzenegger oder Stallone?«

»Meiner Ansicht nach Stallone. Ganz klar. Filme wie *Rambo* oder *Rocky* hat Schwarzenegger nie gemacht.«

Max überlegte ein bisschen. »Stimmt. Aber Schwarzenegger hat *Predator* gemacht, ein Meisterwerk.«

»Stimmt auch wieder.«

»Du hast Recht. Ich habe dir wirklich die klassische Scheißfrage gestellt. So, wie wenn man gefragt wird, ob einem das Meer besser gefällt als die Berge. Kommt darauf an. Wenn du bei Meer an Ladispoli denkst und bei Berge an Nepal, finde ich die Berge besser: aber wenn du bei Meer an Griechenland denkst und bei Berge an den Abetone, ist mir das Meer lieber. Richtig?«

»Richtig.«

Max drehte die Anlage wieder lauter.

Max und Martina hatten sich am selben Morgen an der Universität kennen gelernt, vor dem Schwarzen Brett des Fachbereichs Neue Geschichte. Sie hatten über die bevorstehende Prüfung gesprochen und über die dicken Wälzer, die sie noch lesen mussten, und waren zu dem Schluss gekommen, dass sie es bis zum nächsten Termin niemals schaffen könnten, wenn sie sich nicht echt ins Zeug legten. Max war von der Offenheit Martinas ziemlich überrascht gewesen. Bis dahin hatte er es in einem Jahr an der Uni noch keinmal geschafft, mit irgendeiner Frau zu reden. Und außerdem waren die in seinen Seminaren alle ziemliche Trinen, strebsame Mädchen mit fettiger Haut. Aber diese Frau war wirklich Zucker und schien auch noch nett zu sein.

»Was für ein Scheiß ... Das packe ich nie und nimmer«, hatte Max übertrieben niedergeschlagen gesagt. In Wirklichkeit hatte er sich schon vor ein paar Wochen entschieden, die Prüfung zu verschieben.

»Wem sagst du das ... Ich glaube, ich gebe es auf und mache die Prüfung in zwei Monaten.«

»Ich kann es höchstens dann noch schaffen, wenn ich zum Lernen ans Meer fahre. Mich an einen ruhigen Ort zurückziehe.« Nach einer Kunstpause hatte er weitergeredet. »Natürlich ist das nicht gerade die große Schau, allein am Meer. Eher zum Verzweifeln.«

Das Ganze war totaler Quatsch.

Bevor er allein ans Meer gefahren wäre, hätte er sich eher zwei Finger abhacken lassen. Doch er hatte es einfach mal versuchsweise so hingeworfen, wie ein Angler, nur um es auszuprobieren, Brot und Käse als Köder bei Thunfischen versucht.

Und wirklich hatte der Fisch angebissen. »Kann ich mitkommen? Oder nervt dich das? Ich habe Krach mit meinen Alten, ich kann sie nicht mehr ertragen ...«, hatte Martina gesagt – und dabei offenbar keinerlei Bedenken gehabt.

Max war sprachlos gewesen und hatte dann, obwohl er nur mit Mühe seine Begeisterung zurückhalten konnte, schnell zugeschlagen: »Sicher, das ist kein Problem. Wenn es dir passt, fahren wir heute Abend los.«

»Okay. Aber wir lernen richtig.«
»Natürlich lernen wir.«

Sie wollten sich um sieben an der Metrostation Rebibbia treffen, weil Martina dort in der Nähe wohnte.

Max war nervös, als wäre es die erste Verabredung seines Lebens. Und im Grund war es ein bisschen so. Martina hatte nur sehr wenig mit den Mädchen gemein, die er normalerweise traf. Zwei verschiedene Rassen. Die, mit denen er sonst zu tun hatte, wären nicht mal für zwei Millionen Dollar mit einem Unbekannten ans Meer gefahren. Sie wohnten im Parioli-Viertel, in der Innenstadt oder im Fleming-Viertel und wussten nicht mal, was Rebibbia war. Und sogar Max, der ja nun immerhin einen Pferdeschwanz und fünf Ohrringe im linken Ohr hatte, Hosen trug, die drei Nummern zu groß waren, und in der alternativen Szene verkehrte, hatte Rebibbia auf dem Stadtplan suchen müssen.

Tafel 12 C2. Echt Vorstadt. Fantastisch!

Max war davon überzeugt, dass er mit Martina etwas anfangen könnte. Auch wenn er steinreich war, im Parioli-Viertel wohnte, sie mit einem Mercedes abgeholt hatte, der ein paar hundert Millionen Lire kostete, und sie in eine zweistöckige Villa mit Sauna, Fitnessraum und einem Kühlschrank, der aussah wie der Tresor einer Schweizer Bank, brachte, so machte er sich doch aus diesem ganzen Scheiß nichts. Er wollte Schlagzeuger werden und würde sich nicht für eine beschissene Arbeit abstrampeln wie sein Vater, dieser Trottel.

Martina und er waren auf der gleichen Wellenlänge, er zog sich genauso krass an wie sie, und obwohl sie aus zwei verschiedenen Welten kamen, waren sie sich ähnlich, das bewies ja schon, dass sie beide auf XTC, die Jesus & Mary Chain und Husker Du standen.

Es war nicht seine Schuld, dass er im Parioli-Viertel auf die Welt gekommen war.

Und da fuhren sie also, Max und Martina, auf der langen Gefällstrecke mit hundertachtzig im Mercedes des Professors Mariano Franzini, der in diesem Moment neben seiner Frau im Hilton Istanbul schlief, wo er an einem Internationalen Kongress über die Einpflanzung künstlicher Hüftgelenke teilnahm, überzeugt davon, dass sein neues Auto in der Garage der Via Monti Parioli stand und nicht etwa in den Händen seines missratenen Sohns war.

Die Lichter der Fischerboote erhellen die Nacht. Es ist warm. Die Fischer grillen für sie auf ihrem Boot. Tintenfisch um Mitternacht. Ausflüge in den Tropenwald. Hotel mit vier Sternen. Der Swimmingpool. Zwei Tage Aufenthalt in Colombo, der farbigsten Stadt des Ostens. Sonne. Gebräunte Haut.

All diese Bilder sah der Polizist Antonio Bacci wie einen Film vor sich, während er im eiskalten Regen am Straßenrand stand, die Uniform nass, die Kelle in der Hand und die Wut im Bauch.

Er sah auf die Uhr.

Um diese Zeit hätte er schon seit ein paar Stunden auf den Malediven sein müssen.

Er konnte es immer noch nicht fassen. Er stand da im Regen und schaffte es nicht, wirklich zu kapieren, dass seine Reise in die Tropen wegen dieser arbeitsscheuen Bande ins Wasser gefallen war.

Er hatte alles so gut organisiert.

Er hatte sich Urlaub geben lassen. Und auch Antonella, seine Frau, hatte sich zehn Tage frei genommen. Andrea, ihr Sohn, sollte bei der Großmutter bleiben. Er hatte sich sogar eine Tauchermaske gekauft, Flossen und ein Mundstück. Hundertachtzigtausend Lire, zum Fenster rausgeworfen.

Wenn er sich nicht langsam damit abfand, würde er noch verrückt. Der Urlaub, von dem er seit fünf Jahren träumte, hatte sich innerhalb von fünf Minuten in Luft aufgelöst, durch einen einzigen Anruf.

»Signor Bacci, guten Tag, hier ist Cristiana Piccino von Francorosso. Ich rufe Sie an, um Ihnen zu sagen, dass wir es zutiefst bedauern, aber Ihr Flug auf die Malediven ist annulliert worden. Höhere Gewalt.«

Höhere Gewalt?

Sie musste es dreimal wiederholen, bevor er kapierte, dass die Reise nicht stattfand.

Höhere Gewalt – das hieß: Streik der Piloten und Flugbegleiter.

»Ihr verdammten Arschlöcher, ich hasse euch!«, schrie er verzweifelt in die Nacht.

Es war die Sorte Leute, die er am tiefsten verabscheute. Mehr als arabische Fundamentalisten. Mehr als die von der Lega Nord. Mehr als die Befürworter der Drogenfreigabe. Er hasste sie zäh und hartnäckig, seit er ein kleiner Junge war, seit er begonnen hatte, die Nachrichten im Fernsehen anzuschauen, und begriffen hatte, dass das Böse die Welt regiert.

Jede Woche Streik. Ja was habt ihr denn zu streiken?

Sie hatten doch alles im Leben. Ein Gehalt, das er mit Kusshand genommen hätte, und sogar die Möglichkeit zu reisen und die Stewardessen zu vernaschen und ein Flugzeug zu fliegen. Sie hatten alles und streikten.

Was soll ich denn da sagen, hä?

Was sollte er denn da sagen, der Polizist Antonio Bacci, der die eine Hälfte seines Lebens an einer Ausweichstelle der Staatsstraße verbrachte, sich den Arsch abfror und LKW-Fahrern eine Geldstrafe aufbrummte, und die andere Hälfte im Streit mit seiner Frau? Sollte er in Hungerstreik treten? Sollte er Hungers sterben? Nein, besser sich eine Kugel in den Kopf jagen und ein für allemal Schluss machen.

»Leckt mich doch alle mal!«

Und außerdem war es nicht wegen ihm. Er würde irgendwie auch ohne die verfluchten Malediven weiterleben. Verdammt enttäuscht, aber doch irgendwie weitermachen. Seine Frau nicht. Antonella würde die Sache nicht einfach so hinnehmen. Wie sie nun mal war, würde sie ihn in den nächsten tausend Jahren dafür büßen lassen. Sie machte ihm das Leben zur Hölle, als wäre es seine Schuld, dass die Piloten streiken. Sie sprach nicht mehr mit ihm, behandelte ihn schlechter als einen Fremden, knallte ihm das Essen auf den Tisch und hängte sich den ganzen Abend vor den Fernseher.

Warum immer er? Was hatte er Böses getan, dass er so was verdiente?

Hör auf. Lass es sein. Denk nicht mehr dran.

Er machte seinen Regenmantel besser zu und stellte sich näher an die Straße. Zwei Scheinwerfer mit Fernlicht tauchten aus der

Kurve auf. Antonio Bacci hob die Kelle und betete, dass in diesem Mercedes ein Pilot oder ein Flugbegleiter säßen. Besser noch von jeder Sorte einer.

»Falls du es nicht bemerkt hast: Die Polizei hat dich gerade angehalten«, teilte Martina Max mit und nahm dabei einen Zug aus dem Joint.

»Wo?« Max stieg voll in die Bremsen.

Das Auto rutschte auf der regennassen Straße und geriet ins Schleudern. Max versuchte vergebens, es in der Gewalt zu behalten. Am Ende zog er die Handbremse (niemals in voller Fahrt die Handbremse ziehen!), der Mercedes machte zwei Schlenker und kam schließlich einen halben Meter vor dem Straßengraben zum Stehen.

»Verdammt Schwein gehabt ...«, schnaufte Max mit letzter Kraft. »Hat nicht viel gefehlt, und es hätte uns von der Straße gefetzt.« Er war weiß wie die Wand.

»Hast du sie denn nicht gesehen?« Martina war ganz ruhig. Als hätten sie sich mit einem Skooter auf dem Jahrmarkt einmal um sich selbst gedreht, und nicht mit einhundertsechzig Stundenkilometern auf einer Staatsstraße und sich dabei fast den Hals gebrochen.

»Nicht so richtig ...« Er hatte irgendetwas Blaues schimmern sehen, es aber für die Neonreklame einer Pizzeria gehalten. »Was soll ich jetzt tun?« Durch das regenüberströmte Rückfenster sah das Licht des Streifenwagens wie ein Leuchtfeuer im Sturm aus. »Soll ich zurückfahren?« Er konnte kaum sprechen, so trocken war sein Mund.

»Woher soll ich das wissen ... Wenn du es nicht weißt.«

»Ich würde abhauen. Bei diesem Regen haben sie das Nummernschild bestimmt nicht lesen können. Ich würde abhauen. Was meinst du?«

»Ich glaube, das ist eine Riesendummheit. Die verfolgen dich und reißen dir den Arsch auf.«

»Dann soll ich also zurückfahren?« Max machte die Anlage aus und legte den Rückwärtsgang ein. »Bei uns ist ja alles in Ordnung. Schnall dich an. Und wirf den Joint weg.«

Der ist nicht mal langsamer gefahren.
Er war mit mindestens hundertsechzig aus der Kurve gekommen und einfach so weitergefahren.
Der Polizist Antonio Bacci hatte sich nicht einmal die Nummer aufschreiben können.
CRF 3 ... Und weiter? Er konnte sich nicht erinnern.
Eine Verfolgung kam überhaupt nicht in Frage. Das wäre das Letzte, worauf er jetzt Lust hatte.
Du steigst ins Auto, musst diesen Idioten Miele dazu bringen, dass er seinen Hintern vom Fahrersitz schiebt, musst mit ihm streiten, weil er nicht will, fährst schließlich los, machst dich wie ein Besengter an die Verfolgung, und bis du ihn einholst, bist du mindestens in Orbano und riskierst auch noch, dass du gegen einen Baum donnerst. Und wofür das alles? Weil ein Irrer eine Kontrollstelle übersehen hat.
»Nein. Das hier ist keine Nachtschicht.«
In einer Stunde ist Dienstschluss, ich fahre nach Hause, nehme eine schöne Dusche, mache mir eine Suppe und gehe ins Bett. Und wenn meine Frau, diese Nervensäge, nicht mit mir redet, um so besser. Solange sie still ist, beklagt sie sich wenigstens nicht.
Er sah auf die Uhr. Miele war an der Reihe, draußen Posten zu stehen. Er ging zum Auto, wischte mit der Hand das Fenster frei und sah nach, was mit seinem Kollegen los war.
Er schläft. Und wie er schläft!
Er stand seit einer halben Stunde im Regen, und dieser Scheißkerl schnarchte glücklich und zufrieden. Nach der Vorschrift musste der Beamte im Auto den Funk abhören. Wenn es einen Notruf gab und sich keiner meldete, waren sie in ernsten Schwierigkeiten. Und er müsste genauso seinen Kopf dafür hinhalten wie dieser Trottel. Völlig verantwortungslos war der Kerl. Seit einem Jahr war er bei der Polizei und meinte schon, schlafen zu können, während er die ganze Arbeit machte.
Und das war nicht seine erste Dummheit. Außerdem konnte er ihn absolut nicht leiden, er konnte ihn einfach nicht riechen. Als er ihm erzählt hatte, dass sein Urlaub durch den Pilotenstreik geplatzt und seine Frau deshalb voll neben der Spur war, hatte Miele kein einziges nettes Wort für ihn gehabt, keine freundschaftli-

che Geste, sondern nur gesagt, er würde sich nie von Reisebüros verarschen lassen und immer mit dem Auto in Urlaub fahren. *Bravo!* Und was für ein beklopptes Gesicht der hatte! Mit dieser dicken Knollennase, den Krötenaugen, den mit Gel verklebten Blondlöckchen. Und dann grinste er auch noch im Schlaf.

Ich stehe wie ein Idiot im Regen, und er schläft ...

Die bis zu diesem Moment mit aller Kraft unterdrückte Wut kam mit einer solchen Macht hoch, dass er sie kaum noch zurückhalten konnte. Er fing an zu zählen, um sich zu beruhigen.

»Eins, zwei, drei, vier ... Scheißdreck!«

Sein Gesicht verzerrte sich zu einer Fratze. Er begann mit den Fäusten die Windschutzscheibe zu bearbeiten.

Bruno Miele, der Polizist im Auto, schlief in Wirklichkeit gar nicht.

Den Kopf zurück an die Nackenstütze gelegt, dachte er mit geschlossenen Augen darüber nach, dass Graziano Biglia es ganz richtig gemacht hatte, die Delia zu vögeln, aber dass es noch tausendmal besser gewesen wäre, wenn er es einer dieser Tussis aus dem Fernsehen besorgt hätte.

Ansagerinnen sind tausendmal besser als Schauspielerinnen.

Und die Sportmoderatorinnen machten ihn noch schärfer, falls das überhaupt möglich war. Komisch, aber dass diese Flittchen über Fußball redeten und (immer falsche) Tipps zur Meisterschaft abgaben und (immer idiotische) Bewertungen der Spieltaktik, bescherte ihm doch glatt einen Ständer.

Er hatte kapiert, wozu diese Sendungen gut waren. Damit die Moderatorinnen mit den Fußballern ficken konnten. Das war alles so eingerichtet, der Rest war Inszenierung. Und der Beweis dafür war, dass sie dann untereinander heirateten.

Die Präsidenten der Fußballclubs machten diese Programme, damit die Spieler was zu vögeln hatten, dann waren sie ihnen später was schuldig und spielten bei ihnen in der Mannschaft.

Wenn er sich nicht für die Polizeilaufbahn entschieden hätte, wäre er gern Fußballer geworden. Es war ein Fehler gewesen, so früh mit dem Spielen aufzuhören. Wer weiß, wenn er sich mehr angestrengt hätte ...

Ja, es würde mir wirklich Spaß machen, Fußballer zu sein.
Nicht irgendeiner natürlich, *wenn du irgendeiner bist, lassen die Fernsehflittchen dich links liegen,* nein, er müsste natürlich ein Bomber wie Del Franco sein. Dann käme er als Gast in alle Sendungen und würde sie der Reihe nach durchficken: Simona Reggi, Antonella Cavalieri, Miriana ...? Miriana, Luisa Somaini, als sie noch bei TMC war, und Michela Guadagni. Ja, einfach alle, durch die Bank.

Er wurde langsam geil.

Wer war wohl die Versauteste von allen?

Die Guadagni. Die schärft mich vielleicht an. Die macht so auf braves Mädchen, aber in Wirklichkeit ist sie saugeil. Du musst nur ein Sportler sein, verdammt, um an sie ranzukommen.

Er fing an, sich eine Orgie vorzustellen: mit Michela, Simona und Andrea Mantovani, dem Showmaster ...

Er lächelte. Mit geschlossenen Augen. Glücklich wie ein Kind.

Toc toc toc toc.

Heftiges Klopfen ließ ihn buchstäblich hochfahren.

»Was ist los?« Er riss die Augen auf und schrie: »Ahhhhh!«

Hinter der Scheibe sah ihn ein monströses Gesicht an.

Dann erkannte er ihn.

Bacci, dieses Arschloch!

Murrend machte er das Fenster ein paar Zentimeter auf. »Bist du noch ganz dicht?! Ich hab fast einen Herzschlag gekriegt! Was willst du denn?«

»Komm raus!«

»Weshalb?«

»Deshalb. Du hast geschlafen.«

»Ich habe nicht geschlafen.«

»Raus!«

Miele sah auf die Uhr. »Ich bin noch nicht dran.«

»Raus, sage ich.«

»Ich bin noch nicht dran. Jeder eine halbe Stunde.«

»Die halbe Stunde ist längst vorbei.«

Miele sah noch einmal auf die Uhr und schüttelte den Kopf. »Stimmt nicht. Es fehlen noch vier Minuten. In vier Minuten steige ich aus.«

»Verdammte Scheiße, ich bin schon länger als vierzig Minuten draußen. Komm raus.«

Bacci wollte den Türgriff packen, doch Miele war schneller, drückte den Sicherungsknopf runter, bevor dieser Wahnsinnige die Tür aufreißen konnte.

»Verfluchter Scheißkerl, steig aus«, brüllte Bacci und fing wieder an, mit den Fäusten gegen das Fenster zu trommeln.

»Was hast du denn?! Was ist in dich gefahren, hä, bist du vollkommen durchgedreht?! Immer locker. Beruhige dich. Ich weiß, dass dein Urlaub in den Tropen geplatzt ist, aber jetzt mal ganz ruhig. Es geht nur um einen Urlaub, das ist nicht das Ende der Welt.« Miele versuchte, sich das Lachen zu verkneifen, aber der Typ hatte doch echt das Pech gepachtet. Zwei Monate lang war er ihm mit seinen Atollen, Korallenfischen und Palmen auf die Eier gegangen, und dann war er gar nicht gefahren. Da könnte man sich doch bepissen vor Lachen.

»Ah, du findest das lustig, du Wichser! Mach auf! Sonst schlag ich gleich die Scheibe ein, und dann kriegst du was in die Fresse, verdammt noch mal.«

Miele hätte ihm um ein Haar gesagt, er solle sich nicht so aufregen, es sei doch gar nicht so schlimm, dass er nicht nach Mauritius gekommen war, schließlich würde er hier doch auch nass, aber er hielt sich zurück. Irgendetwas sagte ihm, dass der Typ echt dazu fähig war, die Scheibe einzuschlagen.

»Mach auf!«

»Nein, ich mache nicht auf. Wenn du dich nicht beruhigst, mache ich nicht auf.«

»Ich bin ruhig, jetzt mach auf.«

»Du bist nicht ruhig, das sehe ich.«

»Ich bin ruhig, ich schwöre es dir. Ich bin wahnsinnig ruhig. Los, mach auf.« Bacci trat vom Auto zurück und hob die Hände. Inzwischen war er klatschnass.

»Ich glaube es nicht.« Miele sah noch einmal auf die Uhr. »Und außerdem ist es erst in zwei Minuten soweit.«

»Du glaubst es nicht, hä? Dann pass mal auf.« Bacci zog seine Pistole und richtete sie auf Miele. »Siehst du, dass ich ruhig bin? Siehst du es, hä?«

Miele konnte es nicht glauben. Wie sollte er denn auch glauben können, dass dieser Idiot mit der Beretta auf ihn zielte? Der musste voll durchgeknallt sein, wie die Typen, die ihren Chef ermorden, weil sie entlassen worden sind. Doch Miele hatte keine Lust, sich von einem Psychopathen umbringen zu lassen. Er zog ebenfalls seine Pistole. »Ich bin auch ruhig«, sagte er mit einem unverschämten Lächeln. »Wir sind alle beide ruhig. Voll auf Kamillentee.«

»Sieh mal, was der Polizist da macht«, sagte Martina.
In ihrer Stimme lag ein Anflug von Verwunderung.
»Was macht er denn? Ich kann nichts sehen.« Max hatte sich zu ihr hinübergebeugt, doch er konnte nichts erkennen, der Sicherheitsgurt blockierte ihn, und draußen war es dunkel.
Im blauen Licht war nur der Umriss einer menschlichen Gestalt auszumachen.
»Er hat eine Pistole in der Hand.«
Max hätte sich mit seinem Gurt fast erwürgt. »Was heißt das, er hat eine Pistole in der Hand?«
»Er zielt damit auf das Auto.«
»Er zielt damit auf das Auto!?« Max hielt die Hände hoch und fing an zu schreien. »Wir haben nichts getan! Wir haben nichts getan! Ich habe die Kontrollstelle nicht gesehen, ich schwöre es!«
»Sei ruhig, du Blödmann, er zielt nicht auf uns.« Martina machte ihren kleinen Rucksack auf, holte ein Päckchen Camel light heraus und steckte sich eine Zigarette an.
»Und worauf zielt er?«, fragte Max.
»Sei mal einen Moment still, dann kapiere ich es vielleicht.« Sie ließ das Fenster herunter. »Auf das Polizeiauto.«
»Ah!« Max schnaufte erleichtert. »Und warum?«, fragte er dann.
»Weiß ich nicht. Vielleicht sitzt ein Dieb drin.« Martina blies eine Rauchwolke nach draußen.
»Was sagst du da?«
»Könnte doch sein. Muss sich ins Auto geschlichen haben, während er an der Straße Autos gestoppt hat. Das passiert oft, dass Einsatzwagen so ausgeraubt werden. Habe ich irgendwo ge-

lesen. Doch der Polizist hat ihn wohl geschnappt.« Sie schien sehr stolz auf ihre Hypothese.

»Und was tun wir jetzt? Fahren wir weiter?«

»Warte. Warte einen Moment ... Lass mich nur machen.« Martina streckte den Kopf aus dem Fenster. »Herr Wachtmeister! Herr Wachtmeister, brauchen Sie Hilfe? Können wir etwas für Sie tun?«

Ich verstehe jetzt, warum sie mitgekommen ist, ohne mich zu kennen, dachte Max verzweifelt, *sie ist vollkommen schwachsinnig. Das unterscheidet sie von meinen Freundinnen: Sie ist komplett bescheuert.*

»Herr Wachtmeister! Herr Wachtmeister, brauchen Sie Hilfe? Können wir etwas für Sie tun?« Eine Stimme aus der Ferne.

Bacci sah hoch und entdeckte am Straßenrand den blauen Mercedes, der nicht angehalten hatte. Eine Frauenstimme rief ihn.

»Was?«, schrie er. »Ich kann nichts verstehen.«

»Brauchen Sie Hilfe?«, rief das Mädchen.

Ob ich Hilfe brauche? »Nein!«

Was stellte die denn für Fragen? Dann erinnerte er sich an die gezogene Waffe und steckte sie schnell in die Pistolentasche. »Seid ihr das, die eben nicht angehalten habt?«

»Ja. Das sind wir.«

»Und wieso seid ihr zurückgekommen?«

Die Frau wartete einen Moment, bevor sie antwortete. »Haben Sie uns nicht ein Zeichen mit der Kelle gegeben, dass wir anhalten sollten?«

»Ja, aber vorhin ...«

»Dann können wir also fahren?«, fragte sie hoffnungsvoll.

»Ja«, sagte Bacci, aber dann dachte er noch einmal darüber nach. »Einen Moment, was seid ihr von Beruf?«

»Wir haben keinen Beruf. Wir studieren.«

»Was?«

»Philologie.«

»Du bist doch nicht etwa eine Hostess?«

»Nein. Ich schwör's.«

»Und warum habt ihr eben nicht angehalten?«

»Mein Freund hat die Kontrollstelle nicht gesehen. Der Regen war zu dicht.«

»Ja klar, dein Freund ist gefahren wie ein Irrer. Einen Kilometer von hier gibt es ein schönes großes Schild, auf dem steht: 80. Das ist die zulässige Höchstgeschwindigkeit auf diesem Streckenabschnitt.«

»Mein Freund hat es nicht gesehen. Es tut uns wahnsinnig Leid. Ehrlich. Meinem Freund tut es sehr Leid.«

»In Ordnung, ich lasse es noch mal durchgehen. Aber fahrt in Zukunft langsamer. Vor allem, wenn es regnet.«

»Danke, Herr Wachtmeister. Wir werden sehr langsam fahren.«

Im Auto freute Max sich aus drei Gründen.

1) Weil Martina »mein Freund« gesagt hatte. Das bedeutete wahrscheinlich nichts, aber es konnte auch etwas bedeuten. Man sagt nicht einfach so »mein Freund«. Ein bisschen musste schon dahinter sein, wenn auch vielleicht nicht viel.

2) Martina war absolut nicht bescheuert. Ganz im Gegenteil. Sie war genial. Sie hatte den Polizisten großartig eingewickelt. Wenn sie so weitermachte, eskortierte er sie zum Schluss noch nach Hause.

3) Sie hatten kein Bußgeld aufgebrummt bekommen. Sein Vater hätte es ihn bis zur letzten Lira bezahlen lassen, einmal ganz davon abgesehen, dass er sein neues Auto genommen hatte ...

Doch er freute sich zu früh, denn genau in diesem Moment begann Bruno Mieles Dienst.

Als er dieses Juwel von einem Auto hatte näher kommen sehen, war Bruno Miele mit einem Satz aus dem Einsatzwagen gesprungen, als hätte er plötzlich mit einem Schwarm Wespen zu kämpfen.

Ein 650 TX. Von der amerikanischen Zeitschrift »Motors & Cars« als bestes Auto der Welt bezeichnet.

Er schaltete die Stablampe ein und richtete sie auf den Mercedes.

Kobaltblau. Die einzige Farbe für einen 650 TX.

»Ihr da in dem Mercedes, fahrt an die Seite«, forderte er die beiden auf, bevor er sich Bacci zuwandte: »Lass es gut sein, ich kümmere mich darum.«

Im hellen Licht der Stablampe glitzerten die Tropfen des dicht und gleichmäßig fallenden Regens. Dahinter das Gesicht einer jungen Frau, die geblendet die Augen zusammenkniff.

Miele besah sie sich aufmerksam.

Sie hatte blaue Haare, einen Ring in der Lippe und einen in einer Augenbraue.

Eine Punkerin! Was zum Teufel macht eine Punkerin in einem 650 TX?!

Miele fand schon Punks in einem Panda verabscheuenswert, ganz zu schweigen davon, wenn sie in dem Flaggschiff des deutschen Automobilherstellers saßen.

Er verabscheute ihre gefärbten Haare, die Tätowierungen, die Ringe, die schwitzigen Achseln und den ganzen anderen aufrührerisch-kommunistischen Schwachsinn.

Lorena Santini, seine Freundin, hatte irgendwann mal gesagt, sie hätte gern einen Bauchnabelring wie Naomi Campbell und Pietra Mura. »Wenn du das machst, verlasse ich dich!«, hatte er sie gewarnt. Und Lorena hatte diesen Quatsch genauso schnell wieder vergessen, wie er ihr eingefallen war. Wenn sie irgend so ein Weichei als Freund hätte, dann wäre inzwischen bestimmt schon ihre Möse gepierct.

Ein beunruhigender Gedanke ließ ihn erstarren. *Und wenn die Guadagni eine gepiercte Möse hat?*

Ihr würde das gut stehen. Die Guadagni ist anders als Lorena. Sie kann sich bestimmte Dinge erlauben.

»Ihr Kollege hat gemeint, wir könnten weiterfahren«, krähte diese Punkerin und hielt sich einen Arm vor die Augen.

»Und ich sage euch, dass ihr bleiben müsst. Fahr an die Seite.«

Das Auto parkte am Rand der Ausweichstelle.

»Das stimmt. Ich habe ihnen gesagt, sie könnten weiterfahren«, protestierte Bacci sachte.

Miele sprach keinen Ton leiser: »Ich hab es gehört. Und das war falsch. Sie haben eine Straßensperre überfahren. Das ist schwerwiegend ...«

»Lass sie fahren«, unterbrach ihn Bacci.

»Nein. Niemals.« Miele tat einen Schritt auf den Mercedes zu, doch Bacci packte ihn am Arm.

»Was soll der Scheiß? Ich habe sie schließlich angehalten. Was hast du damit zu tun?«

»Lass meinen Arm los.« Miele befreite sich von ihm.

Bacci bebte vor Wut und schnappte nach Luft. Seine Backen bliesen sich auf wie Sackpfeifen.

Miele sah ihn an und schüttelte den Kopf. *Der Arme. Was für ein Elend. Er hat nicht mehr alle Tassen im Schrank. Ich muss einen Bericht über seinen bedenklichen Geisteszustand machen. Er ist für sein Handeln nicht mehr verantwortlich. Er ist gefährlich. Und ihm ist nicht klar, wie schlecht es um ihn steht.*

Wenn die beiden da Studenten waren, dann war er ein Merengue-Tänzer. Und dieser Trottel wollte sie abhauen lassen ...

Das waren zwei Diebe.

Wie konnte eine Punknutte in so einem Wagen sitzen? Das war doch klar. Sie brachten den Mercedes zu irgendeinem Autoschieber. Doch wenn sie glaubten, Bruno Miele hereinlegen zu können, dann hatten sie sich aber mordsmäßig getäuscht.

»Hör mal, setz dich ins Auto. Trockne dich ab, du bist klatschnass. Ich kümmere mich darum. Ich bin jetzt dran. Eine halbe Stunde für jeden. Also, Antonio, setz dich in den Wagen, bitte.« Er versuchte, so versöhnlich wie möglich zu klingen.

»Sie sind umgekehrt. Ich hatte sie gestoppt, und sie sind umgekehrt. Warum? Meinst du, sie hätten kehrtgemacht, wenn sie Diebe wären?« Bacci schien jetzt erschöpft. Als hätten sie ihm drei Liter Blut abgenommen.

»Was hat das damit zu tun? Setz dich ins Auto, na los.« Miele öffnete die Tür des Einsatzwagens. »Du hast einen schlimmen Tag gehabt. Ich kontrolliere ihre Papiere, und dann lasse ich sie fahren.« Er schob ihn ins Auto.

»Mach schnell, dann können wir nach Hause«, sagte Bacci völlig erschöpft.

Miele schloss die Wagentür und entsicherte seine Pistole.

Und jetzt zu uns.

Er richtete seine Kappe und ging mit entschlossenen Schritten auf den gestohlenen Mercedes zu.

Bruno Mieles Vorbilder waren der frühe Clint Eastwood aus den Zeiten des Inspektors Callaghan und der Steve McQueen aus *Bullit*. Männer aus einem Guss. Eiskalte Männer, die einem in den Mund schossen, ohne mit der Wimper zu zucken. Taten statt Worte.

Miele eiferte ihnen nach. Doch er hatte begriffen, dass er, wollte er wie sie werden, eine Mission brauchte, und er hatte sie gefunden: den kriminellen Sumpf in dieser Gegend trockenlegen. Und wenn er dafür Gewalt anwenden musste, umso besser.

Das Problem war, dass er seine Uniform hasste. Er fand sie abscheulich. Sie war furchtbar, lächerlich. Ein elender Schnitt. Stoff von schlechter Qualität. Wie Zeug für die polnische Polizei. Wenn er sich im Spiegel ansah, bekam er das Kotzen. Solange er in dieser Uniform steckte, würde er niemals sein Bestes geben können. Sogar Dirty Harry wäre in der Uniform eines italienischen Polizisten ein Niemand gewesen; nicht umsonst trug er Tweedjacken und enge Hosen. Noch ein Jahr, und er könnte den Antrag stellen, in eine der Spezialabteilungen versetzt zu werden. Wenn es klappte, würde er Zivil tragen, das wäre nach seinem Geschmack. Die P38 im Schulterhalfter. Und diesen schönen weißen Trenchcoat, den er in Orbano im Sommerschlussverkauf erstanden hatte.

Miele klopfte an das Fenster auf der Fahrerseite.

Die Scheibe ging runter.

Am Steuer saß ein junger Typ.

Er musterte ihn, ohne irgendeine Gefühlsregung zu zeigen (ein weiteres Merkmal des alten Clint).

Ein potthässlicher Kerl.

Vielleicht zwanzig Jahre alt.

In fünf oder höchstens sechs Jahren würde er eine Glatze haben. So was konnte er sofort sehen. Auch wenn der Typ jetzt sein Haar lang trug und zu einem Pferdeschwanz zusammengebunden hatte, war es doch über der Stirn dünn und erinnerte an Bäume in einem abgebrannten Wald. Er hatte außerdem riesige Segelohren, von denen das linke noch mehr abstand als das rechte. Als hätten diese Verunstaltungen nicht schon genügt, baumelten an einem Ohrläppchen fünf Silberringe. Der Punk glaubte vielleicht, dass er wie Bob Marley oder irgendein anderer dieser drogensüchtigen Scheißrockstars aussah, doch er sah eher aus wie eine Tunte mit Zottelzopf.

Die Schlampe mit den dunkelblauen Haaren starrte mit zusammengebissenen Zähnen geradeaus. Sie hatte Kopfhörer auf den Ohren. Sie war nicht mal so schlecht. Ohne dieses ganze Metall im Gesicht und diese Haarfarbe wäre sie ganz passabel gewesen. Nichts Besonderes, aber für einmal Blasen oder einen Schnellfick im Dunkeln könnte es reichen.

Miele sah ins Wageninnere. »Guten Abend, die Papiere bitte.«

Ein starker Geruch, unverwechselbar wie der von Kuhscheiße, erregte seine Rezeptoren, löste einen Ionenfluss aus, der über die Hirnnerven ins Enzephalon stieg, wo er Neuromediatoren auf die Synapsen des Gedächtniszentrums entlud. Und Bruno Miele erinnerte sich.

Er war sechzehn Jahre alt, saß am Strand von Castrone und sang *Blowing in the wind*, zusammen mit anderen Mitgliedern der katholischen Jugendgruppe von *Comunione & Liberazione* aus Albano Laziale, die in der Nähe zelteten. Plötzlich waren noch ein paar Freaks da, die sich Zigaretten drehten. Sie boten ihm eine an, und er nahm sie, um Eindruck auf ein brünettes Mädchen in seiner Gruppe zu machen. Ein Zug, und er bekam einen Hustenanfall und tränende Augen. Als er fragte, was das für ein Dreck sei, fingen die Freaks an zu lachen. Dann erklärte ihm einer, dass in der Zigarette Stoff sei. Er durchlebte eine schreckliche Woche, überzeugt davon, dass er drogensüchtig geworden sei.

In diesem Mercedes war der gleiche Geruch.

Haschisch.

Shit.

Drogen.

Zottelzopf und Blauhaar hatten ein paar Joints geraucht. Er hielt die Stablampe auf den Aschenbecher.

Bingo. Und Bacci, dieser Obertrottel, wollte sie fahren lassen...

Das waren schon mehr als ein paar Joints, das war ein ganzer Haufen. Die Kippen quollen aus dem Aschenbecher. Die beiden hatten sich nicht mal die Mühe gemacht, sie verschwinden zu lassen. Entweder waren sie geistig zurückgeblieben oder derart bedröhnt, dass sie selbst so etwas Einfaches nicht mehr fertigbrachten.

Zottelzopf machte das Handschuhfach auf und gab ihm die Zulassung und den Versicherungsschein.

»Und der Führerschein?«

Der Typ zog seine Brieftasche heraus und reichte ihm den Führerschein.

Zottelzopf hieß Massimiliano Franzini. Er war am 25. Juli 1975 geboren und wohnte in Rom in der Via Monti Parioli 128.

Der Führerschein war in Ordnung.

»Wem gehört das Auto?«

»Meinem Vater.«

Er kontrollierte die Zulassung. Das Auto war auf Mariano Franzini, wohnhaft in der Via Monti Parioli 128 zugelassen.

»Und dein Vater kann sich so ein Auto leisten?«

»Ja.«

Miele streckte einen Arm aus und berührte mit der Stablampe den Oberschenkel des Mädchens. »Nimm die Kopfhörer ab. Papiere.«

Blauhaar schob einen Kopfhörer zur Seite, verzog das Gesicht zu einer Grimasse, als hätte sie eine Maus verschluckt, holte den Ausweis aus ihrem Beutel und hielt ihn mit einer genervten Geste hin.

Sie hieß Martina Trevisan. Auch sie kam aus Rom und wohnte in der Via Palenco 34. Miele kannte die Straßennamen in Rom nicht so gut, doch er meinte sich zu erinnern, dass die Via Palenco in der Nähe der Piazza Euclide lag, also in Parioli.

Er gab ihnen die Papiere zurück und musterte die beiden.

Zwei aus diesem Scheißvillenviertel Parioli, die sich als Punks verkleideten.

Die waren schlimmer als Diebe. Viel schlimmer. Diebe riskierten wenigstens ihren Arsch. Die nicht. Das waren die verzogenen Sprösslinge der Reichen, als Rowdys zurechtgemacht. Mit einem goldenen Löffel im Mund geboren, immer in Watte gepackt und mit Eltern, die ihnen erzählten, dass sie die Herren des Universums seien und das Leben ein Spaziergang – und dass sie sich ruhig einen Joint drehen könnten, wenn sie wollten, und sich wie Penner anziehen, wenn es ihnen Spaß machte.

Auf Mieles Gesicht erschien ein glückliches Lächeln und entblößte ein Gehege gelber Zähne.

Dieses mit Filzstift auf die Jeans gemalte A für Anarchie war ein Angriff auf jeden, der im eisigen Regen an der Straße steht, um die Ordnung aufrechtzuerhalten, diese Joints im Aschenbecher eine Beleidigung für jeden, der einmal irrtümlich an einem Joint gezogen und eine ganze Woche mit der Angst zugebracht hat, drogensüchtig zu sein, diese Coca-Cola- Dosen, verächtlich unter die Sitze eines Autos geworfen, das ein normaler Mensch sich nicht einmal leisten könnte, wenn er sein ganzes Leben lang sparen würde, waren eine Beschimpfung für einen Mann, der einen Alfa 33 Twin Spark besitzt, den er sonntags am Brunnen wäscht und für den er gebrauchte Ersatzteile sucht. Alles, was diese beiden darstellten, war eine schallende Ohrfeige für ihn und die ganze Polizei.

Diese Scheißer verarschten ihn doch einfach.

»Weiß dein Vater, dass du in dem Auto unterwegs bist?«

»Ja.«

Er tat so, als würde er den Versicherungsschein kontrollieren. Dann fragte er in einem beiläufigen Ton: »Raucht ihr gern?« Er hob den Blick und sah, dass Zottelzopf fast zusammengebrochen wäre.

Es durchzuckte ihn angenehm, und er spürte so etwas wie Stolz.

Die Kälte war verschwunden. Der Regen machte ihn nicht mehr nass. Er fühlte sich gut. Friedlich.

Polizist sein ist doch tausendmal besser als Fußballspieler.

Er hatte sie in der Hand.

»Raucht ihr gern?«, wiederholte er im gleichen Ton.

»Ja.«

»Und was?«

»Wie? Was meinen Sie damit?«

»Was raucht ihr gern?«

»Chesterfield.«

»Und Joints mögt ihr nicht?«

»Nein.« Die Stimme von Zottelzopf vibrierte wie die Saite einer Violine.

»Nein? Und warum zitterst du dann?«

»Ich zittere nicht.«

»Stimmt. Du zitterst nicht, Entschuldigung.« Er lächelte zufrieden und zielte mit dem Strahl der Stablampe direkt in Blauhaars Gesicht.

»Der junge Mann sagt, dass ihr keine Joints mögt. Stimmt das?«

Sie hielt sich wieder die Hand schützend vor die Augen und schüttelte den Kopf.

»Was hast du, bist du zu schlapp, um sprechen zu können?«

»Wir haben ein paar Joints geraucht, na und?«, antwortete Blauhaar mit einer schrillen, hohen Stimme, die wie Kratzen auf einer Tafel klang.

Ah ... du bist härter im Nehmen. Machst dich nicht so schnell nass wie dein Freund mit den Segelohren.

»Na und, sagst du? Vielleicht ist es dir entgangen, dass das in Italien verboten ist.«

»Persönlicher Bedarf«, erwiderte die kleine Schlampe in einem belehrenden Ton.

»Ah, persönlicher Bedarf. Dann gib mal gut Acht. Gib mal gut Acht, was jetzt passiert!«

Im nächsten Moment lag Max auf dem nassen Asphalt.

Bäuchlings.

Er hatte nicht die Zeit gehabt zu reagieren, sich zu verteidigen, irgendwas zu tun.

Die Tür war weit aufgerissen worden, und dieser Bastard hatte ihn mit beiden Händen am Pferdeschwanz gepackt und aus dem Wagen gezerrt. Einen Moment lang hatte er gefürchtet, er wolle ihm alle Haare ausreißen, doch dieser Hurensohn hatte ihn in die Mitte der Haltebucht geschleudert, als wäre er eine Last an einem Seil. Und Max war mit dem Kopf voran hingeflogen und mit dem Gesicht in einer Pfütze gelandet.

Er bekam keine Luft.

Er rappelte sich auf und kniete sich hin. Sein Oberkörper war bei dem Aufschlag gequetscht worden, und er spürte einen Druck auf den Lungen. Er riss den Mund auf, brachte aber nur ein paar krächzende Töne heraus. Nichts. Er versuchte zu atmen, doch es ging nicht. Im strömenden Regen schnappte er entkräftet nach Luft, während alles um ihn herum verschwamm und finster wurde. Schwarz und gelb. Hunderte von gelben Blumen erblühten vor seinen Augen, und in den Ohren hatte er ein dumpfes, pulsierendes Brummen, wie das ferne Motorgeräusch eines Tankers.

Ich sterbe. Ich sterbe. Ich sterbe. Verdammt, ich sterbe.

Dann, als er schon sicher war, den Abgang zu machen, öffnete sich irgendetwas in seinem Brustkorb, eine Art Ventil vielleicht, irgendetwas gab nach, und gierig saugten seine bedürftigen Lungen einen Hauch von Luft an. Max atmete wieder. Er atmete ein und atmete aus. Sein Gesicht ging von Violett in Kardinalsrot über. Dann fing er an zu husten und zu spucken und spürte erneut, wie ihm der Regen in den Kragen lief und sein Haar klatschnass machte.

»Steh auf. Komm hoch.«

Eine Hand packte ihn am Kragen. Er stand wieder auf den Füßen.

»Geht's dir gut?«

Max schüttelte den Kopf.

»Na los, dir geht's doch gut. Du bist nicht mehr so schlaff wie eben. Ich könnte wetten, dass du jetzt besser kapierst.«

Max schaute hoch.

Dieser Dreckskerl stand triefend nass in der Mitte der Ausweichstelle und breitete die Arme aus wie ein besessener Prediger oder so was in der Art. Sein Gesicht vom Dunkel verschluckt.

Und da war auch Martina. Aufrecht dastehend. Die Beine breit. Die Hände gegen die Tür des Mercedes gestützt.

»Wenn das, was ihr konsumiert habt, für den persönlichen Bedarf war, wie die junge Frau es so richtig nennt, dann müssen wir jetzt sicherstellen, dass nicht irgendwo noch mehr Drogen versteckt sind, denn dann wäre es schlimmer, sehr viel schlimmer, und wollt ihr wissen, warum? Weil es dann nämlich illegaler Besitz von Betäubungsmitteln zum Zweck des Handels wäre.«

»Max, geht es dir gut? Alles in Ordnung?« Ohne sich umzudrehen, rief Martina verzweifelt nach ihm.

»Ja. Und dir?«

»Ich bin okay ...«, krächzte sie, kurz davor, in Tränen auszubrechen.

»Fantastisch. Mir geht es auch gut. Dann geht es uns allen dreien gut. Also können wir uns jetzt mit ernsteren Problemen beschäftigen«, sagte der Polizist von der Mitte des Halteplatzes aus.

Er ist wahnsinnig. Vollkommen wahnsinnig, sagte sich Max.

Vielleicht war er gar kein Polizist. Er musste ein gefährlicher, als Polizist verkleideter Psychopath sein. Genau wie in *Maniac Cop*. Dieser andere, der Polizist, den sie zuerst gesehen hatten, der mit der Pistole, was war aus dem geworden? Hatte er ihn getötet? Im Streifenwagen brannte zwar Licht, doch durch die regenüberströmten Scheiben konnte man nicht ins Innere sehen.

Er wurde von der Stablampe des Polizisten geblendet.

»Wo ist der Stoff?«

»Was denn für Stoff? Es gibt hier keinen Stoff.« *Scheiße, ich fange gleich auch an zu weinen.* Er spürte die ersten verdammten Anzeichen, dass ihm die Tränen hochkamen. Ein unkontrollierbares Zittern ließ ihn von Kopf bis Fuß erbeben.

»Zieh dich aus!«, befahl ihm der Polizist.

»Was?«

»Zieh dich aus. Ich muss dich durchsuchen.«

»Ich habe nichts bei mir.«

»Beweis es mir.« Der Polizist hatte die Stimme gehoben. Und er verlor die Geduld.

»Aber ...«

»Kein aber. Du sollst gehorchen. Ich stelle die verfassungsmäßige Ordnung dar und du die Anarchie. Du bist auf frischer Tat erwischt worden, und wenn ich dir also befehle, dich auszuziehen, dann hast du dich auszuziehen, kapiert? Muss ich vielleicht die Pistole rausholen und sie dir in den Hals stecken? Soll ich das tun?« Er hatte wieder zu diesem gelassenen Ton gefunden, diesem Ton, bei dem man Unglück und Gewalt kommen sah.

Max zog sich das karierte Hemd aus und legte es auf den Boden. Dann das Fleece-Teil und das T-Shirt. Der Polizist beobachtete ihn mit verschränkten Armen. Er gab ihm ein Zeichen weiterzumachen. Max öffnete den Gürtel, die drei Größen zu weite Hose fiel wie ein zerrissener Vorhang zu Boden, und er stand in den Unterhosen da. Seine Beine waren unbehaart, weiß und klapperdürr.

»Zieh dich ganz aus. Du könntest es in ...«

»Hier. Hier ist es. Er hat es nicht. Ich habe es«, schrie Martina, die immer noch mit den Händen auf dem Auto dastand. Max konnte ihr nicht ins Gesicht sehen.

»Was hast du?« Der Polizist ging näher zu ihr hin.

»Hier! Ich habe es hier.« Martina machte ihren Beutel auf und holte ein Stück Shit heraus. Nicht viel. Höchstens ein paar Gramm. »Da ist es.«

Es war alles, was sie hatten.

Nur eine halbe Stunde zuvor, auf einem Lichtjahre entfernten Planeten mit Autoheizung, Musik von REM und Ledersitzen, hatte Martina erzählt: »Ich habe versucht, noch ein bisschen was aufzutreiben, und Pinocchio angerufen« (Max war durch den Kopf gegangen, dass die Dealer noch immer so beknackte Spitznamen hatten), »doch ich habe ihn nicht erreicht. Es ist nicht viel, aber was soll's. Wir teilen es uns ein, und außerdem können wir nicht lernen, wenn wir ständig bekifft sind ...«

»Gib her.« Der Polizist nahm das Stück und hielt es sich unter die Nase. »Aber mal im Ernst. Das ist die Kleinkacke, und wo ist der große Haufen? Im Auto? Oder habt ihr ihn bei euch?«

»Ich schwöre, ich schwöre bei Gott, dass das alles ist, was wir haben. Wir haben sonst nichts. Das ist die Wahrheit. Leck mich doch am Arsch, du Wichser. Da ist die Wahr ...« Martinas Worte gingen in Tränen unter.

Sie wirkte jünger, jetzt, wo sie endlich weinte. Der Rotz lief ihr aus der Nase, die Wimperntusche verschmierte unter ihren Augen, und das blaue Haar auf ihrem Kopf stand nicht mehr hoch wie eine Bürste, sondern klebte an ihrer Stirn. Ein fünfzehnjähriges Mädchen, das von einem Heulkrampf geschüttelt wird.

»Und im Auto? Sag mir, habt ihr es im Auto versteckt?«

»Sieh doch selbst nach, du Arschloch. Da ist überhaupt nichts!«, heulte Martina und stürzte sich mit geballten Fäusten auf ihn. Der Polizist hielt sie an den Handgelenken fest. Sie schimpfte und heulte, während er schrie: »Was soll das? Was soll das? Du reitest dich immer weiter rein«, ihr einen Arm auf den Rücken drehte, und sie, die vor Schmerz brüllte, mit Handschellen ans Wagenfenster fesselte.

Max sah mit runtergelassenen Hosen zu, wie seine Kommilitonin und zukünftige Freundin misshandelt wurde, ohne etwas zu unternehmen.

Es war der Ton des Polizisten, der ihn daran hinderte zu reagieren. Er war zu ruhig. Als wäre es für ihn die normalste Sache auf der Welt, einen an den Haaren zu ziehen und zu Boden zu werfen und anschließend ein Mädchen zu schlagen.

Er ist vollkommen wahnsinnig. Dieser Gedanke löste nicht etwa Panik bei ihm aus, sondern beruhigte ihn.

Er war wahnsinnig. Deshalb brauchte er selbst absolut nichts zu tun.

Es gibt Menschen, die schon klinisch tot waren und dann ins Leben zurückgeholt wurden. Dann bringen die Bemühungen der Ärzte, das Adrenalin, Stromstöße und Herzmassagen das Herz wieder zum Schlagen, und die Glücklichen kehren ins Leben zurück.

Beim Erwachen, wenn man es so nennen will, haben manche von ihnen das Gefühl gehabt, sich, während sie tot waren, aus ihrem Körper zu lösen und sich selbst auf dem Operationstisch zu sehen, umgeben von Ärzten und Krankenschwestern. Sie betrachteten die Szene aus der Höhe, als hätte sich eine Fernsehkamera (andere sprechen von Seele) aus ihrer sterblichen Hülle befreit und würde sie jetzt von oben aufnehmen.

Ein ähnliches Gefühl hatte Max in jenem Augenblick.

Er sah die Szene aus der Ferne. Wie in einem Film, oder besser: wie auf einem Set, wo gerade gedreht wurde. Ein Actionfilm. Das blaue Licht des Einsatzwagens. Die Scheinwerfer des Mercedes, die sich in den Pfützen spiegelten. Finsternis, durch die der Regen peitschte. Auf der Straße vorbeirasende Autos. Der ferne Schlag einer Glocke.

Und dieser falsche Polizist und ein mageres Mädchen auf den Knien, das weinte, mit Handschellen an die Wagentür gekettet. Und dann er selbst, in Unterhosen, wie er zitterte und mit den Zähnen klapperte, ohne in der Lage zu sein, irgendwas zu tun.

Das war perfekt. Als Drehbuch.

Und das Absurdeste dabei war, dass es real war und ihm gerade geschah, ihm, der ein großer Fan von Actionfilmen war, der unzählige Male *Duell* und *Ein ganz normales Wochenende* und wenigstens ein paarmal *The Hitcher* gesehen hatte, ihm, dem eine solche Gewaltszene sehr gefallen hätte, wenn er in der zweiten Reihe des Embassy mit einer Tüte Popcorn in der Hand gesessen hätte. Er hätte sich über die beinharte Gewalt gefreut. Wie seltsam, jetzt war er mittendrin, er selbst, der applaudiert hätte ...

Der Junge engagiert sich nicht und wirkt abwesend.

Wie oft hatten sie ihm diesen Mist ins Zeugnis geschrieben?

»Lass sie in Ruhe!«, schrie er plötzlich aus voller Kehle, so laut, dass ihm fast die Stimmbänder rissen. »Lass sie in Ruhe!«

Rasend wie ein verwundetes Tier ging er auf diesen Bastardwichserscheißkerl los, doch er stürzte schon beim ersten Schritt.

Er stolperte über seine Hosen.

Und da lag er am Boden, in der kalten Nacht, und weinte.

Vielleicht bin ich doch ein bisschen zu hart.

Es war der Mitleid erregende Anblick von Zottelzopf, wie er über seine Hosen stolperte, in eine Pfütze fiel und schrie wie ein Schwein, das man abstechen will, der Bruno Miele veranlasste, sich diese moralische Frage zu stellen.

Es hätte eine ungemein komische Szene sein können, wie der arme Kerl mit seinen runtergelassenen Hosen versuchte, ihn anzugreifen, und auf dem Boden landete, doch es war ganz im Gegenteil eine Szene, bei der ihm das Lächeln gefror. Mit einem Mal tat ihm der Arme ein bisschen Leid. Ein Kerl von zwanzig Jahren, der wie ein Rotzjunge herumheult und es nicht schafft, Verantwortung zu übernehmen. Als Miele den Film *Der Bär* gesehen hatte, hatte er an der Stelle, als die Jäger Mama Bär töten und das Kleine begreift, dass die Erde ein von Arschlöchern bevölkerter Scheißplatz ist und dass es sich allein durchschlagen muss, etwas

Ähnliches empfunden. Er hatte plötzlich einen Kloß im Hals, und unwillkürlich zogen sich seine Gesichtsmuskeln zusammen.
Was zum Teufel war mit ihm los?! Nichts!
Das Mädchen tat ihm nicht Leid.
Im Gegenteil. Am liebsten hätte er sie geohrfeigt. Sie ging ihm mit diesem hysterischen Stimmchen, das wie das Kreischen einer Elektrosäge klang, dermaßen auf den Zeiger, dass er nicht mal mehr Lust hatte, sie zu ficken. Ja, er würde sie am liebsten ohrfeigen. Doch dieser arme Kerl sollte aufhören zu wimmern, sonst würde er noch selbst anfangen zu weinen.

Er hockte sich neben Zottel … Wie hieß er noch mal? Massimiliano Franzini. Und in einem Ton, so süß wie eine sizilianische Cassata, sagte er zu ihm: »Steh auf. Nicht weinen. Na komm, sonst erkältest du dich noch.«

Nichts.

Er schien ihn nicht gehört zu haben, doch er weinte wenigstens nicht mehr. Miele packte ihn am Arm und versuchte ihn hochzuziehen. Ohne Erfolg. »Na komm, nicht doch. Jetzt sehe ich mir das Auto an, und wenn ich nichts finde, lasse ich euch weiterfahren. Zufrieden?«

Das hatte er gesagt, damit der Junge aufstand. Er war sich nicht so sicher, ob er sie so einfach laufen lassen würde. Immerhin war da noch die Sache mit den Joints. Und außerdem musste er ihre Personalien von der Zentrale überprüfen lassen. Das Protokoll. Da blieb noch eine Menge zu tun.

»Steh auf, sonst werde ich wütend.«

Segelohr hob endlich den Kopf. Sein Gesicht war dreckverschmiert, und auf der Stirn hatte sich ein zweiter Mund geöffnet, aus dem Blut floss. Seine Augen glänzten, müde, waren aber von einer seltsamen Entschlossenheit erfüllt. Er zeigte die Zähne.
»Warum?«
»Darum. Weil du nicht auf der Erde liegen bleiben kannst.«
»Warum?«
»Du wirst dich erkälten.«
»Warum tust du das?«
»Was?«
»Warum verhältst du dich so?«

Miele ging zwei Schritte zurück.

Als wäre das plötzlich nicht mehr Zottelzopf da vor ihm auf dem Boden, sondern eine giftige Kobra.

»Steh auf. Die Fragen stelle ich hier. Steh …
(erkläre ihm, warum du dich so verhältst)
… auf«, stammelte er.
(Sag es ihm.)
Was?
(Sag ihm die Wahrheit. Erkläre es ihm, los. Und erzähl keine Märchen.)

Miele ging ein paar Schritte weg. Er sah aus wie ein Roboter. Seine Uniformhosen waren bis zu den Knien durchnässt, die Jacke hatte dunkle Flecken auf Schultern und Rücken. »Du willst, dass ich es dir sage? Ich sage es dir. Ich sage es dir, wenn du willst.« Er ging zu Segelohr, nahm seinen Kopf und drehte ihn Richtung Mercedes. »Siehst du das Auto da? Dieses Auto wird ohne Extras für einhundertneunundsiebzig Millionen Lire einschließlich Mehrwertsteuer geliefert, und wenn du das Schiebedach, die breiteren Reifen, die computergesteuerte Klimaanlage, die Stereoanlage mit CD-Wechsler im Kofferraum und aktivem Subwoofer, die Innenausstattung aus Leder, die Seitenairbags und den ganzen Rest dazu nimmst, kommen wir mit Leichtigkeit auf zweihundertzehn, zweihundertzwanzig Millionen Lire. Dieses Auto hat ein Bremssystem, das von einem 16-Bit-Prozessor gesteuert wird, dasselbe, das McLaren in der Formel 1 verwendet, es hat einen Bordcomputer. Das alles könnte man auch noch bei anderen Spitzenmodellen finden. Aber das Einzigartige an diesem Wagen, das, worauf sich die Fans buchstäblich einen runterholen, ist der Motor: er hat sechstausenddreihundertfünfundzwanzig Kubikzentimeter, zwölf Zylinder aus einer Speziallegierung, deren genaue Zusammensetzung nur Mercedes kennt. Entworfen hat ihn Hans Peter Fenning, der schwedische Ingenieur, der das Antriebssystem des Space-Shuttle und des amerikanischen Atom-U-Boots *Alabama* entwickelt hat. Hast du je versucht, im fünften Gang anzufahren? Wahrscheinlich nicht, doch wenn du es tun würdest, könntest du erleben, dass dieses Auto auch im Fünften losfährt. Es hat einen so elastischen Motor, dass du eigentlich gar nicht mehr schalten musst. Die Beschleunigung ist besser als die von all den Scheißcoupés, die heute so in Mode sind, und kann mit Autos wie Lamborghini oder Corvette locker mithalten. Und das Design? Elegant. Nüchtern. Nichts Affiges. Keine aufgemotzten Scheinwerfer. Kein Plastikscheiß. Raffiniert. Die klassische Linie von Mercedes. Und weißt du, was unser Ministerpräsident beim Turiner Autosalon gesagt hat? Er hat gesagt, dass dieses Auto ein großes Ziel ist, und dass, wenn wir es schaffen, in Italien ein solches Auto zu bauen, dass wir uns dann ein demokratisches Land nennen können. Aber ich glaube nicht, dass wir das je schaffen, wir haben dafür nicht die richtige Mentalität. Ich weiß nicht, wer dein Vater ist und wie er sein Geld verdient. Wahrscheinlich ist er ein Mafioso oder ein Schutzgelderpresser oder ein Zuhälter, das ist mir scheißegal. Ich habe Hochachtung vor deinem Vater. Er ist ein Mann, der Respekt verdient, weil er einen 650 TX besitzt. Dein Vater ist ein Mann, der den Wert der Dinge zu schätzen weiß. Er hat sich dieses Auto gekauft, hat einen Haufen Geld dafür ausgegeben, und ich würde meine rechte Hand darauf wetten, dass er sich nicht wie ein Penner anzieht, und meine linke Hand darauf, dass er nicht weiß, dass du Wichser sein Auto genommen hast, um darin mit einer blauhaarigen Schlampe mit lauter Ringen im Gesicht durch die Gegend zu fahren und Joints zu rauchen und angebissene Tramezzini auf den Boden zu schmeißen. Willst du wissen, was ich glaube? Ich glaube, dass ihr beiden die ersten Menschen auf der Welt seid, die in einem 650 TX Joints geraucht haben. Vielleicht hat sich irgendein verdammter Rockstar schon mal ein paar Linien Koks in einem 650 TX reingezogen, aber bestimmt hat noch keiner – ich sage: keiner – darin einen Joint geraucht. Ihr beiden habt ein Sakrileg begangen, einen blasphemischen Akt, als ihr beschlossen habt, euch in einem 650 TX vollzudröhnen. Das ist schlimmer, als auf den Altar des Vaterlands zu kacken. Ist dir jetzt klar, warum ich mich so aufrege?«

Wenn der Polizist Antonio Bacci nicht in tiefen Schlaf gefallen wäre, sobald er im Einsatzwagen saß, dann wäre die Bruno Miele Magic Live-Show mitten auf der Via Aurelia vermutlich nicht so gut gelungen, und Max Franzini und Martina Trevisan würden nicht noch Jahre danach immer wieder von diesem furchtbaren nächtlichen Erlebnis erzählen.

Aber als Antonio Bacci in die wohlige Wärme des Autos kam, sich die Schnürsenkel aufgebunden und seine Arme überkreuzt hatte, schlief er, ohne es zu merken, ein und träumte von Kokosnüssen, Kugelfischen, Tauchermasken und Stewardessen im Bikini.

Bacci wurde erst wach, als eine Meldung über Funk kam. »Wagen 12! Wagen 12! Notfall. Fahrt sofort zur Mittelschule in Ischiano Scalo. Unbekannte sind in das Gebäude eingedrungen. Wagen ...«

Verdammter Mist, ich bin eingeschlafen, bemerkte Bacci, griff nach dem Mikrophon und sah auf die Uhr. *Aber wie ist das möglich? Schlafe ich schon seit mehr als einer halben Stunde? Was macht Miele denn da draußen?*

Er brauchte ein paar Sekunden, um zu begreifen, was die Zentrale wollte, aber zum Schluss schaffte er es zu antworten. »Verstanden. Wir fahren sofort los. In spätestens zehn Minuten sind wir da.«

Diebe. In der Schule seines Sohnes.

Er stieg aus. Es regnete immer noch, und dazu wehte jetzt ein Scheißwind, der einen fast umwarf. Er lief zwei Schritte, ging aber dann gleich wieder langsamer.

Der Mercedes war noch da. Das Mädchen mit den blauen Haaren war mit Handschellen an die Tür gekettet. Sie saß auf dem Boden und umklammerte mit einem Arm ihre Beine. Miele dagegen kauerte mitten auf dem Halteplatz neben dem Jungen, der in Unterhosen in einer Pfütze lag, und sprach auf ihn ein.

Er ging auf seinen Kollegen zu und fragte mit einer Stimme, der man die Verstörung anmerkte, was hier los sei.

»Ah, da bist du ja.« Miele hob den Kopf und lächelte glücklich. Er war klatschnass. »Nichts. Ich war gerade dabei, ihm etwas zu erklären.«

»Und wieso ist er in Unterhosen?« Bacci war bestürzt.

Der Junge zitterte wie Espenlaub und hatte auch noch eine Kopfwunde.

»Ich habe ihn durchsucht. Ich habe sie erwischt. Sie haben Haschisch geraucht und mir ein Stück ausgehändigt, doch ich habe den begründeten Verdacht, dass im Auto noch mehr versteckt ist. Wir müssen das überprüfen ...«

Bacci packte ihn am Arm und zog ihn fort, außer Hörweite der beiden. »Hast du noch alle Tassen im Schrank? Hast du ihn etwa geschlagen? Wenn die beiden dich anzeigen, kriegst du einen Mordsärger.«

Miele befreite sich aus Baccis Griff. »Wie oft habe ich dir schon gesagt, du sollst mich nicht anfassen! Ich habe ihn nicht geschlagen. Er ist von allein gefallen. Es ist alles unter Kontrolle.«

»Und wieso hast du dem Mädchen Handschellen angelegt?«

»Sie ist hysterisch. Hat versucht, mich anzugreifen. Nur die Ruhe. Es ist nichts passiert.«

»Hör mir mal zu. Wir müssen sofort zur Mittelschule von Ischiano. Ein Notruf. Scheint so, als wäre jemand in das Gebäude eingedrungen. Es hat Schüsse gegeben ...«

»Was, Schüsse?« Miele war unruhig geworden, fuchtelte mit den Händen herum. »Man hat Schüsse in der Schule gehört?«

»Ja.«

»In der Schule?«

»Ich habe doch schon ja gesagt.«

»Ogottogottogottogottogott ...« Miele fuhr sich hektisch mit den Fingern durchs Gesicht, kniff sich in Lippe und Nase und zerzauste sein Haar.

»Was ist los mit dir?«

»Mein Vater ist da drin, du Idiot! Die Sarden! Papa hatte Recht. Los, los, schnell, wir haben keine Zeit zu verlieren ...«, stieß Miele verstört aus und wandte sich dann den beiden zu.

Miele lief zu dem Jungen, der sich inzwischen wieder aufgerappelt hatte, sammelte die nassen Kleidungsstücke auf und drückte sie ihm in die Hand, ging dann zu ihr und befreite sie, kehrte zurück und blieb an einem gewissen Punkt stehen. »Hört mir zu, ihr beiden, diesmal seid ihr noch mal davongekommen, doch beim nächsten Mal funktioniert das nicht mehr. Hört auf mit den Joints, sonst habt ihr bald nur noch Matsch im Hirn. Und hört auch damit auf, euch so zurechtzumachen. Das sage ich zu eurem Besten. Wir müssen jetzt weg. Trocknet euch ab, sonst erkältet ihr euch.« Dann wandte er sich speziell an den Jungen. »Ah, und richte deinem Vater meine Hochachtung wegen des Autos aus.« Er lief zu Bacci, die beiden Polizisten stiegen in ihren Wagen und fuhren mit heulender Sirene davon.

Max sah sie auf der Aurelia verschwinden. Er warf die Kleider weg, zog sich die Hosen hoch und rannte zu Martina, um sie zu umarmen.

Sie hielten sich eng umschlungen, wie siamesische Zwillinge. Lange. Und weinten still. Sie fuhren sich gegenseitig durch die Haare, während der eiskalte Regen weiter auf sie prasselte.

Sie küssten sich. Zuerst auf den Hals, dann auf die Wangen und schließlich auf den Mund.

»Lass uns ins Auto gehen«, sagte Martina und zog ihn nach drinnen. Sie schlossen die Türen und schalteten die computergesteuerte Klimaanlage ein, die in wenigen Sekunden den Innenraum wohlig warm machte. Sie zogen sich aus, trockneten sich ab, schlüpften in die wärmsten Sachen, die sie dabei hatten, und küssten sich erneut.

Auf diese Weise überwand Max seine schreckliche Angst vor dem ersten Kuss.

Und diese Küsse waren die Ersten einer langen Reihe. Max und Martina wurden ein Paar, gingen drei Jahre miteinander (im Zweiten wurde ein Mädchen geboren, das sie Stella nannten) und heirateten dann in Seattle, wo sie ein italienisches Restaurant eröffneten.

Während der nächsten Tage, in der Villa in San Folco, überlegten sie, ob sie diesen Bastard anzeigen sollten, doch am Ende verzichteten sie darauf. Man konnte nicht wissen, wie es ausgehen würde, und außerdem war da ja noch die Sache mit den Joints und dass sie heimlich das Auto genommen hatten. Besser, sie ließen es sein.

Doch diese Nacht blieb ihnen für immer in Erinnerung. Die schreckliche Nacht, in der sie das Pech hatten, auf den Polizisten Miele zu treffen, und das große Glück, davonzukommen und ein Paar zu werden.

10. Dezember

38

dring dring dring

Als das Telefon zu läuten begann, träumte die Lehrerin Flora Palmieri, bei der Kosmetikerin zu sein. Sie hatte sich ruhig und entspannt auf der Liege ausgestreckt, als sich die Tür öffnete und ein Dutzend silbergraue Koalas ins Zimmer kamen. Der Lehrerin war gleich klar, dass die kleinen Beuteltiere ihr die Fußnägel schneiden wollten.

Sie hielten Nagelscheren in ihren Greifhänden und tanzten mit fröhlichen Gesängen um sie herum.

Trik trik trik. Wir sind Koalas, nette kleine Bärchen, und wir schneiden dir die Nägel an den Füßchen. *Trik trik trik dring dring dring.*

Und das Telefon läutete weiter.

Flora Palmieri riss die Augen auf.

Dunkel.

dring dring dring

Sie tastete nach dem Schalter und machte die Nachttischlampe an.

Sie sah auf den Digitalwecker auf dem Nachttischchen neben ihrem Bett.

Zwanzig vor sechs.

Und das Telefon läutete weiter.

Sie stand auf, schlüpfte in ihre Pantoffeln und lief ins Wohnzimmer.

»Hallo?«

»Signorina Palmieri? Entschuldigen Sie, wenn ich um diese Zeit störe ... Hier ist Giovanni Cosenza.«

Der Direktor!

»Habe ich Sie aufgeweckt?«, fragte er zögernd.

»Nun ja, es ist zwanzig vor sechs.«

»Tut mir Leid. Ich hätte Sie nicht angerufen, aber etwas sehr Schwerwiegendes ist vorgefallen ...«

Flora versuchte, sich etwas sehr Schwerwiegendes vorzustellen, das dem Direktor das Recht geben könnte, sie um diese Uhrzeit zu wecken, doch ihr fiel nichts ein.

»Was denn?«

»Heute Nacht ist in die Schule eingebrochen worden. Sie haben alles kurz und klein geschlagen ...«

»Wer?«

»Wandalen.«

»Wie?«

»Also, sie sind eingebrochen, haben den Fernseher und den Videorecorder zertrümmert, die Wände mit Farbe beschmiert und das Schultor mit einer Kette verschlossen. Italo hat versucht, sie aufzuhalten, und liegt jetzt im Krankenhaus. Wir haben die Polizei hier ...«

»Was ist mit Italo passiert?«

»Ich glaube, er hat eine gebrochene Nase und eine Verletzung am Arm.«

»Und wer war das?«

»Das weiß man nicht. Die Schmierereien an den Wänden lassen vermuten, dass es Schüler waren, ich weiß nicht ... Nun, jetzt ist also die Polizei hier, und es gibt eine Menge Dinge zu tun, Entscheidungen zu treffen, und diese Wandschmierereien ...«

»Was steht denn an den Wänden?«

Der Direktor zögerte. »Hässliche Dinge ...«

»Was meinen Sie mit hässlich?«

»Hässlich. Hässlich. Sehr hässlich, liebe Kollegin.«

»Hässliche Sprüche? Was steht denn da?«

»Nichts ... Könnten Sie herkommen?«

»Wann?«

»Jetzt.«

»Ja, sicher, ich komme ... Ich mache mich fertig und komme ... In einer halben Stunde?«

»In Ordnung. Ich erwarte Sie.«

Ziemlich verwirrt legte Flora Palmieri den Hörer auf. »Madonna, was mag bloß passiert sein?« Sie lief zwei Minuten in der Wohnung hin und her, ohne zu wissen, was sie tun sollte. Sie war eine methodisch denkende Frau. Und Notsituationen versetzten sie in Panik. »Richtig, ich muss ins Bad.«

39

Ta ta ta ta ta ta ta ...

Graziano Biglia hatte das Gefühl, dass ein Hubschrauber in seinem Hirn herumflog.

Ein Apache, einer von diesen großen Kampfhubschraubern.

Und wenn er den Kopf vom Kissen hob, wurde es definitiv schlimmer, weil er anfing, Napalm in seinem armen schmerzenden Gehirn abzuwerfen.

Was war los? Du hast dich doch nicht verarschen lassen? Alles würde gut gehen? Ich komme auch ohne sie großartig zurecht ... Puah!

Eigentlich war ja alles ganz gut gelaufen, bis er diese verdammte »Western Bar« betreten hatte.

Die Erinnerungen an die Nacht waren wie ein schwarzes, von Motten durchlöchertes Tuch. Hin und wieder gab es ein kleines Loch, durch das ein bisschen Licht fiel.

Zum Schluss war er am Strand gelandet. Daran konnte er sich erinnern. Es war hundekalt gewesen an diesem Scheißstrand, und er war irgendwie ausgerutscht und zwischen den Kabinen der Länge nach hingeschlagen. Dann hatte er im Regen gelegen und gesungen.

Onda su onda, la nave, la deriva, le banane, i lamponi ...
Ta ta ta ta ta ...

Er musste schnell irgendwas nehmen. Ein Wundermittel, das diesen Hubschrauber in seinem Kopf abschalten könnte. Die Rotorblätter zermatschten ihm das Hirn, als wäre es Vanillepudding.

Graziano streckte einen Arm aus und machte das Licht an. Er schlug die Augen auf. Schloss sie wieder. Öffnete sie ganz langsam erneut und sah John Travolta.

Wenigstens bin ich zu Hause.

40

Morgens hatte Flora Palmieri ein langes Ritual zu absolvieren.

Als Erstes ein Schaumbad mit Irish Moos. Dann im Radio den ersten Teil von »Buongiorno Italia« mit Elisabetta Baffigi und Paolo d'Andreis anhören. Und ein Körnerfrühstück.

An diesem Morgen würde das alles ausfallen.

Die hässlichen Sprüche an der Wand. Hundertprozentig galten die ihr.

Wer weiß, was da stand.

Im Grunde war sie auch ein bisschen froh darüber. Wenigstens jetzt, wo die Sache klar war, würden der Direktor und die stellvertretende Direktorin Maßnahmen ergreifen müssen.

Schon seit einigen Monaten spielte man ihr dumme Streiche. Zuerst waren es unschuldige Späße. Den Tafellappen aufs Pult geklebt. Eine Kröte in der Handtasche. Eine Karikatur an der Tafel. Reißzwecken auf dem Stuhl. Dann hatten sie das Klassenbuch verschwinden lassen. Damit nicht zufrieden, hatten sie noch eins draufgesetzt und die Reifen ihres Y10 aufgeschlitzt, eine Kartoffel ins Auspuffrohr gesteckt, und schließlich, eines Abends, als sie vor dem Fernseher saß, war ein Stein durchs Wohnzimmerfenster geflogen. Sie hätte fast einen Herzschlag bekommen.

Nach diesem Vorfall war sie zur stellvertretenden Direktorin gegangen und hatte ihr alles erzählt. »Tut mir Leid, aber da kann ich nichts machen«, hatte diese Hexe ihr geantwortet. »Wir wissen nicht, wer es gewesen ist. Wir können nichts tun, die Sache ist schließlich außerhalb der Schule passiert. Und außerdem glaube ich, Frau Kollegin, wenn ich das sagen darf, dass es auch Ihre Schuld ist, wenn wir an diesem Punkt angekommen sind. Es gelingt Ihnen nicht, mit Ihren Schülern in einen konstruktiven Dialog zu treten.«

Flora hatte Anzeige gegen Unbekannt erstattet, doch es war nichts dabei herausgekommen.

Vielleicht jetzt...

Sie ging endlich ins Bad, regulierte das Wasser der Dusche und zog sich aus.

41

Er war noch angezogen.

Die Timberland an den Füßen. Ein säuerlicher und stechender Geruch nach ...

»Scheiße, ich habe mich vollgekotzt.«

Das war wieder ein kleines Loch.

Graziano saß im Auto und fuhr. Irgendwann war ihm der Jack Daniels sauer aufgestoßen, und er hatte den Kopf zur Seite gedreht, um aus dem Fenster zu kotzen. Nur dass das Fenster geschlossen war.

Wie ekelhaft ...

Er zog die Schublade auf und holte wahllos irgendwelche Medikamente heraus.

Alka Seltzer. Novalgin. Aspirin. Lefax. Echinacin. Aulin.

Er hatte es nicht geschafft. Es war ihm nicht gelungen, sich der Flut von Scheiße, die auf ihn zu schwappte, entgegenzustellen und ihr standzuhalten.

Er konnte es selbst kaum verstehen, dass er nach dem Telefonat ein paar Stunden lang in einem seltsamen, euphorisch entrückten Zen-Zustand gewesen war.

42

Dass die Palmieri einen sehr schönen Körper hatte, daran gab es keinen Zweifel.

Sie war eine große, schlanke Frau mit wohlgeformten Beinen. Vielleicht hatte sie zu wenig Taille, doch die Natur hatte sie mit einem für ihren grazilen Körper auffallend üppigen Busen ausgestattet. Weiße, schneeweiße, totenblasse Haut. Vollkommen unbehaart, abgesehen von ein paar rötlichen Schamhaarlöckchen.

Das Gesicht schien wie aus Holz geschnitzt. Kantig und mit vorspringenden Jochbögen. Ein breiter Mund mit schmalen, bleichen Lippen. Die Zähne kräftig. Eine lange, spitze Nase zwischen zwei runden Augen, die so grau wie Flusskiesel waren.

Sie hatte wunderbares rotes Haar, eine krause Mähne, die ihr bis über die Schultern fiel. Außer Haus trug sie es immer zu einem Knoten gebunden.

Als sie aus der Dusche kam, sah sie sich trotz der Eile im Spiegel an.

Das war früher selten vorgekommen, doch seit einiger Zeit tat sie es immer häufiger.

Sie alterte. Nicht dass ihr das Probleme machte, eher im Gegenteil. Sie beobachtete aufmerksam, wie mit jedem Tag ihre Haut weniger frisch wurde, ihr Haar weniger leuchtend und die Augen immer matter. Sie war zweiunddreißig, und man hätte sie jünger geschätzt, wären da nicht dieses Netz feiner Falten um den Mund herum und die ein wenig schlaffe Haut am Hals gewesen.

Sie betrachtete sich, und sie gefiel sich nicht.

Sie hasste ihren Busen. Er war zu groß. Sie trug schon den größten BH, den es gab, aber wenn sie ihre Tage hatte, war er eigentlich immer noch zu klein.

Sie nahm ihre Brüste in die Hände. Sie hatte Lust, sie zusammenzupressen, bis sie explodierten, wie reife Melonen. Warum hatte die Natur ihr diesen obszönen Streich gespielt? Diese beiden monströsen hypertrophen Drüsen passten ganz und gar nicht zu ihrer zierlichen Figur. Ihre Mutter hatte zu keiner Zeit einen solchen Busen gehabt. Dieser Busen ließ sie als leichtlebige Frau erscheinen, und wenn sie ihn nicht in dehnbare BHs einzwängte, ihn nicht unter strengen Kleidern verbarg, spürte sie die Blicke der Männer auf sich. Sie hätte ihn sich verkleinern lassen, hätte ihr nicht der Mut dazu gefehlt.

Sie schlüpfte in den Morgenmantel und ging in die kleine Küche. Zog das Rouleau hoch.

Noch ein Regentag.

Aus dem Kühlschrank holte sie die schon gebratene Hühnchenleber, gekochte Zucchini und Karotten. Sie warf alles in den Mixer.

»Mama, ich muss los«, sagte sie mit lauter Stimme. »Ich bringe dir dein Essen heute Morgen ein bisschen früher, tut mir Leid, aber ich muss sofort in die Schule...« Sie schaltete den Mixer ein.

Sekundenschnell verwandelte sich alles in einen rötlichen Brei. Sie machte den Mixer wieder aus.

»Der Direktor hat angerufen. Ich muss gleich hin.« Sie nahm den Deckel des Mixers ab, gab Wasser und Sojasoße dazu und rührte um. »Heute Nacht ist jemand in die Schule eingebrochen. Ich mache mir ein wenig Sorgen.« Sie goss den Mix in eine große Babyflasche und erwärmte sie in der Mikrowelle. »Sie haben irgendwas Hässliches an die Wand geschrieben ... Wahrscheinlich über mich.«

Sie durchquerte die Küche mit der Milchflasche in der Hand und betrat ein dunkles Zimmer. Sie drückte auf den Lichtschalter. Das Neon ging knisternd an und erleuchtete den kleinen Raum, der kaum größer war als die Küche. Vier weiße Wände, ein kleines Fenster mit geschlossenem Rollladen, graues Linoleum als Fußboden, ein Kruzifix, ein Bett mit Aluminiumgitter, ein Stuhl, ein Nachttisch und ein Infusionsständer. Das war alles.

Im Bett lag Lucia Palmieri.

43

Graziano hatte ausgiebig geduscht und war um halb zehn am Abend aus dem Haus gegangen.

Sein Ziel? Das Kino Mignon in Orbano.

Titel des Films? *Schlag auf Schlag*.

Hauptdarsteller? Jean-Claude Van Damme. Einer der ganz Großen.

Wenn sie dir das Herz aus der Brust gerissen und zerquetscht haben, ist Kino ein Allheilmittel, hatte er sich gesagt.

Nach dem Film eine kleine Pizza und dann schlafen gehen, wie ein alter Weiser.

Alles wäre wahrscheinlich nach Plan verlaufen, wenn er nicht an der »Western Bar« Halt gemacht hätte, um sich Zigaretten zu holen. Er hatte sie gekauft und war schon fast wieder draußen, als er sich sagte, dass ein kleiner Whisky ihm im Grunde nichts schaden könne, sondern ihn vielmehr aufmuntern würde.

Nichts dagegen zu sagen, wenn es bei einem geblieben wäre.

Graziano hatte sich an die Theke gesetzt und sich eine Reihe kleiner Whiskys genehmigt, und der bis zu diesem Moment in die tiefsten Tiefen seines Inneren verdrängte Schmerz hatte angefangen zu rumoren und zu kläffen wie ein geschlagener Hund.

Du hast mich verlassen? Wunderbar. Willst nichts mehr von mir wissen? Kein Problem. Graziano Biglia lebt sehr viel besser ohne dich, du Schlampe. Verpiss dich. Lass dich von Mantovani ficken. Ist mir doch scheißegal.

Er hatte begonnen, Selbstgespräche zu führen. »Mir geht es klasse. Mir geht es echt gut. Was glaubst du denn, mein Schatz, dass ich anfange zu heulen? Nein, meine Liebe, da irrst du dich. Tut mir sehr Leid. Weißt du, wie viele Frauen es gibt, die besser sind als du? Millionen. Du wirst nie mehr was von mir hören. Du wirst es noch bereuen, du wirst mir noch nachweinen, und dann suchst du mich und kannst mich nicht finden.«

Eine Gruppe junger Kerle beobachtete ihn von ihrem Tisch aus. »Was gibt's da zu glotzen, verdammt? Kommt doch her und sagt es mir ins Gesicht, wenn euch irgendwas nicht passt.« Er hatte geschrien, die Flasche von der Theke genommen, sich verzweifelt an den dunkelsten Tisch in der Kneipe verzogen und sein Handy herausgeholt.

44

Vor ihrer Krankheit war Lucia Palmieri so groß wie ihre Tochter gewesen. Jetzt maß sie noch ein Meter zweiundfünfzig und wog fünfunddreißig Kilo. Als hätte irgendein fremdartiger Parasit sie ausgesaugt. Sie war nur noch schlaffe, fahle Haut und Knochen.

Sie war siebzig Jahre alt und litt unter einer seltenen und unheilbaren Krankheit: Degeneration des zentralen und peripheren Nervensystems.

Sie lebte, wenn man das Leben nennen konnte, ans Bett gefesselt. Sie schien praktisch nichts mehr mitzubekommen, sprach nicht, hörte nicht, bewegte keinen Muskel, tat nichts.

Doch, eines tat sie.

Sie sah einen an.

Aus zwei riesigen grauen Augen, die von der gleichen Farbe waren wie die ihrer Tochter. Augen, die etwas so Ungeheures gesehen haben mussten, dass es sie wie ein Blitz getroffen und im ganzen Organismus einen Kurzschluss ausgelöst hatte. Ihre Muskeln waren nur noch eine weiche Masse, und die Knochen hatten sich zurückgezogen und gekrümmt wie Äste eines Feigenbaums. Wenn ihre Tochter ihr das Bett machen musste, hob sie sie heraus und hielt sie in den Armen wie ein kleines Kind.

45

Graziano hatte die erstbeste auf seinem Handy gespeicherte Nummer angerufen.
»Hier ist Graziano, wer ist da?«
»Hier ist Tony.«
»Ciao, Tony.«
Tony Dawson, der DJ aus dem Antrax und Ericas Ex.
(Natürlich wusste Graziano von Letzterem nichts.)
»Graziano? Wo bist du?«
»Zu Hause. In Ischiano. Wie geht's?«
»Nicht schlecht. Zu viel Arbeit. Und wie sieht's bei dir aus?«
»Gut. Sehr gut.« Dann hatte er den Tennisball runtergeschluckt, der ihm in der Kehle saß, und hinzugefügt: »Ich habe mich von Erica getrennt.«
»Nein!?«
»Doch.« Und ich bin froh darüber, hätte er dann am liebsten gesagt, hatte es aber nicht geschafft.
»Wieso das denn? Man hatte das Gefühl, ihr passt so gut zusammen ...«
Da war sie. Die Frage, die ihn in den nächsten Jahren quälen würde.
Wie konntest du bloß so blöd sein, eine derart geile Klassefrau zu verlassen?
»Ja, wieso? ... In der letzten Zeit haben wir uns nicht mehr so gut verstanden.«
»Ah! Hat sie dich verlassen ... oder du sie?«

»Also, man kann wohl sagen, ich habe sie verlassen.«
»Warum?«
»Na ja, sagen wir mal, wegen Unvereinbarkeit der Charaktere ... Wir zwei sind so grundverschieden und in unseren Einstellungen zum Leben Lichtjahre auseinander.«
»Ah ...«
Trotz des Whiskys, der ihm einen sauren Magen machte, hatte Graziano gehört, dass in diesem »Ah ...« viel Verwunderung, viel Unglaube, viel Mitleid und noch andere Dinge mitschwangen, die ihm nicht gefielen. Es war so, als hätte dieses Arschgesicht gesagt: »Okay, in Ordnung, lüg mir nur was vor.«
»Ja, ich habe sie verlassen. Sie ist ja ziemlich blöd, um ehrlich zu sein. Tut mir Leid, schließlich ist sie eine Freundin von dir, aber Erica hat wirklich Stroh im Kopf. So ist sie eben. Man kann ihr nicht trauen. Ich kapiere nicht, wie du immer noch mit ihr befreundet sein kannst. Sie redet ja auch über dich schlecht. Sie sagt, dass sie dir einen Arschtritt gibt, sobald sie es sich erlauben kann. Ich erzähle dir das nicht, weil ich wütend bin, weißt du, aber du vergisst sie besser. Sie ist eine echte Nut ... Ach lassen wir das.«
An dieser Stelle hatte Graziano das vage Gefühl, er sollte das Telefonat besser abbrechen. Tony Dawson war, wie soll man sagen, nicht gerade der richtige Gesprächspartner, um sich Luft zu machen, denn schließlich gehörte er zu Ericas besten Freunden.
Als ob es damit noch nicht genug gewesen wäre, versetzte ihm dieser hinterfotzige DJ den finalen Schlag. »Erica ist ein kleines Flittchen. Dagegen kommt sie einfach nicht an. Ich weiß das, ich weiß das sehr gut.«
Graziano hatte sich mit einem Schluck Whisky neuen Mut angetrunken. »Ach so, das weißt du schon? Na, um so besser. Doch, sie ist eine richtige Hure. Eine von denen, die für ein bisschen Erfolg bereit sind, über deine Leiche zu gehen. Du weißt nicht, wozu die fähig ist.«
»Wozu?«
»Zu allem. Weißt du, warum sie mit mir Schluss gemacht hat? Weil sie Assistentin in ›Wie du mir, so ich dir‹ wird, der Sendung mit Andrea Mantovani, dieser Schwuchtel. Und natürlich musste sie alles loswerden, was sie daran hinderte, sich so auszuleben,

wie es ihr im Blut liegt, nämlich wie die Riesenhure, die sie nun mal ist. Sie hat mit mir Schluss gemacht, weil ... wie hat sie doch gleich gesagt?« Graziano bot eine jämmerliche Imitation von Ericas Trienter Akzent. »›Weil ich dich verachte, für alles, was du darstellst. Für die Art, wie du dich anziehst. Für dein saudummes Gelaber ...‹ Eine verdammte Dreckshure ist sie, sonst gar nichts.«

Am anderen Ende der Leitung war Grabesstille, doch das interessierte Graziano nicht. Er lud die ganze Wagenladung Scheiße ab, die sich in einem halben Jahr voller Qualen und Frustrationen angesammelt hatte, und es hätte auch Michael Jackson, Eta Beta oder Sai Baba persönlich am Telefon sein können, das interessierte ihn einen feuchten Dreck.

»Mich verachten für das, was ich darstelle. Was soll das denn heißen? Was stelle ich denn dar, hä? Den Trottel, der sie mit Geschenken überschüttet hat, der sie ertragen hat, sie geliebt hat, wie niemand sonst auf der Welt, der alles getan hat, alles ... Scheiße! Tschüs. Mach's gut.«

Er hatte das Gespräch abgebrochen, weil er in der Halsschlagader einen stechenden Schmerz spürte, wie den Stich einer Biene.

Graziano hatte sich die Whiskyflasche gegriffen und war schwankend aus der Western Bar gegangen.

Die scheußliche Nacht hatte ihren Schlund aufgerissen und ihn verschlungen.

46

»Hier. Riech mal, wie gut das ist. Ich habe dir auch Hühnchenleber reingetan ...« Flora Palmieri hob den Kopf ihrer Mutter ein wenig an und gab ihr die Flasche. Die alte Frau begann zu nuckeln. Mit den vorspringenden Augäpfeln und ihrem bis auf die Schädelknochen abgemagerten Kopf ähnelte sie einem frisch aus dem Ei geschlüpften Vögelchen.

Flora war eine perfekte Pflegerin, sie fütterte sie dreimal am Tag mit Brei, wusch sie jeden Morgen und machte abends mit ihr Gymnastik, leerte die Stuhl- und Urinbeutel, wechselte zweimal in der Woche die Bettwäsche, verabreichte ihr stärkende Infusionen und sprach immer mit ihr, erzählte ihr eine Menge und gab ihr viele Medikamente und ...

... sie tat das alles seit nunmehr zwölf Jahren.

Und ihre Mutter schien nicht die Absicht zu haben dahinzuscheiden. Dieser Organismus hielt sich am Leben fest wie eine Seerose an einem Felsen. Sie hatte eine Pumpe, so zuverlässig wie eine Schweizer Uhr. »Alle Achtung! Ihre Mutter hat ein Sportlerherz, um das sie viele beneiden würden«, hatte ihr ein Kardiologe einmal gesagt.

Flora richtete ihre Mutter ein wenig auf. »Gut, nicht wahr? Hast du verstanden? Heute Nacht sind sie in die Schule eingebrochen. Und haben alles zertrümmert. Langsam, langsam, sonst verschluckst du dich noch ...« Sie wischte ihr mit einer Serviette ein wenig Brei ab, der aus einem Mundwinkel lief. »Jetzt werden sie mit eigenen Augen sehen, was das für Schüler sind. Rowdys. Die reden von Dialog. Und währenddessen brechen die nachts in die Schule ein ...«

Lucia Palmieri nuckelte weiter gierig an der Flasche und starrte in eine Ecke des Zimmers.

»Arme kleine Mama, musst um diese Zeit essen ...« Flora kämmte mit einer Bürste das lange schneeweiße Haar ihrer Mutter. »Ich versuche, früh zurück zu sein. Jetzt muss ich aber wirklich los. Du bist so tapfer.« Sie zog die Leitung des Katheters heraus und nahm den Urinbeutel vom Boden, gab ihrer Mutter einen Kuss auf die Stirn und verließ das Zimmer. »Heute Abend mache ich dir ein Bad. Freust du dich?«

47

Die Angst, die er am Abend vorher erfolgreich niedergekämpft hatte, ließ ihn am Morgen aus dem Schlaf hochfahren.

Pietro Moroni schlug ein Auge auf und richtete es auf den großen Micky-Maus-Wecker, der fröhlich auf dem Nachttischchen tickte.

Zehn nach sechs.

Ich gehe heute einfach nicht in die Schule.
Er fasste sich an die Stirn, weil er hoffte, Fieber zu haben.
Sie war kalt wie bei einer Leiche.
Durch das kleine Fenster neben dem Bett fiel ein wenig Licht in eine Ecke des Zimmers. Sein Bruder schlief noch, das Kissen über den Kopf gezogen. Ein Fuß, so weiß und lang wie ein Dorsch, schaute unter den Decken hervor.
Pietro stand auf, schlüpfte in seine Pantoffeln und ging pinkeln.
Im Bad war es eiskalt. Sein Atem dampfte. Beim Pinkeln wischte er mit einer Hand die beschlagene Fensterscheibe frei und sah nach draußen.
Was für ein ekelhaftes Wetter.
Der Himmel war von einer geschlossenen Masse dicker Wolken bedeckt, die düster und bedrohlich über der regennassen Landschaft hingen.
Wenn es zu stark regnete, nahm Pietro den gelben Schulbus. Die Haltestelle lag ungefähr einen Kilometer entfernt (er hielt nicht bei ihnen, weil die Straße zur Casa del Fico voller Schlaglöcher war). Ab und zu fuhr sein Vater ihn hin, doch meistens ging er zu Fuß und nahm einen Schirm. Wenn es nur leicht regnete, zog er seine gelbe Wachstuchjacke und die Gummistiefel an und fuhr mit dem Rad.
Seine Mutter war schon in der Küche.
Man hörte das Klappern der Töpfe, und der Duft von Gebratenem stieg nach oben.
Zagor bellte.
Er sah aus dem Fenster.
Sein Vater, der unter seinem Regenumhang nicht zu erkennen war, holte Zementsäcke, die neben der Hundehütte an der Mauer lehnten. Zagor, an der Kette, duckte sich schwanzwedelnd in den Schlamm und winselte um Aufmerksamkeit.
Soll ich es ihm sagen?
Sein Vater würdigte den Hund keines Blicks, so, als wäre er gar nicht da, nahm einen Sack, lud ihn sich auf die Schulter, duckte sich und warf ihn auf den Anhänger des Traktors, um dann von vorn zu beginnen.

Sollte er es ihm sagen? Ihm alles erzählen, ihm sagen, dass sie ihn gezwungen hatten, mit in die Schule zu gehen?

(*Papa, entschuldige, ich muss dir etwas sagen, gestern ...*)
Nein.
Er hatte das Gefühl, sein Vater würde es nicht verstehen und wütend werden. Sogar sehr wütend.
(*Wenn er es nachher erfährt, ist das nicht noch schlimmer?*)
Aber es ist nicht meine Schuld gewesen.
Er schüttelte energisch seinen Pimmel und lief wieder ins Zimmer.

Er musste aufhören zu denken, dass es nicht seine Schuld war. Das änderte nichts, es machte alles nur noch schwieriger. Er musste aufhören, an die Schule zu denken. Er musste schlafen.

»Was für ein Mist, verflixt noch mal«, flüsterte er und verkroch sich rasch wieder ins warme Bett.

Die Waschmaschine

Mit der Schuld war es so eine Sache.

Pietro hatte noch nicht richtig verstanden, wie das funktionierte.

Überall, in der Schule, in Italien und im Rest der Welt, bist du schuld und wirst bestraft, wenn du etwas falsch machst, etwas tust, das man nicht tun darf, kurz und gut: eine Dummheit anstellst.

Gerechtigkeit sollte so funktionieren, dass jeder dafür zahlt, woran er Schuld hat. Doch bei Pietro daheim lief es nicht ganz so.

Pietro hatte das von klein auf gelernt.

Die Schuld fiel bei ihm zu Hause wie ein Meteorit vom Himmel. Manchmal, oft, fiel sie auf dich, manchmal hattest du Schwein und konntest ihr ausweichen.

Das war Glückssache.

Und es hing alles von Papas Stimmung ab.

Wenn er gute Laune hatte, konntest du eine Riesendummheit machen, und dir passierte nichts, aber wenn er schlecht drauf war (immer häufiger in letzter Zeit), warst du auch an einem Flugzeugabsturz bei Barbados oder am Sturz der Regierung im Kongo schuld.

Im Frühsommer hatte Mimmo die Waschmaschine kaputt gemacht.

Stonewashed hatte er auf dem Etikett von Pattis Jeans gelesen. Diese Hosen gefielen ihm sehr. Seine Freundin hatte ihm erklärt, dass sie deshalb so toll aussahen, weil sie eben *stonewashed*, also mit Steinen gewaschen waren. Steine könnten Jeans hell und weich machen. Mimmo hatte nicht lange darüber nachgedacht, hatte einen Eimer mit Steinen gefüllt und ihn zusammen mit den Jeans und einem halben Liter Bleichmittel in die Waschmaschine gekippt.

Ergebnis: Jeans und Waschtrommel konnte man wegwerfen.

Als Signor Moroni das entdeckt hatte, hätte ihn fast der Schlag getroffen. »Wie ist es möglich, dass mein Sohn ein solcher Idiot ist? So viel Unglück kann ein Mensch allein doch gar nicht haben«, hatte er geschrien, sich dabei an die Brust geschlagen und über das Erbgut seiner Frau geschimpft, die ihre Idiotie mit vollen Händen an die Kinder weitergegeben habe.

Er hatte den Kundendienst angerufen, und der Monteur hatte sich für den gleichen Tag angesagt, an dem er seine Frau zum Arzt nach Civitavecchia fahren musste. Also hatte er Pietro eingeschärft: »Du bleibst zu Hause und zeigst dem Monteur, wo die Waschmaschine steht. Er soll sie mitnehmen. Deine Mutter und ich, wir kommen am Abend zurück. Und du verlässt auf keinen Fall das Haus, verstanden?«

Und Pietro war brav zu Hause geblieben, hatte alle Hausaufgaben gemacht und sich genau um halb sechs vor den Fernseher gesetzt, um sich *Raumschiff Enterprise* anzusehen.

Dann war sein Bruder mit Patti hereingekommen, und die beiden hatten ebenfalls zugeschaut.

Doch Mimmo hatte nicht die Absicht, die Abenteuer von Capitain Kirk und seiner Crew zu verfolgen. Es kam selten vor, dass seine Mutter das Haus verließ, und er wollte die Gelegenheit nutzen. Er umschlang seine Freundin wie ein verliebter Polyp.

Doch Patrizia entzog sich ihm, klopfte ihm auf die Finger und schnaubte: »Lass mich. Fass mich nicht an. Willst du wohl aufhören?«

»Was hast du denn? Hast du keine Lust? Hast du deine Tage?«, hatte Mimmo ihr ins Ohr geflüstert.

Patrizia war aufgesprungen und hatte mit dem Finger auf Pietro gezeigt. »Du weißt ganz genau, warum. Wegen deinem Bruder. Ganz einfach. Er ist immer dabei ... Er ist echt eine Plage, und er sieht uns immer so komisch an ... Der spioniert uns aus. Schick ihn weg.«

Das stimmte nicht.

Pietro interessierte sich ausschließlich dafür, was aus Spock geworden war, und es war ihm ganz egal, ob die beiden knutschten und irgendwelche Schweinereien machten.

Die Wahrheit lag woanders. Patti war einfach eifersüchtig. Die beiden Brüder verstanden sich untereinander sehr gut und machten für Patrizias Geschmack zu viele Witze, und Patrizia war grundsätzlich auf jeden eifersüchtig, der ihrem Freund nahestand.

»Ja, aber siehst du denn nicht, dass er Fernsehen guckt ...«, hatte Mimmo geantwortet.

»Schick ihn weg, sonst läuft nichts.«

Mimmo war hin zu Pietro. »Warum spielst du nicht draußen? Dreh doch mal 'ne Runde.« Dann hatte er versucht zu bluffen: »Ich hab die Folge schon mal gesehen, die ist sauschlecht ...«

»Ich finde sie gut«, hatte Pietro erwidert.

Ratlos war Mimmo auf der Suche nach einer Lösung im Wohnzimmer auf und ab gegangen. Und zum Schluss hatte er eine gefunden. Simpel. Die beiden Betten seiner Eltern zu einem breiten Doppelbett zusammenzuschieben.

Erstklassige Lösung.

»Wann kommen Papa und Mama zurück?«, hatte er Pietro gefragt.

»Sie sind zum Arzt gefahren. Gegen halb neun, neun. Spät. Ich weiß nicht.«

»Genial. Los, wir gehen nach oben.« Mimmo hatte Patti bei der Hand gepackt und versucht, sie hochzuziehen. Doch sie machte nicht mit. Sie sträubte sich.

»Läuft nicht. Nicht mit mir. Nicht mit dem Nerver im Haus.«

Mimmo hatte also sein letztes Ass ausgespielt, mit großartigem Getue zehntausend Lire aus dem Portemonnaie gezogen und zu Pietro gesagt, er solle für ihn Zigaretten holen. »Und von dem Geld, das übrig ist, kaufst du dir ein Eis und flipperst ein bisschen.«

»Das geht nicht. Papa hat gesagt, ich muss zu Haus bleiben. Ich muss auf den Mann vom Kundendienst warten«, hatte Pietro sehr ernst geantwortet. »Wenn ich weggehe, wird er wütend.«

»Mach dir keine Sorgen. Darum kümmere ich mich. Ich zeige ihm die Waschmaschine. Du holst jetzt Zigaretten.«

»Aber ... aber ... Papa wird wütend. Ich kann nicht ...«

»Raus. Verzieh dich.« Mimmo hatte ihm den Geldschein in die Hosentasche gesteckt und ihn rausgeworfen.

Natürlich geht alles schief, was schief gehen kann.

Pietro läuft ins Dorf, trifft auf der Straße Gloria, die auf dem Weg zum Reitunterricht ist und ihn anfleht, sie zu begleiten, und er, wie üblich, lässt sich überreden. In der Zwischenzeit kommt der Mann vom Kundendienst. Er findet die Haustür verschlossen, hängt sich an die Klingel, doch Mimmo hört nichts, weil er einen heftigen Kampf mit Pattis Stretchhose führt (Patti dagegen hört das Klingeln, sagt aber gemeinerweise nichts). Der Monteur geht wieder. Um halb acht, eine Stunde früher als vorgesehen, parken Signor Moroni und seine Frau den Panda auf dem Hof.

Mario Moroni steigt schon hochgradig gereizt aus, weil er dreihundertfünfundneunzigtausend Lire für Neuroscheißdreck für seine Frau ausgegeben hat, geht laut schimpfend – »das Zeug hilft doch nicht die Bohne, höchstens dass du vollkommen verblödest, und diese Bande von Halsabschneidern verdient sich dumm und dämlich« – unten in die Werkstatt und sieht, dass die Waschmaschine noch da ist. Er geht ins Haus. Von Pietro keine Spur. Er spürt, wie seine Hände plötzlich warm werden und es ihn juckt, als hätte er mit einem Mal Nesselsucht, und wie ihm die Blase fast platzt, also geht er hoch (er verkneift sich das Pissen seit Civitavecchia), holt schon im Flur seinen Schwanz raus, macht die Klotür auf und bleibt mit offenem Mund stehen.

Auf dem Klo sitzt ...

... Patrizia, diese dumme Kuh!
Sie hat nasse Haare, trägt SEINEN blauen Morgenmantel und malt sich gerade die Fußnägel mit rotem Nagellack an, doch als sie ihn mit seinem aus der Hose baumelnden Schwengel sieht, schreit sie wie am Spieß, als wollte er sie vergewaltigen. Signor Moroni schiebt sein Glied zurück in die Hose und knallt die Klotür mit einer solchen Wucht ins Schloss, dass sich ein großes Stück Putz von der Wand löst und auf den Boden fällt. Rasend vor Wut donnert er mit der geballten Faust auf den Mahagonischrank und schlägt ihn kaputt, verletzt sich dabei an der Hand, unterdrückt einen Schmerzensschrei und wendet sich Mimmos Zimmer zu, um nachzusehen, ob er dort ist.

Da ist er nicht.

Er reißt die Tür SEINES Schlafzimmers auf und findet ihn, wie er bäuchlings auf SEINEM Bett liegt und nackt und glücklich vor sich hin schnarcht, mit dem Ausdruck eines zufriedenen und sorglosen Engelchens, dem man gerade einen geblasen hat.

Die haben auf meinem Bett gevö ... gevögelt du elender Bastard du widerlicher Scheißkerl kein Respekt kein bisschen Respekt du Saukerl ich bring ihn dir bei den Respekt dich bring ich um das schwöre ich den Respekt bring dir noch bei das vergisst du dein Leben lang nicht dir bring ich Manieren bei, ich ...

Er schäumt vor Wut, und es ist eine primitive und wilde, eine blinde Wut, die er nicht zurückhalten kann.

... ich bring ihn um ich schwöre den bringe ich um ich gehe ins Gefängnis ja ins Gefängnis ist mir doch scheißegal lebenslänglich ist besser viel besser als das hier ist mir doch scheißegal ich hab es satt verdammte Scheiße noch mal ich halte das nicht mehr aus.

Zum Glück gelingt es ihm, sich zu beherrschen. Er packt seinen Sohn an einem Ohr. Mimmo wird wach und schreit wie besessen. Er versucht sich aus diesem eisernen Zangengriff zu befreien, der ihm fast das Ohr zermalmt. Nichts. Unter lautem Fluchen zieht der Vater ihn auf den Flur, versetzt ihm einen Fußtritt, und Mimmo stürzt die Treppe hinunter, schafft es wie durch ein Wunder, bis zur letzten Stufe auf den Beinen zu bleiben, hat aber dann doch Pech, stolpert, vertritt sich einen Fuß und fällt hin, steht wieder auf, rennt, den schmerzenden Fuß nachziehend, nackt aus dem

Haus, hinaus in die eisige Kälte. Signor Moroni verfolgt ihn bis auf die Terrasse und brüllt: »Lass dich hier nie wieder blicken. Wenn du zurückkommst, breche ich dir alle Knochen im Leib. Das schwöre ich bei der Madonna. Lass dich nie wieder blicken. Lass dich besser nie wieder blicken ...« Er geht zurück ins Haus, noch immer juckt es ihm in den Fingern, und hinter seinem Rücken hört er ein ersticktes Klagen, ein Wimmern. Er dreht sich um.

Seine Frau.

Sie sitzt neben dem Kamin, die Hände vor dem Gesicht, und weint. Diese blöde Kuh sitzt da neben dem Kamin und weint und zieht die Nase hoch. Das ist alles, was sie tut. Weint und zieht die Nase hoch.

Ja bravo heul du nur das ist ja alles was du kannst jetzt sieh dir mal an wie du deine Söhne erzogen hast du arme Irre und ich muss mich um alles kümmern und alles bezahlen und du heulst und heulst ... du blöde bescheuerte Irre ...

»Warum? Was hat er denn getan?«, wimmert Signora Moroni, das Gesicht in den Händen verborgen.

»Was er getan hat? Willst du wissen, was er getan hat? In unserem Schlafzimmer hat er gevögelt! In unserem Schlafzimmer, reicht dir das? Jetzt gehe ich hoch und schmeiße dieses Flittchen raus ...« Er wendet sich zur Treppe, doch Signora Moroni läuft hinter ihm her und hält ihn am Arm fest.

»Mario, warte, war ...«

»Lass mich!«

Und er schlägt ihr mit dem Handrücken mitten ins Gesicht.

Wie soll man erklären, was man spürt, wenn einem Signor Moroni einen solchen Schlag verpasst? Also, es ist ungefähr so, als bekäme man von Matts Wilander einen mit der Bratpfanne gedonnert.

Sein Frau sackt zusammen wie eine aufblasbare Puppe, die man mit dem Messer traktiert hat, und bleibt liegen.

Und wer betritt in genau diesem Moment das Haus?

Pietro.

Pietro, stolz darauf, dass er mit Principessa ganz allein eine Runde auf der Reitbahn geritten ist und sie dann zusammen mit Gloria geputzt und gestriegelt hat. Pietro, der die *MS light* für seinen Bruder geholt hat. Pietro, der sich gar nichts geleistet, sondern fünftausend Lire gespart hat, um sich einen Katzenwels zu kaufen, den er in einer Zoohandlung in Orbano gesehen hat.

»Die Ziga ...«, fängt er an, kommt aber nicht weiter.

»Ah, da ist ja der junge Herr endlich. Haben wir uns amüsiert? Haben wir getan, was uns passt? Einen schönen Ausflug gemacht?«, sagt sein Vater spöttisch.

Und Pietro versucht zu erfassen, was er vor sich sieht: seinen Vater, dem das Hemd aus der Hose hängt, mit zerrauftem Haar, hochrotem Gesicht und glänzenden Augen, den umgefallenen Stuhl und hinten in der Ecke eine Art Bündel, ein Bündel aus Beinen und den Schuhen seiner Mutter.

»Mama! Mama!« Pietro stürzt auf seine Mutter zu, doch der Vater packt ihn am Kragen, hebt ihn hoch und beginnt ihn herumzuschleudern, als wollte er ihn gegen die Wand donnern, und Pietro stößt gellende Schreie aus, zappelt, bewegt sich wie ein Roboter mit Kurzschluss, versucht sich zu befreien, doch sein Vater hat ihn so fest und sicher im Griff, als wäre er ein Lamm.

Mit einem Fußtritt stößt Signor Moroni die Wohnungstür auf, geht die Treppe hinunter, während Pietro vergebens versucht, sich zu befreien, schleppt ihn unten in die Waschküche und setzt ihn dort auf den Boden.

Vor die Waschmaschine.

Pietro heult wie ein Schlosshund, sein Gesicht ist verzerrt und der Mund weit aufgerissen.

»Was ist das?«, fragt ihn der Vater, doch Pietro kann nicht antworten, er weint zu sehr.

»Was ist das?« Der Vater packt ihn an den Armen und schüttelt ihn.

Pietros Gesicht ist dunkelrot. Er hat Atemnot, schnappt verzweifelt nach Luft.

»Was ist das? Antworte!« Er verpasst ihm einen harten Schlag in den Nacken, sieht dann, dass Pietro röchelt, setzt sich auf den Hocker, schließt die Augen und beginnt sich langsam die Schläfen zu massieren.

Das wird schon vorbeigehen, kein Mensch hat sich je zu Tode geheult.

Und noch einmal: »Was ist das?«

Pietro wird von Schluchzern geschüttelt und antwortet nicht. Der Vater versetzt ihm noch einen Schlag in den Nacken, diesmal weniger heftig.

»Na? Willst du wohl antworten? Was ist das?«

Und schließlich schafft Pietro es und bringt zwischen den Schluchzern heraus: »Die Waahhhsch-mahhh-schihhh-nehhh ...«

»Bravo. Und was macht die noch hier?«

»Es ii-ist nicht mei-meine Schuld. Ich wo-wollte nicht aus dem Haus. Mimmmo Mimmo ... hat gesagt ... es ii-ist nicht meine Schuld.« Pietro fängt wieder an zu schluchzen.

»Jetzt hör mir mal gut zu. Du irrst dich. Es ist deine Schuld, verstanden?«, sagt Signor Moroni plötzlich ganz ruhig und belehrend. »Du bist schuld. Was hatte ich dir gesagt? Zu Hause zu bleiben. Und du bist weggegangen ...«

»Aber ...«

»Kein aber. Ein Satz, der mit aber anfängt, ist von vornherein falsch. Wenn du nicht auf deinen Bruder gehört hättest und zu Hause geblieben wärst, wie ich es dir gesagt hatte, wäre das alles nicht passiert. Der Mechaniker hätte die Waschmaschine mitgenommen, dein Bruder hätte nicht getan, was er getan hat, und deiner Mutter wäre nichts passiert. Wessen Schuld ist es also?«

Pietro bleibt einen Moment still, und dann richtet er seine großen haselnussbraunen Augen, die jetzt ganz rot und verheult sind, auf die eiskalten Augen seines Vaters und seufzt mühsam: »Meine.«

»Sag's noch mal.«

»Meine.«

»Gut. Jetzt läufst du hoch und siehst nach, was Mama macht. Und ich gehe besser in die Kneipe.«

Signor Moroni stopft sich das Hemd in die Hosen, zieht sich mit den Fingern seinen Scheitel nach, wirft seine alte Arbeitsjacke über und ist schon dabei zu gehen, als er sich noch einmal umdreht. »Pietro, vergiss eines nicht: Die erste Regel im Leben heißt: Man muss seine Schuld auf sich nehmen. Verstanden?«

»Verstanden.«

Fünf Stunden später, um Mitternacht, hat sich das gewaltige Unwetter, das auf die Casa del Fico niedergegangen ist, verzogen.

Alle schlafen.

Signora Moroni liegt zusammengekauert mit einer geschwollenen Lippe in einer Ecke des Betts. Signor Moroni schläft im Bett daneben tief und traumlos seinen Rausch aus. Er schnarcht wie ein Schwein und hat die verbundene rechte Hand auf den Nachttisch gelegt. Mimmo schläft im Schuppen, versteckt hinter Traktorplanen und eingewickelt in einen alten wurmstichigen Schlafsack. Patti schläft ein paar Kilometer entfernt, ihre langen Beine über und über mit Pflastern beklebt. Sie hat sie sich beim Klettern aus dem Badezimmerfenster aufgekratzt, weil sie von der Regenrinne abgerutscht und in den Kletterrosen gelandet ist.

Pietro ist der Einzige, der noch nicht schläft, obwohl er völlig erschöpft ist. Seine Augen sind geschlossen.

Was hat er geweint!

Seine Mutter musste ihn hätscheln und in den Arm nehmen, wie früher, als er noch klein war, ihm, während ihr selbst das Blut noch übers Kinn lief, immer wieder sagen: »Hör auf, hör auf, es ist vorbei, es ist alles vorbei. Es ist alles gut, sei ganz ruhig. Du weißt, wie dein Vater ist ...«

Mittlerweile jedoch fühlt Pietro sich besser.

Als hätte er einen ewig langen Spaziergang gemacht, der seine ganze Kraft gekostet hat. Die Glieder schlaff. Die Wärmflasche an den Füßen. Und wie ein Wiegenlied murmelt er immer wieder: »Es war nicht meine Schuld es war nicht meine Schuld ...«

Die Familie Moroni erinnert ein wenig an jene Inselbevölkerung in der Südsee, die in einem Zustand ständiger Angst lebt, bereit, das Dorf zu verlassen, sobald sie am Himmel die warnenden Vorzeichen eines Orkans entdeckt. Dann flüchten sich diese Menschen in Höhlen und warten ab, bis sich die Naturgewalten ausgetobt haben. Sie wissen, dass das Unwetter heftig, doch von kurzer Dauer ist. Wenn es vorbei ist, kehren sie in ihre Hütten zurück und bauen sich mit Geduld und Gleichmut aus ein paar Brettern wieder ein neues Dach über dem Kopf.

48

Um sechs Uhr morgens saß ein als Vogelscheuche verkleideter Graziano Biglia in einer Ecke der Station Bar. Niedergeschlagen hockte er auf einem Stuhl, die Faust an die Stirn gepresst. Vor ihm stand ein kalt gewordener Cappuccino, und er hatte keinerlei Absicht, ihn zu trinken.

Zum Glück war niemand da, der ihm auf die Nerven ging.

Er musste nachdenken. Auch wenn jeder Gedanke so weh tat wie ein Schlag auf den Kopf.

Als Erstes hatte er ein großes Problem zu lösen: Wie sollte er die ganze Sache gegenüber dem Dorf und seinen Freunden darstellen?

Alle im Umkreis von zwanzig Kilometern wussten, dass er heiraten wollte.

Was für eine Riesendummheit, es zu erzählen! Warum habe ich es allen gesagt?

Das war eine rhetorische Frage, auf die man keine Antwort erwartete. Ein bisschen so, als würde sich ein Biber fragen: »Warum zum Teufel bin ich hier und baue Dämme?« Wenn er könnte, würde sich der Nager vielleicht antworten: »Weiß nicht. Es kommt einfach so aus mir heraus. Das ist nun mal meine Natur.«

Wenn sie herausbekommen würden, dass er doch nicht heiratete, würden sie ihn bis zum Jahr 2020 damit aufziehen.

Und wenn sie erst rauskriegen, dass sie jetzt mit dieser Schwuchtel zusammen ist...

In seinem Magen zog sich alles zusammen.

Er hatte ihnen ja auch unbedingt sagen müssen, wie dieses Flittchen hieß. Und die würden sie im Fernsehen sehen. Und in den beschissenen Käseblättchen, die sie lasen.

Ein Paar im Rampenlicht: Mantovani und seine neue Flamme Erica Trettel... Stell dir das mal vor...

Und dann die Sache mit Saturnia!

Von allen dummen Ideen hatte er sich die allerdümmste ausgesucht. In den Thermen von Saturnia zu baden hatte ihn schon als Kind angeekelt. Beim Gestank des Schwefelwassers wurde ihm schlecht. Ein Geruch nach faulen Eiern, der sich in den Haaren, den Kleidern, den Autositzen festsetzt und nie mehr rausgeht. Und dann kommst du aus der fast kochenden Brühe raus in die polare Kälte. All das, um den Höhlenmenschen hier den Körper dieses Flittchens vorzuführen.

Auf eine derart idiotische Idee konnte auch nur er kommen.

Wenn er darüber nachdachte, musste er fast kotzen. Auch wenn er jetzt nur noch seine Seele hätte auskotzen können.

Und dann seine Mutter mit ihrem Gelübde!

Eine derart beschränkte Mutter war wirklich schwer zu finden. *Kann man ein blöderes Gelübde ablegen ...?* Er musste ihr die Wahrheit sagen. Ein paar Fragen hatte sie sich nach dem kleinen Telefonat gestern sicher auch schon gestellt. Und dann musste er zu seinen Freunden gehen und sagen: »Entschuldigt, Jungs, aber aus Saturnia wird nichts, wisst ihr, ich heirate nämlich doch nicht.«

Das war zu hart. Unmöglich. Solche Schläge hielt sein Ego nicht aus. Graziano war nicht geboren, um zu leiden. Blieb nur, ins Auto zu steigen und abzuhauen.

Nein!

Das war auch nicht gut. Es passte nicht zu ihm. Graziano Biglia floh nicht.

Er musste trotz allem nach Saturnia.

Mit einer anderen.

Genau. Er musste eine andere finden. Eine scharfe Braut. Typ Marina Delia. Aber wen?

Er konnte die aus Venedig anrufen, Petra Biagioni. Eine Klassefrau. Nur dass er seit einer ganzen Weile nichts von ihr gehört hatte und es das letzte Mal eher Stress gewesen war. Konnte er sie anrufen und sagen: »Hör mal, warum reißt du nicht vierhundert Kilometer runter und nimmst mit mir ein Bad in Saturnia?« Nein.

Er musste irgendwas hier in der Gegend auftun. Was Neues. Eine, die den Leuten Gesprächsstoff gab und die Hochzeit aus den Köpfen seiner Freunde verdrängte.

Aber wen?

Das Problem war, dass Graziano Biglia wie eine gierige Stechmücke alles ausgesaugt hatte, was dieser magere Landstrich zu bieten hatte. Alle interessanten Frauen (und auch einige nicht so interessante) waren durch seine Hände gegangen. Er war berühmt dafür. Unter den Frauen im Dorf hieß es, dass man ein Monstrum sein müsse und nicht mal einen Hund finden werde, wenn man nichts mit Biglia gehabt hatte. Einige hatten sich ihm sogar angeboten, um den anderen nicht unterlegen zu sein.

Und Graziano hatte sich ihnen allen großzügig zugewandt.

Nur dass diese glorreichen Zeiten Vergangenheit waren. Jetzt kam er ins Dorf, um sich auszuruhen, wie ein römischer Zenturio, müde nach den Schlachten in fremden Ländern, und von den jungen Frauen kannte er keine.

Ivana Zampetti?

Nein ... Dieser Wal passte nicht in die Planschbecken von Saturnia. Und war die etwa neu? Inzwischen waren die Besten verheiratet, und wenn die eine oder andere vielleicht noch dafür zu haben war, mit ihm am Nachmittag in ein Motel nach Civitavecchia zu gehen, so würde doch keine mit ihm in den Thermen baden.

Er gab es besser auf.

Traurig, aber ihm blieb nur die Lösung, sich davonzumachen. Es war feige, doch unumgänglich. Er würde jetzt nach Hause gehen, seiner Mutter sagen, sie solle ihr kulinarisches Le Mans unterbrechen und ihr Gelübde lösen, sie dann auf die Madonnina von Civitavecchia schwören lassen, nicht die Wahrheit preiszugeben, und ihr gestehen: »Mama, ich heirate nicht. Erica hat mich ver ...« Okay, er würde es ihr sagen und sie bitten, ihn mit einer Notlüge zu decken, so etwas wie: »Graziano musste kurzfristig auf Tournee nach Lateinamerika.« Oder besser: »Heute Morgen hat Paco de Lucia angerufen und Graziano angefleht, nach Spanien zu kommen und ihm bei seiner neuen Platte zu helfen.« Also etwas in dieser Art. Und schließlich würde er sie um einen Kredit bitten, damit er sich ein Ticket nach Jamaika kaufen könnte.

So musste er es machen.

Er würde seine Wunden in Port Edward heilen, Joints drehen und Mulattinnen durchvögeln. Auch die Idee mit dem Jeans-

Shop kam ihm plötzlich unsäglich dumm vor. Er war Musiker, das durfte man doch nicht vergessen. *Sehe ich mich vielleicht als Geschäftsmann? Ich muss verrückt gewesen sein. Ich bin ein Albatros, der von positiven Strömungen getragen wird, die ich mit einem leichten Flügelschlag kontrolliere. Leckt mich doch alle ...*

Er fühlte sich schon besser. Sehr viel besser.

Er nahm seinen Cappuccino und trank ihn in einem Zug aus.

49

Flora Palmieri gefiel die Station Bar nicht.

Die Frau hinter der Theke war unsympathisch, und außerdem war hier ein Treffpunkt widerlicher Typen. Sie zogen eine Frau mit den Blicken aus. Sprachen hinter ihrem Rücken über sie. Ein Tuscheln und Gepfeife, als wären sie Mäuse. Nein, da drinnen fühlte sie sich unwohl. Und deshalb mied sie die Station Bar.

Doch an diesem Morgen beschloss sie aus zwei Gründen, hineinzugehen.

1) Weil es noch sehr früh war und deshalb nicht viele Leute in der Bar.

2) Weil sie so überstürzt aus dem Haus gegangen war, dass sie nicht einmal gefrühstückt hatte. Und ohne Frühstück konnte sie nicht klar denken.

Sie parkte ihren Y10, stieg aus und betrat die Bar.

50

Graziano bezahlte gerade, als er sie sah.

Wer ist das?

Er brauchte einen Moment, bis er sie eingeordnet hatte.

Jetzt weiß ich, wer sie ist ... Die Lehrerin aus der Mittelschule. Die Pal ... Palmiri. Oder so ähnlich.

Er hatte sie ein paarmal gesehen. Beim Einkaufen im Supermarkt. Aber er hatte nie mit ihr gesprochen.

Manche fassten sich abergläubisch an die Eier, wenn sie vorbeiging. Es hieß, sie bringe Unglück. Und auch er hatte manchmal Beschwörungsformeln hinter ihrem Rücken gemurmelt, als er noch in Ischiano wohnte. Es hieß, sie sei unsympathisch, eine seltsame Frau, eine halbe Hexe.

Er wusste sehr wenig über sie. Sie kam von außerhalb, dessen war er sich sicher, war vor ein paar Jahren plötzlich aufgetaucht und wohnte in einem dieser Siedlungshäuschen an der Straße nach Castrone. Irgendjemand hatte ihm noch erzählt, dass sie allein stehend war und mit ihrer kranken Mutter zusammenlebte.

Graziano musterte sie aufmerksam.

Gute Frau.

Nein, sie war nicht gut, sie war schön. Eine kalte und eigenartige Schönheit, angelsächsischer Typ.

Er hatte sie gesehen, die Männer, die über den Tischen der Station Bar hingen, die aufhörten, in der Sportzeitung zu blättern, Karten zu spielen, dumme Sprüche zu klopfen, wenn die Lehrerin über die Piazza ging.

Sie behaupteten, sie bringe Unglück, und dabei holten sie sich einen auf sie runter ...

Er macht einen vollständigen Check-up.

Wie alt mag sie sein?

Um die dreißig.

Unter dem Regenmantel trug sie einen grauen Rock, der ihr bis über die Knie ging und zwei wohlgeformte Waden und schlanke Fesseln sehen ließ. Prächtige Beine, da gab es nichts zu meckern. Sie trug dunkle Schuhe mit flachen Absätzen. Sie war groß. Schlank. Aristokratischer Hals. Er hatte sie immer mit hochgestecktem Haar gesehen, doch er stellte es sich lang und weich vor. Und sie hatte auch einen schönen Busen, wenn er sich die Wölbungen unter dem schwarzen Pullover mit rundem Ausschnitt richtig besah. Das Gesicht war sehr eigenartig. Die Jochbögen hoch und vorspringend. Das Kinn spitz. Der Mund breit. Die Augen blau. Diese kleine Lehrerinnenbrille ...

Ja, sie ist wirklich eigenartig. Und einen schönen Hintern hat sie auch, schloss er.

Wie kam es, dass eine so schöne Frau allein lebte und noch niemand versucht hatte, sich ihr zu nähern?

Vielleicht stimmte es, dass sie unsympathisch war, wie man allgemein hörte. Aber Graziano war sich da nicht so sicher. Sie war einfach eine von außerhalb, die sich um ihre eigenen Angelegenheiten kümmerte, der zurückhaltende Typ.

Und wenn eine in diesem Dorf für sich bleibt, sagen sie, dass sie eine blöde Kuh ist, dass sie Unglück bringt, die böse Hexe. So aufgeschlossen ist man in diesem Scheißkaff.

Vielleicht hatte es auch einer probiert, wie man es eben auf dem Land probierte, auf plumpe Art, und sie hatte ihn zum Teufel gejagt. So hatte derjenige das Gerücht in Umlauf gesetzt, die Lehrerin Palmieri bringe Unglück. Damit war es gelaufen. Ihr Schicksal besiegelt. Die Männer von Ischiano waren an eine Diät gewöhnt, die aus kleinen Nagetieren, Kröten und Eidechsen bestand, und diese Schwalbe blieb für sie unerreichbar. So war sie eine Ausgestoßene geworden.

Sie war scheu, ängstlich und unnahbar.

Doch das mochte für die anderen gelten, nicht für Graziano Biglia. Wenn es um Frauen ging, war »unnahbar« ein Wort, das in seinem Wortschatz nicht existierte. Graziano Biglia hatte es geschafft, sich mit dem Flittchen Erica zu verloben, da würde er ja wohl nicht vor einer Italienischlehrerin aus Ischiano Scalo kapitulieren.

Die erste Regel eines Aufreißers ist, dass jede Frau einen schwachen Punkt hat, man muss ihn nur herausfinden. Auch der solideste Palast der Welt hat einen Schwachpunkt, es genügt, dort anzusetzen, und der Bau fällt zusammen. Und Graziano war ein Experte für Schwachpunkte.

Sie könnte es sein.

Er empfand ein tiefes Gefühl der Verbundenheit mit dieser Frau, die er nicht kannte. Auch ihm hatte das Flittchen gesagt, er bringe Unglück. Und er wusste, wie schlecht es einem geht, wenn man so etwas zu hören bekommt. Das ist die beste Art, dich zu verletzen, dich auszugrenzen und dein Herz in Stücke zu schlagen.

Ja, er würde ihr helfen. Und er würde beweisen, dass Unglück gar nicht existierte. Dass es eine primitive und grausame Sache ist. Er würde sie von ihrer Diskriminierung befreien. Er hatte das

Gefühl, eine große Aufgabe erfüllen zu müssen, eine Aufgabe, die eines Bob Geldof oder Nelson Mandela würdig wäre.

Ja, sie ist es.

Noch in dieser Nacht würde er sie zu den Thermen von Saturnia bringen.

Und sie vögeln.

Und Roscio, Miele und die Brüder Franceschini würden vor ihm den Hut ziehen und wieder einmal seine Überlegenheit, seine tollkühne Phantasie, seinen Einsatz gegen die bäuerliche Beschränktheit anerkennen müssen.

Ja, dies konnte die letzte Tat eines Latin Lover sein. Wie der Abschied vom Ring bei einem großen Boxer. Dann würde er den Pariser an den Nagel hängen und nach Jamaika gehen.

Er fuhr sich mit den Fingern durchs Haar und ging auf die Lehrerin zu.

51

Flora Palmieri hatte sich geirrt: Auch um diese Zeit waren widerliche Typen in der Bar.

Sie schaffte es nicht, ihren Cappuccino zu trinken. Da war ein Kerl, der sie anstarrte. Sie spürte seinen Blick wie einen Scanner über sich wandern. Und wenn ihr so etwas passierte, wurde sie ungeschickt. Sie hatte schon den Zucker fallen lassen und um ein Haar ihren Cappuccino verschüttet. Sie hatte sich nicht umgedreht, um ihn anzusehen, doch aus den Augenwinkeln hatte sie erkannt, wer es war.

Ein Typ, der früher immer in der Bar herumhing, dann irgendwann war er verschwunden. Seit ein paar Jahren hatte sie ihn nicht mehr gesehen. Ein eingebildeter Dorfschönling. Ein Angeber, der seine Runden auf dem Motorrad drehte und immer irgendein armes Mädchen im Schlepptau hatte. Damals hatte er schwarzes Haar, oben Bürstenschnitt und an den Seiten lang. Jetzt, braungebrannt und blondgefärbt, sah er aus wie Tarzan.

Und er war einer von denen, die immer beschwörende Zeichen machten, wenn sie vorbeiging. Das reichte, um ihn auf die niedrigste Stufe der Menschheit zu stellen, zusammen mit vielen Stammgästen dieser Bar.

Sie spürte, dass er näher kam und sich neben sie stellte. Flora rückte weg.

»Entschuldigung, sind Sie Signora Palmiri, die Lehrerin?«

Was will der denn? Flora wurde nervös.

»Palmieri«, murmelte sie und sah in ihren Cappuccino.

»Palmieri. Entschuldigen Sie. Signorina Palmieri. Entschuldigen Sie. Ich wollte Sie etwas fragen, wenn ich Sie nicht störe ...«

Sie sah ihm zum ersten Mal ins Gesicht. Er sah aus wie der Korsar von der geheimnisvollen Insel, ein Held dieser billigen Piratenfilme, die in den sechziger Jahren in Italien gedreht wurden. Eine Mischung aus Fabio Testi und Kabir Bedi. Mit diesen blondierten Haaren ... und den zwei goldenen Ohrringen ... Außerdem schien er nicht gut in Form, er hatte wohl die Nacht durchgemacht. Er hatte dunkle Ringe unter den Augen und war unrasiert.

»Was kann ich für Sie tun?«

»Ich habe ein Problem, wissen Sie ...« Der Schönling brach unvermittelt ab, als wäre ihm der Verstand stehen geblieben, fing sich dann aber wieder. »Entschuldigen Sie, ich habe mich gar nicht vorgestellt, ich heiße Graziano Biglia. Meiner Mutter gehört der Kurzwarenladen. Und ich war eine ganze Weile weg ... Habe im Ausland gearbeitet ...« Er hielt ihr die Hand hin.

Flora drückte sie sanft.

Es sah so aus, als wüsste er nicht weiter.

Flora wollte ihm sagen, dass sie es eilig hatte. Dass sie in die Schule musste.

»Also, ich wollte Sie um einen Gefallen bitten. In ein paar Monaten möchte ich in einem Feriendorf am Roten Meer arbeiten. Sind Sie je am Roten Meer gewesen?«

»Nein.« *O Gott, was will der denn?* Sie nahm ihren Mut zusammen und flüsterte: »Ich bin ein bisschen in Eile ...«

»Oh, entschuldigen Sie. Ich versuche es kurz zu machen. Das Rote Meer mit seinen weißen Stränden ist einfach unglaublich. Es sind die Korallen, die den Strand weiß färben. Und dann das Riff ... Kurz und gut: Es ist wunderschön. Ich gehe als Musiker dorthin, wissen Sie, ich spiele nämlich Gitarre und arbeite als Animateur, organisiere Spiele für die Gäste. Also, um es kurz zu machen, sie haben mich gebeten, ihnen einen Lebenslauf zu schicken. Und ich möchte, dass er gut geschrieben ist, nicht nur so ein tabellarischer Lebenslauf, sondern etwas Frisches. Ich möchte sie beeindrucken. Wissen Sie, mir liegt viel an der Stelle ...«

Was meinte er mit »frischem« Lebenslauf?

»Wenn Sie so freundlich wären, mir zu helfen, würde ich Ihnen immer dankbar sein. Ich muss den Lebenslauf unbedingt morgen früh abschicken. Es ist der letzte Tag, wissen Sie. Wir werden nicht lange dafür brauchen, und wenn ich genommen werde, dann lade ich Sie ins Feriendorf ein, das schwöre ich Ihnen.«

Gott sei Dank, er war damit herausgerückt, was er wollte. Er war nicht in der Lage, einen Lebenslauf zu schreiben.

»An einem anderen Tag hätte ich Ihnen gern geholfen, aber heute bin ich sehr beschäftigt ... Ich kann wirklich nicht.«

»Ich bitte Sie. Ich möchte nicht aufdringlich sein, aber für mich wäre es das Höchste, wenn Sie mir helfen könnten, das würde mich so glücklich machen ...« Graziano sagte das mit einer solchen Naivität, dass Flora lächeln musste.

»Ah, endlich lächeln Sie. Wie schön, ich dachte schon, Sie könnten nicht lächeln. Wir brauchen nur zehn Minuten ...«

Flora fehlten die Worte. Was sollte sie tun? Wie konnte sie nein sagen? Er musste den Lebenslauf morgen abschicken, und allein, da war sie sich sicher, würde er es niemals schaffen.

Du darfst ihm nicht helfen. Er ist einer von denen, die dich behandelt haben, als wärst du eine Hexe, sagte ihr eine Stimme im Kopf.

Richtig, antwortete sie sich, *aber seitdem sind doch viele Jahre vergangen, er hat sich sicher geändert. Er war im Ausland ... Was kostet es mich schon? ... Und trotz allem ist er doch nett.*

»Einverstanden, ich helfe Ihnen. Aber ich weiß nicht, ob ich es kann.«

»Danke. Sie können es ganz bestimmt. Um wie viel Uhr treffen wir uns?«

»Ich weiß nicht, wäre es Ihnen gegen halb sieben recht?«

»Sehr gut. Kann ich zu Ihnen kommen?«

»Zu mir?« Flora schnappte nach Luft.

Niemand (außer Ärzten und Krankenschwestern) war je in ihrer Wohnung gewesen.

Einmal war der Pfarrer gekommen, um den Weihnachtssegen zu spenden, und hatte unter dem Vorwand, mit seinem Weihrauch überallhin zu müssen, alle Zimmer ausgekundschaftet. Flora war es nicht recht gewesen. »Soll ich nicht ein Gebet für Ihre Mutter sprechen?«, hatte er gefragt.

»Lassen Sie meine Mutter in Ruhe«, hatte sie mit eiserner Miene und einer Heftigkeit gesagt, die sie selbst erstaunte. Sie glaubte nicht an Gebete. Und sie mochte keine Fremden in der Wohnung. Es machte sie nervös.

Graziano rückte näher. »Es ist besser. Wissen Sie, bei mir zu Hause ist meine Mutter. Sie ist derart geschwätzig. Sie würde uns nicht arbeiten lassen.«

»Nun gut, einverstanden.«

»Ausgezeichnet.«

Flora sah auf die Uhr.

Es war sehr spät geworden. Sie musste schnell zur Schule. »Aber jetzt muss ich gehen, entschuldigen Sie mich bitte.« Sie holte das Geld aus ihrer Manteltasche und reichte es der Kassiererin, als er ihre Hand festhielt. Flora tat einen Satz zurück und zog ihre Hand weg, als hätte er hineingebissen.

»Oh, tut mir Leid. Sind Sie erschrocken? Ich wollte nur, dass Sie nicht zahlen. Ich lade Sie ein.«

»Danke«, murmelte Flora und wandte sich zum Ausgang.

»Dann bis heute Abend«, sagte Graziano, aber die Lehrerin war schon verschwunden.

52

Das hat geklappt.

Die Sache mit dem Lebenslauf hatte funktioniert.

Die Lehrerin war sehr schüchtern und ängstlich gegenüber Männern. Eine Anfängerin. Als er ihre Hand berührt hatte, war sie zwei Meter zurückgesprungen.

Sie würde keine einfache, doch eine reizvolle Beute sein. Graziano sah keine großen Schwierigkeiten, die Operation zu Ende zu bringen.

Er zahlte und verließ die Bar.

Es hatte zu regnen begonnen. Zur Abwechslung noch ein scheußlicher Tag. Er würde nach Hause gehen, ein schönes Schläfchen machen und sich auf seine Verabredung vorbereiten.

Er knöpfte sich die Jacke zu und machte sich zu Fuß auf den Weg.

Onkel Armando

Wer war und was tat dieses sonderbare Wesen namens Flora Palmieri in Ischiano Scalo?

Sie war vor zweiunddreißig Jahren in Neapel geboren, als einzige Tochter eines älteren Paars, das einige Mühe gehabt hatte, ein Kind zu bekommen, und nach vielen Anstrengungen von der Natur mit der Geburt eines Mädchens belohnt wurde, das sieben Pfund wog, weiß wie ein Albinosalamander war und einen unglaublichen roten Haarschopf hatte.

Die Palmieris waren einfache Leute, die in einer Wohnung im Stadtteil Vomero lebten. Lucia Palmieri unterrichtete an der Grundschule, und ihr Mann Mario arbeitete in einem Versicherungsbüro unten am Hafen.

Die kleine Flora war herangewachsen, war in den Kindergarten und dann in die Grundschulklasse ihrer Mutter gegangen.

Flora war zehn Jahre alt, als ihr Vater ganz plötzlich an Lungenkrebs erkrankte und starb und Frau und Tochter fassungslos zurückließ.

Der Vater hatte ihnen nur wenig Geld hinterlassen, so dass ihr Leben sehr hart wurde. Mit dem Gehalt Lucia Palmieris und der niedrigen Rente kamen sie gerade bis zum Monatsende aus. Sie schränkten ihre Einkäufe ein, verkauften das Auto, fuhren nicht mehr in Ferien nach Procida, und doch blieb ihre Lage prekär.

Die kleine Flora las und lernte gern, deshalb hatte ihre Mutter sie nach Abschluss der Mittelschule aufs humanistische Gymnasium geschickt, trotz der enormen Anstrengungen, die sie dafür unternehmen musste. Sie war ein schüchternes und in sich gekehrtes Mädchen. Doch in der Schule kam sie gut zurecht.

Eines Abends, als Flora vierzehn war und gerade am Esstisch ihre Hausaufgaben machte, hörte sie plötzlich einen Schrei aus der Küche. Sofort rannte sie hin, um nachzusehen, was los war.

Ihre Mutter stand mitten im Raum. Ein Messer lag auf dem Boden. Mit ihrer einen Hand hielt Lucia Palmieri die andere umklammert, die sich zu einer Klaue verkrampft hatte. »Es ist nichts. Es ist nichts, meine Liebe. Das geht vorbei. Mach dir keine Sorgen.«

Schon seit einer Weile klagte Floras Mutter über Gelenkschmerzen, und manchmal waren ihre Beine nachts für kurze Zeit gelähmt.

Der Kassenarzt wurde gerufen. Er sagte, es sei Arthritis. Die Hand ließ sich nach einigen Tagen tatsächlich wieder bewegen, auch wenn es ihr weh tat, sie zu schließen. Signora Lucia fiel es schwer, weiter zu unterrichten, doch sie war eine starke Frau und daran gewöhnt, Schmerzen auszuhalten. Sie beklagte sich nicht. Flora erledigte die Einkäufe, kochte, putzte und schaffte es trotz allem immer noch, Zeit zum Lernen zu finden.

Eines Morgens war Signora Lucias Arm vollständig gelähmt.

Diesmal wurde ein Spezialist gerufen, der sie ins Krankenhaus einwies. Sie machten eine endlose Reihe von Untersuchungen, zogen berühmte Neurophysiologen hinzu und kamen zu dem Schluss, dass Floras Mutter an einer seltenen Form der Degeneration der Nervenzellen litt.

In der Fachliteratur wurde diese Krankheit kaum behandelt. Es waren nur wenige Fälle bekannt, und bisher gab es kein Heilmittel. Wer weiß, vielleicht in Amerika, doch dafür brauchte man eine Menge Geld.

Signora Lucia verbrachte einen Monat im Krankenhaus, und als sie nach Hause zurückkehrte, war ihre rechte Körperhälfte gelähmt.

In dieser Situation machte sich Onkel Armando, der jüngere Bruder von Floras Mutter, wieder bemerkbar.

Er war ein griesgrämiger Mann, dem überall schwarze Haare

wuchsen; sie wucherten aus dem Kragen heraus, sprossen ihm aus Nase und Ohren. Ein Scheusal. Er besaß ein Schuhgeschäft in Rettifilo, war einzig und allein an Geld interessiert und mit einer dicken, unsympathischen Frau verheiratet.

Onkel Armando beruhigte sein Gewissen damit, dass er Flora und ihrer Mutter eine magere monatliche Unterstützung zukommen ließ.

Flora konnte nur deshalb weiter zur Schule gehen, weil die hilfsbereite Frau des Hausmeisters sich um ihre Mutter kümmerte, wenn sie Unterricht hatte.

Die Monate vergingen, und die Sache wurde nicht besser. Im Gegenteil. Signora Lucia konnte bald nur noch die linke Hand, den rechten Fuß und eine Hälfte des Munds bewegen. Das Sprechen machte ihr große Mühe, und sie konnte sich nicht mehr allein versorgen. Sie musste gewaschen, gefüttert, gesäubert werden.

Onkel Armando besuchte sie einmal im Monat, setzte sich für ein Stündchen neben seine Schwester und hielt ihr die Hand, ließ Flora die monatliche Unterstützung und einen Vorrat an Pasta da und ging wieder.

Eines Morgens, als Flora sechzehn war, wurde sie wach, machte Frühstück und ging zu ihrer Mutter. Lucia Palmieri lag zusammengekrümmt in einer Ecke des Betts. Als hätten sich ihre Glieder in der Nacht plötzlich von irgendwelchen Federn, die sie gespannt hielten, gelöst und sich zusammengerollt wie bei einer vertrockneten Spinne.

»Mama?« Flora stand neben dem Bett. »Mama?« Ihre Stimme zitterte. Ihre Beine zitterten.

Nichts.

»Mama? Mama, kannst du mich hören?«

Flora blieb lange vor dem Bett stehen. Biss sich in die Hand. Weinte leise vor sich hin. Dann lief sie die Treppe hinunter und schrie: »Sie ist tot. Sie ist tot. Meine Mutter ist tot. Helft mir.«

Die Hausmeisterin kam. Onkel Armando kam. Tante Giovanna kam. Die Doktoren kamen.

Ihre Mutter war nicht tot.

Ihre Mutter war nicht mehr da.

Ihr Geist war in eine andere, eine ferne Welt gegangen, in eine vielleicht von Finsternis und Schweigen beherrschte Welt. Er war gegangen und hatte einen lebenden Körper hinterlassen. Die Hoffnung, dass er zurückkehrte, erklärte man Flora, sei sehr gering.

Onkel Armando nahm die Situation in die Hand, verkaufte die Wohnung im Vomero und holte Flora und ihre Mutter zu sich. Er wies ihnen ein kleines Zimmer zu. Ein Bett für Flora und eines für ihre Mutter. Ein kleiner Tisch, an dem sie ihre Aufgaben machen konnte.

»Ich habe deiner Mutter versprochen, dass du das Gymnasium beenden kannst. Also beendest du es auch. Danach arbeitest du bei mir im Geschäft.«

Und so begann eine lange Zeit im Hause von Onkel Armando.

Sie wurde nicht schlecht behandelt. Aber auch nicht gut. Sie wurde ignoriert. Tante Giovanna richtete nur selten das Wort an sie. Es war ein großes, dunkles Haus, und viel Abwechslung gab es nicht.

Flora ging zur Schule, kümmerte sich um ihre Mutter, lernte, putzte; und wuchs heran. Sie war siebzehn geworden. Ihr Busen war gewachsen, und diese großen Brüste machten sie ganz verlegen.

Eines Tages, als Tante Giovanna zu Verwandten nach Avellino gefahren war und Flora gerade duschte, ging plötzlich die Tür des Badezimmers auf und ...

... Onkel Armando kam herein.

Normalerweise schloss Flora immer ab, doch an jenem Tag hatte der Onkel gesagt, er werde zum Pferderennen nach Agnano gehen. Und jetzt stand er da.

Er trug einen Bademantel aus Seide, mit roten und blauen Streifen, und Pantoffeln.

»Flora, meine Liebe, macht es dir was aus, wenn ich mit dir zusammen dusche?«, fragte er in einem Ton, wie man bei Tisch jemanden bittet, einem das Brot zu reichen.

Flora brachte keinen Ton heraus.

Sie hätte schreien mögen, ihn rauswerfen. Doch sie war wie gelähmt, weil sie diesem Mann nackt gegenüberstand.

Wie gern hätte sie ihn geschlagen und getreten, ihn aus dem Fenster geworfen, dass er drei Stockwerke tief gefallen und mitten auf der Straße aufgeschlagen wäre, direkt vor den 38er-Bus. Stattdessen stand sie ganz starr da, wie ein ausgestopftes Tier, konnte nicht schreien und nicht einmal die zwei Meter gehen, um nach einem Handtuch zu greifen.

Sie konnte ihn nur ansehen.

»Kann ich dir beim Einseifen helfen?« Ohne eine Antwort abzuwarten, kam Onkel Armando näher, nahm die Seife, die unten in der Wanne gelandet war, rieb sie in seinen Händen, bis sie schön schäumte, und begann sie einzuseifen. Flora stand aufrecht da, atmete durch die Nase und hielt ihre Arme vor den Busen, die Beine zusammengepresst.

»Wie schön du bist, Flora ... Wie schön du bist ... Du hast wirklich eine gute Figur und bist überall rot, auch da unten ... Lass dich einseifen. Nimm doch die Hände da weg. Hab keine Angst«, sagte er mit heiserer, erstickter Stimme.

Flora gehorchte.

Und er begann, ihr den Busen einzuseifen. »Das ist schön, nicht? Was hast du für große Titten ...«

Damit ich dich besser fressen kann, hätte sie fast gesagt.

Dieses Monstrum betatschte ihren Busen, und alles, was ihr in den Sinn kam, war das Märchen vom Rotkäppchen.

Nein gar nicht, es ist nicht schön. Es ist die ekelhafteste Sache auf der Welt. Nichts ist scheußlicher.

Flora war wie versteinert, unfähig, auf den Schrecken zu reagieren, dass dieses Scheusal sie berührte.

Auf einmal, und sie konnte es zuerst nicht glauben, sah sie etwas, das sie zum Lächeln brachte. Aus dem Bademantel Onkel Armandos lugte ein dickes langes dunkles Ding hervor. Es sah aus wie einer dieser hölzernen Nussknacker mit angelegten Armen. Der (*enorme!*) Pimmel Onkel Armandos hatte seinen Kopf durch den Vorhang gestreckt. *Er wollte auch was sehen, verstanden?*

Onkel Armando bemerkte es, und ein zufriedenes Lächeln erschien auf seinen wulstigen, feuchten Lippen. »Kann ich mit dir zusammen duschen?«

Der Morgenmantel fiel zu Boden und enthüllte den plumpen behaarten Körper in all seinem Stolz, diese kurzen Beine mit ihren dicken Waden, diese langen Arme und großen Hände – und diesen aufgerichteten Rüssel dort unten.

Der Onkel nahm dieses Ding in die Hand und kam in die Wanne.

Als ihr das Scheusal so nahe kam, zerbrach endlich etwas in Flora: Die Glaskugel, die sie gefangen hielt, zerbarst in tausend Stücke, und Flora wurde wach und stieß ihn weg und Onkel Armando mit seinen neunzig Kilo glitt aus und hielt sich wie ein stürzender Orang-Utan am Duschvorhang fest und die Ringe begannen herauszuspringen und *stak* einer nach dem anderen *stak* flog durch das ganze Bad und *stak* tat Flora einen Satz aus der Wanne, schlug dabei mit einem Fuß gegen den Rand und stolperte und stürzte zu Boden und zog sich am Waschbecken wieder hoch und das Knie schmerzte und sie schrie und Onkel Armando schrie und sie schrie immer noch und stand wieder auf und rutschte auf Onkel Armandos Bademantel mit den roten und blauen Streifen aus und stürzte noch einmal und stand wieder auf und erreichte den Türknopf und drehte ihn und die Tür öffnete sich und sie war draußen im Flur.

Im Flur.

Sie rannte weg und schloss sich in ihr Zimmer ein. Sie kauerte sich neben ihre Mutter und begann zu weinen.

Der Onkel rief sie aus dem Bad. »Flora? Wo bist du? Komm zurück. Bist du böse?«

»Mama, ich bitte dich. Hilf mir. Hilf mir. Tu irgendetwas. Ich bitte dich.«

Doch ihre Mutter starrte zur Decke.

Das alte Schwein versuchte es nicht noch einmal.

Wer weiß, warum?

Vielleicht war er an jenem Tag betrunken vom Pferderennen zurückgekommen und hatte deshalb alle Hemmungen verloren. Vielleicht entdeckte Tante Giovanna etwas – den Duschvorhang, den blauen Fleck auf dem Arm ihres Mannes –, vielleicht waren seine Triebe nur stärker gewesen als er, und er bereute es (was eher unwahrscheinlich war). Jedenfalls belästigte er sie nach jenem Tag nicht noch einmal und war immer zuckersüß zu ihr.

Flora sprach nie wieder mit ihm, und auch als sie das Gymnasium beendet hatte und im Schuhgeschäft zu arbeiten begann, richtete sie nie das Wort an ihn. Nachts, in dem kleinen Zimmerchen mit ihrer Mutter, lernte sie wie eine Verrückte. Sie hatte sich an der Uni für Philologie eingeschrieben. Nach vier Jahren machte sie ihren Abschluss.

Sie bewarb sich als Lehrerin und akzeptierte die erste Stelle, die man ihr anbot.

Es war Ischiano Scalo.

Sie verließ Neapel zusammen mit ihrer Mutter in einem Krankenwagen, um nie wieder zurückzukehren.

53

Doch was war in der Schule geschehen, nachdem Pietro und die anderen geflohen waren?

Alima, die im Auto wartete, sah, dass drei Jungen wie schwarze Teufel aus einem Fenster der Schule kletterten, über das Gittertor stiegen und im Park gegenüber verschwanden.

Sie war einen Moment ratlos, was sie tun sollte. Hineingehen, abhauen?

Ein Schuss unterbrach ihre Überlegungen.

Ein paar Minuten später kletterte noch ein Junge aus demselben Fenster, stieg genauso wie die anderen über das Gittertor und rannte weg.

Dieser verrückte Italo musste auf irgendjemanden geschossen haben. Oder vielleicht hatten sie auf ihn geschossen?

Alima stopfte sich ihre Perücke in die Manteltasche, stieg aus dem Auto und machte sich davon.

Sie war doch nicht blöd. Sie hatte keine Aufenthaltserlaubnis, und wenn man sie bei einer solchen Geschichte schnappte, würde sie sich innerhalb von drei Tagen in Nigeria wiederfinden.

Sie stapfte dreihundert Meter durch den Regen, verfluchte Italo, dieses Scheißland und die schmutzige Arbeit, die sie tun musste – und machte kehrt.

Wenn Italo nun tot oder schwer verwundet war?

Alima stieg über das Gittertor, ging in Italos Häuschen und traf eine Entscheidung, die überhaupt nicht mit ihrem Berufsethos als Prostituierter zu vereinbaren war.

Sie rief die Polizei.

»Kommt zur Schule. Die Sarden haben auf Italo geschossen. Beeilt euch!«

Eine Viertelstunde später, als die Polizeibeamten Bacci und Miele zur Schule fuhren, fiel ihnen eine schwarze Frau auf, die sich hinter einem Busch versteckte.

Bruno Miele stürzte aus dem Auto, die Frau versuchte wegzurennen, und er richtete seine Pistole auf sie. Er stellte sie, legte ihr Handschellen an und bugsierte sie ins Polizeiauto.

»Ich habe die Polizei gerufen. Lasst mich«, jammerte Alima.

»Du hältst die Klappe, Nutte«, fuhr Miele sie an, während sie mit heulenden Sirenen weiter Richtung Schule rasten.

Mit gezogener Waffe stiegen sie aus.

Starsky und Hutch.

Von außen wirkte alles normal.

Miele sah, dass es im Häuschen seines Vaters dunkel war, während in der Schule Licht brannte.

»Gehen wir rein!«, sagte er. Sein sechster Sinn verriet ihm, dass in der Schule irgendetwas Schlimmes vorgefallen sein musste.

Sie kletterten über das Tor und gaben sich gegenseitig Deckung.

Dann rückten sie, Pistole im Anschlag, mit breitbeinigen Sprüngen in die Schule vor.

Sie durchsuchten das ganze Gebäude, ohne irgendetwas zu entdecken, drangen dann, hintereinander und immer dicht an der Wand lang, ins Kellergeschoss vor. Unten im Flur stand eine Tür offen. Und das Licht brannte.

Sie gingen an den Seiten in Stellung, hielten die Pistolen in beiden Händen.

»Fertig?«, fragte Bacci.

»Fertig!«, antwortete Miele und landete mit einer unbeholfenen Rolle vorwärts in der Turnhalle, rappelte sich wieder auf und schwenkte die Pistole nach links und nach rechts.

Im ersten Moment sah er nichts.

Dann entdeckte er, dass da jemand auf dem Boden lag.

Eine Leiche!?

Eine Leiche, die aussah wie sein ...

»Papa! Papa!«, schrie Bruno Miele verzweifelt und stürzte zu seinem Vater. (Und während er hinrannte, konnte er nicht anders als an diesen großartigen Film denken, wo der Polizist Kevin Costner die Leiche von Sean Connery findet, der wie ein Vater für ihn war, und verzweifelt zur Selbstjustiz greift und die Mafiosi erledigt. Verdammt, wie hieß der Film gleich?) »Haben Sie dich umgebracht, Papa? Antworte! Antworte mir! Haben die Sarden dich umgebracht?« Er kniete sich neben die Leiche seines Vaters, als wäre irgendwo eine Filmkamera. »Keine Sorge, ich werde dich rächen!« Dann merkte er, dass die Leiche lebte, und fragte jammernd: »Bist du verwundet?« Und als er die Doppelflinte sah: »Haben sie auf dich geschossen?«

Der Hausmeister murmelte unverständliche Worte. Ein Walross nach dem Zusammenstoß mit einem Dampfboot.

»Wer hat dich verwundet? Waren es die Sarden? Rede!« Bruno schob das Ohr ganz nah an den Mund seines Vaters.

Italo brachte nur ein Röcheln hervor.

»Hast du sie verjagt?«

»Jaaa ...«

»Bravo, Papa.« Bruno strich zärtlich über seine Stirn und konnte nur mit Mühe die Tränen zurückhalten.

Was für ein Held! Was für ein Held! Jetzt würde niemand mehr sagen können, dass sein Vater ein Feigling sei. Und alle, die vor zwei Jahren, als die Diebe im Haus gewesen waren, gemeint hatten, sein Vater habe sich versteckt, sollten sich jetzt auf die Zunge beißen. Er war stolz auf seinen Papa.

»Hast du auf sie geschossen?«

Italo nickte mit geschlossenen Augen.

»Auf wen?«, fragte Antonio Bacci.

Was für dumme Fragen dieser Idiot stellte!

»Auf wen? Auf wen? Auf die Sarden, nicht wahr?!«, brach es aus Bruno heraus.

Doch Italo schüttelte mühsam den Kopf.

»Wieso nein, Papa? Auf wen hast du denn dann geschossen?«

Italo atmete tief, bevor er gluckernd herausbrachte: »Au ... auf ... die Schü ... die Schüler.«

»Auf die Schüler?«, wiederholten die beiden Polizisten im Chor.

Krankenwagen und Feuerwehr waren eine Stunde später gekommen.

Mit einer Schneidezange durchtrennte ein Feuerwehrmann die unzerstörbare Kette. (Und dem Polizisten Bacci fiel nicht auf, dass es dieselbe Kette war, die er vor ein paar Monaten seinem Sohn geschenkt hatte.) Die beiden Krankenpfleger konnten den Hausmeister also auf einer Trage aus der Schule holen.

Danach wurde der Direktor gerufen.

54

Um sieben Uhr stellte Flora Palmieri ihren Y10 auf dem Schulhof ab.

Da parkten schon der Ritmo des Direktors, der Uno der stellvertretenden Direktorin und ...

Ein Einsatzwagen der Polizei? Sieh an!

Sie ging hinein.

Die stellvertretende Direktorin Gatta und der Direktor Cosenza standen in einer Ecke am Eingang und murmelten wie zwei Verschwörer.

Als die Gatta sie sah, kam sie auf Flora zu. »Ah, da sind Sie ja endlich.«

»Ich bin so schnell wie möglich gekommen ...«, entschuldigte sich Flora. »Was ist denn vorgefallen?«

»Kommen Sie, kommen Sie und sehen Sie sich an, was sie getan haben ...«, sagte die Gatta.

»Wer ist es denn gewesen?«

»Das weiß man nicht.« Dann wandte sie sich dem Direktor zu. »Giovanni, lass uns nach unten gehen und Signorina Palmieri zeigen, was sich unsere Schüler Schönes geleistet haben.«

Die Gatta ging voran, und Flora und der Direktor folgten ihr.

55

Wenn man den Direktor Cosenza und seine Stellvertreterin Gatta zusammen sah, hätte man meinen können, mit einem Mal ins mittlere Mesozoikum versetzt zu sein.

Mariuccia Gatta, sechzig Jahre, ledig, hatte einen großen Kopf, der aussah wie eine Schuhschachtel, Augen wie Billardkugeln, die tief in ihren Höhlen lagen, und eine platte Nase. Sie erinnerte an einen Tyrannosaurus Rex, den berüchtigtsten und schlimmsten aller Dinosaurier.

Giovanni Cosenza dagegen, dreiundfünfzig Jahre alt, verheiratet und Vater zweier Kinder, sah aus wie ein Docodon, also wie eines dieser kleinen, unbedeutenden, mausähnlichen Tierchen mit spitzer Schnauze und vorstehenden Schneidezähnen, das nach Meinung mancher Paläontologen das erste Säugetier auf dem damals noch von Reptilien beherrschten Planeten war.

Das Docodon war also tatsächlich der Direktor, und der T. Rex seine Stellvertreterin. Aber das zählte nicht: Die Macht in der Schule hatte die Gatta. Sie legte die Stunden- und Dienstpläne, die Zusammensetzung der Klassen und alles Übrige fest. Es war immer sie, die ohne Zögern alle Entscheidungen traf. Sie hatte ein herrisches Wesen und kommandierte den Direktor, den Lehrkörper und die Schülerschaft wie eine Truppe herum.

Wenn man mit dem Direktor sprach, fielen einem als Erstes seine vorstehenden Zähne auf und dann sein Schnurrbärtchen und diese kleinen Äuglein, die überallhin sahen, nur nicht auf sein Gegenüber.

Beim ersten Mal, als Flora ihn traf, war sie ganz verwirrt gewesen, weil sein Blick, während er redete, nach oben gerichtet war, auf einen Punkt an der Decke, als wäre da vielleicht eine Fledermaus oder ein enormer Riss. Der Direktor bewegte sich ruckartig, als würde jede Bewegung von einer Nervenzuckung hervorgerufen. Ansonsten war er ein geistloser und gewöhnlicher Typ. Ein Hänfling mit graumelierten Fransenhaaren, die ihm in sein kleines Gesicht fielen. Ein ungemein ängstlicher und förmlicher Mann.

Er besaß zwei Anzüge. Einen für den Sommer und einen für den Winter. Die Jahreszeiten dazwischen schienen ihm unbekannt. Wenn es kalt war, wie an jenem Tag, zog er den dunkelbraunen Flanellanzug an, und wenn es warm war, den sandfarbenen Baumwollanzug. Beide Anzüge hatten Hochwasser und zu stark wattierte Schultern.

56

Sie wusste sofort, wer es gewesen war, als sie den Spruch an der Wand (PALMIERI STEGG DIR DIE VIDEOS IN DEN ARSCH) und die zertrümmerten Fernseh- und Videogeräte sah.
Federico Pierini.
Es war eine Nachricht für sie.
Das ist dafür, dass du mich gezwungen hast, das Video übers Mittelalter anzusehen.
Klar.
Seit dem Tag, als sie ihn bestraft hatte, hatte sie gespürt, dass in diesem Jungen eine grimmige Wut gegen sie wuchs. Er machte seine Aufgaben nicht mehr und setzte sich im Unterricht Kopfhörer auf.
Er hasst mich.
Sie hatte bemerkt, wie er sie ansah. Aus zwei so bösen Augen, dass sie Angst bekam, mit einem anklagenden Blick, in dem der Hass der ganzen Welt lag.
Flora hatte verstanden. Sie hörte ihn nicht mehr ab und würde ihn am Ende des Jahres versetzen.
Sie wusste nicht genau, wieso, doch sie hatte das Gefühl, dass dieser Hass irgendetwas mit dem Tod von Pierinis Mutter zu tun hatte. Vielleicht weil sie an dem Tag gestorben war, als sie ihn gezwungen hatte, in der Schule zu bleiben.

Wer weiß?
Jedenfalls hatte sie in Pierinis Augen irgendeine schwere Schuld auf sich geladen.
Ich habe einen Fehler gemacht, das stimmt. Aber ich wusste es nicht. Er hatte mich wirklich gereizt, ließ mich nicht arbeiten, störte, erzählte Lügen, und ich wusste nichts von seiner Mutter, das schwöre ich. Ich habe mich sogar bei ihm entschuldigt.
Und er hatte sie angesehen, als wäre sie das größte Stück Scheiße auf der ganzen Welt.
Und dann die Streiche: der Stein, der durchs Fenster flog, die aufgeschlitzten Reifen und alles Übrige.
Er war es. Das wusste sie jetzt mit Sicherheit.
Sie hatte Angst vor diesem Jungen. Große Angst. Wenn er größer wäre, hätte er versucht, sie umzubringen. Ihr grauenhafte Dinge anzutun.
Wenn sie ihn sah, hätte Flora am liebsten zu ihm gesagt: »Entschuldige, es tut mir Leid, wenn ich dir irgendetwas getan habe, verzeih mir. Es war mein Fehler, aber ich werde dir nichts mehr tun, Hauptsache, du hörst auf, mich zu hassen.« Doch sie wusste, das hätte seine Feindseligkeit nur noch verstärkt.
In die Schule war er aber nicht allein eingebrochen.
Das war offensichtlich. Die verschiedenen Handschriften an den Wänden bewiesen es. Er musste ein paar von seinen kleinen Sklaven mitgeschleppt haben. Aber Flora hätte ihre Hand dafür ins Feuer gelegt, dass er den Fernseher zertrümmert hatte.

»Sehen Sie sich diese Verwüstung an«, jammerte der Direktor und schreckte sie aus ihren Gedanken auf.
Im Medienraum waren außer Flora, dem Direktor und der stellvertretenden Direktorin noch zwei Polizisten, die ein Protokoll aufnahmen. Der eine war Andrea Baccis Vater. Flora kannte ihn, weil er ein paarmal in die Schule gekommen war, um mit ihr über seinen Sohn zu sprechen. Der andere war der Sohn des Hausmeisters.
Sie las die anderen Sprüche an der Wand.
Der Direktor lutscht der Gatta den Schwanz.
Italos Füße stinken nach Fisch.

Flora musste lächeln. Es war ein ausgesprochen komisches Bild. Der Direktor, wie er vor der stellvertretenden Direktorin kniete, die ihren Rock hochgehoben hatte und ... *Vielleicht stimmt es, und die Gatta ist in Wirklichkeit ein Mann.*

Sie spürte den boshaften, forschenden Blick der Gatta auf sich; wie sie versuchte, ihre Gedanken zu lesen. »Haben Sie gesehen, was da steht?«

»Ja ...«, murmelte Flora.

Die Gatta ballte die Fäuste und hob sie zum Himmel. »Wandalen. Verdammte Bande. Was erlauben die sich?! Wir müssen sie bestrafen. Wir müssen dieses Übel, das unsere arme Schule befallen hat, schnellstmöglich ausrotten.«

Wenn die Gatta eine normale Frau gewesen wäre, hätte ein Spruch wie der an der Wand ihr vielleicht den Anstoß gegeben, sich einmal ernsthaft darüber Gedanken zu machen, wie ihre sexuelle Identität und ihr Verhältnis zum Direktor von einem Teil der Schülerschaft wahrgenommen wurde.

Doch die Gatta war eine Frau, die sich über solche Dinge erhaben fühlte und nicht zu Gedanken dieser Art neigte. Sie war in dieser Hinsicht vollkommen unempfindlich. Keine Spur von Verlegenheit, nicht ein Anflug von Unbehagen. Der Mob, der in ihre Schule eingedrungen war, hatte nur ihren Kampfgeist angestachelt, und jetzt war der preußische General in ihr bereit zur Schlacht.

Direktor Cosenza dagegen war dunkelrot angelaufen, ein Zeichen dafür, dass der Spruch ihn getroffen hatte.

»Gibt es denn Verdächtige?«, fragte Flora.

»Nein, aber wir werden herausfinden, wer es war, Signorina Palmieri, darauf können Sie Ihr Gehalt wetten, dass wir es herausfinden«, eiferte sich die Gatta. Seit Flora sie kannte, hatte sie die stellvertretende Direktorin noch nie so wütend erlebt. Vor Zorn bebte ihr ein Mundwinkel. »Haben Sie gelesen, was da über Sie geschrieben steht?«

»Ja.«

»Man würde meinen, das ist eine an Sie gerichtete Botschaft«, sagte sie im Ton eines Hercule Poirot.

Flora schwieg.

»Wer könnte das gewesen sein? Wieso denn Videos und nicht ein ...« Die Gatta bemerkte, dass sie kurz davor war, etwas Unanständiges zu sagen, und verstummte.

»Ich weiß nicht ... Ich habe keine Ahnung«, antwortete Flora und schüttelte den Kopf. Aber warum zeigte sie Pierini, jetzt, wo sich die Möglichkeit dazu bot, nicht an? *Du würdest ihn in Schwierigkeiten bringen.*

Diesem Jungen stand auf der Stirn geschrieben, dass sich das Gesetz wie eine Kletterpflanze um sein Leben ranken würde, und sie wollte nicht am Anfang dieser Verbindung stehen.

Und dann, aus einem einfacheren, pragmatischeren Grund: Sie hatte Angst, dass Pierini, wenn er erführe, dass sie es war, die ihn angezeigt hatte, es sie teuer bezahlen lassen würde. Sehr teuer.

»Signorina Palmieri, ich habe Giovanni gebeten, Sie vor den anderen Lehrern rufen zu lassen, weil Sie vor einiger Zeit bei mir waren, um sich über ein paar Schüler zu beklagen, die Ihnen Anlass zu Ärger gegeben hatten. Es könnten dieselben sein, die das hier angerichtet haben. Ist Ihnen das klar? Es könnte sich ja um eine Vergeltungsaktion handeln. Sie haben gesagt, dass es Ihnen nicht gelingt, mit Ihren Schülern zu kommunizieren, und bisweilen zeigen sich Verständigungsprobleme auch so.« Dann verlangte es sie nach Bestätigung vom Direktor: »Glaubst du nicht, Giovanni?«

»Doch ja«, stimmte er zu und bückte sich, um einen Glassplitter aufzuheben.

»Giovanni, bitte, lass das! Du schneidest dich noch!«, schrie die Gatta, und der Direktor stand augenblicklich stramm. »Könnte es so sein, Signorina?«

Und warum haben sie dann geschrieben, dass Sie diese Sache mit dem Direktor treiben? Was hätte sie darum gegeben, ihr das sagen zu können, dieser elenden Hexe. Doch stattdessen stammelte sie: »Also ... das glaube ich nicht ... Warum hätten sie sonst die anderen ... Sprüche geschrieben?« Sie sagte es stockend, doch sie sagte es.

Die Augen der Gatta verschwanden fast in ihren Höhlen. »Was hat das damit zu tun?«, knurrte sie. »Vergessen Sie bitte nicht, der Direktor und ich, wir sind hier die höchsten Autoritäten. Es ist normal, dass wir in die Schusslinie geraten, aber es ist über-

haupt nicht normal, dass Sie angegriffen werden. Von allen Lehrern hat man sich Sie ausgesucht. Wieso legen die Schüler sich nicht mit der Kollegin Rovi an, die ja schließlich auch den Medienraum benutzt? Wer diesen Spruch da geschrieben hat, ist auf Sie wütend. Und es wundert mich überhaupt nicht, dass Sie sich nicht vorstellen können, wer das sein könnte, denn Sie beobachten Ihre Klassen nicht mit der gebührenden Aufmerksamkeit.«
Flora senkte den Blick.
»Was tun wir jetzt?«, mischte sich der Direktor ein und versuchte den T. Rex zu besänftigen.
»Was wir tun? Wir stellen die Ordnung wieder her. Über die Unterrichtsmethoden von Signorina Palmieri sprechen wir ein anderes Mal«, sagte die stellvertretende Direktorin und rieb sich die Hände.
»Die Schüler kommen gleich. Vielleicht ist es besser, wir lassen sie nicht herein, sondern schicken sie nach Hause und berufen eine Lehrerkonferenz ein, um über eine wirksame Antwort auf diese Provokation zu entscheiden …«, schlug der Direktor vor.
»Nein. Ich glaube, es ist besser, wir lassen die Schüler hereinkommen. Und machen normalen Unterricht. Der Medienraum wird abgeschlossen. Der Kollege Decaro kann seine Stunde oben halten. Die Schüler dürfen nichts erfahren. Und auch die Lehrer so wenig wie möglich. Wir rufen Margherita und lassen alles sauber machen, und dann holen wir noch heute den Maler, damit die Wände gestrichen werden. Und wir beide …«, die Gatta fixierte Flora, »besser gesagt: wir drei, denn Sie, Signorina, begleiten uns und helfen uns bei den Nachforschungen, fahren nach Orbano, um zu sehen, wie es Italo geht, und versuchen herauszufinden, wer die Schuldigen sind.«
Der Direktor wurde ganz zappelig. Wie diese Hündchen, die nur Haut und Kochen sind und zu bibbern anfangen, wenn sie ihren Herrn sehen. »Sehr richtig, sehr gut.« Er sah auf die Uhr. »Die Schüler kommen gleich. Soll ich öffnen lassen?«
Die Gatta bedachte ihn mit einem billigenden Lächeln.
Der Direktor verließ das Zimmer.
Jetzt wandte die stellvertretende Direktorin ihre Aufmerksamkeit den beiden Polizisten zu. »Ihr beide, was tut ihr da? Wenn ihr

diese Fotos machen müsst, dann macht sie. Wir müssen den Raum abschließen und haben keine Zeit zu verlieren.«

57

Das Geräusch, das der Knorpel der gebrochenen Nasenscheidewand macht, wenn sie gerichtet wird, erinnert in gewisser Weise an das Geräusch von Zähnen, die in ein Magnum von Langnese beißen.

Scrooooskt.

Mehr als der Schmerz ist es dieses Geräusch, das einen hochfahren lässt, den Herzschlag beschleunigt und eine Gänsehaut auslöst.

Diese unangenehme Erfahrung hatte Italo Miele schon im Alter von dreiundzwanzig gemacht, als ein Jäger ihm den von ihm geschossenen Fasan streitig machte. Sie hatten sich mitten in einem Sonnenblumenfeld eine Schlägerei geliefert, und der andere (bestimmt ein Boxer) hatte ihm mir nichts dir nichts einen kräftigen Faustschlag mitten ins Gesicht verpasst. Damals hatte ihm sein Vater die Nase wieder zurechtgerückt.

Deshalb schrie und fluchte er jetzt in der Ambulanz des Sandro-Pertini-Krankenhauses in Orbano herum, dass er niemanden an seine Nase lasse, und ganz bestimmt nicht so ein Doktorchen, das noch ins Bett pisste.

»Aber so kann es nicht bleiben. Wenn wir es so lassen, behalten Sie eine deformierte Nase«, murmelte der junge Arzt beleidigt.

Italo stand mühsam von der Trage auf, auf die sie ihn gelegt hatten. Eine dickliche Krankenschwester versuchte ihn daran zu hindern, doch er verscheuchte sie wie eine lästige Mücke und ging zum Spiegel.

»Babbabia ...«, murmelte er.

Was für eine Katastrophe!

Ein Pavian.

Die Nase sah aus wie eine Aubergine und hatte einen Rechtsdrall. Sie glühte wie ein Bügeleisen. Die Schwellungen um die Augen herum gingen farblich von Magenta bis ins Kobaltblaue.

Eine breite Narbe, mit neun Stichen genäht und mit Jodtinktur bepinselt, teilte seine Stirn in zwei Hälften.

»Die Nase bieg ich mir selbsd dsurechd.«

Mit der Linken packte er sein Kinn und mit der Rechten die Nase, holte tief Luft und ...

Scrooooskt ...

... mit einem entschlossenen Ruck richtete er sie wieder.

Er erstickte einen wilden Schrei und spürte, wie Säure in seinen revoltierenden Magen schoss. Fast hätte er sich vor Schmerz übergeben. Die Beine gaben einen Moment nach, und Italo musste sich aufs Waschbecken stützen, um nicht hinzufallen.

Der Arzt und die beiden Krankenschwestern sahen ungläubig zu.

»Fertig.« Er hinkte zurück auf die Trage. »Bringd mich ins Bett, ich bin todmüde. Ich will schlafen.«

Er schloss die Augen.

»Wir müssen die Blutung stillen und Ihnen einen Verband machen«, sagte der Arzt in einem Jammerton.

»Na gud ...«

Er war vielleicht müde ...

Erschöpfter, fertiger, mitgenommener, ausgepumpter als irgendein anderer Mensch auf der ganzen Welt. Er musste wenigstens zwei Tage schlafen. Dann würde er keinen Schmerz und überhaupt nichts mehr spüren, und wenn er dann wach würde, könnte er nach Hause zurückkehren und sich drei Wochen Genesung gönnen, gepflegt und verhätschelt und bemitleidet von seiner Alten, und er würde sich Fettuccine mit Ragout kochen lassen und sehr viel fernsehen und planen, wie er am besten vorgehen sollte, um sich für das entschädigen zu lassen, was sie ihm in dieser Schreckensnacht angetan hatten.

Ja, sie sollten zahlen.

Der Staat. Die Schule. Die Familien dieser Verbrecher. Egal wer. Aber irgendjemand musste bezahlen, bis zur letzten gottverdammten Lira.

Ich brauche einen Rechtsanwalt. Einen guten. Einen, der sich durchsetzt und den anderen das Fell über die Ohren zieht.

Während der Arzt und die Krankenschwestern ihm Wattebäusche in die Nasenlöcher steckten, ging ihm durch den Kopf, dass dies die Gelegenheit war, auf die er seit langem gewartet hatte. Und sie kam genau zum richtigen Zeitpunkt, kurz vor der Rente.

Diese kleinen Arschlöcher hatten ihm einen Gefallen getan.

Jetzt war er ein Held, er hatte seine Pflicht getan, hatte sie aus der Schule verjagt, und es würde ihm auch noch eine Menge Geld einbringen.

Quetschung der Nasenscheidewand mit schweren Atembeschwerden. Bleibende Verletzungen und Abschürfungen, und noch eine ganze Menge Beschwerden, die sich erst mit der Zeit zeigen würden.

Dafür stecke ich doch mindestens ... na? ... mindestens zwanzig Millionen Lire ein. Nein, das ist zu wenig. Wenn sich herausstellt, dass ich nicht mehr durch die Nase atmen kann, bringt das allermindestens fünfzig Millionen oder auch mehr.

Er spielte einfach so mit irgendwelchen Zahlen herum, doch es passte zu seinem impulsiven Charakter, ungetrübt von irgendeiner Sachkenntnis Vermutungen über die Höhe der Entschädigung anzustellen.

Er würde sich ein neues Auto mit Klimaanlage und Autoradio kaufen, einen größeren Fernseher und neue Elektrogeräte für die Küche und außerdem die Türen und Fenster in seinem Häuschen auswechseln lassen.

Im Grunde würde er all diese Dinge nur für eine kaputte Nase und ein paar blöde Verletzungen bekommen.

Obwohl ihm dieser unfähige Doktor und die Schwestern höllisch wehtaten, spürte er, wie ein spontanes, aufrichtiges Gefühl von Zuneigung und Dankbarkeit in ihm aufstieg, und zwar gegenüber den kleinen Kanaillen, die ihn in seinen bedauernswerten Zustand versetzt hatten.

58

Hinter den schwarzen Hügeln überzog sich der Himmel mit dicken Wolken, die sich zwischen dem Donnern und Blitzen eines sintflutartigen Unwetters übereinander schoben. Der Wind brachte Sand und den Geruch nach Salz und Algen mit. Die weißen Büffel auf den Wiesen machten sich nichts aus dem Regen, fraßen langsam und unbeirrt weiter, hoben nur ab und zu den Kopf und sahen ohne Interesse zu, wie sich die Naturgewalten entluden.

Pietro hatte es eilig, zur Schule zu kommen. Obwohl es heftig regnete, war er mit dem Fahrrad unterwegs.

Er hatte es nicht geschafft, zu Hause zu bleiben. Seine Neugierde hatte sich gegen die Absicht, krank zu spielen, schließlich doch durchgesetzt. Er wollte einfach wissen, was geschehen war.

Er hatte das Fieberthermometer unters heiße Wasser gehalten, doch in dem Moment, als er seiner Mutter hätte sagen müssen, dass er siebenunddreißigeinhalb habe, war er still gewesen.

Wie könnte er den ganzen Tag im Bett bleiben, ohne zu wissen, ob sie es geschafft hatten, das Tor zu öffnen, ohne etwas über die Reaktion der Schüler und Lehrer zu erfahren?

Als er beschlossen hatte, sich auf den Weg zu machen, war es schon spät, also hatte er sich in aller Eile angezogen, eine Tasse Milchkaffee hinuntergestürzt, ein paar Kekse verschlungen, seine Wachstuchregenjacke und die Gummistiefel angezogen und das Fahrrad genommen, um möglichst schnell zu sein.

Jetzt, wo er nur noch einen Kilometer von der Schule entfernt war, kam ihm jeder Tritt in die Pedale wie ein Stich in den Magen vor.

59

Als sie den Krankensaal betrat, hatte Flora den Eindruck, nicht in einem italienischen Hospital, sondern in einer Tierklinik in Süd-Florida zu sein. Mitten in dem großen Raum lag, ausgestreckt auf dem Bett und in hellem Lampenlicht, ein Lamantin.

Flora, ansonsten keine Expertin in Zoologie, wusste, was ein Lamantin war, weil sie vor einer Woche einen Dokumentarfilm von National Geographic im Fernsehen gesehen hatte.

Der Lamantin ist eine Seekuh, eine riesige, fettleibige, weiße Sirene, die im Tschadsee und an den Mündungen der großen

Flüsse Südamerikas lebt. Da das Tier von seinem Wesen her langsam und träge ist, werden ihm häufig Schiffsschrauben zum Verhängnis.

Der Hausmeister, der in Unterhosen auf dem Bett lag und seinen Bauch in die Luft streckte, hätte ein solches Riesenvieh sein können.

Er bot einen schlimmen Anblick. Rund und weiß wie ein Schneemann. Der Bauch, gespannt und gebläht, hatte die Form eines Ostereis, das kurz vor dem Platzen ist, und war gekrönt von einem Büschel weißer Haare, die sich weiter zur Brust hochzogen. Die kurzen plumpen Beine waren unbehaart und von mächtigen blauen Adern überzogen, und die Wade seines lahmen Beines war veilchenblau und hatte die Form eines Brotlaibes. Die ausgebreiteten Arme sahen aus wie zwei Flossen. Die Finger dick wie Zigarren. Die stiefmütterliche Natur hatte sich nicht die Mühe gemacht, ihn mit einem Hals zu versehen, und so saß dieser runde Riesenkopf direkt zwischen den Schulterblättern.

Man hatte ihn ziemlich übel zugerichtet.

Die Unterarme und Knie waren mit Kratzwunden und Hautabschürfungen übersät. Die Stirn genäht und die Nase verbunden.

Flora mochte ihn nicht. Er war ein Faulpelz. Aggressiv gegenüber den Schülern. Und außerdem schmierig. Wenn sie an seinem Hausmeisterkabuff vorbeikam, hatte sie das Gefühl, dass er sie mit den Augen auszog. Und die Kollegin Cirillo hatte ihr erzählt, dass er dafür bekannt sei, regelmäßig zu den Huren zu gehen, zu diesen armen schwarzen Frauen, die sich an der Aurelia prostituierten.

Flora hatte nicht die geringste Lust, mit den beiden anderen hier zu sein und die Detektivin zu spielen. Sie wäre gern in der Schule gewesen. Um zu unterrichten.

»Kommen Sie ... los«, sagte die Gatta.

Sie setzten sich alle drei an das Krankenbett des Hausmeisters.

Die stellvertretende Direktorin deutete einen Gruß mit dem Kopf an und sagte dann im besorgtesten Tonfall der Welt: »Italo, nun, wie geht es Ihnen?«

Trotz der blauen Flecken und Quetschungen in diesem Gesicht

eines geprügelten Hundes leuchtete ein abstoßender und duckmäuserischer Ausdruck in den Schweinsäuglein des Hausmeisters auf.

60

»Schlechd. Wie es uns gehd? Schlechd!«

Italo stellte sich ganz auf die Rolle ein, die er spielen wollte. Es musste ihn furchtbar anstrengen, er musste wie ein armer, pflegebedürftiger, lahmer alter Mann erscheinen, der zum Wohl von Schülern und Lehrern jugendlichen Kriminellen aufopfernd die Stirn geboten hatte.

»Nun, Italo, wenn Sie können, erklären Sie uns bitte genau, was in jener Nacht in der Schule geschehen ist«, sagte der Direktor.

Italo sah in die Runde und begann eine Geschichte zu erzählen, die ungefähr sechzig Prozent Wahrheit enthielt, zu vielleicht dreißig Prozent aus der Luft gegriffen war und zu zehn Prozent mit Übertreibungen, Pathos, Showeffekten, sentimentalen und rührseligen Details aufgefüllt wurde (… Sie können sich nicht vorstellen, wie bitterkalt es im Winter in dem kleinen Zimmerchen ist, wo ich lebe, allein, fern von zu Hause, meiner Frau, meinen geliebten Kindern …).

Er ließ eine Reihe überflüssiger Details aus, die die Erzählung nur schwerfälliger und den Ablauf verwickelter gemacht hätten. (Die Nase? Wie ich sie mir gebrochen habe? Einer dieser Jungen muss mir mit einer Stange ins Gesicht geschlagen haben, als ich durch die dunkle Schule ging.)

Und er schloss: »Jedsd bin ich hier. Sehd mich an. Im Krankenhaus. Am Ende. Ich gann mein Bein nicht mehr beween und hab glaub ich ein paar Ribben gebrochen, aber das ist egal, ich habe die Schule vor den Wandalen geredded. Und das ist wichtig, oder? Ich bidd nur um eins: Helfd mir, ihr seid gebildede Menschen. Ich bin nur ein armer unwissender alder Mann. Helfd mir, dsu begommen, was mir dsuschdehd nach vielen Jahren Arbeit und nach dem furchdbaren Unfall, der mir das bisschen Gesundheid genommen had, das mir noch gbliem war. Aber bis dahin würde mir auch eine Sammlung bei Lehrern und Eldern helfen. Dange, vielen vielen Dang.«

Als er mit seiner Rede fertig war, sah er sich an, welche Wirkung sie auf seine Zuhörer gehabt hatte.

Der Direktor saß nach vorn gebeugt auf seinem Stuhl, die Hände vor dem Mund und den Blick auf den Boden gerichtet. Italo bewertete diese Haltung als Ausdruck tiefen Mitgefühls.

Gut.

Dann musterte er die Palmieri.

Die Rothaarige sah ihn ausdruckslos an. Aber was konnte man von so einer schon erwarten?

Und zum Schluss erforschte er die Miene der stellvertretenden Direktorin. Die Gatta machte ein versteinertes Gesicht, das nichts Gutes ahnen ließ. Ihre Lippen hatten sich spöttisch gekräuselt.

Was hieß das? Was zum Teufel bedeutete dieses blöde Grinsen? Glaubte diese säuerliche Jungfer ihm etwa nicht?

Italo verengte seine Augen zu Schlitzen, zog die Gesichtsmuskeln zusammen, versuchte den ganzen Schmerz auszudrücken, den er spürte, und wartete auf einen Trost, ein freundliches Wort, einen Händedruck, irgendetwas.

Die stellvertretende Direktorin hustete und holte aus ihrer kleinen Wildlederhandtasche einen Notizblock und ihre Lesebrille hervor. »Italo, ich verstehe einige Dinge nicht, die Sie gesagt haben. Sie scheinen nicht mit dem übereinzustimmen, was wir zusammen mit der Polizei in der Schule festgestellt haben. Wenn Sie sich danach fühlen, möchte ich Ihnen gerne ein paar Fragen stellen.«

»In Ordnung. Aber bidde schnell, weil es gehd mir nichd besonders gud.«

»Fangen wir damit an, dass Sie sagen, Sie hätten die Nacht allein verbracht. Wer ist denn dann diese Alima Guabré? Es scheint sich herauszustellen, dass diese Frau aus Nigeria, die nebenbei gesagt über keine Aufenthaltserlaubnis verfügt, die Carabinieri gerufen hat.«

Ein heftiger Schmerz aus den Tiefen von Italos Magen stieg höher und höher, bis er schließlich die Mandeln reizte. Er versuchte, das saure Aufstoßen, das da aus seiner Speiseröhre hochkam, zurückzuhalten, doch er schaffte es nicht und rülpste geräuschvoll.

Die drei taten, als wäre nichts.

Italo legte sich eine Hand vor den Mund. »Bas babm Sie besagt? Alima bas? Ich kenne diese Frau nicht, den Namen babe ich nie behört ...«

»Wie seltsam. Die junge Frau, die, wie es aussieht, von Beruf Prostituierte ist, sagt, dass sie Sie sehr gut kennt, dass Sie sie mit zur Schule genommen und eingeladen hätten, die Nacht mit Ihnen zu verbringen ...«

Italo schnaubte. Seine Nase knatterte jetzt wie eine kaputte Heizung.

Wartet mal, einen Moment mal bitte ... Diese Kuh veranstaltete ein Verhör mit ihm. Mit ihm? Ausgerechnet mit ihm, der die Schule gerettet hatte und um ein Haar dabei draufgegangen wäre? Ja was zum Teufel passierte denn hier ... Sie stachen ihm den Dolch in den Rücken. Ihm, der eine Umarmung erwartet hatte, eine Schachtel Ferrero Rocher, einen Blumenstrauß.

»Die muss verrückd sein. Had alles erfunden. Wer isd das? Was will die von mir? Ich genne sie nichd ...«, sagte er und fuchtelte mit den Armen herum, als versuchte er einen Schwarm Wespen zu vertreiben.

»Sie sagt, dass Sie jede Woche zusammen mit ihr im Vecchio Carro essen, und dann hat sie von einem Scherz erzählt ...«, die Gatta zog eine Grimasse und hielt den Notizblock weiter weg, wie um besser lesen zu können. »Ich habe es nicht so ganz verstanden. Die Polizisten sagen, sie sei sehr wütend auf Sie ... Ein Streich, den Sie ihr beim Essen gespielt haben sollen ...«

»Was erlaubd sich diese dreggige Nud ...?« Italo schaffte es gerade noch, das Wort nicht auszusprechen.

Die Gatta bedachte ihn mit einem Blick, der tödlicher nicht sein konnte.

»Auch mir kommt das Ganze ziemlich sonderbar vor. Doch eine Sache würde die Geschichte von Signorina Guabré bestätigen. Heute Morgen stand Ihr Auto vor dem mit der Kette verschlossenen Gittertor. Und dann sind da die Zeugenaussagen der Kellner des Vecchio Carro ...«

Der Hausmeister zitterte wie Espenlaub, starrte diese herzlose Hexe an, die ihren Spaß daran hatte, ihn zu quälen, und wünschte sich, er könnte sich auf sie stürzen, ihr diesen Hühnerhals umdrehen, ihn wringen wie einen alten Fetzen, ihr alle Zähne ausschlagen und eine Kette daraus machen. Das war doch keine Frau ... Das war ein erbarmungsloses teuflisches Weib ohne jedes Gefühl. Wo andere ein Herz haben, hatte die eine Bleikugel, und wo bei anderen Frauen die Möse war, war bei der ein Eisklumpen.

»Das lässt mich vermuten, dass Sie zu dem Zeitpunkt, als die Wandalen in die Schule eingedrungen sind, nicht anwesend waren ... Wie wahrscheinlich auch vor zwei Jahren, als bei Ihnen eingebrochen wurde.«

»Nei-hein! Da war ich da, ich hab geschlafen! Ich schwöre es bei Godd. Ich gann nichds dafür, dass ich so einen diefen Schlaf habe!« Italo wandte sich an den Direktor. »Ich bidde Sie, Herr Direkdor, helfen wenigsdens Sie mir. Was will diese Frau von mir? Mir gehd es schlechd. Ich erdrage es nichd, diese infamen Beschuldigungen anzuhören. Ich gehe nichd zu den Huren, ich du nur meine Pflichd. Ich habe dreißig Jahre ehrliche Pflichderfüllung hinder mir. Herr Direkdor, ich bidde Sie, sagen Sie edwas.«

Der Direktor, dieses jämmerliche Männchen, sah ihn an, wie man das letzte Exemplar einer aussterbenden Spezies ansehen würde. »Was soll ich sagen? Versuchen Sie, aufrichtiger zu sein, die Wahrheit zu sagen. Es ist immer besser, die Wahrheit zu sagen ...«

Auf der Suche nach Verständnis warf Italo einen Blick auf die Palmieri, aber auch von ihr war nichts zu erwarten.

»Gehd ... gehd weg ...«, murmelte er mit geschlossenen Augen, wie ein Todgeweihter, der in Frieden dahinscheiden will.

Doch die Gatta ließ sich nicht erweichen. »Sie sollten dieser armen unglücklichen Frau dankbar sein. Wenn die Signorina Guabré nicht gewesen wäre, würden Sie wahrscheinlich jetzt noch bewusstlos in einer Blutlache liegen. Sie sind ein undankbarer Mensch. Und jetzt wollen wir über die Sache sprechen, die mich am meisten beunruhigt: das Gewehr.«

Italo meinte sterben zu müssen. Zum Glück hatte er eine Vision, die ihm für einen Augenblick den Schmerz in der Nase und den Druck auf der Brust linderte. Er sah diese alte Jungfer aufgespießt, und sich selbst, wie er ihr einen Pfahl so dick wie ein Strommast mit Peperoncino und Sand in den Arsch schob, während sie wie eine Verdammte schrie.

»Sie haben in den Räumen der Schule ein Gewehr benutzt.«
»Das stimmd nichd!«
»Wie? Das stimmt nicht? Man hat es neben Ihnen gefunden. Das Gewehr ist nicht angemeldet, und wie es aussieht, haben Sie auch keine Jagderlaubnis, keinen Waffenschein …«
»Das stimmd nichd!«
»Das ist ein sehr schweres Vergehen, strafbar …«
»Das stimmd nichd!«

Italo hatte zur letzten, verzweifeltsten Strategie der Verteidigung gegriffen: alles leugnen. Egal was. Die Sonne ist heiß. Das stimmt nicht. Die Schwalben fliegen? Das stimmt nicht!

Einfach immer nur nein sagen.

»Sie haben einen Schuss abgegeben. Haben versucht, sie zu treffen. Und haben ein Fenster in der Turnhalle kaputtgeschossen.«
»Das stimmd nichd!«
»Jetzt ist es aber genug mit: Das stimmt nicht!«, zeterte die Gatta, gab die bis dahin zur Schau getragene Gelassenheit auf und verwandelte sich in einen chinesischen Drachen mit feurigbösem Blick.

Italo wurde so klein und platt wie ein Sandfloh.

»Mariuccia, ich bitte dich, beruhige dich …« Der Direktor, der noch immer bewegungslos auf seinem Stuhl saß, flehte sie an. Alle Patienten im Saal hatten sich zu ihnen hingedreht, und die Krankenschwester beäugte sie misstrauisch.

Die Gatta senkte die Stimme und fuhr, zwischen den Zähnen murmelnd, fort: »Mein lieber Italo, Sie sind in einer sehr heiklen Lage. Und es scheint so, als wäre Ihnen das gar nicht bewusst. Sie riskieren eine mehrfache Anklage: wegen unerlaubten Waffenbesitzes, versuchten Mordes, Förderung der Prostitution, Erregung öffentlichen Ärgernisses …«

»Nein nein nein-nein-nein«, jammerte Italo und schüttelte seinen dicken Kopf.

»Was wollen Sie? Entschädigung? Sie sind ja wohl vollkommen verrückt. Und dann haben Sie auch noch die Unverfrorenheit zu verlangen, dass für Sie gesammelt wird. Jetzt hören Sie mir einmal sehr gut zu!« Mariuccia Gatta stand auf, und ihre kalten Augen leuchteten plötzlich, als würden 1000-Watt-Birnen darin brennen. Ihre Wangen glühten. Sie packte den Hausmeister beim Kragen und hob ihn fast aus dem Bett. »Ich und der Direktor tun, was wir können, um Ihnen zu helfen, nur weil Ihr Sohn uns auf Knien angefleht und gesagt hat, dass seine Mutter vor Scham sterben würde, wenn sie das erführe. Nur deshalb haben wir Sie nicht angezeigt. Wir tun unser Möglichstes, um Ihren Ar ... Ihren Hintern zu retten, damit Sie nicht ein paar Jahre aufgebrummt bekommen, damit Sie Ihre Stelle nicht verlieren, die Pension, alles, doch jetzt muss ich unbedingt wissen, wer diese Rowdys waren.«

Wie eine große Schleie am Angelhaken schnappte Italo nach Luft und atmete dann durch die Nase aus. Aus den Wattebäuschen in seinen Nasenlöchern flossen kleine Rinnsale von Blut.

»Ich weiß es nichd. Ich weiß es nichd. Ich schwöre es bei meinen Kindern«, wimmerte der Hausmeister und wand sich im Bett. »Ich habe sie nichd gesehn. Als ich in den Geräderaum kam, war es dunkel. Sie haben Medizinbälle auf mich geworfen. Ich bin gefallen. Sie sind über mich rüber. Es waren zwei oder drei. Ich habe versuchd, sie zu schnabben. Habe es nicht geschaffd. Diese Hurensöhne.«

»Und das ist alles?«

»Also, da war noch einer. Er isd dschwischn den Schbrungmadradsn raus. Und ...«

»Und?«

»Also, ich bin mir nichd sicher, ich war weit weg, hadde keine Brille auf, aber er war so mager und klein ... also er sah aus wie der Sohn von dem Hirdn, dem in Serra ... Mir fälld der Name grade nichd ein ... Aber ich bin mir nichd sicher. Der aus der 2B.«

»Moroni?«

Italo nickte. »Aber es ist komisch ...«

»Komisch?«

»Mir kommd es komisch vor, dass einer wie der, so ein braver

Schüler, so eine Sache machd, das meine ich. Aber er könnde es gewesen sein.«

»Gut. Das werden wir herausfinden.« Die Gatta ließ den Hausmeister los und schien zufrieden. »Jetzt pflegen Sie sich. Später werden wir sehen, was man für Sie tun kann.« Dann wandte sie sich an die anderen. »Gehen wir. Es ist schon sehr spät. Man wartet in der Schule auf uns.«

Giovanni Cosenza und Flora Palmieri sprangen auf, als hätten sie eine Feder unter dem Hintern.

»Dange, dange. Ich werde alles dun, was Sie wollen. Besuchen Sie mich wieder.«

Die drei gingen hinaus und ließen den Hausmeister zitternd und mit der schrecklichen Vorstellung, sein Leben verarmt und ohne Rente im Gefängnis beschließen zu müssen, in seinem Bett zurück.

61

In seinem Inneren wütete ein Krieg.

Die Neugierde kämpfte mit der Lust, kehrtzumachen und zurück nach Hause zu fahren.

Pietros Mund war so trocken, als hätte er eine Hand voll Salz gegessen. Der Wind pfiff ihm in die Kapuze und blähte seine Regenjacke auf, und der Regen peitschte ihm in sein Gesicht, das kalt und unempfindlich wie ein Eisblock geworden war.

Mit angehaltenem Atem durchquerte er Ischiano Scalo, fuhr mitten durch die Pfützen und wollte gerade in die Straße zur Schule einbiegen, als er mit quietschenden Bremsen anhielt.

Welcher Anblick würde sich ihm hinter der Ecke bieten?

Hunde. Knurrende Schäferhunde. Maulkörbe und mit Stacheln gespickte Halsbänder. Seine Schulkameraden in Reih und Glied, nackt und zitternd im sintflutartigen Regen. Mit den Händen an der Schulmauer. Männer in blauen Overalls, mit schwarzen Gesichtsmasken und Springerstiefeln, die durch die Pfützen stapfen. Wenn ihr uns nicht sagt, wer es gewesen ist, wird alle zehn Minuten einer erschossen.

Wer ist es gewesen?
Ich.
Pietro tritt aus der Reihe seiner Kameraden vor.
Ich bin es gewesen.
Bestimmt würden eine Menge Leute unter Schirmen dort herumstehen, die Bar überfüllt, die Feuerwehrleute damit beschäftigt, die Kette durchzuschneiden. Und mitten unter ihnen Pierini, Bacci und Ronca, die das Schauspiel genössen. Pietro verspürte keinerlei Lust, die drei zu treffen oder gar das Geheimnis, das ihm auf der Seele brannte, mit ihnen zu teilen.

Wie gerne wäre er jetzt ein anderer, einer von denen vor der Bar, die sich das alles interessiert ansahen und dann nach Hause gingen, ohne diesen Stein im Magen, wie er ihn spürte.

Und dann hatte er auch noch furchtbare Angst davor, Gloria zu treffen. Er konnte es sich schon vorstellen: Sie würde völlig ausflippen, aufgeregt herumspringen und versuchen herauszubekommen, wer dieser geniale Typ war, der das Tor zugemacht hatte.

Was soll ich dann tun? Soll ich es ihr sagen? Erzähle ich ihr, wie es gelaufen ist?

Er bog um die Ecke.

Vor der Schule war niemand. Genauso wenig wie vor der Bar.

Er fuhr ein Stück weiter. Das Tor war offen, nicht anders als sonst. Keine Spur von Feuerwehr. Auf dem Parkplatz die Autos der Lehrer. Der 131 von Italo. Die Fenster der Klassenzimmer erleuchtet.

Es ist also Unterricht.

Er radelte langsam, als sähe er das Gebäude zum ersten Mal in seinem Leben.

Er fuhr durchs Tor. Sah nach, ob irgendwelche Reste der Kette auf dem Boden lagen. Nichts. Er stellte sein Fahrrad ans Mäuerchen und sah auf die Uhr.

Fast zwanzig Minuten zu spät.

Er würde wahrscheinlich einen Eintrag bekommen, doch er ging die Stufen langsam hoch.

»Was tust du? Beweg dich! Es ist schon spät!«

Die Hausmeisterin.

Sie hatte die Tür geöffnet und winkte ihn herein.

Pietro lief ins Schulgebäude.

»Hast du sie noch alle? Bist du mit dem Fahrrad gekommen? Willst du dir eine Lungenentzündung holen?«, schrie sie ihn an.

»Was? Ja ... Nein!« Pietro hörte ihr nicht zu.

»Was ist denn mit dir los?«

»Nichts. Nichts.«

Er ging wie ein Roboter auf seine Klasse zu.

»Wo willst du denn so hin? Siehst du nicht, dass du den ganzen Fußboden nass machst? Zieh dieses Ding aus und häng es an den Haken!«

Pietro machte kehrt und zog seine Regenjacke aus. Ihm ging durch den Kopf, dass sie die Hausmeisterin des A-Zweigs war und eigentlich Italo hier sein müsste.

Wo war er?

Er wollte es gar nicht wissen.

Es war ganz in Ordnung so. Hauptsache, er war nicht da.

Sein Hosenboden war nass, doch hier drinnen war es wohlig warm, und er würde schnell trocknen. Pietro legte seine eiskalten Hände kurz auf den Heizkörper. Die Hausmeisterin hatte sich hingesetzt und blätterte in einer Illustrierten. Ansonsten wirkte die Schule still und wie verlassen. Man hörte nur, wie die Tropfen an die Scheiben schlugen und der Regen durch die Dachrinne rauschte.

Der Unterricht hatte begonnen, und alle waren in den Klassen. Er ging in Richtung seines Klassenzimmers. Die Tür zum Sekretariat stand offen, die Sekretärin telefonierte. Die Tür des Direktorzimmers war geschlossen. Aber das war immer so. Das Lehrerzimmer leer.

Alles normal.

Bevor er in die Klasse ging, musste er unbedingt nach unten und sich den Medienraum ansehen. Wenn auch da alles normal war, keine Sprüche an den Wänden und der Fernseher an seinem Platz, konnten zwei Dinge passiert sein: Entweder hatte er alles geträumt, was hieß, dass er vollkommen verrückt war, oder die guten Außerirdischen waren gekommen und hatten alles wieder in Ordnung gebracht. *Zac!* Ein Strahl aus der Photonenpistole, und der Fernseher und der Videorecorder waren wieder wie neu. *Zac!* Und weg mit den Sprüchen an der Wand. *Zac!* Und Italo ist desintegriert.

Er ging die Treppe hinunter. Drehte den Türgriff. Doch die Tür war abgeschlossen. Genauso wie die zur Turnhalle.

Vielleicht haben sie beschlossen, alles in Ordnung zu bringen und so zu tun, als ob nichts wäre. Weil sie nicht wissen, wer es war.

Diese Schlussfolgerung beruhigte ihn.

Er rannte hoch zu seinem Klassenzimmer. Als er die Hand auf die Türklinke legte, begann sein Herz wie wild zu klopfen. Ängstlich drückte er die Klinke und trat ein.

62

Flora Palmieri saß auf dem Rücksitz im Auto des Direktors.

Der Ritmo kroch mühsam den Hügel von Orbano hoch. Es regnete in Strömen. Um sie herum war alles grau, es donnerte, und über dem Meer zuckten hin und wieder Blitze auf. Die Tropfen prasselten wie wahnsinnig auf das Wagendach. Der Scheibenwischer schaffte es nur mit Mühe. Die Staatsstraße sah aus wie ein Gebirgsbach bei Hochwasser, die Lastwagen zogen dunkel und bedrohlich wie Walfische vorbei, und das Wasser spritzte so hoch wie bei Motorbooten.

Direktor Cosenza klebte am Lenkrad. »Man kann kaum sehen, wer vor einem fährt. Und diese LKW-Fahrer rasen wie die Wahnsinnigen.«

Die Gatta betätigte sich als Navigatorin. »Überholen! Worauf wartest du? Siehst du nicht, dass er dir Platz macht? Los, Giovanni!«

Flora dachte darüber nach, was der Hausmeister gesagt hatte, und je länger sie darüber nachdachte, desto absurder erschien es ihr.

Pietro Moroni war in die Schule eingebrochen und hatte alles kaputtgeschlagen?

Nein, diese Geschichte überzeugte sie nicht.

Das war nicht Moronis Art, sich so zu benehmen. Diesen Jungen musste man auf Knien anflehen, bis man ein Wort aus ihm herausbekam. Er war so still und artig, dass Flora manchmal vergaß, dass es ihn überhaupt gab.

Diesen Spruch hatte Pierini an die Wand geschrieben, da war sie sich sicher.

Doch was hatte Moroni mit Pierini zu schaffen?

Vor ein paar Wochen hatte Flora der 2B das unvermeidliche Aufsatzthema »Was willst du einmal werden?«, gestellt.

Und Pietro Moroni hatte geschrieben:

Ich möchte gerne Tiere beobachten. Wenn ich groß bin, möchte ich gerne Biologe sein und würde nach Afrika reisen und Dokumentarfilme über Tiere drehen. Ich würde sehr hart arbeiten und einen Film über Frösche in der Sahara machen. Niemand weiß, dass es in der Sahara Frösche gibt. Sie leben im Sand versteckt und schlafen elf Monate und drei Wochen (ein Jahr weniger eine Woche), und sie wachen genau in der Woche auf, wenn es in der Wüste regnet und sie überschwemmt wird. Sie haben wenig Zeit und müssen eine Menge Sachen machen wie zum Beispiel essen (meistens Insekten) und Kinder kriegen (die Kaulquappen) und sich ein neues Loch graben. Und das ist ihr Leben. Ich will aufs Gymnasium, aber mein Vater sagt, ich muss Hirte werden und mich um die Felder kümmern wie mein Bruder Mimmo. Mimmo will aber auch nicht Hirte bleiben. Er will an den Nordpol fahren und Kabeljau fangen, aber ich glaube nicht, dass er es macht. Ich möchte aufs Gymnasium gehen und auch auf die Universität und Tiere studieren, aber mein Vater sagt, ich kann die Schafe studieren. Ich habe die Schafe studiert, aber sie gefallen mir nicht.

So war Pietro Moroni.

Ein Junge mit dem Kopf in den Wolken. Einer, der in der Wüste nach Fröschen sucht. Friedlich und ängstlich wie ein Spatz.

Was war mit ihm geschehen?

Hatte er sich von jetzt auf gleich in einen Rowdy verwandelt und mit Pierini zusammengetan?

Niemals.

Die Klasse war vollzählig.

Pierini, Bacci und Ronca warfen ihm besorgte Blicke zu. Gloria in der ersten Reihe lächelte ihn an.

Alle waren sehr still, ein Zeichen dafür, dass die Rovi abhörte. Die Spannung war mit Händen zu greifen.

»Moroni, du weißt ja hoffentlich, dass du zu spät bist? Also los, worauf wartest du? Komm herein und setz dich auf deinen Platz«, wies die Rovi ihn an und musterte ihn durch ihre Brillengläser, die so dick wie Flaschenglas waren.

Diana Rovi war eine mollige ältere Frau mit einem runden Gesicht, die wie ein Waschbär aussah.

Pietro ging zu seiner Bank in der dritten Reihe am Fenster und holte seine Bücher aus der Schultasche.

Die Lehrerin hörte weiter Giannini und Puddu ab, die neben dem Pult standen und über das Thema berichteten, mit dem sie sich beschäftigt hatten: die Schmetterlinge und ihr Lebenszyklus.

Pietro setzte sich und stieß mit dem Ellbogen Tonno an, seinen Banknachbarn, der gerade noch einmal seine Arbeit über die Heuschrecke durchsah.

Antonio Irace, von allen Tonno genannt, war ein großer, spindeldürrer Junge, ein fleißiger Schüler, mit dem Pietro sich nie besonders eng angefreundet hatte, der ihn aber in Ruhe ließ.

»Ist heute irgendwas Komisches passiert, Tonno?«, flüsterte er ihm hinter vorgehaltener Hand zu.

»Wie meinst du das?«

»Ich weiß nicht, irgendwas ... Sind die Gatta oder der Direktor durch die Schule gelaufen?«

Antonio hob den Blick nicht von seinem Buch. »Nein, ich habe sie nicht gesehen. Und jetzt lass mich bitte lernen, ich bin bald an der Reihe.«

Gloria fuchtelte inzwischen mit den Armen herum, um seine Aufmerksamkeit zu erregen. »Ich hatte schon Angst, du kommst nicht mehr«, zischte sie ihm leise zu und bog sich ganz nach einer Seite. »Wir sind gleich dran. Bist du soweit?«

Pietro nickte.

Abgefragt zu werden machte ihm im Moment die allerwenigsten Sorgen.

An einem anderen Tag hätte er sich deshalb vielleicht in die Hose gemacht, doch heute hatte er etwas anderes im Kopf.

Pierini schoss ihm ein Papierkügelchen zu.

Er faltete es auseinander und las:

Was ist passiert, Eumel? Hast du die Kette richtig zugemacht? Es war alles normal als wir gekommen sind. Was hast du für einen Scheiss gemacht?

Natürlich hatte er die Kette richtig verschlossen. Er hatte sogar daran gezogen, um es zu kontrollieren. Pietro riss ein Blatt aus dem Heft und schrieb:

Ich habe sie fest zugemacht

Er knüllte die Seite zusammen und warf das Papierkügelchen Richtung Pierini. Doch er hatte wahnsinnig schlecht gezielt, und es landete auf der Bank von Gianna Loria, der Tochter der Tabakwarenhändlerin, die das unsympathischste und boshafteste Mädchen der ganzen Klasse war. Sie nahm es, steckte es sich mit einem gemeinen Lächeln in den Mund und hätte es hinuntergeschluckt, wenn Pierini nicht rechtzeitig dazwischengekommen wäre und ihr einen wohlgezielten Schlag ins Genick versetzt hätte. Gianna spuckte das Kügelchen auf den Tisch, und Pierini schnappte es sich wieselflink und setzte sich wieder auf seinen Platz.

Keiner der drei hatte bemerkt, dass die alte Rovi hinter ihren kugelsicheren Brillengläsern alles beobachtet hatte.

»Moroni, hast du durch den vielen Regen den Verstand verloren? Was ist mit dir los? Du kommst zu spät, schwätzt, schießt mit Papierkügelchen, was hast du denn?« Die Rovi sagte das alles ganz ruhig, schien nur das sonderbare Verhalten dieses Jungen verstehen zu wollen, der normalerweise so ruhig und unauffällig war. »Moroni, hast du die Hausarbeit gemacht?«

»Ja ...«

»Und mit wem hast du zusammengearbeitet?«
»Mit Gloria Celani.«
»Gut. Dann kommt mal vor und erzählt mir, was ihr herausgefunden habt.« Und an die beiden Schüler gerichtet, die neben ihr standen: »Ihr könnt euch setzen. Macht Moroni und Celani Platz. Hoffen wir, dass sie besser gearbeitet haben als ihr und sich wenigstens ein Ausreichend verdienen.«

Die Lehrerin Diana Rovi war wie ein riesiger, langsamer Tanker, der das Meer des Lebens durchquerte, ohne sich um Sturm oder Flaute zu kümmern. Dreißig Jahre im Beruf hatten sie unempfindlich gegenüber Wind und Wetter gemacht. Es gelang ihr, die Schüler zum Arbeiten zu bringen und sich ohne große Anstrengung Respekt zu verschaffen.

Pietro und Gloria stellten sich neben das Pult. Gloria begann und berichtete von den Lebensgewohnheiten der Stechmücken und der Phase als Larven im Wasser. Während sie sprach, warf sie Pietro einen Blick zu. *Siehst du? Zum Schluss hab ich's doch noch gut gelernt.*

Naturkunde war Pietros Lieblingsfach, und er musste Gloria immer zum Lernen zwingen. Mit unendlicher Geduld wiederholte er mit ihr den Stoff, während sie sich von der winzigsten Kleinigkeit ablenken ließ.

Aber heute geht es sehr gut.

Und sie war so schön, dass es einem den Atem verschlug.

Es gibt nichts Besseres, als eine Herzensfreundin zu haben, die schön ist. Dann kannst du sie nämlich anschauen, so viel du willst, ohne dass sie denkt, du machst ihr den Hof.

Als Pietro an der Reihe war, setzte er den Bericht fort. Ganz ruhig. Er erzählte von der Urbarmachung und vom DDT, und während er sprach, fühlte er sich euphorisch und glücklich. Als wäre er betrunken.

Das Chaos war vorbei, die Schule stand noch, und man konnte über Stechmücken reden.

Er erlaubte sich eine lange Abschweifung über die besten Methoden, Mücken aus dem Haus fern zu halten. Er erklärte die Vor- und Nachteile von Räucherkerzen, Metallplättchen, UV-Lampen und Autan. Und er berichtete von einer selbst erfundenen Creme aus Basilikum und wildem Fenchel, bei der die Mücken, wenn sie sie riechen, nicht einfach nur wegfliegen, sondern regelrecht flüchten und von da an vegetarisch leben.

»In Ordnung, Moroni. Gut. Ihr wart beide fleißig. Da kann ich nichts hinzufügen«, unterbrach ihn die Rovi zufrieden. »Jetzt muss ich nur noch überlegen, welche Note ich euch ge …«

Die Tür öffnete sich.

Die Hausmeisterin.

»Was gibt es, Rosaria?«

»Moroni soll zum Direktor kommen.«

Die Lehrerin wandte sich an Pietro.

»Pietro …?«

Er war bleich geworden, atmete durch die Nase und hatte die Lippen fest zusammengepresst. Als hätte man ihm gesagt, dass der elektrische Stuhl bereit sei. Das Blut war ihm aus den Händen gewichen, mit denen er den Rand des Pults umklammerte, als wollte er ihn zerdrücken.

»Was hast du, Moroni? Geht es dir gut?«

Pietro nickte. Er wandte sich um, ohne irgendjemanden anzusehen, und ging auf die Tür zu.

Pierini sprang auf, packte Pietro am Kragen und flüsterte ihm noch schnell etwas ins Ohr, bevor er draußen war.

»Pierini! Wer hat dir erlaubt aufzustehen? Geh sofort zurück auf deinen Platz!«, schrie die Rovi und schlug mit dem Klassenbuch auf den Tisch.

Pierini drehte sich zu ihr hin und lächelte unverschämt. »Entschuldigen Sie bitte. Ich gehe sofort auf meinen Platz.«

Die Lehrerin wollte sich wieder Pietro zuwenden.

Doch der war schon mit Rosaria durch die Tür verschwunden.

Italo hat mich erkannt.

Als die Hausmeisterin gesagt hatte, er solle zum Direktor kommen, hatte Pietro ernsthaft erwogen, sich aus dem Fenster zu stürzen.

Doch da gab es Probleme. Erstens war das Fenster geschlossen und zweitens, selbst wenn er es geschafft hätte, das Fenster zu öffnen: Sein Klassenzimmer lag im ersten Stock, und wenn er sich auf das Volleyballfeld stürzte, wäre er nur gelähmt oder würde sich ein Bein brechen.

Jedenfalls wäre er nicht tot.

Wenn es einen gerechten Gott gäbe, wäre sein Klassenzimmer im obersten Stock eines Wolkenkratzers, so hoch, dass man ihn unten zermatscht wie eine faule Tomate gefunden hätte. Und die Polizei hätte bei ihrer Untersuchung später herausgefunden, dass er nichts gemacht hatte.

Und bei der Beerdigung hätte der Pfarrer gesagt, dass er nichts gemacht hatte und unschuldig war.

Er ging auf das Zimmer des Direktors zu und fühlte sich wahnsinnig schlecht, ganz wahnsinnig schlecht.

»Wenn du irgendwas sagst, irgendeinen Namen, stech ich dich ab, das schwör ich bei meiner Mutter«, hatte Pierini ihm ins Ohr geflüstert. Und Pierinis Mutter war erst vor kurzem gestorben.

Pietro hatte das Gefühl, er müsste alles gleichzeitig: pissen, scheißen, kotzen.

Er sah diese erbarmungslose Gefängnisaufseherin an, die ihn seinem Henker übergeben wollte.

Kann ich sie fragen, ob ich zur Toilette darf?

Wenn der Direktor auf dich wartet, kannst du nirgendwohin, und außerdem hätte sie bestimmt gedacht, er wollte durchs Fenster abhauen.

Du hättest nicht zur Schule gehen dürfen. Warum bist du nicht zu Hause geblieben?

Weil ich der geborene Trottel bin. Er quälte sich. *Ich bin nun mal von Natur aus der geborene Trottel. Der absolute Volltrottel.*

Italo hatte ihn erkannt. Und er hatte es dem Direktor gesagt. *Er hat mich erkannt.*

Er war noch nie zum Direktor gerufen worden. Gloria schon zweimal. Einmal, als sie Lorias Schultasche im Wasserkasten auf dem Klo versteckt hatte, und das zweite Mal, als sie sich mit der Ronca in der Turnhalle geprügelt hatte. Sie hatte zwei Einträge.

Ich nicht mal einen. Wieso hat er nur mich erkannt?

(Du hast dich zwischen den Matratzen versteckt. Warum hast du dich zwischen den Matratzen versteckt? Wenn du dich zusammen mit den anderen versteckt hättest ... Er hat dich gesehen.)

*Aber er hatte seine Brille nicht auf, er war zu weit weg...
(Jetzt beruhige dich. Du machst dir noch in die Hose. Dann merken sie gleich alles. Sag nichts. Du weißt von nichts. Du warst zu Hause. Du weißt von nichts.)*
»Geh...« Die Hausmeisterin zeigte auf die geschlossene Tür.
Mamma mia, ihm war vielleicht übel, die Ohren... die Ohren hatten Feuer gefangen, und er spürte, wie der Schweiß in kleinen Bächen an seinem Körper hinunter lief.
Langsam öffnete er die Tür.
Das Zimmer des Direktors war schmucklos eingerichtet und wurde von zwei langen Neonröhren in ein mattes gelbliches Licht getaucht, das an ein Leichenschauhaus erinnerte. Links ein Schreibtisch aus Holz, übersät mit Papieren, und ein Regal aus Metall mit grünen Aktenordnern, rechts eine kleine Kunstledercouch, zwei Sessel mit abgewetztem Bezug, ein Glastischchen, ein Holzaschenbecher und ein Ficus, der sich gefährlich zu einer Seite neigte. An der Wand, zwischen den Fenstern, ein Bild mit drei Männern auf Pferden, die eine Kuhherde trieben.
Alle drei waren sie da.
Der Direktor saß in dem einen Sessel. Die stellvertretende Direktorin (die gemeinste Frau der Welt) in dem anderen. Die Palmieri etwas weiter hinten auf einem Stuhl.
»Komm herein. Setz dich dahin«, sagte der Direktor.
Pietro schlich durchs Zimmer und setzte sich auf die Couch.
Es war neun Uhr zweiundvierzig.

64

Verhaltensauffällige Schüler.
Das war die Bezeichnung der Lehrer für solche wie Moroni.
Kinder, die Probleme hatten, sich in die Klassengemeinschaft einzufügen. Kinder mit Schwierigkeiten, Beziehungen zu ihren Kameraden zu knüpfen und mit den Lehrern zu kommunizieren. Aggressive Kinder. Introvertierte Kinder. Kinder mit Charakterstörungen. Kinder aus schwierigen Familienverhältnissen. Mit Vätern, die mit dem Gesetz in Konflikt geraten waren. Väter mit

Alkoholproblemen. Mütter mit psychischen Problemen. Geschwister mit Schulproblemen.

Verhaltensauffällige.

Als Flora ihn das Direktorzimmer betreten sah, wusste sie, dass Pietro Moroni gerade etwas Furchtbares durchmachte.

Er war weiß wie die Wand, und er war ...

(*schuldig*)

... eingeschüchtert

(*schuldiger als Judas*).

Die Schuld brach ihm aus allen Poren.

Italo hatte Recht. Er ist in die Schule eingestiegen.

65

Um neun Uhr siebenundfünfzig hatte Pietro gestanden, dass er in die Schule eingebrochen war, und weinte.

Er saß artig auf der Kunstledercouch im Direktorzimmer und weinte. Still. Hin und wieder zog er die Nase hoch und wischte sich mit dem Handrücken die Augen trocken.

Der Gatta war es gelungen, ihn zum Sprechen zu bringen.

Doch jetzt würde er nichts mehr sagen, und wenn sie ihn totschlugen. Sie hatten ihn in die Zange genommen.

Der Direktor war der Gute. Die Gatta die Böse.

Gemeinsam legten sie einen rein.

Zuerst hatte der Direktor dafür gesorgt, dass er sich einigermaßen beruhigte, und dann war die Gatta mit der Wahrheit herausgerückt. »Moroni, gestern Abend hat Italo dich in der Schule gesehen.«

Pietro hatte versucht zu behaupten, es sei nicht wahr, doch was er sagte, überzeugte nicht einmal ihn selbst, geschweige denn die anderen. Die stellvertretende Direktorin hatte gefragt: »Wo warst du gestern Abend um neun?« Und Pietro hatte gesagt: »Zu Hause«, aber dann hatte er sich widersprochen und gesagt: »bei Gloria Celani zu Hause«, und die Gatta hatte gelächelt. »Gut, dann rufen wir jetzt die Signora Celani an und bitten sie, uns das zu bestätigen.« Sie hatte das Telefonbuch genommen, aber Pietro wollte nicht, dass Glorias Mama mit der Gatta sprach, weil die Gatta Glorias Mama sagen würde, dass er in die Schule eingebrochen und ein Wandale sei, und das wäre schrecklich, und deshalb hatte er geredet.

»Ja, es stimmt, ich bin in der Schule gewesen.« Dann hatte er angefangen zu weinen.

Der Gatta war das vollkommen egal, ob er weinte oder nicht. »War jemand bei dir?«

(*Wenn du irgendwas sagst, irgendeinen Namen, stech ich dich ab, das schwör ich bei meiner Mutter.*)

Pietro hatte den Kopf geschüttelt.

»Willst du damit sagen, du ganz allein hast die Kette befestigt, bist in die Schule eingestiegen, hast den Fernseher zertrümmert, die Sprüche an die Wände geschrieben und Italo geschlagen? Moroni! Du musst die Wahrheit sagen. Wenn du nicht die Wahrheit sagst, steht deine Versetzung auf dem Spiel. Ist dir das klar? Willst du von der Schule fliegen? Willst du ins Gefängnis? Wer war mit dir zusammen? Italo hat gesagt, dass noch andere dabei waren. Rede, sonst nimmt die Sache ein böses Ende.«

66

Es reicht.

Diese ganze Geschichte wurde langsam zu einer Quälerei.

Wer war sie denn? Die Heilige Inquisition? Wer glaubte dieses böse Weib zu sein, der Inquisitor Eymerich?

Zuerst Italo. Und jetzt Moroni.

Flora fühlte sich schlecht, der Junge tat ihr furchtbar Leid.

Diese heimtückische Gatta terrorisierte ihn, und jetzt weinte Pietro zum Steinerweichen.

Bisher war sie sitzen geblieben und hatte kein Wort gesagt.

Aber jetzt reicht es!

Sie stand auf, setzte sich wieder, stand erneut auf. Sie trat neben die Gatta, die im Zimmer auf und ab ging und dabei wie ein Schlot qualmte.

»Kann ich mit ihm reden?«, fragte Flora sie mit leiser Stimme.

Die stellvertretende Direktorin blies eine Rauchwolke aus. »Warum?«

»Weil ich ihn kenne. Und ich weiß, dass dies nicht die beste Art ist, ihn etwas zu fragen.«

»Ah, Sie wissen also eine bessere Art? Dann zeigen Sie mal ... Los, wir sind gespannt.«

»Könnte ich allein mit ihm sprechen?«

»Mariuccia, die Signorina Palmieri soll es versuchen. Komm, lassen wir sie allein und gehen in die Bar ...«, schaltete sich der Direktor versöhnlich ein. Die Gatta drückte unwillig ihre Zigarette im Aschenbecher aus, verließ mit dem Direktor das Zimmer und schlug die Tür hinter sich zu.

Endlich waren sie allein.

Flora hockte sich vor Pietro hin. Er weinte immer noch und bedeckte sein Gesicht mit den Händen. Sie blieb ein paar Sekunden so, streckte dann eine Hand aus und streichelte ihm über den Kopf. »Pietro, ich bitte dich. Hör auf. Es ist nichts geschehen, das sich nicht wieder gutmachen ließe. Beruhige dich und hör mir zu. Du musst mir sagen, wer mit dir zusammen war. Die stellvertretende Direktorin will es wissen, sie lässt die Sachen nicht so durchgehen. Sie wird dich zwingen, es zu sagen.« Flora setzte sich neben ihn. »Ich glaube, ich weiß, warum du nicht reden willst. Du willst nicht petzen, stimmt's?«

Pietro nahm die Hände von seinem Gesicht. Er weinte nicht mehr, doch er wurde von Schluchzern geschüttelt.

»Nein. Ich bin es gewesen ...«, stammelte er und wischte sich den Rotz mit dem Ärmel seines Pullovers ab.

Flora nahm seine Hände und drückte sie. Sie waren warm und verschwitzt. »Es war Pierini. Stimmt's?«

»Ich kann nicht, ich kann nicht ...«, brachte er flehentlich heraus.

»Du musst es sagen. Dann wird alles leichter.«

»Er hat gesagt, er sticht mich ab, wenn ich rede.« Pietro brach wieder in Tränen aus.

»Nein, er ist ein Angeber. Er wird dir nichts tun.«

»Es war nicht meine Schuld ... Ich wollte nicht in die Schule einbrechen.«

Flora nahm ihn in den Arm. »Genug jetzt, genug. Erzähl mir, wie es passiert ist. Mir kannst du vertrauen.«

»Ich kann nicht ...« Doch dann, den Kopf in den Pullover seiner Lehrerin gedrückt, erzählte Pietro unter Schluchzen von der Kette und dass Pierini, Bacci und Ronca ihn gezwungen hatten, in die Schule einzusteigen und zu schreiben, dass Italos Füße stinken, und dass er sich zwischen den Matratzen im Geräteraum versteckt und dass Italo auf ihn geschossen hatte.

Und während Pietro sprach, dachte Flora, wie ungerecht doch die Welt ist, in der wir leben.

Warum bieten die Richter reumütigen und aussagewilligen Mafiosi eine neue Identität, eine ganze Serie von Garantien und mildere Strafen an, während man für ein wehrloses Kind nur Einschüchterungen und Drohungen bereithält?

Pietros Lage war genauso schlimm wie die von reuigen Mafiosi, und eine Drohung Pierinis nicht weniger gefährlich als die eines Bosses der Cosa Nostra.

Als Pietro zu Ende erzählt hatte, hob er den Kopf und sah sie aus seinen rot geweinten Augen an. »Ich wollte nicht in die Schule reingehen. Sie haben mich gezwungen. Jetzt habe ich die Wahrheit gesagt. Ich will nicht sitzen bleiben. Wenn ich sitzen bleibe, schickt mein Vater mich nicht aufs Gymnasium.«

Flora wurde von einer so starken Zuneigung zu Pietro überwältigt, dass ihr der Atem stockte. Sie drückte ihn ganz fest.

Am liebsten hätte sie ihn genommen und von hier fortgebracht. Ihn adoptiert. Jede Summe gezahlt, damit er ihr Sohn würde. Dann hätte sie ihn versorgen und aufs Gymnasium schicken können, an einem Ort, wo er glücklich wäre, eine Million Kilometer weit weg von diesem Dorf voller Bestien. »Mach dir keine Sorgen. Niemand wird dich sitzen lassen. Das schwöre ich dir. Niemand wird dir etwas tun. Sieh mich an, Pietro.«

Und Pietro richtete einen Blick aus seinen rot geriebenen Augen auf sie.

»Ich werde sagen, dass ich dir den Namen Pierini und die der beiden anderen genannt habe. Du hast nur ja gesagt. Du hast nichts damit zu tun. Die Verwüstung hast nicht du angerichtet. Die Gatta wird dich ein paar Tage vom Unterricht ausschließen, und das ist auch besser so. Pierini wird nicht denken, dass du gepetzt hast. Du musst dir keine Sorgen machen. Du bist tüchtig, in der Schule kommst du gut mit, und keiner wird dich sitzen lassen. Verstehst du? Ich verspreche es dir.«

Pietro nickte.

»Und jetzt wäschst du dir das Gesicht und gehst zurück in die Klasse. Um das Übrige kümmere ich mich.«

67

Fünf Tage vom Unterricht ausgeschlossen.

Pierini. Bacci. Ronca. Und Moroni.

Und die Eltern wurden verpflichtet, sie zur Schule zu begleiten, wenn sie wiederkamen, und mit dem Direktor und den Lehrern ein Gespräch zu führen.

So wurde es von der stellvertretenden Direktorin Gatta (und Direktor Cosenza) bestimmt.

Der Medienraum wurde in aller Eile frisch gestrichen. Die Trümmer von Fernseher und Videorecorder beseitigt. Vom Schulrat wurde die Erlaubnis erbeten, vom Schulkonto die nötige Summe abheben zu dürfen, um neue Geräte zu kaufen.

Moroni hatte gestanden. Bacci hatte gestanden. Ronca hatte gestanden. Pierini hatte gestanden.

Einer nach dem anderen waren sie ins Direktorzimmer gerufen worden und hatten gestanden.

Ein Morgen der Geständnisse.

Die Gatta konnte zufrieden sein.

68

Jetzt gab es ein anderes Problem.

Es Papa zu sagen.

Gloria hatte ihm einen Rat gegeben. »Sag es deiner Mutter. Schick sie zu dem Gespräch mit den Lehrern. Und sag ihr, sie soll deinem Vater nichts erzählen. An den fünf Tagen tust du so, als würdest du zur Schule gehen, kommst aber in Wirklichkeit zu mir nach Hause. Du bleibst bei mir im Zimmer und liest Comics. Wenn du Hunger hast, besorge ich dir ein Brötchen, und wenn du Lust auf einen Film hast, ein Video. So einfach ist das.«

Das war der große Unterschied zwischen ihnen beiden.

Für Gloria war alles einfach.

Für Pietro nichts.

Wenn diese Geschichte ihr passiert wäre, dann wäre sie zu ihrer Mama gegangen, und die Mama hätte sie gehätschelt und wäre, um sie zu trösten, mit ihr nach Orbano gefahren, um irgendwas zu kaufen.

Seine Mutter dagegen würde nichts in dieser Art tun. Sie würde zu weinen anfangen und immer wieder fragen: warum?

Warum hast du das getan? Warum stellst du immer was an?

Und sie würde die Antworten nicht hören. Sie würde nicht wissen wollen, ob es Pietros Schuld war oder nicht. Sie würde sich nur Sorgen darüber machen, dass sie mit den Lehrern reden müsste (das schaffe ich nicht, du weißt, dass es mir nicht gut geht, das kannst du nicht auch noch von mir verlangen, Pietro) und dass ihr Sohn vom Unterricht ausgeschlossen war, und alles Übrige, die verdammten Gründe, würden bei ihr zu dem einen Ohr rein und zu dem anderen raus gehen. Sie würde nicht die Bohne verstehen.

Und zum Schluss würde sie jammern. »Solche Sachen kannst du deinem Vater nicht erzählen, das weißt du. Ich kann da überhaupt nichts tun.«

Der Traktor seines Vaters stand vor der Kneipe.

Pietro stieg vom Fahrrad, holte tief Luft und ging hinein.

Niemand da.

Gut.

Nur Gabriele, der an der Bar bediente, war mit Schraubenzieher und Hammer dabei, die Kaffeemaschine auseinander zu nehmen.

Sein Vater saß an einem kleinen Tisch und las die Zeitung. Sein schwarzes Haar glänzte im Neonlicht. Die Brillantine. Die Brille auf der Nasenspitze. Er hatte einen finsteren Blick, verfolgte mit dem Zeigefinger die Zeilen in der Zeitung und murmelte vor sich hin. Die Neuigkeiten gingen ihm auf die Eier (seinem Vater ging eigentlich alles auf die Eier, das wusste Pietro schon lange).

Pietro trat leise näher, und als er nur noch einen Meter entfernt war, sagte er: »Papa ...«

Signor Moroni wandte sich um. Sah ihn. Lächelte. »Pietro! Was machst du denn hier?«

»Ich bin gekommen, um ...«

»Setz dich.«

Pietro gehorchte.

»Willst du ein Eis?«

»Nein, danke.«

»Pommes? Was willst du?«

»Nichts, danke.«

»Ich bin gleich soweit. Dann gehen wir nach Hause.« Er machte sich wieder ans Zeitunglesen.

Er hatte gute Laune. Das musste man ausnutzen.

Vielleicht ...

»Papa, ich muss dir etwas geben ...« Er machte seine Schultasche auf, holte ein Papier heraus und reichte es ihm.

Signor Moroni las es. »Was ist das?« Seine Stimme klang jetzt eine Oktave tiefer.

»Sie haben mich vom Unterricht ausgeschlossen ... Du musst hin und mit der stellvertretenden Direktorin sprechen.«

»Was hast du angestellt?«

»Nichts. Gestern Nacht ist was Schlimmes passiert ...« Er erzählte ihm in dreißig Sekunden die Geschichte. Ziemlich wahrheitsgetreu. Er ersparte sich den Teil mit den Wandsprüchen, erzählte aber vom Fernseher und Videorecorder und wie die drei ihn gezwungen hatten, mit ihnen in die Schule einzusteigen.

Als er fertig war, sah er seinen Vater an.

Er zeigte keinerlei Anzeichen von Wut, starrte aber weiter auf das Blatt Papier, als wäre es mit ägyptischen Hieroglyphen beschrieben.

Pietro war still und verdrehte nervös seine Finger, während er auf eine Antwort wartete.

Dann schließlich sagte sein Vater etwas. »Und was willst du jetzt von mir?«

»Du müsstest in die Schule gehen. Es ist wichtig. Die stellvertretende Direktorin will es ...« Pietro versuchte es so zu sagen, als wäre es eine Formalität, eine Sache, die man in einer Minute erledigt.

»Und was will die von mir?«

»Ach, gar nichts ... Sie will dir sagen ... Ich weiß nicht. Dass ich einen Fehler gemacht habe. Dass ich etwas getan habe, das man nicht tun darf. Solche Sachen.«

»Und was habe ich damit zu tun?«

Was meinst du damit, was du damit zu tun hast? »Na ja ... du bist mein Vater.«

»Stimmt, aber ich bin schließlich nicht in die Schule eingebrochen. Ich habe mir nicht von einer Bande Idioten auf dem Kopf herumtrampeln lassen. Ich habe gestern Abend meine Arbeit getan und bin dann schlafen gegangen.« Er machte sich wieder ans Zeitunglesen.

Das Thema war für ihn erledigt.

Pietro versuchte es noch einmal. »Also gehst du nicht hin?«

Signor Moroni sah von der Zeitung hoch. »Nein. Natürlich gehe ich nicht hin. Ich gehe nicht hin und entschuldige mich für die Dummheiten, die du anstellst. Sieh zu, wie du allein zurechtkommst. Du bist groß genug. Du baust irgendwelchen Mist, und dann willst du, dass ich alles für dich in Ordnung bringe?«

»Aber Papa, ich will doch gar nicht, dass du in die Schule gehst. Die stellvertretende Direktorin will es, sie will dich sprechen. Wenn du nicht hingehst, dann denkt sie ...«

»Was denkt sie dann? Los, sag es mir.« Signor Moroni wurde ärgerlich.

Die scheinbar gute Stimmung begann zu bröckeln.

Dass ich einen Vater habe, dem ich total egal bin, das denkt sie dann. Dass er ein Verrückter ist, der Probleme mit dem Gesetz hat, ein Säufer. (Das hatte Gianna Loria, diese blöde Kuh, einmal zu ihm gesagt, als sie sich um einen Platz im Schulbus stritten: Dein Vater ist ein armer verrückter Säufer.) *Dass ich kein Junge wie alle anderen bin, die Eltern haben, die in die Schule kommen und mit den Lehrern sprechen.*

»Ich weiß nicht. Doch wenn du nicht hingehst, lassen sie mich sitzen. Wenn man vom Unterricht ausgeschlossen wird, müssen die Eltern kommen. Das ist Pflicht. Das geht immer so. Du musst ihnen sagen, dass ...«, *ich in Ordnung bin.*

»Ich muss nirgendwo hingehen. Wenn du sitzen bleibst, ist es richtig so. Dann machst du das Jahr noch mal. Wie dein Bruder, dieser Dummkopf. Und dann vergessen wir diese Geschichte mit dem Gymnasium. Jetzt reicht es. Ich habe keine Lust mehr, darüber zu reden. Geh. Ich will die Zeitung lesen.«

»Du gehst also nicht in die Schule?«, fragte Pietro noch einmal.

»Nein.«

»Ganz bestimmt nicht?«

»Lass mich in Ruhe.«

Das Katapult des Signor Moroni

Doch wieso hieß es im Dorf, Mario Moroni sei verrückt, und worin bestanden diese verdammten Probleme mit dem Gesetz?

Man muss wissen, dass Signor Moroni, wenn er nicht auf den Feldern arbeitete oder nach Serra in die Kneipe ging, um seiner Leber mit Fernet zuzusetzen, ein Hobby hatte.

Er baute Sachen aus Holz.

Normalerweise stellte er Schränkchen, Rahmen, kleine Regale her. Einmal hatte er mit den Rädern einer Vespa eine Art Karren gebaut, den man an Mimmos Motorrad anhängen konnte. Sie benutzten ihn, um den Schafen Heu zu bringen. Unten im Haus hatte Signor Moroni eine kleine Werkstatt mit Kreissäge, Hobelmaschine, Stemmeisen und allem Übrigen, was man zum Tischlern brauchte.

Eines Abends hatte Signor Moroni im Fernsehen einen Film über die alten Römer gesehen. Darin gab es eine grandiose Szene mit tausenden von Komparsen. Die Legionen belagerten eine Festung mit Kriegsmaschinen, Mauerbrechern, Schildkröten und Katapulten, mit denen sie Felsbrocken und Feuerkugeln an die feindlichen Mauern schleuderten.

Das hatte Mario Moroni sehr beeindruckt.

Am nächsten Tag war er in die Gemeindebücherei von Ischiano gegangen und hatte mit Hilfe der Bibliothekarin in einem illustrierten Lexikon Zeichnungen von Katapulten gefunden. Er hatte sie sich fotokopieren lassen und mit nach Hause genommen. Dort hatte er sie sorgfältig studiert und danach seine Söhne gerufen, um ihnen zu eröffnen, er wolle ein Katapult bauen.

Keiner der beiden hatte den Mut gehabt, ihn zu fragen, warum. Es war besser, wenn man Signor Moroni keine derartigen Fragen stellte. Was er sagte, wurde gemacht, und fertig. Da stellte man nicht irgendwelche überflüssigen Fragen.

Das war eine gute Gewohnheit im Hause Moroni.

Pietro war die Sache gleich sehr richtig vorgekommen. Keiner von denen, die er kannte, hatte ein Katapult im Garten. Sie könnten Steine abschießen, ein paar Mauern durchlöchern. Mimmo hielt das Ganze für eine gigantische Dummheit. Sie würden sich an den nächsten Sonntagen den Rücken krumm arbeiten müssen, um ein Ding zu bauen, das zu absolut nichts nütze war.

Am Sonntag darauf hatten sie mit dem Werk begonnen.

Und alle hatten nach einigen Stunden Geschmack daran gefunden. Diese Arbeit, um etwas zu bauen, das ohne Nutzen war, hatte etwas Großes und Neues an sich. Obwohl man sich genauso abmühte und schwitzte, war es eine ganz andere Anstrengung als damals, als sie den neuen Pferch für die Schafe gebaut hatten.

Sie arbeiteten zu viert.

Signor Moroni, Pietro, Mimmo und Poppi.

Augusto, genannt Poppi, war ein alter Esel, halb kahl und ergraut, der all die Jahre, bevor Signor Moroni einen Traktor kaufte, hart gearbeitet hatte. Jetzt bekam er sein Gnadenbrot und weidete auf der Wiese hinter dem Haus. Er war ausgesprochen launisch und ließ sich nur von Signor Moroni anfassen. Die anderen biss er. Und wenn man von einem Esel gebissen wird, tut es wirklich weh, also wurde er vom Rest der Familie fern gehalten.

Als Erstes fällten sie am Waldrand eine große Pinie. Mit Poppis Hilfe zogen sie den Baum bis zum Haus und verwandelten ihn mit Elektrosäge, Beilen und Hobeln in einen langen Mast.

An den nächsten Wochenenden bauten sie um diesen Mast herum das Katapult. Ab und zu war Signor Moroni wütend auf seine Söhne, weil sie schlampig und schludrig arbeiteten, und dann gab er ihnen ein paar Tritte in den Hintern, doch wenn er sah, dass sie etwas so gemacht hatten, wie es sein musste, sagte er: »Bravo, gute Arbeit.« Und ein flüchtiges Lächeln, so selten wie ein Sonnentag im Februar, erschien auf seinen Lippen.

Dann brachte Signora Moroni Brötchen mit Schinken und Käse, und sie setzten sich neben das Katapult und aßen und redeten über die Arbeit, die noch zu machen war.

Mimmo und Pietro waren glücklich, die gute Laune ihres Vaters steckte sie an.

Nach einigen Monaten erhob sich das fertige Katapult hinter der Casa del Fico. Es war ein seltsames Gerät, ziemlich hässlich anzuschauen, und es ähnelte ein wenig den römischen Katapulten, aber nicht allzu sehr. Praktisch war es ein riesiger Hebel. Der Drehpunkt war mit einer stählernen Angel (eigens vom Schmied dafür angefertigt) in der Form zweier umgedrehter V auf einem Gestell mit vier Rädern befestigt. Am kurzen Hebelarm gab es eine Art Korb, der Sandsäcke enthielt (sechshundert Kilo!). Der lange Hebelarm hatte am Ende so etwas wie einen Löffel, in den man den Felsbrocken legen würde, der weggeschleudert werden sollte.

Wenn man das Katapult lud, stieg der Korb mit dem Sand hoch, während der Löffel nach unten ging und mit einem dicken Tau auf dem Boden festgehalten wurde. Um dies zu bewerkstelligen, hatte Signor Moroni eine Reihe von Seilrollen vorgesehen, die um eine Winde herum gedreht wurden, für deren Drehung wiederum der arme Poppi im Kreis gehen musste. Und wenn der Esel sich sträubte und zu schreien begann, ging Signor Moroni zu ihm hin, streichelte ihn, sagte ihm irgendetwas ins Ohr, und das Tier machte weiter.

Zur Einweihung des Katapults wurde sogar ein Fest veranstaltet. Das Einzige, das je in der Casa del Fico stattfand.

Signora Biglia machte drei Lasagne al forno. Pietro zog zur Feier des Tages seine gute Jacke an. Mimmo lud Patti ein. Und Signor Moroni rasierte sich.

Onkel Giovanni kam mit seiner schwangeren Frau und den Kindern, die Männer, mit denen Signor Moroni immer in der

Kneipe saß, waren da, und man machte ein Feuer und grillte Würstchen und Beefsteak. Nachdem man sich an den Speisen und dem Wein gütlich getan hatte, wurde das Katapult eingeweiht. Onkel Giovanni schlug eine Flasche Wein an eines der Räder, und Signor Moroni kam halb betrunken und einen Marsch pfeifend auf dem Traktor mit einem Anhänger voller mehr oder weniger runder Steine von der Via Gazzina gefahren. Zu viert nahmen sie einen davon und verfrachteten ihn mit Mühe auf das schon abschussbereite Katapult.

Pietro war ziemlich aufgeregt, und auch Mimmo, der es sich nicht anmerken lassen wollte, verfolgte gespannt, was geschah.

Alle gingen auf Abstand, und Signor Moroni kappte mit einem präzisen Beilhieb das Tau, es gab einen heftigen Knall, der Hebearm schnellte hoch, der mit Sand gefüllte Korb ging runter, und der Stein flog in weitem Bogen durch die Luft und landete zweihundert Meter entfernt im Wald. Man hörte den Krach gebrochener Äste und sah Vogelschwärme von den Baumwipfeln auffliegen.

Das Publikum applaudierte begeistert.

Signor Moroni war glücklich. Er ging zu Mimmo und legte einen Arm um ihn. »Hast du den Krach gehört, den es gemacht hat? Dieses Geräusch wollte ich hören. Ausgezeichnete Arbeit, Mimmo.« Dann nahm er Pietro in den Arm und küsste ihn. »Lauf, sieh nach, wo er hingeflogen ist.«

Pietro und seine Vetter rannten in den Wald. Sie fanden den Steinbrocken, der neben einer großen Eiche mit abgebrochenen Ästen in den Boden eingeschlagen war.

Dann kam endlich Poppis Auftritt. Sie hatten ihn mit neuem Geschirr und bunten Bändchen herausgeputzt. Er sah aus wie ein festlich geschmückter sizilianischer Esel. Mit äußerster Anstrengung begann Poppi seine Runde um die Winde herum. Alle lachten und sagten, das arme Tier würde noch dabei zusammenbrechen.

Doch Signor Moroni kümmerte sich nicht um diese Ungläubigen. Er wusste, dass Poppi es schaffen würde. Er war dickköpfig und halsstarrig – eben ein typischer Vertreter seiner Rasse. Als er jünger war, hatte Signor Moroni auf diesen Rücken Steine und

Zementsäcke geladen, um den zweiten Stock des Hauses zu bauen.

Und jetzt lud er das Katapult erneut, ohne stehen zu bleiben, ohne sich zu sträuben, ohne wie sonst zu schreien. *Er weiß, dass er einen guten Eindruck machen muss*, sagte sich Signor Moroni gerührt.

Er war so stolz auf seinen Esel.

Als er fertig war, klatschte er in die Hände, und die anderen taten das Gleiche.

Ein zweiter Steinblock wurde losgeschleudert, und es gab wieder Applaus, wenn auch etwas schwächer. Dann stürzten sich alle auf die süßen Sachen.

Das ist verständlich. Es ist nicht gerade die unterhaltsamste Sache auf der Welt, zuzuschauen, wie ein Katapult Steine in den Wald schleudert.

Signor Moroni fand ihn.

Der Mörder hatte ihn mit einem Gewehrschuss in die Schläfe kaltgemacht.

Poppi war tot zu Boden gestürzt.

Ausgestreckt lag er da, mit starren Beinen und Ohren, neben dem Pferch, der an das Land der Contarellos grenzte.

»Contarello, du Hurensohn, ich bringe dich um«, brach es aus Signor Moroni heraus, als er neben dem toten Poppi kniete.

Wenn seine Tränendrüsen nicht trockener als die Wüste Kalahari gewesen wären, hätte Signor Moroni angefangen zu weinen.

Der Krieg mit den Contarellos wurde seit Urzeiten geführt. Eine Geschichte zwischen den beiden, die für den Rest der Welt unbegreiflich war. Angefangen hatte es mit dem Streit um ein paar Meter Weideland, das jeder für sich beanspruchte. Und es war weitergegangen mit Beleidigungen, Todesdrohungen, Grobheiten und Kränkungen.

Keinem von beiden war es je in den Sinn gekommen, sich einmal die Karten auf dem Grundbuchamt anzusehen.

Signor Moroni wütete mit Tritten in den Schlamm und Faustschlägen gegen die Bäume.

»Contarello, das durftest du nicht tun ... Das durftest du nicht.« Und dann ließ er einen Schrei zum Himmel los. Er packte Poppi bei den Hufen und lud sich mit einer Kraft, die ihm seine Wut verlieh, den toten Esel auf die Schultern. Der arme Poppi wog ungefähr einhundertfünfzig Kilo, doch dieser schmächtige Mann, der nur sechzig Kilo schwer war und soff wie ein Loch, trug ihn mit breiten Beinen und nach links und rechts schwankend über die Wiese. Er strengte sich so an, dass sein Gesicht völlig verzerrt war. »Jetzt kannst du was erleben, Contarello«, presste er zwischen zusammengebissenen Zähnen heraus.

Vor dem Haus angekommen, warf er Poppi zu Boden. Dann befestigte er ein Seil am Traktor und drehte das Katapult.

Er wusste sehr genau, wo Contarellos Haus lag.

Im Dorf wird erzählt, dass die Familie Contarello gerade im Wohnzimmer vor dem Fernseher saß und die Überraschungsshow *Carramba, che sorpresa!* ansah, als es passierte.

Die Moderatorin Carrà hatte es geschafft, Zwillinge aus Macerata zusammenzubringen, die seit der Geburt getrennt waren und die sich jetzt umarmten und weinten, und auch die Contarellos schnieften ergriffen. Es war eine rührselige Szene.

Doch mit einem Mal schien über ihren Köpfen alles zu explodieren. Irgendetwas war auf das Haus niedergegangen und hatte es bis in die Grundfesten erschüttert.

Der Fernseher und alle Lichter gingen aus.

»Madonna, was ist geschehen?«, kreischte Großmutter Ottavia und klammerte sich an ihre Tochter.

»Ein Meteorit!«, schrie Contarello. »Ein verdammter Meteorit hat uns getroffen. Verfluchte Kacke, ich hab's erst neulich gehört, dass so was manchmal passiert.«

Der Strom kam wieder. Sie sahen sich erschrocken um und hoben dann den Kopf. Ein Deckenbalken hatte einen Riss bekommen, und ein paar Brocken Putz waren heruntergefallen.

Ängstlich stieg die Familie die Treppe hoch.

Oben schien alles normal.

Contarello öffnete die Schlafzimmertür und fiel auf die Knie und schlug die Hände vor seinen Mund.

Das Dach war nicht mehr da.

Die Wände waren rot. Der Fußboden war rot. Die von Großmutter Ottavia handgearbeitete Steppdecke war rot. Die Fensterscheiben rot. Alles war rot.

Stücke von Poppi (Därme und Knochen und Kot und Fell) lagen zusammen mit Schutt und Dachziegeln im Zimmer verstreut.

Niemand war auf der Straße, als Signor Moroni den Esel mit dem Katapult losschleuderte, doch wenn jemand da gewesen wäre, hätte er einen Esel durch die Luft fliegen sehen, der eine perfekte Flugbahn einhielt, über das Eichenwäldchen, den kleinen Fluss, den Weinberg schoss und wie eine Rakete auf das Dach der Contarellos niederging.

Dieser Scherz kam Signor Moroni teuer zu stehen.

Er wurde angezeigt, angeklagt, verurteilt, den angerichteten Schaden zu bezahlen, und musste nur deshalb nicht wegen versuchten Totschlags ins Gefängnis, weil er keine Vorstrafen hatte. Doch jetzt bekam er einen Eintrag ins Strafregister.

Und außerdem verurteilte man ihn dazu, das Katapult abzubauen.

69

An nichts zu denken ist sehr schwierig.

Und es ist das Erste, was man lernen muss, wenn man mit Yoga anfängt.

Man versucht es, strengt sein Hirn an und denkt, dass man nichts denken darf, und ist damit schon in die Falle gegangen.

Nein, es ist nicht leicht.

Graziano Biglia aber schaffte es einfach so.

Er war in der Mitte seines Zimmers in den Lotossitz gegangen und hatte sich einem halben Stündchen vollkommener geistiger Leere hingegeben. Dann hatte er ein heißes Bad genommen, sich angezogen und Roscio angerufen, um ihm zu sagen, dass es mit Saturnia so bleibe wie besprochen, dass er es aber nicht schaffen werde, mit ihnen zu essen. Sie würden sich gegen halb elf, elf Uhr direkt an den Wasserfällen treffen.

Alles in allem war sein erster Tag als Single gar nicht so schlecht gelaufen. Er hatte ihn zu Hause verbracht, sich im Fernsehen Tennis angeschaut und im Bett gegessen. Die Depression hatte ihn wie eine brummende Pferdebremse umkreist, bereit, ihm ihren Stachel in die Brust zu stoßen, doch Graziano war unbeeindruckt geblieben und hatte in einer für seelische Regungen unerreichbaren, sozusagen ochsenhaften Apathie geschlafen, gegessen und sich Sport im Fernsehen angesehen.

Jetzt war er bereit für die Lehrerin.

Er warf einen letzten Kontrollblick in den Spiegel. Er hatte beschlossen, den Look des Landhaus-Gentleman aufzugeben. Das stand ihm nicht, und außerdem waren Hemd und Jacke vollgekotzt. Er hatte sich für etwas entschieden, das lässig und elegant zugleich war. Genauer gesagt: frühes Spandau Ballet.

Hemd aus schwarzer Seide mit spitzen Kragen. Rote Weste. Dreiknopf-Jacke aus schwarzem Samt. Schlangenlederstiefel. Ockergelbes Halstuch. Und ein schwarzes Stirnband.

Ach ja, genau: unter den Jeans ein violetter Einteiler von Speedo.

Er zog sich gerade den Mantel an, als seine Mutter aus der Küche kam und irgendein Grummeln von sich gab. Ohne auch nur den Versuch zu machen, sie zu verstehen, antwortete er: »Nein, Mama, heute Abend esse ich nicht zu Hause. Ich komme spät zurück.«

Er öffnete die Tür und ging hinaus.

70

Das Baden war immer eine schwierige Sache.

Flora Palmieri hatte das Gefühl, dass es ihrer Mutter ganz und gar nicht gefiel. Sie sah ihr in die Augen. (Flora, meine Liebe, warum Baden? Es gefällt mir nicht ...)

»Ich weiß, Mama, es ist eine Quälerei, aber ab und zu muss es sein.«

Sie musste sehr feinfühlig vorgehen.

Wenn sie nicht Acht gab, bestand die Gefahr, dass die Mutter mit dem Kopf unter Wasser kam und ertrank. Und man musste den Heizofen mindestens eine Stunde vorher anmachen, weil sie sich sonst erkälten könnte, und das wäre wirklich schlimm. Mit verstopfter Nase konnte sie nicht atmen.

»Wir sind fast fertig ...« Flora, die neben der Wanne kniete, hörte auf, sie einzuseifen, und begann diesen schmächtigen weißen Körper, der sich verkrampft in eine Ecke der Badewanne kauerte, abzuduschen. »Noch einen Moment ... dann bringe ich dich wieder ins Bett ...«

Der Neurologe hatte ihr gesagt, das Gehirn ihrer Mutter sei wie ein Computer in Wartestellung. Es reiche ein Antippen der Tastatur, damit der Bildschirm hell werde und die Festplatte wieder funktioniere. Das Problem bestehe darin, dass ihre Mutter mit keiner Tastatur verbunden sei und es keine Möglichkeit gebe, sie wieder zu aktivieren.

»Ihre Mutter kann Sie nicht hören. In keiner Weise. Ihre Mutter ist nicht da. Vergessen Sie es. Kein Ausschlag auf dem EEG«, hatte der Neurologe mit jener Sensibilität gesagt, die seinen Berufsstand auszeichnet.

Nach Floras Meinung kapierte der Herr Neurologe überhaupt nichts. Ihre Mutter war da, und wie sie da war. Eine Schranke trennte sie von der Welt, doch ihr gelang es, diese Schranke mit ihren Worten zu durchbrechen. Das sah sie an vielen Dingen, die ein Fremder oder ein Arzt, der sich nur auf seine Elektroenzephalogramme, Computertomographien, Resonanzmessungen und ähnliches wissenschaftliches Zeug stützte, unmöglich wahrnehmen konnte, doch die für sie ganz eindeutig waren. Ein Heben der Augenbraue, ein Kräuseln der Lippen, ein nicht ganz so matter Blick wie sonst, ein Vibrieren.

Dies war ihre fast unmerkliche Art, sich mitzuteilen.

Und Flora war sich sicher, dass ihre Mutter noch lebte, weil sie mit ihr sprach.

Es hatte eine Phase gegeben, wo sich ihr Zustand verschlechtert hatte und sie Pflege rund um die Uhr brauchte. Irgendwann war der Punkt erreicht, dass Flora es alleine nicht mehr schaffte, und auf Rat des Arztes hatte sie eine Krankenschwester genommen. Doch die behandelte ihre Mutter, als sei sie ein lebloses Ding. Sie sprach nie mit ihr, streichelte sie nie, und anstatt sich zu verbessern, hatte sich der Gesundheitszustand ihrer Mutter immer weiter verschlechtert. Flora hatte die Krankenschwester weggeschickt und wieder angefangen, sich allein um ihre Mutter zu kümmern, und sofort war es ihr besser gegangen.

Außerdem nahm Flora deutlich wahr, dass ihre Mutter geistig mit ihr kommunizieren konnte. Immer wieder hörte sie, wie die Stimme der Mutter sich in ihre Gedanken mischte. Sie war nicht verrückt oder schizophren, es war nur so, dass sie, als ihre Tochter, genau wusste, was ihre Mutter über dieses oder jenes gesagt hätte, sie wusste, was ihr gefiel, was sie nicht mochte und was sie ihr geraten hätte, wenn es darum ging, eine Entscheidung zu treffen.

»Und schon sind wir fertig.« Sie hob sie aus der Wanne und trug sie, die noch tropfnass war, ins Zimmer, wo sie das Badetuch schon bereitgelegt hatte.

Sie frottierte sie kräftig und war gerade dabei, sie zu pudern, als es an der Haustür klingelte.

»Wer kann das denn sein? O Gott ...!«

Die Verabredung!

Die Verabredung mit dem Sohn der Kurzwarenhändlerin von heute Morgen aus der Station Bar.

»O Gott, Mama, das habe ich vollkommen vergessen. Wo habe ich bloß meinen Kopf? Das ist dieser Typ, der will, dass ich ihm helfe, seinen Lebenslauf zu schreiben.«

Sie sah, wie sich die Lippen ihrer Mutter zusammenpressten.

»Mach dir keine Sorgen, den bin ich in einem Stündchen wieder los. Ich weiß, das ist jetzt ärgerlich. Aber nun ist er schon einmal da.« Sie deckte ihre Mutter zu.

Es klingelte noch einmal.

»Ja! Bin schon unterwegs. Einen Moment.« Sie verließ das Zimmer, nahm die Schürze ab, die sie immer trug, wenn sie ihre Mutter badete, warf einen raschen Blick in den Spiegel ...

was schaust du dich an?
... und öffnete.

71

Die Lehrerin erwartete ihn an der Tür.

Sie hatte sich nicht umgezogen.

Heißt das vielleicht, dass es ihr nicht wichtig ist, mich zu treffen?, fragte sich Graziano und hielt ihr eine Flasche Whisky hin. »Ich habe Ihnen eine Kleinigkeit mitgebracht.«

Flora drehte und wendete die Flasche in ihren Händen. »Danke, das war doch nicht nötig.«

»Aber ich bitte Sie. Keine Ursache.«

»Kommen Sie doch herein.«

Sie führte ihn ins Wohnzimmer.

»Sie müssen sich noch einen Augenblick gedulden. Ich bin gleich wieder da. Machen Sie es sich inzwischen bequem«, sagte Flora unbeholfen und verschwand im dunklen Flur.

Graziano blieb allein.

Er betrachtete kurz sein Spiegelbild im Fenster. Rückte den Kragen seines Hemds zurecht. Und mit langsamen und gemessenen Schritten, Hände auf dem Rücken, ging er durch das Zimmer und sah sich alles an.

Es war ein quadratischer Raum mit zwei Fenstern, die hinaus auf die Felder gingen. Von einem aus konnte man ein Stückchen vom Meer sehen. Da war ein Kamin, in dem ein träges Feuer brannte. Eine kleine, mit einem blauen Stoff mit rosa Blümchen bezogene Couch. Ein alter Ledersessel. Eine Fußbank. Ein Bücherregal, nicht groß, doch übervoll mit Büchern. Ein Perserteppich. Ein runder Tisch, darauf geordnet Papiere und Bücher. Ein kleiner Fernseher auf einem Tischchen. Zwei Aquarelle an der Wand. Eines zeigte das aufgepeitschte Meer. Das andere war eine Strandansicht mit einem dicken Stamm, der auf dem Wasser schwamm; es schien der Strand von Castrone zu sein. Die Bilder waren einfach und nicht besonders gelungen, doch von den zarten, zurückhaltenden Farben ging etwas Sehnsuchtsvolles aus.

Auf dem Kamin waren Fotos aufgereiht. Schwarzweißfotos. Eine Frau, die Flora ähnlich war, auf einem Mäuerchen sitzend, im Hintergrund der Golf von Mergellina. Ein Foto eines frisch vermählten Paares, das gerade aus der Kirche kam. Und andere Familienandenken.

Dies hier ist ihre Höhle. Hier verbringt sie ihre einsamen Abende.

Dieses Wohnzimmer hatte eine spezielle Atmosphäre.

Vielleicht ist es das gedämpfte, warme Licht. Gewiss ist sie eine Frau mit viel Geschmack ...

72

Die Frau mit viel Geschmack war im Zimmer ihrer Mutter und tuschelte.

»Mama, du kannst dir nicht vorstellen, wie er sich zurechtgemacht hat. Dieses Hemd ... Und diese engen Hosen ... Was bin ich dumm, ich hätte ihn nicht kommen lassen dürfen.« Sie richtete ihrer Mutter die Bettdecken. »In Ordnung. Gut. Ich gehe jetzt und sehe zu, dass ich es hinter mich bringe.«

Sie nahm ein paar Blatt Schreibpapier von einem Möbel im Flur, holte tief Luft und ging zurück ins Wohnzimmer. »Wir schreiben es zuerst ins Unreine. Sie können sich ja dann nachher eine Reinschrift machen. Setzen wir uns dorthin.« Sie räumte den Tisch frei und stellte zwei Stühle einander gegenüber.

»Haben Sie die gemalt?« Graziano zeigte auf die Aquarelle.

»Ja ...«, murmelte Flora.

»Sehr schön. Wirklich ... Sie sind sehr begabt.«

»Danke«, antwortete sie und errötete.

73

Sie war nicht schön.

Jedenfalls war sie ihm am Morgen schöner vorgekommen.

Wenn man jeden Teil des Gesichts für sich nahm, die Adlernase, den großen Mund, das fliehende Kinn, die farblosen Augen, war sie eine Katastrophe, doch dann, wenn man alles wieder zusammensetzte, kam etwas sonderbar Anziehendes mit einer disharmonischen Schönheit dabei heraus.

Doch, die Lehrerin Palmieri gefiel ihm.

»Signor Biglia, hören Sie mir zu?«

»Natürlich ...« Er war nicht bei der Sache gewesen.

»Ich sagte gerade, dass ich noch nie einen Lebenslauf geschrieben habe, aber ich habe den einen oder anderen gesehen, und ich glaube, man sollte mit dem Anfang anfangen, also mit der Geburt, und dann mit Informationen fortfahren, die ihre zukünftigen Arbeitgeber interessieren könnten ...«

»Gut, dann fangen wir also an ... Ich bin in Ischiano geboren, und zwar am ...«

Es sprudelte nur so aus ihm heraus.

Er schwindelte sofort bei seinem Geburtsjahr. Machte sich vier Jahre jünger.

Dieser Lebenslauf war eine tolle Idee.

Er würde ihr von seinem abenteuerlichen Leben erzählen können, sie mit seinen tausend interessanten Begegnungen überall auf der Welt faszinieren, ihr seine Leidenschaft für die Musik und alles Übrige erklären.

74

Flora sah auf die Uhr.

Der Typ redete nun schon eine halbe Stunde lang, und sie hatte noch nichts aufgeschrieben. Er hatte sie derart mit Worten überhäuft, dass ihr ganz schwindlig geworden war.

Er war ein unglaublich aufgeblasener Kerl. Mit einer Selbstsicherheit, für die es keinerlei Grund gab. Er war so eingebildet, dass er fast platzte, so überzeugt von dem, was er getan hatte, als wäre er der erste Mensch auf dem Mond gewesen, oder wenigstens Reinhold Messner.

Und das Unerträglichste war, wie er seine Erlebnisse würzte und ausschmückte: DJ in einer New Yorker Disco, Begleiter einer peruanischen Gruppe auf Tournee in Argentinien, Kopilot bei einer Rallye in Mauretanien, Matrose auf einer Yacht, mit der er bei Windstärke neun den Atlantik überquert hatte, Freiwilliger in einem Lazarett, Gast in einem tibetischen Kloster mit einer wirren und wenig originellen Lehre. Es war ein Gemisch aus New Age, Buddhismus für Arme, Schmalspur-on-the-road-Leben, Abklatsch der Beat Generation, Postkartenklischees und Disco-Jugendkultur. Wenn man seine Heldentaten einmal beiseite ließ, dann kam heraus, dass sich dieser Mann dafür interessierte, sich an einem tropischen Strand zu aalen und im Mondschein diese verdammte spanische Musik zu machen.

Das alles taugte nicht für einen Lebenslauf.

Wenn ich ihn nicht unterbreche, macht er womöglich die ganze Nacht so weiter. Flora wollte zu einem Ende kommen und ihn wegschicken.

Die Anwesenheit dieses Mannes in ihrer Wohnung machte sie nervös. Er warf ihr Blicke zu, die sie verwirrten. Er hatte etwas Sinnliches, das sie beunruhigte.

Sie war müde. Die Gatta hatte ihr den Tag zur Hölle gemacht, und sie hatte das Gefühl, dass ihre Mutter sie brauchte.

»Gut, jetzt lassen wir das mit dieser Hirschart, die auf Sardinien wieder heimisch gemacht werden sollte, einmal weg und konzentrieren uns auf etwas Konkreteres. Sie haben von diesem Musiker gesprochen, diesem Paco de Lucia. Wir könnten erwähnen, dass Sie mit ihm zusammen gespielt haben. Ist er ein wichtiger Künstler?«

Graziano fuhr von seinem Stuhl hoch. »Ob Paco de Lucia wichtig ist? Und ob er wichtig ist! Paco ist ein Genie. Er hat den Flamenco in der ganzen Welt bekannt gemacht. Er ist das, was Ravi Shankar für die indische Musik ist ... Aber im Ernst ...«

»Gut. Dann könnten wir ihn erwähnen, Signor Biglia ...« Sie versuchte zu schreiben, doch er berührte ihren Arm.

Flora erstarrte.

»Darf ich Sie um einen Gefallen bitten?«

»Ja bitte ...«

»Nennen Sie mich nicht Signor Biglia. Für Sie bin ich Graziano. Und wollen wir nicht du zueinander sagen?«

Flora sah ihn gereizt an. »In Ordnung, Graziano. Also Paco...«
»Und wie heißt du? Sagst du es mir?«
»Flora«, flüsterte sie nach kurzem Zögern.
»Flora ...« Graziano schloss verzückt die Augen. »Was für ein wunderbarer Name ... Wenn ich eine Tochter hätte, würde ich sie gerne so nennen.«

75

Sie war echt ein harter Brocken.

Graziano Biglia hatte nicht erwartet, dass er es mit General Patton persönlich zu tun bekäme.

Die Geschichten, die er ihr erzählt hatte, waren an ihr abgeglitten. Dabei hatte er sein Bestes gegeben, war kreativ, fantasievoll, hinreißend gewesen. In Riccione wären sie ihm dutzendweise zu Füßen gelegen. Und als er gemerkt hatte, dass sein übliches Repertoire nicht reichte, hatte er sich eine solche Menge Zeug ausgedacht, dass er bis ans Ende seiner Tage glücklich wäre, wenn er nur die Hälfte davon erlebt hätte.

Aber nichts zu machen.

Die Lehrerin war eine absolut harte Nummer, nicht leicht zu knacken.

Er sah auf die Uhr.

Die Zeit verging, und es kam ihm plötzlich als fernes, unerreichbares Ziel vor, sie mit nach Saturnia zu nehmen. Er hatte es nicht geschafft, die richtige Atmosphäre zu erzeugen. Flora hatte den Lebenslauf allzu ernst genommen.

Wenn ich sie jetzt frage, ob sie mit mir in Saturnia baden geht, dann jagt sie mich zum ...

Was konnte er tun?

Sollte er die Methode Zonin-Lenci (zwei seiner Freunde in Riccione) anwenden, also sich mir nichts, dir nichts auf sie stürzen? Einfach so, ganz dumm, ohne das ganze unnütze Geschwätz?

Du gehst näher ran, und blitzschnell wie eine Kobra, dass sie nicht mal merkt, was los ist, schiebst du ihr die Zunge in den Mund. Das war vielleicht ein Weg, aber die Methode Zonin-Lenci hatte eine ganze Reihe von Gegenanzeigen. Damit sie funktionierte, musste die Beute zahm, also an Annäherungsversuche einer gewissen Heftigkeit gewöhnt sein, sonst riskierte man eine Anzeige wegen versuchter Vergewaltigung, und außerdem war es eine Methode, die auf Biegen oder Brechen ging.

Und hier wäre Brechen angesagt, verdammte Kacke. Die einzige Möglichkeit ist, ein bisschen deutlicher zu werden, ohne sie zu verängstigen.

»Flora, ich möchte, dass du von dem Whisky kostest, den ich dir mitgebracht habe. Er ist etwas ganz Besonderes. Sie haben ihn mir aus Schottland geschickt.« Und er begann mit einem langsamen, fast unmerklichen, doch unerbittlichen Verschieben des Stuhls in Richtung General Patton.

76

Genau dies war Floras Problem: Sie konnte sich nie durchsetzen. Ihre Meinung sagen. Sich Geltung verschaffen. Wenn sie ein bisschen energischer wäre, so wie andere Menschen, hätte sie zu ihm gesagt: »Graziano (und wie anstrengend, ihn duzen zu müssen), entschuldige, es ist spät, du solltest gehen.«

Stattdessen brachte sie ihm etwas zu trinken. Sie kam mit dem Whisky und zwei Gläsern auf einem Tablett aus der Küche.

Graziano war in ihrer Abwesenheit aufgestanden und hatte sich auf die Couch gesetzt.

»Hier bitte. Entschuldigung, ich komme gleich zurück. Für mich nur ein Schlückchen. Ich trinke nicht gerne Alkohol. Ab und zu einen Limonenlikör.« Sie stellte das Tablett vor ihn hin und ging, um sich eine Pause bei ihrer Mutter zu gönnen.

77

Viertel vor neun!
Für zarte Annäherungen blieb keine Zeit mehr.
An diesem Punkt muss ich die Methode Triglia anwenden, sag-

te sich Graziano und schüttelte angewidert den Kopf. Es gefiel ihm nicht, doch er sah keine andere Möglichkeit.

Triglia war auch ein Freund von ihm, ein Drogenfreak aus Città di Castello. Seinen Spitznamen Triglia, was eigentlich Seebarbe heißt, hatte er, weil er so aussah wie dieser Fisch mit Barteln.

Außerdem hatte er, genauso wie der Fisch, runde Augen, die so rot wie Kirschen waren.

Irgendwann einmal hatte Triglia ihm in einem plötzlichen Anfall von Geschwätzigkeit erklärt: »Sieh mal, es ist einfach. Stell dir vor, da ist eine, der du es besorgen willst, und die trinkt ja bestimmt ihren Gin-Tonic oder irgendwas anderes mit Alkohol, dann setzt du dich neben sie, und sobald sie mal nicht auf ihr Glas Acht gibt oder sich umdreht, wirfst du ihr irgendeine Pille rein, und die Sache ist gelaufen. Nach einer halben Stunde wehrt sie sich nicht mehr, und dann ist sie fällig.«

Die Methode Triglia war nicht gerade sportlich, daran gab es keinen Zweifel. Graziano hatte sie sehr selten und nur in absoluten Notfällen angewandt. Bei den Wettbewerben war sie streng verboten, und wenn man dabei erwischt wurde, bedeutete das die sichere Disqualifikation.

Doch außergewöhnliche Situationen erfordern außergewöhnliche Maßnahmen, wie man so sagt.

Graziano nahm seine Brieftasche aus der Jacke.

Dann wollen wir mal sehen, was wir dahaben ...

Er klappte sie auf und zog aus einem Innenfach drei blaue Pillen.

»Spiderman ...«, murmelte er zufrieden wie ein alter Alchimist, der den Stein der Weisen in den Händen hält.

Spiderman ist eine Pille, die harmlos aussieht: bläulich gefärbt und in der Mitte eine Rille, könnte man sie leicht für eine Tablette gegen Kopfschmerzen oder Sodbrennen halten, aber dem ist nicht so. Dem ist absolut nicht so.

In diesen sechzig Milligramm sind mehr psychotrope Moleküle als in einer ganzen Apotheke. Diese Droge wurde in Goa Anfang der neunziger Jahre von einer Gruppe junger kalifornischer Neurobiologen, die wegen bioethisch unkorrekten Verhaltens vom MIT geflogen waren, in Zusammenarbeit mit Schamanen von der Halbinsel Yucatán und einem Team deutscher Verhaltenstherapeuten synthetisch hergestellt.

Die Mäuse, an denen man die Droge testete, konnten nach einer Viertelstunde Handstand machen, auf einem Bein stehen und zuckten, als wären sie kleine Breakdancer.

Man nannte diese Droge Spiderman, weil einer ihrer vielen Effekte ist, dass man das Gefühl hat, die Wände hochgehen zu können. Eine andere Wirkung ist die, dass man einen, nachdem er die Pille genommen hat, in eine endlos lange Schlange beim Standesamt stellen und ihm sagen kann: »Hol die Geburtsurkunde von Carleo«, und der nicht die blasseste Ahnung hat, wer das sein könnte, es aber tut, dabei quietschvergnügt ist und nachher, noch Jahre später, wenn er daran zurückdenkt, glaubt, das sei das tollste Erlebnis seines ganzen Lebens gewesen.

Diese Droge also löste Graziano Biglia im Whisky der Lehrerin Palmieri auf. Und dann, nur um sicher zu sein, warf er noch eine zweite Pille nach. Seine eigene steckte er sich in den Mund und spülte sie mit einem Schluck Whisky hinunter.

»Und jetzt wollen wir doch mal sehen, ob sie nicht kapituliert.« Er machte ein paar Knöpfe an seinem Hemd auf, ordnete mit einer Handbewegung sein Haar und wartete, dass die Beute zurückkam.

78

Flora nahm das Glas, das Graziano ihr reichte, schloss die Augen und stürzte den Whisky hinunter. Ihr fiel dieser unangenehm bittere Nachgeschmack nicht auf, sie trank nie solches Zeug, weil sie es nicht mochte.

»Wirklich sehr gut. Noch einmal vielen Dank.« Sie biss die Zähne zusammen und setzte sich wieder an den Tisch, schob die Brille auf die Nase und las, was sie geschrieben hatte.

Sie verbrachte weitere zehn Minuten damit, dieses ganze Geschwätz, diese Geschichten ohne Anfang und Ende zu ordnen, und versuchte, die wesentlichen Dinge herauszuarbeiten: Fremdsprachen, Schulabschluss, EDV-Kenntnisse, berufliche Erfahrungen und so weiter und so fort.

»Ich würde sagen, wir haben genügend Material. Was wir hier notiert haben, reicht schon. Man wird Sie ... dich sicher nehmen.«

Graziano war auf der Couch sitzen geblieben. »Das glaube ich auch. Es gäbe da aber noch ein paar andere Kleinigkeiten, mit denen man die Organisatoren des Feriendorfs vielleicht beeindrucken könnte. Sie wollen, dass alle sich amüsieren, weißt du. Dass die Gäste auf ihre Kosten kommen ... Persönliche Beziehungen zwischen den Menschen entstehen ...«

»In welchem Sinne?«, fragte Flora und nahm ihre Brille ab.

»Also ich ...« Er schien verlegen zu sein.

Sie sah, wie er auf der Couch hin und her rutschte, als wären die Polster plötzlich voller Dornen. Graziano stand auf und setzte sich an den Tisch. »Also, ich habe einen Pokal gewonnen ...«

Was erzählt er mir jetzt wohl? Dass er den Giro d'Italia gewonnen hat? Flora war es ein bisschen Leid.

»In Riccione. Die *Coppa Trombador*.«

»Und wofür bekommt man diesen Pokal?«

»Sagen wir mal, ich habe den Abschleppwettbewerb des Sommers gewonnen. Erster Platz.«

»Ich verstehe nicht.«

»Na Abschleppen! Anmachen!« Für Graziano schien das absolut unmissverständlich.

Flora dagegen begriff nicht, was er meinte. Was versuchte er ihr zu sagen? Abschleppen? Arbeitete er in einer Kfz-Werkstatt oder was?

»Anmachen?«, wiederholte sie verwirrt.

»Frauen anmachen«, schaffte Graziano mit einer Miene zu sagen, die schuldbewusst und zufrieden zugleich war.

Endlich verstand Flora.

Das ist doch nicht möglich! Dieser Mann ist ein Monstrum!

Er nahm an einem Wettbewerb teil, wer die meisten Frauen verführen konnte. Es gab einen Ort, wo man Wettkämpfe veranstaltete, wer mehr Frauen ins Bett kriegte als die anderen.

Es stimmt wirklich, im Leben darf man sich über nichts wundern.

»Gibt es da einen Wettstreit, wie soll ich sagen: eine Meisterschaft? So wie beim Fußball?«, fragte sie und bemerkte, dass sie einen seltsam leichten Tonfall hatte.

»Sicher, das ist inzwischen eine offizielle Sache, die Teilnehmer kommen aus der ganzen Welt. Am Anfang waren wir nur wenige. Eine kleine Gruppe Freunde, sie sich in der Ferienanlage Aurora trafen. Dann im Lauf der Zeit ist die Sache wichtig geworden, jetzt gibt es eine Vereinigung, Juroren, und am Ende des Sommers die Preisverleihung in einer Diskothek. Das ist immer ein sehr schöner Abend«, erklärte Graziano todernst.

»Und wie viele ... wie viele hast du ... abgeschleppt? Sagt man so?« Sie konnte es nicht glauben. Dieser Typ nahm im Sommer an Abschleppwettbewerben teil.

»Dreihundert. Dreihundertdrei, um genau zu sein. Aber drei haben mir die Juroren, diese Schweine, nicht anerkannt. Weil, die waren in Cattolica«, antwortete Graziano mit einem undurchsichtigen Lächeln.

»Dreihundert?« Flora zuckte zusammen. »Das kann doch nicht sein! Dreihundert? Schwöre es!«

Graziano nickte. »Ich schwöre es bei Gott. Zu Hause habe ich den Pokal.«

Flora begann zu kichern, und sie konnte nicht mehr aufhören. *Was zum Teufel ist denn mit mir los?*

Sie lachte weiter wie eine Blöde. Ein Gläschen Whisky, und schon war sie betrunken? Sie wusste, dass sie keinen Alkohol vertrug, aber sie hatte nur ein winziges Schlückchen genommen. In ihrem Leben war sie ein paarmal beschwipst gewesen. Einmal von in Alkohol eingelegten Kirschen, die ihr die Mutter eines Schülers geschenkt hatte, ein anderes Mal, als sie mit der Klasse Pizza essen gegangen und ein Bier zu viel getrunken hatte. Da war sie ziemlich angeheitert nach Hause gekommen. Aber jetzt war sie betrunken wie noch nie in ihrem Leben.

Sicher, die Geschichte mit dem Abschleppen war sehr amüsant. Sie verspürte Lust, ihm eine Frage zu stellen, die ein bisschen vulgär war, *es müsste nicht sein, aber was soll's*, sagte sie sich, *ich stel-*

le sie ihm. »Und was muss man tun, um einen Punkt zu bekommen?«

Graziano lächelte. »Nun ja, man muss eine vollständige sexuelle Beziehung haben.«

»Alles machen?«

»Genau.«

»Absolut alles?«

»Absolut alles.«

(Bist du verrückt geworden?)

Eine Stimme dröhnte in ihrem Kopf.

Flora war sich sicher, es war die Stimme ihrer Mutter.

(Was gibt es da zu lachen? Du solltest dich sehen, du bist sturzbetrunken.)

Ich kann mich aber nicht sehen. Wie wirke ich denn?

Wie eine Hure. Genau so wirkst du.

Sei still, ich bitte dich. Bitte, sei still. Nenn mich nicht so. Es gefällt mir nicht, wenn du mich so nennst, und außerdem muss ich gerade etwas ausrechnen. Also ... Dieser Mann hat dreihundert Punkte gemacht, richtig? Er hat also sein männliches Geschlechtsteil in dreihundert weibliche Geschlechtsteile gesteckt. Wenn er bei jeder, bei der er es reingesteckt hat, was weiß ich? sagen wir zweihundertmal hin und her gemacht hat, auf einen Stoß mehr oder weniger kommt es jetzt nicht an, dann sind das sechshundertmal rein und raus, nein, nicht sechshundert. Dreihundert. Dreihundert mal zweihundert sind sechshundert. Nein, das stimmt nicht, warte mal, das ist mehr.

Flora bekam es nicht mehr auf die Reihe.

Ein Durcheinander von Bildern, Lichtern, Gedankenfetzen, Zahlen und Worten ohne Sinn wirbelte ihr durch den Kopf, und trotzdem war sie seltsam heiter und ausgelassen.

»Alle Achtung, dein Whisky«, sagte sie und schlug mit der Faust auf den Tisch.

Sie musterte ihn einen Moment.

Plötzlich überkam sie ein absurdes Verlangen.

(Bist du verrückt geworden? Das kannst du ihm nicht sagen! Nein, das kannst du nicht ...)

Doch, das könnte ich ihm schon sagen.

Es verlangte sie, ihm etwas zu gestehen, etwas Geheimes, ungeheuer Geheimes, etwas, das sie noch keinem gesagt hatte und auch nicht vorhatte, in den nächsten zehntausend Jahren irgendeinem zu sagen. Plötzlich spürte Flora das ganze Gewicht dieses explosiven Geheimnisses, und sie hatte Lust, es loszuwerden, es gerade vor ihm auszuspucken, vor dem da, diesem Fremden, Mister Dreihundert Punkte, der für seine Verdienste als Aufreißer am Strand die Coppa Trombadur gewonnen hatte.

Was er dann wohl für ein Gesicht macht?

Wie würde er es aufnehmen? Würde er anfangen zu lachen? Sagen, dass er es nicht glaubt?

Doch, du kannst dich darauf verlassen, es ist so. Willst du etwas wissen, mein lieber großer Verführer? Willst du wissen, wie viele Punkte ich in meinem Leben gemacht habe?

Null.

Ganz genau null!

Nicht einmal einen winzig kleinen Punkt. Es war einmal, vor langer Zeit, dass mein Onkel versuchte, einen Punkt mit mir zu machen, aber es ist ihm nicht gelungen, diesem miesen Schwein.

Und du, wie viele Punkte magst du in deinem Leben gemacht haben? Zehntausend? Und ich nicht mal einen halben, im zarten Alter von zweiunddreißig Jahren habe ich nicht mal einen halben Punkt gemacht. Das scheint dir unmöglich? Aber es ist so.

Wer weiß, wenn Flora Graziano diese Eröffnung gemacht hätte, dann hätte diese Geschichte möglicherweise eine andere Wendung genommen. Vielleicht hätte Graziano trotz Spiderman und trotz dieser primitiven, animalischen Fixierung, die sein Leben zu einer reinen Folge von Eroberungen machte, von ihr abgelassen, wäre wie ein Gentleman aufgestanden, hätte seinen Lebenslauf genommen und wäre gegangen. Wer kann das sagen? Doch Flora, die eine natürliche, durch Schmerz und Leid verstärkte Selbstkontrolle besaß, widerstand wie ein Soldat im Schützengraben dem Bombardement dieser wild gewordenen Moleküle, die in der Lage sind, deine Psyche zu verändern, dir die Zunge zu lösen und dich das nicht Sagbare gestehen zu lassen.

Sie fing wieder an zu lachen und gestand stattdessen: »Lieber Himmel, ich bin vielleicht betrunken.«

Ihr fiel auf, dass Graziano näher gerückt war. »Was tust du? Kommst du näher?« Sie nahm die Brille ab, musterte ihn einen Moment, während sie auf ihrem Stuhl schwankte. »Darf ich dir etwas sagen? Aber du musst mir schwören, dass du nicht beleidigt bist, wenn ich es dir sage.«

»Ich bin nicht beleidigt, ich schwöre, dass ich nicht beleidigt bin.« Graziano legte sich eine Hand aufs Herz und berührte dann mit den Zeigefingern seinen Mund.

»Diese Frisur steht dir nicht gut. Darf ich dir das sagen? Sie passt nicht zu dir. Aber wie du die Haare vorher hattest, das war auch nicht viel besser. Wie waren sie gleich? Schwarz. Oben kurz und an den Seiten lang? Nein, das stand dir auch nicht viel besser. Ich, wenn ich du wäre, weißt du, was ich tun würde?« Sie machte eine kurze Pause, bevor sie fortfuhr: »Ich würde sie normal lassen. Das würde dir gut stehen.«

»Was meinst du mit: normal?« Graziano war sehr interessiert. Wenn es um seinen Look ging, war er immer interessiert.

»Normal. Ich würde sie mir schneiden lassen und sie nicht färben und sie einfach wachsen lassen, normal.«

»Weißt du, was das Problem ist, Flora? Ich bekomme langsam ein paar graue Haare«, erklärte Graziano in einem Ton, als verriete er ihr ein großes Geheimnis.

Flora breitete die Arme aus. »Ja und? Wo ist das Problem?«

»Du meinst, es sollte mir egal sein?«

»Mir wäre es egal.«

»So wie George Clooney? Grau malträtiert?«

Flora hielt es nicht aus, sie bog sich vor Lachen und legte sich über den Tisch.

»Das würde nicht gut kommen, oder?« Graziano lächelte, war aber ein bisschen beleidigt.

»Das heißt nicht grau malträtiert, sondern grau meliert.« Flora hatte die Stirn auf den Tisch gestützt und wischte sich mit den Fingern die Tränen ab.

»Genau. Du hast Recht. Grau meliert.«

79

Spiderman machte einen vielleicht fertig.
Graziano fühlte sich unsäglich schlapp.
Er wusste nicht, dass die Droge derart stark war.
Zum Teufel mit Triglia, zum Teufel mit ihm.
(Wie es wohl der armen Flora geht?)
Ich habe ihr zwei gegeben. Vielleicht habe ich es übertrieben.
Tatsächlich hatte die Lehrerin den Kopf auf den Tisch gelegt und lachte immer noch.
Es war der Moment gekommen, den Arsch hoch zu kriegen.
Er sah auf die Uhr.
Halb zehn!
»Es ist sehr spät geworden.« Er stand auf, holte tief Luft und hoffte, davon etwas klarer im Kopf zu werden.
»Gehst du?«, fragte Flora und hob ihren Kopf ein ganz klein wenig. »Das ist gut. Ich kann mich kaum auf den Beinen halten. Ich mache mir Sorgen, weil ich immer weiter lache. Ich denke an irgendwas Ernstes und muss lachen. Besser, du gehst. Ich, wenn ich du wäre, würde den Lebenslauf noch einmal schreiben und auch die Geschichte mit den Hirschen auf Sardinien einfügen.«
Sie ging wieder runter und lachte.
Wenigstens kommt das Zeug bei ihr gut, dachte Graziano.
»Flora, warum gehen wir nicht eine Kleinigkeit essen? Ich nehme dich mit in ein Restaurant hier in der Nähe. Was meinst du?«
Flora schüttelte den Kopf. »Nein, danke, ich kann nicht.«
»Warum?«
»Weil ich mich nicht auf den Beinen halten kann. Und auch sonst nicht.«
»Warum?«
»Ich gehe abends nie aus.«
»Ach komm, ich bringe dich früh zurück.«

»Nein, geh du ins Restaurant. Ich habe keinen Hunger, ich lege mich besser ins Bett.« Flora versuchte ernst zu bleiben, brach aber wieder in Lachen aus.

»Ach komm, lass uns gehen«, bettelte Graziano.

Ein klein wenig reizte sie die Idee auszugehen.

Sie spürte eine sonderbare Unruhe in sich. Eine Lust zu laufen, zu tanzen.

Es wäre schön auszugehen. Aber dieser Typ war gefährlich, schließlich hatte er die Meisterschaft gewonnen. Und mir nichts, dir nichts würde er versuchen, auch mit ihr einen Punkt zu machen.

Nein, das geht nicht.

Doch was konnte schon passieren, wenn sie ins Restaurant ging? Und ein bisschen frische Luft zu schnappen würde ihr auch gut tun. Dann bekäme sie wieder einen klaren Kopf.

Mama ist gebadet und hat gegessen, alles in Ordnung. Morgen muss ich nicht in die Schule. Ich gehe nie aus; wenn ich mal einen Abend ausgehe, was soll schon passieren? Tarzan lädt mich zum Essen außer Haus ein, ich wäre Jane für einen Abend in einem von Pferden, nein, eher noch Hirschen, von sardischen Hirschen gezogenen Kürbis und würde meine Schuhe verlieren, und dann müssten sich die sieben Zwerge auf die Suche nach ihnen machen.

Sie wartete auf einen Einwand ihrer Mutter, doch es kam keiner.

»Und wir sind bald wieder da?«

»Sehr bald.«

»Schwör es.«

»Ich schwöre es. Vertrau mir.«

Na los, Flora, ganz kurz einmal ausgehen. Er bringt dich ins Restaurant, und dann bist du bald wieder zu Hause.

»Also gut, gehen wir.« Flora sprang auf und wäre um ein Haar hingefallen.

Graziano fasste ihren Arm. »Schaffst du es?«

»Geht schon ...«
»Ich helfe dir.«
»Danke.«

81

Sie saß im Auto. Hatte sich angeschnallt. Und hielt sich am Türgriff fest. Ein angenehmer Luftstrahl wärmte ihr die Füße. Und diese spanische Musik war gar nicht so schlecht, das musste man sagen.

Hin und wieder versuchte Flora die Augen zu schließen, doch sie musste sie immer gleich wieder öffnen, weil sich ihr sonst alles im Kopf drehte und sie das Gefühl hatte, in ihrem Sitz zwischen Federn und Schaumgummi zu versinken.

Es regnete heftig.

Das Geräusch des Regens, der aufs Wagendach prasselte, harmonierte wundervoll mit der Musik. Die Scheibenwischer fegten mit unglaublicher Geschwindigkeit hin und her. Die Motorhaube verschlang die kurvenreiche Straße wie eine unersättliche Schnauze. Der vom Regen gepeitschte Asphalt glänzte im Scheinwerferlicht. Die Bäume am Straßenrand schienen mit ihren langen schwarzen Ästen nach ihnen greifen zu wollen.

Ab und an führte die Straße ins Offene, ein Stück in die Schwärze der Nacht hinein, bis wieder neue Bäume kamen.

Es war absurd, doch Flora fühlte sich sicher.

Nichts könnte sie beide aufhalten, und wenn plötzlich eine Kuh mitten auf der Straße gestanden hätte, wären sie einfach mitten durch sie durchgefahren, ohne sie dabei zu verletzen.

Normalerweise hatte sie Angst, wenn andere fuhren, doch ihr schien, dass Graziano wirklich ein guter Fahrer war.

Nicht umsonst ist er bei einer Rallye in ... wo war das gleich? ... dabei gewesen.

Er fuhr nicht langsam, nein, das nicht, er jagte den Motor hoch und ließ ihn aufheulen, doch wie durch einen Zauber lag das Auto sicher auf der Straße.

Wer weiß, wohin er mich bringt.

Wie lange fuhren sie schon? Sie konnte es nicht sagen. Es mochten zehn Minuten sein, oder auch eine Stunde.

»Alles in Ordnung?«, fragte Graziano sie plötzlich.

Flora drehte sich zu ihm hin. »Alles in Ordnung. Wann sind wir da?«

»Bald. Gefällt dir die Musik?«

»Sehr.«

»Das sind die Gipsy Kings. Ihr bestes Album. Willst du eine?« Graziano holte ein Päckchen Camel hervor.

»Nein.«

»Stört es dich, wenn ich rauche?«

»Nein ...« Flora hatte Mühe, ein Gespräch zu führen. Es war nicht höflich, einfach nichts zu sagen, doch wen kümmerte das schon. Wenn sie still war, die Augen fest auf die Straße gerichtet, fühlte sie sich unglaublich gut. So hätte sie immer bleiben mögen, in diesem kleinen Behältnis, während draußen die Elemente tobten. Sie hätte Angst haben müssen, mit einem Fremden, der sie irgendwohin brachte, doch sie hatte absolut keine Angst. Und ihr schien auch, dass der Nebel in ihrem Kopf sich langsam auflöste und sie klarer wurde.

Sie betrachtete Graziano. Mit der Zigarette im Mund, auf das Fahren konzentriert, war er schön. Mit einem entschlossenen Profil, griechisch. Eine große Nase, die sich jedoch perfekt in sein Gesicht einfügte. Wenn er sich nur die Haare geschnitten und sich normal angezogen hätte, könnte er interessant sein, ein gut aussehender Mann. Sexy.

Sexy? Was für ein Wort ... Sexy. Doch um dreihundert Frauen in einem Sommer zu verführen ... Da musste man schon irgendwas haben, oder? Was war an ihm dran? Was mochte er haben? Was würde er tun?

Plötzlich hörte sie das Ticken des Blinkers, das Auto fuhr langsamer und hielt auf einem staubigen Parkplatz vor einem kleinen Haus, das aus der Dunkelheit aufgetaucht war. Über der Tür ein grünes Schild: Bar Ristorante.

»Sind wir da?«

Er sah sie an. Seine Augen schimmerten wie Glimmer. »Hast du Hunger?«

Nein. Ganz und gar nicht. Allein bei dem Gedanken, irgendetwas zu essen, wurde ihr schon schlecht. »Nein, eigentlich nicht sehr.«

»Ich auch nicht. Wir könnten etwas trinken.«

»Ich schaffe es nicht auszusteigen. Geh du, ich warte im Auto auf dich.«

Niemals das magische Behältnis verlassen. Bei der Vorstellung, dort hineinzugehen, wo es Licht, Lärm, Leute gab, wurde ihr schrecklich bang.

»Meinst du das wirklich?«

»Ja.« Während er in der Bar war, würde sie ein kleines Nickerchen halten. Und danach würde sie sich besser fühlen.

»In Ordnung. Ich bleibe nicht lange.« Er machte die Tür auf und stieg aus.

Flora sah ihn weggehen.

Sein Gang gefiel ihr.

82

Graziano betrat die Bar, holte sein Handy heraus und versuchte Erica anzurufen.

Die Mailbox meldete sich.

Er beendete die Verbindung.

Während der Fahrt war ihm schlecht geworden, daran war sicher der verdammte Spiderman schuld. Er hasste synthetische Drogen. Er hatte an Erica gedacht, an ihre letzte gemeinsame Nacht, wie sie ihm einen geblasen hatte, und in seinem Kopf hatte sich alles gedreht und war qualvoll durcheinander gewirbelt. Er hatte verzweifelte Lust bekommen, mit ihr zu reden, was eine riesige Dummheit war, das wusste er sehr gut, aber er konnte nichts dagegen tun, er hatte ein total verzweifeltes Bedürfnis, mit ihr zu reden.

Das Bedürfnis, zu verstehen.

Es hätte ihm genügt zu verstehen, warum sie ihm gesagt hatte, sie wolle ihn heiraten, warum verdammt noch mal sie ihm das gesagt hatte und dann mit Mantovani abgehauen war. Wenn sie ihm eine vernünftige, einfache Erklärung gegeben hätte, dann würde er es verstehen und seine Seele hätte ihre Ruhe.

Nur die gottverdammte Mailbox.

Und dann war da ja noch die im Auto.

Nicht dass sie ihm nicht gefiel oder dass die Situation ihn nicht erregte, nur dass ihm alles düsterer und ärmlicher vorkam, solange er Erica, diese Schlampe, im Kopf hatte.

Und die Wahrheit war ja, dass er sie mit Spiderman anmachen musste, um sie abzuschleppen.

Und das war nicht seine Art.

Und es regnete in Strömen.

Und es war saukalt.

Er bestellte bei dem jungen Typ hinter der Bar einen Whisky. Der sah gerade fern und erhob sich nur widerwillig von dem Tisch, wo er gesessen hatte. Das Lokal war trist, leer und kalt wie eine Tiefkühltruhe.

»Ach, gib mir die ganze Flasche.« Graziano nahm sie und wollte schon zahlen, als er es sich noch einmal anders überlegte. »Habt ihr Limonenlikör?«

Der junge Typ nahm wortlos einen Stuhl, kletterte darauf, sah in der Reihe von Flaschen über dem Kühlschrank nach und holte eine schlanke, leuchtend gelbe Flasche hervor, machte sie schlecht und recht mit der Hand sauber und gab sie ihm.

Graziano zahlte und öffnete sie.

»Genug gegrübelt!« Er ging nach draußen, nahm einen Schluck Limonenlikör und verzog angewidert das Gesicht. »Scheiße, schmeckt der ekelhaft!«

Das stimmte, aber die Flasche würde ihm nützlich sein.

83

Die silberfarbenen Koalas mit den Nagelzangen schnitten ihr die Fußnägel. Nur dass sie mit ihren Pfoten nicht sehr präzise arbeiteten und deshalb nervös wurden. Flora saß auf der Liege und versuchte sie zu beruhigen. »Langsam, ihr Kleinen. Macht langsam, damit ihr mich nicht schnei … Ja gib doch Acht! Sieh nur, was du getan hast!« Ein Koala hatte ihr den kleinen Zeh glatt durchgeschnitten. Flora sah, wie das rote Blut aus dem Stumpf herausschoss, doch wie eigenartig, es tat gar nicht weh ...

»Flora! Flora! Aufwachen.«

Sie riss die Augen auf.

Die Welt schwankte hin und her. Alles tanzte, und Flora fühlte sich missmutig, und es regnete aufs Autodach, und es war kalt, und wo war sie überhaupt?

Sie sah Graziano. Er saß neben ihr.

»Ich bin eingeschlafen ... Hast du was getrunken? Fahren wir zurück nach Hause?«

»Sieh mal, was ich gekauft habe.« Graziano zeigte ihr die Flasche mit Limonenlikör, setzte sie an und gab ihn an sie weiter. »Habe ich extra für dich geholt. Du hast gesagt, dass du so was gern magst.«

Flora warf einen Blick auf die Flasche. Sollte sie trinken? Sie war doch jetzt schon in einem kläglichen Zustand.

»Ist dir kalt?«

»Ein wenig.« Sie zitterte.

»Dann trink, damit dir warm wird.«

Flora setzte die Flasche an.

Wie süß er ist. Zu süß.

»Besser?«

»Ja.« Der Likör hatte sich in ihrem Magen verteilt und ihr ein bisschen Wärme zurückgegeben.

»Warte.« Graziano drehte die Heizung voll auf, nahm seinen Mantel vom Rücksitz und gab ihn ihr.

Flora wollte schon sagen, dass sie ihn nicht brauche, als er näher rückte und begann, ihn wie eine Decke über sie zu breiten, und sie hielt den Atem an und er kam noch näher und sie rutschte zur Seite und drückte sich gegen die Tür und hoffte sie würde aufgehen und er streckte eine Hand aus und legte sie in ihren Nacken und zog sie an sich und sie roch den Duft nach Limonenlikör, Zigarette, Parfüm, Pfefferminz und schloss die Augen und plötzlich ...

Graziano drückte seinen Mund auf ihren.

O Gott, er küsst mich ...

Er küsste sie. Er küsste sie. Er küsste sie. Er küss ...

Sie machte die Augen auf. Seine Augen waren geschlossen, drei Zentimeter von ihr entfernt dieses große braune Gesicht.

Sie versuchte, ihn von sich zu lösen. Keine Chance, er blieb wie ein Polyp auf ihrem Mund.

Sie atmete durch die Nase.

Er küsst dich! Du hast dich reinlegen lassen.

Sie schloss die Augen. Grazianos Lippen auf den ihren. Sie waren weich, unglaublich weich, und dieser gute Duft nach Limonenlikör und Zigarette und Pfefferminz war ein Geschmack in Grazianos Mund und in ihrem. Grazianos Zunge versuchte in ihren Mund einzudringen, und Flora machte ihn noch ein ganz klein wenig auf, nur so ein kleines bisschen, damit dieses schlüpfrige Ding hereinkommen konnte, und dann spürte sie, wie seine Zunge ihre Zunge berührte und ein Schauder lief ihr über den Rücken und es war schön, so schön, und da machte sie den Mund weiter auf und die lange Zunge begann ihren Mund zu erforschen und mit ihrer Zunge zu spielen. Flora holte tief Luft, und er zog sie fest an sich, und sie ließ sich drücken, und ihre Hände schoben sich von ganz allein in Grazianos Haar und zerzausten es.

So ... So ... muss man es ma ... chen ... So ... lebt man ... sein Leben ... Man küsst ... sich ... Es ist die einfachste ... Sache ... auf der Welt. Denn Küs ... sen ist richtig ... Denn im ... Leben muss man ... sich küssen ... Mir ... gefällt Küssen ... Und ... es stimmt nicht ... dass man es nicht mach ... en soll ... Man muss es ma ... chen weil es schön ... ist ... Es ist das ... Schönste auf der ... Welt ... Und ... man muss es machen.

Mit einem Mal war Flora von alledem überwältigt, spürte, wie ihre Beine sich öffneten, wie heiß ihre Füße waren und wie ihre Hände kribbelten und ihr die Luft wegblieb, als hätte sie einen Schlag in den Magen bekommen. Sie hatte das Gefühl zu sterben und sackte sanft in sich zusammen, wie eine Marionette, legte schließlich ihr Gesicht auf Grazianos Brust und in seinen Duft.

84

Schon einige Kilometer vor den Thermen von Saturnia ändert sich die Atmosphäre.

Der Reisende, der auf dieser Straße unterwegs sein sollte, ohne etwas von der Existenz einer Thermalquelle zu wissen, wäre zumindest verwirrt.

Mit einem Mal ist die kurvenreiche Gefällestrecke zu Ende, der Eichenwald verschwindet, die Straße verläuft flach, und so weit das Auge reicht, erstreckt sich grünes Land, grün wie das Grün Irlands mit all seinen Schattierungen und Abtönungen, und vielleicht sind es diese wohltuende Wärme, das Wasser und die Mischung chemischer Elemente aus den Tiefen der Erde, die das Gras so saftig machen. Doch wenn dies nicht genügen sollte, den zerstreuten Reisenden in Staunen zu versetzen, dürften die Nebel, die von den Bewässerungskanälen neben der Straße aufsteigen, sicherlich seine Neugierde erregen. Hin und wieder lösen sich diese Schwaden von den Kanälen und ballen sich zu Nebelgebilden zusammen, die kaum einen halben Meter hoch sind, über die Fahrbahn treiben und wie ein Meer aus Sahne über die Felder ziehen. Es ist, als würde man von oben auf Wolken hinunterblicken. Aus dem Weiß tauchen ein Obstbaum auf, ein Zaun, Kopf und Rücken eines Schafs. Es wirkt fast so, als wäre jemand mit einer dieser Nebelmaschinen vorbeigekommen, die sie beim Film haben.

Doch wenn auch dies nicht genügen würde, wäre da immer noch der Geruch. Der zerstreute Reisende würde ihn sicher bemerken. Und ob. »Was ist das für ein furchtbarer Gestank?« Er würde die Nase rümpfen. Seine Frau mit einem anklagenden Blick bedenken. »Ich hatte dir doch gesagt, du solltest die Lauchsuppe nicht essen, du verträgst sie nicht«, doch sie würde ihn mit einem nicht minder anklagenden Blick ansehen, und der zerstreute Reisende würde sagen: »Also hör mal, ich bin's nicht gewesen.« Dann würden sich beide zu Zeus umdrehen, dem Boxer auf dem Rücksitz. »Zeus, pfui Teufel! Was hast du bloß gefressen?« Wenn Zeus sprechen könnte, würde er sich gewiss verteidigen, würde sagen, dass er nichts damit zu tun habe, doch Gott der Herr hat in seiner unerforschlichen Weisheit beschlossen, dass die Tiere diese Fähigkeit nicht besitzen sollen (außer Papageien und Sittiche, die Worte nachplappern, ohne ihren Sinn zu verstehen, eben wie Papageien), also könnte Zeus nichts anderes tun, als mit dem Schwanz zu wedeln, glücklich über die unerwartete Aufmerksamkeit, die Herrchen und Frauchen ihm schenken.

Doch plötzlich würde der dichte Nebel neben der Straße aufsteigen, sich zusammenballen und in den umliegenden Wald ziehen, als gehöre er dorthin, und zwischen den Schwaden würde in einer Ecke ein altes Steinhäuschen auftauchen.

Die Frau würde dann vielleicht sagen: »Da ist sicher eine Düngemittelfabrik, oder sie verbrennen irgendwas Chemisches.« Keineswegs. Doch wenn dann schließlich ein Schild, auf dem in riesigen Lettern WILLKOMMEN AN DEN THERMEN VON SATURNIA steht, vor ihren Augen erscheint, würden sie endlich verstehen und ihre Reise unbeschwerter fortsetzen.

85

Nachts machen die Schwefeldämpfe die Gegend gespenstischer und beängstigender als die Heide von Baskerville, und wenn dann noch, wie in jener Nacht, ein Sturm tobt, die Wölfe heulen, Wolkenbrüche auf das Land niedergehen und von allen Seiten die Blitze zucken, meint man tatsächlich, an den Toren zur Hölle angekommen zu sein.

Graziano fuhr langsamer, machte die Musik aus und bog auf die schmale Staubstraße ein, die durch den Wald hinunter ins Tal und zum Wasserfall führt.

Flora schlief zusammengekauert auf dem Beifahrersitz.

Der Feldweg hatte sich in einen Morast verwandelt, überall nur Pfützen und Steine. Graziano fuhr vorsichtig weiter. Es gibt nichts Schlimmeres für die Radaufhängung und die Ölwanne. Er bremste, doch der Wagen rutschte langsam und unerbittlich weiter durch den Schlamm. Das Scheinwerferlicht ließ den Nebel aufleuchten wie Neon. Da war noch eine gefährliche Kurve, danach kamen der Parkplatz und der Wasserfall. Graziano schaltete herunter und riss das Steuer herum, doch das Auto fuhr noch ein Stück weiter (*ich will gar nicht daran denken, wie wir hier wieder wegkommen*), bis es schließlich genau am Straßenrand zum Stehen kam.

Er setzte ein klein wenig zurück, und ohne zu wissen, wie er es gemacht hatte, stand das Auto danach mit der Kühlerhaube zum Platz da.

Der Nebel hier unten war rot, grün und blau gefärbt, und immer wieder sah man schwarze Schatten durch den Dunst huschen.

Es war, als hätte sich eine Diskothek im Wald eingenistet.

Er fuhr im ersten Gang weiter runter. Überall auf dem abschüssigen Platz standen Autos, wild durcheinander geparkt.

Hupen. Musik. Stimmen.

Zwei große Touristenbusse.

Was zum Teufel ist passiert? Ist hier ein Fest?

Graziano, der seit einer ganzen Weile nicht mehr hier gewesen war, wusste nicht, dass dieser Ort inzwischen immer überlaufen war, wie ja übrigens die meisten der faszinierenden und charakteristischen Orte im schönen Italien.

Er parkte schlecht und recht hinter einem Bus aus Siena, zog sich aus und behielt nur seinen Body an.

Jetzt musste er bloß noch Flora aufwecken.

Er rief ihren Namen, aber sie reagierte nicht. Sie war wie tot. Er rüttelte sie, und schließlich murmelte sie ein paar Worte.

»Flora, ich habe dich an einen tollen Platz gebracht. Eine Überraschung. Sieh doch mal«, sagte Graziano mit so viel Begeisterung in der Stimme, wie er zustande brachte.

Flora hob mühsam den Kopf, blickte einen Augenblick in dieses bunt schimmernde Licht und ließ sich wieder zurückfallen. »Schön … Wo … sind wir?«

»In Saturnia. Zum Baden.«

»Nein … Nein … Mir ist kalt.«

»Das Wasser ist warm …«

»Ich habe keinen Badeanzug dabei. Geh du. Ich bleibe im Auto.« Und dann ergriff sie seine Hand, zog ihn an sich und gab ihm einen ein wenig linkischen Kuss, bevor sie wieder wegsackte.

»Na los, komm, es wird dir gefallen, du wirst schon sehen. Wenn du aussteigst, geht es dir besser.«

Nichts.

Okay, ich habe verstanden.

Er machte die Innenbeleuchtung an und begann sie auszuziehen. Er nahm ihr den Mantel weg. Streifte ihr die Schuhe ab. Sie war wie ein Kind, das zu tief schläft, um irgendwie mitzuhelfen, während die Mama ihm den Schlafanzug anzieht. Er setzte sie auf und zog ihr nach einem Augenblick des Zögerns Rock und Strumpfhose aus. Darunter trug sie einen einfachen Baumwollslip.

Sie hatte lange schlanke Beine. Wunderschön. Perfekte Beine für hohe Absätze und Strapse.

Graziano begann die Geschichte zu gefallen, und sein Atem ging stoßweise.

Er zog ihr den Pullover aus. Darunter hatte sie eine perlfarbene Bluse, die bis obenhin zugeknöpft war.

Los...

Er machte einen Knopf nach dem anderen auf, von unten beginnend. Flora murmelte irgendetwas, sie wollte offensichtlich nicht, doch dann sank ihr Kopf wieder zurück. Ihr Bauch war flach, ohne die geringste Spur von Fett und weiß wie Milch. Als er zum Busen kam, ging sein Puls schneller, er hörte sein Blut in den Ohren rauschen, und er holte tief Luft, machte den letzten Knopf auf und öffnete die Bluse.

Er war wie vom Donner gerührt.

Sie hatte einen Wahnsinnsbusen, der mit Mühe in den BH gezwängt war. Zwei runde, reizvolle Brüste. Einen Augenblick lang war er versucht, sie herauszuholen, um sie in ihrer ganzen Pracht zu sehen, sie zu streicheln, die Brustwarzen zu küssen. Doch er versagte es sich. Es war seltsam, doch irgendwo in ihm verborgen steckte ein Mensch mit Moral, der ab und an zum Vorschein kam.

Schließlich löste er ihr Haar, und es war wie erwartet: eine rote Mähne.

Er betrachtete sie.

In Slip und BH saß sie da, schlafend, und sie war unglaublich schön.

Vielleicht ist sie sogar noch schöner als Erica.

Wie ein Strauch wilder Rosen, der an irgendeinem steinigen Platz gewachsen ist, ohne dass sich jemand darum kümmert, ohne einen Gärtner, der ihn gießt, düngt und mit Schädlingsbekämpfungsmitteln besprüht.

Flora selbst war sich der Schönheit ihres Körpers nicht bewusst, und wenn doch, dann züchtigte sie ihn für irgendeine Schuld, die sie nie auf sich geladen hatte.

Ericas Körper dagegen war, als entspräche er perfekt den ästhetischen Maßstäben, die gerade in Mode waren (schmale Taille, runde Titten, Mandolinenhintern), ein Körper, der wahrscheinlich, wenn sie Anfang des Jahrhunderts gelebt hätte, üppig und wohlgerundet gewesen wäre, wie es der Zeitgeschmack damals wollte, ein Körper, der durch Fitnesstraining, Cremes und Massagen in Form gehalten, der unaufhörlich kontrolliert, mit dem anderer Frauen verglichen wurde und der wie eine Fahne war, die man immer und überall schwenken musste.

Flora dagegen war wunderschön und echt, und Graziano war glücklich.

86

Es war kalt.

Sehr kalt.

Zu kalt.

Das Gehen war eine Qual. Die spitzen Steine bohrten sich in ihre Fußsohlen.

Und es regnete. Der eiskalte Regen tropfte auf sie. Flora zitterte und klapperte mit den Zähnen.

Und der Gestank war grauenhaft.

Zum Glück hielt Graziano ihre Hand.

Das gab ihr viel Sicherheit.

Wohin gingen sie? In die Hölle?

Sehr gut. Wir sind auf dem Weg zur Hölle. Wie sagt man? Ja ... Ich folge dir auch in die Hölle.

Und wenn es die Hölle gewesen wäre: Das war ihr jetzt gleichgültig.

Ihr wurde bewusst, dass sie nackt war (*nein, du bist nicht nackt, du hast BH und Höschen an*). Nein, sie war nicht nackt, aber wenn sie es gewesen wäre, es wäre ihr auch egal gewesen.

Sie ging mit geschlossenen Augen weiter und versuchte den Geschmack der Küsse in ihrem Mund wiederzufinden.

Wir haben uns im Auto geküsst, daran kann ich mich erinnern.

Sie blinzelte und sah sich um.

Wo war sie?

Mitten im Nebel.

Und da war dieser furchtbare Geruch nach faulen Eiern, der gleiche Geruch, den sie aus der Schule kannte, wenn irgendein Idiot eine Stinkbombe geworfen hatte. Und dann waren da noch eine Menge Autos. Manche dunkel. Andere erleuchtet, doch mit beschlagenen Scheiben, sodass man nicht hineinsehen konnte. Und von irgendwo Musik, die nur aus Bässen zu bestehen schien. Plötzlich sah sie junge Leute in Badezeug, die mit Gejohle und Geschubse zwischen den Autos herumliefen.

Graziano zog sie weiter.

Flora tat alles, um ihn nicht zu verlieren, doch ihre Beine waren steif vor Kälte. Vor ihr tauchte plötzlich eine Figur auf, ein Mann im Bademantel, der sie anstarrte, als sie vorbeiging. Links, auf einem Erdhügel, stand eine alte verlassene Hütte mit eingebrochenem Dach. An den Wänden Graffiti. Durch die scheibenlosen Fenster sah sie den Schein eines Feuers, das von schwarzen Gestalten umringt war. Andere Musik. Diesmal italienische. Das verzweifelte Weinen eines Kindes. Und eine Gruppe von Leuten, die unter Strandsonnenschirmen Zuflucht gefunden hatten.

Ein Donnern dröhnte durch die Nacht.

Flora fuhr zusammen.

Graziano kam näher und umfasste ihre Taille. »Wir sind gleich da.«

Sie hätte ihn gerne gefragt, wo, doch ihre Zähne klapperten so arg, dass sie nicht sprechen konnte.

Sie ging weiter, zwischen klatschnassen Zelten, Müllsäcken, zermatschten Picknickresten hindurch.

Plötzlich spürte sie etwas Wunderbares, das ihr den Atem verschlug. Das Wasser! Das Wasser an ihren Füßen war nicht mehr eiskalt, sondern lauwarm, und je weiter sie ging, desto wärmer wurde es, und diese wohltuende Wärme stieg ihr die Beine hoch.

»Wie schön!«, murmelte sie.

Jetzt konnte man das laute Rauschen des Wasserfalls hören. Eine Menge Leute waren da, einige trugen Wachszeug, andere hatten sich ausgezogen, und Graziano und sie mussten sich zwischen den Körpern durchschieben. Sie bemerkte, dass sie manche Blicke auf sich zog, doch es war ihr gleichgültig, sie spürte, dass man sie streifte, doch sie kümmerte sich nicht darum.

Nahe bei Graziano zu bleiben war das Einzige, was zählte.

Ich darf mich nicht verlaufen ...

Jetzt war das Wasser an ihren Füßen richtig schön warm, hatte die gleiche Temperatur wie ihr Badewasser. Noch einmal standen Leute im Weg. Deutsche, nach der Sprache zu urteilen.

Sie hatten jetzt einen kleinen Wasserfall erreicht, unter dem terrassenförmig eine Reihe von Becken angeordnet waren, die sich schließlich zu einem schwarzen See verbreiterten. Ein starker Scheinwerfer, an der Mauer der Hütte befestigt, ließ den Dampf gelb erscheinen. Am Anfang hatte Flora den Eindruck, in diesen Becken sei niemand, aber das stimmte nicht, denn wenn sie aufmerksam hinschaute, konnte sie eine Menge schwarzer Köpfe aus dem Wasser auftauchen sehen.

»Sei vorsichtig, hier kann man leicht ausrutschen.«

Der Felsen war mit einem weichen Algenteppich überzogen.

»Ab hier wird es schön ...«, rief Graziano laut, um den Lärm des Wasserfalls zu übertönen.

Flora streckte einen Fuß in das erste Becken. Dann den Zweiten. Es war zu schön. Sie wollte sich in diese Art natürliche Badewanne hocken, doch Graziano zog sie fort. »Komm weiter. Es gibt noch welche, die tiefer sind, abseits von diesem Chaos hier.«

Flora wollte sagen, dass es ihr hier schon sehr gut gefiel, aber sie folgte ihm. Sie kamen in ein größeres Becken, doch es war voller Leute, die brüllend laut lachten und sich Gesichter und Haare mit Fango beschmierten. Und überall knutschende Pärchen. Flora spürte Beine, Bäuche, Arme, die sie streiften. Sie gingen weiter zum nächsten Becken, das tief genug war, um darin schwimmen zu können, doch auch dieses war voller Leute (Männer), die irgendwelche lustigen Lieder sangen.

»Hier sind nur Schwule ...«, sagte Graziano verächtlich.

Ah, die Schwulen sind auch da ...

Nicht nur Schwefel und Wasserdampf lagen in der Luft, sondern auch eine seltsame Euphorie, eine schamlose, fleischliche Sinnlichkeit. Flora konnte sie spüren, und sie war davon eingeschüchtert und erregt zugleich, wie ein Schoßhündchen, das sich plötzlich mitten in einem Rudel von Jagdhunden wiederfindet.

In einem anderen Becken sah sie schließlich blonde Frauen, vielleicht Deutsche, die nackt, wie Gott sie geschaffen hatte, im Wasser herumhüpften und bei jedem Sprung wie in einem Stadion fanatisch angefeuert wurden und tosenden Applaus bekamen. Es war eine Gruppe junger Leute, die sich ihr Badezeug um den Kopf gewickelt hatten.

»Komm, bleib nicht stehen. Hier geht es weiter.«

Sie begannen einen langsamen und schwierigen Aufstieg über eine Reihe von riesigen, glitschigen, gefährlichen Felsen an der Seite der Kaskade, und Flora war gezwungen, Hände und Füße zu gebrauchen, um weiterzuklettern. Der Lärm des Wassers war ohrenbetäubend. In ihrem Kopf drehte sich immer noch alles, und jeder Schritt, den sie tat, machte ihr Angst. Dann stand sie einem Aufstieg aus glatten Steinen gegenüber, über die das Wasser floss.

Das schaffte sie nicht.

Warum?

Warum will Graziano dort oben hin?

(Du weißt, warum.)

Ein Teil ihres Hirns, der sich bisher nicht gemeldet hatte, doch der klar, aktiv und fähig war, die Geheimnisse des Universums und ihres Lebens zu lösen, gab ihr die Antwort.

Weil er dich vögeln will.

Die Geschichte mit dem Lebenslauf war ein Vorwand.

Und das hatte sie, ohne es verstehen zu wollen, sofort verstanden, als sie ihn mit dieser Flasche Whisky in der Hand ankommen sah.

Ja dann lass uns vög... Sie musste lachen.

Nicht einmal in ihren absurdesten Fantasien hatte sie sich vorgestellt, dass es so geschehen könnte, an einem Ort wie diesem und mit einem Mann wie Graziano.

Sie hatte immer gewusst, es war ein Schritt, den sie tun müsste. So bald wie möglich. Bevor sie eine verbitterte alte Jungfer wurde. Bevor ihr Kopf anfing, ihr üble Streiche zu spielen. Bevor die Angst zu groß wurde.

Doch ihr Märchenprinz hatte ganz anders ausgesehen. Sie hatte es sich romantisch vorgestellt, mit einem einfühlsamen Mann (Typ Harrison Ford), der sie verzaubert, ihr wunderbare Dinge gesagt und ihr in Reimen ewige Liebe geschworen hätte.

Und jetzt kam er daher: das Sexsymbol vom Strand, Mister Trombadur mit dem blondierten Haar und den Ohrringen, der Feriendorf-Animateur.

Und sie wusste, dass sie Graziano nichts bedeutete, dass sie nur ein weiterer Name war, den er seiner endlosen Liste hinzufügen könnte. Eine Ex-und-hopp-Beziehung.

Aber das war nicht wichtig.

Nein, das war nicht wichtig.

Ich werde ihn immer gern haben, für das, was er getan hat.

Er hatte sie auf die Liste gesetzt. Wie so viele andere (schöne, hässliche, dumme, kluge) Frauen, die einverstanden waren, mit ihm die Nacht zu verbringen, die einverstanden waren, das Glied dieses Mannes in ihren Körper eindringen zu lassen. Frauen, die Sex so machten wie sie aßen und sich die Zähne putzten, Frauen, die lebten.

Normale Frauen.

Denn Sex ist Normalität.

(Hast du denn keine Angst?)

Doch. Und wie. Mir zittern die Beine, und ich schaffe es nicht mal, da hochzusteigen.

Doch sie war überzeugt davon, dass sie nach diesem Schritt verändert in die Welt zurückkehren würde.

Wie verändert?

Eben verändert. Anders, als sie jetzt war.
(Was bist du jetzt?)
Etwas, das nicht funktioniert.
Den anderen ähnlich.
Und wenn keine Romantik dabei war, wenn keine Liebe dabei war, was machte das schon? Es war trotzdem gut.
Ja, ich muss da hoch.
Sie nahm all ihren Mut zusammen, setzte ihren Fuß auf einen Vorsprung und streckte sich, doch ein heftiger Strahl warmen Wassers traf sie mitten ins Gesicht, und für einen Moment verlor sie den Halt und drohte auszugleiten (und was hätte sie sich wehgetan, wenn sie ausgeglitten wäre), als Graziano wie durch Zauberei ihr Handgelenk packte und sie wie eine Puppe über den Wasserfall zog.

Sie fand sich in einer Art heißem Teich wieder. Die Bäume bildeten ein Blätterdach, durch das von Zeit zu Zeit das Licht des Scheinwerfers schimmerte.

Hier war sonst niemand.

Das Becken war ziemlich tief, und es gab eine Strömung, doch an den Seiten tauchten Felsblöcke aus dem Wasser auf, an denen sie sich festhielt.

»Ich wusste, dass wir hier unsere Ruhe haben würden ...«, sagte Graziano zufrieden, nahm sie bei der Hand und führte sie in eine Bucht, einen Strand aus Fango, wo das Wasser ruhig war. »Gefällt es dir?«

»Sehr.« Die Schreie der Badenden wurden vom Rauschen des Wasserfalls übertönt.

Flora konnte endlich ganz ins Wasser eintauchen und sich wärmen. Graziano umfasste ihre Taille und begann sie am Hals zu küssen. Sie spürte ein Prickeln der Lust in ihrem Nacken. Sie packte seinen Arm und sah, dass ein tätowiertes Band um seinen rechten Bizeps lief. Eine geometrische Zeichnung. Er war muskulös und stark. Und mit diesen langen nassen Haaren, die ihm am Kopf klebten, und dem Schlamm, der ihn bedeckte, wirkte er wie ein Wilder aus Neu Guinea.

Und so schön ...

Sie zog ihn an sich, packte ihn, gab ihm zärtliche kleine Ohrfeigen, grub ihre Nägel in seine Haut, suchte gierig seinen Mund und biss ihm in die Lippen, fand mit der Zunge seine Zunge, den Gaumen, zog sie wieder heraus und leckte ihn und sank dann auf den Strand. Sie war bereit.

87

Und Graziano?

Auch Graziano war bereit. Selbstverständlich.

Er hatte sich unten in den Becken nach Roscio und den anderen umgesehen, doch es herrschte ein solches Durcheinander, dass er sie nicht entdeckt hatte. Vielleicht waren sie auch gar nicht gekommen.

Eigentlich ist mir das scheißegal. Es ist sogar besser so. Sie hätten nur alles versaut.

Er sagte sich immer wieder, dass es ein Fehler gewesen war, ihr einen Spiderman zu geben. Wenn er das nicht getan hätte, wäre es schöner gewesen, ehrlicher. Auch ohne diese Pille hätte er sie nach Saturnia gebracht. Flora war ihm durch die Becken gefolgt, ohne etwas zu sagen, ohne sich zu widersetzen, ohne zu protestieren, wie ein Hündchen, das seinem Herrn folgt.

Er drückte sie fest, schob seinen Mund an ihr Ohr und begann leise zu singen. »O minha macona, o minha torcida, o minha flamenga, o minha capoeira, o minha maloka, o minha belezza, o minha vagabunda, o …«, er zog ihr den BH aus und nahm ihre Brüste in die Hände, » … minha galera, o minha capoeira, o minha cashueira, o minha menina.«

Er begann ihre Brustwarzen mit Küssen und Bissen zu liebkosen, drückte sein Gesicht an ihren Busen und roch den Duft des schwefeldurchsetzten Fangos.

Er schlüpfte aus seinem Badeinteiler, führte sie dorthin, wo das Wasser tiefer war, und sie kauerten sich auf Felsen im Wasser.

Er nahm ihre Hand und legte sie auf seinen Schwanz.

88

Sie hatte ihn in der Hand.

Er war hart und groß, und die Haut war zart.

Sie mochte es, ihn anzufassen. Es war, als hielte sie einen Aal zwischen den Fingern. Sie streichelte ihn, schob die Haut nach unten und entblößte die Spitze.

Was tue ich da …? Doch sie zwang sich, nicht zu denken.

Sie berührte seine Hoden, spielte ein wenig mit ihnen, und dann beschloss sie, es sei genug, der Augenblick sei gekommen, sie hatte eine wahnsinnige Lust: Sie musste es jetzt tun.

Sie streifte sich ihr Höschen ab und warf es auf einen Felsen. Sie zog ihn fest an sich, spürte, wie die Erektion gegen ihren Bauch drückte, und flüsterte ihm ins Ohr: »Graziano, ich bitte dich, sei vorsichtig. Ich habe es noch nie gemacht.«

89

Klar.

Wieso hatte er es nicht gleich verstanden?

Was war er für ein Dummkopf! Sie war Jungfrau, und er hatte es nicht kapiert. Mehr Frauen als Pizzas hatte er gehabt, und dann merkte er so was nicht. Diese leidenschaftlichen und ungeschickten Küsse … Er hatte gedacht, das habe mit dem Spiderman zu tun, dabei kam es daher, dass sie noch nie jemanden geküsst hatte.

Sie krallte sich fest an ihn.

Er schob ihr einen Arm unter den Busen und zog sie auf den kleinen Strand.

Dort legte er sie hin.

Es war eine delikate Sache, sie zu entjungfern. Das musste richtig gemacht werden.

In ihren Augen entdeckte er eine Erwartung und eine Angst, die er noch nie bei den Frauen gesehen hatte, die er an der Riviera romagnola normalerweise aufriss.

Ja, das ist Vögeln ... »Ruhig, ganz ruhig ...«, brachte er mit erstickter Stimme heraus, warf seine Haare auf den Rücken und kniete sich vor sie. »Ich tu dir nicht weh.«

Er spreizte ihre Beine (zitternd), nahm seinen Schwanz in seine rechte Hand, tastete mit seiner linken nach ihrer Möse, öffnete die Lippen (sie war feucht) und schob ihn mit einem raschen und gezielten Stoß zu einem Viertel in sie hinein.

90

Er war in sie hineingeglitten.

Flora hielt den Atem an.

Sie grub ihre Hände in den Schlamm.

Doch der Schmerz, der schreckliche, mythische, qualvolle, so sehr gefürchtete Schmerz blieb aus.

Nein, es tat nicht weh. Flora wartete, den Mund offen, atemlos.

Der Eindringling stieß weiter vor.

»Ich schiebe ihn weiter rein ... Sag mir, wenn es dir wehtut.«

Flora schnappte nach Luft, und ihre Brust hob und senkte sich wie ein Blasebalg. Sie keuchte in Erwartung des Schmerzes, der nicht kam. Sie fühlte sich erfüllt, das ja, und sie spürte den Druck dieses Pfahls aus Fleisch, doch es tat ihr nicht weh.

Sie war so damit beschäftigt, den Schmerz wahrzunehmen, dass die Lust davon vollkommen verdrängt wurde.

Sie sah sie in Grazianos Augen.

Er schien vom Teufel besessen und stöhnte und bewegte sich immer schneller und heftiger vor und zurück und packte sie an den Hüften und war über ihr und Flora war unter ihm mit diesem Ding in sich drin. Sie schloss die Augen. Sie klammerte sich an seinen Rücken wie ein kleines Äffchen und hob die Beine, damit er tiefer eindringen konnte.

Röchelnder Atem in ihrem Ohr.

Er versank in ihr. Ganz tief.

Flora spürte es. Eine Lust, die sie durchzuckte, ihr die Kehle zuschnürte und sie erschaudern ließ. Noch einmal. Und noch einmal. Und sie ließ sich gehen, gab sich hin, spürte, dass es nun von Dauer war und die Lust durch ihren ganzen Körper strömte.

»Gefällt ... es dir?«, fragte Graziano, während er ihr Haar durchwühlte und ihren Hals umfasste.

»Ja ... Ja ...!«

»Tut es nicht weh?«

»Nein ...«

Er rollte sich auf eine Seite, und sie wurde mit diesem Pfahl in sich hoch gehoben und saß plötzlich auf ihm. Jetzt war es an ihr, sich zu bewegen. Doch sie wusste nicht, ob sie es schaffen würde. Er war zu dick, und er war ganz drin. Sie spürte ihn im Bauch. Graziano legte seine Hände auf ihre Brüste, ohne dass es ihm gelang, sie zu umfassen, und drückte sie heftig.

Wieder ein Zucken der Lust, das ihr durch und durch ging und sie atemlos zurückließ.

Er wollte, dass sie so blieb, oben, in dieser heiklen Stellung, doch sie ging runter, umarmte ihn, küsste ihn auf den Hals und biss ihm ins Ohr.

Sie hörte, wie Grazianos Stöhnen lauter und lauter und lauter wurde ...

... das kann er nicht ... Er kann nicht in mir kommen. Ich bin doch ungeschützt.

Sie musste es ihm sagen. Doch sie wollte nicht, dass diese Raserei aufhörte. Sie wollte nicht, dass er ihn herauszog. »Graziano, du musst Acht geben ... Ich ...«

Er drehte sich noch einmal um. Und als er eine neue Stellung suchte, wollte Flora ihm helfen, doch sie wusste nicht recht, wie sich bewegen, was tun.

»Gra ...«

Er hatte sie auf die Knie gebracht. Die Hände im Schlamm. Das Gesicht im Schlamm. Ihre Titten im Mund. Der Regen auf dem Rücken.

Wie eine Hündin ...

Und er presste ihr die Finger einer Hand in eine Pobacke und versuchte mit der anderen, einen Busen zu umfassen, der ihm wegrutschte, und er wollte ihn ihr bis zum Hals reinrammen. Und ...

Er kann ihn jetzt nicht rausziehen.
Er hatte ihn herausgezogen, vielleicht war er kurz davor zu kommen, und Flora glaubte vor Enttäuschung zu vergehen. Sie schnaufte. Doch da erfasste eine auflodernde Glut ihren Hals und breitete sich weiter und weiter über ihr ganzes Gesicht aus.

»OhhhhGotttt.«

Er berührte sie dort, eine Stelle in ihrer Vagina, und sie begriff, dass alles, was sie bis zu diesem Moment gespürt hatte, ein Witz gewesen war. Ein kleines Spiel für Kinder. Ein Nichts. Durch diesen Finger, an diesem Punkt dort, drehte sie durch, verlor sie den Verstand.

Dann machte er ihr die Beine breit, und sie machte sie noch breiter, und vielleicht, *hoffentlich*, wollte er ihn wieder reinstecken.

91

Und jetzt machte Graziano einen Fehler.

Wie er bei Erica einen Fehler gemacht hatte, als er sie gebeten hatte, ihn zu heiraten, wie er einen Fehler gemacht hatte, es allen seinen Freunden zu erzählen, wie er einen Fehler gemacht hatte, Flora einen Spiderman zu geben, und wie er praktisch jeden Tag seit vierundvierzig Jahren Fehler machte, und es stimmt nicht, was man sagt, dass man aus Fehlern lernt, das stimmt absolut nicht, es gibt Leute, die aus Fehlern überhaupt nichts lernen, im Gegenteil, die weiter Fehler machen, überzeugt davon, im Recht zu sein (oder ohne zu wissen, was sie tun), und mit solchen Leuten macht das Leben normalerweise keinen Spaß, aber auch das bedeutet eigentlich nichts, denn diese Leute überleben ihre Fehler und leben und wachsen und lieben und bringen andere menschliche Wesen zur Welt und altern und machen weiter Fehler.

Das ist ihr verdammtes Schicksal.

Und das war das Schicksal unseres traurigen Hengstes.

Wer weiß, was in seinem Kopf vorging, wer weiß, was er dachte und wie diese unglückselige Idee in seinen Kopf geriet.

Graziano wollte mehr. Er wollte den Kreis schließen, er wollte zwei Fliegen mit einer Klappe schlagen, alle Register ziehen, genug war ihm nicht genug, er wollte mehr als alles haben, wer weiß, was für einen Scheiß er wollte, er wollte sie von hinten und von vorn entjungfern.

Er wollte den Arsch von Flora Palmieri.

Er schob ihre Pobacken auseinander, spuckte darauf und schob seinen Schwanz in diesen zusammengezogenen Stern.

92

Es war, wie wenn einem ein Dachziegel auf den Kopf fällt.

Ohne Vorwarnung.

Der Schmerz kam blitzschnell wie ein elektrischer Schlag und fein wie ein Glassplitter. Und er war nicht da, wo er sein sollte, er war ...

Nein! Er steckt ihn in ...

Sie krümmte sich nach rechts, streckte gleichzeitig ihr linkes Bein aus und traf Graziano Biglia mit der Ferse auf den Adamsapfel.

93

Graziano flog nach hinten. Die Arme ausgebreitet. Den Mund aufgerissen. Auf den Rücken.

Für eine endlos lange Zeit.

Und dann versank er in dieser warmen Brühe. Schlug mit dem Kopf auf einen Stein. Und kam wieder an die Oberfläche.

Wie gelähmt.

Über ihm eine schwarze Decke, erhellt nur von plötzlichen bunten Lichtblitzen.

Warum hat sie mich getreten?

Die Strömung zog ihn in die Mitte der Bucht. Er rutschte über die algenbewachsenen Felsen wie ein treibendes Boot. Glitt mit den Fersen über den schlammigen Untergrund.

Sie musste einen dieser speziellen Punkte getroffen haben, einen dieser Punkte, die aus einem Menschen eine leblose Puppe machen, einen dieser Punkte, die nur die japanischen Meister von Kampfsportarten kennen sollten.
Wie seltsam ...
Er konnte denken, aber er konnte sich nicht bewegen. Zum Beispiel spürte er den kalten Regen im Gesicht und merkte, wie er in der lauen Strömung zum Wasserfall trieb.

94

Flora hatte sich an einen Felsen gekauert.
Onkel Armando schwamm in der Mitte des Flusses. Er konnte es nicht sein. Onkel Armando lebte in Neapel. Das war Graziano. Doch sie sah immer noch Onkel Armandos Bauch wie eine kleine Insel aus den Schwefeldämpfen auftauchen, während seine Nase wie eine Haifischflosse das Wasser teilte.
Und jetzt würde die Strömung Onkel Armando – oder wer immer es war – mit sich reißen.
Onkel Armando/Graziano hob mühsam einen Arm »Flora ... Flora ... Hilf mir ...«
Nein, ich helfe dir nicht ... Nein, ich helfe dir nicht ...
(*Flora, das ist nicht Onkel Armando.*) Ihre Mutter sprach wieder zu ihr, endlich.
Er ist ein ekelhafter Kerl. Er hat versucht ...
»Flora, ich kann mich nicht bewe ...«
(*Er treibt in den Wasserfall ...*)
»Hilfe. Hilfe.«
(*Tu was. Schnell. Stell dich nicht weiter dumm. Los.*)
Auf allen vieren ging Flora ins Wasser. Sie hielt sich an den Zweigen der Bäume fest, um nicht fortgerissen zu werden. Doch plötzlich hatte sie einen abgerissenen Zweig in der Hand, und sie fand sich im tiefen Wasser wieder und begann zu zappeln und zu spucken, weggetragen von der Strömung. Sie versuchte, wieder an den Rand zu kommen. Vergebens. Sie drehte sich und sah Grazianos Körper ein paar Meter vom Wasserfall entfernt schwim-

men. Er war an einem Felsen gestrandet, doch die Strömung würde ihn früher oder später wieder erfassen und in den Abgrund ziehen.

»Flora? Flora? Wo bist du?« Graziano hatte die Stimme eines Blinden, der vom Weg abgekommen ist. Besorgt, doch nicht panisch. »Flora?«

»Ich komm ...« Sie schluckte zwei Liter ekelhaften Wassers. Sie hustete und warf sich erneut in die Mitte, fuchtelte mit den Armen herum, schob sich durch zwei enge Passagen und klammerte sich an einem Felsen fest.

Graziano war einen Meter weit entfernt. Der Wasserfall drei.

Flora streckte den Arm aus, so weit es eben ging, und es fehlten, verdammt noch mal, es fehlten zehn verfluchte Zentimeter bis zu Grazianos großem Zeh, der aus dem Wasser hervorschaute.

Ich darf ihn nicht verlieren ...

»Graziano! Graziano, streck den Fuß aus! Ich komme nicht dran«, schrie sie, so laut sie konnte, um das Dröhnen des Wasserfalls zu übertönen.

Er antwortete nicht mehr (*Er ist tot! Er kann nicht tot sein*), doch dann plötzlich hörte sie: »Flora?«

»Ja! Ich bin hier! Wie geht es dir?«

»Einigermaßen. Ich muss einen Schlag auf den Kopf bekommen haben.«

»Entschuldige. Es tut mir Leid. Ich wollte dich nicht treffen! Es tut mir so Leid.«

»Nein, du musst mir verzeihen. Es war mein Fehler ...«

Die beiden trieben am Rande eines Wasserfalls mit einer Strömung, die keine Ruhe gab, und entschuldigten sich gegenseitig, wie zwei alte Damen, die vergessen haben, sich fröhliche Weihnachten zu wünschen.

»Graziano, streck den Fuß aus.«

»Jetzt versuche ich es.«

Flora streckte den Arm aus. Und Graziano den Fuß. »Ich habe dich! Ich habe dich! Graziano, ich habe dich!«, rief Flora, und sie lachte und schrie gleichzeitig vor Freude. Sie hatte seinen großen Zeh gepackt und würde ihn nicht wieder loslassen. Sie stützte sich besser gegen den Felsen ab und begann zu ziehen, und sie holte ihn zu sich ran, entriss ihn der Strömung, und als sie ihn endlich hatte, schlossen sie sich fest in die Arme.

Und sie küssten sich.

11. Dezember

95

In den frühen Stunden des 11. Dezember besserte sich die Wetterlage.

Die sibirische Störung, die über dem Mittelmeer gelegen und ganz Italien samt Ischiano Scalo mit Kälte, Wind und Regen überzogen hatte, wurde von einer Hochdruckfront aus Afrika verdrängt, die für einen klaren Himmel sorgte, und die schon verloren geglaubte Sonne konnte zurückkehren.

96

Um Viertel nach acht Uhr morgens wurde Italo Miele aus dem Krankenhaus entlassen.

Mit der verbundenen Nase und den Veilchen um beide Augen sah er wie ein alter Boxer aus, der einiges hatte einstecken müssen.

Sein Sohn und seine Frau holten ihn ab, luden ihn in den Fiat 131 und brachten ihn zurück nach Hause.

97

Etwa zur gleichen Zeit wartete Alima mit gut hundert anderen Nigerianern in einem großen Raum des Flughafens Fiumicino. Sie saß mit gekreuzten Armen auf einer Bank und versuchte, ein bisschen zu schlafen.

Sie hatte nicht die leiseste Ahnung, wann sie abfliegen würde. Niemand machte sich die Mühe, die abgeschobenen Illegalen über die Zeit der Rückführung in ihr Heimatland zu informieren.

Aber es war sicher, dass man sie zum Schluss in ein Flugzeug setzen würde.

Alima hätte gerne eine heiße Milch getrunken. Doch vor dem Getränkeautomaten war eine Schlange von einem Kilometer.

Sie würde in ihr Dorf zurückkehren und ihre drei Kinder wiedersehen. Das war der magere Trost.

Und dann?

Was dann kam, wollte sie gar nicht wissen.

98

Lucia Palmieri lag wohlbehalten in ihrem Bett.

Flora stieß einen Seufzer der Erleichterung aus. »Mama, wie geht es dir?«

In der Nacht hatte sie erneut von den silberfarbenen Koalas geträumt. Auf ihren Schultern trugen sie die Leiche ihrer Mutter an der vollkommen verlassenen Aurelia entlang. An den Seiten nur Steine, Kojoten, Kakteen und Klapperschlangen.

Flora war mit dem sicheren Gefühl erwacht, dass ihre Mutter tot sei. Verzweifelt war sie aus dem Bett gesprungen und in das kleine Zimmer gelaufen, hatte das Licht angemacht, und dann ...

»Mama ... Du musst entschuldigen. Ich weiß, es ist spät ... Du hast Hunger, nicht wahr? Ich mache dir gleich dein Essen ...«

Sie hatte sie verlassen. Eine Nacht lang war ihre Mutter nicht im Zentrum ihres Denkens gewesen.

Sie machte die Flasche fertig. Gab sie ihr. Leerte die Beutel. Kämmte sie. Und gab ihr einen Kuss.

Danach stellte sie sich unter die Dusche.

Ihre Haut und ihr Haar rochen nach Schwefel. Sie musste sich ein paarmal abduschen, um diesen unangenehmen Geruch loszuwerden. Nach dem Duschen trocknete sie sich ab und betrachtete sich im Spiegel.

Ihr Gesicht sah mitgenommen aus. Und sie hatte Ringe unter den Augen. Doch die Augen selbst waren strahlend und lebhaft wie nie zuvor.

Sie fühlte sich nicht müde, obwohl sie nur ein paar Stunden geschlafen hatte. Und der Rausch war verflogen, ohne einen Kater zu hinterlassen. Sie cremte sich mit Feuchtigkeitslotion ein und entdeckte auf den Beinen und dem Rücken Kratzer und blaue Flecken, die aber nicht wehtaten. Das musste passiert sein, als die Strömung sie zwischen den Felsen des Wasserfalls hin und her geworfen hatte. Auch die Brustwarzen waren gerötet. Und in den Fingerspitzen hatte sie kein Gefühl.

Sie setzte sich auf den Hocker.

Spreizte die Beine und untersuchte sich. Auch dort war alles normal, nur leicht gerötet.

Sie blieb sitzen, in diesem von Dampf erfüllten Bad, und betrachtete sich im beschlagenen Spiegel.

In ihrem Kopf lief immer wieder der gleiche Rotlichtfilm ab: *Sex in den Thermen.*

Die Wasserbecken. Die Wärme. Graziano. Der Teich. Die Kälte. Die Leute. Die Musik. Der Sex. Der Geruch. Der Sex. Der Fluss. Der Sex. Der Tritt. Die Angst. Der Wasserfall. Der Sex. Die Wärme. Die Küsse.

Ein Chaos verwirrender Erinnerungen und Gefühle, und wenn gewisse Szenen in ihrem Kopf aufblitzten, bekam sie vor Peinlichkeit eine Gänsehaut.

Was war bloß in mich gefahren?

Doch ihr Körper hatte sich gut geschlagen. Er war nicht in sich zusammengesackt. Er hatte die Probe bestanden und sich nicht in ein lebloses Ding verwandelt.

Sie betastete ihre Brüste, ihre Beine, ihren Bauch. Trotz der blauen Flecke und Kratzer hatte sie das Gefühl, ihr Körper sei fester und voller, und diese Muskelschmerzen zeigten nur, dass sie auf all die Reize normal reagiert hatte.

Ein Körper, mit dem man Sex machen konnte.

In den letzten Jahren hatte sie sich eine millionmal gefragt, ob sie in dem schicksalhaften Augenblick fähig wäre, eine sexuelle Beziehung zu haben, ob es nicht zu spät sei, ob ihr Körper und ihr Geist dieses Eindringen ertragen oder ob sie es zurückweisen würden, ob ihre Hände sich an einen Rücken klammern, ihre Lippen einen fremden Mund küssen könnten.

Sie hatte es geschafft.

Sie war mit sich selbst zufrieden.

In einer Parallelwelt hätte Flora Palmieri mit diesem Körper und einem anderen Gehirn eine andere Person sein können. Sie hätte mit dreizehn Jahren zum ersten Mal Liebe machen, die sexuelle Lust genießen, ein promiskuitives Leben führen und Scharen von Männern anziehen können, sie hätte ihren Körper benutzen können, um Geld zu verdienen, ihre Titten auf den Titelblättern von Magazinen präsentieren, ein berühmter Pornostar werden.

Sie hätte jede Summe bezahlt, um ihren Sex mit Graziano als Video zu besitzen und es immer und immer wieder ansehen zu können. Um sich in diesen Stellungen betrachten zu können. Sich anzusehen, wie der Ausdruck auf ihrem Gesicht war ...

Es reicht. Hör auf damit.

Sie verscheuchte die Bilder.

Sie putzte sich die Zähne, trocknete ihr Haar und kleidete sich an. Sie zog ein Paar schwarze Jeans an (die sie normalerweise bei Strandspaziergängen trug), Turnschuhe, ein weißes Baumwoll-T-Shirt und einen schwarzen Pullover. Sie begann damit, sich Nadeln ins Haar zu stecken, doch dann überlegte sie es sich anders. Sie nahm die Nadeln wieder heraus und ließ ihr Haar offen.

Sie ging in die Küche, zog den Rollladen hoch, und ein Spalt Sonne fiel herein, wärmte ihr Hals und Schultern. Es war ein schöner, kalter Tag. Der Himmel war blauer als je zuvor, und die Zweige des Eukalyptus im Hof schwankten in einer leichten Brise. Eine Schar Möwen hockte wie Hühner auf den roten Schollen des Ackers jenseits der Straße. Finken und Spatzen pfiffen von den Bäumen.

Sie kochte Kaffee, machte Milch warm und betrat mit dem Frühstückstablett in der Hand auf Zehenspitzen das halbdunkle Wohnzimmer.

Graziano schlief zusammengekauert auf der Couch. Die Decke mit schwarzweißem Rautenmuster umhüllte ihn wie ein Sack. Seine Kleider und die Stiefel lagen auf dem Fußboden verstreut.

Flora setzte sich in den Sessel.

99

Fausto Coppi war der beste Radfahrer der Welt. Der schnellste. Doch vor allem der ausdauerndste. Er wurde nie müde. Er war ein Held. Er gab nicht auf.
   Niemals.
   Und du bist Fausto Coppi.
   Pietro radelte, radelte und radelte. Den Mund aufgerissen. Das Gesicht von der Anstrengung verzerrt. Das Herz pumpte Blut in die Arterien. Kleine Mücken in den Augen. Ein Brennen in der Lunge.
   Sie kommen.
   Das unerträgliche Geräusch dieses kaputten Auspuffs.
   Wurde der Abstand kürzer?
   Ja. Ganz bestimmt.
   Sie waren näher gekommen.
   Er wollte sich umdrehen, um es zu sehen. Doch das durfte er nicht. Wenn er es getan hätte, dann hätte er sein Gleichgewicht verloren, und das Gleichgewicht ist für einen Radrennfahrer alles, mit Gleichgewicht und der richtigen Haltung ermüdet man nie, aber wenn er sich umgedreht hätte, dann hätte er das Gleichgewicht verloren und wäre langsamer geworden, und das wäre das Ende gewesen. Also trat er in die Pedale und hoffte, dass sie ihn nicht einholen würden.
   (*Kümmere dich nicht darum. Du musst schnell fahren, das ist alles. Du fährst, um den Weltrekord zu brechen. Du fährst nicht gegen sie. Du fährst gegen den Wind. Du bist das Kaninchen aus Holz, dem die Windhunde hinterherrennen. Diese beiden hinter dir dienen dir nur dazu, schneller zu fahren. Du bist der schnellste Junge der Welt.*) Dies sagte ihm der große Coppi.

100

»Ist dir klar, was für ein beschissenes Moped du hast? Schneller! Schneller, verdammt!«, brüllte Federico Pierini, an Fiamma geklammert.

»Ich bin so gut wie dran«, schrie Fiamma zurück und umklammerte seinerseits den Lenker des Ciao-Mopeds. »Gleich haben wir ihn. Wenn er langsamer wird, ist er geliefert.«

Fiamma hatte tatsächlich Recht, sobald der Eumel einknicken würde, hätten sie ihn. Wohin fuhr der nur? Die Straße ging mehr als fünf Kilometer lang immer geradeaus durch die Felder.

»Wenn ich das gewusst hätte, dann hätte ich die frisierte Vespa von meinem Cousin genommen. Dann hätten wir wenigstens unseren Spaß gehabt, verdammt«, ärgerte sich Fiamma.

»Und die Pistole? Hast du die Pistole dabei?«

»Nein, die hab ich nicht mitgenommen.«

»Du Wichser. Jetzt könnten wir auf ihn schießen. Kannst du dir vorstellen, wie das knallen würde?« Pierini lachte lauthals.

101

Sie kamen näher.

Und Pietro wurde langsam müde.

Er versuchte, weiter regelmäßig zu atmen, konzentriert zu bleiben und rhythmisch in die Pedale zu treten, um sich in einen menschlichen Motor zu verwandeln, mit dem Rad eins zu werden, sich zu einem perfekten Wesen aus Fleisch und Herz und Muskeln und Schläuchen und Speichen und Reifen zu entwickeln. Er versuchte, an nichts zu denken. Einen leeren Kopf zu bekommen. Nur Koordination und Wille zu sein, doch ...

Die verdammten Beine begannen steif zu werden, und der Kopf füllte sich mit hässlichen Bildern.

Du bist Fausto Coppi. Du darfst nicht aufgeben.

Er legte einen Zahn zu, und das Geräusch des Mopeds wurde schwächer.

Es war ein sinnloses Wettrennen. Auf einer Straße, die kein Ende hatte. Mitten durch bebaute Felder. Gegen ein Moped. Wenn sie ihn zum Schluss doch einholten, hätte er nicht mal mehr genug Kraft, sich auf den Beinen zu halten.

(*Er konnte genauso gut stehen bleiben ...*)

Die Rennfahrer verlieren, weil sie glauben, der Sieg habe einen Sinn. Der Sieg hat keinen Sinn. Der Sieg ist nicht das Ziel. Radeln ist das Ziel. Fausto Coppi sprach zu ihm. *Radeln, bis man zusammenbricht.*

Der Lärm hinter ihm wurde wieder lauter.

Sie kamen näher.

102

Auf dem Rückweg von Saturnia war Flora gefahren.

Graziano hatte sich nicht dazu imstande gefühlt. Er hatte eine dicke Beule, und der Kopf tat ihm weh. Mit einer Hand auf ihrem Oberschenkel war er zusammengesackt und eingeschlafen.

Und Flora, mit nassen Haaren und in nassen Kleidern, hatte sich ans Steuer gesetzt, war irgendwie diesen verschlammten Weg hochgekommen und bis Ischiano Scalo gefahren.

Schweigend.

Eine lange Fahrt, auf der sie sich viele Gedanken machte.

Was passiert nach alledem?

Das war die große Frage, die ihr durch den Kopf ging, während sie schaltete, beschleunigte, lenkte, bremste und dabei über Hügel, durch Weiden, Wälder und schlafende Dörfer fuhr.

Was würde nach alledem passieren?

Darauf gab es viele Antworten. Eine lange Reihe von Antworten, die ihr spontan in den Sinn kamen und die gefährlich waren und erst gar nicht weiter in Betracht gezogen werden durften (Reisen, ferne Inseln, ein Haus auf dem Land, mit Kirche und Kindern ...).

Um auf diese Frage vernünftig zu antworten, hatte Flora sich gesagt, musste sie sich vergegenwärtigen, wer Graziano war und wer sie war.

Und zwar sehr deutlich.

Flora fühlte sich um drei Uhr nachts, nach dem, was ihr geschehen war, durchaus in der Lage, klar und logisch zu denken.

Sie hatte sich Graziano angeschaut, wie er, ans Wagenfenster gelehnt, schlief, und hatte den Kopf geschüttelt.

Nein.

Sie waren zu verschieden, um eine gemeinsame Zukunft zu haben. Graziano würde in Kürze in sein Feriendorf fahren und dann in irgendein exotisches Land reisen, noch ein paar tausend Abenteuer haben und sie vergessen. Sie dagegen würde ihr normales Leben weiterführen, in die Schule gehen, sich um ihre Mutter kümmern, abends fernsehen und sich früh ins Bett legen.

Dies war die Lage und
(*vergiss es, dass dieser Mann sich für dich ändert ...*)
so war klar, dass es keine Zukunft für sie gab.

Es ist, was es ist ... Ein Abenteuer für eine Nacht. Besser, du betrachtest es so. Als eine sexuelle Beziehung.

Eine sexuelle Beziehung. Sie musste trotz allem lächeln.

Es tat weh, doch es war so. Und als sie diese Felsen hochgeklettert war, hatte sie sich das, obwohl sie nicht recht bei sich war und sonst rein gar nichts begriffen hatte, immer wieder gesagt (*du bist nur eine auf der Liste ... und du musst froh darüber sein*), und deshalb konnte sie sich jetzt nicht irgendwelchen Spinnereien hingeben wie eine unerfahrene Anfängerin.

Aber ich bin eine unerfahrene Anfängerin.

Es war gefährlich, sich in Fantasien zu verlieren. Das Leben hatte Flora gelehrt, Schicksalsschläge zu ertragen, doch sie ahnte, dass es Dinge gab, bei denen sie Schwäche zeigte.

Graziano hatte ihr dazu gedient, sie zur Frau zu machen.

Das war alles.

Ich muss stark sein. Wie ich es immer gewesen bin.

(Du darfst ihn nicht wiedersehen.)

Ich weiss, ich darf ihn nicht wiedersehen.

(Nie mehr.)

In Ischiano Scalo angekommen, als die Nacht schon nicht mehr so dunkel war, hatte Flora das Auto vor dem Kurzwarengeschäft geparkt und wollte Graziano eigentlich wecken und ihm sagen, sie würde zu Fuß nach Hause gehen, hatte es dann aber doch nicht getan.

Sie war eine Viertelstunde im Auto sitzen geblieben, hatte ihre Hand nach Graziano ausgestreckt, sie dann zurückgezogen und schließlich das Auto wieder angelassen und ihn in ihre Wohnung mitgenommen.

Sie hatte ihm angeboten, auf der Couch zu schlafen.

So würde sie ihm helfen können, wenn er noch Schmerzen haben sollte.

Das ist ja meine Spezialität.

Nein, so durfte es nicht enden.

Das wäre absolut unschön gewesen. Sie musste ein letztes Mal mit ihm sprechen und ihm erklären, wie wichtig diese Nacht für sie gewesen war, und dann würde sie ihn für immer gehen lassen.

Wie im Film.

103

Mit dem Ausschluss vom Unterricht ist es eine komische Sache.

Es ist die schlimmste Strafe von allen. Statt einen Tag und Nacht bei Wasser und Brot in die Schule zu sperren, geben sie dir eine Woche Ferien.

Natürlich kann man nicht gerade sagen, dass das tolle Ferien sind, vor allem, wenn dein Vater dir erklärt hat, dass er nicht im Geringsten die Absicht habe, mit den Lehrern zu sprechen.

Pietro hatte sich die ganze Nacht lang das Hirn zermartert, wie er das Problem lösen könnte. Seine Mutter darum zu bitten hatte keinen Sinn. Da könnte er genauso gut Zagor fragen. Und wenn zum Schluss keiner hingehen würde?

Die stellvertretende Direktorin würde bei ihm zu Hause anrufen, und wenn dann sein Vater abnahm und vielleicht einen seiner Tage hatte, wo ihm alles auf die Eier ging ... lieber nicht daran denken. Und wenn seine Mutter dranging, würde sie schleppend ja und nein murmeln und beim Leben ihrer Kinder schwören, am nächsten Tag in die Schule zu kommen, dann aber nicht gehen.

Und diese beiden würden wiederkommen.

In ihrem grünen Peugeot 205 mit römischem Kennzeichen.

Die Sozialarbeiter (eine Bezeichnung, die nicht groß was bedeutete, doch die Pietro mehr Angst machte als etwa Dealer oder böse Hexe).

Diese beiden.

Der Mann, eine spindeldürre lange Latte, in Loden und Clarks und mit einem grauen Bärtchen und Haaren, die ihm in Strähnen an der Stirn klebten, und diesen dünnen Lippen, die aussahen, als hätte er gerade Lipgloss draufgetan.

Die Frau, ziemlich klein, mit bestickten Strümpfen und Schnürschuhen und fingerdicken Brillengläsern und Haaren so fein wie Spinnweben, blond gefärbt und an den Schläfen so arg nach hinten gezogen, dass die Haut auf der Stirn früher oder später aufplatzen würde wie die Polsterung eines alten Sessels.

Diese beiden waren nach der Geschichte mit dem Katapult, Poppi, dem Dach der Contarellos und der Gerichtsverhandlung aufgetaucht.

Diese beiden, die übers ganze Gesicht lächelten und ihn ins Lehrerzimmer gerufen hatten, während seine Klassenkameraden in der Pause waren, die ihn auf einem Stuhl hatten Platz nehmen lassen und ihm dann Lakritze anboten, die er nicht ausstehen konnte, und blöde Mickymaus-Heftchen.

Diese beiden, die einen Haufen Fragen gestellt hatten.

Fühlst du dich wohl in deiner Klasse? Lernst du gern? Macht es dir Spaß? Hast du Freunde? Was machst du nach der Schule? Spielst du mit deinem Papa? Und mit deiner Mama? Ist die Mama traurig? Und wie geht es mit deinem Bruder? Ist dein Vater manchmal wütend auf dich? Streitet er mit der Mama? Hat er sie lieb? Gibt er dir abends einen Kuss, bevor du ins Bett gehst? Trinkt er gerne Wein? Hilft er dir beim Ausziehen? Macht er dabei was Komisches? Dein Bruder schläft mit dir zusammen in einem Zimmer? Habt ihr Spaß zusammen?

Diese beiden.

Diese beiden, die ihn mitnehmen wollten. In die Anstalt.

Pietro wusste es. Mimmo hatte es ihm erklärt. »*Gib Acht, sonst nehmen sich dich mit und stecken dich in die Anstalt, zusammen mit den Spastikern und den Kindern von Drogensüchtigen.*« Und Pietro hatte erzählt, dass er die beste Familie auf der Welt habe und dass sie abends alle zusammen Karten spielten und sich Filme im Fernsehen ansähen und sonntags Spaziergänge im Wald machten und dann sei da auch noch Zagor und die Mama sei lieb und der Papa sei lieb und trinke nicht und sein Bruder mache mit ihm Motorradausflüge und er sei schon groß genug sich allein auszuziehen und zu waschen (*Was stellen die bloß für Fragen?*).

Die Antworten waren ihm leicht gefallen. Beim Erzählen musste er nur an das Haus im Grünen denken.

Sie waren wieder weggefahren.

Diese beiden.

Gloria hatte um acht Uhr am Morgen angerufen und gesagt, dass sie, wenn Pietro nicht zur Schule ging, auch nicht gehen werde. Aus Solidarität.

Glorias Eltern waren außer Haus. Sie würden den Vormittag zusammen verbringen und eine Möglichkeit finden, Signor Moroni zu überreden, in die Schule zu gehen.

Pietro war auf sein Fahrrad gestiegen und hatte sich auf den Weg zur Villa der Celanis gemacht. Zagor hatte ihn einen Kilometer weit begleitet und war dann zurückgelaufen. Pietro war auf die Straße nach Ischiano eingebogen, und die Sonne schien, und die Luft war warm, und nach all diesem Regen war es das reine Vergnügen, mit wärmenden Sonnenstrahlen auf dem Rücken langsam zu radeln.

Doch plötzlich, ohne Vorwarnung und ohne irgendwelche Anzeichen, war hinter ihm wie aus dem Nichts ein rotes Ciao-Moped aufgetaucht.

Und Pietro hatte angefangen, in die Pedale zu treten.

104

Flora saß in ihrem Wohnzimmersessel und betrachtete den schlafenden Graziano.

Sein Mund war halb geöffnet. Ein Speichelfaden hing ihm

dünn aus einem Mundwinkel. Er schnarchte leise. Das Kissen hatte ihm ein rotes Streifenmuster auf die Stirn gedrückt.

Wie sonderbar. In weniger als vierundzwanzig Stunden hatte sich ihre Einstellung zu Graziano um hundertachtzig Grad gedreht. Am Tag zuvor, als sie ihn in der Station Bar getroffen und er sich ihr genähert hatte, hatte sie ihn langweilig und vulgär gefunden. Je länger sie ihn jetzt betrachtete, desto schöner kam er ihr vor, so anziehend, wie für sie noch kein Mann zuvor gewesen war.

Graziano schlug die Augen auf und lächelte sie an.

Flora erwiderte sein Lächeln. »Wie geht es dir?«

»Gut, glaube ich. Aber so ganz sicher bin ich mir nicht.« Er betastete seinen Nacken. »Ich habe eine ganz schöne Beule. Was machst du denn da im Dunkeln?«

»Ich habe dir Frühstück gemacht. Aber inzwischen ist es kalt geworden.«

Graziano streckte eine Hand nach ihr aus. »Komm her.«

Flora stellte das Tablett auf den Boden und ging ängstlich näher.

»Setz dich.« Er machte ihr ein bisschen Platz auf der Couch. Flora setzte sich ziemlich steif neben ihn. Er nahm ihre Hand. »Nun?«

Flora deutete ein Lächeln an. (*Sag es ihm.*)

»Nun?«, wiederholte Graziano.

»Nun was?«, murmelte Flora und drückte seine Hand.

»Bist du zufrieden?«

»Ja ...« (*Sag es ihm.*)

»Es steht dir gut, wenn du dein Haar offen lässt ... Sehr viel besser. Warum trägst du es nicht immer so?«

Graziano, ich muss dir etwas sagen ... »Ich weiß nicht.«

»Was hast du? Du bist komisch ...«

»Nichts ...« *Graziano, wir können uns nicht mehr sehen. Es tut mir Leid.* »Hast du Hunger?«

»Ein bisschen. Gestern Abend haben wir zum guten Schluss ja doch nichts gegessen. Mir ist ein bisschen flau ...«

Flora stand auf, nahm das Tablett und ging auf die Küche zu.

»Was tust du?«

»Ich wärme dir den Kaffee auf.«

»Nein, ich trinke ihn so.« Graziano setzte sich auf und streckte sich.

Flora goss ihm Kaffee und Milch ein und betrachtete ihn, während er trank und die Kekse in den Kaffee tunkte, und sie begriff, dass sie ihn gern hatte.

In dieser Nacht hatte sich, ohne dass sie es wirklich begriffen hatte, etwas in ihr gelöst. Und ihre über all die Jahre in irgendeine dunkle Ecke verdrängten Gefühle überströmten sie nun und erfassten Herz und Kopf und überhaupt alles.

Sie atmete mühsam, spürte, wie es ihr langsam aber unerbittlich die Kehle zuschnürte.

Er beendete sein Frühstück. »Danke.« Er sah auf die Uhr. »O Gott, ich muss weg. Meine Mutter ist sicher schon ganz außer sich«, sagt er in einem verzweifelten Ton, zog sich hastig an und schlüpfte in seine Stiefel.

Flora beobachtete ihn still von der Couch aus.

Graziano warf einen prüfenden Blick in den Spiegel und schüttelte unzufrieden den Kopf. »Ich sehe ja furchtbar aus, ich muss sofort unter die Dusche.« Er zog sich den Mantel über.

Er geht weg.

Und alles, was Flora unterwegs im Auto gedacht hatte, stimmte, und es gab nichts mehr zu sagen, es gab nichts mehr zu erklären, denn jetzt ging er weg, und das war normal und richtig so, er hatte bekommen, was er wollte, und es gab nichts mehr, über das man reden müsste, und nichts mehr hinzuzufügen und vielen Dank und tschüs, und das war schrecklich, nein, es war besser so, viel besser so.

Geh. Geh nur, es ist besser so.

105

Der Eumel war schnell wie der Blitz.

Er hatte eine ziemliche Ausdauer, das musste man sagen. Aber es war trotzdem vergebliche Mühe. Denn früher oder später würde er anhalten müssen.

Wo willst du denn hin?
Der Eumel hatte gepetzt, und er musste bestraft werden. Pierini hatte ihn gewarnt, aber der hatte gemacht, was er wollte, er hatte gesungen, und jetzt musste er die Folgen tragen.
So einfach war das.
In Wirklichkeit war Pierini sich gar nicht so sicher, dass Moroni geredet hatte. Es konnte auch sehr gut die Palmieri, diese dumme Kuh, gewesen sein. Doch im Grunde war das egal. Moroni musste man helfen, sich in Zukunft besser zu benehmen. Man musste ihm beibringen, dass Federico Pierinis Worte sehr, sehr ernst zu nehmen waren.
Mit der Palmieri würde er sich später befassen. In aller Ruhe.
Liebes Fräulein Lehrerin, was ist denn bloß mit deinem schönen Auto passiert?
»Er wird langsamer ... Er kann nicht mehr. Er ist fertig«, schrie Fiamma, ganz außer sich.
»Fahr nah an ihn ran. Dann verpasse ich ihm einen Tritt und stoße ihn runter.«

106

Flora war so kalt. Sie schien eine andere zu sein. Zum Frühstück musste sie einen Eiswürfel verschluckt haben. Graziano hatte das deutliche Gefühl, dass sie ihn nicht in der Wohnung haben wollte. Dass die Geschichte zu Ende war.
Ich habe gestern Nacht zu viel Scheiße gebaut.
Also sollte er gehen.
Doch er lief immer noch in ihrem Wohnzimmer hin und her.
Schluss, jetzt frage ich sie. Sie kann ja höchstens nein sagen. Ein Versuch kostet nichts.
Er setzte sich neben Flora, hielt ein klein wenig Abstand, sah sie an und gab ihr einen sanften Kuss auf den Mund. »Dann gehe ich also jetzt.«
»Ja gut.«
»Ja dann, ciao.«
»Ciao.«

Doch statt sich der Tür zuzuwenden und zu verschwinden, zündete er sich nervös eine Zigarette an und ging auf und ab wie ein werdender Vater. Mit einem Mal blieb er stehen, mitten im Wohnzimmer, nahm seinen ganzen Mut zusammen und fragte: »Wollen wir uns nicht heute Abend sehen?«

107

Ich kann nicht mehr.
Pietro sah aus den Augenwinkeln, dass sie näher kamen. Sie waren nur noch zehn Meter hinter ihm.
Jetzt halte ich an, wende und fahre in die andere Richtung.
Das war eine dumme Idee. Doch ihm fiel nichts Besseres ein.
Er hatte das Gefühl, sein Herz würde zerspringen. Und das Brennen in seiner Lunge hatte sich auf den Hals ausgedehnt und riss ihm den Rachen auf.
Ich kann nicht mehr, ich kann nicht mehr.
»Halt an, Eumel!«, schrie Pierini.
Da waren sie.
Auf der linken Seite. In drei Metern Entfernung.
Und wenn er durch die Felder führe?
Noch ein Fehler.
An beiden Seiten der Straße waren tiefe Gräben, und selbst wenn er das Fahrrad von ET gehabt hätte, wäre er nicht darüber gekommen. Das wäre sein Ende gewesen.
Pietro sah Fausto Coppi, der neben ihm radelte und enttäuscht den Kopf schüttelte.
Was ist los?
(So klappt das nicht. Es geht so: Du bist schneller als dieses kaputte Moped. Sie können dich nur einholen, wenn du langsamer wirst. Doch wenn du beschleunigst, wenn du zehn Meter Vorsprung hast und nicht mehr langsamer wirst, können sie dich nie einholen.)
»Ich will nur mit dir reden, Eumel. Ich tu dir nichts, das schwöre ich bei Gott. Ich muss dir nur was erklären.«
(Doch wenn du beschleunigst, wenn du zehn Meter Vorsprung

hast und nicht mehr langsamer wirst, können sie dich nie einholen.)

Er sah Fiammas Gesicht. Grauenvoll. Er verzog den Mund zu einem grässlichen Grinsen.

Ich bremse.

(Wenn du bremst, bist du erledigt.)

Fiamma hatte ein Bein ausgestreckt, das einen Kilometer lang war und in einem Springerstiefel endete.

Sie wollen mich vom Rad stoßen.

Coppi schüttelte immer noch betrübt den Kopf. *(Du denkst wie ein Verlierer. Wenn ich so wie du gedacht hätte, wäre ich nie der Größte geworden, und wahrscheinlich wäre ich gestorben. In deinem Alter war ich Laufbursche beim Metzger, und im Dorf machten sich alle über mich lustig und sagten, ich sei bucklig und sähe lächerlich aus, auf diesem Rad, bei dem ich nicht mal mit den Füßen auf den Boden käme. Doch eines Tages, als Krieg war, brachte ich Beefsteaks zu den ausgehungerten Partisanen, die in einem Haus auf dem Land festsaßen ...)*

Pietro wurde von einem Tritt Fiammas heftig nach links gestoßen. Er warf sich mit seinem Gewicht nach rechts und schaffte es, wieder gerade auf dem Rad zu sitzen. Er radelte verzweifelt weiter.

(... und die beiden Nazis mit ihrem Motorrad mit Beiwagen, das sehr viel schneller als ein Moped war, verfolgten mich, und ich trat in die Pedale, dass ich dachte, ich breche zusammen, und hinter mir die Deutschen, die fast aufgeholt hatten, aber dann radelte ich immer schneller und die Deutschen fielen zurück und Fausto Coppi und Fausto Coppi und Fausto Coppi ...)

108

Pierini konnte es nicht glauben. »Der haut ab ... Sieh dir das an, der haut uns ab ... Sieh doch, verdammte Scheiße noch mal! Du und dein bekacktes Moped!«

Der Eumel war mit seinem Fahrrad wie verwachsen und beschleunigte, als hätte man ihm eine Rakete in den Arsch gesteckt.

Pierini boxte Fiamma in die Seite und schrie ihm ins Ohr: »Brems! Brems, verfickter Scheißdreck. Lass mich absteigen.«

Das Moped wurde langsamer, schleuderte mit kreischenden Bremsen und quietschenden Reifen. Als es stillstand, sprang Pierini ab. »Runter!«

Fiamma sah ihn fassungslos an.

»Merkst du nicht, was los ist? Zu zweit kriegen wir ihn nie. Steig ab, schnell!«

»Aber ...«, versuchte Fiamma einzuwenden, sah dann das wutverzerrte Gesicht seines Freundes und verstand, dass er besser tat, was Pierini sagte.

Pierini stieg aufs Moped, drehte das Handgas auf und fuhr laut schreiend mit gesenktem Kopf los. »Warte hier auf mich. Ich mache ihn fertig und komme zurück.«

109

Auf der Aurelia rasten unaufhörlich Autos und Lastwagen vorbei, schossen in beide Richtungen davon. Und sie war zweihundert Meter entfernt.

Pietro radelte weiter und sah sich um, während er keuchte und die brennend heiße Luft einsog.

Er hatte sie abgehängt, aber nur ein wenig. Sie mussten stehen geblieben sein.

Jetzt kommen sie wieder.

Er war verloren.

Jetzt tu was, denk dir irgendwas aus ...

Aber was, was zum Teufel konnte er tun?

Zum Schluss hatte er eine Idee. Eine Idee, die in gewisser Hinsicht heldenhaft, aber nicht unbedingt sehr intelligent war und von der ihm Gloria und Mimmo und Fausto Coppi (wo war Fausto Coppi übrigens abgeblieben? hatte er ihm keine Ratschläge mehr zu geben?) und jeder, der nur ein bisschen Grips hatte, sicherlich mit Händen und Füßen abgeraten hätten, doch die ihm im Moment als seine einzige Chance erschien, zu entkommen oder zu ...

Nicht darüber nachdenken.
Und Pietro tat Folgendes:
Er fuhr einfach nicht langsamer, vielmehr setzte er das bisschen Kraft ein, das ihm noch blieb, und trat noch schneller in die Pedale, raste blind und ohne Verstand auf die Aurelia zu – mit der unglückseligen Absicht, sie zu überqueren.

110

Der Eumel war vollkommen durchgedreht. Er hatte beschlossen, mit dem Leben Schluss zu machen.
Recht so. Federico Pierini hatte nichts dagegen einzuwenden.
Moroni musste diese Entscheidung getroffen haben, weil er wohl eingesehen hatte, dass es für einen wie ihn das einzig Vernünftige war: Schluss machen.
Pierini bremste und begann begeistert zu applaudieren. »Gut! Bravo! Bravo!«
Sie würden ihn von der Straße kratzen können.
Ein Stück hier, ein Stück da. Der Kopf? Wo war bloß der Kopf geblieben? Der rechte Fuß?
»Lass dich totfahren! So gefällst du mir! Bravo«, schrie Pierini und klatschte weiter glücklich in die Hände.
Es ist immer schön zuzusehen, wie sich einer umbringt, weil er Angst vor dir hat.

111

Pietro fuhr nicht langsamer. Er kniff nur ein wenig die Augen zusammen und biss sich auf die Lippe.
Wenn er sterben würde, bedeutete dies, dass seine Zeit gekommen war; wenn er dagegen leben sollte, würde er unverletzt zwischen den Autos durchkommen.
Einfach.
Tod oder Leben.
Schwarz oder weiß.

Entweder oder.

Kamikaze.

Pietro dachte nicht an die Grautöne zwischen den beiden Extremen: Lähmung, Koma, Leiden, Rollstuhl, Schmerzen ohne Ende und Bedauern (falls er noch dazu fähig wäre) für den Rest des Lebens.

Er war zu sehr von seiner Angst besetzt, um an die Folgen zu denken. Auch als nur noch wenige Dutzend Meter bis zur Kreuzung fehlten und dieses schöne Schild mit den vielen gelben Blinklämpchen und der Aufschrift LANGSAM FAHREN – GEFÄHRLICHE KREUZUNG auftauchte, kam ihm überhaupt nicht in den Sinn, zu bremsen, mit dem Radeln aufzuhören und nach rechts und links zu sehen. Einfach über die Aurelia fahren, als ob es sie gar nicht gäbe.

Und Fabio Pasquali, der arme Lastwagenfahrer, der ihn wie die Figur in einem Albtraum vor sich auftauchen sah, warf sich auf die Hupe und trat auf die Bremse und begriff blitzartig, dass sein Leben sich von diesem Moment an zum Schlechten wenden würde und dass er in den Jahren, die noch folgten, gegen Schuldgefühle ankämpfen müsste (der Tacho zeigte hundertzehn, und auf diesem Streckenabschnitt war Höchstgeschwindigkeit neunzig), gegen das Gesetz und die Rechtsanwälte und gegen seine Frau, die ihm seit Ewigkeiten sagte, er solle mit dieser aufreibenden Arbeit aufhören, und er bedauerte, dass er die Stelle in der Bäckerei ausgeschlagen hatte, die ihm sein Schwiegersohn angeboten hatte, und stieß einen tiefen Seufzer aus, als dieser Junge auf dem Fahrrad ebenso schnell verschwand, wie er aufgetaucht war, ohne dass er Knochen splittern oder Blech krachen hörte, und verstand, dass er noch einmal Glück gehabt und den Jungen nicht totgefahren hatte, und er begann vor Freude und Wut zugleich zu schreien.

Nachdem er an dem Lastwagen vorbei war, fand Pietro sich auf dem Mittelstreifen wieder, und aus der anderen Richtung näherte sich ein dauerhupender roter Rover. Wenn er gebremst hätte, wäre Pietro unters Auto gekommen, und wenn er beschleunigt hätte, ebenso. Doch der Fahrer des Rovers riss das Steuer entschlossen nach links und witschte zwei Zentimeter hinter ihm vorbei, und die Luftwelle drückte Pietro zuerst nach rechts und dann nach links, und als er auf der anderen Seite, auf der Ausfahrt nach Ischiano Scalo, ankam, war er vollkommen aus dem Gleichgewicht, bremste auf dem Schotter, und das Hinterrad rutschte weg, und er fiel hin und schürfte sich ein Bein und eine Hand auf.

Er lebte.

112

Graziano Biglia trat aus dem Haus, in dem Flora Palmieri wohnte, machte ein paar Schritte im Hof und blieb dann stehen, verzaubert von der Schönheit dieses Tages.

Der Himmel war von einem so strahlenden Blau und die Luft so klar, dass man über den Zypressen, die die Straße säumten, sogar die gezackten Spitzen der Apenninen sehen konnte.

Er schloss die Augen und drehte sein Gesicht wie ein alter Leguan in die warme Sonne. Er holte tief Luft, und der Geruch der Pferdeäpfel, die überall auf der Straße herumlagen, stieg ihm in die Nase.

»Ja, das ist ein Duft«, murmelte er zufrieden. Ein Aroma, das ihn viele Jahre zurückversetzte. In die Zeit, als er mit sechzehn einen Sommer lang auf der Reitbahn von Persichetti gearbeitet hatte.

»Genau, das muss ich tun ...«

Warum hatte er nicht vorher daran gedacht?

Er sollte sich ein Pferd kaufen. Einen braven Fuchs. So dass er, wenn er sich endgültig in Ischiano niedergelassen hätte (*bald, sehr bald*), an schönen Tagen wie diesem reiten könnte. Ausgedehnte Ausritte im Wald von Acquasparta unternehmen. Mit seinem Pferd würde er auf Wildschweinjagd gehen. Aber nicht mit einer Jagdflinte. Gewehre gefielen ihm nicht, sie waren nicht sehr sportlich. Mit einer Armbrust. Einer Armbrust aus Fiberglas und einer Titanlegierung, wie man sie in Kanada bei der Jagd auf Grizzlys benutzte. Was mochte eine solche Waffe kosten? Sicher war sie nicht billig, aber es war eine notwendige Ausgabe.

Er machte drei Kniebeugen und ein paar Lockerungsübungen. Das unfreiwillige Rafting am Wasserfall, der Stoß mit dem Kopf gegen die Felsen und die Nacht auf der Couch hatten ihn ziemlich mitgenommen. Er fühlte sich, als hätte man ihm die Wirbel einzeln entfernt, in einer Schachtel gemischt und in beliebiger Reihenfolge wieder eingesetzt.

Er war körperlich angeschlagen, das ja, nicht jedoch stimmungsmäßig. Seine Stimmung war so glänzend wie die Sonne an diesem Tag.

Und all das verdankte er Flora Palmieri. Dieser wunderbaren Frau, die ihm begegnet war und Erica aus seinem Herzen vertrieben hatte.

Flora hatte ihm das Leben gerettet. Ja, denn wäre sie nicht da gewesen, dann wäre er mit Sicherheit vom Wasserfall mitgerissen worden und zwischen die Felsen geraten, und dann gute Nacht.

Er würde ihr sein Leben lang dankbar sein. Und was sagen noch gleich die chinesischen Mönche? Wenn dir einer das Leben rettet, musst du dich den Rest seiner Tage um ihn kümmern. Sie waren jetzt für immer verbunden.

Es stimmte, er hatte eine kolossale Dummheit gemacht, als er versuchte, sie von hinten zu nehmen. Was war da bloß in ihn gefahren? Was war das für eine Sexgier?

(Bei so einem Hintern passiert das natürlich von ganz allein …)
Hör auf damit. Eine Frau erzählt dir, dass sie Jungfrau ist, und bittet dich, vorsichtig zu sein, und du versuchst keine fünf Minuten später, ihn ihr hinten reinzustecken, schäm dich.

Er spürte, wie die Schuldgefühle ihm aufs Zwerchfell drückten.

113

Pierini wartete darauf, dass die Straße frei würde, als Fiamma ihn einholte. »Wohin fährst du?«, fragte ihn sein Freund, außer Atem vom langen Laufen.

»Steig auf, los. Er ist auf der anderen Seite. Er ist gestürzt.«

Das ließ Fiamma sich nicht zweimal sagen und kletterte aufs Moped.

Pierini wartete, bis keine Autos kamen, und überquerte die Straße.

Der Eumel lag zusammengekauert am Straßenrand und rieb sich einen Oberschenkel. Die Gabel seines Fahrrads war verbogen.

Pierini fuhr näher und stützte sich mit den Ellbogen auf den Mopedlenker. »Du hättest fast einen Unfall gebaut und wärst dabei draufgegangen. Und jetzt liegst du hier mit einem kaputten Fahrrad und kriegst auch noch eine Tracht Prügel. Das ist heute echt nicht dein Tag, mein Lieber.«

114

Graziano fuhr mit seinem Uno Turbo auf der Aurelia und zermarterte sich das Hirn.

Er musste sich unbedingt bei Flora entschuldigen. Ihr zeigen, dass er nicht sexbesessen, sondern nur ein Mann ohne Tabus und verrückt nach ihr war.

»Es gibt nur eine Möglichkeit: Ich muss ihr ein Geschenk machen. Ein schönes Geschenk, sodass sie vor Staunen Mund und Augen aufreißt.« Im Auto führte er oft Selbstgespräche. »Aber was? Einen Ring? Nein. Zu früh. Ein Buch von Hermann Hesse? Nein. Zu wenig. Und wenn … wenn ich ihr ein Pferd schenken würde? Warum nicht …?«

Eine großartige Idee. Ein originelles, absolut unerwartetes und gleichzeitig eindrucksvolles Geschenk. So würde er ihr zu verstehen geben, dass es für ihn nicht einfach irgendeine Nacht war, die ihm nichts bedeutete, sondern dass er es ernst meinte.

»Ja. Ein schönes Fohlen, ein Vollblut«, schloss er und schlug mit der Faust aufs Armaturenbrett.

Ich fühle, dass ich sie liebe.

Es war etwas vorschnell, das zu sagen. Doch wenn einer diese Dinge fühlt, was kann er dann tun?

Flora hatte alles. Sie war schön, intelligent, anspruchsvoll. Sie war umfassend gebildet. Sie malte. Sie las. Eine erwachsene Frau, die einen Ausritt ebenso zu schätzen wusste wie einen Flamenco gitano oder einen besinnlichen Abend, den man mit einem guten Buch am Kaminfeuer verbrachte.

Das war doch etwas anderes als Erica Trettel, diese dumpfe Analphabetin. Erica war ein egozentrisches, zickiges, egoistisches und eitles kleines Mädchen, Flora eine sensible, großzügige und rücksichtsvolle Frau.

Es gab keinen Zweifel: Wenn man alles zusammennahm, war die Lehrerin Palmieri die ideale Gefährtin für den neuen Graziano Biglia.

Vielleicht kann sie sogar kochen ...

Mit einer solchen Frau an seiner Seite würde er all seine Pläne verwirklichen können. Den Jeans-Shop eröffnen und noch eine Buchhandlung und ein Bauernhaus am Waldrand finden, das er in eine Ranch mit Stallungen verwandeln könnte, und sie würde sich mit einem Lächeln auf den Lippen um ihn kümmern, und sie würden ...

(*warum nicht?*)

... Kinder haben.

Er fühlte sich jetzt bereit für Kinder. Erst ein Mädchen (*man muss sich nur vorstellen, was für eine Schönheit!*) und dann einen Jungen. Eine perfekte Familie.

Wie zum Teufel war er nur auf die Idee gekommen, dass eine wie Erica Trettel, eine hysterische, verdorbene Schlampe, diese hinterletzte Fernsehassistentin, im Alter sein Leben mit ihm teilen könnte? Flora Palmieri war die verwandte Seele, die er brauchte.

Er verstand nur nicht, wie eine so schöne Frau so lange Jungfrau bleiben konnte. Was hatte sie von den Männern fern gehalten? Ganz offensichtlich hatte sie Probleme mit Sex. Er würde herausfinden müssen, was für Probleme das waren, sie einfühlsam danach fragen. Aber auch dies war eigentlich nichts, was ihm grundsätzlich missfiel. Er würde ihr Lehrer sein und ihr beibringen, was sie wissen musste. Sie war begabt. Er würde eine perfekte Geliebte aus ihr machen.

Er spürte, dass seine sieben Chakras endlich wieder im Gleichgewicht waren, seine Aura ausgeglichen und er in Frieden mit der universalen Seele. Sorgen und Ängste hatten sich verflüchtigt, er fühlte sich leicht wie ein Luftballon und hatte Lust, eine Menge Dinge zu tun.

Was dieses seltsame Gefühl namens Liebe doch bei einem sensiblen Menschen bewirken kann!

Ich muss sofort meine Mutter sehen.

Er musste ihr sagen, dass es mit Erica vorbei war, und ihr von seiner neuen Liebe erzählen. Dann würde sie wenigstens mit diesem lächerlichen Gelübde aufhören, auch wenn ihm das ein bisschen Leid tat. Als Stumme war sie gar nicht so schlecht.

Und danach würde er eine Pferdezucht suchen, und wenn er schon dabei war, konnte er auch noch schnell in einem Laden für Jäger- und Anglerbedarf vorbeigehen und sich erkundigen, was eine Armbrust kostete.

»Und heute Abend ein romantisches Abendessen bei meiner Lehrerin«, schloss er glücklich und schaltete den Kassettenrecorder ein.

Ottmar Liebert und Luna Negra mit einer Flamencoversion von Umberto Tozzis *Gloria.*

Graziano blinkte und bog auf die Ausfahrt nach Ischiano ein.

»Was zum Teuf…?«

Neben der Straße waren zwei junge Kerle, einer vielleicht vierzehn, der andere größer und kräftiger und mit dem Gesicht eines Zurückgebliebenen, damit beschäftigt, auf einen Kleineren einzuschlagen. Und sie machten keinen Spaß. Der Kleine lag zusammengekauert wie ein Igel auf dem Boden, und die beiden anderen versetzten ihm Fußtritte.

Wahrscheinlich wäre das Graziano Biglia bei einer anderen Gelegenheit egal gewesen, und er hätte einfach weggeschaut und wäre weitergefahren, getreu dem Motto: Kümmere dich nur um deinen eigenen Scheiß. Doch an diesem Morgen fühlte er sich, wie bereits gesagt, leicht wie ein Luftballon und hatte Lust, eine Menge Dinge zu tun, zu denen auch gehörte, die Schwachen gegen die Stärkeren zu verteidigen, und deshalb bremste er, fuhr mit dem Auto rechts ran, ließ das Fenster runter und schrie: »He! Ihr beiden! Ihr beiden da!«

Die beiden drehten sich um und sahen ihn verblüfft an.

Was wollte denn dieser Nervbolzen?

»Lasst ihn in Ruhe!«

Der Kräftigere sah seinen Freund an und antwortete dann: »Verpiss dich!«

Graziano war einen Moment sprachlos, bevor er wütend entgegnete: »Wie meinst du das? Verpiss dich?«

Was erlaubte sich dieser dämliche Idiot, ihn zu beleidigen? »Du sagst nicht ›verpiss dich‹ zu mir, du kleiner Scheißer, kapiert?«, brüllte er, streckte eine Hand aus dem Fenster und machte eine fuchtelnde Bewegung.

Der andere, ein bedrohlich aussehender hagerer Kerl mit einer weißen Strähne in seinen Fransenhaaren, grinste verächtlich und erwiderte, ohne auch nur im Geringsten die Miene zu verziehen: »Wenn er es nicht sagen soll, sag ich es eben: Verpiss dich!«

Graziano schüttelte traurig den Kopf.

Sie hatten nicht verstanden.

Sie hatten nichts vom Leben verstanden.

Sie hatten nicht verstanden, mit wem sie es zu tun hatten.

Sie hatten nicht verstanden, dass Graziano Biglia drei Jahre lang der beste Freund von Tony Snake Ceccherini war, dem italienischen Meister in Capoiera, der brasilianischen Kampfsportart. Und Snake hatte ihm ein paar tödliche Griffe beigebracht.

Und wenn sie nicht augenblicklich aufhörten, auf diesen armen Kerl einzuschlagen, und ihn demütig um Verzeihung bäten, würde er diese Griffe an ihren zarten kleinen Körpern ausprobieren. »Entschuldigt euch, und zwar sofort!«

»Zieh endlich Leine«, beschied ihn der Hagere, und um es überdeutlich zu machen, versetzte er dem Kleinen, der immer noch zusammengekauert auf dem Boden lag, einen Tritt.

»Dann wollen wir mal sehen.« Graziano stieß die Tür auf und stieg aus.

Der Krieg war erklärt, und Graziano Biglia konnte nur froh darüber sein, denn wenn er es nicht mehr schaffen sollte, zwei kleine Würstchen wie die hier auf ihre Plätze zu verweisen, dann war es Zeit, sich ins Altersheim einweisen zu lassen.

»Jetzt wollen wir doch mal sehen.«

Er ging in seinem besten Orang-Utan-Gang auf sie zu und verpasste Pierini einen Stoß, dass er sich auf den Hintern setzte.

Dann ordnete er seine Haare: »Entschuldige dich, kleines Arschloch!«

Pierini stand wutschnaubend wieder auf und warf ihm einen Blick so voller Hass und Verachtung zu, dass Graziano einen Augenblick perplex war.

»Ihr seid ja richtige Helden. Macht euch zu zweit über ...« Unser edler Beschützer konnte den Satz nicht zu Ende sprechen, weil er ein »Aaaaahhhh!« hinter sich hörte. Er hatte nicht die Zeit, sich umzudrehen, da hatte der Kräftigere schon seinen Hals umklammert, um ihn zu würgen. Und er war schlimmer als eine Boa Constrictor. Graziano versuchte, diese Bestie von seinem Rücken abzuschütteln, schaffte es aber nicht. Er war stark. Der Hagere baute sich vor ihm auf, und ohne ihm ins Gesicht zu sehen, schlug er ihm mit der Faust voll in den Magen.

Graziano stieß die ganze Luft aus, die er in der Lunge hatte, begann zu husten und zu spucken. Eine Explosion von Farben trübte seinen Blick, und er musste sich zusammennehmen, um nicht wie eine Marionette, der man die Fäden durchtrennt hat, zu Boden zu sinken.

Was für ein Scheiß lief denn hier ab?

Kinder

Ungefähr sieben Jahre vor dieser Geschichte war Graziano zusammen mit Radio Bengala, einer Weltmusikgruppe, mit der er einige Monate zusammen gespielt hatte, auf Tournee in Rio de Janeiro. Sie saßen alle fünf in einem mit Instrumenten, Verstärkern und Lautsprechern voll gestopften Kleinbus. Es war neun Uhr abends, und sie sollten um zehn in einem Jazzlokal im Norden der Stadt spielen, hatten sich aber verfahren.

Diese verdammte Metropole war größer als Los Angeles und schmutziger als Kalkutta.

Sie wendeten den Stadtplan hin und her, ohne sich zurechtzufinden. Wo zum Teufel waren sie gelandet?

Sie waren von der Umgehungsstraße abgefahren und in eine offenbar unbewohnte Favela geraten. Baracken aus Blech. Faulige, stinkende Rinnsale, die mitten über die aufgeworfene Straße flossen. Berge von angekohltem Müll.

Eine Scheißgegend, wie sie im Buche steht.

Boliwar Ram, der indische Flötist, stritt sich gerade mit dem iranischen Percussionspieler Hassan Chemirani, als zwei Dutzend Kinder zwischen den Hütten auftauchten. Das Jüngste mochte neun, das Älteste dreizehn Jahre alt sein. Sie waren halb nackt und barfuß. Graziano hatte das Fenster heruntergekurbelt, um sie zu fragen, wie sie von hier wegkämen, doch er hatte es augenblicklich wieder geschlossen.

Sie wirkten wie eine Bande Zombies.

Die Augen ausdruckslos, ein verlorener Blick, die Wangen ausgehöhlt, die Lippen fahl und rissig, als wären sie achtzig Jahre alt. Mit einer Hand umklammerten sie rostige Messer, in der anderen hatten sie Orangenhälften, die mit irgendeinem Lösungsmittel getränkt waren und die sie sich ständig unter die Nase hielten, um daran zu schnüffeln. Alle schlossen sie dann auf die gleiche Art die Augen, sahen aus, als würden sie jeden Moment zusammensacken, kamen dann jedoch wieder zu sich und gingen langsam weiter.

»Weg von hier. Aber schnell. Die gefallen mir ganz und gar nicht«, sagte Yvan Ledoux, der französische Keybordspieler, der am Steuer saß, und startete mit dem Kleinbus ein kompliziertes Wendemanöver.

Gleichzeitig kamen die Kinder unaufhaltsam immer näher.

»Schnell! Schnell!«, schrie Graziano voller Panik.

»Ich kann nicht, verdammt!«, brüllte der Keyborder. Drei klammerten sich vorne an die Scheibenwischer und die Kühlerverkleidung. »Siehst du das nicht? Wenn ich vorwärts fahre, habe ich sie unterm Wagen.«

»Dann fahr zurück!«

Yvan warf einen Blick in den Rückspiegel. »Sie sind auch hinten draufgeklettert. Ich weiß nicht, was ich tun soll.«

Roselyne Gasparian, die armenische Sängerin, eine zierliche Frau mit einem Kopf voller bunter Zöpfchen, klammerte sich kreischend an Graziano.

Die Kinder draußen schlugen rhythmisch mit den Händen

aufs Blech und gegen die Fenster, und drinnen im Wagen hatten sie das Gefühl, in einer Trommel zu sein.

Radio Bengala brach in panisches Geschrei aus.

Das Fenster auf der Fahrerseite ging zu Bruch. Ein mächtiger Stein, und Millionen kleiner Glasbrocken flogen über den Franzosen und verletzten ihn im Gesicht, während ein Dutzend dünner Arme ins Wageninnere vorstießen und nach ihm griffen. Yvan schrie wie wahnsinnig und versuchte sich zu befreien. Graziano schlug mit einem Mikrofonständer auf diese Tentakel ein, doch als sich einer zurückzog, tauchte ein anderer auf, länger als die anderen, und zog die Schlüssel aus dem Zündschloss.

Der Motor ging aus.

Und sie verschwanden.

Sie waren nicht mehr da. Weder vorne noch an den Seiten. Nirgendwo.

Die Musiker klammerten sich aneinander. Was würde nun passieren?

Die berühmte multi-ethnische Verschmelzung, die sie bei ihren Konzerten vergebens angestrebt hatten, jetzt war sie wirklich da.

Dann hörte man ein metallisches Geräusch.

Der Griff der Seitentür senkte sich. Die Tür begann langsam auf ihrer Schiene zu gleiten. Und als das Blickfeld sich vergrößerte, sah man kleine, magere, vom Vollmond in ein fahles Licht getauchte Körper von Kindern mit dunklen Augen, die entschlossen waren, das zu bekommen, was sie wollten. Als die Seitentür ganz geöffnet war, stand eine Bande Kinder mit Messern in den Händen vor ihnen und sah sie still an. Einer der kleineren Jungen, höchstens neun oder zehn Jahre alt, mit einer tiefen, schwarzen Augenhöhle, gab ihnen ein Zeichen auszusteigen. Dieses Teufelszeug, das er sich in die Nase zog, hatte ihn schlimmer ausgetrocknet als eine ägyptische Mumie.

Die Musiker stiegen mit erhobenen Händen aus. Graziano half Yvan, der sich mit einem Zipfel seines Hemds eine Augenbraue abtupfte.

Der einäugige Junge zeigte auf die Straße.

Die Mitglieder von Radio Bengala gingen in die brasilianische Nacht hinein, ohne sich umzudrehen.

Die Polizei sagte ihnen am nächsten Tag, sie hätten Glück gehabt.

115

Aber Graziano war jetzt nicht in Rio de Janeiro.
Ich bin in Ischiano Scalo, verdammt.
Hier wohnen anständige, gottesfürchtige Menschen. Die Kinder gehen zur Schule und spielen Ball auf der Piazza XXV Aprile. Jedenfalls war er bis zu diesem Moment davon überzeugt.
Als er die bösen Augen dieses Jungen sah, der sich gerade anschickte, ihm noch einen Schlag zu versetzen, war er sich dessen nicht mehr so sicher.
»Jetzt reicht es aber.« Er zog ein Bein hoch und trat ihn mit dem Stiefelabsatz genau unters Brustbein. Der kleine Schläger wurde in die Luft gehoben und lag im nächsten Augenblick starr wie ein Big Jim rücklings auf der nassen Wiese. Einen Moment blieb er mit offenem Mund und wie gelähmt liegen, doch dann drehte er sich plötzlich um, ging in die Knie, hielt sich den Bauch mit den Händen und kotzte eine rote Masse aus.
Verdammt! Blut! Eine Blutung!, schoss es Graziano durch den Kopf, besorgt und gleichzeitig begeistert von seiner mörderischen Schlagkraft. *Wer bin ich? Ja, wer bin ich? Ich habe ihm doch nur einen Tritt verpasst.*
Gott sei Dank war das, was der hagere Kerl erbrach, kein Blut, sondern Tomatensoße. Und Stücke halb verdauter Pizza. Bevor der Junge hier den harten Burschen spielte, hatte er eine Pizza gegessen.
»Ich tööte dich! Ich tööte dich!«, brüllte ihm der Zurückgebliebene inzwischen ins Ohr. Er hatte sich an seine Schultern gehängt und versuchte gleichzeitig, ihn zu würgen und zu Boden zu reißen.
Sein Atem roch ekelhaft. Nach Zwiebeln und Fisch.
Der muss ein schönes Stück Pizza mit Zwiebeln und Sardellen gegessen haben.
Es war dieser stinkende Atem, der ihm die nötige Kraft gab,

ihn abzuschütteln. Graziano beugte sich vor, packte ihn bei den Haaren und warf ihn vornüber, als wäre er ein voll gepackter Rucksack. Der schwere Kerl vollführte eine Rolle vorwärts in der Luft und landete dann flach auf der Erde. Graziano ließ ihm keine Zeit, sich zu rühren. Er versetzte ihm einen Tritt in die Rippen. »Hier hast du's. Fühl mal, wie weh das tut.« Der Kerl fing an zu schreien. »Das ist nicht so toll, stimmt's? Haut ab!«

Die beiden standen auf und hinkten wie geprügelte Hunde mit eingezogenem Schwanz zu ihrem Moped.

Der geistig Minderbemittelte ließ den Motor an, und der Hagere setzte sich hinter ihn, doch bevor sie abfuhren, drohten sie Graziano. »Gib bloß Acht. Bilde dir nur nichts ein. Du bist ein Niemand!« Dann wandten sie sich dem kleineren Jungen zu, der sich inzwischen aufgerappelt hatte. »Und mit dir sind wir noch nicht fertig. Diesmal hast du Schwein gehabt, beim nächsten Mal erwischen wir dich.«

116

Er war aus dem Nichts aufgetaucht.

Wie der Gute in einem Krimi oder der Sheriff in einem Western, oder noch besser: wie Mad Max.

Die Tür des schwarzen Wagens war aufgestoßen worden, und ein schwarz gekleideter Rächer mit Sonnenbrille, wehender Hutkrempe und rotem Seidenhemd war ausgestiegen und hatte ihnen den Arsch aufgerissen.

Ein paar Karateschläge, und Pierini und Fiamma hatten ihre Abreibung bekommen.

Pietro wusste, wer der Mann war. *Der Biglia*. Der Freund dieser berühmten Schauspielerin, der auch in der Maurizio-Costanzo-Show aufgetreten war.

Wahrscheinlich kam er gerade von Maurizio Costanzo, und dann hat er angehalten und mich gerettet.

Er näherte sich hinkend seinem Retter, der mitten auf der Wiese stand und versuchte, seine schmutzigen Stiefel mit der Hand sauber zu machen.

»Ich danke Ihnen.« Pietro streckte seine Hand aus.

»Nicht der Rede wert. Ich habe mir nur die Stiefel schmutzig gemacht«, antwortete Biglia und drückte seine Hand. »Haben sie dir wehgetan?«

»Ein bisschen. Aber ich hatte mir schon wehgetan, als ich vom Fahrrad gefallen bin.«

In Wirklichkeit tat es ihm da, wo sie ihn in die Seite getreten hatten, sehr weh, und er hatte das Gefühl, es würde in den nächsten Stunden noch schlimmer.

»Wieso haben sie dich geschlagen?«

Pietro presste die Lippen aufeinander und versuchte eine Antwort zu finden, die seinen Retter beeindrucken könnte. Aber ihm fiel absolut keine ein, und so musste er zugeben: »Ich habe gepetzt.«

»Was meinst du damit?«

»Na ... In der Schule. Aber die stellvertretende Direktorin hat mich gezwungen, weil ich sonst sitzen bleibe. Ich habe ein Chaos angerichtet, aber ich wollte es nicht.«

»Ich verstehe.« Biglia sah nach, ob sein Hut schmutzig geworden war.

In Wirklichkeit schien er nicht viel verstanden zu haben und sich auch nicht besonders dafür zu interessieren, mehr zu erfahren. Pietro fühlte sich erleichtert. Es war eine lange und unschöne Geschichte.

Graziano ging in die Hocke, um auf gleicher Höhe mit ihm zu sein. »Hör mir mal zu. Von Typen wie denen hält man sich besser fern. Wenn du eines Tages so wie ich ein bisschen in der Welt herumkommst, wirst du noch mehr solcher Typen treffen, und sehr viel schlimmere als diese Würstchen. Halt sie dir vom Leib, denn entweder wollen sie dir was antun, oder sie wollen, dass du wirst wie sie. Aber du bist tausendmal mehr wert, das musst du dir immer sagen. Und vor allem, wenn einer dich schlägt, darfst du dich nicht wie ein Sack Kartoffeln hinfallen lassen, weil das böse endet. Es ist auch nicht sehr männlich. Du musst stehen bleiben und dich ihm stellen, von Angesicht zu Angesicht.« Er legte ihm die Hände auf die Schultern. »Du musst ihm in die Augen sehen. Und auch wenn du so viel Angst hast, dass du dir fast in die Hosen machst, darfst du nicht denken, dass es denen anders geht, sie schaffen es nur besser als du, es zu verbergen. Wenn du selbstsicher bist, können sie dir nichts anhaben. Und außerdem, entschuldige, wenn ich das sage: Du bist so dünn, isst du nicht genug?«

Pietro schüttelte den Kopf.

»Präg dir das oberste Gesetz ganz fest ein und halte dich daran: Behandle deinen Körper wie einen Tempel. Verstanden?«

Pietro nickte.

»Ist dir das klar?«

»Ja.«

»Schaffst du es nach Hause?«

»Ja.«

»Soll ich dich nicht hinbringen? Dein Fahrrad ist kaputt.«

»Nein, bemühen Sie sich nicht ... Danke. Ich schaffe es schon allein. Noch einmal vielen Dank ...«

Graziano gab ihm einen liebevollen Klaps auf die Schulter. »Dann geh, los.«

Pietro ging zu seinem Fahrrad, lud es sich auf die Schulter und machte sich auf den Weg.

Er war von Graziano Biglia gerettet worden. Die Sache mit dem Körper und dem Tempel hatte er nicht so genau verstanden, aber das war nicht wichtig, denn wenn er groß war, wollte er genauso sein wie der Biglia. Einer, der nie was Falsches tut, der den Bösen in die Augen sieht und ihnen eins überbrät. Und wenn er erst einmal so wie der Biglia wäre, würde auch er schwächeren Jungen helfen.

Denn das ist die Aufgabe eines Helden.

117

Graziano sah dem Jungen nach, der mit dem Fahrrad auf der Schulter davonging. *Ich habe ihn nicht mal gefragt, wie er heißt.*

Der frische Wind in seinem Herzen, der ihn belebt und seine Laune gehoben hatte, er war nicht mehr zu spüren, und Graziano blieb traurig und mutlos zurück. Er fühlte sich schrecklich niedergeschlagen.

Die Augen dieses Jungen waren es, die seine Stimmung hatten umschlagen lassen. Er hatte die Resignation in ihnen gesehen. Und wenn es etwas gab, was Graziano Biglia aus vollem Herzen verabscheute, dann war es Resignation.

Er wirkte wie ein alter Mann. Ein alter Mann, der verstanden hat, dass nichts mehr zu machen ist, dass der Krieg verloren ist und seine Anstrengungen nichts daran ändern können. Was ist denn das für eine Einstellung? Du hast das ganze Leben noch vor dir.

Wilhelm Tell oder wer auch immer hat gesagt, dass jeder seines Glückes Schmied sei.

Und für Graziano Biglia war auch das eine Wahrheit.

Ich habe es getan, als der Zeitpunkt da war ... Habe nicht länger hier rumgehangen, sondern zu Mama gesagt, dass jetzt Schluss ist mit den Nierchen, und mich aufgemacht, bin durch die ganze Welt gezogen und eigenartigen Leuten begegnet, tibetischen Mönchen, australischen Surfern und jamaikanischen Rastas. Ich habe Suppe mit Yak-Butter gegessen, Opossumbraten und hart gesottene Schnabeltiereier, und ich muss dir gestehen, meine liebe Mama, sie sind tausendmal besser als deine sauren Nierchen. Ich sage es dir nur deshalb nicht, weil es dir das Herz brechen würde. Und ich bin in Ischiano, weil ich es will. Weil ich die Bindung an meine Heimat stärken will. Niemand hat mich dazu gezwungen. Und wenn dieser Junge mein Sohn wäre, hätte er sich niemals von den beiden anderen unterkriegen lassen, weil ich ihm beigebracht hätte, sich zu verteidigen, ich hätte ihm geholfen zu wachsen, ich hätte ihm ... hätte ihm ... ihm ...

Aus den unerforschlichen Tiefen seines Bewusstseins stieg etwas Dunkles auf, ein atavistisches Schuldgefühl, das sich zwar unauffällig eingenistet hatte, jedoch ständig bereit war, bei gegebenem Anlass (Geldsorgen, Beziehungsprobleme, mangelndes Selbstvertrauen und so weiter) aufzumucken, um alle New-Age-Wahrheiten und tibetischen Axiome, den Glauben an die regenerierende Kraft des Flamencos, die Sache mit Wilhelm Tell und den Traum von der Armbrust und den Fohlen zunichte zu machen und eine einfache Frage zu stellen.

Was hast du eigentlich konkret in deinem Leben zustande gebracht?

Positive Antworten – schmerzlich, das sagen zu müssen – gab es keine.

Graziano ging langsam auf sein Auto zu, ließ den Kopf hängen, eine zentnerschwere Last auf seinen Schultern.

Er hatte eine Menge Dinge in seinem Leben gemacht, das war unbestreitbar. Aber die hatte er getan, weil er bei seiner Geburt von der Tarantel gestochen worden, weil er mit dem Veitstanz auf die Welt gekommen war, von einer Rastlosigkeit besessen, die nicht vergehen wollte und die ihn zwang, auf der Suche nach einem unklaren, unerreichbaren Glück immer in Bewegung zu bleiben.

Es gab keinen Plan.

Es gab kein Ziel.

Er stieg ins Auto. Setzte sich. Machte die Anlage aus und brachte die Gitarren der Gipsy Kings zum Verstummen.

Die Wahrheit war, dass er vierundvierzig Jahre alt war und sich den Kopf mit Schrott vollgestopft hatte. Mit schönen Filmen. Mit exotischen Bildern aus der Bacardi-Werbung. Inszenierungen, in denen er der Tuareg und Erica Trettel das spanische Fohlen war, das in einer tunesischen Oase gezähmt werden musste.

Ich ein ruhiger, verantwortungsbewusster Mann mit einer braven Frau, Pferden, dem Jeans-Shop, Kindern. Ja wann denn? Ich muss jetzt auf Familie setzen. Ich schaffe es, dreihundert Frauen in einem Sommer zu haben, aber ich schaffe es nicht, mit einer Frau eine Liebesbeziehung aufzubauen, ich bin ein schlechter Mensch.

Ich bin nicht besser als ein Hund.

Ein diffuser Schmerz breitete sich von seinem Magen her aus und ließ ihn tief aufseufzen. Er fühlte sich schwach und schlapp und niedergeschlagen und mittellos und verschwenderisch. Mit wenigen Worten: als Versager.

(Flora, was kann man mit einem wie mir anfangen?)

Rein gar nichts.

Zum Glück gingen diese pessimistisch-existenziellen Überlegungen durch ihn hindurch wie Neutrinos, jene masselosen Elementarteilchen ohne Energie, die alles auf der Welt mit Lichtgeschwindigkeit durchdringen und es unverändert lassen.

Graziano Biglia, wir haben es schon gesagt, war tendenziell gegen Depressionen immun. Diese klarsichtigen Momente waren sporadisch und flüchtig. Danach versuchte er es, blind wie ein Maulwurf, noch einmal und noch einmal und noch einmal. Denn der verdammte Friede, das wusste er, würde früher oder später auch für ihn kommen.

Er wandte sich um, nahm die Gitarre vom Rücksitz, zupfte eine zarte Melodie und begann schließlich zu singen: »Du wirst schon sehn, du wirst schon sehn, es ändert sich, vielleicht noch morgen nicht, doch eines schönen Tages. Du wirst schon sehn, du wirst schon sehn, es bleibt nicht, wie es ist, das weißt du, das weißt du. Ich kann nicht sagen, wie und wann, doch du wirst sehn, es ändert sich.«

118

Gloria Celani lag im Bett.

Sie sah sich das Video *Das Schweigen der Lämmer*, ihren Lieblingsfilm, auf dem kleinen Fernseher an. Neben ihr stand das Tablett mit dem Frühstück. Ein angebissenes Hörnchen. Eine von umgekipptem Milchkaffee durchnässte Serviette.

Ihre Eltern waren zur Bootsausstellung nach Pescara gefahren und würden erst am nächsten Tag wiederkommen. Also war sie allein zu Hause, wenn man von Francesco, dem alten Gärtner, einmal absah.

Als Pietro ins Zimmer kam, hatte sie sich in eine Ecke verkrochen und sich die Decke bis hoch zu den Augen gezogen.

»O-Gott-O-Gott-O-Gott, ich hab vielleicht eine Angst! Ich kann das nicht ansehen. Komm, setz dich dahin«, sie klopfte auf die Matratze, »ich dachte, du würdest früher kommen ...«

Wie oft hat sie den Film schon gesehen?, fragte Pietro sich traurig. *Wenigstens hundertmal, und sie hat immer noch genauso viel Angst wie beim ersten Mal.*

Er zog seine Windjacke aus und legte sie auf ein Sesselchen, das mit einem Stoff in einem fröhlichen gelbblauen Streifenmuster bezogen war, wie es an allen Wänden des Zimmers wiederkehrte.

Das Zimmer war von einer bekannten römischen Innenarchitektin entworfen worden (wie übrigens auch der Rest der Einrichtung und, welche Freude: Die Villa war in einer Wohnzeitschrift abgebildet gewesen, und Signora Celani wäre deshalb fast durchgedreht). Es ähnelte mit seinen bonbonrosa Möbeln mit grünem Knauf, den Vorhängen mit Kuhmuster und dem sandfarbenen Teppichboden einer kleinen, geschmacklosen Pralinenpackung.

Gloria verabscheute das Zimmer. Ihretwegen hätte es in Flammen aufgehen können. Pietro, wie meistens toleranter als sie, fand es nicht so schlecht. Klar, diese Vorhänge waren nicht gerade toll, doch der Teppichboden, so weich und dicht wie das Fell eines Waschbären, gefiel ihm ziemlich gut.

Er setzte sich aufs Bett und gab Acht, dass nichts gegen seine Wunde drückte.

Obwohl Gloria ganz in ihren Film versunken schien, sah sie doch aus den Augenwinkeln, dass er den Mund verzog. »Was ist los?«

»Nichts. Ich bin gefallen.«

»Wie?«

»Mit dem Fahrrad.«

Sollte er es ihr erzählen? Ja, sicher sollte er es erzählen. Wenn man über etwas Schlimmes, das einem passiert ist, nicht mit seiner besten Freundin spricht, mit wem dann?

Er berichtete von der Verfolgung mit dem Moped, von der Aurelia, dem Sturz, den Schlägen und dem schicksalhaften Eingreifen Graziano Biglias.

»Biglia? Der mit der Schauspielerin zusammen war? Wie heißt sie noch gleich?« Gloria war ganz aufgeregt. »Und er hat diese beiden Arschlöcher verkloppt?«

»Er hat sie nicht verkloppt, er hat sie total fertig gemacht. Sie sind auf ihn drauf gesprungen, aber er hat sie abgeschüttelt, als wären sie Insekten. Mit ein paar Kung-Fu-Schlägen: Nimm das hier, und das! Und die beiden sind abgezogen.« Pietro war ganz aus dem Häuschen.

»Ich liebe Graziano Biglia. Einfach klasse! Wenn ich ihn sehe, gebe ich ihm einen Kuss, auch wenn ich ihn nicht kenne, das schwöre ich. Ich würde was dafür geben, dabei gewesen zu sein.« Gloria stellte sich aufrecht in ihr Bett und begann herumzuhüpfen, Karateschläge auszuteilen und chinesische Schreie auszustoßen.

Sie trug nur ein winzig kleines violettes Top aus Baumwolle, das Bauch und Nabel frei ließ, und wenn man von unten guckte ... ein paar weiße Unterhosen mit gestickten Rändern. Diese langen Beine, dieser rausgestreckte Popo, dieser schlanke Hals, diese kleinen Brüste, die gegen den Stoff des Tops drängten. Und diese blonden Haare, kurz und zerzaust.

Zum Verrücktwerden.

Gloria war das Schönste, was Pietro in seinem ganzen Leben gesehen hatte. Da war er sich sicher. Er musste den Blick senken, weil er Angst hatte, sie könnte an seinem Gesicht ablesen, was er dachte.

Gloria setzte sich im Schneidersitz neben ihn und fragte, plötzlich besorgt: »Hast du dir weh getan?«

»Ein bisschen. Nicht schlimm«, log Pietro und versuchte, die undurchdringliche Miene eines Helden aufzusetzen.

»Das stimmt nicht. Ich kenne dich. Zeig mal!« Gloria griff nach seinem Hosengürtel.

Pietro wich zurück. »Lass doch, es ist nur ein Kratzer. Es ist nichts.«

»Du bist vielleicht blöd, du schämst dich ... Und damals am Meer?«

Natürlich schämte er sich. Das hier war etwas ganz anderes. Sie waren allein, auf einem Bett, und sie ... Also, es war einfach etwas anderes. Aber stattdessen sagte er: »Es ist nicht, weil ich mich schäme ...«

»Ja dann lass doch sehen.« Sie packte die Schnalle.

Es war nichts zu machen, wenn Gloria etwas wollte, dann musste man es tun. Widerwillig ließ Pietro die Hosen herunter.

»Jetzt sieh dir das mal an ... Das muss man desinfizieren. Zieh die Hosen aus.« Sie sagte es in einem ernsten Ton, den Pietro noch nie bei ihr gehört hatte, wie eine Mutter.

Was man brauchte, war tatsächlich etwas zum Desinfizieren. Das rechte Bein war an der Außenseite ganz aufgeschürft, das

Blut zum Teil geronnen, zum Teil noch flüssig. Er fühlte ein leichtes Pochen. Er hatte sich auch die Wade und die Hand aufgeschürft, und es tat ihm in der Seite weh, da, wo sie ihn getreten hatten.

Was haben die mich übel zugerichtet ... Doch trotz allem war er zufrieden, ohne genau zu wissen, warum. Vielleicht weil Gloria sich jetzt um ihn kümmerte, vielleicht weil diese beiden Arschlöcher endlich mal eine richtige Abreibung bekommen hatten, vielleicht nur, weil er in diesem Puppenzimmer auf einem Bett mit duftenden Laken lag.

Gloria ging in die Küche und holte Jod und Watte. Wie gern sie die Krankenschwester spielte! Sie verarztete ihn, während Pietro jammerte, sie sei eine Sadistin, weil sie viel mehr Jod als nötig benutze. Sie verband ihn mehr schlecht als recht, gab ihm einen alten Schlafanzug und steckte ihn ins Bett, schloss dann die Fensterläden, schlüpfte ebenfalls ins Bett und ließ das Video weiterlaufen. »Jetzt sehen wir uns das Ende des Films an, dann schläfst du ein bisschen, und später essen wir was. Magst du Tortellini in Sahnesoße?«

»Ja«, sagte Pietro und hoffte, das Paradies wäre ganz genau so. Kein bisschen anders.

Ein warmes Bett. Ein Video. Die Beine des schönsten Mädchens der Welt, die man sanft berühren konnte. Und Tortellini in Sahnesoße.

Er kuschelte sich unter das Federbett und war nach fünf Minuten eingeschlafen.

119

Wenn man Mimmo Moroni von weitem sah, auf dem grünen Hügel, unter der Eiche mit den ausladenden Ästen, mit der Herde, die daneben weidete, und diesen Sonnenuntergang an einem rosa und blau gefärbten Himmel, bei dem die Blätter in goldenes Licht getaucht wurden, hätte man meinen können, ein Bild von Juan Ortega da Fuente zu betrachten. Doch wenn man näher kam, entdeckte man, dass der Hirte gekleidet war wie der Sänger von Metallica und dass er weinte und gleichzeitig Gebäck aß: Tenerezze von Mulino Bianco.

So traf Pietro ihn an.

»Was hast du?«, fragte er und ahnte schon die Antwort.

»Nichts ... Mir geht es schlecht.«

»Hast du dich mit Patti gestritten?«

»Nein, sie hat ... mich ... verlassen«, wimmerte Mimmo und steckte sich noch einen Keks mit weicher, reichhaltiger Füllung, umhüllt von feinstem Mürbeteig, in den Mund.

Pietro stieß die Luft aus. »Schon wieder?«

»Ja. Aber diesmal ist es ernst.«

Patrizia verließ ihn jeden Monat ein paar Mal.

»Und warum?«

»Das ist ja das Problem. Ich weiß es nicht! Ich habe nicht die leiseste Ahnung. Heute Morgen hat sie mich angerufen und mir gesagt, es wäre aus, ohne mir eine Erklärung zu geben. Wahrscheinlich liebt sie mich nicht mehr, oder sie hat einen anderen. Ich weiß es nicht ...« Er zog die Nase hoch und biss in das nächste Stück Gebäck.

Es gab einen Grund. Und der war nicht, dass Patrizia ihn nicht mehr liebte, und noch weniger, dass ein Konkurrent aufgetaucht wäre und Mimmo das Zepter geraubt hätte.

Aus irgendeinem Grund sind das immer die ersten Erklärungen, die uns einfallen, wenn wir verlassen werden. Der andere will mich nicht mehr. Hat einen Besseren gefunden.

Wenn unser Mimmo sich ein klein wenig aufmerksamer angesehen hätte, wie das Treffen mit seiner Freundin am Tag davor abgelaufen war, dann hätte er vielleicht – ich sage: vielleicht – einen Grund gefunden.

120

Mimmo hatte gegen fünf Uhr nachmittags das Haus verlassen, war auf sein Motorrad gestiegen und zu Patti gefahren, um sie abzuholen.

Er sollte sie zum Einkaufen nach Orbano fahren, genauer gesagt wollte sie sich Strumpfhosen von La Perla und eine Creme gegen unreine Haut kaufen.

Als Patrizia ihn auf seinem Motorrad sah, fing sie zu schimpfen an.

Wie war es bloß möglich, dass sie von all ihren Freundinnen die Einzige war, deren Freund kein Auto hatte? Oder eigentlich war ja ein Auto da, aber sein furchtbarer Vater gab es ihm nicht.

Und dann regnete es auch noch!

Aber Mimmo blieb gelassen: Er war am Morgen in Ischiano auf dem Markt gewesen und hatte Military-Ölzeug gekauft. Er versicherte Patti, dass sie keinen Tropfen abbekommen würden, wenn sie das trugen. Patrizia setzte sich missmutig den Helm auf und kletterte auf dieses pferdhohe Schrottteil, das wie eine Raffinerie stank, gefährlich wie russisches Roulette war und Krach machte wie ... was macht Krach wie ein Motocrossrad mit kaputtem Auspuff? Nichts.

Und sie hätten auch trocken in Orbano ankommen können, denn die Öljacken machten ihren schmutzigen Job im Grunde gut, doch Mimmo konnte es nicht lassen, wie ein Bekloppter durch alle Pfützen zu rasen, die vor ihm auftauchten.

Sie waren klatschnass vom Motorrad gestiegen. Pattis Laune war schon um einiges schlechter. Auf dem Corso blieb Mimmo nach hundert Metern wie angewurzelt vor einem Waffengeschäft stehen: im Schaufenster eine Armbrust aus Titan und Glasfiber, einfach umwerfend. Trotz des Protests seiner Freundin ging er hinein, um sich informieren zu lassen und nach technischen Einzelheiten zu fragen. Sie war sauteuer. Doch zwischen den Bögen, Gewehren und Angelruten fand er schließlich doch etwas, das er kaufen konnte. Er wollte nicht mit leeren Händen gehen. Das war eine Frage des Prinzips.

Eine Luftpistole im Sonderangebot.

Eine halbe Stunde, um sie anzusehen, eine halbe Stunde, um zu entscheiden, ob er sie kaufen sollte oder nicht, und inzwischen machten die Geschäfte zu.

Patrizias Laune war pechschwarz.

Da der Einkaufsbummel nun ins Wasser gefallen war (Mimmo hatte sich die Pistole allerdings zum Schluss gekauft), beschlossen sie, eine Pizza zu essen und dann ins Kino zu gehen und sich einen Film über das Schicksal einer Skandinavierin anzusehen, die gezwungen war, ein Jahr lang in einem Pygmäendorf zu leben.

Als sie in der Pizzeria waren, streckte Mimmo seine Beine aus, um die Springerstiefel zu betrachten, die er am Morgen zusammen mit dem Ölzeug auf dem Markt erstanden hatte. Er war sehr zufrieden mit dem Kauf und erklärte Patti, dass diese Stiefel erstklassig seien: die Gleichen, die von den Amerikanern bei der Operation *Desert Storm* getragen wurden; und deshalb so schwer, weil theoretisch auch minenfest. Während seine Freundin gelangweilt in der Speisekarte blätterte, hatte Mimmo, um zu beweisen, dass er keinen Scheiß erzählte, die Pistole aus der Schachtel geholt, sie geladen und sich in den Fuß geschossen.

Er stieß einen grauenvollen Schrei aus.

Das Blei war ihm durch Leder und Socke in den Spann gegangen, was bewies, dass oft ein Unterschied zwischen Theorie und Praxis besteht.

Sie mussten zu einer Notfallpraxis laufen (humpeln), wo der Arzt das Ding herausholte und die Wunde mit zwei Stichen nähte.

Die Pizza war auch im Arsch.

Im letzten Moment waren sie ins Kino gekommen und hatten sich mit zwei Plätzen in der ersten Reihe zufrieden geben müssen, zwei Zentimeter von der Leinwand entfernt.

Patti sprach nicht mehr.

Als der Film anfing, machte Mimmo einen Enspannungsversuch und drückte ihre Hand, doch sie wies ihn zurück, als hätte er die Krätze. Er gab sich Mühe, die Handlung des Films zu verfolgen, doch der war sterbenslangweilig. Er hatte Hunger, fing an Popcorn zu essen und einen Höllenlärm dabei zu machen. Patrizia nahm es ihm weg. Da zog er sein Ass aus dem Ärmel: ein extra frisches Päckchen Big-Bubble mit Erdbeergeschmack, schob sich drei Stück in den Mund und begann Blasen zu machen. Ein hasserfüllter Blick Pattis, und er spuckte das Kaugummi aus.

Nach dem Film stiegen sie wieder aufs Motorrad (es goss in Strömen) und fuhren zurück nach Hause. Patti stieg ab und verschwand im Eingang, ohne ihm auch nur einen Gutenachtkuss zu geben.

Am nächsten Morgen rief sie ihn an, erklärte ihm ohne großes Herumreden, dass er sich als Single betrachten könne, und beendete das Gespräch.

All das, was passiert war, würde vielen Frauen wahrscheinlich vollkommen genügen, um mit ihrem Freund Schluss zu machen, doch bei Patti war es nicht so. Sie liebte Mimmo bedingungslos, und über Nacht wäre ihre Wut normalerweise verraucht. Was sie zu diesem äußersten Schritt veranlasste, war etwas anderes: Als Mimmo im Kino das Kaugummi ausgespuckt hatte, war es in ihrem Helm gelandet, und als sie den später aufsetzte, war es untrennbar mit ihrem langen, fließenden Haar verklebt, das sie mit Haarkuren und Extrakten aus Schweineplazenta pflegte.

Der Friseur war gezwungen, ihr einen Schnitt zu machen, den er beschönigend als sportlich bezeichnete.

Gorilla im Nebel

Doch auch diesmal würde Patti, wie immer, eine Woche vergehen lassen und am Ende dem armen Mimmo vergeben.

Darauf konnte man bei Patrizia Ciarnò bauen. Wenn sie sich für einen Mann entschieden hatte, ließ sie ihn nicht mehr los. Der Grund dafür war, dass sie mit fünfzehn eine schlimme Erfahrung in der Liebe machen musste, von der sie sich noch nicht vollkommen erholt hatte.

Patrizia war in diesem Alter schon entwickelt. Ihre Drüsen und sekundären Geschlechtsmerkmale waren einem massiven Bombardement von Hormonen ausgesetzt, und die arme Patrizia war nur noch Busen, Schenkel, Hintern, Akne und Mitesser. Sie ging mit Bruno Miele, dem Polizisten, der zu jener Zeit zweiundzwanzig war. Damals wollte Bruno noch nicht zur Polizei, sondern ins Bataillon San Marco eintreten, ein Ledernacken werden, »ein echter Kerl mit Mumm in den Knochen, der was in der Hose hat«.

Patrizia liebte ihn sehr; ihr gefielen Männer, die wussten, was sie wollten. Doch es gab da ein Problem: Gewöhnlich holte Bruno sie mit seinem A112 ab, fuhr mit ihr in den Wald von Acquasparta, bumste sie und brachte sie danach sofort wieder nach Hause und tschüs und danke.

Eines Tages hielt Patrizia es nicht mehr aus und explodierte: »Was soll das? Die Freunde meiner Freundinnen fahren jeden Samstag mit ihnen nach Rom und machen einen Schaufensterbummel, und du bringst mich immer nur in den Wald. Das gefällt mir so nicht, weißt du.«

Bruno Miele, der schon damals eine ungewöhnliche Sensibilität an den Tag legte, schlug ihr einen Handel vor. »In Ordnung. Dann lass es uns so machen: Ich fahre samstags mit dir nach Civitavecchia, aber wenn wir uns lieben, ziehst du das hier über.« Er öffnete das Handschuhfach und zog eine Gorillamaske heraus. Eine von denen aus Latex und Kunsthaar, wie man sie an Karneval aufsetzt.

Patrizia nahm sie und wendete sie hin und her, bevor sie ihn zutiefst verwirrt fragte, warum er das wolle.

Wie sollte ihr nun der arme Bruno erklären, dass sein Schwanz so hart wie ein Tischbein wurde, wenn er Patrizias Pornostarkörper, ihr langes glattes Haar und diese Marmorkugeln sah, und dass er augenblicklich wie ein schlappes Würmchen runterhing, wenn sein Blick unglücklicherweise auf ihr von Akne verwüstetes Gesicht fiel.

»Weil ... weil ...« Und dann war er in die Vollen gegangen: »Es macht mich geil. Also, ich habe dir das nie gesagt, aber ich bin Sadomasochist.«

»Was ist ein Sadomasochist?«

»Na ja, einer der gern schwere Sauereien macht. Der sich zum Beispiel auspeitschen lässt ...«

»Willst du, dass ich dich auspeitsche?«

»Nein! Was hat das damit zu tun? Mich macht es geil, wenn du die Maske aufsetzt«, versuchte Bruno es ihr irgendwie zu erklären.

»Es macht dich geil, wenn du es mit Affen treibst?«, fragte Patrizia niedergeschmettert.

Bruno verlor die Geduld. »Nein! Ja! Nein! Setz dir einfach die Maske auf und stell nicht so viele Fragen!«

Patrizia machte sich Gedanken. Im Allgemeinen gefielen ihr solche komischen sexuellen Praktiken nicht. Dann erinnerte sie sich daran, was ihre Cousine Pamela ihr erzählt hatte: Ihr Freund, Emanuele Zampacosta, genannt Manu, ein Kassierer im COOP in Giovignano, ließ sich anpinkeln, um geil zu werden, und trotzdem hatten sie eine super Beziehung und würden im März heiraten. Sie kam also zu dem Schluss, dass Brunos Perversion im Grunde ziemlich harmlos und ihre Beziehung es wert sei. Er würde mit ihr nach Civitavecchia fahren, und außerdem liebte sie ihn so sehr, und aus Liebe tut man alles.

Sie hatte sich einverstanden erklärt. Wenn sie in den Wald von Acquasparta fuhren, setzte Patrizia die Affenmaske auf, und sie hatten Sex (einmal, im dichten Nebel, kam Rossano Quaranta, ein achtundsechzigjähriger Rentner und Wilderer, vorbei, entdeckte das zwischen den Eichen versteckte Auto, schlich sich, da er auch ein Spanner war, leise näher und sah etwas Unglaubliches. In dem Auto waren ein junger Kerl und ein Affe. Er brachte seinen Karabiner in Anschlag, um eingreifen zu können, doch ließ die Waffe wieder sinken, als ihm klar wurde, dass dieses Schwein den Gorilla fickte. Kopfschüttelnd ging er davon und kam zu dem Schluss, dass manche Leute heutzutage zu jeder Art von Sauerei fähig seien).

Bruno Miele aber hielt sich nicht an die Abmachungen.

Sie waren nur ein einziges Mal nach Civitavecchia gefahren, dann fing er an, sich Ausreden auszudenken, und nahm sie schließlich manchmal mit, wenn er Tischfußball spielte. Sie konnte zuschauen, und er tat auch noch so, als würde er sie nicht kennen.

Patrizia war verzweifelt und schrieb einen langen, leidvollen Brief an die Dottoressa Ilaria Rossi-Barenghi, die Psychologin des Wochenblatts *Liebesgeständnisse*. Darin erzählte sie, wie die Dinge zwischen ihr und Bruno standen (die Geschichte mit der Maske ließ sie weg), und erklärte, dass sie trotz allem ihren Freund wahnsinnig liebe, doch dass sie das Gefühl habe, wie eine Dirne behandelt zu werden.

Zum grenzenlosen Erstaunen Patrizias beantwortete die Dottoressa Rossi-Barenghi ihren Brief.

Liebe Patti,
wieder einmal müssen wir uns mit Problemen auseinandersetzen, die schon unsere Mütter kannten. Doch heute, wo wir bewusster sind als früher und ein klein wenig mehr über die menschliche Seele wissen, dürfen wir hoffen, dass sich etwas ändert. Die Liebe ist etwas Wunderbares, und es ist schön, sie in einer offenen und partnerschaftlichen Beziehung miteinander zu teilen. Natürlich sind wir Frauen sensibler, und wahrscheinlich kann dein Freund seine Gefühle noch nicht frei ausdrücken. Dies darf dich nicht davon abhalten, von ihm das zu verlangen, was dir zusteht. Lass dich nicht von seinem Egoismus an die Wand drücken, setz dich durch. Du bist sehr jung, aber vielleicht kannst du es gerade deshalb schaffen, nicht immer gleich zurückzustecken, und wenn er dich wirklich liebt, wird er mit der Zeit lernen, dich zu respektieren. Dein Freund weiß heute, dass er dich leicht kontrollieren kann, doch im Grunde bist du es selbst, die ihn das glauben lässt. In der Liebe gewinnt, wer sich entzieht, liebe Patti! Gib dich zugeknöpft, und du wirst sehen, dass dein Bruno, der deinem Brief zufolge im Grunde seines Herzens sensibel ist, dich schließlich auf Händen trägt. Viel Glück!

Patrizia hielt sich genau an die Ratschläge der Dottoressa. Beim nächsten Mal erklärte sie Bruno, dass sich einiges ändern müsse. Sie verlangte rote Rosen und dass er sie zum Essen in ein gutes Restaurant ausführe, und dann ins Kino nach Orbano, um zusammen mit ihren Freundinnen *Lust auf Zärtlichkeit 2* anzusehen. Außerdem würde sie bei der Liebe nie wieder die Affenmaske aufsetzen.

Bruno machte die Wagentür auf, ließ sie aussteigen und sagte zu ihr: »Mach dich bloß vom Acker, du hässliche Plotze. Ich soll mir *Lust auf Zärtlichkeit 2* ansehen? Glaubst du, ich bin schwul oder was?« Hochbeleidigt zog er ab.

Auf dem Hintergrund dieser schlimmen Erfahrung und der Ratschläge von Dottoressa Rossi-Barenghi hatte Patrizia die Beziehung zu Mimmo so angelegt, dass sie zum Schluss nicht wieder wie eine blöde Kuh sitzen gelassen und mit gebrochenem Herzen zurückbleiben würde.

121

Pietro hatte seinen Bruder aus einem ganz bestimmten Grund gesucht: Er wollte ihn fragen, ob er mit der stellvertretenden Direktorin sprechen könne. Das hatte er sich zusammen mit Gloria überlegt. Und es müsste funktionieren.

Am Anfang hatte Gloria ihn zu überreden versucht, ihre Mutter hinzuschicken. Signora Celani vergötterte Pietro und hielt ihn für den bravsten Jungen auf der Welt. Sie hätte es gern getan. Doch Pietro fand die Lösung nicht überzeugend. Wenn Glorias Mutter in die Schule ginge, würde damit erst recht klar, dass seinen Eltern nichts an ihm lag, dass in seiner Familie alle verrückt waren.

Nein, das war keine gute Idee.

Am Ende waren sie zu dem Schluss gekommen, es bleibe nur die Möglichkeit, Mimmo zu schicken. Er war einigermaßen erwachsen und könnte sagen, dass er gekommen sei, weil seine Eltern zu viel zu tun hätten.

Doch jetzt, wo Pietro sah, dass Mimmo wie ein kleiner Junge heulend unter einem Baum saß, fragte er sich, ob das wirklich eine so gute Idee sei. Aber er musste es trotzdem versuchen, es blieb ihm nichts anderes übrig.

Er sagte Mimmo, dass er für fünf Tage vom Unterricht ausgeschlossen sei und dass sie in der Schule mit einem aus der Familie sprechen wollten. Doch Papa weigere sich und habe gemeint, das seien seine eigenen Angelegenheiten.

»Also bleibst nur du, du musst hingehen und sagen, dass ich in Ordnung bin und es nie wieder mache, dass es mir sehr Leid tut, das Übliche halt. Das ist ganz leicht.«

»Schick Mama hin«, sagte Mimmo, nahm einen Stein und warf ihn weit von sich.

»Mama...?«, wiederholte Pietro mit einem Ausdruck, der heißen sollte: Willst du mich verarschen?

Mimmo hob den nächsten Stein auf. »Und was passiert, wenn keiner hingeht?«

»Nichts. Sie lassen mich sitzen.«

»Na und?« Er holte aus und warf den Stein.
»Ich will aber nicht sitzen bleiben.«
»Ich bin dreimal sitzen geblieben ...«
»Na und?«
»Was soll's schon? Ein Jahr mehr oder weniger ...«
Pietro schnaubte. Sein Bruder spielte wieder den Blöden. Wie üblich. »Gehst du jetzt hin oder nicht?«
»Ich weiß nicht ... ich hasse die Schule ... Ich kann da nicht rein. Mir wird kotzübel ...«
»Also gehst du nicht?« Pietro musste sich zusammennehmen, ihn noch einmal zu fragen. Aber wenn Mimmo dachte, er würde ihn anflehen, hatte er sich schwer getäuscht.
»Ich weiß nicht. Ich habe jetzt ein wichtigeres Problem. Meine Freundin hat mich verlassen.«
Pietro drehte sich weg, sagte mit tonloser Stimme: »Fick dich doch ins Knie!«, und machte sich auf den Weg nach unten.
»Hör zu, Pietro, sei nicht sauer, wir sehen mal. Wenn sie morgen zurückkommt, gehe ich hin. Ich schwöre dir, wenn Patti sich wieder mit mir verträgt, gehe ich hin«, rief Mimmo in seinem dümmlichen Tonfall hinter ihm her.
»Fick dich ins Knie! Mehr sage ich nicht dazu.«

122

Flora Palmieri hatte den Nachmittag damit verbracht, sich zu überlegen, was sie als Abendessen kochen wollte. Sie hatte Kochbücher und kulinarische Zeitschriften durchgeblättert, ohne zu einem Ergebnis zu kommen.

Was mochte Graziano schmecken?

Sie hatte nicht die leiseste Ahnung. Doch sie war sich sicher, dass Spaghetti nicht ganz falsch sein konnten. Linguine mit Zucchini und Basilikum? Ein frisches Gericht für alle Jahreszeiten. Oder Trenette mit Pesto. Gewiss, da war Knoblauch drin ... Oder keine Spaghetti, und dafür überbackene Auberginen ... Oder ...

Schlimm, wenn man so unentschlossen war.

Zum Schluss, schon etwas genervt, hatte sie sich für Curryhähnchen mit Rosinen und Reis als Beilage entschieden. Das hatte sie, nach einem Rezept aus *Annabella*, schon einige Male gekocht und fand es wirklich köstlich. Es war einmal etwas anderes, ein exotisches Gericht, das sicherlich den Geschmack eines Weltenbummlers wie Graziano treffen würde.

Jetzt schob sie, auf der Suche nach Curry, einen Einkaufswagen an den Regalen im Supermarkt entlang. Sie hatte keins mehr zu Hause, und zu allem Unglück war es auch hier im Laden ausgegangen. Es war zu spät, noch eben schnell nach Orbano zu fahren, und das Hähnchen hatte sie schon gekauft.

Es reicht, ich mache ihm einfach ein gegrilltes Hähnchen mit neuen Kartoffeln und einen kleinen Salat. Das ist ein unvergänglicher Klassiker.

Sie kam am Weinregal vorbei und nahm einen Chianti und einen Prosecco.

Die Vorstellung von diesem kleinen Abendessen fand sie aufregend und beängstigend zugleich. Sie hatte die Wohnung sauber gemacht und das gute Tischtuch und das Vietri-Service herausgeholt.

Beschäftigt mit all diesen Vorbereitungen, hatte sie versucht, eine lästige Stimme zum Schweigen zu bringen, die ihr immer wieder sagte, dass all dies falsch sei, dass bei dieser Geschichte nichts Gutes herauskommen könne, dass sie sich Hoffnungen machen werde, die dann enttäuscht würden, dass sie auf dem Rückweg von Saturnia etwas beschlossen habe und nun etwas ganz anderes tue, dass ihre Mutter darunter leiden werde ...

Doch der gesunde Teil Floras erwies sich als stärker und drängte die lästige Stimme zumindest ein wenig zurück.

Ich habe noch nie einen Mann in meine Wohnung eingeladen, jetzt will ich es tun. Ich habe Lust, es zu tun. Wir essen Hähnchen, unterhalten uns, sehen fern und trinken Wein, ja, so machen wir es. Wir werden keine schmutzigen Dinge tun, uns nicht wie Schweine auf dem Wohnzimmerteppich wälzen, keine unkeuschen Akte begehen. Und wenn es das letzte Mal ist, dass ich ihn sehe, auch gut. Das hieße nur, ich würde leiden. Ein bisschen mehr leiden, sonst nichts ... Ich weiß, dass es richtig ist, und wenn Mama könnte, würde sie mir raten, es zu tun.

Um Mut zu fassen, dachte sie an Michela Giovannini. Michela Giovannini hatte fast ein Jahr lang Sport an der Buonarroti-Schule unterrichtet. Sie war im gleichen Alter wie Flora, eine zierliche Frau mit brünettem Haar und dunklem Teint.

Flora hatte sie auf Anhieb gemocht.

Bei den Lehrerkonferenzen fiel sie durch ihre spontane Art auf, die die verknöcherten Kollegen sprachlos machte. Michela stellte sich immer auf die Seite der Schüler. Einmal, als es um den Stundenplan ging, hatte sie wie eine Löwin gegen die stellvertretende Direktorin Gatta gekämpft, und auch wenn sie zum Schluss unterlegen war, hatte sie ihr doch klar und deutlich ins Gesicht gesagt, was sie von ihren faschistischen Methoden hielt.

Das hatte Flora nie geschafft.

Durch einen Zufall waren sie Freundinnen geworden. Und so geschieht es ja oft. Flora hatte Michela um einen Rat gebeten, wo sie Sportschuhe kaufen könne, um am Strand spazieren zu gehen. Am Tag danach kam Michela mit einem Paar sehr schöner Adidas. »Sie sind mir zu groß, man hat sie mir aus Frankreich mitgebracht, sich aber bei der Größe vertan. Probier sie mal, dir müssten sie passen«, sagte sie und drückte ihr die Schuhe in die Hand. Flora zögerte. »Nein, danke, entschuldige, aber ich kann sie nicht annehmen.« Doch Michela bestand darauf. »Was soll ich denn mit ihnen anfangen, soll ich sie hinten im Schrank verschimmeln lassen?« Zum Schluss probierte Flora die Schuhe an. Sie passten wie angegossen.

Flora lud sie ein, mit ihr zusammen spazieren zu gehen, und Michela sagte gleich begeistert ja. So streiften sie also sonntagvormittags durch die Felder hinter der Eisenbahn und wanderten am Strand entlang. Es waren Spaziergänge, die ein paar Stunden dauerten. Ab und zu versuchte Michela, Flora zu einem kurzen Sprint zu verlocken, und einige Male gelang es ihr sogar. Sie redeten über Gott und die Welt.

Über die Schule. Über die Familie. Flora hatte Michela von ihrer Mutter und deren Krankheit erzählt. Und Michela ihr von ihrem Freund. Er hieß Fulvio und arbeitete halbtags als Hilfsarbeiter in Orbano. Sie waren seit ein paar Jahren zusammen. Er war gerade mal zweiundzwanzig. Drei Jahre jünger als Michela. Sie hatten eine winzige Wohnung in einem Mietshaus nicht weit von der Fischzucht der Brüder Franceschini. Michela sagte, sie sei in Fulvio verliebt (und zeigte so viel Sensibilität, Flora nie nach ihren Liebesgeschichten zu fragen).

Eines Morgens kam Michela an den Strand, fasste ihre Freundin bei den Händen, sah sich nach allen Seiten um und sagte: »Flora, ich habe beschlossen zu heiraten.«

»Schafft ihr das denn, ohne Geld?«

»Wir werden es schon irgendwie hinkriegen ... Wir lieben uns, und das ist doch, was zählt, oder?«

Flora hatte ein Lächeln aufgesetzt, wie es sich gehörte. »Richtig.« Dann umarmte sie Michela fest und freute sich für sie, aber gleichzeitig spürte sie einen Druck auf ihrer Brust.

Und ich? Wo bleibe ich?

Sie schaffte es nicht, ihre Tränen zurückzuhalten, und Michela glaubte, es seien Tränen der Freude, doch es waren Tränen des Neids. Sie war schrecklich neidisch. Später dann, zu Hause, hasste sie sich dafür, dass sie so egoistisch gewesen war.

Michela begann sie mit Anrufen zu bedrängen. Sie wollte ihr Fulvio vorstellen und ihre kleine Wohnung zeigen. Flora dachte sich immer absurdere Entschuldigungen aus, um nicht hingehen zu müssen. Sie spürte, dass es ihr nicht gut tun würde. Ihr würden dann Gedanken durch den Kopf gehen, die für sie schmerzhaft waren. Doch da Michela nicht lockerließ, musste sie schließlich eine Einladung zum Abendessen annehmen.

Die Wohnung war winzig. Und Fulvio ein Jüngelchen. Doch es war gemütlich, es gab einen kleinen Kamin mit einem fröhlich prasselnden Feuer, und Fulvio hatte einen Zackenbarsch gekocht, den er mit Sprengstoff an den Scogli della Tartaruga gefischt hatte. Es war ein ausgezeichnetes Essen. Fulvio war voller Aufmerksamkeit für seine zukünftige Frau (Küsse und Händchenhalten), und dann hatten sie zusammen *Lawrence von Arabien* angeschaut und Cantuccini in Vinsanto getunkt. Zufrieden war Flora um Mitternacht nach Hause zurückgekehrt. Nein, zufrieden war nicht das richtige Wort: beruhigt.

So ähnlich wünschte sie sich diesen Abend.

Es würde ihr gefallen, wenn das Essen mit Graziano ungefähr

so verliefe wie das bei Michela. Nur dass es diesmal einen Mann für sie ganz allein gab.

Sie ging am Tiefkühlregal vorbei, nahm eine Packung Eis und wollte sich gerade zur Kasse wenden, als Pietro Moroni vor ihr auftauchte. Er hinkte leicht und lächelte, als er sie sah.

»Was ist los, Pietro?«

123

»Ich möchte mit Ihnen sprechen, Signorina Palmieri ...« Pietro stieß einen Seufzer der Erleichterung aus.

Endlich hatte er sie gefunden. Er war bei ihr zu Hause vorbeigegangen, hatte gesehen, dass ihr Auto nicht da war, und sich deshalb ins Dorf aufgemacht (ein Albtraum; nach dem, was geschehen war, musste er sich wie ein Spion bewegen, um Pierini und seiner Bande nicht in die Arme zu laufen), doch nichts: Er hatte die Lehrerin nirgendwo gefunden, bis er plötzlich, als er schon heimkehren wollte, ihren Y10 vor dem Supermarkt entdeckte. Er war hineingegangen, und da stand sie nun tatsächlich vor ihm.

»Wieso hinkst du, hast du dir wehgetan?«, fragte sie besorgt.

»Ich bin vom Fahrrad gefallen, aber es ist nichts Schlimmes«, spielte Pietro es herunter.

»Was ist denn los?«

Er musste es ihr unbedingt richtig erklären, dann würde sie eine Lösung finden. Er vertraute der Palmieri. Er sah sie an, und obwohl er ganz besetzt von dem war, was er ihr sagen wollte, fiel ihm auf, dass die Lehrerin sich verändert hatte. Nicht sehr, aber irgendwas war doch anders an ihr. Vor allem trug sie ihr Haar offen. Und sie hatte vielleicht eine Mähne! Außerdem hatte sie Jeans an, und das war auch neu. Er hatte sie immer nur in diesen langen schwarzen Röcken gesehen. Und dann ... er wusste nicht, wie er es beschreiben sollte, doch da war etwas Sonderbares in ihrem Gesicht ... Etwas ... also, er verstand es nicht. Es war einfach anders.

»Nun, was willst du mir sagen?«

Er hatte sie angesehen und sich ablenken lassen. *Los, sag es ihr.*

»Meine Eltern kommen nicht in die Schule, um mit der stellvertretenden Direktorin zu sprechen, und mein Bruder auch nicht, glaube ich.«

»Und warum nicht?«

Wie soll ich es ihr sagen? Meine Mutter ist krank und kann nicht aus dem Haus gehen, und mein Vater ... mein Vater ... *Sag es ihr. Sag ihr die Wahrheit.* »Mein Vater hat gesagt, das wären meine Angelegenheiten, dass ich das Chaos angerichtet hätte, und nicht er, und dass er deshalb nicht hingeht. Und mein Bruder ... also, mein Bruder ist ein Idiot.« Er trat näher und fragte sie treuherzig: »Bleibe ich jetzt sitzen?«

»Nein, du bleibst nicht sitzen.« Flora bückte sich, um auf gleicher Höhe mit Pietro zu sein. »Natürlich bleibst du nicht sitzen. Du bist tüchtig, das habe ich dir doch schon gesagt. Warum solltest du sitzen bleiben?«

»Aber ... wenn meine Eltern nicht kommen, und die stellvertretende Direktorin ...?«

»Sei ganz ruhig. Ich rede mit ihr.«

»Bestimmt?«

»Bestimmt.« Flora hauchte einen Kuss auf ihre Zeigefinger. »Ich schwöre es dir.«

»Und es kommen nicht die sozialen ...?«

»Die Sozialen?«

»Die sozialen Arbeiter.«

»Die Sozialarbeiter?« Flora schüttelte den Kopf. »Die kommen nicht, da kannst du ganz beruhigt sein.«

»Danke«, stieß Pietro hervor, denn ihm fiel ein Stein vom Herzen, der schwerer war als er selbst.

»Komm mal her.«

Er kam näher, und Flora umarmte ihn fest. Pietro legte die Arme um ihren Hals, und das Herz der Lehrerin floss vor Zärtlichkeit und Mitleid beinahe über, sodass sie einen Moment schwankte. *Dieser Junge müsste mein Sohn sein.* Es schnürte ihr die Kehle zu. *Mein Gott ...*

Sie musste aufstehen, sonst hätte sie angefangen zu weinen. Sie stellte sich wieder aufrecht hin und nahm ein Eis aus der Kühltruhe. »Magst du, Pietro?«

Pietro schüttelte den Kopf. »Nein, danke. Ich muss nach Hause. Es ist spät.«

»Ich auch. Es ist sehr spät. Wir sehen uns dann Montag in der Schule.«

»Ja, gut.« Pietro drehte sich um.

Doch bevor er weggehen konnte, fragte Flora: »Sag mal, wer hat dich so gut erzogen?«

»Meine Eltern«, antwortete Pietro und verschwand hinter dem Regal mit Pasta.

Sechs Monate später ...

18. Juni

124

Gloria versuchte ihn hochzuziehen. Doch Pietro machte nicht mit.

Er kniete mitten in der Eingangshalle der Schule, die Hände vor dem Gesicht. »Ich bin sitzen geblieben«, sagte er immer wieder. »Ich bin sitzen geblieben. Sie hat es mir geschworen. Sie hat es mir geschworen. Warum? Warum?«

»Pietro, los, steh auf. Komm hier raus.«

»Lass mich in Ruhe«, er stieß sie brüsk weg, doch dann stand er auf und wischte sich mit den Händen die Tränen ab.

Seine Kameraden beobachteten ihn schweigend. In den gesenkten Blicken und dem Lächeln mit zusammengepressten Lippen drückte sich ein wenig Mitgefühl für Pietro aus, aber mehr noch Verlegenheit.

Einer, der mutiger war als die anderen, ging auf ihn zu und gab ihm einen Klaps auf die Schulter. Das war der Auslöser für alle anderen, ihn anzufassen und Dinge zu sagen wie: »Ärger dich nicht. Scheiß drauf ...« »Das sind halt Arschlöcher.« »Tut mir Leid.« »Das ist ungerecht.«

Pietro nickte und rieb sich die Nase.

Dann hatte er eine Vision. Ein Mann, der nach der Kleidung zu urteilen sein Vater sein konnte, betrat einen Hühnerstall, und statt das fetteste Tier auszusuchen (das es am ehesten verdiente), packte er einfach irgendeines aus der Menge und sagte zufrieden: »Heute verspeisen wir das hier«, und alle, Hähne und Hühner, waren traurig über das Schicksal ihres Kameraden, doch nur, weil sie wussten, dass es mit ihnen früher oder später das gleiche Ende nehmen würde.

Die Bombe war vom Himmel gefallen und hatte einzig und allein Pietro Moroni getroffen und ihn in tausend Stücke zerfetzt.

Jetzt hat es mich erwischt. Doch früher oder später wird es euch erwischen. Da könnt ihr Gift drauf nehmen.

»Gehen wir?«, drängte ihn Gloria.

Pietro wandte sich zum Ausgang. »Ja, ich will hier weg. Es ist zu heiß hier drinnen.«

Neben der Tür stand Italo. Er trug ein zu kurzes und zu enges blaues Hemd. Es spannte über seinem mächtigen Bauch, und die Knopflöcher waren einer harten Probe ausgesetzt. Unter den Achseln hatte er zwei große dunkle Flecken. Sein runder, schweißbedeckter Kopf wackelte hin und her. »Du hast Pech gehabt. Wenn du sitzen bleibst, hätten sie auch Pierini, Ronca und Bacci nicht versetzen dürfen. Das ist eine große Schweinerei«, sagte er mit Grabesstimme.

Pietro würdigte ihn keines Blickes und ging hinaus, gefolgt von Gloria, die mit dem Eifer eines Leibwächters die aufdringlichen Mitschüler fernhielt. Sie war die Einzige, die sich wirklich um ihn kümmern konnte.

Die Sonne, Abermillionen Kilometer entfernt von solchen kindlichen Tragödien, ließ derweil den Hof, die Straße, die Tischchen der Bar und alles Übrige glühend heiß werden.

Pietro ging die Treppe hinunter und durch das Gittertor, stieg dann, ohne irgendjemandem ins Gesicht zu sehen, auf sein Fahrrad und fuhr davon.

125

»Wo ist er abgeblieben, verdammt?« Gloria hatte nur ihre Schultasche geholt, und als sie sich wieder umdrehte, war Pietro nicht mehr da. Sie stieg aufs Fahrrad und versuchte ihn einzuholen, doch auf der Straße war er nirgendwo zu sehen.

Also radelte sie zur Casa del Fico, doch da war er auch nicht. Mimmo hockte mit nacktem Oberkörper unter dem Schuppendach und machte sich am Zylinderkopf seines Motorrads zu schaffen. Gloria fragte ihn, ob er seinen Bruder gesehen habe, doch Mimmo sagte nein und schraubte weiter an irgendwelchen Bolzen herum.

Wo mochte er hin sein?
Gloria fuhr zur Villa und hoffte, er wäre dort. Nichts. Also kehrte sie in den Ort zurück.

Es ging kein Lüftchen, und es war so heiß, dass man meinte, keine Luft zu bekommen. Keine Menschenseele auf der Straße. Nur durch das fröhliche Gezwitscher der Spatzen und das Zirpen der Grillen wirkte Ischiano nicht wie eine Geisterstadt in der texanischen Wüste. Mopeds und Motorräder standen an die Wand gelehnt. Die Ständer wären in dem weichen Asphalt wie Butter eingesunken. Die Rollläden der Geschäfte waren halb geschlossen. Die Fensterläden verriegelt. Und bei den Autos hatte man innen an die Windschutzscheibe große Stücke weißer Pappe gelegt. Die Leute hatten sich in den Häusern verkrochen. Wenn man eine Klimaanlage hatte, war es auszuhalten, wenn nicht, hatte man das Nachsehen.

Gloria stieg vor der Station Bar ab. Drei Fahrräder im Ständer, doch das von Pietro war nicht dabei.

Wie konnte ich nur denken, dass er hier ist?

Sie war todmüde, ganz erhitzt und hatte einen schrecklichen Durst. Sie ging in die Bar. Die Klimaanlage lief auf Hochtouren und ließ ihr den Schweiß auf der Haut gefrieren. Sie kaufte eine Dose Coca Cola und trat damit vor die Tür, um sie unter dem Sonnenschirm zu trinken.

Sie war besorgt. Sehr besorgt. Es war das erste Mal, dass Pietro nicht auf sie gewartet hatte. Es musste ihm wirklich schlecht gehen, wenn er sich so verhielt. Und in diesem Zustand konnte er irgendeine Dummheit tun.

Sich zum Beispiel erhängen.
Wieso nicht?

Sie hatte es in der Zeitung gelesen. Ein Junge aus Mailand, der nicht versetzt worden war, hatte sich aus Verzweiflung aus dem fünften Stock gestürzt, und da er nicht tot war, hatte er sich, eine Blutspur hinter sich her ziehend, bis zum Aufzug geschleppt, und war zum sechsten Stock hochgefahren, noch einmal hinuntergesprungen und diesmal zum Glück gestorben.

War Pietro zuzutrauen, dass er sich umbrachte?
Ja.

Aber warum war es für ihn so verdammt wichtig, versetzt zu werden? Wenn sie sitzen geblieben wäre, dann wäre es ihr deshalb schlecht gegangen, das schon, aber sie hätte kein Drama daraus gemacht. Doch für Pietro war die Schule immer so wichtig gewesen. Sie bedeutete ihm einfach zu viel. Und bei einer Enttäuschung wie dieser drehte er vielleicht durch.

Wo könnte er sein? Ja sicher ... Was war sie blöd, dass ihr das nicht vorher eingefallen war.

Sie trank die Coladose in einem Zug leer und stieg wieder auf ihr Rad.

Pietros Fahrrad stand im Gebüsch versteckt, am Zaun, der die Lagune von der Küstenstraße trennte.

»Ich habe dich gefunden!«, jubelte Gloria und stellte ihr Rad neben das von Pietro, verschwand hinter einer dicken Eiche und hob den unteren Rand des Zauns so weit hoch, dass sie gerade eben auf dem Bauch durchkriechen konnte. Als sie auf der anderen Seite war, brachte sie den Zaun wieder in Ordnung. Der Zutritt war streng verboten.

Wenn dich die Aufseher vom WWF erwischen, gibt es Ärger.

Eine letzte Kontrolle, und sie verschwand im Dickicht.

Die ersten zweihundert Meter des schmalen, zwischen zwei Meter hohen Binsen und Schilf verlaufenden Pfads waren begehbar, doch je weiter man in den Sumpf vordrang, desto schwieriger wurde es voranzukommen, und sie sank mit den Schuhen immer mehr in diesen grünen dicken Schlamm ein, bis sie schließlich voll im Morast stand.

In der unbeweglichen Luft lag ein bitterer und gleichzeitig süßlicher Duft, der einen betäubte. Das waren die Wasserpflanzen, die in dieser warmen stehenden Brühe verfaulten.

Wolken von Schnaken, kleinen Fliegen und Mücken umschwärmten Gloria und nährten sich von ihrem süßen Blut. Und außerdem gab es noch eine Menge ziemlich unangenehmer Geräusche. Das monotone Quaken der paarungswilligen Frösche. Das obsessive Brummen der Hornissen und Wespen. Und all das Rascheln und Reiben, das schnelle und verdächtige Schwirren im Schilf. Das dumpfe Klatschen. Die schaurigen Schreie der Reiher.

Ein höllischer Ort.
Wieso liebte Pietro ihn nur derart?
Weil er verrückt ist.
Das Wasser ging ihr jetzt bis zu den Knien. Sie kam nur mit Mühe weiter. Die Pflanzen wanden sich um ihre Beine wie lange, schleimige Nudeln. Die Zweige und ledrigen Blätter kratzten ihr die nackten Arme auf. Und überall waren kleine durchsichtige Fische, die sie auf ihrem Marsch durch den Sumpf begleiteten.

Und der war noch nicht zu Ende. Um das Versteck zu erreichen, müsste sie noch ein Stück durch die Lagune schwimmen, weil Pietro mit Sicherheit das Boot genommen hatte (na ja: Boot ... ein paar Stücke fauliges Holz, zusammengehalten von rostigen Nägeln).

Und genauso war es. Als sie, mit Kratzern, Stichen und Spritzern übersät, am Rande des Schilfs ankam, fand sie nur den dicken Pfahl vor, an dem das Boot normalerweise festgebunden war.

Verdammt noch mal! Du kannst wirklich nicht sagen, dass ich nicht deine beste Freundin bin.

Sie nahm all ihren Mut zusammen, und langsam, wie ein Edelfräulein, das seine Kleider nicht beschmutzen will, tauchte sie in das warme Wasser ein. Von hier aus wurde die Lagune breiter und schließlich ein richtiger See, mit tief fliegenden, metallisch glänzenden Libellen, Haubentauchern und Gänsen.

Gloria schwamm langsam, um keine Tiere aufzuschrecken, und hielt den Kopf aus dem Wasser, denn wenn sie auch nur ein bisschen von dieser Brühe in den Mund bekommen hätte, wäre sie bestimmt gestorben. So näherte sie sich dem anderen Ufer. Ihre Turnschuhe zogen an ihr wie Gewichte. Sie durfte absolut nicht daran denken, was unter ihr im Wasser war. Molche. Fische. Eklige Tiere. Larven. Insekten. Wasserratten. Schlangen. Nattern. Krabben. Krokodile ... Nein, Krokodile nicht.

Es fehlten noch hundert Meter. Am anderen Ufer, zwischen dem Schilf, war das niedrige Heck des Boots zu sehen.

Weiter, du hast es fast geschafft.

Es waren nur noch wenige Dutzend Meter, und sie sah sich schon auf dem ersehnten Festland, als sie irgendetwas Lebendiges spürte, oder zu spüren meinte, das ihr an den Beinen lang strich. Sie schrie, strampelte und schlug um sich wie eine Wahnsinnige, um ans Ufer zu kommen, tauchte mit dem Kopf kurz in der widerlichen Brühe unter, kam wieder hoch, spuckte, war mit ein paar Schwimmstößen am Boot und hüpfte wie ein dressierter Seehund hinein. Sie schnappte nach Luft, streifte Algen und Blätter von sich ab und sagte nur immer wieder: »Wie eklig! O Gott, wie eklig! Wie eklig! Scheiße, wie eklig!« Sie wartete, bis sie wieder zu Atem kam, sprang dann auf den Streifen Land, der aus der Lagune auftauchte. Sie sah sich um.

Sie befand sich auf einer winzigen Insel, zur Hälfte vom Schilf, zur Hälfte vom braunen Wasser der Lagune umgeben. Auf der Insel war nichts, wenn man von einem dicken knorrigen Baum absah, der mit seinen Zweigen einen großen Teil beschattete, und einer kleinen Hütte, die früher, bevor man die Lagune zum Naturschutzgebiet erklärte, von den Jägern benutzt wurde, wenn sie auf Vogeljagd gingen.

Dies war »der Platz«, wie Pietro ihn nannte.

Pietros Platz.

Kaum dass die warme Jahreszeit begann, und manchmal auch in der kalten, kam Pietro hierher und verbrachte an diesem Ort mehr Zeit als zu Hause. Er hatte sich gut eingerichtet. An einem niedrigen Ast schaukelte eine Hängematte. In der Hütte hatte er eine Kühltasche, in der er Brötchen und eine Flasche Wasser aufbewahrte. Außerdem waren Comics da, ein altes Fernglas, eine Gaslampe und ein kleines Radio (das man sehr sehr leise stellen musste).

Nur dass Pietro jetzt nicht da war.

Gloria ging um die Insel herum, ohne eine Spur von ihm zu finden, aber dann entdeckte sie, dass ein T-Shirt an dem Nagel in der Hütte hing. Dasselbe, das Pietro am Morgen getragen hatte.

Und als sie wieder nach draußen ging, sah sie ihn in der Badehose aus dem Wasser steigen. Er trug eine Tauchermaske und sah aus wie das Ungeheuer aus der schwarzen Lagune, mit diesen Algen auf seinem Körper und in der Hand …

»Wie eklig! Wirf die Viper weg!«, kreischte Gloria wie ein richtiges kleines Mädchen.

»Die ist überhaupt nicht eklig. Und es ist keine Viper, sondern eine Natter. So eine große habe ich noch nie gefangen«, sagte Pietro ernst. Die Schlange hatte sich um seinen Arm gewunden und versuchte verzweifelt zu entkommen, doch Pietro hatte sie sicher im Griff.

»Was willst du mit ihr tun?«

»Nichts. Ich beobachte sie ein bisschen, und dann lasse ich sie wieder frei.« Er lief zur Hütte, nahm einen Kescher und steckte sie hinein. »Und du, was tust du hier?«, fragte er sie und zeigte dann mit einem Lächeln auf ihr T-Shirt.

Gloria sah an sich herunter. Das nasse T-Shirt klebte ihr am Busen, und sie war praktisch nackt. Sie hielt es von sich weg. »Pietro Moroni, du bist ein Schwein … Gib mir sofort dein T-Shirt.«

Pietro gab es ihr, und sie zog sich hinter dem Baum um und hängte ihres zum Trocknen auf.

Er hatte sich neben die Natter gekniet und sah sich die Schlange in aller Ruhe an.

»Nun?«, fragte Gloria und setzte sich in die Hängematte.

»Was: nun?«

»Was hast du?«

»Nichts.«

»Warum hast du in der Schule nicht auf mich gewartet?«

»Hatte keine Lust. Ich wollte allein sein.«

»Soll ich gehen? Nerve ich dich?«, fragte Gloria sarkastisch.

Pietro schwieg einen Moment und beobachtete weiter die Schlange, dann sagte er ernst: »Nein. Du kannst bleiben …«

»Danke, was sind wir heute gnädig.«

»Keine Ursache.«

»Macht es dir nichts mehr aus, dass sie dich nicht versetzt haben?«

Pietro schüttelte den Kopf. »Nein. Das ist mir jetzt ganz egal.« Er nahm ein Stöckchen und begann die Natter zu necken.

»Und wieso, wo du doch vor zwei Stunden noch so verzweifelt geweint hast?«

»Weil es so kommen musste. Ich habe es gewusst. Es musste so kommen. Fertig, aus. Und wenn es mir deshalb schlecht geht, ändert sich nichts, außer dass es mir schlecht geht.«

»Warum musste es so kommen?«

Er sah sie nur eine Sekunde lang an. »Weil so alle glücklicher sind. Mein Vater, weil ich auf die Art, wie er sagt, den Ernst des Lebens kennen lerne und anfange zu arbeiten. Meine Mutter, nein, meine Mutter nicht, sie weiß nicht mal, in welcher Klasse ich bin. Mimmo, weil wir jetzt beide Sitzenbleiber sind und er nicht der einzige Idiot der Familie ist. Die Gatta. Der Direktor. Pierini. Die …«, er zögerte einen Augenblick, bevor er hinzusetzte: »Die Palmieri. Die ganze Welt. Und sogar ich.«

Gloria begann zu schaukeln, und das am Ast verknotete Tau knarrte. »Aber eins verstehe ich nicht: Hatte die Palmieri dir nicht versprochen, dass du versetzt wirst?«

»Ja.« Pietros Stimme wurde brüchig, die fragile Gleichgültigkeit begann zu bröckeln.

»Und warum haben sie dich dann sitzen lassen?«

Pietro schnaubte. »Ich weiß es nicht, und es ist mir auch scheißegal. Fertig.«

»Das ist nicht gerecht. Die Palmieri ist eine blöde Kuh. Eine verdammt blöde Kuh. Sie hat ihr Versprechen nicht gehalten.«

»Nein, sie hat es nicht gehalten. Sie ist genauso wie die anderen. Eine blöde Kuh. Sie hat mich verarscht.« Pietro brachte das nur mit Mühe heraus und hielt sich dann eine Hand vors Gesicht, um nicht weinen zu müssen.

»Sie ist bestimmt nicht mal zur Notenkonferenz gegangen.«

»Weiß ich nicht. Ich will nicht darüber reden.«

In den letzten anderthalb Monaten war die Palmieri nicht mehr in der Schule erschienen. Eine Aushilfslehrerin war aufgetaucht und hatte gesagt, ihre Italienischlehrerin sei krank und die Klasse werde das Jahr mit ihr beenden.

»Nein, sie ist mit Sicherheit nicht hingegangen. Die hat sich um nichts gekümmert. Und was die Aushilfslehrerin gesagt hat, stimmt auch nicht. Sie ist nicht krank. Ihr geht es prächtig. Ich habe sie öfters im Ort herumlaufen sehen. Das letzte Mal vor ein paar Tagen«, eiferte sich Gloria. »Hast du sie denn nie gesehen?«

»Nur ein einziges Mal.«

»Und …?«

Warum quälte Gloria ihn so? Wo doch sowieso alles gelaufen war. »Ich bin zu ihr hingegangen. Wollte sie fragen, wie es ihr ging, ob sie wieder in die Schule kommen würde. Sie hat mich kaum gegrüßt. Ich habe gedacht, dass sie mit ihrem eigenen Zeug beschäftigt ist.«

Gloria sprang auf den Boden. »Sie ist die hinterhältigste Ziege, die mir in meinem ganzen Leben begegnet ist. Sie ist die Schlimmste von allen. Sie hat dich sitzen lassen. Das ist nicht gerecht. Dafür muss sie bezahlen.« Gloria kniete sich neben Pietro. »Sie soll uns dafür bezahlen. Sie soll uns teuer dafür bezahlen.«

Pietro antwortete nicht und beobachtete Kormorane, die wie schwarze Pfeile in das silbrig glänzende Wasser der Lagune eintauchten.

»Was meinst du? Lassen wir sie dafür bezahlen?«, wiederholte Gloria.

»Das ist mir jetzt ganz egal …«, sagte Pietro mutlos und zog die Nase hoch.

»Du bist wie immer so, so … Du kannst nicht immer alles einstecken. Du musst reagieren. Du musst was tun, Pietro.« Gloria war wütend geworden. Sie hätte ihm am liebsten gesagt, dass er auch deshalb sitzen geblieben sei, weil er keinen Mumm in den Knochen habe, denn sonst wäre er erst gar nicht mit dieser Bande von Idioten in die Schule eingestiegen, sondern hätte sich da rausgehalten.

Pietro sah sie an. »Und wie willst du sie dafür bezahlen lassen? Sag mal! Was willst du ihr tun?«

»Ich weiß nicht.« Gloria ging auf der kleinen Insel im Kreis und versuchte, sich irgendetwas einfallen zu lassen. »Wir müssen ihr so viel Angst einjagen, dass sie sich in die Hose macht. Wie können wir das schaffen?« Plötzlich blieb sie wie angewurzelt stehen und hob den Blick zum Himmel, als hätte sie eine Erleuchtung gehabt. »Ich bin genial! Ich bin echt genial.« Sie nahm mit zwei Fingern das Netz mit der Schlange und hob es hoch. »Wir legen ihr dieses kleine nette Tier hier ins Bettchen. Und wenn sie dann heia macht, bleibt ihr vor Schreck das Herz stehen. Was meinst du, bin ich nicht genial?«

Pietro schüttelte mitleidig den Kopf. »Die Arme.«

»Wieso: die Arme? Sie ist eine dumme Kuh. Hat sie dich sitzen lassen oder nicht?«

»Nein, ich meine: die arme Natter. Sie stirbt dabei.«

»Sie stirbt? Ja und? Dieser ekelhafte Sumpf ist voller ekelhafter Schlangen. Wenn eine davon stirbt, ist das wirklich nicht schlimm. Weißt du, wie viele auf der Straße überfahren werden? Und außerdem ist es nicht gesagt, dass sie stirbt. Es passiert überhaupt nichts.«

Und sie machte und redete, bis Pietro sich zum Schluss ein Ja abrang.

126

Der Plan war einfach. Sie hatten ihn auf der Insel genau durchdacht. Er bestand aus wenigen Punkten.

1) Wenn das Auto der Palmieri nicht da war, hieß das, dass sie nicht zu Hause war. Dann konnte man zu Punkt drei übergehen.

2) Wenn das Auto der Palmieri da war, hieß das, dass sie zu Hause war. Dann konnte man nichts machen, und sie würden es ein anderes Mal probieren.

3) Wenn die Palmieri nicht da war, würden sie auf den Balkon klettern und von dort aus in die Wohnung einsteigen, die kleine Überraschung im Bett verstecken und schnell wie der Wind wieder verschwinden.

Das war alles.

Das Auto der Palmieri war nicht da.

Die Sonne hatte ihren langen, unvermeidlichen Abstieg begonnen, hatte ihre besten Pfeile verschossen, und es herrschte zwar noch eine sengende Hitze, doch sie war nicht mehr so schlimm wie noch wenige Stunden zuvor, es war nicht mehr diese unsägliche Hundstagehitze, bei der die Leute durchdrehen und zu schrecklichen Dingen fähig sind, weshalb im Sommer unter den vermischten Meldungen in der Zeitung besonders viele Nachrichten über grauenhafte Verbrechen auftauchen.

Ein leichter Wind, vielleicht nur die Ahnung eines Winds,

brachte die glühend heiße Luft ein wenig in Bewegung. Es kündigte sich eine Nacht an, in der man kaum schlafen würde. Eine schwüle Nacht mit einem sternenklaren Himmel.

Unsere beiden jungen Helden, auf den Sätteln ihrer Fahrräder, hatten sich hinter der Lorbeerhecke versteckt, die das Haus umgab, wo Flora Palmieri wohnte.

»Warum lassen wir es nicht sein?«, fragte Pietro zum x-ten Mal.

Gloria versuchte, ihm die Plastiktüte mit der Natter wegzunehmen, die Pietro sich mit einer Schnur um den Bauch gebunden hatte. »Ich hab schon verstanden, du machst dir in die Hose! Dann gehe ich rein, und du wartest hier auf mich ...«

Warum beschuldigten ihn alle, Freunde und Feinde, zum Schluss immer, er würde sich in die Hose machen? Warum war es im Leben so wichtig, den starken Mann zu spielen? Warum musste man, um als Mann betrachtet zu werden, immer genau das tun, wozu man am allerwenigsten Lust hatte? Warum?

»In Ordnung, gehen wir ...« Pietro verschwand in der Hecke, und Gloria folgte ihm.

Das Gebäude lag an einer engen Nebenstraße, die von Ischiano ausging, durch die Felder führte, einen Bahnübergang passierte und schließlich auf die Küstenstraße stieß. Sie war wenig befahren. Fünfhundert Meter in Richtung Ischiano gab es ein paar Gewächshäuser und eine Autowerkstatt. Das Mietshaus war ein hässlicher grauer Klotz mit Flachdach, grünen Plastikfensterläden und zwei Balkonen voller Pflanzen. Im Erdgeschoss waren die Fenster geschlossen. Die Palmieri wohnte im ersten Stock.

Um hochzuklettern, suchten sie sich die den Feldern zugewandte Seite aus. Wenn jemand auf der Straße vorbeikäme, würde er sie so nicht sehen können. Doch wer sollte schon vorbeikommen? Der Bahnübergang war um diese Jahreszeit geschlossen.

Die Regenrinne verlief in der Mitte der Fassade. Und sie ging im Abstand von einem Meter am Balkon vorbei. Er war nicht sehr hoch. Die einzige Schwierigkeit würde sein, mit der Hand das Geländer zu erreichen.

»Wer geht zuerst?«, fragte Gloria leise. Sie hatten sich wie zwei Geckos an die Mauer gedrückt.

Pietro rüttelte an der Regenrinne, um zu prüfen, wie fest sie war. Sie wirkte ziemlich solide. »Ich gehe. Das ist besser. Dann kann ich dir helfen, auf den Balkon zu klettern.«

Er hatte eine komische Vorahnung, doch er versuchte, nicht daran zu denken.

»Einverstanden.« Gloria trat zur Seite.

Pietro, mit der zappelnden Natter in der um den Bauch gebundenen Tüte, umfasste mit beiden Händen die Regenrinne und stemmte seine Füße gegen die Hauswand. Die Plastiksandalen waren für ein solches Unternehmen nicht gerade geeignet, doch er kam trotzdem voran und versuchte sich auf die Eisen zu stützen, mit denen die Regenrinne an der Mauer befestigt war.

Wieder drang er irgendwo ein, wo er nicht hineindurfte. Doch diesmal hatte er, nach Glorias Ansicht, Grund dazu.

(*Und du, was hältst du davon?*)

Ich glaube, dass ich hier nicht einbrechen darf, aber ich glaube auch, dass die Palmieri eine blöde Kuh ist und den Streich verdient hat.

Das Klettern verlief ohne Probleme, und der Rand des Balkons war nur noch einen Meter entfernt, als sich die Regenrinne urplötzlich und lautlos von der Hauswand löste. Wer weiß, vielleicht waren die Eisen schlecht einzementiert worden oder durchgerostet. Jedenfalls löste sich das Ganze aus der Mauer.

Unter dem Gewicht Pietros bog sich die Regenrinne vom Haus weg, und wenn er, mit einem Hüftschwung, der eines Gibbons würdig gewesen wäre, sie nicht gerade noch rechtzeitig losgelassen hätte, wäre er auf den Rücken gefallen und ... Okay, lassen wir das.

Jedenfalls baumelte er jetzt am Rand des Balkons.

»Verdammte Kacke ...«, murmelte er verzweifelt und versuchte die Regenrinne mit den Füßen zu erreichen, um sich dagegen stemmen zu können, doch er schob sie nur noch weiter weg.

Bleib ruhig. Nicht herumzappeln. Wie oft hast du schon an einem Ast gehangen? Du kannst es auch eine halbe Stunde so aushalten.

Das stimmte nicht.

Die Steinkante des Balkons schnitt ihm in die Finger. Er würde höchstens fünf oder zehn Minuten durchhalten. Er sah nach unten. Er konnte sich fallen lassen. Es war nicht sehr hoch. Es würde ihm wahrscheinlich nicht viel passieren. Das einzige Problem war, dass er direkt auf den gepflasterten Weg fallen würde. Und Pflastersteine sind bekanntlich hart.

Aber wenn ich geschickt falle, passiert mir nichts.

Ein Satz, der mit aber anfängt, ist von vornherein falsch. Er hörte die Stimme seines Vaters.

Gloria stand unten und sah ratlos zu ihm hoch.

»Was soll ich tun?«, zischte er.

»Lass dich fallen. Ich fange dich auf.«

Also das war nun wirklich Quatsch.

Dann tun wir uns alle beide weh.

»Geh aus dem Weg!«

Er schloss die Augen und wollte schon loslassen, als er sich mit einem gebrochenen Bein auf dem Boden liegen und den ganzen Sommer mit einem Gipsbein herumhumpeln sah. »Verdammt, ich lasse mich nicht fallen!« Er strengte sich an und schaffte es, mit einer Hand eine Stange des Geländers zu erreichen, streckte mühsam ein Bein aus und stützte sich auf den Rand des Balkons ab, hielt sich dann auch mit der anderen Hand fest, kam auf die Beine und kletterte über das Geländer.

Und jetzt?

Die Balkontür war geschlossen. Er versuchte sie aufzudrücken. Blockiert.

Das war im Plan nicht vorgesehen gewesen. Wer sollte denn auch auf die Idee kommen, dass jemand bei dieser grauenhaften Hitze Türen und Fenster geschlossen hielt, als wäre es Januar?

Er machte mit den Händen einen Trichter und warf einen Blick durch die Glasscheibe nach drinnen.

Ein Wohnzimmer. Niemand darin.

Er konnte versuchen, das Schloss aufzubrechen oder die Scheibe mit einem Blumentopf einzuschlagen. Und dann über die Treppe abhauen. Der Plan wäre gescheitert (*und wen kümmert das schon ...*), oder er konnte doch noch versuchen, sich vom Rand des Balkons fallen zu lassen.

»Geh rein!«, rief Gloria und fuchtelte mit den Armen herum.

»Es ist zu. Die Tür ist zu.«

»Beeil dich, sie kann jeden Moment zurückkommen.«

Von da unten sagt sich das leicht.

Was für eine verdammte Blamage! Die Palmieri findet mich, wie ich auf ihrem Balkon festsitze.

Er sah auf die andere Seite. Weniger als einen Meter entfernt gab es ein kleines Fenster. Geöffnet. Der Rollladen war runtergelassen, doch nicht so weit, dass er nicht hineinschlüpfen könnte.

Das war der Fluchtweg.

127

Es war sehr warm.

Doch das Wasser wurde langsam kalt. Sie fühlte die Beine und den Hintern nicht mehr.

Wie lange war sie schon hier drin? Sie konnte es nicht mit Sicherheit sagen, weil sie eingeschlafen war. Eine halbe Stunde? Eine Stunde? Zwei?

War das wichtig?

Sie würde bald herausgehen. Aber nicht jetzt. In aller Ruhe. Jetzt musste sie ihr Lied hören. Ihr Lieblingslied.

Rew. Srrrrrrr. Stop. Play. Fffff.

»Die Augen sanft, so sonderbar, dass ich mich hingab, ganz und gar, wenn er sich an mich schmiegte … als ich einst noch unschuldig war, korallenrot im Licht mein Haar, wenn ich im Mond mich wiegte … dann musste er mir wieder sagen, mir immer immer wieder sagen: Du bist wunderschön! Du bist wunderschön! Ahhh! Ahhh!«

Stop.

Dieses Lied sagte die Wahrheit.

In diesem Lied lag mehr Wahrheit als in allen Büchern und allen dummen Gedichten, in denen es um Liebe geht. Kaum zu glauben, dass sie die Kassette als Beilage in einer Zeitschrift gefunden hatte. Die großen Erfolge der italienischen Musik. Sie wusste nicht einmal, wie die Sängerin hieß. Sie kannte sich da nicht aus.

Dieses Lied sollten ihre Schüler lernen.

»Auswendig«, murmelte Flora Palmieri und fuhr sich mit der Hand übers Gesicht.

PLAY.

»Du bist wunderschön! Du bist wunderschön! Ahh!«

»Er sagte zu dir: Du bist wunderschön ... Ahhh!«, sang sie mit, doch es klang, als wären die Batterien leer.

128

»Du bist wunderschön.«
Sie schlägt die Augen auf. Lippen, die sie küssen.
Kleine Küsse auf den Hals. Kleine Küsse aufs Ohr. Kleine Küsse auf die Schultern.
Sie fährt mit einer Hand durch sein Haar. Sein Haar, das er sich für sie geschnitten hat.(Na, was sagst du, gefällt es dir so besser? Sicher gefällt es mir so besser.)
»Was hast du gesagt?«, fragt sie ihn, reibt sich die Augen und streckt sich. Ein Sonnenstrahl als heller Fleck auf der dunklen Tapete, und der Staub tanzt in der Luft.
»Ich habe gesagt: Du bist wunderschön.«
Kleine Küsse auf den Hals. Kleine Küsse auf die rechte Brust.
»Sag's noch einmal.«
Kleine Küsse auf die rechte Brust.
»Du bist wunderschön.«
Kleine Küsse auf die rechte Brustwarze.
»Noch mal. Sag's noch einmal.«
»Du bist wunderschön.«
Kleine Küsse auf den Bauch.
»Schwör es.«
Kleine Küsse auf den Nabel.
»Ich schwöre es. Du bist die Schönste auf der ganzen Welt. Darf ich jetzt bitte weitermachen?«
Und noch viel mehr Küsse.

129

Pietro schlüpfte hinein, mit dem Kopf zuerst, wie ein Fisch in eine Reuse.

Er streckte die Hände aus, presste sie auf die Fliesen und schob sich, auf die Handgelenke gestützt, weiter.

Der Boden war feucht, und er machte sich das T-Shirt nass.

Er lag der Länge nach neben dem Bidet.

In einem Badezimmer.

Musik.

» ... dann ging ich aus und suchte dich, auf Straßen, Plätzen, fand dich nicht, irrte herum und fand dich nicht, drehte mich um, sah plötzlich dich, hörte dich wieder sagen: Du bist wunderschön! Du bist wunderschön!«

Er kannte dieses Lied, weil Mimmo die Platte hatte.

Er stand auf.

Es war dunkel.

Und es war sehr warm.

Ihm lief der Schweiß herunter.

Und da war ein Geruch ... furchtbar.

Zwanzig Sekunden lang war er praktisch blind. Er befand sich in einem Bad, daran gab es keinen Zweifel. Ein Licht brannte, doch es war mit einem Tuch abgedeckt und machte nicht hell. Der Rest lag im Halbdunkel. Seine Pupillen wurden kleiner, und er konnte endlich sehen.

Die Lehrerin Flora Palmieri lag in der Badewanne.

In den Händen hielt sie einen alten Kassettenrecorder in einer schwarzen Plastikhülle, aus dem es kreischte: Du bist wunderschön. Ein Elektrokabel lief durchs ganze Bad und endete in einer Steckdose neben der Tür. Es herrschte totale Unordnung. Kleiderhaufen auf dem Boden. Nasse Wäsche im Waschbecken. Der Spiegel beschmiert mit roten Zeichen.

Die Palmieri schaltete den Recorder ab und sah ihn an. Sie schien nicht überrascht. Als wäre es die normalste Sache der Welt, dass jemand durchs Fenster in ihre Wohnung einstieg.

Aber sie selbst war nicht normal.

Ganz und gar nicht.

Ihr Gesicht war anders, sehr abgemagert, und außerdem schwammen im Badewasser Stücke aufgeweichten Brots herum, Bananenschalen und eine Fernsehzeitschrift.

In ihrer Stimme war nur ein ganz leichter Anflug von Verwunderung, als sie ihn fragte: »Was tust du denn hier?«

Pietro senkte den Blick.

»Mach dir keine Sorgen. Ich schäme mich nicht mehr. Du kannst mich ruhig ansehen. Was willst du?«

Pietro hob den Blick und senkte ihn wieder.

»Was ist? Findest du mich abstoßend?«

»Nein ...«, stammelte er verlegen.

»Dann sieh mich an.«

Pietro zwang sich, sie anzusehen.

Sie war weiß wie eine Leiche. Oder besser: wie diese Wachsfiguren. Gelblich bleich. Und die Brüste sahen aus wie zwei dicke Weichkäse, die im Wasser lagen. Ihre Rippen standen raus. Der Bauch war rund und geschwollen. Und die Härchen rot. Die Arme lang. Die Beine lang.

Sie machte einem Angst.

Flora hob den Kopf, sah zur Decke und schrie: »Mama! Wir haben Gäste! Pietro ist uns besuchen gekommen.« Sie drehte den Kopf, als ob jemand zu ihr spräche, doch da war niemand. Es herrschte Grabesstille. »Nein, mach dir keine Sorgen, es ist nicht der von früher.«

Sie hat den Verstand verloren, sagte sich Pietro.

130

»Es geht uns gut zusammen, nicht?«
Flora lächelte.
»Was ist? Antwortest du mir nicht? Geht es uns nun gut zusammen oder nicht?«, fragte er noch einmal.
»Ja, es geht uns gut.«
Sie liegen auf einer Sanddüne dreißig Meter vom Ufer entfernt und halten sich in den Armen. In einem Korb sind in Alufolie ein-

gewickelte Brötchen und eine Flasche Rotwein. Das Meer ist trist, so grau, vom Wind gekräuselt. Von der gleichen Farbe wie der Himmel. Und die Luft ist so klar, dass der gestreifte Schornstein des Kraftwerks in Civitavecchia ganz in der Nähe zu stehen scheint.

Er nimmt die Gitarre und beginnt zu spielen. Eine Stelle macht ihm Probleme. Er wiederholt sie einige Male. »Es ist eine Milonga. Ich habe sie selbst komponiert.« *Mit einem gereizten Ausdruck hört er auf zu spielen.* »Was drückt mich denn da …?« *Er steckt eine Hand in die Hosentasche und holt eine kleine blaue Samtschachtel heraus.* »Ach, das war es. Sieh dir mal an, was man manchmal so in der Tasche mit sich herumträgt.«

»Was ist das?« *Flora schüttelt den Kopf.*

Sie hat verstanden.

Er gibt ihr die kleine Schachtel.

»Bist du verrückt geworden?«

»Mach sie auf.«

»Warum?«

»Wenn du sie nicht aufmachst, dann muss ich sie den Fischen geben. Und im nächsten Sommer ist dann irgendein Fischer sehr glücklich.«

Flora macht die Schachtel auf.

Ein Ring. Weißgold mit einem Amethyst.

Flora steckt ihn sich an den Finger. Perfekt. »Was ist das?«

»Ein formeller Heiratsantrag.«

»Bist du verrückt geworden?«

»Vollkommen. Wenn er dir nicht gefällt, sag es. Der Juwelier ist ein Freund von mir, wir können ihn umtauschen. Da gibt es keine Probleme.«

»Nein, er ist wunderschön, er gefällt mir.«

131

»Also, was willst du hier?«

»Ich …« *Ich wollte Ihnen einen Streich spielen, aber so wie es Ihnen geht, glaube ich nicht …* Pietro wusste nicht, was er sagen sollte.

»Dann stimmt es also doch, dass du wie ein Dieb in fremde Häuser eindringst? Wolltest du meinen Fernseher kaputtschlagen? Wenn du das willst, kein Problem. Geh ins Wohnzimmer. Ich sehe schon seit einer Weile nicht mehr fern. Aber diesmal, habe ich das Gefühl, hat dich niemand gezwungen einzubrechen, oder irre ich mich?«

Unten vor dem Haus steht...

Da war die Tür. Er konnte abhauen.

»Lauf ja nicht einfach weg. Jetzt bist du hier, und du gehst erst, wenn ich es dir sage. In der letzten Zeit haben wir nicht viele Gäste gehabt, mit denen man sich unterhalten konnte.« Dann, wieder mit Blick an die Decke: »Stimmt doch, Mama?« Mit einem Finger zeigte sie auf die Plastiktüte, die Pietro sich um den Bauch gebunden hatte. »Was hast du da drin? Da bewegt sich doch was...«

»Nichts«, wich Pietro aus, »gar nichts.«

»Lass mich mal sehen.«

Er trat näher. Der Schweiß lief ihm in Strömen über den ganzen Körper. Er schwitzte sogar in den Kniekehlen. Er band die Tüte los und nahm sie in die Hand. »Da ist eine Schlange drin.«

»Sollte die mich beißen?«, fragte die Lehrerin interessiert.

»Nein, es ist eine Natter. Die beißt nicht«, versuchte Pietro sich zu rechtfertigen, doch es klang nicht sehr überzeugend. Das war Schuld der Lehrerin; er fühlte sich ihretwegen schlecht.

Er spürte den Wahnsinn dieser Frau, der ihn wie eine Giftwolke einhüllte und ihn genauso verrückt machen konnte. Sie hatte nichts mehr von der Lehrerin Palmieri, der guten Lehrerin Palmieri, mit der er an jenem Winterabend im Supermarkt gesprochen hatte. Sie war eine andere Person, und so verrückt wie eine BSE-Kuh.

Ich will hier raus.

Die Lehrerin stellte den Recorder auf den Rand der Badewanne und nahm Pietros Plastiktüte. Sie machte sie auf und wollte gerade hineinsehen, als der spitze Kopf der Schlange, gefolgt vom Rest des sich windenden Körpers, herausschoss, zwischen ihren Beinen in die Badewanne sprang und dort herumschwamm. Die Palmieri rührte sich nicht, und man hätte nicht sagen können, ob sie Angst hatte oder ob es ihr gefiel.

Dann flutschte die Schlange über den Rand und durch die Badezimmertür hinaus.

Die Lehrerin fing an zu lachen. Ihr Lachen war gezwungen und unnatürlich wie bei einer schlechten Schauspielerin. »Jetzt ist sie frei und kann durch die ganze Wohnung kriechen. Ich habe nie Tiere gehabt. Das ist das richtige Tier für mich.«

»Kann ich jetzt gehen?«, fragte Pietro in einem bittenden Ton.

»Noch nicht.« Flora streckte ein runzliges Bein aus der Wanne. »Worüber können wir reden? Nun, ich kann dir sagen, dass es mir in den letzten Monaten wirklich nicht besonders gut gegangen ist ...«

132

Sie ist mit Kochen fertig. Alles ist vorbereitet. Der Braten im Ofen. Die Tagliatelle sind schon mit der Soße vermischt und werden auf dem Tisch kalt. Wo bleibt er bloß? Normalerweise ist er doch so pünktlich. Vielleicht hat es mit dem Mailänder Innenarchitekten länger gedauert. Er wird schon kommen. Flora hat beim Zeitungshändler Vom Winde verweht *auf Video gekauft. Er hat ihr einen Videorecorder geschenkt.*

Und schließlich kommt er. Er ist ausweichend. Seltsam. Küsst sie nur flüchtig. Sagt ihr, dass er ein paar Probleme mit dem Jeans-Shop (was für ein hässliches Wort) hat. Dass er heute Abend nicht zum Essen bleiben kann. Was für Probleme? Sie fragt ihn nicht. Er sagt, er ruft sie morgen an. Und morgen Abend sehen sie sich zusammen den Film an. Er küsst sie auf den Mund (doch es ist kein tiefer Kuss) und geht.

Flora isst die kalten Tagliatelle und sieht sich Vom Winde verweht *an.*

133

»Seit jenem Abend mit *Vom Winde verweht* habe ich ihn nicht wiedergesehen«, sagte die Lehrerin mit einem Kichern. »Nie mehr. Und auch nichts von ihm gehört.«

Was für ein Abend? Und um wen ging es? Wovon sprach sie? Pietro verstand nichts, doch er würde bestimmt nicht nachfragen.

»Das ist jetzt zum Lachen. Aber du weißt nicht, wie ich zuerst ... lassen wir das. Am nächsten Tag nicht einmal ein Anruf. Am Abend nichts, dieser Tag wollte nicht enden. Und ich wusste es. Ich wusste schon alles. Ich habe seine Handynummer probiert, aber immer nur die Mailbox erreicht. Ich habe ihm Nachrichten hinterlassen. Habe drei Tage gewartet und ihn dann zu Hause angerufen. Und seine Mutter sagt mir, er sei nicht da. Und dass sie keine Nachricht für mich hat. Und dann rutscht ihr heraus, dass ihr Sohn abgereist ist, mehr kann sie mir nicht sagen. Was heißt das: abgereist? Wohin? Mehr kann sie mir nicht sagen, verstehst du? Er hat nicht einmal eine Nachricht für mich hinterlassen.« Sie schluchzte leise, dann spritzte sie sich Wasser ins Gesicht und lächelte. »Genug geweint. Ich habe zu viel geweint. Und Weinen führt zu nichts. Nicht wahr?«

Pietro nickte.

Warum bin ich nur hergekommen? Verdammte Scheiße ... Verdammt ... Gloria sollte sie jetzt sehen. Sollte sehen, was mit ihr los ist. In wen hat sie sich denn bloß verliebt?

»Er war abgereist. War weggefahren. Ohne mir irgendetwas zu sagen, ohne sich von mir zu verabschieden. Ich wusste es, dass dieser Mann nichts wert ist. Er ist ein Fatzke, das hatte mir meine Mutter gleich gesagt. Ich wusste es sehr gut. Und das schmerzt mich. Er hat mich geblendet: mit seinem Gerede, seiner Musik, den schönen Plänen, diesem Ring. Er ließ mich nicht in Frieden. Quälte mich. Weckte Hoffnungen. Und jetzt sage ich dir etwas, etwas Lustiges. Du bist der Erste, dem ich es erzähle, du kannst dich geehrt fühlen. Unser Freund hat mir ein kleines Andenken dagelassen.« Sie hielt sich am Rand der Badewanne fest und zog sich hoch.

»Pietro, ich bin schwanger. Ich erwarte ein Kind.«
Und sie fing wieder an zu lachen.

134

Flora steckt die Hand in die Manteltasche und presst den Plastikstreifen zusammen, durch den sie die Wahrheit erfahren hat: über die häufige Übelkeit, das Ausbleiben der Regel, diese Schwäche, die sie ihrem gebrochenen Herzen zugeschrieben hatte. Sie nimmt das Auto und fährt zum Kurzwarengeschäft Biglia. Sie macht den Motor aus. Lässt ihn wieder an. Macht den Motor erneut aus. Steigt aus dem Auto und geht ins Geschäft.

Gina Biglia ist hinter der Theke und spricht mit zwei Kundinnen. Als sie Flora sieht, bleibt ihr der Mund offen stehen, und sie versucht, ihr mit den Augen Zeichen zu geben. Die beiden Kundinnen gehen in eine Ecke, sehen sich in einer Schublade Knöpfe an, verlassen den Laden aber nicht. Natürlich nicht! Ihre Ohren sind gespitzt!

»Wo ist er hingefahren?«, stößt Flora atemlos und mit brüchiger Stimme hervor. »Ich muss es wissen, ich gehe nicht, bis Sie es mir sagen.«

»Ich weiß es nicht.« Gina Biglia wird unruhig. »Es tut mir Leid, ich weiß es nicht.«

Flora setzt sich auf den Hocker, bedeckt ihr Gesicht mit den Händen, beginnt zu zittern, von Schluchzern geschüttelt.

»Entschuldigt.« Signora Biglia drängt die Kundinnen aus dem Laden, schließt hinter ihnen die Tür ab und wendet sich Flora zu. »Bitte nicht, weinen Sie nicht, ich bitte Sie. Weinen Sie doch nicht!«

»Wohin ist er gefahren?« Flora greift nach Signora Biglias Hand und hält sie fest.

»Gut, ich sage es Ihnen. Ich sage Ihnen alles, was ich weiß. Wenn Sie nur aufhören damit, wenn Sie nur aufhören zu weinen und sich beruhigen. Er ist nach Jamaika gereist.«

»Nach Jamaika? Warum?«

Gina Biglia senkt den Blick. »Um zu heiraten.«

»Ich wusste es, ich wusste es, ich wusste es, ich wusste ...«, sagt Flora immer wieder. Dann zieht sie den Schwangerschaftstest aus der Tasche und hält ihn Signora Biglia hin.

135

»Jetzt geh. Ich will dich nicht mehr sehen. Ich bin müde.« Flora nahm ein Stück Brot, das in der Badewanne herumschwamm, und zerdrückte es zu Brei.

Pietro wandte sich zum Gehen, aber dann musste er, obwohl er es eigentlich nicht wollte, doch noch fragen: »Warum bin ich sitzen geblieben?«

»Deshalb bist du gekommen, jetzt verstehe ich es endlich.« Sie nahm eine Bürste in die Hand, um sich zu kämmen, ließ sie dann jedoch ins Wasser fallen. »Willst du das wirklich wissen? Bist du sicher, dass du es wissen willst?«

Wollte er es wissen? Nein, das wollte er nicht. Doch dann drehte er sich trotzdem um und fragte noch einmal: »Warum?«

»Es musste so kommen. Du verstehst nichts. Du bist dumm.« (*Hör ihr nicht zu. Sie ist böse. Sie ist verrückt. Geh weg. Hör ihr nicht zu.*)

»Aber Sie haben doch gesagt, dass ich tüchtig bin. Sie hatten mir versprochen ...«

»Siehst du, wie dumm du bist? Weißt du etwa nicht, dass Versprechen dafür da sind, gebrochen zu werden?«

Sie war eine Hexe. Mit diesen grauen Augen, die ganz tief in ihren geröteten Höhlen lagen, dieser spitzen Nase, dieser Irrenfrisur.

Du bist die böse Hexe.

»Das stimmt nicht.«

»Es stimmt. Es stimmt«, rief Flora und warf nachlässig eine Bananenschale auf den Boden.

Pietro schüttelte den Kopf. »Sie sagen diese Sachen, weil es Ihnen schlecht geht. Weil Sie verlassen worden sind. Nur deshalb sagen Sie diese Sachen. Sie meinen das nicht wirklich, das weiß ich.«

136

Flora liegt auf dem Bett. Sie ist nicht mehr böse auf ihn. Wenn er zurückkommt, wird sie ihm verzeihen. Denn so kann sie nicht weitermachen. Grazianos Mutter hat ihr diese Dinge gesagt, um ihr wehzutun. Sie ist eine boshafte Frau. Das ist alles nicht wahr. Es ist nicht wahr, dass Graziano geheiratet hat. Er wird zurückkommen. Bald. Das weiß sie. Und sie wird sich mit ihm versöhnen. Denn ohne ihn schafft sie gar nichts mehr, und nichts hat mehr Sinn. Am Morgen aufwachen. Arbeiten. Sich um Mama kümmern. Schlafen. Leben. Ohne ihn ist alles sinnlos. Sie ruft ihn jede Nacht. Sie kann ihn zurückholen. Sie weiß, dass sie es kann. Durch ihre Gedanken. Wenn sie mit ihrer Mutter in einer anderen Welt sprechen kann, dann ist es mit ihm, der nur auf der anderen Seite des Ozeans ist, leicht. Sie sagt ihm, er soll sofort zurückkommen. Graziano, komm zurück zu mir.

137

Flora riss ihren Mund auf, entblößte zwei Reihen gelber Zähne und geiferte: »Sei still! Weißt du, warum sie Pierini versetzt haben? Weil sie ihn so schnell wie möglich loswerden wollen. Sie wollen ihn nicht mehr sehen. Sie konnten ihn nicht sitzen lassen, weil er dazu fähig ist, ihre ganze verdammte Schule in die Luft zu sprengen. Und das wäre gut so. Sie haben Angst. Weißt du, was er bei mir gemacht hat? Er hat mein Auto angezündet. Eine kleine Aufmerksamkeit, weil ich ihn verraten habe. Jetzt willst du wissen, warum du nicht versetzt worden bist. Ich erkläre es dir. Weil du unreif und kindlich bist. Warte ... Wie hat die Gatta gleich gesagt? Ein Junge mit ernsten Verhaltensstörungen, der aus einer Problemfamilie stammt und in der Gruppe nicht seinen Platz findet. Mit andern Worten: weil du nicht reagierst. Du bist ängstlich. Ordnest dich nicht ein. Bist nicht wie die anderen. Weil dein Vater ein gewalttätiger Alkoholiker ist und deine Mutter eine mit Pillen vollgestopfte Nervenkranke und dein Bruder ein armer Idiot, der dreimal sitzen geblieben ist. Du wirst wie sie werden. Und ich sage dir eins: Schlag dir das Gymnasium aus dem Kopf, schlag dir die Universität aus dem Kopf. Je früher du begreifst, wer du bist, desto besser wird es dir gehen. Du hast kein Rückgrat. Du bist nicht versetzt worden, weil du dich von anderen zwingen lässt, Dinge zu tun, die du nicht tun willst.«

(*Und hier bin ich nur, weil Gloria mich dazu gezwungen hat...*)

»Du wolltest nicht in die Schule einbrechen. Wie oft hast du diesen Satz im Direktorzimmer gesagt? Und jedes Mal hast du dir tiefer ins eigene Fleisch geschnitten, weil du damit gezeigt hast, wie schwach und unreif du bist.« Sie holte kurz Luft, sah ihn verächtlich an und fügte hinzu: »Du bist wie ich. Du bist nichts wert. Ich kann dich nicht retten. Ich will dich nicht retten. Mich hat auch keiner gerettet. Dich hauen sie in die Pfanne, weil du nicht...«

Ein Augenblick.
Ein verdammter Augenblick.
Der verdammte Augenblick, in dem der Angeber beschließt, auf dem Geländer zu balancieren.
Der verdammte Augenblick, in dem du den Stein von der Brücke wirfst.
Der verdammte Augenblick, in dem du dich bückst, um die Zigaretten aufzuheben, wieder hochkommst, und vor dir, jenseits der Windschutzscheibe, da steht eine Gestalt mit offenem Mund wie angewurzelt auf den weißen Streifen.
Der verdammte Augenblick, der nicht zurückkommt.
Der verdammte Augenblick, der dein Leben verändern kann.
Der verdammte Augenblick, in dem Pietro reagierte und den Fuß auf das Kabel stellte und zog und der Kassettenrecorder ins Wasser fiel, mit einem einfachen ...
Plof.

138

Der Schalter neben dem Stromzähler ging mit einem harten Klacken nach unten.

Im Bad wurde es dunkel.

Flora fuhr schreiend hoch, vielleicht in Erwartung des elektrischen Schlags, vielleicht nur aus Instinkt, jedenfalls stand sie auf, schwankte eine Sekunde auf einem Fuß, dann noch eine und noch eine, als ihr klar wurde, dass sie ausrutschen würde, dann wirklich nach hinten rutschte und mit ausgebreiteten Armen ins Dunkel zurückfiel.

Toc.

Sie spürte einen schrecklichen Schlag im Genick. Einen harten Schlag, der ihren Kiefer und den ganzen Schädel erbeben ließ.

Die Kante.

Wenn sie sich auf den Boden der Wanne diese Plastikblumen geklebt hätte, die sie in Orbano gesehen hatte und die pro Stück zwölftausend Lire kosteten (zu viel für etwas so Hässliches), wäre sie vielleicht nicht gestorben, doch wahrscheinlich hätte auch dies sie nicht gerettet. Drei Stunden bewegungslos im Wasser, und die Beine sind wie aus Holz.

Sie lag wieder in der Wanne.

Mit einer Hand betastete sie ihren Nacken. Sie verstand nicht, was los war. Sie spürte eine schleimige Masse, die ihr Haar verschmierte. Und sie spürte, wie die Ränder dieser Wunde anschwollen. Als sie einen Finger hineinsteckte, fühlte sie, dass sie tief war. Der Schlag war heftig gewesen.

Sie konnte es nicht verstehen. Es tat nicht weh. Überhaupt nicht. Aber sie sagte sich, dass schlimme Dinge am Anfang nie wehtun.

Sie versuchte sich hochzuziehen. Versuchte es noch einmal.

Wieso ging es ihr gut, und sie schaffte es trotzdem nicht, sich hochzuziehen? In Wirklichkeit spürte sie, wie sie langsam im Wasser versank. Das war es: Die Arme und Beine gehorchten ihr nicht mehr.

Vielleicht spürte Mama etwas Ähnliches nein dies ist weich es ist nicht hart wie Mama löse ich mich langsam auf und das Wasser schmeckt nach Salz und Metall und Blut.

Das Wasser erreichte ihren Mund.

Ich kann nicht einfach sterben ich kann nicht es ist verboten ich kann es nicht tun Mama Mama wer kümmert sich um Mama wenn deine Kleine nicht da ist deine Flo sonst hätte ich mich schon lange getötet Mama.

Mama! Mama! Ich sterbe! Mama!

139

Ein grauenhafter Schrei, spritzendes Wasser und ein dumpfer Schlag gegen die Wanne.

Pietro hielt sich die Augen zu, holte Luft und schrie nicht, sondern rannte aus dem Bad auf der Suche nach der Wohnungstür und lief daran vorbei, ohne sie zu sehen. Überall war es finster. Er landete in der Küche. Eine Tür. Er öffnete sie. Ein warmer Gestank nach Exkrementen schlug ihm entgegen, traf ihn wie ein Faustschlag ins Gesicht. Er machte zwei Schritte, und da war irgendetwas, das ihn aufhielt, eine Barriere, etwas aus Eisen, das größer war als er, und er stieß mit offenem Mund auf einen harten Körper, ein Körperchen, das röchelte und keuchte und stöhnte, und er begann um sich zu schlagen und sich hin und her zu werfen und zu schreien wie ein Epileptiker und kletterte darüber und rannte zurück und knallte gegen eine Kante und stieß das Telefontischchen um und sah endlich die Wohnungstür und drehte den Knauf und raste die Treppe hinunter.

140

Sie atmete durch die Nase.

Der Rest des Kopfs war unter Wasser.

Sie hatte die Augen geöffnet. Das Wasser war warm. Es hatte einen bitteren Geschmack. Rote Spiralen drehten sich vor ihr. Immer größere und größere Kreise, ein Strudel und ein Krach, ein dumpfer Krach in den Ohren, das Dröhnen eines Flugzeugs auf dem Flug zurück von Jamaika, und da saß Graziano, er kam zurück, *weil ich ihn gerufen habe und da ist ein Hügel der sich dreht und da sind Mama und Papa und Pietro und Pietro und warum ich Flora Palmieri geboren in Neapel und ein kleines Kind mit roten Haaren und Graziano spielt und die Koalabären die großen silbernen Koalabären kommen und es ist so einfach die einfachste Sache der Welt ihnen hinter den Hügel zu folgen.*

Bei dem, was sie sah, durchfuhr sie ein letztes Zucken, sie lächelte und ließ endlich los und wurde nicht mehr in den Strudel gezogen.

19. Juni

141

Den Mund halb geöffnet, die Hände im Nacken verschränkt, sah Pietro hinauf zu den Sternen.

Er konnte sie nicht bestimmen. Doch er wusste, dass es einen gab, den Polarstern, den Stern der Seeleute, der heller war als die anderen, auch wenn sie in dieser Nacht alle leuchteten.

Sein Herz schlug wieder normal, der Magen knurrte nicht mehr, der Kopf war zur Ruhe gekommen, und Pietro lag entspannt am Strand und döste. Gloria war bei ihm. Seit einer Weile hatte sie sich nicht mehr bewegt. Sie schlief wahrscheinlich.

Sie waren seit mehr als sechs Stunden hier, und nach all der Zeit, die damit vergangen war, verzweifelt zu jammern, hundertmal zu wiederholen, wie das Ganze abgelaufen war, sich selbst die immer gleichen Fragen zu stellen und zu entscheiden, was jetzt zu tun sei, hatte die Müdigkeit die Oberhand gewonnen. Pietro hatte sich nur noch todmüde gefühlt, körperlich erschöpft und unfähig zu denken.

Er wäre gerne für den Rest seines Lebens so liegen geblieben, ausgestreckt im Sand, und hätte zum Himmel geschaut. Doch das war nicht so leicht, denn der kleine Psychologe in ihm weckte ihn unversehens auf und fragte: *Na, wie fühlt man sich, wenn man seine Italienischlehrerin umgebracht hat?*

Er wusste keine Antwort darauf, konnte nur sagen, dass man nicht stirbt, nachdem man einen anderen Menschen getötet hat, dass der Körper weiter funktioniert, auch das Gehirn, doch dass es nicht mehr wie vorher ist. Denn von jenem Moment an würde es bis zum Ende seiner Tage ein Vorher und ein Nachher geben. Wie bei der Geburt Jesu. Nur dass es in seinem Fall vor und nach dem Tod der Lehrerin Palmieri war. Er sah auf die Uhr. Es war zwei Uhr zwanzig am 19. Juni, erster Tag n.F. P.

Er hatte sie durch einen elektrischen Schlag getötet.
Ohne Grund. Und wenn es einen gab, dann verstand ihn Pietro nicht, wollte ihn nicht verstehen. Er war irgendwo in ihm verschlossen, und er spürte nur seine gewaltige Kraft, die fähig war, ihn in einen Wahnsinnigen zu verwandeln, einen Mörder, ein Ungeheuer.

Nein, er wusste nicht, warum er sie umgebracht hatte.

(*Sie hat diese schrecklichen Dinge über dich und deine Familie gesagt.*)

Ja, aber das war es nicht.

Es war eine Art von Explosion. In ihm war tonnenweise Dynamit, das jederzeit hochgehen konnte, und er wusste es nicht. Die Lehrerin hatte den richtigen Knopf gedrückt und den Auslöser aktiviert.

Wie diese Stiere bei der Corrida die unbeweglich mitten im Stadion stehen und leiden und da ist der Scheißtorero der sie niedermetzelt und sie tun nichts doch irgendwann stößt er einmal zu viel zu und der Stier explodiert und der Torero kann so viel herumtanzen wie er will er kriegt ein Horn in die Eingeweide und der Stier hebt ihn hoch und schleudert ihn durch die Luft und seine Gedärme hängen raus und das Blut fließt ihm aus dem Mund und du freust dich weil dieses spanische Spiel einem Stier Spieße in den Rücken zu stoßen wo es am schlimmsten wehtut bis er nicht mehr kann das grausamste Spiel auf der Welt ist.

Das konnte ein Grund sein, aber er reichte nicht, um zu rechtfertigen, was er getan hatte.

Ich bin ein Mörder. »Ein Mörder. Ein Mörder. Pietro Moroni ist ein Mörder.« Das klang gut.

Sie würden ihn finden und für den Rest seiner Tage ins Gefängnis stecken. Er hoffte, ein kleines Zimmer (eine kleine Zelle) ganz für sich zu haben. Er würde Bücher lesen können (in Gefängnissen gibt es Bibliotheken). Er würde fernsehen (Gloria könnte ihm ihren Fernseher schenken) und würde dort drinnen sein. Er würde schlafen und essen. Das war alles, was er brauchte.

Für immer seine Ruhe haben.

Ich muss zur Polizei gehen und ein Geständnis ablegen.
Er streckte einen Arm aus und schüttelte Gloria. »Schläfst du?«
»Nein.« Gloria drehte sich zu ihm hin. Sternenfunkeln in ihren Augen. »Ich habe nachgedacht.«
»Worüber?«
»Über den Freund der Palmieri. Wer könnte das sein?«
»Ich weiß es nicht. Sie hat es mir nicht gesagt.«
»Sie hat ihn so sehr geliebt, dass sie verrückt geworden ist …«
»Es ging ihr sehr schlecht. Als wäre sie krank; nicht wie Mimmo, wenn Patrizia ihn verlässt.«
Komisch. Er hatte nie darüber nachgedacht, was die Palmieri nach der Schule machte, ob sie gerne Filme ansah oder spazieren ging, ob sie Pilze suchte, ob sie Katzen oder Hunde mochte. Vielleicht mochte sie keine Tiere, vielleicht hatte sie Angst vor Spinnen. Er hatte sich auch nie eine Vorstellung davon gemacht, wie sie wohl wohnte. Er sah den kleinen Balkon mit den roten Geranien wieder vor sich, das schmutzige Bad im Halbdunkel, den Flur mit dem Sonnenblumenposter und das finstere Zimmerchen mit diesem Wesen darin. Es war, als hätte er zum ersten Mal entdeckt, dass seine Lehrerin Palmieri auch ein Mensch war, eine Frau, die allein ihr Leben lebte, keine Pappfigur mit nichts dahinter.
Aber jetzt hatte all dies keine Bedeutung mehr. Sie war tot.
Pietro setzte sich im Schneidersitz hin. »Hör zu, Gloria, ich habe darüber nachgedacht, ich muss zur Polizei gehen. Ich muss es ihnen erzählen. Wenn ich gestehe, ist es besser. Das sagen sie immer in den Filmen. Dann behandeln sie dich nachher besser.«
Gloria rührte sich nicht mal, sondern stieß nur die Luft aus. »Hör auf! Was für ein Scheiß! Du musst damit aufhören. Wir haben zwei Stunden lang darüber geredet. Keiner hat dich gesehen. Keiner weiß, dass du dagewesen bist. Wir beide sind nie dahin gegangen. Wir waren in der Lagune. Die Palmieri ist durchgedreht. Sie hat ihren Kassettenrecorder ins Wasser fallen lassen und ist an dem Schlag gestorben. Ende der Geschichte. Wenn man sie findet, wird man denken, dass es ein Unfall war. So ist es. Und jetzt genug davon. Das hattest du doch auch gesagt. Was ist denn los? Hast du's dir anders überlegt?«
»Ich weiß, aber ich muss immer daran denken. Ich schaffe es

nicht, nicht daran zu denken. Ich kann es nicht«, sagte Pietro und vergrub seine Hände in den Sand.

Gloria setzte sich auf und legte einen Arm um ihn. »Was wollen wir wetten, dass ich es schaffe, dich abzulenken?«

Pietro lächelte müde. »Und wie?«

Sie nahm ihn bei der Hand. »Gehen wir schwimmen, hast du Lust?«

»Schwimmen?! Nein, mag ich nicht. Dazu habe ich überhaupt keine Lust.«

»Los! Das Wasser ist bestimmt ganz warm.« Sie packte ihn am Arm. Zum Schluss stand Pietro auf und ließ sich ans Meer ziehen.

Eine helle Nacht, auch wenn nur Halbmond war. Das Meer so flach, dass man meinen konnte, die Sterne lägen darauf. Außer dem Schwappen des Wassers an den Strand war kein Laut zu hören. In den Dünen hinter ihnen das schwarze Dickicht, in dem nur hin und wieder Glühwürmchen als helle Punkte aufblinkten.

»Ich gehe schwimmen, und wenn du nicht mitmachst, bist du ein Arsch.« Gloria zog sich vor Pietro das T-Shirt aus. Sie hatte kleine Brüste, die sich schneeweiß von ihrem gebräunten Körper abhoben. Sie lächelte ihn neckisch an, drehte sich dann um, streifte ihre kurze Hose und den Slip ab und stürzte sich mit einem Schrei ins Meer.

Sie hat sich vor mir ausgezogen.

»Es ist toll! Es ist ganz warm! Los, komm! Muss ich dich auf Knien bitten?« Gloria fiel auf die Knie und faltete die Hände. »Pietruccio, Pietruccio, ich bitte dich, nimmst du ein kleines Bad mit mir?« Und sie sagte das mit einer Stimme …

Bist du blöd? Los, worauf wartest du?

Pietro zog sich das T-Shirt aus, schlüpfte aus den kurzen Hosen und lief in Unterhosen ins Meer hinein.

Das Meer war warm, doch trotzdem verscheuchte es seine Müdigkeit. Er holte tief Luft, tauchte ins flache Wasser ein und begann zehn Zentimeter über dem sandigen Untergrund kräftig loszuschwimmen.

Jetzt musste er nur schwimmen. Immer weiter ins Tiefe, aufs offene Meer hinaus, wie ein Teufelsfisch oder ein Rochen, bis er nicht mehr genug Luft hätte, bis seine Lungen platzen würden wie Luftballons. Er machte die Augen auf. Da war die kalte Finsternis, doch er blieb weiter unter Wasser, schwamm mit offenen Augen, spürte, dass er Luft holen müsste, *scheiß drauf, mach weiter*, spürte den Druck in Brustkorb, Luftröhre, Kehle, noch fünf Stöße, und als er sie gemacht hatte, sagte er sich, dass er noch weitere fünf machen könnte, als Minimum sieben, wenn nicht, war er ein Versager, und er fühlte sich langsam schlecht, doch er musste noch zehn machen, mindestens zehn, und er machte einen, zwei, drei, vier, fünf, und dann fühlte er sich wirklich, als explodierte in ihm eine Atombombe, und er tauchte nach Luft schnappend wieder auf. Er war weit vom Ufer entfernt.

Doch nicht so weit, wie er gedacht hatte.

Er sah Glorias blonden Kopf. Sie hielt in alle Richtungen nach ihm Ausschau. »Glo …«, setzte er an, doch dann sprach er nicht weiter.

Sie fuhr besorgt hoch. »Pietro? Wo bist du? Sei bitte nicht doof. Wo bist du?«

Ihm fiel das Lied wieder ein, das die Lehrerin gehört hatte, als er in ihr Badezimmer gekommen war.

Du bist wunderschön! Er sagte dir, du bist wunderschön.

Gloria, du bist wunderschön. Das hätte er ihr gerne gesagt. Er hatte nie den Mut dazu gehabt. Diese Dinge sagt man nicht.

Er tauchte ein paar Meter. Als er wieder hochkam, war er näher bei ihr.

»Pietro! Pietro, du machst mir Angst! Wo bist du?« Sie war panisch.

Er tauchte noch einmal und kam hinter ihr hoch.

»Pietro! Pietro!«

Er umfasste ihre Taille. Sie tat einen Sprung, drehte sich um. »Du Blödmann! Verdammt! Ich bin fast gestorben vor Angst! Ich habe gedacht …«

»Was?«

»Nichts. Dass du ein Idiot bist.« Sie spritzte Wasser nach ihm, machte dann einen Satz auf ihn zu. Sie begannen zu kämpfen. Und es war schrecklich schön. Ihr Busen an seinemRücken. Der Po. Die Schenkel. Sie drückte ihn runter und schlang ihre Beine um sein Becken.

»Flehe um Erbarmen, Verdammter!«
»Erbarmen!«, lachte Pietro. »Es war nur Spaß.«
»Schöner Spaß! Lass uns rausgehen, ich friere langsam.«

Sie liefen zum Strand und warfen sich nebeneinander in den noch warmen Sand. Gloria begann ihn trockenzureiben, doch dann schob sie ihren Mund an sein Ohr und seufzte. »Sagst du mir etwas?«

»Was?«
»Hast du mich gerne?«
» … Ja«, antwortete Pietro. Sein Herz pochte heftig.
»Wie gern hast du mich?«
»Sehr gern.«
»Nein, ich meine …« Sie holte verlegen Luft. »Liebst du mich?«
Pause.
»Ja.«
Pause.
»Wirklich?«
»Ich glaube, ja.«
»Wie die Palmieri? Würdest du dein Leben für mich geben?«
»Wenn du in Lebensgefahr wärst …«
»Dann lass es uns machen …«
»Was?«
»Liebe. Lass uns Liebe machen.«
»Wann?«
»Übermorgen. Was bist du blöd! Jetzt gleich. Ich habe es noch nie gemacht, du … Du hast es noch nie gemacht …« Sie schnitt eine Grimasse. »Sag mir nicht, dass du es schon mal gemacht hast. Du hast es doch nicht etwa, ohne irgendjemandem was zu sagen, mit dieser furchtbaren Marrese gemacht?«

»Du hast es vielleicht mit der Marrese gemacht …«, protestierte Pietro.

»Ja, ich bin lesbisch und habe es dir nie gesagt. Ich liebe die Marrese.« Sie wechselte den Ton, wurde ernst. »Wir müssen es jetzt machen. Es ist doch nicht schwierig?«

»Ich weiß nicht. Aber wie …?«
Pause.
»Was? Wie?«

»Wie fangen wir denn an?«

Gloria sah verlegen in den Nachthimmel. »Na ja, du könntest mich zum Beispiel küssen. Ich bin schon ganz nackt.«

Es war eine kleine Tragödie, deren Einzelheiten man besser nicht erzählt. Es war sehr kurz, kompliziert und unvollständig und ließ sie voller Fragen, Ängste, Verwirrungen zurück, unfähig, darüber zu reden, und verschlungen wie siamesische Zwillinge.

Doch dann sagte sie: »Du musst mir etwas schwören, Pietro. Du musst es mir bei unserer Liebe schwören. Schwör mir, dass du nie jemandem von der Palmieri erzählst. Nie. Schwör es mir.«

Pietro blieb still.

»Schwör es mir.«

»Ich schwöre es dir. Ich schwöre es dir.«

»Ich schwöre es dir auch. Ich werde es niemandem sagen. Nicht mal in zehn Jahren. Nie.«

»Du musst mir auch etwas schwören. Dass wir immer Freunde bleiben, dass du mich nie verlässt, auch wenn ich in der Zweiten bin und du in der Dritten.«

»Ich schwöre es dir.«

142

Zagor bellte.

Ohne Unterbrechung, als wäre jemand übers Tor in den Hof geklettert. Ein von der Kette ersticktes Bellen. Heiser und abgewürgt.

Pietro stand aus dem Bett auf. Schlüpfte in die Pantoffeln. Schob die Gardine vom Fenster weg und sah hinaus in die Dunkelheit. Da war niemand. Nur ein durchgedrehter Hund, der sich strangulierte, die Zähne bleckte, dass man seine blassblauen Lefzen sah, und mit Schaum vor dem Maul kläffte.

Mimmo schlief. Pietro schlich sich aus dem Zimmer und öffnete die Tür zum Schlafzimmer seiner Eltern. Auch sie schliefen. Nur ihre schwarzen Köpfe schauten unter den Decken hervor.

Wie schaffen sie es, bei diesem ganzen Lärm durchzuschlafen?, dachte er, und in dem Augenblick, als er es dachte, hörte Zagor auf.

Stille. Das Rascheln der Blätter im Wind. Das Knarren im Gebälk. Das Ticken des Weckers. Das Brummen des Kühlschranks unten in der Küche.

Pietro hielt den Atem an und wartete. Dann hörte er sie schließlich. Hinter der Haustür. So gedämpft, dass sie kaum wahrnehmbar waren.

Tump. Tump. Tump.

Schritte.

Schritte auf der Treppe.

Stille.

Und es klopfte an die Tür.

Pietro riss die Augen auf.

Er war schweißgebadet, atmete keuchend.

Und wenn sie lebt?

Wenn sie noch lebte, würde man sie finden.

Er stellte das Fahrrad hinter die Lorbeerhecke und näherte sich vorsichtig dem Haus.

Nichts schien sich seit dem Vortag verändert zu haben. Die Straße wirkte verlassen. Es war noch früh, der dunkle Himmel färbte sich am Rand hellblau, und die Luft war frisch.

Er sah nach oben. Das Fenster zum Bad war offen. Das zum Balkon geschlossen. Und die Regenrinne verbogen. Die Glastür am Hauseingang geschlossen. Alles gleich.

Wie kam er jetzt hinein? Sollte er die Haustür einschlagen?

Nein.

Das würde nicht unbemerkt bleiben.

Über die Regenrinne?

Nein.

Er wäre runtergefallen.

Eine Idee: Du kletterst bis zu einer bestimmten Stelle, dann lässt du dich runterfallen, tust dir weh (brichst dir ein Bein), gehst zur Polizei und sagst, die Lehrerin hätte dich angerufen, dass es ihr nicht gut gehe, und du hättest an der Sprechanlage geklingelt, aber sie hätte nicht reagiert, und da hättest du versucht, die Re-

genrinne hochzuklettern, wärst aber abgestürzt. Und du sagst ihnen, sie sollten nachsehen gehen.
Nein, das ist nicht gut.
Erstens hat dich die Palmieri nicht angerufen. Wenn sie Papa und Mama fragen, bekommen sie das sofort heraus.
Zweitens, wenn sie nicht tot ist, sagt sie der Polizei, dass ich es gewesen bin, der versucht hat, sie umzubringen.

Er musste eine andere Möglichkeit finden, in die Wohnung zu gelangen. Er strich um das Haus herum, auf der Suche nach einem Fensterchen, irgendeinem Loch, wo er einsteigen könnte. Hinter den geschwärzten Rohren des Heizkessels entdeckte er eine mit Blättern und Spinnweben bedeckte Aluleiter. Er zog sie heraus.

Was er vorhatte, war sehr gefährlich. Eine Leiter an einem Fenster würde jeder sehen, der vorbeikam. Doch er musste es riskieren. Mit dieser schweren Last auf seinem Gewissen hielt er es keine Minute länger aus. Er musste hochklettern und nachsehen, ob sie noch lebte.

(Und wenn sie noch lebt?)
Dann bitte ich sie um Verzeihung und rufe einen Krankenwagen.

Er trug die Leiter zur Vorderseite des Hauses, und es gelang ihm mit Mühe, sie an die richtige Stelle zu bringen. Schnell stieg er hoch, holte tief Luft und drang erneut in die Wohnung der Palmieri ein.

143

Der Jumbo der British Airways von Kingston (Jamaika) mit Zwischenlandung in London senkte den Schnabel wie ein riesiger Vogel, landete auf der Piste des römischen Flughafens Leonardo Da Vinci, bremste ab, kam zum Stehen und schaltete die Motoren aus.

Das Bordpersonal gab den Ausstieg frei, und die Passagiere drängelten zur Gangway. Unter den Ersten, die das Flugzeug verließen, war Graziano Biglia. Er trug ein Tropenhemd, ein Paar Bermudas aus blauem Leinen, Trekkingschuhe, eine Baseball-Kappe und eine große schwarze Reisetasche über der Schulter. In einer Hand hielt er sein Handy, und als nach ein paar *bip* auf der Digitalanzeige des Nokia die Buchstaben TIM erschienen und die fünf schmalen Rechtecke perfekten Empfang bestätigten, lächelte er.

Das bedeutet, man ist zu Hause.

Er wählte aus dem Verzeichnis Floras Nummer aus und drückte das Feld *Anrufen*.

Besetzt.

Er versuchte es fünfmal, während er zusammen mit den anderen Passagieren in den Bus gequetscht wurde, doch ohne Erfolg.

Macht nichts, ich überrasche sie einfach.

Er erledigte die Zollformalitäten, holte dann seinen Koffer und die riesige Holzfigur einer schwarzen Tänzerin vom Rollband der Gepäckausgabe.

Er fluchte.

Trotz der Verpackung hatte die Tänzerin beim Flug ihren Kopf verloren. Ein Geschenk für Flora. Sie hatte ihn eine ganz hübsche Summe gekostet. Den Schaden müssten sie ihm ersetzen. Aber nicht jetzt. Jetzt hatte er es eilig.

Er verließ die Flughafenhalle, ging geradewegs zum Hertz-Schalter und mietete einen Wagen, denn er wollte so schnell wie möglich nach Ischiano Scalo, und den Zug zu nehmen kam nicht in Frage. Auf dem Parkplatz gaben sie ihm einen violetten Ford ohne Stereoanlage.

Die übliche Scheißkarre. Doch zum ersten Mal in seinem Leben stritt Graziano sich nicht herum, bis er ein Auto hatte, das ihm gefiel, er wollte nur schnell in Ischiano sein, um die wichtigste Sache seines Lebens zu tun.

144

Sie war tot.

Tot.

Mausetot.

Töter als tot.

Das Ding in der Wanne war tot. Ja, denn das war nicht mehr die

Lehrerin Palmieri, sondern ein aufgeschwemmtes blassblaues Ding, das dort in der Wanne schwamm, als wäre es aufgeblasen. Der blaue Mund aufgerissen. Die Haare klebten ihr wie lange Algen im Gesicht. Die Augen zwei glanzlose Kugeln. Das Wasser war klar, doch auf dem Boden hatte sich eine karmesinrote Schicht abgesetzt, über der die Leiche der Lehrerin zu schweben schien. Eine schwarze Kante des Kassettenrecorders ragte wie der Bug der *Titanic* aus dem roten Untergrund heraus.

Er war es gewesen. Er war es gewesen, der das getan hatte. Eine einzige Bewegung mit dem Fuß. Nur eine kleine Bewegung.

Er hielt inne, den Rücken an die Wand gelehnt.

Er hatte sie wirklich getötet. Bis jetzt hatte er es noch nicht voll und ganz geglaubt. Wie konnte er einen anderen Menschen getötet haben? Doch er hatte es getan. Sie war tot. Und es war nichts mehr zu machen.

Ich bin es gewesen. Ich bin es gewesen.

Er stürzte zum Klosett und übergab sich. Danach hielt er die Schüssel weiter umklammert und rang nach Luft.

Ich muss sofort hier raus. Weg. Weg. Weg.

Er zog die Spülung und verließ das Bad.

Die Wohnung war dunkel. Im Flur stellte er das Telefontischchen wieder auf, das er umgeworfen hatte, als er weggerannt war, und legte den Hörer auf den Apparat. Dann sah er nach, ob in der Küche alles in Ord ...

Und dieses Wesen da drinnen?

Pietro zögerte an der Tür, doch getrieben von etwas, das Neugierde und Notwendigkeit zugleich war, betrat er das finstere Zimmer.

Der Gestank nach Exkrementen war noch penetranter geworden und hatte sich mit einem anderen vermischt, noch übler und widerlicher, falls das überhaupt möglich war.

Auf der Suche nach dem Lichtschalter strich er mit einer Hand über die Wand neben dem Türpfosten. Eine lange Neonröhre leuchtete knisternd auf, ging wieder aus, leuchtete erneut auf und erhellte den kleinen Raum. Da war ein Bett mit einem Aluminiumgitter und auf dem Bett ein geschlechtsloses Wesen, tot. Eine Mumie.

Pietro wollte hinausgehen, doch er konnte die Augen nicht davon wenden.

Was war mit diesem Wesen geschehen? Es war nicht nur alt, es war ganz verkrümmt und bis auf die Knochen abgemagert. Wie mochte es in diesen Zustand gekommen sein?

Dann erinnerte er sich an die Leiter draußen, machte das Licht aus, schloss die Wohnungstür hinter sich und ging die Treppe hinunter.

Die weißen Klippen von Edward Beach

»Da ist jemand für dich«, sagte Gina Biglia mit einem Lächeln, das ihr buchstäblich von Ohr zu Ohr ging.

»Wer denn?«, fragte Graziano und betrat das Wohnzimmer.

Erica. Sie saß auf der Couch und trank in kleinen Schlucken Kaffee.

»Nun, ist das die berühmte Erica?«, fragte Gina.

Graziano nickte bedächtig.

»Was ist? Gibst du ihr nicht einmal einen Kuss? Das ist aber gar nicht nett von dir ...«

»Grazi, gibst du mir nicht einmal einen Kuss?«, wiederholte Erica, breitete ihre Arme aus und zauberte ein freundliches Lächeln auf ihr Gesicht.

Hätte sich irgendwo in diesem Wohnzimmer ein Sexologe versteckt, er hätte uns erklären können, dass Erica Trettel in diesem Moment die wirksamste Strategie anwandte, um die Aufmerksamkeit eines verletzten Ex-Partners wiederzugewinnen, indem sie sich als reizvollste und begehrenswerteste Frau des Planeten präsentierte.

Und das gelang ihr perfekt.

Sie trug einen erbsengrünen Minirock, der so eng und kurz war, dass sie ihn zusammendrücken und wie ein Klößchen hätte verschlucken können, eine Wolljacke in der gleichen Farbe, nur einen einzigen Knopf geschlossen, der ihre Wespentaille betonte, doch das großzügige Dekolleté frei ließ, eine Seidenbluse, ebenfalls grün, doch in einem etwas zarteren Ton, die lässig bis zum dritten Knopf offen stand, damit sich zur Freude der Männer- und zum Neid der Frauenwelt aufregende Blicke auf einen Wonderbra aus schwarzer Spitze boten, der ihre Brüste zu festen Kugeln modellierte. Eine schwarze Strumpfhose schmückte ihre Beine mit geometrischen Motiven. Die schwarzen Schuhe, scheinbar schlicht, verbargen zwölf Zentimeter hohe Absätze.

So weit die Kleidung.

Was die Frisur anging, so fiel das lange, platinblonde Haar ihr in weichen Wellen von ausgesuchter Natürlichkeit auf Schultern und Rücken; wie in der L'Oréal-Werbung.

Und was schließlich das Make-up betraf, so hatte sie die Lippen (objektiv praller als vor ein paar Monaten) mit einem dunklen Glanzlippenstift geschminkt. Die Augenbrauen bildeten feine Bögen über den durch eine dünne Linie Kajal betonten grünen Augen. Ein Hauch von hellem Puder krönte das Ganze.

Insgesamt vermittelte sie das Bild einer erfolgreichen jungen Frau, die sich ihrer Wirkung sicher und deren Hormonhaushalt in Ordnung ist, einer Frau mit einem festen gesellschaftlichen Platz, bereit, die Welt mit einem Happen zu verschlingen, und mit der Hochglanz-Sexualität einer Playboy-Doppelseite.

Man könnte sich fragen, was zum Teufel Erica in Ischiano Scalo tat. Im Wohnzimmer des Mannes, zu dem sie gesagt hatte: »Ich verachte dich für alles, was du darstellst. Für die Art, wie du dich anziehst. Für dein saudummes Gelaber, das du so großkotzig rausdröhnst. Du hast einen Scheiß kapiert. Du bist nur ein abgewichster alter Dealer. Verpiss dich! Wenn du noch mal versuchst, mich anzurufen, wenn du versuchst, mich zu sehen, dann kauf ich mir einen, der dir die Fresse einschlägt, das schwöre ich dir.«

Wir wollen versuchen, das zu erklären.

Alles die Schuld des Fernsehens. Alles die Schuld der verdammten Quote.

»Wie du mir, so ich dir«, die Dienstagabendshow auf *Raiuno*, dem Ersten Programm, in der Erica als Assistentin debütierte, war ein so vernichtender Flop, dass der ganze Sender davon erschüttert wurde (die Lästermäuler auf den Gängen der *Rai* erzählten feixend, dass eine halbe Stunde nach Beginn der zweiten

Sendung die von *Auditel* ermittelte Zahl der eingeschalteten Geräte ungefähr zwanzig Sekunden lang null gewesen sei. Zwanzig Sekunden lang hatte also niemand in Italien das Erste Programm gesehen. Unmöglich!). Die Show hatte es auf insgesamt drei Ausgaben gebracht, dann war sie abgesetzt worden, und die verantwortlichen Programmplaner, Vizedirektoren, Regisseure, Autoren mussten allesamt gehen. Nur der Intendant hatte sich irgendwie halten können, doch der Makel würde an ihm haften bleiben.

Mantovani, der die Show präsentiert hatte, war als Telepromoter für straffenden Heilschlamm aus dem Toten Meer auf Kanal 39 gelandet, und alle, die irgendetwas mit der Show zu tun gehabt hatten, wurden geschnitten: Komiker, Orchester, Telefonistinnen, Tänzerinnen und Assistentinnen, einschließlich Erica Trettel. Nachdem sie bei der *Rai* rausgeflogen war, wartete Erica zwei Monate in Mantovanis Haus auf Angebote der Konkurrenz. Nicht einmal ein Anruf.

Die Beziehung mit Mantovani funktionierte hinten und vorne nicht. Der Showmaster kam abends nach Hause, stopfte sich mit Tabletten voll, lief im Haus hin und her und wiederholte immer nur: »Warum? Warum gerade ich?« Eines Abends dann überraschte Erica ihn im Bad, wie er auf dem Bidet saß und versuchte, sich mit 500 ccm Heilschlamm aus dem Toten Meer das Leben zu nehmen. Da begriff sie, dass sie wieder einmal auf das falsche Pferd gesetzt hatte.

Sie zog sich ihre schärfsten Klamotten an, schminkte sich wie Pamela Anderson, packte die Koffer, fuhr zum Bahnhof und stieg wie ein begossener Pudel in den ersten Zug nach Ischiano Scalo.

So erklärt sich, wie sie dort hinkam.

Zwei Tage später hatte Erica Graziano für sich zurückerobert, und sie waren nach Jamaika geflogen.

Sie hatten gleich geheiratet, in einer schönen Vollmondnacht auf den Klippen von Edward Beach, und sie hatten begonnen, ein Graziano-Biglia-Leben zu führen.

Von positiven Strömungen getragener Albatros.

Strand morgens und abends. Dicke Joints. Baden. Surfen. Hochseefischen. Sie hatten auch eine Show zusammengestellt, um ein bisschen Kohle ranzuschaffen. Zwei Abende in der Woche in einem Lokal für amerikanische Touristen: Graziano spielte Gitarre, und Erica tanzte im Bikini. Beide Geschlechter waren zufrieden.

Doch unser Albatros war nicht glücklich.

War es nicht das, was er sich immer gewünscht hatte?

Erica war zu ihm zurückgekehrt, hatte erklärt, sie liebe ihn und habe alles falsch gemacht, das Fernsehen sei die letzte Scheiße; sie hatten geheiratet und kamen ohne große Probleme über die Runden, und außerdem hatten sie die Absicht, in einer nicht näher bestimmten Zukunft nach Ischiano zurückzukehren und die Jeanseria zu eröffnen.

Was wollte er denn mehr, verdammt noch mal?

Das Problem war, dass Graziano nicht mehr schlafen konnte. In ihrem Bungalow, unter dem Ventilator, verbrachte er, während Erica in der Welt der Träume war, die Nacht mit Rauchen.

Warum?, fragte er sich. Warum spürte er nun, da sein Traum Wirklichkeit geworden war, dass dies nicht sein Traum war, und dass Erica, die jetzt seine Frau war, nicht die Frau war, die er wollte?

Tief in seinem Inneren arbeitete etwas in ihm. Da gab es etwas, weswegen er sich so schlecht fühlte und das ihn langsam auffraß, wie eine Krankheit mit langer Inkubation, über die man mit niemandem reden kann, denn wenn man es erst einmal ausgespuckt hat, bricht das ganze Schmierentheater in sich zusammen.

Er hatte Flora sitzen lassen, ohne ein Wort zu sagen. Wie der gemeinste und widerwärtigste Dieb. Er hatte ihr Herz gestohlen und war mit einer anderen davongelaufen. Er hatte sie verlassen ... und vielen Dank. Und die ganzen dummen Sprüche, die ganzen Erklärungen, die er ihr gemacht hatte, verfolgten ihn schlimmer als die griechischen Erinnyen.

... Ich habe sie gebeten, mich zu heiraten, kapiert? Ich habe den Mut gehabt, sie zu fragen, ob sie mich heiraten will. Ich bin ein Scheißkerl, ein absoluter Scheißkerl.

Eines Nachts hatte er sogar versucht, ihr einen Brief zu schreiben. Und dann hatte er das Blatt nach zwei Sätzen zerrissen. Was sollte er ihr denn sagen?

Liebe Flora, es tut mir sehr Leid. Du weißt, ich bin ein Zigeuner, das ist nun mal meine Art, ich bin ein ...
(Arschloch. Erica ist gekommen, und ich, und ich, ach lassen wir das ...)

Und wenn er endlich einschlief, träumte er immer das Gleiche. Er träumte, dass Flora ihn rief. *Graziano komm zurück zu mir.* Und er war wenige Meter von ihr entfernt und schrie, dass er da sei, vor ihr stehe, doch sie war taub und blind. Er klammerte sich an sie, doch sie war eine Puppe, kalt und ohne Leben.

Er saß am Strand und verlor sich in Erinnerungen. Ihre kleinen Abendessen und die Videos. Das Wochenende in Siena, als sie einen ganzen Tag lang Liebe gemacht hatten. Die Pläne für den Jeans-Shop. Ihre Spaziergänge am Strand von Castrone. Er musste immer wieder daran denken, wie er ihr den Ring gegeben hatte und sie ganz rot geworden war. Er vermisste Flora wahnsinnig.

Du Scheißkerl. Du hast dich selbst verarscht. Du hast die einzige Frau verloren, die du je geliebt hast.

Doch eines Tages kam Erica in heller Aufregung an den Strand. »Ich habe mit einem amerikanischen Produzenten gesprochen. Er will mich nach Los Angeles mitnehmen. Für einen Film. Er sagt, ich bin genau der Typ, den er braucht. Er zahlt uns das Ticket, stellt uns eine Wohnung in Malibu zur Verfügung. Es klappt. Diesmal klappt es wirklich.«

Im Grunde war Erica tapfer gewesen, sie hatte ziemlich lange ausgehalten, sie war gut zwei Monate lang bei ihrer Entscheidung geblieben, dass sie nie wieder etwas mit der Welt des Showgeschäfts zu tun haben wollte.

»Tatsächlich?«, fragte Graziano und hob den Kopf von der Liege.

»Tatsächlich. Heute Abend stelle ich ihn dir vor. Ich habe ihm auch von dir erzählt. Er sagt, er kennt eine Menge Leute in der Musikbranche. Er ist ein großes Tier.«

Graziano schloss die Augen und sah, wie in einer Glaskugel, die allernächste Zukunft vor sich.

Los Angeles, eines dieser beschissenen Appartements, Wände aus Pappe, direkt neben einem Freeway, ohne Geld, ohne Arbeitserlaubnis, Fernsehen glotzen, rein gar nichts in der Hand haben, na ja, höchstens ein schönes Pfeifchen mit Crack.

Alles gleich. Alles wie gehabt. Wie in Rom, nur schlimmer.

Das war sie, die Gelegenheit! Die Gelegenheit, dieser unwürdigen Farce ein Ende zu machen.

»Nein, danke. Geh du, ich komme nicht mit. Ich fliege nach Hause. Es ist deine große Chance, da bin ich mir sicher. Das ist dein Durchbruch«, sagte er und spürte, wie in ihm ein Glücksgefühl explodierte, von dem er geglaubt hatte, es nie wieder empfinden zu können. Heiliger, allerheiligster amerikanischer Produzent, Gott möge ihn und seine ganze Familie segnen! »Mach dir wegen der Heirat keine Gedanken, sie gilt nicht, wenn wir sie in Italien nicht anerkennen lassen. Du kannst dich als frei betrachten.«

Sie riss die Augen auf und fragte ihn verblüfft: »Graziano, bist du wütend?«

Er legte eine Hand aufs Herz. »Ich versichere dir, ich schwöre es dir bei meiner Mutter: Ich bin überglücklich. Ich bin ganz und gar nicht wütend. Du musst nach Los Angeles gehen, sonst machst du eine Dummheit, die du dein Leben lang bereust. Ich wünsche dir alles Glück der Welt. Aber ich, ich muss jetzt zurück, tut mir Leid.« Er küsste sie und eilte auf dem kürzesten Weg in ein Reisebüro.

Und als er zehntausend Meter über dem Atlantischen Ozean war, schlummerte er ein und träumte von Flora.

Sie waren auf einem Hügel mit anderen Leuten und kleinen silberfarbenen Bärchen, und sie küssten sich, und da war ein kleiner Biglia, der auf allen vieren ging. Ein kleiner Biglia mit rotem Haar.

145

Pietro stürzte atemlos in Glorias Zimmer.

»Ciao!«, sagte Gloria, die auf dem Tisch stand und versuchte, vom obersten Brett ihres Bücherregals ein Buch herunterzuholen. »Was machst du um diese Zeit hier?«

Zuerst bemerkte Pietro ihn nicht, den großen Koffer, der aufgeklappt auf dem Bett stand und voller Kleider war, doch dann sah er ihn. »Willst du verreisen?«

Sie drehte sich um, wirkte einen Augenblick lang unsicher, als hätte sie die Frage nicht verstanden, erklärte aber dann: »Heute Morgen sind meine Eltern mit einer Überraschung gekommen. Für die Versetz ... Ich fliege morgen früh nach England. Zu einem Reitkurs in einem Dorf bei Liverpool. Zum Glück nur für drei Wochen.«

»Ah ...« Pietro ließ sich in den Sessel fallen.

»Mitte August bin ich zurück. Dann verbringen wir den Rest der Ferien zusammen. Drei Wochen, das ist nicht lang, im Grunde.«

»Nein.«

Gloria packte das Buch und sprang vom Tisch hinunter. »Ich wollte nicht fahren ... Ich habe sogar mit meinem Vater gestritten. Aber sie haben gesagt, dass ich auf jeden Fall hin muss. Sie haben schon alles bezahlt. Aber ich bin ja bald wieder da.«

»Ja.« Pietro nahm ein Jo-Jo vom Tisch.

Gloria setzte sich auf die Sessellehne. »Du wartest doch auf mich, oder?«

»Klar.« Pietro ließ das Jo-Jo auf und ab laufen.

»Es macht dir doch nichts aus, oder?«

»Nein.«

»Wirklich nicht?«

»Nein, mach dir keine Sorgen. Du bist ja bald wieder da, und ich habe eine Menge an meinem Platz in der Lagune zu tun, bei all den Fischen, die ich gefangen habe. Weißt du was, ich gehe jetzt gleich hin. Gestern Abend, als wir weg sind, haben wir nämlich vergessen, sie zu füttern, und wenn sie nichts fressen ...«

»Soll ich mitkommen? Den Koffer kann ich auch noch heute Nachmittag fertig packen ...«

Pietro lächelte gezwungen »Nein, besser nicht. Wir haben gestern ein ziemliches Chaos angerichtet, und die Wächter könnten misstrauisch werden. Es ist besser, ich gehe allein, wirklich. Das ist besser. Also viel Spaß in England und reite nicht so viel, sonst kriegst du noch krumme Beine.«

»Bestimmt nicht. Aber … können wir uns denn auch heute Nachmittag nicht sehen?«, fragte Gloria enttäuscht.

»Heute Nachmittag kann ich nicht. Ich muss meinem Vater helfen, Zagors Hütte zu reparieren. Sie ist im letzten Winter angefault.«

»Oh, ja klar. Dann sehen wir uns jetzt zum letzten Mal?«

»Drei Wochen gehen schnell vorbei, das hast du doch selbst gesagt.«

Gloria nickte. »Okay. Dann mach's gut.«

Pietro stand auf. »Mach's gut.«

»Willst du mir keinen Abschiedskuss geben?«

Pietro drückte rasch seine Lippen auf die von Gloria.

Sie waren trocken.

146

Graziano überquerte den Corso von Ischiano und bog in die Straße ein, die zu dem Haus führte, wo Flora wohnte.

Sein Mund war staubtrocken, während ihm unter den Achseln der Schweiß in Strömen lief.

Die Erregung und die Hitze.

Er würde sie auf Knien um Erbarmen anflehen. Und wenn sie ihn nicht sehen wollte, würde er Tag und Nacht ohne Essen und Trinken vor ihrem Haus ausharren, egal wie lang, bis sie ihm vergeben hätte. Er hatte Jamaika gebraucht, um zu begreifen, dass Flora die Frau seines Lebens war, und jetzt würde er sie nicht mehr entkommen lassen.

Er war noch zweihundert Meter entfernt, als er hinter den Zypressen das Blaulicht auf dem Hof vor ihrem Haus sah.

Was ist denn da los?

Ein Krankenwagen.

O Gott, Floras Mutter … Hoffentlich nichts Ernstes. Nun, ich bin ja jetzt da. Flora ist nicht allein. Ich werde ihr helfen, wenn die Alte gestorben ist. Im Grunde ist es besser, Flora ist von einer Last befreit, und die Alte findet Frieden.

Es war auch ein Einsatzwagen der Polizei da.

Graziano ließ sein Auto am Straßenrand und ging auf den Hof zu.

Der Krankenwagen parkte mit offen stehenden Türen neben dem Eingang. Auch bei dem Polizeiwagen war ein Schlag geöffnet. Außerdem stand noch ein blauer Regata da. Floras Y10 dagegen war nirgends zu sehen.

Aber was ...

Bruno Miele stürzte in Polizeiuniform aus dem Haus, drehte sich um und hielt die Eingangstür offen.

Einer der Krankenwagenfahrer tauchte auf, er trug das Ende einer Tragbahre.

Auf der Trage eine Leiche. Zugedeckt mit einem weißen Tuch.

Die Alte ist gestorben ...

Doch dann sah er ein Detail.

Ein Detail, das ihm das Blut in den Adern gefrieren ließ.

Eine Strähne. Eine rote Strähne. Eine rote Strähne schaute heraus. Eine rote Strähne schaute unter dem Tuch heraus. Eine rote Strähne schaute unter dem Tuch heraus und hing von der Trage wie eine makabre Sternschnuppe.

Graziano fühlte sich, als würden all seine Kräfte aus ihm heraus in den Boden unter seinen Füßen gesogen. Als wäre unter ihm so etwas wie ein Magnet, der ihm allen Lebenssaft entzog und ihn als energieloses Knochenbündel zurückließ.

Er riss den Mund auf.

Verdrehte die Finger.

Und er glaubte ohnmächtig zu werden, doch er wurde es nicht. Seine Beine, starr wie Stelzen, trugen ihn Schritt für Schritt zu Bruno Miele. Mechanisch fragte er ihn: »Was ist geschehen?«

Miele, damit beschäftigt, das Einladen der Leiche in den Krankenwagen zu organisieren, drehte sich gereizt um. Doch als er Graziano so plötzlich wie ein Gespenst vor sich auftauchen sah, war er einen Moment lang perplex. »Graziano?«, rief er aus. »Was machst du denn hier? Bist du nicht auf Tournee mit Paco de Lucia?«

»Was ist passiert?«

Miele schüttelte den Kopf und sagte im Tonfall von einem, den nichts mehr erschüttern kann: »Die Palmieri ist tot. Die Lehrerin an der Mittelschule. Sie hat in der Badewanne einen Stromschlag bekommen ... Ist noch nicht klar, ob es ein Unfall war. Der Amtsarzt sagt, dass es auch Selbstmord gewesen sein kann. Soviel ich weiß, und das hörte man allgemein, war sie halb verrückt. Nicht ganz bei sich. Denk nur, wie seltsam, aber in derselben Nacht ist auch ihre Mutter gestorben. Eine Tragödie ... Ach, hör mal, ich mache übrigens heute Nachmittag ein kleines Fest, ganz formlos. Ich bin nämlich befördert worden, weißt du ...«

Graziano drehte sich abrupt um und ging langsam auf das Auto zu.

Bruno Miele wunderte sich, doch dann fragte er die Krankenwagenfahrer: »Wie macht ihr das jetzt? Beide zusammen passen nicht da rein.«

Die positiven Strömungen waren unversehens dahin, und der Albatros, seine wunderschönen Flügel vor Schmerz verkrampft, stürzte in ein graues Meer, und ein schwarzer, bodenloser Strudel tat sich auf, erfasste ihn und riss ihn mit sich.

147

Pierini ging es gut.

Das ganze Jahr über hatten die Lehrer ihn ziemlich gepiesackt, und zum Schluss war er doch versetzt worden. Sein Vater war glücklich.

Aber ihm war das scheißegal.

Im nächsten Jahr kriegen die Arschlöcher mich nicht zu sehen.

Fiamma hatte die Schule auch nicht zu Ende gemacht und gesagt, wenn's dir am Arsch vorbeigeht, lassen sie dich zum Schluss in Frieden.

Neu war, dass er in Orbano wichtige Freundschaften geschlossen hatte. Mauro Colabazzi, genannt Ganascia, und seine Truppe. Eine Bande von Sechzehnjährigen, die Tag und Nacht vor der Yogobar, einer auf Joghurteis spezialisierten Eisdiele, herumhingen.

Ganascia, der sich auf eine Menge Sachen verstand, hatte ihm ein paar kinderleichte Tricks beigebracht, um zu Geld zu kommen. Du schlägst ein Fenster ein, verbindest zwei bunte Kabel, und schon gehört das Auto dir.

Wirklich keine Zauberei.

Und für jedes Auto, das man ihm brachte, gab es drei große Scheine, also dreihunderttausend Lire. Wenn man den Job zusammen mit Fiamma erledigte, kriegte man nur die Hälfte, aber auch egal, zusammen machte es mehr Spaß.

Und Ischiano Scalo war irgendwie ein großer Parkplatz für Autos, die sich geradezu anboten, geknackt zu werden. Wenn man sich dann noch klar machte, was für ein Idiotenhaufen die Polizei hier war, konnte man direkt gute Laune bekommen.

Er hatte zum Beispiel vor, in der nächsten Nacht den neuen Golf von Bruno Miele zu klauen. Er war sich sicher, dass dieses Arschgesicht ihn nicht mal abschloss, überzeugt davon, dass sich niemand trauen würde, das Auto eines Polizisten zu stehlen. Da irrte er sich aber gewaltig!

Und morgen würde er mit Ganascia nach Genua fahren, weil es hieß, da könnte man echt was los machen.

Deshalb also ging es ihm gut.

Das Einzige, was ihm ein bisschen auf die Stimmung schlug, war die Nachricht vom Tod der Palmieri. In der Badewanne ertrunken. Eine seiner liebsten Wichsfantasien war dahin, denn sich auf Tote einen runterholen, das war nicht schön, und irgendjemand hatte ihm sogar gesagt, das brächte Unglück.

Nachdem er ihr Auto abgefackelt hatte, hatte er fast Zuneigung für die Lehrerin entwickelt, seine Wut war verraucht, er hatte angefangen, sie beinahe zu mögen, doch dann hatte er sie mit Biglia, diesem Drecksack, erwischt, diesem Typ, mit dem er an dem Tag aneinander geraten war, als er sich Moroni vorgenommen hatte.

Solche Sachen konnten ihn wahnsinnig machen.

Wie konnte man nur mit einem solchen Arschloch vögeln?

Die Lehrerin verdiente was Besseres als einen armen Wichser, der sich für Bruce Lee hielt. Er musste einen Großen haben, das war die einzige Erklärung.

Und jetzt war sie tot.

Doch was soll's? Er packte das Frisbee und warf es Ronca zu, der auf der anderen Seite stand. Die Scheibe segelte quer über den

Platz und kam flach und zielgenau wie ein Geschoss an, flog in Roncas Hände – und endete neben dem Brunnen.

»Kannst du mit deinen Wichsgriffeln nicht zupacken?«, schrie Bacci, der neben der Palme stand.

Sie spielten seit einer halben Stunde, doch langsam spürte man die Hitze, und bald würde die Piazza so glühend heiß wie ein Grill sein. Er hatte keine Lust mehr, mit diesen beiden Pfeifen zu spielen. Er würde nachsehen, wo Fiamma war, und mit ihm nach Orbano fahren und nachsehen, was in der Yogobar los war.

In diesem Augenblick kam Moroni auf seinem Fahrrad an.

Irgendetwas musste sich geändert haben, denn er hatte keine Lust, ihn zu verprügeln. Seit er mit Ganascia herumzog, langweilte ihn diese Art von Unterhaltung. Er hatte keinen Bock mehr, den Hahn auf dem Mist zu spielen. Wenige Kilometer von hier, das spürte er, gab es unendlich aufregendere Sachen, und sich mit einem armen Typ wie Moroni anzulegen war etwas für Schwachköpfe.

Der Arme hatte echt Pech gehabt, dass er als Einziger sitzen geblieben war. Und er hatte vor dem Aushang angefangen zu heulen. Wenn das gegangen wäre, dann hätte er ihm seine Versetzung geschenkt, so wenig war sie ihm wert. Und dass er mit diesem Flittchen Gloria Zierfisch ging, war ihm auch schnurz: Pierini war bis über beide Ohren in eine Frau aus der Yogobar verknallt, eine gewisse Loredana, genannt Lory.

Ich lasse ihn in Frieden.

Doch Ronca war nicht der gleichen Meinung.

Als Moroni nah genug war, spuckte Ronca ihn an und rief: »Na, Eumel, du bist sitzen geblieben, und wir nicht!«

148

Die Spucke traf ihn auf einer Backe.

»Na, Eumel, du bist sitzen geblieben, und wir nicht!«, schrie Ronca.

Pietro bremste, stellte die Füße auf den Boden und wischte sich die Spucke mit der Hand ab.

Er hat mir ins Gesicht gespuckt!

Er spürte, wie sich seine Eingeweide zusammenzogen und in ihm eine blinde Wut explodierte, ein rasender Zorn, und diesmal würde er ihn nicht unterdrücken. In den letzten vierundzwanzig Stunden hatte er zu viel erlebt, und jetzt wurde er auch noch angespuckt. Nein, er konnte es nicht einfach wegstecken.

»Dann machst du das Jährchen eben noch mal, kleiner Eumel«, fuhr dieser widerwärtige Floh fort und hüpfte dabei um ihn herum.

Pietro sprang vom Fahrrad, machte drei Schritte und verpasste ihm mit voller Kraft eine schallende Ohrfeige.

Roncas Kopf flog wie ein Punchingball nach links, ging dann langsam, als würde er von einer schwachen Feder gezogen, zur anderen Seite, bis er schließlich wieder gerade saß.

Ronca machte große Augen, wie in Zeitlupe, dann fuhr er sich mit einer Hand über die Backe und murmelte total verwirrt: »Wer war das?«

Es war so schnell gegangen, dass Ronca gar nicht richtig mitbekommen hatte, dass er geschlagen worden war. Pietro sah, dass Bacci und Pierini ihrem Freund zu Hilfe kamen. Doch jetzt war ihm alles egal. »Kommt nur her, ihr Arschlöcher!«, knurrte er und hob die Fäuste.

Bacci streckte schon die Hände aus, doch Pierini hielt ihn an der Schulter fest. »Warte. Warte, sehen wir doch mal, ob Ronca mit ihm fertig wird.« Dann wandte er sich Ronca zu. »Moroni hat dir einen Satz heiße Ohren verpasst. Los, zieh ihm eins über die Birne, worauf wartest du denn? Ich wette, das schaffst du gar nicht. Ich wette, er spielt auf dir ein Schlagzeugsolo.«

Zum ersten Mal, seit Pietro ihn kannte, wich dieses widerliche Grinsen aus Roncas Gesicht. Er rieb sich verdutzt die Backe, sah Pierini an, sah Bacci an und begriff, dass ihm diesmal niemand helfen würde. Er war allein.

Also machte er es wie die Kragenechsen, harmlose, ungiftige Reptilien, die, um ihren Feinden Angst einzujagen, so tun, als wären sie gefährlich, den Kamm aufstellen, sich aufblähen, fauchen und ganz rot werden. Sehr oft funktioniert diese Methode. Doch bei Stefano Ronca funktionierte sie nicht.

Auch er versuchte, sich als Bestie aufzuspielen, fletschte die Zähne, sprang herum und drohte Pietro: »Gleich tu ich dir weh. Sehr sehr weh. Du wirst verdammt leiden«, stürzte sich schließlich auf ihn und brüllte: »Ich reiße dir den Arsch auf!«

Sie wälzten sich auf der Erde. Mitten auf der Piazza. Ronca zuckte, als hätte er einen Anfall, doch Pietro packte ihn bei den Handgelenken und zwang ihn zu Boden, presste ihm die Knie auf die Arme, ließ einen Hagel von Faustschlägen auf sein Gesicht, den Hals und die Schultern niedergehen und stieß sonderbar heisere Schreie dabei aus. Wer weiß, was geschehen wäre, wenn Pierini ihn nicht im Nacken gepackt hätte. »Genug! Es reicht, du hast ihn geschlagen! Jetzt reicht es!« Während Pierini ihn wegzog, boxte Pietro weiter in die Luft. »Du hast gewonnen.«

Pietro klopfte sich den Staub ab und amtete keuchend. Die Knöchel taten ihm weh, und er hatte Ohrensausen.

Ronca hatte sich aufgerappelt und heulte. Ein dünnes Rinnsal Blut floss ihm aus der Nase. Er hinkte zum Brunnen, während Bacci lachte und fröhlich in die Hände klatschte.

Pietro hob sein Fahrrad vom Boden auf.

»Es ist nicht gerecht«, sagte Pierini und steckte sich eine Zigarette an.

Pietro stieg aufs Rad. »Was?«

»Dass du sitzen geblieben bist.«

»Macht mir nichts.«

»Das ist gut.«

Pietro setzte einen Fuß aufs Pedal. »Ich muss weg. Ciao.«

Doch bevor er losfahren konnte, fragte Pierini: »Weißt du, dass die Palmieri tot ist?«

Pietro sah ihm in die Augen. Dann sagte er: »Ich weiß. Ich habe sie umgebracht.«

Pierini stieß eine Rauchwolke aus. »Red keinen Quatsch! Sie ist in der Wanne ertrunken.«

»Was redest du solchen Quatsch?«, unterstützte ihn Bacci.

»Ich habe sie umgebracht«, sagte Pietro noch einmal ernst. »Ich rede keinen Quatsch.«

»Und warum hast du sie umgebracht, na los, sag!«

Pietro zuckte die Achseln. »Weil sie mich nicht versetzt hat.«
Pierini nickte. »Beweis es mir.«
Pietro radelte langsam los. »In ihrer Wohnung ist irgendwo eine Natter, die habe ich da reingebracht. Geh doch nachsehen, wenn du mir nicht glaubst.«

149

Es könnte sogar wahr sein, sagte sich Pierini und warf die Kippe weg. *Moroni ist nicht der Typ, der irgendwelchen Unsinn redet.*

150

Im Hause Miele wurde gefeiert. Und dafür gab es zwei gute Gründe.

Erstens war Bruno befördert worden und würde ab September zu einer Spezialeinheit von Zivilfahndern gehören, die die Beziehungen zwischen der lokalen und der organisierten Kriminalität untersuchen sollten. Sein Traum wurde endlich wahr. Er hatte sich sogar einen neuen Golf gekauft, den er in sechsundfünfzig bequemen Raten abzahlen konnte.

Zweitens ging der alte Italo in Rente. Und zusammen mit dem Invalidenzuschlag würde er am Ende des Monats ein hübsches Sümmchen einstreichen. Von September an würde er also nicht mehr in dem Häuschen neben der Schule wohnen, sondern wie jeder anständige Mensch mit seiner Frau zusammen in ihrem Haus, würde sich um den Gemüsegarten kümmern und fernsehen.

Deshalb hatten Vater und Sohn trotz der afrikanischen Hitze ein Fest auf der Wiese hinter dem Haus organisiert.

Über einem Teppich aus glühenden Kohlen, von Steinen eingefasst, hing ein Sprungrahmen, auf dem man Innereien vom Rind, Schweinekoteletts, Würstchen, Käse und Makrelen grillte.

Italo, in Unterhemd und Sandalen, kontrollierte mit einem langen angespitzten Stock, ob das Fleisch durch war. Ab und an fuhr er sich mit einem nassen Lappen über den kahlen Kopf, um keinen Sonnenbrand zu bekommen, und rief dann, dass die Würstchen fertig seien.

Sie hatten mehr oder weniger alle Leute eingeladen, die sie kannten, und so waren wenigstens drei Generationen versammelt. Kinder, die zwischen den Reben Fangen spielten und sich an der Pumpe nass spritzten. Werdende Mütter. Mütter mit Kinderwagen. Väter, die sich an Tagliatelle und Rotwein gütlich taten. Väter, die mit den Kindern Boccia spielten. Alte, die sich unter dem Sonnenschirm oder in der Laube vor dieser erbarmungslosen Sonne in Sicherheit brachten und sich Luft zufächelten. Aus einem Radiokassettenrecorder dröhnte die neueste Platte von Zucchero.

Schwärme aufgeregter Fliegen surrten durch den Rauch und die feinen Essensdüfte und setzten sich auf die Tabletts mit Pasta, Kroketten und Pizzastückchen. Bremsen wurden mit Zeitungen verscheucht. Im Haus drängte sich eine Gruppe Männer vor einem Fußballspiel zusammen, während die Frauen in der Küche schwatzten und Brot und Wurst schnitten.

Alles genau so, wie es sein musste.

»Die sind gut, die Spaghetti alla carbonara. Wer hat die gemacht? Die Tante?«, fragte Bruno Miele mit vollem Mund seine Verlobte Lorena Santini.

»Was weiß denn ich, wer die gemacht hat?«, schnaubte Lorena, so rot wie eine Languste, da sie sich am Strand verbrannt hatte, und im Augenblick mit anderen Problemen beschäftigt.

»Na, und warum versuchst du nicht, es rauszukriegen? Denn so macht man Carbonara. Kein Brei, wie du ihn machst, das ist bei dir ja praktisch Rührei mit Spaghetti. Du brätst das Ei. Diese Carbonara hier hat bestimmt die Tante gekocht, da könnte ich wetten.«

»Ich habe keine Lust aufzustehen«, protestierte Lorena.

»Und dich soll ich heiraten. Vergiss es!«

Antonio Bacci, der zwischen Lorena und seiner Antonella saß, hörte auf zu essen und warf ein: »Es stimmt, sie sind gut. Aber um wirklich erstklassig zu sein, müssten noch Zwiebeln dran. Das ist das römische Originalrezept.«

Bruno Miele verdrehte die Augen zum Himmel. Am liebsten wäre er ihm an die Gurgel gegangen. Gott sei Dank würde er den Kerl ab nächsten Winter nicht mehr zu Gesicht bekommen, denn das könnte sonst wirklich schlimm enden. »Was redest du da bloß für einen Blödsinn? Das ist ja absurd. Du verstehst überhaupt nichts vom Kochen. Ich weiß noch, dass du mal gesagt hast, dass man Seebarsch niemals grillen dürfte. Du hast doch keine Ahnung von gutem Essen … Carbonara mit Zwiebeln, jetzt hör aber auf!« Er war derart erregt, dass er beim Sprechen kleine Stückchen Spaghetti ausspuckte.

»Bruno hat Recht. Du hast keinen blassen Schimmer vom Kochen. Zwiebeln gehören in Spaghetti all'amatriciana«, stimmte Antonella zu, die ihrem Mann eins überzog, wann immer sich die Gelegenheit dazu bot.

Antonio Bacci hob die Hände und ergab sich. »In Ordnung, gebt Ruhe. Ich wollte euch ja nicht beleidigen. Und wenn ich gesagt hätte, es gehört Sahne rein, hättet ihr mich dann umgebracht? Okay, also keine Zwiebeln … Was habt ihr denn bloß?«

»Du redest einfach irgendwas drauflos. Das nervt eben«, erwiderte Bruno, noch immer nicht zufrieden.

»Wenn Zwiebeln drin wären, würde es mir noch besser schmecken«, brummte Andrea Bacci, der schon bei der dritten Portion war. Er saß neben seiner Mutter, Gesicht und Hände im Teller.

»Na klar, dann wäre es noch fetter.« Bruno sah seinen Kollegen angewidert an. »Du musst mit dem Jungen mal zum Arzt gehen. Wie viel wiegt er denn? Bestimmt um die achtzig Kilo. Wenn er so weitermacht, sieht er bald aus wie ein Wal. Du musst Acht geben, mit so was scherzt man nicht.« An Andrea gewandt, fuhr er fort: »Wieso hast du bloß einen solchen Hunger?«

Andrea zuckte die Schultern und fing an, die Soße mit dem Brot aufzutunken.

Bruno breitete die Arme aus und streckte sich. »Jetzt könnte man echt einen Kaffee gebrauchen. Ist Graziano eigentlich nicht gekommen?«

»Wieso? Ist Graziano hier? Ist er zurück?«, fragte Antonio Bacci.

»Ja, ich habe ihn gestern vor dem Haus der Palmieri gesehen. Er hat mich gefragt, was los ist, ich habe es ihm gesagt, und dann ist er weg, ohne Wiedersehen zu sagen. Boh!«

»Weißt du, was Moroni gesagt hat?« Andrea Bacci stieß seinen Vater mit dem Ellbogen an.

Der Vater ignorierte ihn vollkommen. »Aber ich dachte, Graziano ist auf Tournee?«

»Was weiß ich, wahrscheinlich ist sie zu Ende. Ich habe ihn zum Fest eingeladen. Vielleicht kommt er ja.«

Andrea ließ nicht locker. »Papa! Papa! Weißt du, was Moroni gesagt hat?«

»Es reicht jetzt. Warum spielst du nicht mit den anderen Jungen und lässt uns in Frieden?«

Bruno war skeptisch. »Bei dem, was er gegessen hat, kommt er nicht mal hoch. Da musst du einen Kran holen, um ihn hochzuziehen.«

»Aber ich wollte was Wichtiges sagen«, jammerte Andrea. »Dass Pietro Moroni gesagt hat, er hat die Lehrerin umgebracht ...«

»Jetzt hast du es gesagt, und jetzt geh spielen«, sagte sein Vater und schob ihn weg.

»Warte mal einen Moment ...« Bruno stellte seine Antennen auf. Dank dieser Antennen gehörte er jetzt zu einer Spezialeinheit und würde kein einfacher Polizist bleiben wie Bacci, dieser Trottel. »Und warum sollte er sie umgebracht haben?«

»Weil sie ihn sitzen gelassen hat. Er hat gesagt, das ist die Wahrheit. Und er hat auch gesagt, dass in der Wohnung der Palmieri eine Natter ist. Er hat sie da reingebracht. Er hat gesagt, man soll hingehen und nachsehen.«

151

Pietro war zusammen mit seinem Vater und Mimmo im Hof und nagelte Bretter auf Zagors Hütte, als die Autos kamen. Diese beiden in ihrem grünen Peugeot 205 mit römischem Kennzeichen und ein Einsatzwagen der Polizei.

Mario Moroni hob den Kopf. »Was wollen die denn, verdammt noch mal?«

»Sie kommen meinetwegen«, sagte Pietro und legte den Hammer auf den Boden.

Sechs Jahre später …

Liebe Gloria, wie geht es Dir?

Zunächst einmal: Frohe Weihnachten und ein gutes neues Jahr.

Vor ein paar Tagen habe ich mit meiner Mutter gesprochen, und sie hat mir gesagt, dass Du jetzt doch auf die Universität nach Bologna gehst. Deine Mutter hat es ihr erzählt. Du studierst irgendetwas, was mit Kino zu tun hat, oder? Also nichts mehr mit Wirtschaft und Handel. Das war richtig von Dir, Dich gegen Deinen Vater durchzusetzen. Es war das, was du machen wolltest. Man muss die Dinge tun, die man will. Dieses Filmstudium wird bestimmt sehr interessant, und Bologna ist eine schöne Stadt voller Leben. Heißt es jedenfalls. Wenn ich aus der Anstalt komme, will ich mit dem Zug durch ganz Europa fahren, und dann besuche ich Dich, und Du zeigst mir die Stadt.

Es ist nicht mehr lang bis dahin, weißt du, in zwei Monaten und zwei Wochen werde ich achtzehn, und dann gehe ich weg. Ist Dir das klar? Ich kann es nicht glauben, endlich kann ich hier raus und tun, was ich will. Ich weiß noch nicht genau, was ich will. Man hat mir gesagt, dass es Abenduniversitäten gibt, und vielleicht kann ich eine besuchen. Sie haben mir auch eine Arbeit hier drin angeboten: den Jungen, die in die Anstalt kommen, helfen, sich zu integrieren und so weiter. Sie würden mich bezahlen. Die Lehrer sagen, ich kann gut mit Jüngeren umgehen. Ich weiß es nicht, ich muss darüber nachdenken. Jetzt möchte ich erst einmal diese Reise machen: Rom, Paris, London, Spanien. Wenn ich zurück bin, entscheide ich über die Zukunft. Dafür ist Zeit genug.

Ich muss Dir sagen, dass ich unentschlossen war, ob ich Dir schreiben sollte. Wir schreiben uns ja schon lange nicht mehr. Im letzten Brief hatte ich Dir gesagt, dass ich nicht möchte, dass Du mich hier besuchst. Ich hoffe, Du hast es mir nicht übel genommen, aber ich schaffe es nicht, Dich nach all der Zeit und dann auch noch hier drinnen nur für ein paar Stunden zu sehen. Wir würden nicht wirklich miteinander sprechen können, wir würden über die üblichen Sachen reden, über die man in solchen Fällen spricht, und dann müsstest Du wieder gehen, und ich würde mich schlecht fühlen, das weiß ich. Ich hatte eigentlich vor, sobald ich draußen bin, bei Dir anzurufen und mich mit Dir an einem schönen Platz, weit weg von der Anstalt, zu treffen.

Jetzt schreibe ich Dir aber doch, weil ich das Bedürfnis habe, dir etwas zu sagen, über das ich in all diesen Jahren oft nachgedacht habe, und vielleicht hast sogar du irgendwas damit zu tun, ich meine, warum ich damals auf der Piazza Pierini von der Palmieri erzählt habe. Hätte ich nichts gesagt, hätte es vielleicht niemand herausgefunden, und ich wäre nicht in die Anstalt gekommen. Lange Zeit habe ich den Psychologen erzählt, ich hätte es gesagt, weil ich Pierini und den anderen beweisen wollte, dass ich ein ganzer Kerl sei und nicht auf mir herumtrampeln ließe, und dass ich außer mir gewesen sei, weil man mich nicht versetzt hatte. Aber so war es nicht, das war Blödsinn, was ich da erzählt habe.

Dann, vor ein paar Wochen, ist etwas Neues passiert. Ein Junge aus Kalabrien, der seinen Vater getötet hat, ist in die Anstalt gekommen. Er ist vierzehn. Wenn er spricht, und er spricht sehr wenig, kapiert man gar nichts. Jeden Abend kam sein Vater nach Hause und verprügelte seine Mutter und seine Schwester. Eines Abends nahm Antonio (den hier alle Calabria nennen) das Brotmesser vom Tisch und stieß es ihm in die Brust. Ich habe ihn gefragt, warum er das getan hat, warum er nicht zur Polizei gegangen ist, um ihn anzuzeigen, warum er nicht mit irgendjemandem darüber geredet hat. Er hat mir nicht geantwortet. Als existierte ich überhaupt nicht. Er saß an einem Fenster und rauchte. Da habe ich ihm erzählt, dass ich auch jemanden getötet habe, als ich ungefähr so alt war wie er. Und dass ich weiß, wie man sich nachher fühlt. Und da hat er mich gefragt, wie man sich nachher fühlt, und ich habe gesagt: beschissen, verdammt schlecht, mit einer Sache in sich drin, die nie mehr weggeht. Und er hat den Kopf geschüttelt und hat mich angeschaut und gesagt, das stimmt nicht. Dass man sich danach fühlt wie ein König. Und dann hat er mich gefragt, ob ich wirklich wissen wolle, warum er seinen Vater ge-

tötet hat. Ich habe ja gesagt. Und er hat gesagt: Weil ich nicht werden wollte wie dieser Scheißkerl, lieber tot als wie er. Ich habe viel darüber nachgedacht, über das, was Calabria mir gesagt hat. Er hat es eher als ich begriffen. Er hat sofort verstanden, warum er es getan hat. Um etwas Böses zu bekämpfen, das wir in uns haben und das wächst und uns in Bestien verwandelt. Er hat sein Leben in zwei Teile zerschlagen, um sich davon zu befreien. So ist es. Ich glaube, ich habe Pierini erzählt, dass ich die Palmieri ermordet habe, um mich von meiner Familie und von Ischiano zu befreien. Ich habe nicht daran gedacht, als ich es tat. Niemand würde es tun, wenn er daran denken würde. Es war etwas, das ich damals nicht wusste. Ich halte nicht viel vom Unbewussten und von der Psychologie, ich glaube, dass jeder das ist, was er tut. Doch in diesem Fall glaube ich, dass es einen verborgenen Teil in mir gab, der diese Entscheidung getroffen hat.

Deshalb schreibe ich Dir, um Dir zu sagen, dass ich in jener Nacht am Strand (wie oft habe ich an jene Nacht zurückgedacht), als ich Dir versprochen hatte, es nie jemandem zu sagen, ernsthaft daran glaubte, aber dann vielleicht dadurch, dass Du nach England abgereist bist (Du musst Dich deshalb absolut nicht schuldig fühlen) und ich die Leiche der Palmieri noch einmal gesehen habe, etwas in mir zerbrochen ist, und ich musste es sagen, musste es loswerden. Und ich glaube wirklich, dass ich mein Schicksal verändert habe. Jetzt kann ich es sagen, nachdem ich sechs Jahre hier verbracht habe, an diesem Ort, den sie Anstalt nennen, verbracht habe, doch der für mich in vielerlei Hinsicht wie ein Gefängnis ist. Ich bin älter geworden, habe das Gymnasium abgeschlossen und werde vielleicht auch zur Universität gehen.

Ich wollte nicht wie Mimmo enden, der noch immer zu Hause ist und mit meinem Vater kämpft (meine Mutter hat mir gesagt, dass er auch angefangen hat zu trinken). Ich wollte nicht mehr in Ischiano Scalo bleiben. Nein, ich wollte nicht werden wie sie, und bald bin ich achtzehn und werde ein Mann sein, bereit, mich der Welt (hoffentlich!) so gut es geht zu stellen.

Weißt Du, was die Palmieri mir in ihrem Badezimmer gesagt hat? Dass Versprechen dafür gemacht würden, um gebrochen zu werden. Ich glaube, da ist etwas Wahres dran. Ich werde immer *ein Mörder bleiben, auch wenn ich damals zwölf Jahre alt war, das ist unwichtig, man kann für so etwas Furchtbares nicht büßen, nicht einmal mit der Todesstrafe. Doch mit der Zeit lernt man, trotzdem zu leben.*

Das wollte ich Dir sagen. Ich habe unsere Abmachung gebrochen, doch vielleicht ist es besser so. Doch jetzt ist es genug, ich möchte Dich nicht traurig machen. Meine Mutter hat mir gesagt, dass Du wunderschön bist. Das wusste ich. Als wir klein waren, war ich mir immer sicher, dass Du einmal Miss Italia würdest.

Ich küsse dich,

Pietro.

P. S. Und vergiss nicht: Wenn ich nach Bologna komme, nehme ich Dich mit und wir gehen auf und davon.

Danksagung

Ich danke Hugh und Drusilla Fraser, die mir die Ruhe geschenkt haben, das Buch zu beenden. Und ich danke Orsola De Castro dafür, dass sie mich und Graziano Biglia ertragen hat. Ich danke der großartigen Roberta Melli und Esa de Simone und Luisa Brancaccio und Carlo Guglielmi und Jaime D'Alessandro und Aldo Nove und Emanuele und Martina Trevi, Alessandra Orsi und Maurizio und Rosella Antonini und Paolo Repetti und Severino Cesari. Ich danke Renata Colorni und Antonio Franchini und der ganzen Gruppe Editoria Letteraria Mondadori für die Zusammenarbeit (Daniela, Elisabetta, Helena, Lucia, Luigi, Silvana, Mara, Cesare, Geremia, Joy). Und zum Schluss danke ich meiner Familie (auch der Banda del Grancereale), weil sie mir eine wunderbare Sicherheit bietet. Vielen Dank.

JUNGE AUTORINNEN
BEI GOLDMANN

Freche, turbulente und umwerfend komische Einblicke in
die Macken der Männer und die Tricks der Frauen.

42878

44392

44280

44284

GOLDMANN

JUNGE AUTORINNEN BEI GOLDMANN

Freche, turbulente und umwerfend komische Einblicke in die Macken der Männer und die Tricks der Frauen.

43569

42964

43763

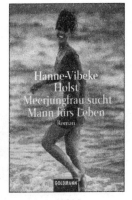

43899

PATRICIA CORNWELL

Im New Yorker Central Park wird die Leiche einer Frau gefunden. Bald wird klar, daß der Serienmörder Gault der Täter ist.
Und er hat es eigentlich nur auf ein Opfer abgesehen: Kay Scarpetta ...

43536

GOLDMANN

DEBORAH CROMBIE

Brillante Unterhaltung für alle Fans von
Elizabeth George und Martha Grimes

42618

43229

43209

44091

GOLDMANN

GOLDMANN

*Das Gesamtverzeichnis aller lieferbaren Titel erhalten Sie
im Buchhandel oder direkt beim Verlag.
Nähere Informationen über unser Programm erhalten Sie auch im Internet unter:*
www.goldmann-verlag.de

★

Taschenbuch-Bestseller zu Taschenbuchpreisen
– Monat für Monat interessante und fesselnde Titel –

★

Literatur deutschsprachiger und internationaler Autoren

★

Unterhaltung, Kriminalromane, Thriller
und Historische Romane

★

Aktuelle Sachbücher, Ratgeber, Handbücher und
Nachschlagewerke

★

Bücher zu Politik, Gesellschaft, Naturwissenschaft und Umwelt

★

Das Neueste aus den Bereichen
Esoterik, Persönliches Wachstum und Ganzheitliches Heilen

★

Klassiker mit Anmerkungen, Anthologien und Lesebücher

★

Kalender und Popbiographien

★

Die ganze Welt des Taschenbuchs

★

Goldmann Verlag • Neumarkter Str. 18 • 81673 München

Bitte senden Sie mir das neue kostenlose Gesamtverzeichnis

Name: _____

Straße: _____

PLZ / Ort: _____